# 岁月之约

SUI YUE ZHI YUE

王涛 著

中国海洋大学出版社
CHINA OCEAN UNIVERSITY PRESS
·青岛·

**图书在版编目(CIP)数据**

岁月之约 / 王涛著. - 青岛 : 中国海洋大学出版社, 2022.3

ISBN 978-7-5670-3093-0

Ⅰ. ①岁… Ⅱ. ①王… Ⅲ. ①长篇小说－中国－当代 Ⅳ. ①I247.5

中国版本图书馆CIP数据核字(2022)第010679号

| | |
|---|---|
| **出版发行** | 中国海洋大学出版社 |
| **社　　址** | 青岛市香港东路23号 |
| **邮政编码** | 266071 |
| **出 版 人** | 杨立敏 |
| **网　　址** | http://pub.ouc.edu.cn |
| **电子信箱** | cbsebs@ouc.edu.cn |
| **订购电话** | 0532－82032573(传真) |
| **责任编辑** | 孙宇菲 |
| **电　　话** | 0532－85902349 |
| **印　　制** | 山东聊城兴华印刷有限公司 |
| **版　　次** | 2022年3月第1版 |
| **印　　次** | 2022年3月第1次印刷 |
| **成品尺寸** | 170 mm×230 mm |
| **印　　张** | 28 |
| **字　　数** | 350千 |
| **定　　价** | 78.00元 |

良心才是我们唯一不可收买的至宝。

——〔英〕 亨利·菲尔丁

序：

# 一部意蕴丰厚的忧患之书

## ——重读王涛长篇小说《岁月之约》

《岁月之约》是王涛第一部长篇小说。数年前一起吃酒闲聊，曾经谈及是书。那时他已著有长篇小说十余部，心中仍有一个宏伟的写作计划，所以对于这个“头生子”，并不特别看重。得知我正在研读他的作品后，悄悄对我说，这部小说就不必看了，有时间的话，看看别的吧。

我承认，至少在这件事情上，没有听从王涛的建议。如何评价一部作品，作者的意见当然不失为重要的参考，却也无须过于依赖。作品一经面世，即已剪断了与作者之间的脐带，成为一个自在之物，如同一座山或一条河，独立于天地之间。见仁见智，读者的权力固然有限，却也不可随便让渡。读毕此书，突出的感觉是：幸亏没有盲从。这部作品情节并不繁杂，但是结构匀称，风格迂徐和婉，气氛渲染也颇多妙处，将几位青年之间的情感纠葛，摹写得委婉细致，且较有分寸感。故事相对完整，人物命运也时有令人牵肠挂肚处，结局则既出乎意料之外，却又在情理之中。事后我告诉王涛，即使与他比较看重的《饕餮综合征》（发表于《百花洲》2015年第6期）相比，从感情上，我仍然更喜欢这一部。我觉得，你可以批评这部作品格局不够宏大，却不能不承认这是一个小小的杰作。

今年春节得闲，再次取读此书。大年初四晚读毕全书，掩卷之后，一种崭新的感觉笼罩了我：此书看似易与，其实并不然。上一次我很可能根本就没有将它看懂。那时所感受到的，仅是表层的东西。当然，即使此次重读，对作品的意蕴，也不敢说有了透彻的理解。我隐约觉得，从风格上看，此书与作者的为人颇为相像：一如既往的谦逊低调，温文尔雅，平时不显山不露水，接触多了才渐渐发现，在写作上，这可是个志存高远的人物，而此书，也堪称一部雄心勃勃的作品。作者在其中倾注了大量心血，建构了一个既真实可信，又恍兮忽兮的复杂艺术世界。

小说人物皆为村镇青年，情节亦未见多么跌宕起伏，作者将这些人与事安置于某个偏远的古镇，看他们奔波沉浮于独特的山川河流之间，然后有条不紊地展现他们的喜怒哀乐，叙述中不时点染以象征手法，故使作品自始至终弥漫着一股葱茏的诗意。

故事的发生地乌龙镇——亦即王涛系列小说的“马孔多”——坐落于莽莽苍苍的莫邪山下，其旁，又有一条鱼人河浩浩汤汤流过。这里的山与水，养育了这里的各色人等。故事开始时，大山的生母已故世有年，父亲栓回正准备迎娶旧日的情人慧娘。心情抑郁的大山在邻家女孩岫姑的陪伴下，向着莫邪山深处走去，他们翻越了一道又一道山岭，远足即是排解内心苦闷的权宜之计，也成为他们后来倾毕生之力，寻找女神阿诗玛的一次刻骨铭心的演练。当然，寻找阿诗玛并非一朝一夕之事，夜幕降临时，他们回到乌龙镇，趁着夜色，在大山家院中的篱笆墙下种下了牵牛花——这是书中另一个爱情密码。随继母慧娘一起过来的，还有她与前夫所生的儿子，名叫长河。阴差阳错，突然闯入故事之中的长河竟然娶到了与大山青梅竹马的姑娘岫姑，严酷的现实将手足无措的大山推入了更加痛苦的情感旋涡之中。

孔子云：“知者乐水，仁者乐山；知者动，仁者静；知者乐，仁者寿。”我不知道作者为小说人物命名时，是否从这段话汲取过灵感，但故事中大山与长河的性格与命运，却与此颇为相符。这个“拖油瓶”过来的长河，自始至终都是大山的生命之痛，就像上帝为了考验约伯的忠诚而作出的特意安排。长河与大山既无血缘关系，也没有共同的成长经历，眨眼之间却成了家人。父亲栓回去世之后，长河依然是他名义上的弟弟；这个看似伶俐聪明实则游移飘忽的长河，在此后的日子里，给大山带来了一系列的困窘、麻烦与伤害。对于因长河而起的所有棘手之事，无论后果多么严重，大山都默默地承担下来。到了最后，如果不是性格日益乖张暴躁的长河自己选择了离去，真不知道这种沉闷冗长令人窒息的关系将伊于胡底。阅读过程中，每为大山的遭遇感到愤愤不平，亦为大山的温吞退让觉得费解，细思之，大山的这种态度与选择，当然与传统伦理的熏染和厚道善良的秉性有关，更重要的，恐怕还是源于对岫姑日益深沉的爱。大山对岫姑的爱，似乎早已突破了情欲的樊篱，而进入了更加纯净抽象的层面。到了第十二章，大山独自一人坐在院中牵牛藤蔓丛里，像一座石雕一动不动，经过多少个日夜之后，终于迎来了牵牛花开的那一刻。在这个漫长的过程里，肃穆的诗意愈来愈浓，也在不动声色中将故事推向了高潮。

如上所说，只是这部小说的表层意义，亦即本人初次阅读时感受到的。当时我过分注意于外在的情节、人物与故事，而忽略了作者精心敷设的那一条暗线。所以如此，愚鲁顽钝和心浮气躁自是主要的原因，与作者暗线布置得深隐巧妙亦不无关系。

改革开放以后，市场的大潮波澜壮阔，无远弗届，即使偏僻如莫邪山下的乌龙镇，也难免为其所波及。闸门既已打开，凡有血有肉有七情六欲之人莫不心旌摇摇，即使淡泊持重如大山，也一次次试水于浪潮之中，或办工厂或搞饲养，而不再将自己的心智与膂力全然投放于传统的农耕劳作之中。经济的发展，极大地改善了人们的生活，同时也不可避免地将人性中的贪婪和欲望逗引出来。如同开发的孪生兄弟，污染与破坏不期而至。在新的机遇面前，改变现状的诉求当然是第一位的，这一点无庸置疑，作者不想也没有理由加以阻止。但是，作者敏锐的洞察力使他看到的更多，在对渐次展开的崭新生活充满期望的同时，对这种没轻没重的任性而为，也有一种挥之不去的疑虑。如何才能避免在冠冕堂皇的借口之下，不管不顾，将这一方人世世代代赖以托身的家园毁于一旦，是一个有远见的作家不能不感到焦虑的问题。当然，这种忧惧，在小说中并没有作为主线铺开，却也如蛇灰蚓线，时时隐现于小说的叙述之中。

小说一开始，就已经点出女主人公岫姑非同寻常的身世：他们一家世世代代生活于莫邪山中，与外界隔绝，被外边的人看作“野人”。后来受到政府的感召，才走出深山老林，成为乌龙镇的住民。这种特殊的来历与血统，使他们一家与镇上的人长期格格不入，直到岫姑这一辈，才渐有好转。作为莫邪山野人的女儿，岫姑虽然表面上已经归化，然其血管中流淌着的仍然是野性的血液，对于山林的依恋更是浃髓沦肌。所以当鱼人河被污染得臭气熏天，水中的鱼虾频频死去；当乌龙镇的街道屋舍因开发住宅小区而被推土机夷为平地；当她自己染病，却因血胤特异，高度发达的现代医学也感到束手无策之时，她便与大山一起，毅然选择了回归山林。

受到永难餍足的欲望驱使，破坏的脚步一旦迈开，就再也难以停下。莫邪山再深远辽阔，也经不住人们不舍昼夜的蚕食，头戴安全帽的乔木（书中人物）们，已经成群结队，携带着运输工具，手持闪闪发光的电锯，来到大山深处。他们一帮人不光要砍伐掉古老的树木，还会像长河的父亲赵纲踝，在长河母亲的胁迫之下，杀死那个叫作阿诗玛的女人一样，轻而易举地干掉莫邪山的灵异老女人，也就是山神的女儿阿诗玛。在这个一切都要用来开发的世界里，山林的没落是注定要发生的。桃花源只是远古的梦想，人间已经再难保留一片净土，作为洁身自好者永恒的避难所。

令在痛苦中挣扎的大山与岫姑念兹在兹、梦寐以求的阿诗玛，在小说中是爱情与幸福的象征。寻找阿诗玛，寻求爱情与幸福，就是他们卑微人生的终极意义，在追求过程中，历尽甘苦，自己的心灵也因此得到充实和提升，从而变得更加纯净，更加醇厚，这是一类人；在时代浪潮之中看似得心应手，实则早已迷失了自我，让自己的躯壳随波逐流，听凭自己的灵魂像鱼人河水一样被污染，像莫邪山一样被侵扰的，则是另一类人。感到窘迫不适的大山与岫姑避居山中，在乔木们的步步近逼之下，获得的也只是暂时的宁静。对爱情与幸福的追求，对人性异化的担忧，与因环境破坏而产生的深深忧惧，两条线索在大山与岫姑的山中篱笆院里交汇在一起。所以我觉得，尽管从表面上看，《岁月之约》很像一部动人的情感小说，其实亦不失为一部思致缜密、意蕴丰厚的忧患之书。

前面曾经提到，《岁月之约》是王涛的第一部长篇小说。这个“第一部”，可以从多方向加以诠释，既可拿来作为平庸作品的辩护之词，也可作为杰出之作出手不凡的证据。一个确定无疑的事实是，这“第一部”极像作者的初恋，无论最终能否修成正果，他都没办法不格外动情。确有不少优秀作家的“第一部”未免稚嫩，然后才一步步走向成熟；但也有些人，一出手就令举世惊艳，最现成的例子就是《红楼梦》和《白鹿原》，二者哪个不是作者的第一部长篇小说。王涛在写作这部小说之前，已经完成中短篇小说近百篇，尝试过各种题材与写法，在思想与艺术上都做了充分的准备。而此书完稿（2005 年）之后，也一直秘不示人，不断进行修改与充实，直到十二年后，才拿出在《时代文学》杂志发表（以《巫女阿诗玛》为题），并一举获得山东省委宣传部和山东省作家协会举办的“中国梦”征文长篇小说二等奖。说他“批阅十载，增删五次”，并非夸张之词。

有一种观点认为，长篇小说体量巨大，是苍茫的山脉而非精致的盆景，所以不必像中短篇小说那样字斟句酌，谨小慎微。我的想法稍为不同，主体峰峦耸立起来之后，此中的一沟一壑，一木一石，俱非苟且之物，为什么不可以安排得更加自然妥帖些呢？正因为体量巨大，才为作者运思提供了广阔的驰骋之地。这一点，在王涛的这部小说中，得到了充分印证。王涛并非那种单凭才情闯世界的作家，在小说理论与技法方面，造诣尤深，无论传统的，还是现代的，举凡写实、浪漫、表现、抽象、荒诞、魔幻，凡叙事文学中出现过的流派与范本，无不一一拿来进行分析研究。所以到了具体的创作过程中，已经不是对西方某一作家某一风格的简单模仿和借鉴，而是将数种元素融汇在一起加以改造，不着痕迹地纳入自己的叙述之中。《岁月之约》虽为作者首部长篇小说，但技法上已炉火纯青，绝非偶然。又因为牛刀初试，构思与写作中更是触处生花，令人目不暇接。

有一种小说的构思方法，在此我们不妨名之为“复调”。以往的阅读中，也曾偶然遇到，但如王涛这部小说如此密集运用的，却不多见。如前所述，王涛将乌龙镇上几位青年情感纠葛与命运沉浮作为故事的主线，单凭这条线，已经可以连缀与负载起丰富多彩的内容，足以表达作品的主题与作者的审美态度，对读者也已形成较强的吸引力。但是王涛并不满足于这些，而是从自己对这片土地的深爱出发，将对现实社会的深入观察而产生的忧思，作为副线敷设其中。起初，这条副线似有若无，如神龙匿于云际，到了最后，两条线索猝然相交，使作品的内涵瞬间得到了极大拓展，以深沉的忧患意识和幽微的思想深度引发读者的强烈共鸣。

复调的另一体现，是于小说的叙述方式。小说正篇共十二章，每一章叙述展开之前，都冠以岫姑儿子李天风的一段文字。这段文字以另一个视角，叙说着别一时空的故事，或对主体叙述的罅隙构成丰富补充，或为主体叙述的自然延续，无不与此章乃至全书的内容或遥相呼应，或隐秘相关。小说本乃时间的艺术，有时候，小说家就像倒坐于颠簸的马车的旅客，回望着沿途所见的风景与人物。两种叙述视角的叠加，令常常作为小说中隐秘角色的时间，一下子显得格外引人注目，人世间正在进行中的恩怨纠葛，随时变成回望中的风景；而天风所叙述的未来之事（预叙），对于当下来说则是一种宿命。二者相互钩连，相互映衬，逗引着读者的想象力，不断增强着故事的厚重况味，同时对现实生活的博大与神秘，有了逼在眼前的切肤之感。

令作品产生恍兮忽兮神秘感的，是作者对灵异之物的引入，以及象征手法的运用。小说的基本主题为爱情与幸福，除了通过人物、情节与矛盾冲突来实现这一主题的表现之外，作者还特意设置了两重象征：阿诗玛与牵牛花。此二物一为神灵，一为蔓草，一飘忽不定，不可琢磨，一蓊翳缠绕，随处可见。然二者各司其职，共同烘托映带于小说的主题。以此观之，此亦可谓另一种复调。

故事一开始，两种象征物即先后出现。对于小说中的主要人物，这两个象征物几乎如影随形。阿诗玛神秘莫测，却已融入他们的精神生活之中，成为毕生追寻的目标。然而阿诗玛本人却从不正面现身，反而频频传出被人杀死的消息。一次，天风因贪玩迷失在山林之中，恍然获得了一种自由来往的特异能力，在这个孩子天真的视野里，阿诗玛出现了："开始是一副柔美飘逸的样子，像一棵笔直的树木，或者像一只矫健的鸟儿，但很快又呈现为高大威武的形象，像一块巨大的岩石，或者像一匹庄严的大象。"夜深时候，大山找到了他。他们一起燃起了篝火，已经饱经沧桑的大山告诉他，在这种独特的夜晚，莫邪山里的一草一木，一山一石，一虫一鱼，一鸟一兽，特别是生息于此的人，都可能是阿诗玛，特别是天风的母亲岫姑，"就更是阿诗玛"了。即使每个人都可能是阿诗玛，爱情与幸福也绝非一蹴而就。与阿诗玛相比，牵牛花及其蒴果出现的频率似乎更高。大山将饲养场关掉之后，重新开始了农耕生活。他们家养了一头老牛，名字与民间传说中牛郎放牧的那一头有着相同的名字：泰常。最初的牵牛花，据说就是从掩埋泰常尸骨的地方生长出来。大山与岫姑一次次将其种于自家的篱笆院中，其喻意亦可谓渊源有自。牵牛花虽为野生植物，藤蔓缠绕不已，但花型颇大，色泽尤其艳丽。因每于凌晨四时开放，故有别称曰"勤娘子"。葳蕤，繁茂，缠绕，执着，美丽，勤勉，也几乎可以合成一个女神形象了。

陈寅恪先生以为："诗若不是有两个意思，便不是好诗。"陈先生所指的显然是旧体诗。小说是不是亦应如此？较之旧体诗，小说的容量更为巨大，表现力亦更强，当然没有理由降格以求。阿城也说："好的小说随处都会有好的质感，就像美人，可以从任何一点开始观赏。艺术是一种过程，好的小说，基本都具有可以反复阅读的过程。"经得起反复阅读，对于小说作品可是个不低的要求，也应成为小说家追求的目标之一。

谭庆禄<br>2022 年 2 月

# 目录

# 正　篇

# 第一章

几乎谁也没想到，那场大火会突然烧起来，而且会把两条街道烧掉……我想，母亲和大伯之所以决定离开乌龙镇，去往山林里居住，肯定与这场大火有直接的关系。当然，此前乌龙镇就遭受了严重污染，地面也正在下陷，已经不适宜人们居住了。尽管村委会又在旁边建起一个住宅小区，而且是仿照城市里的楼房盖起来的，但我们这些住惯了篱笆院的人，却不愿到那里去。

离开乌龙镇去往山林的那天，母亲和大伯领我来到祖先坟上，给葬在那里的先辈烧过纸后，又结结实实磕了三个响头，然后才背起行囊，慢慢往山林里走去。我们的所谓行囊其实只有几件东西，都是生活中的必备物件，比如锅碗、衣被之类，对于其他“多余”的东西，我们都埋在了乌龙镇的泥土下，因为山林里的生活不可能再用到它们。开始的时候，我还以为去山林居住的仅有我们一家人，后来才发现，跟在我们身后往山林里走的人还有一些，而且逐渐增多，我心里才稍稍安定下来，对未来可能出现的孤独状态的担忧，也像空中的云彩一般渐渐飘远了。

爬上离我们最近的一座山头，再往前走，就要接近人迹罕至的原始老林了。人们都停下脚步，扭回头，从高处往低矮的远方看。我知道，人们看的是我们的出发地乌龙镇。从此，我们将住在山林里，曾经的老家乌龙镇便成为一个遥远而缥缈的梦境。我也从母亲身后钻出来，像大人们一样往后看。在我们的眼里，乌龙镇真的只剩下一个影子，而且那里正在腾起一股灰茫的烟尘，我知道，那是乌龙镇在推土机下留给这个世界的最后一缕影像，也就是说，乌龙镇真的要在地球上消失了……意识到这一点，我禁不住哭起来。其他许多人也流下了伤心的眼泪。

再见，乌龙镇——

也就是在去往山林的路上，我第一次知道，我母亲的先辈曾经是山林中的“野人”……我不禁恍然大悟，怪不得我们要重返山林，原来早在许多年前，命运就注定了我会成为一个标准的山林人……

## 1

发生在乌龙镇的故事，源于一个看似平常的早晨。

其实，从前一天晚上，大山的父亲栓回就有些不自在，老是没话找话地和他搭讪。

大山，怎么不去河湾里逮鱼呢？

去河湾里……逮鱼？

是呀，你看天上的月亮多好，如果这时候去河湾里下网，或许你会……

可我想睡觉，我早就困得不行了。

好吧，那你就睡觉吧。

栓回好像讨了个没趣，手指又在衣角上搓磨一下，没再说什么，便落寞地走出去。

大山望着栓回的背影，心里纳闷得不行，栓回是不是糊涂了？几年前，母亲为了一枚牵牛花蒴果，在离家出走的路上跌进河湾，从此大山便没有了母亲，悲伤的心情还没真正平复呢，又怎么可能再去那个地方游玩？大山觉得，栓回应该知道自己的心境，却突然提出这种建议，似乎实在有些荒唐。

想到母亲的死，大山没了一点睡意，眼前老是晃动母亲的影子。他想不明白，母亲为什么会突然死去？是由于慧娘姑姑要回来吗？大山忘不了，那天，母亲和栓回吵得别提多凶。吵闹中，栓回又摸出那枚牵牛花蒴果，母亲说有她没我，有我没她，说完，便趿拉着鞋子跑出门去。栓回只当她是生气回了娘家，可第二天却有人跑来说，母亲的尸体从河湾里浮上来……在以后的日子里，大山曾一遍遍地想，母亲那天是跌下河的呢？还是跳了河的呢？

早晨快要到来时，大山才勉强睡了一会儿，但又很快醒过来。借着窗外透进的光亮，他看见栓回又来到他屋内，正坐在床前，垂头打量自己。

醒了？

栓回说着，腮边的肌肉轻微抽动了一下。大山明白，栓回是有要紧话对自己说，随即便断定是说慧娘姑姑的事……他已经知道，那个女人这次真的要回乌龙镇了。慧娘曾是这个家里的女儿，是祖父母的养女，在栓回和母亲成亲的那天，慧娘远走他乡，无奈嫁给了一个嗜酒成性的家伙。为了这件事，年迈的奶奶把命都搭进去了，一时在村里闹得沸沸扬扬……后来，有人把这些事说给大山，他有些不信，还曾去问过栓回。

大山，我和你姑姑这事……你不要太往心里去，我知道你很怀念你娘，不希望我再……

爹……

也许你也知道，你姑姑这半生很不容易，在她那个地方受过许多苦，我不忍心看她……

爹，我娘可是为她死的。

大山，过去的那些事谁又能说得清呢？我和你姑姑青梅竹马……要说有责任的话，那也是我对她犯下了……

栓回有些说不下去，站起来，像一匹孤独的狼在屋内转圈子，满眼都是黯淡的哀伤情绪，一点都不像一个即将做新郎的人。

从很早的时候，我就答应非她不娶，我们的信物就是这枚牵牛花蒴果。

大山看见，栓回手里又托出那枚已变了颜色的牵牛花蒴果。

那您怎么没娶她呢？

你爷爷他们死活不同意……后来，他们便给我定下和你娘……

您明天真的要娶姑姑进门吗？

是，我不能再让她……

前几年，姑姑要回来，我娘就是为这事和您闹翻的吗？

那时，你姑姑的男人刚死，你娘太小心眼儿了……

栓回说着，嗓子里遏止不住发出了悲声，脸上的肌肉又一阵抽搐。

大山，我是不是……

爹，您别说了。

大山不想让栓回再说这些事，虽然自己还没真正长大，却知道这件事对栓回的意义，无论如何，他都不能让栓回沉浸在悲伤里。栓回看出他的心思，欣慰地松出口气，伸手摸摸他的头。

大山，明天等你姑姑来了，我们要举行个仪式，也算是对她有个交代。

我知道。

以后，好歹你也有个女人照应，你娘在九泉下也可以放宽心了……

大山的脸颊忽然有些热，不知是为自己，还是替栓回。栓回又有些不自在。

到时候，如果你觉得不方便，就到旁边去玩。

好吧。

还有，举行仪式后，你就有一个弟弟了，他叫长河……

长河？

是，他和你差不多大，也快十五岁了。

我该怎么对待他呢?

他以后就是你弟弟了。

让我试一下吧。

放心，你姑姑是个善良的好人，她会好好照顾你的。

大山没有表示什么。栓回给他掖掖被角。

天还没大亮，你再睡会儿吧。

栓回迈着急快的步子走出去。有后母必有后父。望着栓回的背影消失在门外，大山忽然想起街那边岫姑的奶奶说过的话，心里又开始担忧起来。

## 2

大山站在篱笆墙边，望着那些围在栓回身边眉开眼笑的人，心里像打翻了五味瓶子。栓回把婚事安排在麦季的大忙时节，想必是借用他学校的假期吧。有人在他身后拉了一下，原来是岫姑找他来了。

后天就开学了，作业写完了吗?

大山没说什么，只是点点头。岫姑告诉他，是奶奶让她来陪他玩的。看到院子里的人多起来，岫姑便拉他走出院门，穿过街道，沿着河边走去。鱼人河里的水清澈见底，几个捞蛤蜊的孩子在打水仗，芦苇丛里的野鸭惊飞起来，嘎嘎叫着从他们头上掠过。大山忧郁的目光越过河面，直朝山野间望去。

你见过阿诗玛吗?

大山突然问她。岫姑一愣。

阿诗玛?那个巫女吗?

听说她是山神的女儿……

莫邪山真有神么?

当然有，听人说，阿诗玛是掌管愿望的神，谁要是见到了她，谁就能实现自己最美好的愿望。

真的?

大山使劲点头。看着他不容置疑的表情，岫姑也激动起来。

那咱们去找阿诗玛吧。

好，咱们去找她。

两个人加快脚步，沿着弯曲的羊肠小道往山野里走去。据说，莫邪山拥有八十一座山峰，每座山峰又包括许多道山梁，每道山梁都长满茂密的树林。他们走下一道山梁，又朝另一道山梁上爬去，走出一片树林，又进到了另一片树林里。每越过一道山梁，或者走出一片树林，他们都停下来，仔细朝四处打量，多么渴望看到那个传说中的神女。日头当顶时，他们已经爬上最近的一座山峰，居高临下巡视一圈，还是没看到那个女人的影子，腿脚却累得打软。岫姑跌了一跤，小腿被荆棘划破几道口子。

大山，阿诗玛到底在哪里呢？

岫姑坐到地下，不愿再往前走了。大山也停下脚步，却依旧抬高头，目光朝远处眺望，似乎头一回觉到山野的深邃、博大和神秘。他突然明白，凭他和岫姑现在的能力，是不可能走遍整座莫邪山的，既然这样，他们又怎么能找到阿诗玛呢？终于走不动了，他们进到山峰顶端的山洞里歇息。山洞内阴暗湿滑，石缝间淌出一股股清澈的泉水。他们知道，就是这些水流下山去，在沟谷里绕过十几个弯子，最后汇入鱼人河内，致使那条河流一年四季活水不断。两个人找到一块高些的石头，把脚泡在冰凉的水里，背靠背坐下来。洞内凉爽幽静，小鱼儿在泉水中的游动声听得格外清楚。岫姑忽然睁开眼睛。

大山，跟我说一下阿诗玛吧。

你不是听你奶奶说过了吗？

可我想听你说。

岫姑用肩膀拱他的身子，有点耍赖的意思。大山只好同意。

好吧，你想知道什么呢？

我想知道，既然阿诗玛是山神的女儿，为什么又变成了巫女呢？

是呀，这也是最让我纳闷的地方。让我想想，人们是怎么说的。

大山尽量集中思绪，排除对所有伤心事的纠缠，进入一个尽管遥远却纯净无比的世界里。他好像不是用嘴讲述，而是用敏感的心来感受那个忧伤而动人的故事。

据说，山神有九个美丽的女儿，阿诗玛是其中最小的一个，也是最为聪颖的一个，自然最受山神的宠爱。山神对待她呀，真是托在手里怕掉了，含在嘴里怕化了。按照山神的打算，等阿诗玛长大了，便把她嫁给海神的儿子，也好结上一个门当户对的亲家。但他没有想到的是，阿诗玛却来到山外，与一个普通山民的儿子私订了终身，并相互约定，只要海不枯石不烂，两个人就要在一起。山神知道这件事后，大为震怒，神的女儿怎么能嫁给人的儿子呢？山神命令阿诗玛与那个人断绝关系，并把她关在山洞里，不再让她轻易下山来。阿诗玛不屈服山神的淫威，一连好几年不吃也不喝，打算以死来坚守与那个人的约定。山神见无法动摇她的决心，只好与她断绝父女关系，并把她驱逐出了仙界。阿诗玛获得了自由，满怀着对那个人的思念走下山来……下面不讲了吧？

怎么不讲了？我正听着呢，快讲快讲。

岫姑不甘地催促他。大山摇摇头，悄自叹一口气，才又继续讲下面的故事。

阿诗玛满心以为，找到那个人后，就能与他喜结连理，白头到老了。但让她想不到的是，当她见到那个人后，那个人却已经背叛了她，与一个头人的女儿结合了。阿诗玛含着眼泪质问他说，海还没有枯石还没有烂，你怎么就背叛了我们的爱情呢？那个人卑鄙无耻地说，既然你已经不是山神的女儿了，我又何必非要娶你不可呢？你看我现在做了头人的姑爷，走到哪个山寨都能呼风唤雨，不也是很好吗？阿诗玛伤心透了，也愤怒到了极点，当即使用法力杀死了那个人。

天哪，怎么会是这样？

岫姑用手捂住胸口，有些喘不上气来。大山强迫自己朝她笑一下，并尽量放缓语气。

阿诗玛虽然又回到仙界，却失去了先前的风采，不仅模样变得丑陋，而且性情十分乖戾，很快便成为一个翻手为云、覆手为雨的巫女，身上法力无边，她既用来做好事，也用来做坏事……

原来她是那么可怕？

怎么？你怕了？

既然……我们为什么要来找她呢？

其实好人并不怕阿诗玛，只有坏人才怕她呢。

为什么？

阿诗玛只伤害像那个人一样的坏人，对于好人，她不但提供帮助，而且有时简直有求必应呢。

原来是这样？阿诗玛真可怜。

你替她伤心了？

你说人为什么会背叛呢？

不知道，好像……这是他们大人间的事，我们现在还说不清楚。

听我奶奶说，你爹当年就背叛了你慧娘姑姑……

什么？你都听说什么了？

大山忽然盯住她。岫姑仔细想了一下。

他们说，你爹很早就和慧娘姑姑私订了终身，本来他们会结为两口子的，可你爷爷死活不同意，就像那个顽固的老山神一样，你爹没有办法，才抛弃了慧娘，把你娘娶进了门来。

真有这事？

所以你爹并不喜欢你娘，他念念不忘的那个人一直是……

我爷爷为什么要反对他们在一起呢？

好像慧娘是寨主家的女儿，而你家却是地道的穷人，你们两家有深仇大恨呢……

天哪，都把我搞糊涂了，又是寨主又是穷人的，还有什么深仇大恨，真搞不清楚他们到底是怎么回事。

是呀，大人间的事太复杂了。

看来他终于实现自己的愿望了？

你是说你爹吗？

好了，不提他了。

大山把一块石头狠狠地投进水里，心里又涌起浓郁的忧伤。天不早了，阿诗玛或许找不到了，他们只好走出山洞，越过一道道山梁和树林，循着来路下山去。来到山脚边的一个崖坡上，他们碰到了放羊的孩子乔木。乔木正赶着羊群朝坡上走。

咦？大山，你爹娶媳妇了，你不去看热闹，怎么还在山里转悠？

乔木心直口快的话，像一把利刃朝大山心里扎去。大山不知该怎样应对才好，不禁想起死去的母亲，仅在几年前，自己还是一个既调皮又爱撒娇的孩子，现在却……倒是岫姑替他做出了回应。

是么？

岫姑的声音拖得很长，好像受到侮辱的人不是大山而是她自己。

乔木，莫非你忘了，那次你妹妹掉进河里，要不是大山救她，你家坟上怕又添一个新包了。

说什么呢岫姑？我是听见鞭炮才去看热闹的，我爹说过，早些年，慧娘是自己跑出去找男人的，如今却又……

你还说？

岫姑叫喊一声，直朝乔木扑过去。

你还说？你这个挨千刀的。

干什么？哎哟，你揪疼了我的头发……

叫你嘴贱，叫你嘴贱。

你下手真狠，看你就是个小野人……

好呀，你的嘴还没贱够？

哎哟哟……我说大山，又没说你，你为什么打我？

就打你，就打你，怎么着？

我知道，你一心护着大山，怪不得人家说，你和大山，你们两个……

乔木没说完，便撒开腿，领着他的羊群连滚带爬往远处跑去。

有本事别跑。

野人，野人——

乔木边跑边喊。岫姑跳着脚要去追赶。大山使劲拦住了她，岫姑替自己出气，实在让他感动。

算了岫姑，咱不跟他一般见识。

我替你打乔木，你还拦我？

他都喊你的外号了。

喊就喊，我才不在乎。

我们还是不惹事好了。

哼，就你愿当好人。

岫姑不再搭理他，扭头朝山下跑去。大山赶紧随在她后面。山下一层层田野在麦季里变光秃了，偶尔有一只野兔从脚前夺路而过，也不断有受惊的山鸡从身边飞起，鸟儿和昆虫的叫声起伏一阵，山野似乎又归入寂静，间或有一两只鸟儿在树林里啼叫，不知什么地方也有农人隐约的交谈声传来。天快黑时，他们才回到村子里。但望着不远处自己家的篱笆院，大山却停下脚来。此时，篱笆院已完全沉寂下来，似乎早间的热闹婚礼景象只是一个梦境。

岫姑，你回去吧。

你呢？

我……再待一会……

那你等我。

岫姑没等他回答，便一溜小跑进了自己家去。大山傍着一个麦秸垛坐下，一时感到疲惫交加，身子一歪打起了瞌睡。在短暂的睡眠中，大山似乎梦到了许多年后，岫姑和一个男人举行婚礼的场景，此时他还不知道，那个娶了岫姑的男人就是即将成为自己弟弟的长河……

大山被推醒了，看见岫姑已经跑回来，手里捧着两个白白的馒头。大山被飘着香气的馒头吸引住，竟然忘记了梦中的景象。两个人坐在麦秸垛下，大口吃着馒头。

你说，以后我爹还会对我好么？

好，怎么会不好呢？谁又说对你不好了？

你奶奶说的。

我奶奶是瞎说，她说不好就不好了？再说，不是还有我吗？

说完，岫姑又偷偷瞅他一眼。大山从馒头上抬起头，似乎还沉浸在心事里，没有流露出她期待的表情。两个人都不再说什么，只是在黑暗里呆呆地望着远山，望远山上阔大的天空，望天空里闪烁的星光。

岫姑……

什么？

大山的嘴唇翕动着，好久才把要说的话吐出来。

你……也会送我一枚牵牛花蒴果吗？

牵牛花蒴果？可我……从来没有见过阿诗玛……

大山知道她说的是什么，是呀，在人们的传说中，只有阿诗玛赠送的牵牛花种子才有神奇的效力……

不要什么阿诗玛，我只要你送我的牵牛花……

可是大山，没有阿诗玛的法力，牵牛花又能带给我们什么呢？

大山没再说什么。在他看来，岫姑这是对自己的拒绝了。这一刻，他忽然又感到浓郁的忧伤，也越发相信了岫姑奶奶的话。是的，他一定是被包括栓回在内的所有人抛弃了，不然，他又怎能体会到如此深切的孤独。

月亮从山头上慢慢升起来，照亮了前面的河水，也照亮了他们置身其中的打麦场。河水颤动的光斑中传来鱼儿跳动的声音，时而飞过的鸟儿翅膀上闪烁着月光。一颗流星从天空中划过，疾快地落到山那边去。天地间似乎充满了朦胧的诗意。岫姑敏感的心突然感动起来，从身边干枯的牵牛花藤蔓上摘下一枚蒴果，掰开大山的手掌，小心而神秘地放进去。大山愣了愣，很快便欣喜不已，一下将那枚蒴果接到手里，捻开包在外面的白皮，几粒黑黑的种子裸露出来。大山心里一阵颤动，脑海中不断闪过栓回捧着牵牛花蒴果的样子。

大山——你在哪里？大山——

栓回的喊声在村庄的上空飘荡开来。

## 3

尽管门角里挂着一盏灯，院落里的光线还是不太明亮，但大山依旧看清了栓回脸上阴郁的表情。屋门里传出一个声音，一个女人的声音。

别站在外头了，进来说话吧。

大山惊诧地抬起头。在这个院落里，已很久没有听到女人的声音了，乍一听到，他还以为是母亲回来了。等隐约看到站在屋门口的人影时，他才明白，那不是自己的母亲，而是栓回刚娶进家门的那个女人，那个本来他应该称作姑姑的女人。大山对慧娘算不上熟悉，一方面是因为她回来的次数太少，他只见过有限的几次面；另一方面是由于她自己的缘故，在大山看来，这是个看不清的女人，虽然她来到了自己面前，但还是没给他留下明确的印象，好像一转眼就忘记她长什么样子了。大山也不知道这是怎么回事，也便说不上喜欢，不仅不喜欢，甚至还有些怨恨，但栓回喜欢这样的女人，而他不能没有父亲，不能不爱父亲，既然这样，他也只能直面慧娘了。

进屋吧。

栓回接上说。大山随在栓回身后走进屋内。慧娘朝他走过来，但奇怪的是，她却一直处在灯影里。大山虽然没看清她的样子，却感觉到她浮动在脸上的笑容。在这个对她来说欢天喜地的日子里，她果然打扮得神清气爽，满身都透出幸福的气息。大山还没做出反应，便看到栓回有所期待的眼神。

这是你娘……从今后，不要再叫姑姑了。

大山惊骇地瞪大眼，尽管这事早就想到了，但此时依旧倍感诧异，便本能地低下头，嘴里说不出什么，身子也停住不动。看到他这副窘迫的样子，栓回显然急躁起来。但慧娘朝他摆摆手，更近地走过来。

别逼他了。

听见她这样说，大山稍稍松出口气。而栓回却有些尴尬。

这孩子好不懂事……

他还是个孩子嘛。

慧娘一边说着，一边伸出手，晃晃地要朝他头上放。大山本能地想躲避，可还没把动作完成，她的手已放在他头上，而且放得很轻，像是生怕惊扰了他似的。她的手一放下去，大山的头顶就有一种凉森森的感觉，身子不禁颤抖了一下。是的，慧娘的手虽然比母亲的手柔软，却要寒凉得多，就像沾满了冰水，如果不是处在夏季，或许他会有些受不住。慧娘又把他朝跟前拉一下，凑到灯光里上下打量他。

几年不见，都长这么高了。

大山抬起头，想把她的样子看明白，却又没勇气真地去看，就急忙瞥开眼去。慧娘回过身，把桌上的几盘菜重新摆好。

出去一天了，饿了吧？快来吃吧。

大山走到桌前，大口吞咽着温热好吃的饭菜。饭饱之后，也并没觉得身边这个女人有什么可怕。

大山，这是我给你做的书包，看看喜欢不？

慧娘把一只花花绿绿的书包捧给他。大山接到手里，书包虽是用碎布拼贴而成，却比买来的还好看。慧娘是个手巧的人呢。

还喜欢吧？

大山点点头。他有意朝四处看看，也没见到另外一个人。

长河呢？

慧娘愣了一下，显然没想到他会问到这个。栓回走过来，脸上浮出欣慰的笑容，看他的眼神也温和多了。

他正等着长河来呢。

慧娘有些感动，鼻子吸溜了一下，抬起手，又从大山的脸边抚摸过去。

长河今天睡在亲戚家了，大山，你真能接受他吗？

大山知道慧娘期待他表示什么，但他没再说下去，便做出朝外走的姿势。

我睡觉去了。

说完，大山就赶紧朝屋外走去。来到院子里，他把手捂在胸口，长长地吐出口气，好像完成了一件艰难的任务。他忽然看见一个人影站在篱笆院外，正朝他挥动一只手。他认出是岫姑，急忙跑过去。

你怎么来了？

我不放心你……没什么问题吧？

没有……

那就好，对了，我给你的牵牛花蒴果，你怎么说剥开就剥开了？

我……想知道他们的秘密。

谁的秘密？

我爹我娘，当然还有姑姑……

你怎么还叫她姑姑，从今以后，她可是你娘了。

这个……我要好好地想一想。

那些牵牛花种子呢？

我在衣兜里装着呢。

我们把它种到地下怎么样？

种到地下?

对，这样你就不用老想这件事了。

尽管隔着朦胧的夜色，大山还是看清了她脸上洋溢出的明亮神色。但他犹豫了一下，并不打算真去种牵牛花种子，因为他担心如此一来，岫姑送他的信物就有得而复失的危险。岫姑却冲动起来。

我来帮你种。

岫姑绕过篱笆墙，进到院落里，摸索着找到一把铁铲，来到篱笆墙边，就在大山脚下挖起坑来。大山只好也蹲下身，从她手里夺过铲子，一下一下地往地下挖，既然她愿意这样，那只能配合她了。挖好了坑，他把那几粒种子掏出来，岫姑接过去，一粒粒小心地放进坑里。

这棵是丁丁……

丁丁?什么丁丁?

我给牵牛花起的名字。

牵牛花还有名字?

当然。

那这棵叫什么?

这棵叫贝贝吧。

这棵呢?

就叫朵朵。

还有这棵?

叫可可。

这棵?

西西。

这棵?

佳佳。

真有趣。

你也给牵牛花起个名吧。

好，这棵叫……萩曳，怎么样?

不好，这是乔木妹妹的名字。

我救过她，她老来缠我。

那她哥怎么还跟你过不去?

这是两码事，她是她，她哥是她哥。

好吧，这棵就叫萩曳。

在坑里放完了种子，两个人便你一把我一把地填土。岫姑用脚把土踩实，大山端来一瓢水，慢慢泼洒到那片新鲜的土上。岫姑高兴地拍拍手。

过不了几天，我们的丁丁、贝贝、朵朵、可可、西西、佳佳，当然还有萩曳，就会长出来了。

也就是说，我并没有失去它们？

当然，等它们结出更多的种子，你可就变成一个大富翁了。

啊？原来是这样？

大山抬起头，用惊喜的目光看着岫姑，这个在他眼里如此可爱的人。夜深了，露水开始落到他们的脸上。大山回头看看，栓回屋里的灯光已经熄灭。

谢谢你给了我快乐，阿诗玛。

你说什么？

噢，我把你当成阿诗玛了。

阿诗玛？如果我有阿诗玛的法力就好了。

我相信你会的。

真的吗？

真的。

太好了。

我一生中再也不会忘记今天晚上。

无论发生什么事？

无论发生什么事。

好。

岫姑脸上的羞涩神态真切地映进大山眼里，并刻记到他心灵深处去了。许多年后，淡忘掉纷纷繁繁多少世事，大山脑海中也没忘记这样一张面容。这张热情洋溢的笑脸，让他在许多个夜晚重温了少年时代的旧梦，让他在忧伤甚至悲恸中一次次感觉到温暖和快乐……

## 4

天亮后，栓回没像往日那样早起。吃过了早饭，栓回把大山喊到跟前。大山看到栓回的样子有些疲惫，知道他又多了一份心事。栓回用平静的语气告诉他，长河迁来上学的事已经办妥。大山也不多问，只是随便点一下头。

开学第一天，上午的课程自然是先清扫卫生，而后开大小班会，两个小时就过去了。放学后，岫姑又落在了后面。大山明白，她是有意不和自己一起走，避免乔木那些人说闲话。穿过大半个镇子，来到他们居住的街道，岫姑才小跑着跟上来。不用回头，大山单听那愈来愈响的脚步声，就知道她已来到身后。大山也放慢下脚步。但岫姑并没赶上来，脚步声也一下停止了。大山回过头，看见在身后不远的地方，岫姑站住，目光越过他的身子，直直地朝前看，目光痴迷，神情呆怔。大山不知道她看见了什么，也转过头来。他突然看见，在他家篱笆院外，一个和他差不多大的少年站在那里，身子笔挺，风度翩翩，虽然穿戴不算新鲜，却干净整洁，每个衣角都拉得齐平，头发也梳得纹丝不乱，一张光滑的脸有些苍白，但被日光照得明亮无比，浑身上下透出一种病态的魅力。少年站在篱笆墙边，背衬高远明亮的天空，像一棵才长出不久的梧桐树那样引人注目。大山认出来，他就是慧娘带过来的弟弟长河，岫姑正是被他吸住了目光。在他们愣怔的当儿，长河已经走过来了。

大山，她就是岫姑吧?

大山还没回答他的话，岫姑就跟上来，并抢在他前头。

你是谁?

我叫长河，是大山……的弟弟，你是不是岫姑?

当然是。

岫姑说着，又向他挨近一步，像早就相识一般和他说笑起来，竟把大山忘到了一边。大山惊讶地看着她，在他印象里，岫姑是一个腼腆的女孩，为了避免乔木他们的闲话，她甚至不和自己一起走路，但在还十分陌生的长河面前，怎么就变得大方起来?看她神情恍惚的样子，她不仅忘掉了大山，连给牵牛花浇水的事也丢到脑后去了。大山站在一边，看着他们热烈地说话，很快便不自在起来，终于坚持不住，越过他们往前走去。在家门口，他看见慧娘站在篱笆墙后，也在默默地看着他们。

也许就从这天开始，一切便都发生了变化。

又一个早晨到来，栓回率先吃过早饭，腋下夹着课本匆匆地走出院门，作为老师，他总要早一些到学校去。大山则拿起扫帚，呼呼啦啦地清扫院落，只有长河还赖在床上，装模作样地酣睡。大山又看见了长河带来的那只黑猫，正在篱笆墙下对长势旺盛的牵牛花苗打量。大山赶过去，用扫帚对它挥舞一下。黑猫怪叫一声，就近蹿到一棵树上。大山记得清楚，这只黑猫似乎对院落里的一切都充满敌意，尤其不放过那些牵牛花，用尖利的爪子一连抓死了几棵。大山不知道剩下这几棵是不是丁丁、贝贝或者朵朵，那棵起名萩曳的牵牛花是否也还活着。大山有些讨厌这只搞破坏的黑猫，又举起扫帚，对它挥舞两下。但他身后传来一声警告。

别吓唬它。

大山回过头，看见长河站在屋门口，正不满地看着自己。

你那只黑猫，专抓那些牵牛花。

也许布鲁克觉得它们好玩吧。

长河说着，便走到树下，冲黑猫招招手。名叫布鲁克的黑猫跳下来，一下子扑到了他怀里。长河展开手指，轻轻地梳理它身上的毛发。布鲁克喵喵叫着，眯起眼睛，一副很惬意的样子。大山掉过头，不再看长河和猫，集中精力清扫剩下的院角。反正牵牛花已经长大，即便长河再纵容布鲁克，有他和岫姑护卫，恐怕也很难再伤到它们。长河放开布鲁克，走到水龙头下洗脸。长河是个讲究仪表的人，那张病弱的脸一天要洗几遍，还有并不太长的头发，也总对着镜子梳个没完。大山把院子扫完，回屋拿出书包，长河还没收拾完毕。这时，篱笆墙外已传来岫姑的脚步声。

看到大山出来，岫姑打过招呼，却没一起走的意思。在大山的记忆里，岫姑从来没在上学前喊过自己，自从长河来到后，她一改先前的习惯，先隔三岔五地来一回，渐渐就每天必到了，如果有一回她出来得晚些，长河便会烦躁不安地等她。也许他们约好了，大山告诉自己，而且不怕乔木他们说闲话。看到岫姑等在外面，长河加快速度，很快便拎着书包跑出来，而且把大山甩到了后面。大山似乎有意给他们腾出空间，便停住身子没动。岫姑觉得不对劲儿，回过头来看他。

怎么回事？大山，你怎么不走？

我……这不走着吗？

大山这才迈开脚，慢慢地跟在他们后面。岫姑和长河停下脚步，做出等待他的样子。大山犹豫了一下，还是朝他们跑过去，脚步居然有些踉跄。大山想把腿脚走稳，可一用力，身子竟也摇晃起来。

没事……

大山既像是朝他们解释，又像是安慰自己。一会儿就好了，他又在心里说，到学校就好了。但他们终于没走在一起，很快，岫姑和长河又跟他拉开了距离。直到来到学校，因为长河要进另一间教室，岫姑才不得不和他分开，和大山一起进到了教室里。

课间休息时，长河又跑过来，旁若无人地与岫姑在教室前说话。大山的同桌约了几个伙伴走过去，有意用身子推撞他几下。长河却表现得十分大度，面对他人的挑衅，一点都不恼火，只是不断地往旁边倾斜身子，脸上还挤出一丝笑意。大山远远看着他，知道这不过是长河的一张面具，他的笑是有意做给岫姑看的。实际上，大山早就看出来，长河是个性情乖戾的家伙，许多时候都会闹出些反常的举动，当然也不会惧怕别人，甚至还表现出好斗的习性。但现在当着岫姑的面，他却又很好地控制了自己，除了不使自己吃亏外，还给岫姑留下一个好印象，真是少见的滑头。岫姑看到同学们对他不友好，不仅没闪开身子躲让，反而不时朝他们翻白眼。看到她这样不管不顾，大山脸上又热起来，赶紧掉开头去。

直到上课铃响，长河才恋恋不舍地离开岫姑，回到他自己的教室去。岫姑也才走回来，满脸带笑地坐到座位上，装模作样地翻弄着课本，但脸上依旧闪出掩饰不住的喜悦。同学们从她脸上收回目光，又都来看大山，疑惑的眼神里似乎还潜藏着鄙夷。大山读懂了他们的意思，一个曾经对你好的人又把兴趣转向了他人，而你却没做出相应的反应，还不该遭到别人的鄙薄么？大山低下头，脑子里一片空白。整整一节课，他都没听懂老师在讲些什么。

这次放学后，大山忽然决定不和他们一起回家，一个人磨磨蹭蹭留在了后面。岫姑在同学们中没看到他的影子，便和长河一起走了。直到同学们都远去了，大山才落寞地向前走去，而且走上一条岔道，来到村外的鱼人河边。快要过了吃饭时间，大山还没有想到回家去。就在这时，他听到了慧娘叫他的声音。他被吓了一跳，不知什么时候她已来到他的身后。

大山，怎么啦?

没怎么……

为什么没回家吃饭?

我……不饿。

大山知道她不会相信这句谎话，但除此之外，他又能对她说什么？慧娘也没让他立刻回家，而是拉他在一块石头上坐下。大山掉开头，默默地看着河里的水流。慧娘也朝河里指一下。

大山，我小时候也是吃这条河里的水长大的。

我知道……

我忘不掉乌龙镇，包括你们一家人……

我知道。

大山忍不住打断了她的话。慧娘朝他使劲摇头。

不，有些事你并不知道。就说你爷爷吧，原本他是个很会盘算的人，盘算来盘算去，到末了非得把我嫁给乔木他爹不可。

大山心里一惊，没想到慧娘居然跟他说起了这个。

真有这事？他为什么要这样做呢？

因为我是他的养女，与他不是真正的一家人……

那……后来呢？

后来我就跑走了，照他们的说法是逃跑了。

为什么要跑呢？不是还有我爹吗？

你爹？

是呀，他为什么没有帮您？

他很快就结婚了……

他不是喜欢您吗？为什么还要娶我娘？

这个……你还是去问他吧。

您真的喜欢他吗？

喜欢，不然我不会送他牵牛花蒴果……

可它并不是出自阿诗玛的手，对吗？

也许你说得对，我不是一个幸运的人，我找了那么久，却从来没能见到她……

是他背叛了您吗？

背叛？

是。

这个……大山你还小，还不知道大人间的事……

大人间的事就那么复杂难解？

等你长大后或许就明白了。

好吧。

我不能不告诉你，我看见你们种牵牛花了……

那可是我和……两个人的秘密。

你真的以为牵牛花会给你们带来爱情和幸福吗？

当然，只要那只黑猫不……

我不是说这个，只是想给你提个醒，爱情和幸福不会自己来到你面前，而是要靠你付出艰苦的努力去争取，你做好争取的准备了吗？

好像……没有……

那你还等什么呢？

大山痴痴地看着她，神情也有些恍惚，似乎看见母亲从梦境中走来，絮絮叨叨地对他说过一些什么，慢慢消失了。

你要是我娘该多好？

我……难道不是吗？

我还是觉得你是姑姑……

是吗？

大山想对慧娘说，我已经有过一个母亲了，不想再有第二个母亲。但他张了张嘴，又没把这些话说出来。慧娘看出了他的心思，不禁哑然笑了一下。

要不这样，在外观上我是你娘，但在内心里，我还是你的姑姑，这样就没问题了吧？

可我爹会同意吗？

我们不告诉他就是了。

那……好吧。

看到他平静下来，慧娘便摆摆手，转身朝村子里走去。大山犹豫一下，还是跟在了她后面。也许就从这个时刻起，大山便觉得自己突然长大了，对事情比先前看开了许多，在以后和长河相处的日子里，他要学会不和他争不和他抢……他知道，这样的日子要一天天熬下去。

## 5

天还黑着，岫姑就被奶奶的咳嗽声惊醒了。刚才在梦里，她和长河翻山越岭，像小鹿一般在林海和溪水间飞跑。但后来，伴在她身边的长河居然变成了大山，似乎是她和大山一起到山林里寻找巫女阿诗玛……醒来后，听见奶奶的咳嗽声一阵紧似一阵，她只好下床去，借着窗口的微弱光亮，看见奶奶伏在床板上，身子一起一落地大口喘息。岫姑顾不得开灯，先把奶奶的身子扶正，又用拳头在她背上轻轻捶打几下。奶奶喘上一口气，将身子倚靠在床头上。

奶奶，您没事吧？

没事，喘上这口气来就好受了。

这几天您又没吃药吧？

我不想吃什么药了，你哥哥说，像我们这种人，吃药是没有用的……

奶奶，不要听我哥哥胡说。

岫姑一边劝慰奶奶，一边在心里埋怨哥哥，这个灵头，真是该死，居然给奶奶说那些胡话。因为要上学，她无法按时给奶奶喂药，便把这个任务交给了灵头。灵头答应得倒是痛快，可执行起来却马虎多了，而且听他说给奶奶的话，他是根本不打算这么做的。岫姑拉亮灯，在奶奶身边寻找药物，但翻遍了整个床头，又搜遍了整张桌子，除了拿到一个空瓶子外，也没找出一粒药。奶奶眨巴着没多少感应的眼睛，长长地叹息一声。

不要找什么药了，你哥哥说得不错，那些药对我们起不了作用。

为什么呢？我们为什么和他们不一样？

我不是早就给你说了吗？我们是山里野人的后代，与镇子里的人根本不一样……

奶奶，不要说了，我才不信那个呢。

为什么不信？难道奶奶的话还会有假？

奶奶沉下脸来，显然有些不高兴了。面对她没有定性的情绪变化，岫姑不愿再待在她身边，便走出门去。外面的人说得没错，混乱了脑子的奶奶兴许离一个疯子不远了。岫姑记得，从很早的时候，奶奶就对她煞有介事地说一家人的来历。按照奶奶的说法，他们一家原是山里的野人，当年为躲避官府豪绅的迫害，特意逃到莫邪山去的。新中国成立后，政府把他们找了回来，安置在乌龙镇过正常人的生活。但他们在山里游荡惯了，已经做不来田地里的活计，便被人们视为消极懈怠，每到开展运动时，都会受到不大不小的冲击。更为严重的是，一家人都呈现出水土不服的情况，岫姑的爷爷和父母都得上了疾病，几乎所有治疗方法都用到了，却是毫无效果，便先后离开了人世，家里只剩下奶奶、哥哥和岫姑。岫姑不能不担心，现在奶奶也被病折磨成这样，如果她一旦走掉，那她和哥哥该怎么办呢？

天才蒙蒙亮，长河就来找她了。昨天放学时，岫姑就和他约好，这个星期天要进山去玩，不知今天还能不能去成。看到长河到来，岫姑阴郁的心情才明朗一些。说实话，她是非常愿意看见长河的，在她眼里，这个与她同岁的孩子虽说身子单薄，面色也有些苍白，可浑身上下都有一种独特的气质，是她在其他伙伴身上不曾见过的。当然，她也看出来，长河是很怪异的一个人，情绪会无来由地变化，时不时地发一点脾气，比起大山来……但这些并没影响到岫姑，他身上的优点也好，缺点也罢，似乎都是摆设，她真正喜欢的是他这个人，他让她感觉到好奇，她想看到他身上弥漫出来的那些东西，似乎一切也就够了。所以一看到长河的影子，岫姑便有些激动。可她还是越过长河的身子，朝院子里看。长河虽然不说什么，却也明白她是在寻找大山。昨天他们做这个计划时，大山并不在场，所以长河便没邀他出来。岫姑没在他身后看见大山，心里不禁感到遗憾，如果真要出去玩，还是不该将他落下。岫姑收回目光，有些愧疚地看着长河。

我恐怕不能和你进山去玩了……

那怎么行？我还要你为我在山里领路呢，莫邪山那么大，我不知道该到哪里去玩。

你见过阿诗玛吗？

阿诗玛？你是说我们那里的人吗？

巫女，听说她是山神的女儿。

我还以为……我们那里没有山。

长河使劲摇头。岫姑不免有些失望。

如果要为你领路，换成别人也行呀。

我明白了，你是看我没叫上大山？

不是，我奶奶病得厉害，所以……

你奶奶病了？

长河松出一口气，朝屋门里看了一眼，马上又转过头，朝院落外的山野里望去。如果换成大山，岫姑禁不住想，一定会进屋看一下奶奶的。这时，哥哥灵头从屋里打着哈欠出来了。一看见长河，灵头就赶紧跑过来，觍着一张笑脸打招呼。看着哥哥点头哈腰的样子，岫姑心里有些难受，与记忆里的父母不同，灵头天生具有见风使舵的本事，总是削尖了脑袋要融入社会，即使见到长河这样无足轻重的少年，也摆出讨好人家的架势。真是一个势利眼。岫姑恨恨地埋怨他。

吃过早饭后，岫姑正要出门去卫生院买药，大山匆匆地跑来了，先去屋内看过了奶奶，然后便自告奋勇替她去买药，从她手里夺药单和钱，回家去骑栓回的自行车。望着大山的背影，岫姑不禁有些感动，大山就是这样，总是无私而热情地帮助别人。大山离去不久，长河也又来了。因为计划落空，长河一副闷闷不乐的样子。岫姑陪他坐在院门口，一边快乐地和他聊天，一边等待大山回来。有岫姑在身边相伴，长河又高兴起来。

这里为什么叫乌龙镇？

听说镇子是由一个叫乌龙的人建立的……

那乌龙就是你们的老祖宗了？

应该是他们的老祖宗。

他们？你不是这里的人吗？

不是。

怎么回事？

不给你说这事了。

莫非你和我一样，也不是……

我哪里和你一样？我是在这里生长的。

那你怎么说……

哎呀，和你说不清这件事。

看到他迷茫的样子，岫姑心里有些过意不去。

对了，你从来没听说过阿诗玛吗？

你是说那个巫女吗？

是呀，听大山说，阿诗玛受到了山神的惩罚……

没有听完她的话，长河就笑话起她来。

什么又是巫女又是山神的？都是大山瞎编的吧？

难道你不相信吗？

我不相信，这个世界上根本没有巫和神。

长河毫不犹豫地说。岫姑直直地看着他，脑子里却又想起那天和大山去找阿诗玛的情景，这才猛然意识到，她已有很长时间没和大山在一起了。

对了，你们家里的牵牛花开放了么？

我们家？你是说大山的家还是我的家？

岫姑用愕然的眼神看他。

你的家？那你就说说你的家吧。

我的家在很远的地方，叫七里坉……

七里坉？为什么叫七里坉？

周围七里的地方就那一个屯子，再没其他村庄了。

那你们不感到孤单么？

孤单什么？我们都养着猫呢……

岫姑便想到了长河那只名叫布鲁克的黑猫。

你们那里是不是老鼠很多？

你以为猫只管抓老鼠？猫是百兽之王你知道吗？

瞎说，老虎才是百兽之王……

但老虎的本事是跟猫学的，不是这样吗？

噢，这个我倒是听说过，但那也只是个传说……

我们都信这个，只要养了猫，就能制服所有的凶物。

岫姑不禁又想起阿诗玛的事，看来那个巫女真的没有到七里坉去过。

对了，你爹怎么就死了呢？

我爹杀死了阿诗玛，所以就……

什么？你爹杀死了阿诗玛？

岫姑大吃一惊，再次用惊骇的目光看他。长河赶紧朝她解释。

我说的是个女人，才不是你那个什么巫女呢。

到底是怎么回事？

这个……还是不提那些事了吧。

好吧……他们说，你爹经常打你娘，是这样吗？

我爹不愿意我娘老惦记乌龙镇，就……

惦记乌龙镇不好吗？

反正我爹不希望她这样。

你娘对你爹不好吗？

生活上对他好，就是心事不对。

什么心事不对？

就是心里没有我爹呗。

这是真的吗？

我知道跟你说你也不相信。

长河突然感到有些无味，不想再说这件事了。就在这时，大山却空着手回来了。

钱……不够……

大山一边从车子上往下跳，一边气喘吁吁地说。岫姑急忙站起来，要回家去取。长河拉住了她。

我去给你买来。

你有钱？

不用我的钱。

那你怎么……

等我好消息就是了。

长河诡秘地一笑，没等他们反应过来，就从大山手里夺过药单和钱，跳上自行车，一扭一扭地骑走了。岫姑又和大山坐在院门外，半信半疑地等待长河买药归来。一时间，两个人竟然不知道说什么话好。大山抬起头，默默地朝远处的山野望，眼神里的表情有些空茫。岫姑在一边悄悄地看他，心里越加起伏不定。是呀，如果不是长河的出现，这时候他们一定会像过去一样无所顾忌地说话，那时他们会说什么？会说一起去寻找阿诗玛的事，会说种植牵牛花精灵的事……啊，那样的情景也是那么美好……可他们之间忽然有了一个叫长河的少年，那种美好的情景恐怕就再也难以出现……岫姑心里涌起一阵莫名的惆怅，突然有了要对他说句什么的冲动。

你……说，长河他能把药买回来吗？

话说出了口，岫姑立刻感到了后悔。你说什么不好，她在心里埋怨自己，为什么偏要说到长河呢？大山好像并没多么意外，掉转头，又朝长河离去的方向看一眼。

或许他能吧。

大山淡淡地说，话里并没有肯定的口气。但岫姑本能地相信，长河不管使用什么方法，是一定能够把药买回来的，而且他所使用的方法，却是大山所不能具备的……也就在这个时候，岫姑看到了这两个人的不同……果然，没过一顿饭的工夫，长河就回来了。

买来了，我把药买来了。

还离着很远，长河就举起一只手，把一团花花绿绿的东西朝他们挥舞。岫姑站起来，正如她的料想，长河真的把药买来了。岫姑迎上去，把药接到手里，用敬佩而欣喜的眼神看他。长河丢下车子，便累得倒在地上喘息。他弄出的动静太大了，灵头也跑出门来，一见岫姑手里的药，眼睛也瞪直了。

你是怎么买来的呢？

灵头蹲在长河身边，一个劲儿地追问。长河斜起脸，眉飞色舞地看他一眼，随即又把眼挪开，一副不屑于与他详说的样子。灵头却还不甘心。

你少给了他们钱？

没有。

你想办法又弄到了钱？

也没有。

那你……别是骗了人家吧？

胡说，你才会骗人呢。

长河索性不理睬他了，把两条腿搭在一起，一颠一颠地悠荡，浑身上下都透出了得意。灵头拍拍脑袋，不好再追问下去，却忽然伸出手，把长河的手紧紧拉住，十分势利地摇了又摇。

兄弟，你可真行呀，老哥我真是服了你了。

听了他毫不掩饰的马屁话，长河的脸面越发充满了牛气，而且夸张地抬起头，用优越的眼神看了大山一眼。长河表现得太明显了，连岫姑都替大山感到难堪了。这个家伙。岫姑在心里对他说一句。如果不是当着大家的面，她真想抬起手，在他红彤彤的脸上摸一下……自然她也看出来，面对长河挑衅的目光，大山只是微微笑一下，并没做出什么表示。

## 6

一连许多天，岫姑到篱笆院里来时，大山都装作没有看见，主动朝一边走开了。岫姑便有些不安，再和长河交往时，也就加了几分小心。长河却没像岫姑那样收敛，依然和她来往得频繁热烈。长河的态度，越发使岫姑难为情起来。随后的几天里，岫姑不再到篱笆院里来，连栓回都感到了奇怪，岫姑怎么不来找你们玩了？大山没有回答他的话，长河也便装作没听见。当这个星期天到来时，大山知道他们要进山去玩，又觉得他们不会来约自己，便关在屋里写作业，却又写不下去，一连戳坏了两张纸。栓回觉察到他的异样，不禁走过来打量他。

我看你有什么心事？

大山不想回答他的话，埋下头，继续用力往纸上写。栓回索性在他身边坐下来。

最近你的成绩有些下滑，怎么回事？

我……也不知道……

这不是你自己的事么？

大山不知该说什么好。栓回摇摇头，忽然也有些怀念从前的安静生活了。

岫姑家是不是有什么事？

不知道……

见他没有交谈的兴致，栓回不好再说什么，便从他身边走开。大山木然地坐在那里，依旧沉浸在自己的心事里。

刚吃过早饭，屋外便传来岫姑和长河的声音。大山透过窗口，看见两个人站在院门边，岫姑想朝院里走，长河拉她一下，但没拉住，她便走到院子里来。长河两手插在裤兜里，眼神淡漠地看着她。大山明白过来，岫姑或许是来叫自己呢。他真想站起来，也跟他们到外面去，但内心盼望的又似乎不光是这个。他想离开窗口，不和岫姑见面，但还没采取行动，岫姑已来到了窗下。

大山，咱们进山去玩吧。

我……还有事……

我知道你没事。

我要写作业……

回来再写嘛，我和长河都没写呢。

不，我要先写完了再说。

见他态度坚决，岫姑只好失望地离去。长河倒有些高兴了，和她快乐地朝门外走去。大山的泪水差点涌出来，手下猛一用力，笔尖一下子戳断了。他气得拍了一下桌子。

大山……

是慧娘的声音。大山回过头，见慧娘站在他身后，看不真切的脸上似乎含着笑。看来她已注视他很久了。大山更加气恼，猛一下把本子撕烂，团成团，使劲丢在了地下。慧娘走过来，把手小心地放在他肩上。

大山，你应该和他们一起去。

少来这一套。

大山霍地站起来，甩开慧娘的手。慧娘没想到他会这样，一时愣在了那里。

大山……

走开，我要写作业……

大山又伏下身子，同时埋下头，泪水像断线的珠子洒在桌子上。慧娘呆呆地看他，不知如何是好。

大山——

窗外传来栓回严厉的喝声。大山抬起头，看见栓回站在院子里，正用愤怒的眼神看他。大山心里猝然一抖，旋即醒悟过来，是呀，他怎么能朝慧娘发火？即使自己有再大委屈，也不该把怨恨发泄到她身上。几乎是一霎那，大山就觉到了懊悔，也感到了害怕。栓回很快进屋来，并把慧娘推出门去。慧娘“砰砰”地叩击门板。

你不要朝孩子发火……

栓回没有理会慧娘，只是快步朝他走来。大山意识到，栓回这一回是饶不过自己了。他知道，栓回最痛恨没礼貌的人，不管在家里，还是在学校，都无数次地教导孩子们，要尊老爱幼，诚心待人……栓回的思想有些古板，脾气也不小，对那些违背做人信条的行为，从不肯轻易放过，正是凭着这一点，他才在乌龙镇落下了好名声，而轮到他自己的儿子，却……大山沉沉地低下头，准备接受栓回的痛骂甚至责打。但出乎他意料的是，栓回并没立刻对他怎么样，只是像墙壁一般站在他面前，用威严灼亮的目光看他。屋里的空气似乎凝固住了。大山侧过头，不安而愧疚地看他一眼，又赶紧把目光掉开。栓回在他面前的椅子里坐下，依旧沉默不语。大山急忙站起来。

爹，我错了……我不该和娘那样说话……

栓回点燃一支烟，使劲地吸了几口。烟雾在他脸前一团团升腾起来。栓回沉默着，直到吸完了那支烟，才长长地吐出一口气。

大山，其实我也知道你不是成心这样，而且我也明白，你是真心知道自己错了……

听到栓回这样说，大山忽然想到那句流传甚广的话：知子莫若父。看来栓回是真地看出了他的心思。平日里，栓回虽然很少和他交流，却无时不在对他的内心进行关照。大山不禁有些冲动，真想像小时候那样扑进栓回怀里，不顾一切地大哭一场。但他又明白，这已经是不可能的了，随着年龄的增长，他早就失去了这种机会。在栓回面前，他不再是一个小孩子，而快要成一个地道的大人了。大山不由地悲从心起，泪水涌上来，扑簌簌地落到脚下。

大山……

栓回叫他一声，同时抬起手，抖抖地朝他伸来。栓回的手落在他脸上，在腮边摸了一把，便又按在他头上，来回抚撸了几下。大山知道，栓回这是在告诉他，不要再哭了，要坚强些，要像一个真正的男人那样面对一切。也许正是在这种暗示下，大山很快平静下来。栓回欲言又止。

大山，你娘其实并不知道……

什么？

你娘这一辈子很不容易。

我知道一些，姑姑受了很多苦……

你还叫她姑姑？

这个……是我叫错了。

我知道你还在心里想着你母亲。

你给我一些时间……

是呀，是需要时间……大山，你母亲她……

栓回欲言又止。大山的心又提紧了。

什么？

你当然不会忘了，你母亲她人很聪明，也很善良，就是对一些事过于计较……

你爱过我母亲吗？

当然，当然爱过。

从什么时候又不爱了呢？

没有……

我不信。

大山耸了一下肩膀。栓回知道不能不对他好好讲一下了。

是这样，你现在的娘……噢，还是称她为你姑姑吧，你姑姑中间回来过一次，我知道她的境况不好，后来就常给她寄点钱什么的。没想到越是这样，她那个男人越是不放过她，而反过来，她越是想着我身上的好处……有一回，她又写信来，向我诉说了她的委屈，可不知怎么，那封信落到了你母亲手里。她原本就怀疑我们，以为这次又找到了证据，从此就和我别扭起来……

你为什么要给她寄钱呢？

是啊，我干吗要给她寄钱呢？原本那不过是哥哥对妹妹的关怀，可一旦引起了你母亲的误会，便什么都说不清了，真是一步错步步错呀……

栓回站起来，在屋内踱着沉缓的脚步。大山没有想到，栓回竟主动和他说起这些属于大人间的事。在此之前，关于慧娘那边的情况，他只是从别人那里听说过一点，知道她是嫁给了一个并不喜欢的男人，也就是长河的父亲。那个男人原先在村里当干部，平时很威风，拨乱反正时被划为“三种人”，不仅干部当不成了，还受到一些人的欺辱。男人心理失衡，便以酒解愁，时常喝得酩酊大醉，看慧娘也不顺眼，无缘无故便将她打骂一顿。即使这样，慧娘也忍住了，没有做出任何离开他的打算。可偏偏那个倒霉的男人又犯下命案，打死了一个无辜的女人，被法院判处无期徒刑。男人死在监狱里后，剩下慧娘和长河，在那个遥远而贫竭的地方打熬日月。幸亏栓回把他们接回了乌龙镇，母子二人才过上正常人的生活。栓回停住脚步，两手使劲揉搓几下，又猛地甩开。

你姑姑跟那个人受够了罪，还有长河……

他也没有放过长河吗？

没有，虽然那是他自己的儿子，却经常被他暴打一顿……

什么？被他暴打……

大山吃了一惊。栓回点点头。

那几乎是个疯子，打起人来简直像只野兽，你姑姑和长河有时被他打得死去活来……

啊？这是真的吗？

好在他后来被枪毙了，我们以为你姑姑总算从他的魔爪下解放出来，可是……

什么？

那个屯子里的人却又开始歧视他们……

那些人为什么这样做？

因为他们是罪犯的家属……

居然因为这个……

长河就是在那样的环境里长大起来，不仅身上，就是心里也留下了伤痕……

原来……

大山恍然大悟，怪不得长河有时会表现得行为反常，言语无度，原来都是由于……几乎是一霎间，大山就同情起长河来。栓回再次坐到他面前，用慈爱的目光看他。

所以，作为兄长，你应该时时关心他，处处让着他……

是……

你不用给予他别的，你只要把一个健康的环境提供给他就行了。

爹，我知道了。

大山对他使劲点头。栓回说得没错，要想治愈长河心灵的创伤，让他更好地成长起来，除了给他提供一个健康的生活环境外，还能有什么别的方法和途径么？这时，大山隐约听到了慧娘在门外的哭声。他愣怔了一下，突然站起来，拉开屋门，迈着大步朝外面跑去。慧娘在身后朝他呼喊。

大山，你要去哪里？

我去找他们——

大山一路奔跑着来到鱼人河边，朝四周的山野遥望，已经看不见长河和岫姑的影子了。大山没有贸然找下去，而是坐在河边，非常有耐心地等待他们归来。快要晌午时，岫姑和长河才一瘸一拐从山上下来。看着他们互相搀扶的亲密样子，大山心里又起伏一阵，但想到栓回那些话，他立即便坚强地站起来，坦坦荡荡地朝他们迎过去。岫姑也看见他了，举起手朝他摇一下，便撒开腿脚跑过来。

大山，你一直在这里等我们吗?

是……不不……

那你在这里干什么?

我……在逮鱼……

长河也跟上来，一屁股坐在地下。

你逮的鱼呢?

我……又都放了……

放了? 为什么放了?

你要看，我再给你去逮。

不等他们回话，大山就甩掉鞋子，疾步跑到了水边。他感到身子从下往上，正有一股电流急快地蹿上来。不知怎么回事，他忽然想起了萩曳，想起几年前在这里救起她时的情景。大山张开双臂，身子向上一跃，在水面上划出一道优美的弧线，便直朝河水中扑去。他看见自己映在水里的影子飞过来，在身体触到影子的刹那间，随着“扑通”一声响，他全身一阵酥麻的感觉，水花在他身下四处溅开去。他像一条鱼游到了水里。岫姑直直地站在水边。

大山，我们在这里等你——

大山的视野暗淡了，身子顿感一阵轻松。他在脸上抹了一把，把身子探出水面，朝前伸出手臂，两脚一蹬，同时将手掌划向两边，一下子蹿出去几米远。他似乎已忘记了逮鱼的承诺，只是享受着来到水里的快乐。他仰起身子，悠悠地看着碧蓝的天空，回忆三年前那次在河中的情景。那天，他刚下到河里，便听到一个洗衣妇女的呼喊。他循着喊声张望，看到有一样东西在远处的水里浮动。他打着水花游过去，便一下子把她捞到了怀里。这时才发现，那居然是一个六七岁的小女孩。女孩呛了几口水，脸蛋憋得青紫。大山拖着她来到岸边，把她倒控在石头上。女孩吐出了几股清水，哇的一声哭出来。萩曳别哭，那个妇女赶过来说，要不是大山救你……大山想起萩曳那双黑乎乎的眼睛，一时发起怔来。

大山，我们等你回来呢。

听到岫姑的喊声，大山猛然回过神来。水花在他身下飘飞，河岸上的景物渐渐变得模糊不清……

# 第二章

我不记得我们在山林中走了几天，才在一个山坳里的空地处停下来。这里像是存在过一个村寨，不，准确说那可能不是一个村寨的规模，仅仅是一些残垣断壁，而且上面留有烟尘，想必很久以前是有人在这里住过的。但我想不明白，这个地方远离人间，周围全是山峰和莽林，会是什么人在这里居住呢？后来他们又到什么地方去了？

直到很久以后，我才回过味来，或许这里真的就是母亲的祖辈曾经生活过的地方，正是因为这个原因，母亲和大伯他们才决定停下来，把这里当成我们以后的家。很多个夜里，我都会在睡梦中睁开眼睛，看见一些绝对不属于我们这伙人里的人，有大有小，有男有女，在我们的篱笆院周围一带出没，他们身上仅仅穿着一点衣服，或者干脆只在腰间围块树皮，看上去与我想象中的野人形象毫无二致。我不知道他们是如我们这样进山来的外地人，还是本来就是山里的野人，比如母亲先祖遗留在这里的后代，或者他们根本就不是和我们一样的人，而是披着我们人类外衣的神秘生物。有一次梦游的时候，我根据人们的传说，把一根红丝线偷偷套到一个游荡在篱笆墙边的小孩子脖颈上。小孩子惊急地跑去，我并不追赶，只是把丝线慢慢地放出去。第二天醒来后，我顺着丝线一路找去，看到线圈套在一棵牵牛花的藤蔓上……我终于相信了人们的说法，原来这个山林里到处都有隐伏在暗处的精灵，牵牛花的精灵，树木、草禾、菌菇甚至土石的精灵……

刚把篱笆院建起来的时候，大伯就带领我在篱笆墙下种植牵牛花种子。那些种子都是他从乌龙镇带来的，装在一个光亮无比的牛角里。大伯边种边念叨，你们快快长吧，等哪一天，你们的花朵把整座莫邪山都开遍……在大伯说这些话的时候，我看见母亲站在屋门口，望着周围茫茫苍苍的山林，眼里闪动着若有所思的光彩。那个时候，我不知道母亲看到了什么。

## 1

岫姑蹲在屋门口，望着外面下个不停的雨出神。进入夏季后，便一直是阴雨连绵的天气，雨量倒也不大，持续时间也不长，只是没有停歇的迹象。开始时，岫姑倒没把下雨的事放在心上，天晴时就下地干活，雨来了便在家做针线。现在不比从前，她已经长大成人，奶奶也在一年前去世，她跟着结婚后的哥哥灵头过日子，刁蛮的嫂子老把一大堆活推给她，让她不能留给自己足够的空闲。好在这个夏天的雨水格外多，她也能在雨天里歇息一下。可这样一来，善于找茬滋事的嫂子又觉得她不顺眼了。养这么个东西也是白养，嫂子踢打着身边的狗说，叫你白吃饭，叫你白吃饭。岫姑明白她是在敲打自己，想发作，咬咬牙又忍住了，对这样一个泼妇嫂子，善于见风使舵的灵头都不表示什么，她又能怎么样呢？

雨水从屋顶上流下来，落在铁盆里的叮咚声越来越响。由于连日淋雨，岫姑这间屋子开始漏水，水流像一条线似的落下来，把铺被打湿了一片。她只好把脸盆接上去，盆里满了，端出去倒掉，回头放上再接。夜里不敢上床睡觉，便坐在椅子里打熬时间。天亮时分，岫姑不觉迷糊了一下，醒来发现，盆里的水已经溢出来，差不多浸湿了整个铺被。吃饭的时候，岫姑望着哥哥灵头，张了好几下嘴，才把房子漏雨的事说出来。

哥，我的屋顶漏了……

灵头没有应声，却把眼睛看向婆娘，察言观色了一下，才回头朝妹妹咧嘴。

反正下着雨，屋顶也没法修，等天晴了再说吧。

岫姑没吃完饭，就跑回自己屋里，克制不住心里的委屈，泪水比雨水还凶猛地流出来。看来这个家不是久留之地，可她想象中的好去处又在哪里？正在这时，门外传来喊声。

岫姑——

不用细听，岫姑也知道是谁来了。来人站在屋门口，有些起毛的伞沿遮住了半拉脸。

你都来了，还站在门外干什么？

长河收起伞，带着一股子湿气进屋来。面对着这个清清爽爽的男人，岫姑又真切地感觉了心事。长河把脸凑上来。

想什么心事呢？是不是……

什么？

是不是在想我呢？

岫姑把他推开去。

你又喝酒了吧？

长河没有回答，随即又跟上来，把嘴在她脸上贴一下。岫姑涨红了脸，又使大劲推他。长河怕她恼了，赶紧退后一步。

刚才和乔木他们……

你又和乔木他们在一起？还喝酒？

下雨嘛，也没什么事干。

那也不该喝酒。

就喝了一点点……

长河忽然听到叮叮咚咚的响声，随即抬起头来。

怎么，你的屋顶漏雨了？

是……

都流到床上了，你还怎么睡觉？

没事，我哥说天好了就修补……

那怎么行？对了，我去喊大山。

你喊他干什么？

我让他来给你修。

长河说着，拿起雨伞，就要朝屋外走。

长河——

岫姑急忙喊住了他。她多希望长河自己动手，将她漏雨的房子修补好，如果非让大山来修，那也应该自己请他，又何必长河去喊呢。长河回过头，好像看懂了她眼里的意思，想一下，才点点头。

好吧，我来给你修。

长河跑出去寻找修房的材料。岫姑先把梯子放好，又找来些砖头。不一会儿，长河抱着一大块油毡回来，踩着梯子，一步步向房上爬去。岫姑仰起头，定定地望着他。快到房顶时，长河一只脚踩滑，身子一趔趄，差点掉下来。岫姑叫喊一声，霍地举起两手，做出要接他的架势。长河站稳了，低下头，朝她咧咧嘴，然后便爬上房顶去。他的身影消失了，岫姑还举着手，心里跳个不停。她相信，倘若长河摔下来，她会毫不犹豫去接他，这已成了她的本能，一种要给他什么的强烈意识弥漫在身上，让她变得勇敢起来。

一刻钟后，长河在房顶上铺好油毡，又用她扔上去的砖头压住，由于雨水愈下愈急，无法铺盖泥灰，便只好暂且收工。长河踩着梯子下来，全身已被雨水淋透，衣服粘在肌肤上，原本瘦弱的身子显得更加单薄，头发也凌乱不堪，一缕缕搭在额上，快将脸面罩住了。长河不愿在她面前表现出狼狈相，想赶紧逃开。但岫姑拉住了他。

快进屋来，我给你擦一下。

在岫姑的拖拽下，长河只好跟她进屋来。岫姑抓起块毛巾，径直捂到他脸上。长河还要往后躲，岫姑已给他擦过几个来回。长河便不再动，任她在脸上仔细揩擦。岫姑擦干他的脸，又擦过头发，从脖子里滑下来，好像迟疑了一下，才朝他胸脯上伸去。长河有些不好意思，夺过毛巾，自己去擦胸脯下的部分。他整理好自己，抬起头，才发现她身上也同样湿着，便把毛巾朝她递去，但立刻又改变了主意，直接用毛巾给她擦脸。岫姑也往后躲一下，并从他手里夺过毛巾。长河瞪大了双眼，痴痴地往她身上看。岫姑的衣服也紧贴在肌肤上，使她身形的轮廓都显现出来，让他的眼睛看得发直。

岫姑，你……真好看……

听了这句火辣辣的赞美话，岫姑的脸有些发热，随即又看见他眼里火焰般的光束，身子不禁颤抖起来，似乎预感到要发生什么。但没容她做出反应，长河便冲上来，一把将她搂到怀里。

岫姑……

岫姑清醒过来，使劲推他一把。长河却没退开，两手依旧紧抓着她。

岫姑，答应我……

不行。

你不知道，我多喜欢你……

喜欢也不行。

为什么？难道你还想着大山……

你说什么？

长河这一说，岫姑便真的想到了大山。大山。岫姑在心里叫了一声，越发用力推他。长河更加来了兴致，两手像饥饿的蛇牢牢地箍住她的身子。

岫姑……

不行，不……

岫姑一边叫喊一边挣扎。也许是长河抱得太紧了，或者她实在没了力气，渐渐便停住手脚，身子也一节节软下来。长河很快撕开她的衣衫，把急剧膨胀的身体压到了她身上。两个人一起在湿漉漉的床上倒下，将接满水的盆子打翻在地。大山。岫姑闭拢着眼睛，在心里又叫喊了一声。岫姑觉得身子被撕破了，到处都流出鲜红的血。

……

长河穿上衣服，急匆匆地跑走了。岫姑从床上爬起来，把掉在地下的脸盆安放妥当，又像先前那样蹲在门口，呆呆地朝远处看。长河，岫姑在心里叫喊，大山……这样叨念了几句，她突然意识到，自己叫喊的竟是两个不同的名字。一时间，她也被自己纷乱的念头迷惑住了。嫂子从院子里走过，经过屋门时，斜斜地看她一眼。岫姑身子一抖，嫂子是个专好打探别人隐私的人，刚才的事情别是被她看去了？看来这个家真的不是久留之地，还是赶快离开这里吧。岫姑便又想到了长河，不禁大吃一惊，难道自己真要嫁给他了不成？岫姑站起来，目光更加茫然地朝远处望，泪水又一次模糊了眼睛。

天快黑时，岫姑决定，在嫁给长河之前，无论如何都要先见大山一面。

## 2

大山拖着疲惫的身子走出玉米地，瘫坐在树下的石头上。由于连日降雨，杂草们像疯了一般生长，眼看要把玉米苗吞噬掉。他不敢怠慢，蹚水进到地里拔草。积水加之泥泞，两脚踩下去，差不多陷到膝盖，走一步都十分吃力。长河在地头走一圈，说还是用除草剂来得彻底，便搭车去城里买药了。大山无可奈何地叹口气，长河就是这样，总是喜欢投机取巧，当然有时也起到些效果。但他也不敢等他，经过一个上午的忙碌，已把这块地清理出来。歇息了一会儿，渐渐觉到肚子饿，大山站起身，正要回村去，看见岫姑朝他走来。他不知是否该走开。这些年来，他们已很少单独在一起，似乎也忘了该怎样相处。

大……山……

岫姑主动打了声招呼，声音却有些颤抖。大山只好迎着她走过去。看到她欲言又止的样子，大山知道，她是有事要告诉自己。他忽然想起许多年前，在栓回迎娶慧娘的日子里，在他最孤独的时刻，岫姑赶来陪伴他，与他一起去山里寻找阿诗玛，并送给他据说能给人带来爱情和幸福的牵牛花种子……大山从遥远的遐想里收回思绪，有些自嘲地摇摇头。岫姑或许也想起那时的情景，脸上浮出一层红晕。

大山，你是不是……恨我？

恨你？为什么？

大山不解地看她，感觉到发生了什么事情，心里泛起不祥的预感，难道……他有些不敢往下想。但事情已到这一步，大山又对自己说，你还能逃避到哪里去？岫姑犹豫一下，终于鼓起了勇气。

大山，我就要嫁人了……

嫁人？

尽管有所准备，大山还是吃了一惊。岫姑使劲点点头。大山很快醒悟过来。

那……我应该祝贺你了……

你不问我要嫁给谁么？

岫姑看着他说。大山摇摇头，挪开眼睛，把目光望向高远的天空。明亮的日光雨一般洒下来，快要把他的眼睛燃着了。

我知道……

大山苦苦地笑出一声，并尽量把声音放大，让笑声朝远处飘去。岫姑忽然膝头一软，在他脚前跪倒在地下。大山诧异地看着她，不禁退后一步。

岫姑，你……

大山，你恨我吧。

岫姑举起两手，在空中挥舞两下，便落到自己头上，在一种癫狂状态中撕扯头发。大山想拉住她，却很久没伸出手去。岫姑跳起来，披散着凌乱的发丝，急快往山野里跑去。大山朝前跟了几步，又猛地顿住脚。

等你……你们……那天，我会祝福你们……

大山大声说，既像是喊给岫姑，又像是告诉自己。他踮起脚跟，朝她走去的方向眺望。岫姑穿过长满灌木的沟谷，沿着弯曲的羊肠小路进到了树林中。她要去哪里？大山脑子里一片空白，耳朵也听不到声音，好像天地间的万物都静止下来，眼睛模糊不清，似乎整个世界都变得一团暗黑。岫姑真要嫁给长河了？大山一遍遍问自己。他多希望一切只是脑子里的幻觉，只是一场荒唐的梦境，只要自己醒来，幻觉和梦境便都消散了、远去了……

大山发现自己来到了鱼人河边。他停下来，对着宽阔了许多的河面发怔。汹涌的河水从他脚前流过，像是在对他发出急切的呼喊。大山没有丝毫犹豫，便走进了河水里。他想象身上坠了块沉重的石头，拖着他往水流深处沉去、沉去。他希望自己像石头那样沉到河底深处，再也不浮上来，随着时光的流失，和泥巴一起慢慢烂掉。河面上闪烁出一块块亮丽的光斑，像一把把刀子刺激他的视线。他闭上眼睛，任河水在身边滔滔流淌，似乎自己也正被它带往不可知的远处。河水，大山在心里祈求说，你快些把我带走吧。一条鱼在他腿上碰一下，又急快地游去。大山又想起那次和长河、岫姑一起逮鱼的情景。是的，从那时起，岫姑嫁给长河或许就是一件迟早要发生的事了，只是他还不肯承认，不敢正视，甚至还做着天真的梦，以为说不定哪天事情就会出现转机，岫姑再像先前那样回到自己身边。直到现在，此时此刻，这个有些甜蜜却不切实际的梦才终于破灭，呈现在眼前的是一个如此严酷的现实……

不知过去了多久，大山才离开河道，慢慢朝岸上走来。他一下子看见了长河，那个对他来说多么不愿意见到的人。长河是来找他的，已蹲在河边打量他很久了。大山没有理会他，从他身边绕过，拖着两脚泥水往回走去。长河赶紧站起来，磕磕碰碰地跟在他后面。

县城快要转遍了，把我累得半死，好几个门市都说缺货……

大山回头看他一眼，这才想到他去买除草剂的事。长河看着他，也不禁一愣。

你……怎么啦？怎么这种样子？

没有除草剂？

没有……整个县城都没有……

那你就用两手去拔草。

大山朝田里指一下，加快了脚步往前走。长河从田里收回目光，又跟在他后面。大山霍地回过头。

你不去拔草，跟着我干什么？

你……今天有点怪……

大山意识到自己的失态，拍拍额头，让自己冷静下来。

你们什么时候办喜事？

办喜事？谁办喜事？

长河有些莫名其妙。大山直视着他。

你是不是欺负她了？

谁？

还有谁？

大山又瞪圆眼睛。长河这才明白过来。

岫……她找过你了？

说，你是不是欺负她了？

我……

到底有没有？

哎哟，我肚子疼，哎哟……

长河突然弯下腰去，两手捂住肚子，随即又撒开两脚，兔子一般朝村子里跑去。望着他急快消失的身影，大山渐渐松开紧攥的拳头。也许岫姑真的被他欺负了？大山蹲到地下，两手紧紧地抱住头。

大山——

大山似乎听到一声隐约的喊声。他一下子站起来，抬高头，把眼睛望向最近的一座山峰。没错，那的确是一个声音在叫他的名字，而且那声音是从山峰顶端一个隐秘的洞穴里发出来的……大山觉得，那应该就是山神的女儿阿诗玛含泪的哭声……他仿佛看见，在那个为爱情所刺伤的巫女身后，滴落着永远看不到尽头的泪线和血流……

## 3

听到岫姑要嫁给长河，栓回说不上喜欢，也说不上不喜欢。但他动用家里所有的积蓄，要给他们盖一处新屋。栓回原已做好盖屋的准备，只是要等一个合适的契机，现在长河和岫姑结婚了，栓回便立即行动起来，又是订石头，又是购木料，把教学之外的时间都用在这件事上。

大山看得明白，栓回不会因为他的苦恼而冷淡长河的事情，不免又让他想起母亲，继而又怨恨祖父母，似乎他不幸的一切都源自他们收养了慧娘，而慧娘偏又爱上了栓回，从而让他失去了母亲，最终也等于没有了父亲。但话又说回来，栓回在长河这件事上又能怎么样？他是这个家庭的主人，要使这个家庭有饭吃、有衣穿，要把这个家庭平安和谐地支撑下去，除了这样做之外还能有更好的选择吗？这样一路想过来，大山最终还是理解了栓回，看到他脚不沾地地忙碌，也只能义不容辞地帮他一下。

一大早，长河和岫姑搭乘拖拉机，到县城里去买结婚用具。大山则拖起排子车，去几里路外的石场拉石头。结婚日期悄悄临近了，新屋应该尽快给他们盖起来。回来的路上，大山遇到了放羊的乔木。

大山，过来歇会儿吧。

乔木坐在树荫下，悠闲地舞动手里的鞭了。大山也实在累了，便停下车子，拿出辊木顶住车杆，走到乔木身边坐下。

牛呢？怎么不用牛呢？

望着大山汗流浃背的样子，乔木把一支烟递过来。大山没接他的烟，只是把手按在头上擦汗。乔木撇一下嘴。

看把你忙的，这也真是奇了怪了，又不是你结婚，干吗这么尽心？

瞧你说的，长河不是我兄弟吗？

兄弟？是兄弟就不该抢了哥哥的相好。

乔木，不许你这么说。

算了吧大山，你和岫姑的事从小我们就知道，还有什么……

乔木，你要再这么说，我就不陪你了。

大山站起来要走。乔木赶紧拉住他。

好好，不说这个了，我也是吃饱了撑的。

两个人都不再说什么。大山望着散在四处吃草的羊，心里有些不解。这些年，乔木靠着做羊生意，居然很快成为乌龙镇的富裕户。阔起来的乔木也就更显神气，说话带着腔调，走路哼着小曲，很有些大人物的派头。大山见不得他这种样子，日常里便很少和他来往。可乔木却一直记着他从水里救起妹妹萩曳的事，不时做出些友好的表示，弄得大山也不好再疏远他。要说乔木除去嘴巴破外，也还没做过对不住他的事，虽然刚才的话不大好听，但毕竟也说到了实处，要是换成别人，还不会对他这样说呢。沉默了一会儿，乔木又憋不住，一张破嘴又吧嗒起来。

我说，是不是岫姑出了什么事儿？

你又来了……

你别是还蒙在鼓里吧？

乔木，不许你瞎说。

一说起岫姑，我就想起长河他娘当年那件事……

你、你说的是什么？

大山紧盯住他。乔木眨动着两只不一样大的眼睛。

你不会没听说吧？那时候，我爹还打着光棍，他老人家实心实意帮你家盖好屋后，长河他娘……也就是你姑姑慧娘，当然那时候还没长河呢，原本你奶奶是把她许给我爹的，可后来慧娘却宁死也要退婚，这不是存心拿我爹当冤大头吗？我爹也是无奈，就在那次慧娘到我家还东西时，把她摁在了院子里……

这是你爹说的？

我是听我爷爷说的……慧娘抓破了我爹的脸不说，还跟你奶奶说他老人家强暴了她。

没有吗？你爹没欺负她吗？

我爹要是得逞了，慧娘不早就成我娘了？

原来……

我爹白忙活一场，倒成全了七里坉那个老酒鬼。

乔木，你是说长河也把岫姑……

这不是明摆着吗？要不，岫姑也不会轻易离开你，铁了心嫁给长河呢。

大山沉默了，眼前又浮出岫姑跪在自己面前撕扯头发的情景……岫姑，大山在心里喊叫，这都是真的吗？乔木抹抹他富有特色的眼睛，把一根手指含进嘴里，轻轻一吹，立即便发出响亮的呼哨声。正在吃草的羊纷纷抬起头，随即便向他跑来，一起聚集在他跟前。看大山呆怔的样子，乔木又得意地笑笑。

干什么都要找准窍门，怎能一味实打实地傻干呢？

大山回过神来，站起身，拍拍身上的土屑。乔木见他要走，又拉他一把。

你和岫姑是多般配的一对，你怎么就轻易把她……

别说了乔木，自古以来，婚姻都是两相情愿的事，不是你的，你也强求不来，是你的，早晚都会到你跟前。

乔木撇撇嘴，侧过头去，不理会他了。大山望着空阔的山野，起伏动荡的心绪很快平静下来。

我告诉你乔木，岫姑就要和长河结婚了，这里边已没我什么事了……对，要说有我什么事，那我就是他们的大哥……

乔木不想再听他的话，“啪啪”甩两声响鞭，赶着羊群朝山坡那面走去。大山发了一会儿呆，才拖起车子，慢慢走上回家的路。这是他拉回的第三车石料了。

慧娘打老远就迎上来，把一碗水端给他。大山装作看不见，没有去接那碗水。慧娘把碗放在一边，只好讪讪地走开了。大山看天色不早，没顾得歇息，便把沉重的石头搬在手里，一块一块地往车下卸。每搬起一块石头，他心里的委屈就止不住浮上来。卸完最后一块石头时，不知怎么却忘了撒手，连石头带人一起趴倒在地上。慧娘又急忙跑过来。

天哪，你怎么就……

慧娘把他抽出的手拉住，见已流出血来，便回屋拿出一块白布，给他扎起来。

疼不疼？

大山轻轻地摇头。慧娘为他包手时，他出奇地听话，波动的情绪平复下来，伤痛也随之淡弱了许多。有一瞬间，大山想到了自己的母亲，一个早就变模糊了的影子……他把手缩回来，抱在胸前，将身子坐到那块石头上，目光呆呆地朝篱笆墙上看。他和岫姑种下的牵牛花长势良好，如今正在开放，在日光照耀下，各种颜色的花朵真是艳美极了。慧娘又端来了那碗水。大山没再拒绝，接过来，咕咚咕咚地喝下去。在喝水的过程里，他又一次感觉到她尴尬的眼神。

大山，为了长河的事，让你吃苦了。

娘，您别说这个……

唉，这做人呢，也真是不容易，一步走错了，便跟着步步错下去。

您……是说故事里的事吧？

不，我是说你爹，还有你……

我？

大山，不用瞒我，我知道你的心事。

大山的眼睛一下子酸涩起来，原本还不想承认她的话，但又实在没勇气摇头。慧娘仰起头，望着风中摇曳的树叶，长长地叹一口气。

这婚姻的事，还真是让人说不明白，你们和岫姑之间，我们大人也插不进多少话去，关键还是你们自己呀。

我知道，我已经失去了那种机会。

他们不是还没成婚吗？

娘，您真这么认为？

也许你没意识到，你和长河拥有一样的权力。

大山呆呆地看她，吃不准她的说法是否真实。但他的泪水还是止不住流下来，如果面对自己的母亲，他一定会扑到她怀里，痛痛快快地哭一场。而对慧娘，他还摆脱不掉对她看不真切的错觉。

日头偏过头顶时，岫姑和长河也从城里回来了。他们买来一些衣服和洗漱用具之类的东西。岫姑把衣服拿到慧娘面前，在身上一件件比画。大山躲在一边，注意到她脸上洋溢出亮丽的光晕。岫姑从他身边走过时，大山终于忍不住叫住了她。

你很幸福，是吗？

岫姑停下脚，避开他的目光。

事已至此，还是让我叫你大哥吧。

你忘记了那些牵牛花……

我没忘，但我知道，我不是那个能带给你幸福的人。

为什么不相信自己呢？

因为它们没有经过阿诗玛的手……

这个……记得小时候，你奶奶还说我们会在一起呢。

一个瞎子的话你也相信?

瞎子的心才最明亮，你不是最听你奶奶的话吗?

可她已经死了。

她的话我还能听得见……

那你去找她说吧。

岫姑低下头，急快地从他面前走过去。大山也正要走开，栓回从屋里出来，站到他面前。

还不歇手么?

爹……

你应该知道，你现在是他们的哥哥。

难道您没看出来，岫姑并不适合长河……

可她已经选择了长河，你还能怎么样?

大山蹲下身，绝望地把两手抱在头上。栓回刚要回屋，看到了他那只包扎的伤手。

你的手怎么回事?

大山把手从头上拿下来，往后收了收，见瞒不过他了，才又举起来，故作轻松地摆了摆。

没事，磕破一点点皮……

那就不要再去拉石头了，明天我找几个人过来帮忙。

那……好吧。

## 4

新房子很快盖起来，又经过一番收拾，到了这个月初十，长河和岫姑的婚礼便举行了。

鞭炮一在竹竿上炸响，大山就离开喧闹的人群，来到篱笆墙边，看着远处发呆。婚礼主持人的声音响亮地传过来。大山不用回头，似乎就看见岫姑和长河夫妻对拜的快乐样子。他不禁闭上眼睛，直到婚礼结束，人们簇拥着新娘新郎走进洞房去，他才将眼睛睁开，目光落在那些招摇的牵牛花藤蔓上。当年，他和岫姑一起种下这些牵牛花时，是基于一个美好而动人的传说：牵牛花朵的盛开能给人带来爱情和幸福……大山突然意识到，当年岫姑积极地种下这些花朵，是否只是期盼她一个人爱情的到来？如果那样幸福也便是她一个人的了……这突起的念头让大山惊讶万分。不是吗？自从种下这些牵牛花后，长河就不期然地到来了，岫姑也便顺理成章地走向了他，即是走向了她的爱情，她的幸福，难道这便是那个神秘传说的力量？

嗨，你在看我吗？

大山听到一个清甜的声音在身后响起。他霍地回过身，看到一个亭亭玉立的少女站在面前。

你……是谁？

怎么？你不认识我了？

少女歪着头看他。大山眨了几下眼，才突然认出来，这不是他从水里救起过的萩曳吗？这些年，由于她在学校里读书，大山见她的次数少了，何况她在不断地长大，现在他都差点认不出她了。看着萩曳脸儿红红的样子，大山不禁想起自己的少年时代，想起那个夏天发生在河水中的情景。

萩曳，你怎么来了？

你为什么不去参加婚礼？这里很好玩吗？

大山没说什么，只是很有兴味地看她。不管怎么看，他都觉得站在面前的是一个花神，一个来自梦中的精灵。

萩曳，你从哪里来？

这里是很好玩，哪一棵是我呢？

萩曳，你别真的是牵牛花吧？

嘻嘻，岫姑说的还真是这么回事。

岫姑？她都跟你说什么了？

岫姑告诉我，许多年前的一天，也是一个与婚礼有关的日子，你感到很寂寞，她便过来陪伴你。在月光下你们一起种花，种下了丁丁、贝贝、朵朵、可可、西西、佳佳和萩曳。你那棵萩曳是我的名字吗？她现在还长着吗？

大山心里忽然一动，这孩子正是十五六岁的年龄，看她的眼神，似乎已沉醉在情爱中了。

你哥乔木知道你来这里吗？

萩曳摇了摇头。

我头疼，不想上学了，可我哥非逼我上，你说我该怎么办呢？

萩曳，这可不行，前些年，因为……一些事，我没好好上学，现在高不成低不就地弄成这样，后悔都来不及了。

原来你也不愿上学?

不是……荻曳，难道上学不好吗?

好是好，就是……

什么?

你能等我吗?

等你什么?

等我……我早就喜欢上你了。

是吗?

大山止不住笑起来。荻曳有些着急。

不信你摸摸这儿。

荻曳抓起他的一只手，就要往她胸脯上按。大山赶紧缩回手，顺势在她脑门上弹一下。

荻曳，好孩子，答应大山哥，一定要好好上学。

你怎么喊我孩子呢?

等你长大了，你就会发现，青少年时期的发展有多么重要……你要相信大山哥，“天高任鸟飞，海阔凭鱼跃”，使点劲吧，咬咬牙挺过去，你将飞跃得很高很远，到那时，你才会更清楚地看到大山哥，是不是?

那你一定要等我长大。

行，大山哥一定能等你长大。

那咱们拉钩。

拉钩。

大山伸出一根手指头，和她小小的手指钩在一起。荻曳心满意足地跑走了。望着她的身影消失在人群里，大山摇摇头，苦笑了一下。

中午时分，宴席热热闹闹地开始了。大山提着一把酒壶，在每张桌子前走了一遍，向每位客人敬酒。这是喜酒，你们不能不喝。大山一遍遍重复这句话，好像人家执意不喝似的。敬到乔木这一桌时，大山还没开口，乔木却把杯子举向了他。

喝，这是喜酒，你不能不喝。

乔木有意重复他的话。大山接过酒杯，仰起脖子，把酒一饮而尽。乔木说得对，这是喜酒，你不能不喝，大山在心里说，况且这是岫姑和长河的喜酒，你又怎么能不喝呢？无论如何你都要喝。喝下这杯酒后，大山就忘记了敬酒的任务，被乔木拉着坐下，几个人推杯换盏地喝开了。

你有一个好妹妹。

大山忽然说。乔木一愣。

萩曳？

萩曳。

大山心里很奇怪，平时自己酒量不算小，怎么才喝几杯就有些醉意？不能再喝了，大山告诫自己，喝多了误事。他想走开，脚步竟然抬不起来。乔木他们不敢再劝他喝，便架起他，送他去屋里休息。但他们找过了一圈，也没见到一个安静的地方，每间屋里都有人喝酒，新房里倒是安静，总不能把他往那里送吧？转来转去，他们竟架着他出了院门，停在篱笆墙边，这里倒是清静，又有花香，是个醒酒的好地方。他们把大山放下，又回院里喝酒去了。大山一躺到地下，便迷迷糊糊地睡过去。

直到天黑，大山还沉浸在睡梦里。他似乎又走在博大深广的莫邪山中，而且身边还伴着一个人，一个娇小可爱的女孩儿。没错，那是岫姑。他正和岫姑一起在山林里寻找阿诗玛，那个掌管着所有人愿望钥匙的神秘女人……迷蒙中，大山似乎听到有人叫自己，茫然地睁开眼睛，看见一个瘦高的身影站在面前。有一瞬间，他以为这就是他和岫姑要找的阿诗玛，但抹抹眼皮，才认出是父亲栓回。

大山，起风了，回屋去吧。

栓回朝他伸出一只手，想把他拉起来。大山没接他的手。栓回便在他身边蹲下来。

有心事想不开了？

尽管是在黑暗中，大山还是拼命平复下心绪，不让泪水在他面前流出来。

我真的很后悔，后悔没听您的话……可现在说这些还有什么用？

你是不是想再去读书？成，只要你想读，爹就是砸锅卖铁，也还供你。

爹，您是不是见过阿诗玛？

阿诗玛？谁说的？

街上的人都说，是阿诗玛给了你那些牵牛花蒴果……

你相信我有那样的好运吗？

反正我觉得……

大山，你是不是恨我呢？

我怎么会恨您呢？我只是觉得，人要想得到爱情和幸福真是太难了。

也许你以为，是我阻挡了你获得爱情实现幸福的路？

大山低下头，不知该怎样表达自己的心情。栓回伸出手，抖抖地搭在他肩上。

大山，如果再有来世，你还认我这个爹吗？

我不想再有来世，如果非要再有来世，我也不想再生在这个家了……

大山的泪水忽然遏制不住地流下来。栓回抱住他的头，按在自己的胸口处。

大山，爹懂得你的心情，人这一辈子遭遇不顺心的事太多了，困难、挫折，有时还有灾难……其实人生就是搏斗，和他人，和自己，失败和成功，有时就在一念之差呀。

那您成功了没有？

你还没看出来？爹其实是个失败者。

可我怎么觉得您成功了？

那是因为您还爱我，是吗？

噢，也许……

不管怎么说，人是攥着拳头来到这个世界上的，人活一场，哭也好，笑也罢，对人、对事，总要有个好的交代吧？

虽然隔着夜色，大山还是看清了栓回脸上坚毅的表情。这情景又把他带回到童年，那时，母亲还好好地活着。有一次，大山随栓回到街上，看到地上躺着一条蛇，栓回满不在乎地从蛇身上跨过去，大山却害怕极了，怎么也不敢抬脚。栓回回过身，既没把那条蛇挑开，也没拉他过去的意思，只是看着他说，如果你让一条蛇吓住，那你就不要再往前走了。大山不想让栓回失望，便鼓起勇气，学着栓回的样子，从蛇身上跨过去。栓回满意地点头说，你能不能再看看那条蛇。大山这才发现，原来那是一条毫无生气的死蛇。也许从那时起，大山不仅不怕蛇了，就是再凶猛十倍的野兽，他也敢于面对。

爹，咱们回去吧。

大山主动提议说，并立刻站起来，带头朝院门里走去。栓回在往前走时，突然绊了一下，身子猛一趔趄，差点倒下去。大山急忙伸出手，想去搀他一把。栓回拂开他的手，继续朝前走去。但大山看出来，栓回脚步踉跄，身子也有些歪斜。栓回确凿已经老了。大山隐约感到，栓回今天跟他的谈话，也许是他给予自己的最后一笔财富……不觉间，泪水涌满了大山的眼眶。

5

栓回从迷茫中醒来，有些困惑地眨巴眼睛，不明白是躺在什么地方。他只记得去镇子外散步，怎么就突然晕厥了呢？活到了六十岁，他还从来不记得黑不透亮的天空，也没遇到过击人倒地的病魔，可这一次，他再也没一点力量抗争了，一片枯叶落下去是怎样的状态呢？在这一刻，他已无须顾及许多了，太累了，走了一辈子的路，这一辈子太长了，天堂在什么地方呢？哪里是通往天堂的路？现在他醒过来了，却还在心里发问，怎么这样快又回来了？他觉得身子好累，从来没有过的累，想闭上眼睛，去寻找一个供他安歇的地方……

栓回听到了低低的哭声。这声音灌注到他的身体里来了，他看到了那个哭泣的小女孩。小女孩一双眼睁得好大，她把一枚牵牛花蒴果递到他手上，便急急地跑开了。他撵上了小女孩。小女孩笑笑地看他。你是不是慧娘呢？他问她。他似乎这才发现，他们其实是像鸟儿一样在空中飞着。小女孩没有回答，便又朝高空飞去了。望着她愈飘愈远的身影，他伤心地哭起来。他感到自己就要落到地上，再也飞不起来了。他多想再飞高一点，去看一眼那个叫慧娘的女孩呢？他的身子不甘心地动着。

慧娘，慧娘……

我在这里，你醒过来了？

我这是在哪里？

这是医院，你好好躺着。

我刚才是去散步来着……

尽管栓回把两天前的事记成了“刚才”，慧娘还是欢喜地流出了眼泪。她拿起一块毛巾，去擦他脸上的汗。越过她晃动的手臂，栓回定定地看她。慧娘意识到他的目光，却没把眼睛转向他，依旧专注地给他擦脸。慧娘擦得很仔细，擦过了脸，又擦他的脖子，手指渐渐有些抖。栓回抓住她的手腕。

我病得很重吗？

慧娘看他一眼，脸上旋即浮出轻松的微笑。

你不会有事的……

栓回放开她的手。他已经看出来，慧娘的笑是极力挤出来的。栓回并不多么紧张，相反，倒是长长地吐出一口气，好像一件不能肯定的事终于有了结果，就如一块悬在空中的石头落到地上。其实，对于这样的结果，栓回早就预料到了，在一个个疲惫不堪的日子里，他已感觉到疾病的临近，就像刚才的梦境，死又有什么好怕呢？一个人死去了，如同一片落叶归入大地，哪里来又回到哪里去，这有什么不好呢？这样想着，栓回微笑了一下，随即却又流出两滴眼泪。

你很累了吧？

栓回看到慧娘疲惫得直要摇摆。慧娘赶紧笑笑。

我好着呢……

你给我的那枚牵牛花蒴果呢？

栓回又突然问道，手在身边急急地摸索。慧娘按住他的手。

你有时单纯得像一个孩子。

如果真是一个孩子，就没失败的感觉了。

栓回接过那枚牵牛花蒴果，举到眼下看。慧娘凑近他些。

老说失败？是不是因为我呢？

栓回使劲摇头。慧娘想了一下。

是因为大山还没成家吗？

我不怕，有你在，大山会娶上媳妇的。

那还有什么不满足的呢？

栓回陷入深思中，过了好一会儿，他才从艰难的思索里挣脱出来。

告诉我，长河他爹真的打死了一个叫阿诗玛的女人？

你……怎么说到了这个？

是不是这样？

其实、其实不过是名字相同罢了……

为什么那么巧呢？

是呀，我也不知道……

栓回仰起头，目光呆呆地盯着房顶。慧娘伸过手，小心地在他头上摸一下。

这没有什么，你又何必那么在意？

看来，看来我是真的见不到阿诗玛了……

不，真正的阿诗玛没有死，你完全可以……

不用安慰我，难道说我还有那样的机会吗？

面对栓回的质问，慧娘张了张嘴，终于不敢再说肯定的话。栓回闭上眼睛，两行热泪却顺着脸颊淌下来。慧娘再也控制不住了，把头伏在他身上，眼里也流出了泪水。很快，一阵昏眩袭来，栓回又不自觉地昏睡过去。慧娘依旧耐心地守在床前，隔一会儿就给他擦脸颊、掖被角。大山和岫姑进来接替她时，慧娘才勉强离开一会儿。

在慧娘及大山和岫姑的精心护理下，栓回又比医生预期的时间多活了一个星期，才在一个雨天里走完他人生的所有里程。他每次从昏迷中醒来，慧娘都感动不已，调好凉热适中的米水，喂他一口口喝下去，又把橘子剥开，一瓣瓣塞到他嘴里；隔一段时间，还要给他接一次小便；目光更是不住地盯着输液管，一见液体快要滴尽，便奔跑着去唤护士。这样的事虽然辛苦，但她做得果断快捷，做得无怨无悔。栓回不知由于糊涂，还是真的抱着一线希望，一有了些精神，就不住地叨念。

我没事了，怎么还不让我回家呢？

栓回盼望着回家，回到他的篱笆院里，回到孩子们中间去。在他的幻觉里，他甚至都回到了孩子们童年的日子，在某个凉爽夏日的晚上，自己身边围绕着一群孩子，其中有大山、长河、岫姑，还有一个像尾巴一样跟来的萩曳。在明亮如水的月光下，那些如饥似渴的眼睛一起望着他，望着他滔滔不绝讲述故事的嘴巴。而妻子则远远地坐在一边，手里做着针线活，一边在丈夫的讲述中点头，一边朝远处的天空眺望。那是多么幸福、多么富于诗意的生活……栓回突然想起了什么。

让大山过来。

慧娘犹豫了一下，还是把在他床边守了一夜的大山喊来。栓回朝人们摆摆手。

你们先出去一下。

慧娘和大家都出了门去，栓回才把目光转向他的儿子。

你承包那个鱼塘的事怎么样了？

正和村委会交涉呢，可能还要过些日子才能定下来。

是不是价格不合适？

那是个废弃的鱼塘，他们不应该……

我的病就这样了，你们就不要再费心了，不如把钱用在需要的地方。

爹，您别……

不用你说，我心里明白。

大山伏在床边，尽管低着头，但透过他抖动的肩膀，栓回知道儿子是在哭泣。他伸出手，放在大山的头上，轻轻拍了一下。这个动作他已许多年没做过了，儿子长大后，他便无形中与他保持一定的距离，并刻意表现自己的威严，而很少流露慈爱和关心。现在，望着这个他在人世间最直接的传人，像望着自己身上的一个部位，忽然有一种要表达情感的冲动。

大山，你恨爹吧？

大山从头上抓下他的手，拉到自己胸前，紧紧地抱住，并把脸伏在上面。

爹，我怎么会……

大山，不管你怎样想，爹还是要对你说，我们这个家来之不易，你无论如何都要……

爹，您让我做什么呢？

大山抬起眼睛，有些迷惑地看他。栓回颓唐地叹口气。

爹没有给你成家，爹对不起你……

我自己抓紧解决。

你对岫姑……还有什么想法么？

岫姑？

是，岫姑。

栓回紧紧地盯住他。大山试图回避他的眼睛。

没有……

真的没有？

是。

那就好。

您对我说的就是这个？

大山惊讶地看他。栓回摇摇头，神情突然严肃起来，眼里透出不容置疑的冷硬。

爹希望你记着自己的话。

我……

你明白爹的意思吗？

明白……

真的明白？

我知道，您是不希望我和长河反目……

但你知道我为什么要你这样做吗？

我们是兄弟……这不正是您的意思吗？

难道这不对吗？

当然对，可是……

大山再也说不下去，委屈的泪水更为汹涌地涌出来。栓回把目光从他脸上掉开，转向窗口，直直地望着外面渺远的天空。

看来我不能不对你说一说过去那些事了。

过去……什么事?

大山抹抹眼泪，有些莫名地看着他。栓回摇摇头，用颇为艰涩的口气向他讲述。大山看出来，如果不到万不得已的时候，栓回是不愿说那些陈旧得像失去颜色的老照片一样的事情的。

栓回告诉大山，长河的母亲慧娘，这个被爷爷奶奶收养的孤儿，原是乌龙镇寨主的女儿……而那个即使在莫邪山里也称霸一方的寨主是一个恶贯满盈的豪强劣绅，不仅向穷人们巧取豪夺，横征暴敛，干着为富不仁的罪恶勾当，而且危害生命，强占民女，手上沾满普通百姓的鲜血。新中国成立前夕，寨主预感到要被起来反抗的百姓清算，便望风而逃，投奔了河西的国民党军队，并在一天深夜，带领一队国民党士兵渡过河来，由他的家人带路，残酷杀害了人民政府的好几位干部和骨干。河西解放后，没有来得及逃走的寨主落网了，被押解回乌龙镇，鉴于这一家人罪大恶极，寨主和他的家人几乎全被政府判处了死刑，其中的执行人便有栓回的父亲。寨主家只剩下一个还不太懂事的女孩留了下来，这便是长河的母亲慧娘。乌龙镇没有人家愿意收留慧娘，只有栓回的奶奶看她可怜，便把她领回家来，收为自己的养女。说到这里，栓回灰暗的脸上闪出明亮的红色。

我是和慧娘一起长大的，就像那个成语说的那样，青梅竹马……你大概也知道这个词吧?

大山点点头，并在心里说，我和岫姑不就是这样的吗? 栓回大约看出了他的心思，不禁又摇了一下头。

其实你想不到，我们一家对她的伤害还没开始……

对她的伤害? 爷爷和奶奶对她不好吗?

他们对她很好，甚至比对我还好……

那您说的伤害是指什么?

应该说，伤害是从我开始的，因为我最先喜欢上了她……当然她也同时喜欢我，不然她是不会送我那枚牵牛花蒴果做定情物的。

难道这不是爱吗?

可你爷爷奶奶忘不掉她的出身，无论如何不同意我们的婚事……

原来是这样?

迫于他们的压力，我只能选择……而这时候，我已经让她失去了清白，你明白我的意思吗?

明白……

这等于说，我把她占有了，又把她抛弃了……

您就是在这种情况下娶了我母亲吗?

是的。

那我们就太对不住姑姑了……

更可耻的是，你奶奶又把她许给了乔木的父亲担朱，那时候，担朱还是一个光棍。

我听说这件事了。

她当然不会同意，便一个人逃到他乡，不负责任地把自己嫁给了长河的父亲，也就是那个后来的醉鬼，把自己和接下来的儿子，都送到了魔窟里……

姑姑真是不幸。

你说，我们以后还能做对不起她的事吗?

当然不……

说到这里，大山突然醒悟，原来父亲对自己讲这番话的目的，就是等待自己这句话的说出。看来无论在什么情况下，他在心里说，你都不能与长河为敌了。面对栓回期待自己回应的眼神，大山尽管不是多么情愿，却还是明确地朝他点点头。栓回似乎放心了，但神情又有些迷茫。

对你来说，我这样做是不是太自私了?

没有等到大山做出反应，栓回便陷入更严重的昏迷中，刚才一番话让他消耗了太多精力，生命之火已濒临燃尽的边缘。大山走出病房，一直候在门外的长河立刻凑上来。

爹和你说什么了?

没什么……

你该不会独吞了吧?

长河咄咄逼人地看他。大山猝然一惊，脑子急快地想了下，才品出他话里的味儿。

莫非还有瞒着你的遗产么?

大山突然恼怒起来。长河冷笑了一下。

这个……也说不定。

一切都是你的行不行?

看你，我也没说什么呀。

长河一甩手，悻悻地走出去。大山颓败地蹲到地下，两手紧紧地抱住头。就在这时，病房内传出慧娘惊惧的叫声，栓回，你醒醒，你醒醒呀……大山明白，父亲栓回给自己说过了他的临终遗言，便放心地撒手西去了，这个原本十分健康的人，最近几年染上一种不明原因的疾病，身体一直病弱着，尽管医生们想尽各种办法，但还是没能留住他的生命，在这个艳丽晚霞布满西天的傍晚，栓回带着哀伤和如意相交织的复杂心境，走上了又一条遥远而漫长的路途……大山抬起头，看见天空的霞彩像落雨一般，缤纷地飘到铺满深秋黄叶的地面上……

# 第三章

刚离开乌龙镇的日子，我们都忘不掉那个地方，毕竟那里是我们曾经的家乡。所以有很多次，人们都悄悄走出山林，回到乌龙镇去看一下。在大伯几次下山的时候，我也跟在他身后，悄悄朝乌龙镇走去。

人们总是在深夜里探望乌龙镇，我和大伯也不例外。乌龙镇的夜晚没有月亮，也没有星辰，天空像是被一层厚厚的棉絮遮盖着，这与山林中的夜晚截然不同，远处的若干烟筒里，毫无声息地飘浮着云朵般的烟雾。其实我们记忆中的乌龙镇已经不复存在，我们离开时它就在被推土机拆迁，剩下的人被轰赶到住宅小区的楼房上去，所以我们只能根据各自的感觉，或者侥幸存留的一点标志物，进入我们记忆中的那个地方。在一片片瓦砾和垃圾中，我和大伯摸摸索索地找到那个篱笆院遗址，停下来，像对一个去世已久的老人那样进行凭吊……就是在这种情况下，我们看见了祖辈的幽灵。

几乎我们每次到来，祖父的幽灵都会出来和我们见面。祖父一从瓦砾间出来，就迫不及待地询问大伯，大山，你忘记乌龙镇做人的规范没有？听祖父的口气，他似乎是在埋怨大伯。我总是在心里不屑地对他说，嘻，乌龙镇都不存在了，那些做人的规范又在哪里？我真想告诉他，我们已成为山林里的野人，遵循乌龙镇的规范又有什么实际意义？但我不敢说反驳他的话，不要说和一个幽灵唱反调是不合时宜的事，就是在大伯面前逞强，我这个年纪的孩子怕是还不到时候。

乌龙镇的夜晚过得很快，我们还没有和祖辈的幽灵待够，远处小区里就传来一两声鸡鸣，虽然东天还没有露出曙光，但我们知道，过不多久白日就要到来了。祖父那些幽灵都急急地退隐而去，我们也不想停留在乌龙镇的废墟上，便在黎明前的黑暗中离开，重新踏上回返山林的路途。

## 1

渐起的风儿从遥远的北方刮来，吹拂着在秋色中失去水分的树叶。树叶呈现出红黄交杂的颜色，已承受不住风的击打，一番瑟瑟的抖动后，一下子脱离枝头，在空中横飘几个来回，便慢慢朝地下落来，朝一群正在忙碌的小精灵落来。

其实丁丁早就看见了这片树叶。丁丁仰起头，瞪大两只闪闪发光的圆眼，直盯着在空中飘来飘去的树叶，以为它会飘到别处去，也便没过分惊慌，更没提醒其他小精灵注意。丁丁光顾着看那片树叶了，不但忘记了干活，还阻挡了那条唯一的路径。这引起了佳佳的不满。

嗨，你站在那儿发什么呆？

嘘，别出声……

搞什么鬼？你把别人都挡住了。

佳佳放下肩上的树枝，大步走过来，两手掐腰，愤愤地朝丁丁脸上看。很快，佳佳便被丁丁的目光吸住，也仰起了头。此时，树叶已飘到它们头顶上，突然加快速度，摇摆着，旋转着，直朝毫无防备的小精灵们砸来。

快逃……

佳佳和丁丁一起发出喊叫。叫声还没消失，树叶就轰然一声落下来，将几个茫然无措的小精灵们砸在下面。佳佳和丁丁跑过去，使劲掀开那片沉重的树叶。其他小精灵们也反应过来，争先恐后地去帮佳佳和丁丁。大家一起用力，终于将树叶掀掉了。被砸倒的小精灵们先后爬起来，只剩下都都还躺在地下。小精灵们吓坏了，以为都都死了。佳佳伏下脸，嘴对住嘴，使劲吸了几口气。丁丁也骑到都都身上，用力按它的胸脯。都都终于缓过气来，眼睛也睁开了。大家这才松出口气。

我被砸坏了，我身上好疼……

佳佳和丁丁架起都都，把它安置在一个树根下。下面是一个不小的洞穴，可以让都都躲在这里。安置好都都，佳佳和丁丁回到小精灵们中间，还没忘了争嘴。

都怨你，我已看见那片树叶了，你却……

那你为什么不提醒大家？

我还没喊出口，就被你干扰了。

我还以为你在看天玩。

我什么时候看过天玩？天有什么好玩？

在丁丁的指挥下，小精灵们重新振作起来，将丢在地下的东西拾到手里，扛到肩上，排着队，唱着歌，浩浩荡荡地向前进发。它们的目标是小河边的斜坡下，那里有一片杂树林，有一堆光滑的石头，它们想在那里盖一幢结实的房子。秋天就要过去，最后一只秋蝉也从树上栽下来，严寒的冬天怕是为时不远了，蚂蚁们正匆忙地往巢穴里囤积食物，小精灵们也要早做准备，将避寒的房子搭好，以平安度过这个难熬的冬天。

小精灵的队伍来到河边斜坡下，放下手里的沙石，卸下肩上的树枝，一部分跟丁丁回去继续运料，另一部分在佳佳指挥下，开始搭建房屋。小精灵们干得非常带劲，非常专注，将躲在树根边洞穴里的都都忘到了一边。

都都躲在洞穴里，开始还觉得快活惬意，其实它并没有被砸得多厉害，之所以做出哭哭啼啼的样子，不过是躲避繁重的劳动，盖房子的活计太累，太苦，和大家一样，它好几夜没睡过一个囫囵觉，身子沉得不行。都都躺到一棵白胖的蘑菇下，两手枕在脑后，一条腿跷在另一条腿上，嘴里哼唱着小曲。不知不觉，它睡着了……都都醒来时，天已黑下来，睡过一觉后，身上的疲累和疼痛都消失了。它想回到小伙伴们中间，继续去热火朝天地干活。但它还没爬起来，就又赶紧趴下了。前面有两团闪闪发亮的东西晃动，而且正朝它一步步逼近。都都有些害怕，那是什么东西呢？很快，那两团亮光便来到近前。天哪，是一只肥大的耗子在打量它。都都的汗水一下子冒出来。它悄悄退后几步，猛地撒开腿，直朝洞外逃去。

小精灵们都在河边干活，谁也没看到都都被耗子追赶的情景。在夕阳余晖下，都都围着那棵大树狂奔不止，而那只耗子在后面紧追不舍。跑过几十圈后，都都两条腿快要抬不起来了，不仅没摆脱耗子的追赶，反而距离它越来越近。完了。都都对自己说。就在它快要绝望时，忽然天上一黑，什么东西从树上掉下来，重重地压到了耗子身上。都都以为那又是一片树叶，可天下哪有如此硕大沉重的树叶，竟然将那只耗子扑到了身下。都都停下脚，疑惑地朝那团黑影看。原来这个把它从耗子嘴边解救出来的庞然大物是一只黑猫。

谢谢你，猫……猫大哥……

你是谁？

我……是牵牛花……精灵……

……

岫姑霍地从梦中醒来，眨巴着眼睛，心里感到大惑不解，怎么就做了这样一个离奇的梦呢？

岫姑是被布鲁克的叫声惊醒的。此时天才蒙蒙亮，借着窗外微弱的天光，她看见长河正在摸索着穿衣服，还不时地回过头看，似乎生怕惊动了她。布鲁克坐在床前，不错眼珠地打量他。岫姑明白，长河这是真的要走了。其实打过了年，长河就和赏通几个人嘀嘀咕咕，想去城里打工挣钱。此前，长河曾协助大山承包了村里的鱼塘，经过两年辛苦劳作，一塘肥鱼眼看就要捕捞上市，可一场没法控制的瘟疫下来，他们不仅没有收获一分钱，还把创业的心境搞坏了。也就是从那个时候起，长河不想再和大山绑在一起，一心一意要靠自己的力量去闯天下。而大山倒没就此消沉，经过一番考察，又瞄准了正在兴起的棉花市场，在镇供销社的支持下，开始筹办他的棉花加工厂，这时该多么需要长河的帮助呀。岫姑也不放心他到外头闯荡，想尽办法阻拦，可最终还是不能改变他的决心。岫姑心里焦急，猛一下坐起来，把长河吓了一跳。布鲁克也掉头跑开了。

你……怎么醒了?

长河，你还是要走?

我和赏通他们早就说好了，人家正……

可我不放心你……

有什么不放心的?我又不是去打仗?

城里的钱就那么好挣?

好挣不好挣我都要……凭我的本事，我就不信……

长河挺起瘦高的胸脯，显出一副踌躇满志的样子。岫姑知道他是昏了头，快要不知天高地厚了。

你要真有本事，在家里不也照样……你看大山，眼下他正在……

别说了，我是不会再跟他瞎掺和的。

为什么?你们在一起不是更……

你觉得我们能够在一起吗?

为什么不能?

你简直……是不是你还离不开他?

你怎么能这样……

在你眼里，他是不是就比我强?

长河……

岫姑急忙去捂他的嘴，再往下，长河恐怕就管不住嘴巴，要说出更加难听的话了。长河甩开她的手。

我是不愿在这里跟他竞争，才到城里去开辟新天地。

岫姑知道再说什么也没用，长河的头脑已热成一团糨糊，让他去外头跌个跟头也好。岫姑穿好衣服，下床去帮他拾掇携带的东西。她这才看见，长河脚边放着一个大兜子，是外出人都喜欢用的蛇皮袋子，已鼓鼓囊囊装了不少东西，看来长河的准备工作早做得差不多了。岫姑把几件新洗的衣服找出来，往蛇皮袋子里装时，看见里面放有香皂、牙刷、洁面霜、剃须刀等洗漱用具，这才放下心来，长河就这一点不需要她操心，不管到什么时候，不管在什么地方，也忘不了洗漱打扮，将自己整理得像模像样。岫姑又一次打量他，心里却还是不大相信，这是一个志在四方的好男儿吗？岫姑差点落下泪来。

长河……

岫姑不自觉地叫一声，就扑过去，从背后抱住他的肩膀。长河正沉醉在出走的激情里，没品味出她的伤感，只是使劲晃摆身子。

好了岫姑，不要再纠缠了，我的决心已经下定了。

你还没告诉我，你们要到哪里去？

我不是和你说过了，我们要去城里……

城里那么大，我知道你到城里的哪个地方？

我也不清楚，反正我要到那里闯天下，等我在城里站住了脚，就回来接你，咱们一起去过好日子。

我不想到城里去，我只想和你安安静静地……

别再说这些没出息的话了，你就是说下大天来，也改变不了我的志向，男子汉大丈夫……

长河仰起头，眼睛被熹微的天光一照，也闪出灼灼的亮来。望着他被激情燃烧得如火如荼的样子，岫姑不知说什么好。岫姑慢慢松开手臂，将泪水咽到肚子里，然后强打精神送他出门上路。经过慧娘的屋门时，长河突然想起了什么，稍稍放慢下脚步。

替我告诉娘，如果不混出个人样来，我就不回来见你们。

长河……

岫姑呆呆地看他，本能地觉得这句话似乎熟悉，很快便恍悟那是戏里的台词，一时不知是喜是悲。长河说过他的豪言，神情越发透出了少见的决绝，外面赏通他们的声音一响起，他便像听到号令的士兵，身子猛一下弹起来，从岫姑手里夺过蛇皮袋子，迈着大步奔跑出去。

长河——

岫姑又叫一声。长河顾不得再理她，投到门外的几个人影里，一下子变得模糊不清了。岫姑站在篱笆墙边，望着他的影子急快融进黎明前的黑暗里。正是初春的天气，迎面刮来的风仍带有料峭的寒意，篱笆墙下才长出的牵牛花藤蔓在风里轻摇，像是也和长河做着告别。岫姑看着那几根娇小的牵牛花，不禁又想到刚才那个有关牵牛花精灵的梦。当年，她和大山种下这些牵牛花，原是为了传说中的爱情和幸福，当长河来到身边时，她以为爱情和幸福真的到来了，为了得到它，她不惜背叛一直要好的大山，而选择了长河。可长河又给她带来了什么？岫姑抬起头，又一次朝长河离去的方向看。长河的身影已消失在村头的雾气里。望着那团吞没了长河的雾气，岫姑以为他就这么离去了。但很快，那团不断游动的雾气里却又浮出一个影子，没错，那是长河，长河又出现在她面前。岫姑欣喜地叫起来。

长河，你不走了？

你替我告诉大山……

告诉大山？

你告诉他，我会成功的，我会挣到大钱的。

为什么要对大山说这个？

我要让他知道，我长河不是一个草包，我并不比他差，我也会成为一个……

长河，你为什么这样想？

我……憋得慌……

长河说着，往下弯一下腰，又旋即直起来。

好了，我真的走了。

你回来就是对我说这个的？

以后你少和他来往。

长河你说什么？

记着我的话。

长河，你……

别过来，你就站在那里吧。

长河，你别跑……长河……

## 2

仅仅过去两个月，长河在外面不务正业的传闻便多起来，说他旧病复发，又和一帮赌友搞到了一起，还倒卖工地上的建筑材料，被人家赶出来……其实从长河一走，岫姑就做好了听到坏消息的准备，可还是没想到，消息会来得这样快，而且比自己的预想还不堪得多。但传言毕竟是传言，她还没有真的见到长河的面，那么长河的状况到底是什么样子，她却是一点底没有。岫姑终于熬受不住，还是来到大山的办公室，看他是否知道一些。

还离着老远，岫姑看见办公室前站着一个姑娘，正扒着门缝往里看呢。岫姑愣怔一下，忽然加快脚步走过去，她倒要看看，这个在大山门前滞留的姑娘是什么人。

看什么呢？这么专注？

姑娘身子一抖，赶紧扭过脸来，两手直往胸脯上捂。

天哪，是岫姑……吓了我一跳。

岫姑认出来，这是赏通的女儿奉靖。在乌龙镇，奉靖是那种很出奇的俏姑娘，名声不小，心气也很高，和她同龄的姑娘差不多都嫁了人，她却还在挑来挑去，都快要挑花了眼，脾气就有些古怪起来。岫姑想不明白，这样一个女人到这里来干什么？

奉靖，你是在找大山吗？

是……

你找他干什么？

你很想知道吗？

我干吗要知道？

或许你觉得我不该找他吧？

那可是你的事……

但你觉得有些不痛快。

说罢，奉靖就掉转身子，扭着肥硕的屁股往回走去。岫姑呆呆地看她的背影，一时反应不过来。奉靖是个伶牙俐齿的姑娘，但与她并没什么嫌隙，怎么今天一上来就和她拌起嘴来？岫姑想了好一会儿，也没明白是怎么回事。她推开办公室的门，大山好像并没在里面。她的目光落在桌子上，还以为上面放了一堆棉花，但仔细一看，原是大山趴在那里睡觉，由于身上沾满棉絮，看上去就像一个雪人。想必他又是几夜没睡了，岫姑不忍打扰他，便把一件外衣披到他身上，想退出屋去。但正在这时，大山醒来了，有些茫然地抬起头。一看见他灰暗的脸色，尤其是眼里通红的血丝，岫姑心里就难受起来，大山一个人忙成这样，长河却在外面逍遥，自己也帮不上他什么。

大哥，你太累了……

好了，我已经歇过来了。

大山挥起两手，在头顶上举了举，又走到窗前，呼吸几口新鲜空气，尽力做出精神抖擞的样子。岫姑倒了一碗开水，抖抖地朝他递过去。大山接过碗，便咕咚咕咚喝起来。岫姑没去看他喝水的样子，平视的目光却落在他拉长的脖子上，具体说是落在他上下滚动的喉结上。在大山喝水的过程里，岫姑一直盯着那个地方，呆呆地出神，直到大山喝完水，将碗从嘴边移开，她才反应过来，脸颊悄悄热了一下。

奉靖……刚才来过了？

大山转过头，有些诧异地看她。岫姑避开他的目光，不好意思地笑笑。

可我把她惊走了。

你好像话里有话？

我也不知道她来干什么。

我当然更……

看来她找你有事……

岫姑还要继续说下去，大山已有些不耐烦，顾自把话题转开了。

刚才有消息说，山外的皮棉价格又涨上去了。

真的吗？

如果价格能稳定在目前水平上，我们今年的日子就好过了。

望着大山兴奋的样子，岫姑也激动得不行。大山却又想到了什么，眉头紧锁起来。

只是我要进的几台机器还没订上货，人家要我们预付现款，才能把机器发过来，这需要很多钱，我一时还没筹划够，刚卖出去的皮棉也没把钱收回来……

那……怎么办？

我只好再派人去催一催……对，我可以找一下镇长，看他能不能帮我在银行再贷点款，前些日子他到厂里来，说有困难让我找他呢……

听着大山喋喋不休地谈厂里的事，岫姑忽然感到极度的愧疚，大山忙成这种样子，自己却拿长河的事打扰他，甚至还为那个叫奉靖的女人纠缠他……岫姑给他清理了一下办公室，便掉头往自己所在的厨房走去。不过那的确是个很有姿色的姑娘……路上，岫姑又不自觉地想了一下奉靖。

该到买菜的时间了，岫姑骑上一辆三轮车，朝集市上驶去。早在一个月前，她便来到厂里，干不了技术活儿，大山就让她在厨房内帮厨。每天上午，她都会骑上三轮车，到集市上购买蔬菜。从集市上回来时，岫姑碰到了乔木。乔木坐在一辆拖拉机上，垂下头喊住了她。

岫姑，听说长河回来了？

岫姑心里一动，乔木是长河的牌友，又是一个消息灵通的家伙，兴许知道他的真实情况？岫姑便盯住他不放。

你见到长河了？

没有，但我碰见赏通了。

赏通回来了？

昨天我在地里，看见赏通和他老婆在一起……怎么，长河没回来？我还以为他也……对了，他们不是一块儿走的么？

是一块儿走的。

那他怎么没和赏通一块回来？是不是有什么事呀？

乔木意味深长地笑一下，便开起拖拉机，在石板路上咯噔咯噔地驶走了。岫姑望着他的背影，心里渐渐紧张，难道长河真出事了不成？她一边踩踏三轮车一边问自己，回到厂里时，已累出一身虚汗。岫姑心里不安，切菜时好几次差点切到手。中午开完饭，她自己没顾得吃，便匆匆朝赏通家走去。赏通的老婆迎出来，告诉她说，赏通的确是回来了，但不在家里，一吃过饭，就到麦田里拾麦穗去了。赏通的老婆上下打量着她。

你是来打听长河的事吧？

赏通的老婆主动提到长河，岫姑心里便一激灵。

是呀，赏通说到长河了没有？

噢，也没怎么说……

看她吞吞吐吐的样子，岫姑越发怀疑，看来长河一定是出了事。

你快告诉我，长河到底怎么样了？

其实，长河也……要不，你还是去问赏通吧。

赏通的老婆有些为难。岫姑在心里骂了一句，与其看她在这里装模作样，还真不如当面听赏通说呢。岫姑掉转身子，便快步朝村外跑去。由于跑得急，刚爬上一个陡坡，就一脚踩空，直朝坡下滚去，要不是几丛灌木拦住，恐怕会落到下面的沟谷里。岫姑爬起来，草草抹一把脸，无意间看见手上有红红的东西，竟然是血迹，手上却没伤，想必是脸被擦破了。但她没觉到疼，便也没怎么在意，大喘了几口气，就又朝坡顶上爬去。一连转过两个山坡，她才找到赏通家的麦田。

麦子差不多已收割净尽，沿着山势弯曲蔓延的梯田里有些光秃。赏通大约拾麦穗累了，坐到地头一片树荫下，悠悠地卷着纸烟，身边有一个装有麦穗头的包袱。岫姑来到他面前时，已经累得不行了，弯下身子，两手抵住膝盖，一句话也说不出来。赏通当然知道她来干什么，却不急于搭理她，一边慢慢地吸烟，一边朝远处打量，喷吐烟雾间，一颗长板牙在唇边不时地颤动。岫姑真是想不通，就赏通这个猥琐样子，怎么生出了奉靖那样一个风韵女儿？望着赏通不阴不阳的样子，岫姑越发沉不住气了。

你个赏通，快说话呀。

咦，你又没问我，让我说什么？

我还能问你什么？长河，长河怎么样了？他为什么没和你一起回来？难道他出事了……

赏通止不住笑出声来，丢下才吸半拉的纸烟，把手在大腿上拍一下。看到他这副神态，岫姑稍稍放下些心，也许长河没出什么大事，不然，赏通也不会这么沉得住气。她回过脸，朝山下的镇子看一眼，都是他老婆那个长舌妇，当然还有乔木那个狗东西，差点把她吓坏了。赏通偏过头，用眼角斜斜地看她，嘴巴连着吧嗒两下。

长河真是傻瓜，放着这么好的老婆不守着，却在外头瞎混……

你说什么呢？你快告诉我，长河怎么没回来？

他不愿回来呗。

为什么？

没有挣到钱，脸上不好看……

我就知道外头不好混，不让他去，他偏不听。

嗨，比想象的还要难十分哩，你不知道，那城市里呀，人比蚂蚁还多，都想挣钱，都想发财，可哪有那么多钱好挣，哪有那么多财好发……

你们都干些什么了？

刚去时，在人家建筑工地上当小工，就是搬搬砖，和和泥什么的……

当初你们还说做生意？

哪有什么生意好做？城里人那么精，个个像猴子似的，会有生意让你来做？做做梦倒还可以……

后来呢？

岫姑意识到是明知故问，有些不好意思。赏通看她一眼，目光也意味深长起来。岫姑跺一下脚。

好了，你就干脆说长河离开工地，后来干什么去了？

这个你也知道……

行了，你就别再温吞水了，痛快一回行不行？

唉，长话短说吧，长河被工地……我们也不想干了，都白干两个多月，一分钱还拿不到手里，这不是坑人吗？没别的办法，我们干脆到立交桥下讨钱去……

讨钱？怎么讨钱？

就是……这话我只能和你说，连我老婆都没告诉。

好好，你快说。

就是伸着手，向过路的人要几个小钱……

岫姑大吃一惊，这不是和叫花子一样吗？她无论如何也没想到，长河居然会去乞讨？在她印象里，长河不管怎么乱来，起码还顾忌些廉耻呢，怎么一到了城里，就去干这种丢人现眼的事呢？难道真连脸面都不要了？

天哪，你们怎么能……

唉，没办法，人生地不熟的，总得弄口饭吃呀。

赏通叹口气，也羞愧地摇摇头。岫姑转过眼朝远处望，似乎要透过一层层山峦，望到她想象中的城市里去。

你说你们不在家好好待着，却到那里去干这种事，图的什么呀？

谁说不是呢？

既然混不下去了，还不赶快回来？

我这不回来了吗？

长河呢？他怎么还不回来？

这你还不知道？长河脸皮薄，回来了怕人笑话，不像我，脸皮厚，说回来，脚一跺就回来了。

他也是，谁会笑话他呀？

他好像在和别人治什么气？

赏通抬起头，又满怀深意地看她一眼。岫姑愣了一下，也随即明白过来。

别听他瞎说，他和谁治气？治什么气？

不过，他也实在想得开……

什么想得开？

怨我多嘴了，其实这话我不该说，说了对不住长河……

到底什么事？

也没什么事，也就是长河手头阔绰，花费大点……

花费大？你们不是没挣到钱么？

你不知道，其实这讨钱也挺能来钱的，一天能挣好几十块呢。

岫姑半信半疑，讨钱会那么容易？赏通来了兴致，越发说得绘声绘色。

长河从来也不攒钱，有几个就花几个，真是大方得要命。你知道他抽什么烟，喝什么酒？他抽的是大中华，喝的是剑南春，那一回连五粮液都喝上了，你知道五粮液多少钱一瓶？二三百块呢。

这是真的吗？

我可没败坏长河，我不敢胡说，不信你去问他……不不，你最好别去问他，你一问他就知道是我说的，他不找我算账才怪哩……

赏通站起身，拍拍屁股上的土，抓起包袱，又到地里拾麦穗头了。岫姑从他身上收回眼，又朝漫无边际的远处望，心里颤抖成一团。赏通又停下来，回过头看她。

对了岫姑，其实他倒担心你哩……

他还知道担心我……

你知道他担心你什么？

担心我什么？

我还是别说了……

你怎么像个婆娘？有什么话就直说，别吞吞吐吐的。

我是怕你……

怕我什么？一听就知道不是什么好话。

我说了你别恼，长河是担心你守不住，和大山……

岫姑的眼泪不觉流出来，麻木的嘴唇在张合中不知骂了谁一句，便急快地朝山下跑去。难道这是真的？她在心里问自己，长河在城里混吃混喝不说，还不怀好意地猜忌她，玷污她的清白，这是个什么样的人呢？岫姑越想越委屈，恨不能扑在地下，痛快地号哭一场。离开了好远，赏通的声音还响在身后。

岫姑，你要当心慧娘一些，那是个不一般的女人呢。

岫姑的心思只在长河身上了，似乎没听到赏通的告诫。走了很大一会儿，她突然顿住脚，发现自己又上到一个坡上，离镇子越来越远了。

## 3

麦收之后，家家户户房顶上都晒满金灿灿的麦子，人们在抢收抢种的繁忙后暂时消停下来。这天傍晚，西天的晚霞就要在山岭后消失，淡薄的雾气在村街上弥漫。长河缩头缩脑地出现在家门口，出现在正洗衣服的岫姑面前。岫姑抬起头，望着这个衣衫破烂面色灰暗的男人，呆怔了一会儿，才猛然大叫一声，从衣盆后跳起身子，几步扑到他面前。

长河，你可回来了……

长河回到家后，一连几天躺在床上，不和家人说一句话，更没下地出门的意思，岫姑给他端来可口的饭菜，他都懒得吃一两口。后来大山来看他，他干脆缩进了被窝，蒙上头装睡。岫姑终于忍耐不住了，将他从床上拖起来，推到屋门外，然后紧紧地关上门板。长河就势蹲在门台石上，怀里抱着布鲁克，把头耷拉到两腿间。岫姑没听到他一点声息，担心他会出事，半夜时分将门打开，长河又像石头一般倒进来。她忽然有些心软，抱住长河，泪水夺眶而出。长河这才像从梦中醒来，扎在她怀抱里，也抽抽搭搭地哭起来。

随后几天里，岫姑一遍又一遍地开导长河，让他想开，让他振作，让他下床来，让他出门去，让他到山野里消愁解闷，让他到轧花厂里帮助大山做事。长河到底憋不住了，再不出去吸几口新鲜空气，身子就要长出蛆来，这才听从岫姑的劝告，鼓着勇气来到外面。遇见头一个人时，他本能地想掉头走开，可都面对面了，又实在不好离去，才红着脸和人家招呼一句。有过第一次，再碰见人时，他便坦然多了，应别人的要求，还把城里的一些见闻说说，没想到，竟得到了一片响应。长河这才恍然大悟，原来不管你是否混出名堂，只要见多识广，就会令人刮目相看。很快，他便重新找回了自信，有时还主动凑到人前，将那些已讲过多遍的城里事再重复一回。

这样一步步走下来，长河终于来到了村外，来到了大山的轧花厂门前。这里原是生产队的饲养棚，牲口分到各家后，院棚一度闲置起来，大山的轧花厂落脚在这里，便一改往日的荒芜冷清局面，现出一派繁忙热闹的景象。长河探进头去，看见二十几个见方的棉垛旁停着七八辆排子车，每辆车上都镶有长方形的厢体，几个工人从棉垛上往车里装棉花，一辆装满拉走后，另一辆空车又上来；远处传来轧花机轰隆隆的响声，空中也飞扬着棉絮残片。看来岫姑没说错，大山确实把棉花生意做活了，做火了。你真行啊。长河在心里嘀咕一句，随即又问自己，为什么是他不是你呢？一种酸酸的感觉弥漫在心头。

长河——

长河不想碰到熟人，但很快被一个声音喊住。他循声去看，原来是赏通。赏通推着一辆装有帆布的排子车，额头上浮满细小的汗粒。长河没想到，这家伙居然也到这里来干活了。赏通笑笑地看他，那颗门牙在唇边一动一动。

长河，你怎么到这里来了？我以为你又回城里去了？

赏通，连你也笑话起我来？

我哪里是笑话你？我是说你该是个当老板的料，雄心壮志还没实现哩，就到这里来转悠，是视察还是干活呢？

好你赏通，居然……

长河攥紧拳头，恨不得将他那颗门牙打掉。赏通看出他的愤怒，赶紧退后一步。

长河你别急，我也是说个笑话……

这种笑话你还是少说，老子不爱听。

嗨，忘了你当初啦，可是不止一次对我发下……

长河有些想恼，打着手势不让他往下说，脑子忽然一动，又想到了什么事。

对了，你不说这个我倒忘了，我在城里时，你对岫姑说了什么？

我……什么也没说呀。

没说我的坏话？

没……我能说你什么坏话？

没说你怎么发慌了？

我发慌什么？

你的嘴巴是不是长歪了，要让我给你正过来？

长河举起一只手，夸张地在他嘴边舞动。赏通果然有些害怕，但吸溜吸溜那颗牙，又很快镇定下来。

长河，不要没大没小，按说你还得叫我一声叔呢。

少给我来这一套……

不要忘了，想当年，我还救过你爹的命哩。

长河愣怔一下，好像真的想起这件事来，当然，赏通所说的“爹”是指栓回，而不是他在七里屯的生身父亲。

你给我说一说，真有这回事么？

头些年“搞运动”的时候，栓回被他的学生揪出来批斗，他觉得在人前没面子，心里感到郁闷，便有了轻生的念头。

不会吧？他可不像是那样的人。

怎么不会？那天我到山里去时，远远看见栓回在崖畔上溜达，我看出他要往下跳，就悄悄地摸上去，从后面抱住了他。

这么说，你是他的救命恩人了？

这还有假？从那时起，栓回就把我当亲兄弟看待，虽然我们看上去不像是一路人……

怪不得你到我家来，总是不拿自己当外人。

栓回还算够意思，只要我到了你家，他就是把家里的炕席揭了，也要打酒炒菜好好地招待我。

你就吹吧你。

不信你回家去问慧娘。

好好，我惹不起你，行了吧？

你怎么走了？我的话还没说完呢。

长河不再搭理他，顾自往院落里走去。真是咄咄怪事，长河朝地下啐口唾沫，居然连赏通也在他面前充大爷了，不仅瞧不起他，还当面开他的玩笑，看他的笑话，真是世道变了，一个个都成了势利眼，狗眼看人低，你混不出个人样，就会被他们看不起。等着吧，长河朝赏通离去的方向挥舞拳头，等老子在这里站稳脚跟，有你老小子好看……看来当务之急，是要放下架子，尽快成为轧花厂里的人，只要在这里干上活，一切便好往下说。当然，这要首先征得大山的同意……一想到要求大山，长河心里就不是滋味，就觉得当初要看大山笑话的想法其实才是一个笑话……长河克制住心头的郁闷，一遍遍给自己打气，怕什么？这个厂子原本是你家的，理应有你长河的一份，你到这里来，就像在自己家里一样，又有什么好难为情呢？

长河搞不清该到哪里去找大山。不知不觉间，他走到响着机器声的车间里来。三台轧花机正在紧张工作，皮带轮不停地转动，戴着口罩的工人忙前忙后，筒子里不断拥出白花花的皮棉，然后被依次推进一个一米见方的东西里……长河正看得发呆，一个人过来推他一把，这才知道站在这里碍事，还没弄清该往哪里走，又被另一个人推到另一边去。真把老子当成挡道的狗了？长河有些恼怒，跌跌撞撞地转出车间，长长地吐出口气，在院落里看过一圈，突然打消了去找大山的念头。他向一个人打听到厨房的位置，便径直找过去。也许让岫姑去和大山说，比自己当面找他还有力度哩。

长河小心翼翼地走进厨房，透过飘溢的热气寻找岫姑。几个人正围着案板、灶台忙碌，没人回过头来看，他也认不出哪个是岫姑，他们都穿着一样的白大褂，还戴着一顶白帽子，别提多难看。长河正想喊一声，忽然身后又被人推了一下。他以为又挡了道，刚往旁边闪开身子，就看见推他的人摘下口罩，吃吃地笑起来。原来是岫姑。

你终于到厂子里来了?

岫姑欣喜地看他。长河竖起一根手指，放到嘴边，示意她不要往下说，然后拉她往屋外走去。岫姑有些不明就里。

干什么去?没见我正忙着吗?

你这身衣裳真不好看。

好看顶什么用?这是厂里的规定，凡是来这里的人都穿工作服。

看你认真的……

怎么能不认真?我也是厂里的人呀。

长河眯起眼睛，目光里含着一丝嘲讽。见她忙得一脸汗水，长河在心里说，她倒是把这里当成家了。岫姑被他看得不好意思，抬手抹把脸，反把脸弄得更脏了。长河不禁掉开头去。岫姑甩开他的手。

要是你没什么事，我就干活去了。

哎，你别走……

你到底想干什么?

我想让你帮个忙……

帮忙?我能帮你什么忙?

你到大山那里，给我去说说……

说什么?

我想……想……嗨，干脆给你说吧，我想到厂里来……

岫姑惊异地看他。

你来就来呗，还用我去说?

他总得给我个活儿干呀。

你自己怎么不去说?

我……磨不开……

长河掉开头去。岫姑差点笑出了声。

看你，大山怎么会……前几天，人家不是还回家请过你吗?

可现在……你就帮我去说一声吧，啊。

说着，长河又偷偷拉住她的手。岫姑无奈地叹口气，把围裙摘下来，递到他手里，转身就要走。长河又赶上去，用围裙在她脸上擦几下，才放她走。但岫姑走出几步远，突然又站住了。长河不解地看她。

怎么啦?

你说实话，为什么非叫我去?

你不是有力度吗?

力度? 什么力度?

岫姑走回来，瞪直了眼看他。长河知道说走了嘴，抬起手，在自己脸上打一下。

其实，我的意思是……

行了，还是你自己去吧。

岫姑从他手里抓过围裙，掉头就朝厨房里走去。

我知道你心里怀什么鬼胎，你把我当什么人了?

好好，不去就不去，扯那么多干什么?

长河讨了个没趣，心里越发不痛快，把两手背在身后，在院落里漫无目的地转悠。他还不知道，有好几次，他都走到大山的办公室前。由于对厂里不熟悉，他把大山那两间小屋当成了普通厂房。长河没在门前停留，就径直走过去。可不一会儿，他就又走回来。前几次，坐在办公室里的大山没看见他，当长河最后一次走回来时，大山站到窗前，大声把他喊住了。

长河——

大山一边叫他，一边离开窗口，从门里走出来。大山似乎很激动，望着他的眼睛里闪闪发亮。长河没料到大山在这里，猛一下顿住脚，一时不知该怎么办。

## 4

长河没想到，他一到厂里来，大山就派他一个守候办公室的差事，只要他不在家，就由长河支应厂子的事务。要知道事情如此顺利，长河就不会在家待那些日子，又是犹豫，又是彷徨了。长河很感激大山，也便下定为厂里出力的决心，并发挥善于公关和游说的特长，先要回几笔不小的欠款，又在增添纺纱设备时，说动对方降低价格，也算是露了几手，不仅大山高兴地赞赏他一番，工人们更是对他恭敬有加。长河便得意起来，举止也不再像刚进厂时拘谨小心了。

这天，大山外出办事，办公室里又剩下长河一个人。他把两手卡在腰间，一边吸烟一边踱步，一副悠闲自得的样子，间或停下脚步，透过窗口，看院落里穿梭忙碌的人们，听厂房里富有节奏的机器声，一种稀有的自豪感弥漫在心头。长河打量够了外面的风景，又转过身，把两手背在屁股后，继续他先前的踱步。渐渐地，他就对这间屋子不满起来，它实在太过简陋了，墙壁掉了泥片，顶上挂着蛛网，门窗破得四处透气；办公条件更是不行，一张三屉桌连油漆都没上，一对木头椅子还是两种式样，没有沙发，也没有电话，真不知道大山是怎么过的。可说来奇怪，就是在这样的条件下，大山居然把轧花厂办得越来越大，不但自己赚够大钱，还养活几十口子人，弄得全镇人都佩服得不行，连镇长也来过几回，见了大山不是握手就是拍肩，亲热得像一家人。长河在一边呆呆地看，心里的酸楚又涌动起来。为什么是他？长河在心里发问。一想到这些不愉快的事，他的心绪便有些坏，嗓子里也觉得发堵，解开脖子前的纽扣，刚喘出一口气，又觉到口渴。他提起水壶晃晃，也没有水了，又气急败坏地扔到地下。

你，给我提壶水去——

长河对从门前走过的一个人说。等那人进来了，他突然认出来，这个穿着工作服的人原来是奉靖。

好呀，我正想巴结巴结你哩，马上就去提。

说罢，奉靖便提上水壶，屁股一扭一扭地朝厨房走去。很快，她就把水提来了，还主动给他倒在杯子里。长河有些不好意思。

你看你看，让你给我倒水……

我这是应该的呀。

奉靖挑起俏丽的眼梢，斜斜地看他一眼。长河赶紧摆正姿势，做出一副正襟危坐的样子。他明白，这个找不到婆家的老姑娘，兴许一直都不甘于寂寞呢。但他似乎听说，奉靖正打大山的主意，所以他不能与她过多交往。奉靖却表现出少有的热情，挨在他身边坐下，把一张笑脸转向他。

长河叔……

怎么回事？我什么时候成你叔了？

长河惊讶地看着她，前几天，赏通还在他面前充长辈呢，现在他的女儿却成了他的晚辈，形势变得这样快，真让他有了应接不暇的感觉。奉靖朝他探过头，做出一副推心置腹的真诚样子。

前一阵子，你不是和我爹一起闯过城市吗？凭你们俩的老关系，我还不该叫你一声叔吗？

长河很快明白过来，原来奉靖是替她爹求情来了。由于赏通不断在外面说他的坏话，长河懊恼得不行，一坐到办公室里来，就做出了开除赏通的决定。赏通这才觉到后悔，但除去找大山说事外，却一直没敢来求他。其实，长河倒是盼着他来找自己，到时候啐他一脸唾沫，再答应他回来，既出了心里的窝囊气，又成全了赏通，也实在是不错的一件事。可赏通大概怯于他的威风，始终不敢在他跟前露面，倒弄得长河有些失落。但他没想到，现在他的女儿奉靖却找上门来。

奉靖，你怎么也到厂子里干活了？

长河突然生出要和她聊天的念头，而且他也注意到，奉靖实在是个很有姿色的女人，怪不得她老是在男人们中间挑来挑去，原本是有这个条件呢。要说大山娶这么个女人也算不错，可他们为什么没实质性的进展呢？凭他对大山的了解，他又觉得大山不会轻易看上这种女人，或许一切不过是人们的谣传罢了。

我在家闲着也是闲着，在这里不是也能挣到工资吗？怎么，拿你们家的钱心疼了？

奉靖又提起水壶，往他杯子里续了些水。长河点点头，这实在是个很会来事的女人，兴许比那些城市女子也差不了多少，有这样一个人在身边，不也是一件美好的事么？这一刻，长河切实感到让人伺候的舒贴，不禁产生了一种冲动，如果把奉靖调教好了，在这里干个秘书什么的，倒也正合适。

奉靖，你到厂里来多久了？

快两个月了。

都干些什么？

收棉花，过秤……

这个大山，怎么能让你干这种活？

那你说我该干什么活呢？

奉靖问着，又乜斜着看他一眼。长河差点说出让她干秘书的事，想想又把话咽了回去。

奉靖，你都上过什么学？

上学？你还想考我文化呀？

奉靖又吃吃地笑起来。长河有些尴尬，想换个话题，奉靖却又一本正经回答了他。

高中只上了一年，就……

原来你也是高中生哪。

还高中生呢，过了这么些年，学的什么都忘了。

为什么只上了一年？

家里穷呗，上不起了。

如果继续上下去，兴许你会有大出息哩，起码也得在城里找个好工作吧？不像现在只是收棉花、过秤……

你是不是又想你的城市了？

你说什么？我的城市？

长河掉过头，奇怪地看她一眼。奉靖意识到说走了嘴，也赶紧停住话。尽管这样，长河还是想到自己在城里的遭遇，还有他深恶痛绝的赏通。奉靖看出他的心思，一时也有些懊悔。

长河叔，别怪我不会说话……

听你这么叫，我真觉得我老了。

老？你哪里会老？我看你风华正茂，正年轻有为哩……

听她这样说，长河才又咧嘴笑一下。看他笑了，奉靖也偷偷地喘出口气。

长河叔……噢，如果你不生气，我就喊你哥吧？

随你的便吧。

长河哥，你是不是还在生我爹的气？

没有呀，我怎么会生他的气？

他以前对不住你，我给你赔不是……

奉靖站起来，给他深深地鞠了一躬。长河有些不知所措。奉靖用哀哀的眼神看他。

长河哥，你就让他回来干活吧？

长河实在不想就这么答应下来，这才把赏通赶走几天，还没享受够报复的快乐呢，哪里就能让他回来？再说，赏通自己不是还没露面吗？

是你爹让你来的？

不是，我爹哪里会知道我来给你提水？

长河看着奉靖，越加感到这是个不一般的女人。他犹豫着，不知该怎么回答奉靖。透过门窗，他忽然看见院落里那个老清洁工。老清洁工一边吃力地扫地，一边扭头朝这边门里看。也许他只是随意看两眼，可长河却觉得他的眼神不怀好意，便走到门口，大声朝他吆喝。

你不好好干你的活，四处看什么看？你的眼都快成瞎子了，还能看见什么？啊，到底有什么好看的？

老清洁工呆呆地看他，好一会儿才反应过来，赶紧低下头，拖拉着腿脚朝一边走去。长河发泄完心里的闷气，又坐回到椅子里。奉靖见他心绪不好，也不敢再待在这里，给他倒了一杯水就往外走。长河从那杯水上抬起头，目光又落在远去的奉靖身上。奉靖的屁股扭得很好看，那些披散在背后的头发也在风中飘起来，真像一道美丽的风景呢。长河快步追到门口。

奉靖，明天让你爹来上班吧。

奉靖离去后，屋里又剩下他一个人了。长河觉得有些无聊，想再呵斥老清洁工几句，也看不见他的影子了。这个老东西，长河在心里说，院子也不扫就不知死到哪里去了。长河刚要出去找，却看见大山回来了。大山一进屋，长河就赶紧迎上去，先接过他手里的提包，又给他倒上一杯水，然后便站到桌前，做出听他发话的架势。我快要成他的秘书了，长河在心里说，看来这里真需要一个像奉靖那样的女人。大概是过于劳累，大山将身子靠在椅背上，微微地合上眼。长河的注意力便有些分散，目光四处打量着，脚步也慢慢踱起来。

等什么时候修修屋子，刷刷墙，弄个吊顶，连门窗也一块换了，还有这些桌子椅子什么的，都过时了，再用让人家笑话。对了，也该要一辆车了，联系业务什么的方便……

长河似乎对大山说，又好像和自己说，其实到底给谁说，他自己也不明白。大山听清了他的话，嘴角禁不住浮出笑意，抬起头，长长地喘出口气。

长河，你说的是咱这间办公室么?

那当然，别处我也不会操这个心……

对了，奉靖找你有什么事吗?

奉靖……

长河这才明白，大山也许已回来一会儿了。他赶紧回过身，讪讪地朝他笑。

他来说他爹的事……

你也是，赏通干得好好的，你干吗赶他走呢?

我这就让他回来。

你看出来没有，奉靖那个丫头不简单，你不要小瞧了她。

你不会……真娶她吧?

你怎么说起了这个?她和你提过这事么?

没有，我也是听别人……你们是不是真有那个意思?

大山没回答他的话，便站起身，伸展一下腰肢，走到窗前朝外面望。他不好回答?长河在一边打量着他，也许没必要回答?大山忽然回过身，在屋内巡视了一圈。

刚才你说修房子的事，我看这些还不用急着办，眼下要做的事太多，哪里顾得过来?

要不你把这事交给我?

还是缓缓吧长河，现在我们手里资金有限，先顾眼前要紧，等以后有了条件再搞也不迟。

好吧……

你马上找个可靠的包工头过来，我已把那几台纺纱机订好货，等厂房盖好后，我们就上纺纱项目，所以应尽快把厂房盖起来。

那我现在就去找人。

长河一边往外走，一边不快地翻动眼皮。你只能按照他的意见办，长河在心里感叹，什么时候你说话也能管用一回?

5

几乎一整夜，大山都没有睡着，天不亮就起来了，坐在办公室里等长河到来。上夜班的人陆续离去，院落里安静下来，只有老清洁工挥舞着大扫帚，呼啦呼啦地清扫落叶。气候变凉爽了，秋天已走到了深处，树上的叶子一片片发黄，一阵疾风吹过，便纷纷打着旋儿飘下来。才一夜工夫，地上就铺满了落叶。老清洁工扫得很用心，一片叶子也不放过，可天气似乎专与他作对，凉风不疾不徐地刮着，将叶子又吹落在刚扫净的地上。

已经八点多了，长河还没有到来。刚来厂子时，长河确凿兴奋过一阵子，也真使出了不少力气，让大山感到些许安慰。但渐渐地，他又变得疲沓起来，不但不按时上班，还常和车间里的人喝酒打牌。更严重的是，他利用出差办货的机会游山玩水，私收回扣，挖厂子的墙脚。当岫姑举报他时，大山还有些不相信，没把应有的防范措施跟上去，结果导致……大山怨愤交加，狠狠在头上打了一拳。他走出办公室，进到车间里，在轰隆作响的机器间慢慢走着。看起来，车间里的生产还在正常运行，机器和操作机器的人们都忙碌不停。但他知道，这些繁忙的表层下面，已经潜伏了越来越大的危机，说不定什么时候就……大山抬起头，在整个车间里环视一周，心里抖颤成一团。他多不愿看到这个才创下没多久的厂子突然跨下来，它兴盛的时间太过短暂，短暂得让他还没把它的兴盛好好体会够呢。大山往回走时，又止不住扭过头，用有几分留恋的眼光朝车间里看，好像他一离开，就再也不能看见它繁忙的景象了。

日头一竿子高了，长河才哼唱着小曲进来。他的影子还没出现，大山就听到了他的哼唱声，他想不明白，长河到底得意些什么?对于这个不断给他带来麻烦的兄弟，大山越来越弄不懂他的心思，也越来越不能忍受，他都要把厂子搞乱了，居然还有心情得意？在接下来这场谈话中，大山真想用严肃的语气说，为了保住这个厂子，请你马上离开。大山实在后悔，当初不该主动去请长河，并一时冲动，把许多重要事情交给他办，以致为日后埋下祸根……大山沉沉地坐在椅子里，又想起长河更换办公设备的建议，不禁苦笑一下，也许他已没有让这间屋变豪华一些的机会了。随着哼唱声的响亮，长河走进屋来，两手抄在裤兜里，挺高胸脯，伴着富有节奏的步伐，细长的脖子一耸一耸，将一颗脑袋摇摆得像拨浪鼓，给人一种悠然自得、踌躇满志的神态。

昨天晚上和乔木他们喝酒，一喝就大了，醉得到半夜还不省人事……乔木他们更不行，让我灌得像水耗子似的，兴许现在还没醒过来呢。

长河一落座就胡乱吹嘘，将二郎腿跷得比身子还高。大山直直地看着他，嘴里没发话，脸上也没表情。长河终于注意到了他神情的异常。

是不是出……什么事了……

长河，我们可能遇到了一些麻烦。

麻烦？什么麻烦？

今儿一早，法院的人就给我们送来了这个。

大山拉开抽屉，将一张不算太大的纸拿起来，隔着桌子递过去。长河接到手里，匆忙扫一眼。

传票？他们为什么给我们下传票？

有人向法院起诉了我们。

起诉？为什么？

我给法院打过电话了，他们告诉我，是因为货款的事，说好听点，是欠款不还，说难听点，是诈骗……

诈骗？

对，如果弄得不好，法院可能以诈骗罪追究我们的责任。

听到大山这么说，长河再也坐不住了，身子直往椅子下出溜，手指也有些发抖，那张纸便飘落到地上。长河想去拾，两腿忽然一弯，差点扑倒在地下。看到他这种神态，大山不禁闭了下眼。长河呀长河，他在心里说，你不去死还等什么？长河抬起头，哭丧着脸看他。

哥……

告诉我，到底怎么回事？

哥，都……怨我……

你快给我说，等会儿我还要去法院。

哥，我不是诈骗，我只是弄他们几个钱……

怎么弄的？

我收了他们的货款，却……把货发给了另一个客户……

那你把钱弄到哪里去了？

我……用来还账了……

你还有账？

都是在城里瞎混时欠下的……我也是没办法，人家追着我要，再不还，他们可就要我一条腿了……

大山攥紧拳头，将牙齿咬得咯咯响。这个不争气的东西，大山在心里骂道，居然还有脸皮坐在这里？长河似乎看出了他的心思，把身子蹲到地下，两手紧紧地抱住头。

都怨我见钱眼开，昏了脑子，想想我也后悔得不行……

你后悔得还少吗？可事到如今，还有……

这不能治咱的罪呀，咱把钱还给他们不就结了？

钱当然要还，可事情恐怕没那么简单，一旦构成诈骗罪，就严重了。

大山把拳头砸在桌子上。长河呆怔了一下，也止不住害怕起来。

哥，你应该明白，我这不是诈骗呀……

那你说到底是什么？

我……是一时糊涂……

糊涂？你糊涂得也太过分了。

长河扑到大山面前，拉住他的裤脚，仰起脸来看他。

哥，你得替我做主，不管怎么说……

我怎么给你做主？

去法庭的事……

这个你放心，我是厂子的法人，他们找的是我。

那……你怎么说？

当然不会承认诈骗，我会尽力把情况向他们说明。

长河松了口气，就势坐在地下，悄悄揩去额头上的汗水。大山摇摇头。

可这在法律上能不能说过去，还很难说，还有，你到底弄了多少钱？

前前后后，大概也就几万……

几万？长河，你说我们的钱来得容易吗？你一甩手就……给我说清楚，到底有多少回？

我……也记不大清了……

看来还真不是一次两次了？长河，我们辛辛苦苦建立起来的信誉，让你一下子全给毁了，人家谁还和我们做生意呢？还又轧花又纺纱的，没人和我们做了还干个什么劲？我们不就完了么？

大山用力跺一下脚。长河把身子往后移一下，将头奄拉到两腿间。

哥，事到如今说什么也都……你去法院，千万要带上个好律师，我……到镇上给你去请……

我已经请好了。

那我去还钱……厂里账上还有这么多吧？你和会计说一声……

这些事你就别管了，一切由我去处理。

那……谢谢哥，谢谢哥……

长河把脸伏在大山腿上，并试着拉住他的手，一边摇动一边握住。大山抽出手，看他可怜兮兮的样子，又重重地叹口气。

风起大了，树上的叶子纷纷脱离枝头，争先恐后地朝地下落。老清洁工挥动扫帚，这里扫一会儿，看到别处落叶积多了，又赶紧去那里扫。可还没扫完，这边的落叶又铺满了，他又急急地跑回来。从清晨到现在，老清洁工似乎还没休歇过，额头上已出满了汗珠。可他还是没将并不太大的院落清理干净，甚至看上去像没扫过一样。老清洁工忙得不亦乐乎，却是没一点点成果，气得直要骂娘，干脆停下来，端起扫帚，对着天空、对着天空中刮过的风、对着在风中狂舞的落叶，狠狠挥动了几下。大山来到院子里，把他手里的扫帚压下来。老清洁工看他一眼，急忙将扫帚垂到地下。大山知道他误解了自己的意思，只好夺下他的扫帚，交给别人，将他拉到了一边。

这院子咱不扫了。

不扫？那叶子不更多了？

可你扫得干净么？

那……

干脆等风停了再说吧。

老清洁工终于气馁了，低下头摇了摇，回头朝院子里看看，似乎又不想罢休，对着天空和院落又叫骂了几声。

就在这样的鬼天气里，大山安排好厂里的事务，和律师一起来到镇边的发车站点，踏上了开往县城的客车。长河使劲朝车上挥手。

哥，你可要早点回来呀。

大山从窗户里探出头，也朝他摆了摆手。

告诉娘和岫姑，我会把这事处理好的。

长河在车后跑了几步，渐渐停下脚来。这时他还想不到，大山这一去，竟没有如期归来。

## 6

鸡才叫头一遍，岫姑就起来了，长河也摸索着穿衣服。岫姑走进厨房，点火做饭时，手指抖个不停，火柴划了好几根，才把柴草点燃。望着灶下的火焰升腾起来，岫姑又有些发呆。今天是法庭宣判的日子，她想不出，大山会得到一个什么样的结果。

半个月前，大山在那个大风天里去法院出庭，竟遭到意想不到的打击。律师回来说，在法庭上，对方举出的证据越来越多。事实上，长河不仅骗取了那一家的货款，类似的情况还有好几宗，加起来数额达十几万元，对方联合起来，结结实实地将轧花厂告到了法庭上。大山和律师这才意识到事情的严重，但已没有回旋余地。好在大山主动承担责任，没再牵涉到长河。案件审理休庭后，大山当即被押往拘留所。律师说，看来轧花厂是脱不掉干系了，弄不好大山会被判刑。一家人都紧张起来，长河也懊悔不迭，却又一筹莫展，厂里已没足够的钱款，他用什么去救大山呢？岫姑却不放过他。

没钱你就不能去救了？你接收款子时，那上面肯定有你的签字，你如果是个男人，就主动把这些脏事认到自己头上，也让大山落个清白。

我知道你巴不能把我送进去……

长河咽口唾沫，没把下面的话说出来。岫姑还是愤怒地跳起来，上去揪住他，就是一番激烈的打闹。长河自知理亏，也不敢和她较真，只好奋力从她手下挣脱出来，兔子一般落荒而逃。岫姑还在后面使劲跺脚。

李长河，如果你不把这事承担下来，我就不和你过了。

一连好几天，长河都没敢回家。岫姑先还硬撑着不去想他，但渐渐又有些担心，生怕他在外面再惹出事儿，又赶紧去找他。长河回到家来，岫姑没再说那些绝情的话，反而尽可能温顺地待他，继而便是一遍遍地开导加鼓励，又是威逼又是利诱，几乎将所有的招数用尽了，长河才勉强答应去法庭上承担责任，把大山换回家来。可这样一来，长河就势必受到惩办，弄不好便要……每次想到这里，岫姑都感到心如刀绞。

重新开庭的日子终于到来了。尽管长河答应去庭上坦白，岫姑还是丝毫不敢大意，凭她对长河的了解，不一步一跟地逼迫，他是不会轻易把事情做成的。岫姑做好早饭，回到屋里时，不禁又火上心来。长河居然又钻回被窝里，装模作样地睡起觉来。岫姑伸出手指，在他身上狠狠地掐一把。长河号叫着坐起来，一边穿衣服一边朝她瞪眼。

天还不亮，我就不能再睡会儿？

你就睡得着吗？没心没肺的东西。

不就是开个庭吗？我只要在开庭前赶到县城就行了。

光赶到就行了？我说的那些话你都忘了？

没忘没忘，都记烂在心里了，行不行？

看他那副无动于衷的样子，岫姑没落到底的心又提起来，看来指望长河良心发现，换回大山是不容易实现了。这一刻，她产生了要随他去法院的念头。长河似乎知道她的想法，赶紧不耐烦地朝她表明。

好了好了，我心甘情愿进去还不行吗？

岫姑不愿再说伤心的话，不管怎么样，救出大山的唯一希望还在他身上。

长河你放心，万一你要……我都是你的人。

我如果进不去呢？

那除非大山也没什么事。

还是大山……

长河沮丧地低下头，知道一切躲不过了，突然抬起头，直朝慧娘的屋门看去，思绪一时陷入冥想中。岫姑不明白他在想什么，慧娘并不在她的屋内，这些日子，她是到静松寺“修持”去了。自从栓回离去后，慧娘就对佛教产生了兴趣，专门到静松寺拜认了师父，并把自己的屋子改成“佛堂”，成了一名吃斋念佛的居士。大多数情况下，慧娘都在家中修行，但每年也要抽出一些日子，到寺内跟随师父修习法力。

我想……到寺里……去一趟……

长河嚅嗫着嘴唇说，好像本就知道她反对，话没说完就低下了头。情况正如他的料想，岫姑没听完他的话，便正色朝他发出告诫。

你以为娘会不让你去？

我没这么说……

那你去对娘说什么？

我担心这一去，就再也回不来，就见不到娘和你了……

长河两手抱住头，止不住伤心地哭起来。听他这样说，岫姑心里又难受开了。但她立刻咬紧牙关，不让心肠柔软下去。

长河，你不用担心我，更不用担心娘，家里一切都有我来……

我就知道你根本没把我当回事……

你说什么呢长河？

从娶到这个院里来，你就没真心关心过我，你真正挂牵的是大山……

长河把脸伏在桌子上，抖动着两个肩膀，哭泣的动作越发有些夸张。

你虽然是我的媳妇，可在你心里，其实和大山最近……

长河，不许你这样说……

那我怎么说？你原本就是这么做的。

岫姑不知道再表示什么。她心里一阵阵发酸，不忍再看他哭下去，便扳起他的头，要揩擦他脸上的眼泪。长河忽然搂住了她，并把脸贴到她怀里。岫姑也紧抱住他的肩膀。两个人头抵头，脸贴着脸，一起让泪水流出来，流出来。互相感动好一会儿，他们才把泪水止住。

长河，天不早了。

我这就走……

我会照顾好娘的……

还有布鲁克……对了，布鲁克到哪里去了？

放心吧，我会把布鲁克照料好的。

如果我蹲了大牢，你可不要丢下她们一个人跑了……

跑了？我会跑到哪里去？

乔木他们说，你是野人的女儿，早晚有一天……

别听他们瞎说，怎么会有这种事呢？

听着长河近乎天真的话，岫姑简直哭笑不得。匆匆地吃过饭后，她给长河换上干净的衣服，送他来到村头停车站点。很快，开往县城的公共汽车过来了。长河登上车去，还没来得及朝她招手，车门便关上了。望着汽车一路颠簸着离去，岫姑忽然感到，她原是多么不希望长河就这么走掉。在她渐趋模糊的泪光里，汽车被盘山公路上的树林遮住，终于看不见了。

一整天，岫姑都心神不定，给布鲁克喂食时，手一抖，竟把一只瓷碗打在地下。布鲁克被吓了一跳，一下子跳到一棵树干上，充满敌意的目光紧紧地看她。望着地下碎裂的碗片，岫姑心里升起不祥的预感，或许事情真要……一腾出时间，岫姑就来到村外，踮起脚跟，手打眼棚，痴痴地朝山路上眺望。每从远处开过来车辆，她心里都会急跳一阵。赏通从她身边过去，几次停下来和她说话，她似乎一概没有听见。随着天色变化，岫姑的心越揪越紧，眼睛也一阵阵发黑。

吃过晚饭，外面还没一点动静。岫姑又急忙朝外走去，布鲁克悄悄地随在她后面。一来到街上，布鲁克就越过她，似乎发现了重要情况，急急地朝村外跑去。岫姑也止不住奔跑起来，但快要跑出了村子，还没碰见一个人影。大山，长河。岫姑交替念叨着两个名字。来到白天停车的地方，岫姑忽然站住。前面不是有一个影子么？只是那影子很低，看上去不像是人……布鲁克已率先跑到影子面前，嘴里发出亲切的唤声。岫姑不用辨认影子是什么东西，便绝望地闭了一下眼。看到她朝自己走近来，那影子突然站高了，急急地往后退两步。

岫姑……

长河，你什么时候回来的？

回来好……久了……

那你怎么在这里？

我不敢回家……

大山呢？他没回来么？

他……被判了刑了……

什么？

倒是判得不多……

多久？

一年。

天哪……

岫姑仰起头，对着夜空闭上眼睛。她真的没想到，自己等待漫长一天的最终结果，居然就是这样……但仔细想来，她似乎又预料到了这个结局，就凭如此的一个长河，她又能指望有什么更好的局面？

长河，你为什么没有……

岫姑，我知道你会这么问我，所以我不敢回家……

你为什么没让自己担着？

我这么说来着，不信你去问律师，可大山他非往自己身上……

法庭呢？法庭没长耳朵么？

他们主要听大山的供词……再说，大山是轧花厂的法人，人家主要追究他的责任……

我就知道你会当缩头乌龟。

岫姑，你那么愿意让我进去？

长河又蹲回到地下，两手抱住头，肩膀微微地抖动开了。岫姑掉开头，迷茫地朝远处看。阔大的夜空中，一道耀眼的亮光划过去，急快地朝地平线坠落。岫姑不由地朝山上看去。亮光滑到了山那边，群山又呈现出一片模糊的影像。岫姑忽然把头埋到胸前，泪水又一次奔涌而出……

# 第四章

那个老女人又来了。在等待牵牛花开的日子里，母亲没什么事可做，便坐在篱笆墙前，和老女人诉说往事，当然，是她在乌龙镇经历的那些事情。

老女人是山林里的老居民，因为她的穿着装扮都更为原始，身子两端几乎半裸，当间的衣服也是用兽皮和树叶连缀而成。我觉得这个老女人并不陌生，好像早就在什么地方见过了，但此前我并没进过山林，那么我又是怎么见到她的呢？思来想去，有一天我终于恍然悟到，或许我是在梦中与她相见的……望着老女人额头处如山峦一般的纹络，头顶上如森林一般的毛发，我渐渐觉到她不是一个一般的女人……

母亲也与老女人聊得非常投缘，一照她的面就滔滔不绝地诉说，好像要把她在乌龙镇经历的事情都一股脑说给她似的。老女人是个难得一见的倾听者，她坐在母亲对面一言不发，只是把挑出毛发缝隙的耳朵尖不时地耸动，标志着她对母亲的讲述充满兴味。我站在远处，好几次打量母亲向老女人讲述故事的情景，在她们身后或身边，是那些一直不肯开放的牵牛花藤蔓，置身在它们面前的两个女人相对坐谈，成为山林里最为罕见的一道风景。在母亲讲述的间隙里，老女人会不由自主地伸出手，摸一下身边的牵牛花藤蔓，我看见她弯拢的指端伸出尖利的长甲，有时我的眼睛一模糊，觉得伏在母亲面前的老女人根本不是一个人，而是一匹老母兽……

我被这个幻觉吓一跳，赶紧晃晃脑袋，让自己的头脑清醒过来。但尽管这样，我还是在她离去时，真切地留意到她拖在屁股后的一条细短尾巴……

## 1

夏去秋来，大山在农场里熬过一年时间，终于盼到出狱的日子了。这一天，长河租了一辆红色面包车，喜气洋洋地来农场门口迎接。但大山没坐那辆车，而是一路步行走回来。长河的车跟在他身后，既觉得失望，又感到没面子。回家后，大山也没听从长河的安排，在家里休养生息，而是第二天就到厂里去。临出门时，岫姑有些迟疑地看他。

厂子也许变了样，大哥不要觉得奇怪……

大山感觉出来，岫姑是在向他暗示什么，但他想不明白，在这短暂的一年中，长河会让厂子发生怎样出乎他意料的变化？带着这种疑问，他的脚步越迈越快。走过街道，大山来到鱼人河边，才把脚步放慢些。对这条多日不见的河流，大山像对亲人那样充满感情，而且时常产生依恋的感觉。他停下脚步，有意多吸几口凉爽的河风，又朝远处的河面眺望一会儿，才踏上通往轧花厂的小路。走过一片小树林，前面就是他割舍不下的厂子了，一年前离开这里时，也是在这样一个秋季，那天的凉风刮得分外猛烈，泛黄的树叶一个劲儿地朝下落。秋天应是收获的季节，可他收获了什么呢？好在此时的景象还不乏美丽，山野一片灿烂，像被人涂上了醒目的红色。如果轧花厂也能这样让他眼前发亮，那该多好。

大山走进厂门，看见赏通挥着一把破旧的扫帚，在有一搭无一搭地扫地。地上本没多少落叶，赏通的扫帚只是象征性地划拉几下。大山感到奇怪，先前那个很有责任心的老清洁工哪里去了？怎么又换成了赏通？长河曾对他很有看法，可这会怎么让他干上闲适的清洁工作？

厂……大山……

赏通仰起一张胖脸，不知该怎么称呼他。大山又吃一惊，赏通不仅脸上长了肉，那颗伸出唇来的黄牙也不见了，代之以一颗闪闪发光的金牙，想必他的日子过得很滋润。赏通有些不好意思，一边朝他嘿嘿地笑，一边抬手在嘴上掩一下。大山从他身上掉开眼，看到院落里依旧进出着干活的人，车间里也有机器转动的声音，似乎并没像岫姑担忧的那样让他吃惊。

进到办公室时，大山却怔住了，以为是走错了地方，赶紧退出去。可抬头看门楣上的牌子，分明写着“厂长办公室”的字样，但里面的摆设让他摸不着头脑，原先的通间屋用铝合金隔成了两间，外面一间办公桌后，坐着一个打扮妖冶的女人，正对着镜子梳理头发。看到他进来，女人急忙撂下镜子，站起身，朝他使劲发笑。大山眨眨眼，才认出是奉靖。真是没想到，奉靖打扮成了这种模样。

大山……叔，你回来了？

奉靖有些不好意思地看他。大山心里又一动，奉靖居然也叫他叔了。

奉……靖，你在这里干什么？

我在这里当秘……秘书呀……

秘书？这里还有了秘书？

大山又没有想到，长河还给自己配备了女秘书？望着奉靖涂脂抹粉的样子，大山不禁又想到了赏通，还有他那颗在嘴边闪闪发光的金牙。大山没再理会奉靖，就朝里间屋走去。奉靖赶紧叫住他。

大山叔，厂长正在里面打电话，你是不是等会儿再进去？

什么，打电话？还安……上了电话？

大山一把推开里间屋的门。尽管心里已有些准备，可他还是大吃一惊，长河把他的办公室装饰得那么豪华，房顶上悬着吊灯，虽然是白日，十几只灯管还是发出五颜六色的光；墙壁上好几幅镶嵌在镜框里的书法和国画，大山凑近了看，竟然在落款处看到几个名人的印章，如果这真是他们的作品，相信要花许多钱才能弄到；地下铺着大红地毯，踩上去柔软舒适，没一点声音发出；长河座前的老板桌更是宽大无比，即使躺在上面睡觉也绰绰有余；桌面上摆着两部电话，长河手里却又拿着一只手机。长河坐在老板椅上，正用手机和什么人通话。看到大山进来，长河腾出一只手，朝一只沙发里指指，依旧和电话里的人说个不停。大山在屋内看一圈，回过头，忽然看见那只叫布鲁克的黑猫。布鲁克窝在长河脚下，正耸起头颅，瞪大两只圆眼，直直地朝他打量。长河终于把电话打完，咔嗒一声合上盖子，轻轻地放到桌上。

怎么样？不错吧？

变化是不小，你坐在这里，还真像个企业老板了。

是吧？连我都觉得……

长河回味一下，才品咂出他话里的嘲讽意味，摇头笑笑，拿起烟盒，隔着桌子扔给他一支，自己叼上一支，用打火机啪地点上，一边悠悠地喷云吐雾，一边山南海北地聊起来。大山没吸那支烟，但他看出来，这种牌子的烟起码要一块钱才能买到一根。大山希望多知道一些厂里的事，长河却越扯越远，说到得意处，干脆站起身。大山心里一动，以为他要把椅子让给他坐。但长河屁股一跷，坐到了桌子上，将两只脚放在椅子里。大山止不住笑了，不知是笑自己，还是笑长河。

在他们说话时，女秘书奉靖几次走进来，将文件之类的东西放在桌了上。长河拿起文件，装模作样地看两眼，跳下桌子，拉开抽屉，从里面捧出一个大大的印章，在嘴边哈哈气，便狠狠地盖在上面。奉靖拿回文件，扭着愈加肥硕的屁股走出去。长河把印章放回抽屉里，并立刻锁上，摇着一大串钥匙回过身来。大山又以为他要把钥匙递给自己，可长河却径直将钥匙装进了裤兜内。大山又差点笑起来。

你不简单呢，把奉靖都调教成秘书了。

长河的脸红了红，随即就咧开大嘴笑了。

就是，我把一个收棉花的小工培养成有规矩又有水平的公关人员，也确实下了一番功夫……

看样子你很有成就感？

也可以这么说，与时俱进嘛。

听着这个新鲜的词，大山又一次想笑。长河侧过脸，用眼睛的余光看他。

你不会还想着奉靖吧？

我什么时候想过她？

也是，都是外边那些人瞎扯。

大山不想说这个话题，便走到窗前，朝院落里看。

我怎么听着机器声不大正常？

这个……还真有你的，不光眼睛……耳朵也那么厉害……

怎么回事？

都是你弄的那几台老轧花机呗，时不时就出毛病……

是不是该好好维修一下了？

那破玩意，还能修出什么花样来？

你也打算换新的？

我倒是有这个心思，可钱呢？

怎么？

咳，你恐怕还不知道，今年的皮棉价格上不去，如果不往下走就千幸万幸了，再搞加工怕是也赚不到几个钱……

那依靠纺纱怎么样？

纺纱……质量也老是上不去……

我请的那个技术员呢？走了？

不好好干活让他在这里干什么？光成心给我出难题，还不服我管……嘻，他都忘记是干什么的了，以为有点破技术，我就治不了他……

长河，这到底是怎么回事？你怎么……

好了好了，不提他个狗东西，一提我心里就上火。

大山还要问他什么，但长河已经扭开头，不打算再说下去。大山叹口气，想朝门口走，又停下脚步。

这么说，不好再走下去了？

也不能那么说……我也正在想办法……你看我，这一年不知操了多少心，连头发都掉了许多……

看来，岫姑说得不错……

什么？岫姑？她说什么了？

听大山说到岫姑的名字，长河警觉地抬起头。面对他狐疑的眼神，大山又摇摇头。长河意识到自己失态，不好意思地摸一下脸，站起身，绕到老板桌前，在他面前慢慢地踱步。

你刚回来，什么情况也不了解，别听她瞎说。

其实我也看出来了……

看出来了？你看到的都是表面现象，我给你说的也只是问题，其实厂里一切都很好……

你说的那些困难呢？

困难……当然，厂子越办越大，形势越来越严峻，能没一点点困难？没困难就奇怪了……

那你准备怎么克服？

我这不正在想吗？

长河，时不我待呀，什么时候……

好了好了，看你和岫姑一样的脾气，还让不让我……你们就放心吧，我还能怎么样？总不至于让这个厂子垮掉吧？

这正是我担心的……

行了行了，这些你都不用操心，我会解决。你刚回来，可要好好休息，看你在里面变得又黑又瘦，我让岫姑多给你做点好吃的，补补脑子，养养身子。

长河伸出一只手，在他肩上使劲按了一下。长河神情里也的确透出了关切，但大山还是觉得不是滋味，轻轻把身子移开了。长河笑笑，又踩着地毯回到老板桌后，一屁股坐进椅子里，捧起一份报纸，低头看起来。

大山来到院子里，一时不知道该朝哪里走。赏通站在远处，歪着头看他一眼，又急忙掉开脸。大山没朝大门走，而是径直走向了车间。他要亲自到生产现场，将存在的问题找出来，该解决的解决，该补救的补救……大山听见身后有脚步声，回头一看，居然是奉靖尾随在后面。看到他回头，奉靖想往树后藏，但又没及时躲开，样子有些尴尬。

大山……你还好吧？

大山点点头。想起刚到农场时，奉靖曾跟长河去看望过他。不管心里是不是喜欢，他都不能不把人家的好处记在心里。

奉靖，好好帮一下长河，争取把厂子……

我是不是不该到办公室来？

也许你会给长河一些好影响……

如果你觉得不合适，可以马上把我辞了。

看你说的……

我知道你心里会有想法。

如果你帮长河把厂子搞好，我谢你还来不及呢。

那……好吧。

奉靖想了一下，便转过身，沿着来路朝回走去。长河从她身上收回目光，又想起过去那些不切实际的传言，有些哭笑不得地摇摇头。

2

吃过早饭后，岫姑陪大山去静松寺，看望在那里修持的慧娘。这两年里，慧娘愈来愈多地待在寺内，一连许多日子都不回家。长河原说由他陪大山去，可事到跟前却又推说有事，没从厂里回来。岫姑知道他是惧怕见到慧娘，心里有些气不过，便自己出马陪大山去了。

进到静松寺内，值日的小和尚认得岫姑，说是慧空居士在禅堂里跟法师做功课，便把他们领到接见室内等候。岫姑这才知道，慧娘已经有了法名，看来是对佛事更加痴迷了，一时不知是悲是喜。等候了一会儿，慧娘也就是慧空才做完功课回来。见到他们后，慧娘似乎还沉浸在功课中，大山拉住她的手了，她还有些呆怔。

是……大山？你回来了？

娘，您还好吗？

大山的声音有些颤抖。慧娘回过神来，抬起手，在他脸上轻轻摸了一下。

大山，这一年你吃苦了……

没事，娘，您还好吧？

慧娘渐渐坦然下来，让他们坐到座位上，然后去给他们倒水。岫姑直直地看她，觉到她是把自己当成这里的主人，而他们却是她的客人。想到这里，岫姑的心里有些难受。慧娘坐在他们面前，神色从未有过的舒贴。

我在这里就像在自己家里一样，一切都好着呢。

您在这里住了不少日子，也该回家去看看了。

岫姑你记错了吧，我好像才出来几天……

娘，大哥也回来了，您再回家去，大家就都团圆了。

其实大山回来了，我还有什么放心不下，就更想在这里多住些日子。

您就不惦记长河吗?

他早就是大人了，还用我惦记什么?

岫姑张张嘴，没有把下面的话说出来。慧娘似乎知道她想什么，看一眼大山，又把目光落到她身上。

长河还算听你的话，该做什么不该做什么，只要你发话了，他是不敢随便自己拿主意的。

娘是高看我了……

我毕竟是她的娘，还是知道他心思的。

岫姑忽然不好意思起来，不自觉地看一眼大山，脸颊上有些热的感觉。她不好再说什么，便低下头去。大山把带来的几样东西留给慧娘，看到她的确没有好担心的地方，便和岫姑离开寺庙，下山回家去了。在路上，岫姑突然想到赏通说给自己的话，你要当心慧娘一些，那是个不一般的女人呢。当时她没把赏通的话放在心上，过后也忘个一干二净，现在不知怎么想起来，却立刻认定，那是赏通挑拨她和慧娘关系的话，没任何事实的依据，便摇摇头从脑子里驱走。

回到家来，岫姑决定要和长河好好谈一下，让他把厂子还到大山手里，如果长河真如慧娘所说听自己的话，那事情可就好办多了。但直到吃过晚饭，长河还没从外面回来。岫姑坐在沙发上，眼皮直往一块合，不想再等下去，索性上床睡觉。自从长河接手轧花厂后，好像就没按时回家过，一天有两顿饭在外头吃，有时干脆连觉也不回来睡。莫非干大事的人都是这样?她不得不自欺欺人地安慰自己。夜已经很深了，门外忽然传来一声响。响声很沉闷，像是一条装满粮食的布袋倒在地上。岫姑赶紧拉开门，借着朦胧的灯光，看见长河趴在台阶上，正一耸一耸地往起爬。一闻到他身上散发的酒气，她便明白，长河又喝酒了，而且又喝多了。岫姑跑过去，使出大劲拉他。长河醉得并不厉害，对她的拖拽也很配合。在岫姑搀扶下，他站起来，踉踉跄跄地走进屋子，将身子躺在沙发里。

我没喝多，我是不小心摔倒了……

你就一天到晚地喝，厂里那两个钱都被你糟蹋进去了。

厂里……从来也没几个钱，我不过是……给我来碗水，我快渴死了……

岫姑把水端给他。长河接到手里，也不管冷热，咕咚咕咚地喝下去，水从嘴角流下来，弄湿了衣领。岫姑的眼光随那片不断扩大的水渍往下走，见他衣服上粘有几片菜屑和灰土，已脏得不像样子，而这件衣服他早晨刚换上。岫姑叹一口气，看来又要给他去洗。长河的眼睛也转到自己衣服上，似乎才发现那些菜屑和灰土，赶紧伸动手脚，忙乎好一阵，才将衣服一件件扒下来，一股脑儿塞到岫姑怀里。看她站着没动，他又觍着脸笑笑。

我……不是故意弄脏的……我才不想把衣服……

你怎么不把你身上弄脏?

看你……没办法呀，有远方的客户来，为了生意，我总得陪人家喝上几杯……

你还知道谈生意?

岫姑故作惊异地看他。长河越发不好意思。

看你说的，好像……我光知道玩似的……

岫姑没再理会他，抱着衣服走出屋去，打开门灯，来到压水井边，接了一大盆水，将衣服泡进去。自从接管轧花厂一年来，长河确凿变成了一个格外忙碌的人，但在忙厂里事务的同时，却把许多时间用在了玩乐上，和乔木那帮不务正业的家伙混在一起，不是喝酒就是打牌，还像城里人那样跳舞和唱歌，差不多快把大山创下的家业糟蹋干净了。可人家大山回来，他却依旧赖在厂长位子上不动，还不让大山过问厂里的事。这一年的事实证明，轧花厂如果还继续在他手里，那离败落的日子就不远了。

岫姑……

不知什么时候，长河已走出屋来，站在门角里看她。岫姑一见他那副样子，便明白他要干什么。长河穿着背心和裤衩，在头顶灯光的照耀下，浑身的肌肉都在颤动。岫姑没理会他，回头继续洗衣服。见她没有反应，长河便走过来，站到她身后，猛一下搂住了她。岫姑停下手，身子却依旧没动。长河两手在她胸前抓挠，一副很急切的样子。岫姑心里一动，似乎已有许多日子，长河不再向她提这种要求，也许是真的忙碌，精力分不过来，可她也隐约听说，他在外面行为不够检点，并和那个风骚的奉靖搞在一起。岫姑似乎不愿相信，不管怎么说，奉靖都曾向大山表示过好感，乌龙镇许多人都知道这事，作为大山的弟弟，长河勾搭别的女人还说得过去，又怎么会打奉靖的主意呢？可无风不起浪，要是根本没这回事，外面又怎么会有这种传言？再说，他不是把奉靖弄到办公室去了？是否在为他们的丑行提供方便呢？岫姑原不想无端猜忌丈夫，可暗流涌动的现实却不能不让她生出疑心。

长河好像越发急迫，把脸埋到她脖子里，喘息也粗重起来，呼出的热气像一条小蛇，在她脸上缠绕。岫姑又嗅到他嘴里的酒气，不禁想起许多年前那个雨天，长河也是在醉酒后，借着给她修房的机会，把她在床上按倒……就是从那一天开始，她才下定嫁给他的决心……想到这些，岫姑感慨万千，情绪像风中的河水一般起伏动荡。长河没发现她神情的变化，依旧频繁地运动两手。岫姑歪扭着头，想从他怀里挣脱出去。但她一有反应，长河反而愈发来了兴致，更紧迫地抱住她，使她不能动弹一下。没办法，岫姑只好不再挣扎，乖乖地让他抱进屋去，放倒在床上。但直到长河伏在她身上，手忙脚乱做着时，她还没从浓重的心事里解脱出来。

长河，我要和你说一件事……

我不想听你说事。

不行，我非要和你说。

那……你快说。

答应我，把厂子还给大山……

长河突然停住动作，痛苦地呻吟一声，一下子从她身上滚落下来。

你……这是要老子的命呀……

我知道你不愿意我说这个……

那你还说？你知道你还说？

长河使劲用拳头击打床面。岫姑按住他的手。

可我不能不说呀，你就忍一忍，听我一回话……

你说吧，反正你也不拿我当一回事，你心里只有大山。

长河赤着身子下床去，瘫坐到沙发里，从桌子上抓起一支烟，胡乱叼到嘴上，却没找到火机，又把烟团成一团，狠狠地丢在地下。看他那副愤懑的样子，岫姑停顿一下，心又一横，索性还是把话说下去。

长河，不管怎么说，那个轧花厂都离不开大山，如今棉花形势变了，价格一天天往下落，生意越来越难做，你又拿不出好办法……

我不是正在想吗？

等你想出来，轧花厂早就垮了，还不如赶快把它……

不行，这一年来，我起早睡晚，出力流汗，差不多把命都搭进去，不能说丢就把它丢了。

怎么是丢了？大山可是……

行了，你已经说了多少个大山？大山那么好，你怎么不跟他去过？

长河，你说这个不脸红么？

我脸红什么？脸红的应该是你。

长河，你不知道你有多阴暗……

多阴暗也阴暗不过你，这么多年过去了，你心里还想着他，处处为他打算，要是知道你是个见异思迁的女人，我就……

长河终于控制不住，冲到岫姑面前，抬手打了她一个耳光。岫姑没有提防，一下子歪倒在床上。她爬了几爬，才直起身子。借着灯光，长河看见她嘴边流出一缕血迹，不禁有些呆怔，将那只手拿到眼下看。

我是不是下手太重了……

长河不知是问岫姑，还是问自己。他想去扶她一下，但手还没触到她身上，就被她一把拂开。岫姑从床上下来，直直地站在他面前，用平静却冷漠的目光看他。

李长河，你给我出去。

岫姑……

长河颤抖着伸出手，又想去往她手上放。但望着她过于严肃的表情，又把手缩回来。

好，我走。

长河潦草地穿上衣服，拉开门板，头也不回地走出去。岫姑望着他的身影消失在黑暗里，过了好久，才感觉到泪水在脸上流淌。

一整夜，岫姑都没有睡好。长河居然真没回来，离开她的管束，兴许正在某个地方享受自由的快乐呢。天快亮时，岫姑才勉强睡了一会儿。在迷糊的状态中，她似乎又听到慧娘对自己说，长河听你的话，只要你表明了态度，他哪里敢自己拿主意呢？岫姑醒来了还吃不准，这是慧娘说过的话吗？才过去不到一天时间，她便感到不真实了。先前她也以为是这样，但长河的那一巴掌，却让她再也不能相信这件事了。这一刻，岫姑又想到赏通说的那句话，不禁发起呆来。她很快从冥想中挣脱出思绪，还是想把这事说给慧娘，不管怎么说，慧娘都不会让一碗水过分倾斜，而长河要看娘的脸色也不会有错。可岫姑刚打定了主意，却又迟疑起来，看慧娘的架势，是执意不再过问俗间事的，在这件事上她会愿意帮自己吗？

望着窗纸上透出的黎明曙色，岫姑迷茫地眨巴眼皮，一时不知该怎么办好。

## 3

进入冬季的头一场雪悄然而下。岫姑清扫完院落，歇下来，站在篱笆墙边朝远处看，像是欣赏美好的雪景。天晴得很好，空中没一丝儿云彩，灼亮的日光照在雪地上，让整个山野变得更加亮白。天地间没有风声，没有鸟鸣，一切都像画中的景致那样宁静。岫姑眼前有些恍惚，似乎真看到了巫女阿诗玛穿行在山林中的影子……一阵窃窃私语声打断她的冥想，岫姑愣怔好一会儿，才明白是牵牛花精灵发出的声音。她低下头，看着枯萎在篱笆墙上的牵牛花藤蔓，心里渐渐充满忧愁，不知佳佳、丁丁还有嘟嘟它们怎么熬过这个冬天。不经意间，岫姑还想到了萩曳，一个被大山命名为精灵名字的小姑娘……

早饭过后，岫姑收拾完家务，便找出一条布袋，将几棵白菜、一包面条装进去，背上肩头，出了村子，直奔山野里大山的饲养场而去。由于长河执意不让出轧花厂，又不愿让大山插手厂里的事，没别的办法，大山经过一段时间考察，终于赶在入冬之前，在山脚下建起一个饲养场，专养一种叫穿山甲的动物，并顺利拿到了饲养许可证。长河这才放下心，主动从厂里拿出一笔钱，供大山建场使用。大山两手攥空拳，也只好接受了他的馈赠。岫姑觉得这样也好，与其把钱让长河挥霍干净，还不如派用在大山这里，虽然饲养穿山甲也会冒一定风险，但她无缘由地相信大山，觉得他搞什么都会成功。饲养场开业那天，长河厚着脸皮跑去祝贺，怀里还抱块花花绿绿的牌匾，但上面写错了两个字，在镇上闹出了大笑话。

饲养场建在一个僻静的山坳里，离镇子差不多有五里路。因为要守夜，大山也就住在场里，并且开了灶火，有时岫姑三五天都看不到他的影子。岫姑明白，大山之所以这样做，当然主要是场里离不开他，另一方面也是回避长河的闲话。这似乎更让她难受，不知有多少次，她都站在篱笆墙边，朝远处饲养场的方向望，想象大山一个人在那里与一群动物相伴，孤独而艰难地打熬时光，是多么不容易。每隔几天，岫姑就到饲养场去一次，给大山带些吃用的东西，把他换下的衣服带回来洗。大山与长河不同，不大会照料自己，加之场里的确忙碌，往往顾了头上顾不了脚下，才短短几个月，便瘦脱了一层皮。让岫姑稍感欣慰的是，头一批购来的十几只穿山甲倒是很好，有几只大的已快要生崽，过不了多久，寂寥冷落的饲养场就会热闹起来。

岫姑磕磕绊绊地往山脚下走去。由于满地都是积雪，已看不出哪里是路，有几次都差点踏空，袋子从肩上滑下来，坠得她的身子往一边倒。岫姑走累了，把袋子放在一棵树下，想休息一会儿。一只松鼠从树上穿过去，将枝梢上的积雪弹落下来，溅满了她的身子和头顶。岫姑只好背起袋子，又继续朝前走。前面一个人影从饲养场里出来，直朝着她走来。是大山接她来了。

岫姑，这么大的雪，你怎么还出来了？

我来给你送点吃的……

前几天，你不是刚给我送过吗？

有备无患呀。

说完这句话，岫姑不好意思地笑笑。踏着大山走过的脚印，她觉得脚下轻快多了。两个人一前一后走进饲养场。大山递过来一块毛巾。岫姑抽打掉身上的雪花，把毛巾还给他。大山没有接，指一下她的头发。岫姑又赶紧去擦头上，擦了好几下，也不知擦掉没有。大山接过毛巾，试量着举起来，把她没擦到的地方又轻着擦一遍。岫姑低下头，眼睛的余光看见他的胳膊在脸边晃动，脸颊不禁热一下。

去看看穿山甲吧……

也许是掩饰尴尬，大山没话找话地说。岫姑点点头。大山把毛巾搭在肩上，领她朝棚舍里走去。

有一只穿山甲就要生崽了，这两天我正准备给它接生呢，所以又不能回家了……

你……给它接生？你行么？

岫姑的脸又红起来。大山却不怎么在意。

怎么不行？我在农场劳动时，就干过为猪接生的活儿。

岫姑想起来，大山在劳改农场那一年里，就是干喂猪的活儿。为不引起他痛苦的回忆，大山回到家里后，她从来没问过他这件事。

穿山甲棚舍搭建在一面岩壁下，其他三面砌了封闭式围墙，地下铺一层水泥，舍内还用石头垒出两个洞穴，旁边是一个活水池子，四周还有几丛灌木。岫姑走进棚舍，觉得里面暖和许多。大山看出她的疑惑，抬手朝墙根下指指。岫姑这才发现，墙根下新垒起一条石道，不时有热气从上面冒出。原来为给生崽的穿山甲取暖，大山还在棚舍内砌了火墙。棚舍里暖和了，动物们也不再龟缩在洞穴里，几只成年穿山甲在灌木下歇息，几只小些的干脆在水池边走来走去，间或用长嘴巴互相碰撞一下。岫姑看得很高兴，但又克制着不发出声息。穿山甲是胆小的动物，其中还有一只要下崽，最怕惊扰了。

那只要下崽的穿山甲在哪里？

大山又抬手朝石洞里指。岫姑朝洞里看了看，还是有些放心不下。

穿山甲可是和猪不一样，你能……行么？

试试吧，也没别的好办法。

要不要去请兽医站的人……

他们兴许也没给穿山甲……

岫姑点点头，可不是么，这个镇上除去大山，怕是也没别人更懂穿山甲了。大山故作轻松地笑笑。

没事，就是没人照应，那些野生的穿山甲不也照样产崽么？

岫姑想想，也的确是这样。可刨除对穿山甲的关心，一想到大山要给它们接生，她心里还是有些不安，让一个男人做这种事，也实在委屈了他。岫姑不禁又想到长河，更觉得对不住面前这个人。大山似乎也看出她的心事，忽然把手捧在肚子上。

我觉得饿了，你去给我做口吃的吧。

你还没吃早饭？就这么一直守在这里？

我担心它随时都会……

那我给你去做。

岫姑回到大山屋里，蹲到灶下生火做饭，心里止不住叹息，大山在这里不仅要忍受孤独，还要经历生活的清苦，他多需要一个人做帮手呀。对那样一个能帮助他的人，岫姑曾想过无数遍，觉得那应该是个温柔体贴、吃苦能干的好女人。先前，她以为那个女人或许是奉靖，但不知为什么，有时想到她，又本能地产生排斥的情绪。不管怎么说，奉靖都是一个风骚女人，让她待在大山身边，无论如何都是一件让人难以接受的事。好在随着时间流逝，奉靖与大山的关系无疾而终，岫姑才把提着的心咽回到肚子里。可这样一来，大山身边不是更显空寂了吗？难道那个好女人还真没出现吗？有一霎，岫姑眼前浮出一个黝黑活泼的小女孩的影子，那是萩曳，一个曾被大山救过命的小女孩。许多年前，岫姑把栽种牵牛花的事告诉她时，她还激动了好一阵子呢。几年过后，长大了的萩曳每次从学校回来，有事没事就喜欢围着大山转，小姑娘该不是对他日久生情了吧？但岫姑又摇头，萩曳毕竟还小，再说，他们张家与自己一家的上辈人又结仇怨，真要把这门婚事做成，怕也不是那么容易……岫姑沉浸在遐思里，一时竟忘了烧锅。

岫姑，别做饭了，先烧锅热水。

大山突然闯进来，把她的思绪打断了。岫姑一惊。

怎么？生了？

大山点点头，又随即跑出去。岫姑把做了半拉的饭舀出来，添上水，加大火力，很快便将水烧开，盛到盆里，一溜小跑地端进棚舍。大山正蹲在洞口，舞动着两手忙碌。由于他把洞口遮住，岫姑看不到小穿山甲是否已生下来。她把热水端过去，小心地放在他身边。大山转过身，岫姑这才看见，他沾有血迹的手里托着个软软的小东西。这就是小穿山甲么？岫姑没想到小穿山甲刚生下时会这么小，也看不出一点穿山甲的样了。大山把那只小穿山甲朝她晃晃，放到水盆里，洗去它身上的黏液，放回到它母亲身边。岫姑也跑回去，把那半盆还没完全做好的饭端来。大山一见，连连点头，将盆送进洞穴里，让刚产过崽的母穿山甲吃。

他们回到住屋时，已快要晌午了。大山坐下来歇息，岫姑重新给他做好饭，把碗端过来时，他却已歪在椅子里睡着了。岫姑没惊扰他，悄悄抱来一床被子，小心搭到他身上。虽然她的动作极轻，大山还是醒来了。

我……怎么睡着了？

大山抹抹眼，脸上很快又充满精神气，接过碗，便狼吞虎咽地吃起来。岫姑看他那么痛快地吃，肚子也觉到饿了。大山只顾自己吃，也没想到让一让她，岫姑也便不好意思和他一块儿吃。锅里的热气不断升腾，在两人之间弥漫滚拂。岫姑突然感到，她和大山虽然同在一个屋檐下，其实却相隔遥远。意识到这一点，泪水不禁盈出眼眶，渐渐模糊了视野。

你见过阿诗玛了吗？

岫姑脱口说道。说出了这句话，岫姑才知道自己在说什么，不禁吓了一跳，不明白自己为什么说到这个。大山抬起头，也莫名地看她。

阿诗玛？我怎么会……

我……还以为，你在山里更容易……见到……

我哪有那么好的运气？

大山摇摇头，忽然停下吃饭，把饭碗也放回到地下。岫姑不禁后悔，真不该在他吃饭时说到这个。她走到门边，盯着茫茫苍苍的山野发呆。她想到自己野人身世的传说，不仅在心里感叹，如果真有一天回归到山野里来，那也是一件十分不错的事。这一刻，岫姑有些迷离恍惚，似乎已看到许多年后，她跟随大山离开毁灭的乌龙镇，迁徙往山林间的情景……

## 4

与先前不同，奉靖走进办公室的第一件事，不再是擦桌子扫地，而是变成了接待那些越来越多的讨债人。由于棉纺形势的急剧变化，加之厂主长河经营不善，仅仅过去半年时间，曾经红火的轧花厂再也无法运转下去，就要面临倒闭的危险了。前来讨账的人快要挤破门板，更给四面楚歌的轧花厂制造了衰败景象。在这些纷乱日子里，轧花厂的所有人包括长河都闲在四处，只有奉靖一个人忙得不可开交，谁让她在厂长屋里坐着呢？那些讨债人找不到长河，还不质问她一番？你们什么时候付钱？说话还算不算数？长河到底到哪里去了？快给我们一个明确回答……讨债人的叫声此起彼伏，快要把她的耳朵震聋了。

奉靖使出各种手段，总算把他们一拨拨打发走，赶紧关上门板，插上门闩，坐回到办公桌后，长长地喘几口气。然后便大瞪着眼，盯住套间的门锁出神。按说，这些人都应该由厂长接待，可长河却撂下这些事不管，不知到什么地方逍遥去了，让她在这个烂摊子上苦于应酬，这个力气她下得着吗？奉靖越想越有气，又一次掏出手机，按下那个她曾拨打过无数次的号码。像前些次一样，耳机里又传出一个女人公式化的声音：您所拨打的电话已关机，请稍后再拨。狗东西。奉靖在心里恨恨地骂一句，使劲把手机敲在桌子上。几天来，她几乎快要拨打一百次了，每次都是关机，关机，也不知长河到底在哪儿，什么时候回来。奉靖也明白，长河一定知道厂里的事不好收拾，才把它交给她来应付，可厂子兴旺时，他怎么不让她当家做主？现在厂子垮了，他却把它扔给她，自己躲到远处看热闹，天下哪有这样的好事？再说，难道他就情愿让她在这里受难？一点心疼的感觉也没有？奉靖鼻子一酸，差点流下泪来。

门板又被猛地敲响了。奉靖吓了一跳，急忙抬起头，想过去开门，可起了起身，又坐回到椅子里。她不能再去开门，一定又是来要账的客户，她不知再说什么样的话去应付人家，一切能想到的理由都已被她用遍，那些不负责任的屁话连她自己都不相信，无论如何也不想再说了。奉靖干脆坐在椅子里不动，任凭门板哐当哐当地敲响。外面那人似乎非进来不可，见奉靖不开门，愈发用大劲敲击。真是一根筋，奉靖在心里骂道，居然这么不识相？她终于坐不住了，气呼呼地走到门后，猛一下拉开门闩。随着门板打开，那人急急地扑进来，差点倒在她身上。奉靖往后躲一下，仔细一看，天哪，竟然是她的父亲。赏通收住脚，将倾斜的身子站稳。

闺女，眼看厂子就要完蛋了，你还在这里傻守什么？

赏通大呼小叫地朝她嘟囔。奉靖赶紧去捂他的嘴。

爹，你怎么也这样说？让那些要账的人听见，我更没法应付了。

我的傻闺女，谁还不知道这个厂子的情况，恐怕只有你一个还……不信你看看。

赏通随手往外指。奉靖随着他的手往院子里看，不禁吃了一惊。一个小伙子正从车间里出来，肩上扛一大根铁管子，脚步匆匆地朝院门外跑去。铁管子一头拖在地上，把地面划出一道印痕。奉靖想冲出去阻拦，却被赏通拉住。

你去管什么？这个厂子又不是你的，你以为长河真会和你……

他这是明目张胆偷厂里的东西，我怎么能……

嗨，偷东西的人多了，这几天我看见好几起了，厂里不发工资，人家不偷还怎么过日子？

爹，有你这样说话的吗？

你想管你管得了吗？这厂子说完就完，你还是考虑一下自己的事吧？

考虑我什么事？

真是个傻妮子，你不想想，这厂子要是跨了，长河就会变成穷光蛋，那些讨债的人说不定会把他吃了，到那时候，你想找他都找不到了。

那……我该怎么办？

趁它还没彻底完，你赶快去找长河，让他给你个说法……

说法？什么说法？

即使他娶不了你，也该好好包赔你一大笔损失费……

要是还有钱，他还会跑吗？

那你就这么白白让他……你不知道，长河像他娘一样，都不是省油的灯。

像……他娘一样？你是说慧娘吗？

哎呀，不要再问没用的话了，赶快拿定主意。

赏通使劲跺了下脚。奉靖呆怔一下，忽然拍拍额头，似乎明白过来。

爹，你是说我不能让他白占了便宜，对吗？

这还用说吗？都到这时候了，你还有什么好客气的？

好好，我这就给他打电话，王八蛋已关机好几天了，不会是故意躲我吧？

奉靖拿起手机，又一次拨打长河的电话。她的手有些抖，赏通的话的确引起她的警惕，长河如果不再回来，那她可就被坑苦了，乌龙镇谁不知道她这个女秘书和厂长的关系非同一般，而且不明不白，说好听点时髦点，叫情人叫小蜜，说大实话说俗气了，不过就是相好姘头罢了。这样被他玩弄过，自己的名声就彻底完了，以后哪还会有人肯要？奉靖越想越紧张，好几次，颤抖的手指都把号码拨错了。好不容易拨对一次，奉靖把手机放在耳朵上。当耳机里传出接通声音时，奉靖惊讶地叫出口。长河，长河他竟然开机了？在等待长河说话的时候，奉靖的呼吸都要停止了。

喂，长河，你在哪里？

长河稍稍迟疑一下，才告诉她，正在回家的路上，兴许用不了一刻钟，他就到厂里来了。放下电话，奉靖想了想，又突然有些怀疑，长河真要回来了？别是拿谎话哄人吧？赏通见她和长河联系上了，也松出口气。父女两个又交流了一些对付长河的办法，正说到兴奋处，屋门一推，长河提着一只皮包进来。望着他风尘仆仆的样子，奉靖不相信似的眨巴眼皮。长河放下提包，想朝她表示点什么，又回头看看赏通。赏通知道自己在这里不合适，想赶紧走出去，又有些不甘心，翻起眼皮看女儿。奉靖也不希望赏通在这儿，冷下脸来不表示什么。赏通吧嗒吧嗒嘴，才悻悻地离去。长河不满地看着她。

你怎么把他放到屋里来了？

长河还想做做样子，但奉靖已经急不可待，张开两臂，就直通通地扎到他怀里。

你到哪儿去了？这么些天不回来，快把我想死了……

我忙呀，一大摊子事都在等着我办……

再忙你也不能忘了我呀。

我哪能忘了你……

还说没忘，我找你都找不到，说，为什么不开机？

我的确是忙，我得应酬场面上那些事，忙得焦头烂额，又怕人找，应付不过来，所以只好……

我不信，别是又在外头找别的女人了吧？一找别的女人就把我忘了……

没有没有，绝对没有……

你知道我多想你吗？一天给你打好儿百个电话，可一个也打不通，你不知道急得我……

奉靖呜呜地哭起来，样子像寻找奶吃的小鹿，拚命将头朝长河怀里拱，极力把自己做成一个柔弱的小女人，　个风情万种标准小蜜的样子。长河起初还为她这副样子感动，又是拥抱又是亲吻，缠绵了一会儿，不知是身体疲累还是情绪消退，两手和嘴唇都松弛下来，掉开头，并把她的身子朝后推。奉靖却还沉浸在热烈的情绪里，反将头脸进一步朝他怀里扑撞，两臂像藤蔓一般缠绕在他身上。长河有些不耐烦。

奉靖，别做这种样子了，我有事。

长河板起脸，使劲将她推开。奉靖扑个了空，也不高兴起来，两脚用力跺几下。

你冷淡我了？你是不是不管我了……

长河索性不再理她，转过身，一屁股坐到沙发里，掏出手机，随便按出一个号码，顾自接听起来。奉靖从脸上揭下手，停住哭泣，有些不知所措。过一会儿，她忽然看见窗玻璃外贴上一张脸，两只灼亮的小眼直盯住她和长河。原来在她和老板亲昵时，外头正有人偷瞧。奉靖禁不住恼怒，刚要过去轰赶那人，却又一怔，从那颗闪光的牙齿上，她认出是父亲赏通。奉靖感到不好意思，赶紧掉开脸。赏通有话要和她说，隔着玻璃又不能说，便抬手拍打玻璃。奉靖又抬起头，看见赏通一个劲儿朝她挤眼，并挥手使劲摇摆。奉靖明白赏通的意思，又转向长河，小跑过去，将他贴在耳朵上的手机夺下来。

你还有心思打电话？

怎么啦？别乱闹，我不是和你说过了吗，我有事……

你有狗屁事。

奉靖，你太过分了。

长河板起脸面。但奉靖并没怕他的意思，依旧瞪大两眼，怒气冲冲地看他。长河摸不着头脑。

出什么事了？

你干的好事，你还没看出来？这里……

奉靖试量着抬起手，面对他审视的目光，脸颊上有些火热，眼神里也流露出一丝怯懦。但她看看窗外，还是鼓起勇气，把那只手拍在肚子上。长河呆怔了一下，忽然明白过来。

你……怀孕了？

奉靖夸张地点头。长河举起两手，在空中抓了抓，一下子捂在脸上，然后身子一软，便瘫倒在沙发里。看他懊丧的样子，奉靖有些犹豫，是不是做得太过分了？赏通看出她的心思，又在玻璃上拍几下。奉靖扭过脸，看见赏通拼命挤眼、摆手，神情里全是决心和命令。奉靖叹口气，咬紧牙关，心也横下来。

反正我怀孕了，你说怎么办吧？

长河使劲支起身子，用陌生的眼光打量她有意挺起的肚子，伸出一只手，好像要去摸一下那个与平日并无两样的部位。奉靖果断地往后退去。长河又把手收回来。

你……怎么会怀孕呢?

我怎么就不会……

天哪，这可怎么办?

这话不是我问你吗?怎么你倒问起我来?

我实在没想到……

长河又颓唐地倒在椅子里。奉靖扑上去，揪住他胸前的衣服，使劲晃摆。

你倒是说，你打算把我怎么办?你倒是说呀你。

在奉靖一步步的进攻下，长河终于明白，他陷到烂泥塘里去了，两手抱紧头，漂亮的脸孔像纸一样苍白。窗外突然传来赏通急迫的叫声。

快，又来了一伙要账的，手里还拿着家伙，你们快去躲一躲吧。

两个人一起跳起来，争相朝门外跑去。

## 5

天很快黑下来，伙房里看不清东西了。长河和奉靖从灶台后出来，蹑着手脚朝门口走。外面纷乱杂沓的声音响了一天，终于渐渐平静了。伙房里显得格外寂静，几天前，做饭的师傅拎着锅碗瓢盆之类的用具跑走了。厂里已乱成一锅粥，哪里还有人在这里吃饭?师傅们领不到工资，没拆锅灶就算给长河留了面子。想想当初繁忙的景象，长河觉得如梦一般，可自从接手轧花厂后，那种景象便没再出现过。如今干活的人纷纷离去，机器也被拆个七零八落，该拿走的差不多都被拿走，留下的除去讨债要账的人，就是房屋和地皮了。长河有一种预感，也许过不几天，这些房屋也会被人扒去。真是没想到，轧花厂会败得如此快速。长河一阵心酸，脚步踉跄，身子又撞在什么东西上，差点跌倒在地。奉靖赶紧扶住他。为了躲避那帮如狼似虎的讨债人，长河中午没敢露面，饭也没有吃，哪里还稳得住阵脚?

外面真没人了?

看把你吓的，连个人毛也没有了。

你不害怕?你当然不害怕，反正厂子烂了，与你也没关系。

怎么没关系?厂子完蛋了，我还怎么当秘书?我还怎么和你……

好了好了，还说这些有什么用?

你都不让我说了?你是不是想把我甩了，一走了之?告诉你李长河，不管到什么时候，你都休想甩了我。

好了好了，我的小祖奶奶……

白让你弄大了肚子？你得包赔我损失。

怎么包赔你损失？我要有钱还让厂子破产？还让他们追着躲到这里来？

那个我不管，反正你得包赔给我造成的损失，不给钱也行，你干脆娶我算了。

奉靖明显摆出耍赖的架势。长河呆呆地看她，似乎才看到女人丑恶的一面。说来奇怪，看清之后也便谈不上喜欢了。奉靖却还不依不饶，不但声音大起来，两手还揪住他不放。长河终于明白，奉靖一步不落地跟在身边，并不是陪他消愁解闷，而是对他监视纠缠，兴许比那些讨债人还要难以对付，难以摆脱，有她跟在后面，他以后的日子别想再平安素净。长河心里陡然愤慨，要不是这个狐狸精，兴许他还不会这么快就……奉靖也看出他的怨怒，不禁后退一步，但随即又鼓起肚子，直朝他挺过来。一触到她隆起的肚皮，长河燃烧的怒火便猝然熄灭，无奈地跺下脚，掉头朝门外走去，即使让那些讨债人抓住撕碎，也比让这个臭婊子气死好受。

厂里已没有一个人，大大的院落寂静空荡。随着一阵凉风刮过，树叶发出哗哗的响声。长河突然觉到，这个曾经热闹拥挤的地方透出阴森可怕的气息。他无论如何不能再待在这里，便加快脚步朝大门口走去。奉靖小跑着追上来，将身子挡在他面前。

李长河，你休想耍赖皮，告诉你，今儿你不说清楚，别想离开这个地方。

呵，你还真来劲了？真是虎落平川被人欺，连你居然也敢跟我较劲……

你是什么虎？呸，你连只狗都不如。

好你个破鞋，看我不收拾你……

两人在黑暗里撕打起来。长河没想到，奉靖会变得如此凶悍，张开两手，就朝他脸上猛抓，等他反应过来，面皮已像火烧般疼痛。长河火冒三丈，顺手扯住她的头发，将她狠狠压到地下。奉靖发出激烈的叫声。

爹——

长河猝然一惊，这才意识到身边还埋伏着更大危险，急忙把两手往回收。但已经晚了，他没回过身，就感到脊背上一震，什么东西击在上面，随即身子一软，便翻倒在地下。奉靖爬起来，抬起脚，朝他狠踢几下。

叫你狗东西横，叫你……

长河仰起头，看见一根木棍伸到脸前，上面是一个黑黑的影子。是赏通，赏通藏在黑暗里保护他女儿呢。长河两眼一闭，既然事已至此，索性任由他们处理好了。赏通蹲下身，用棍子撩拨他的脸腮。

长河你说，到底赔不赔我闺女？

反正我没钱，你想怎么着就怎么着吧。

我还不相信你会变成一条汉子，有本事你把话再说一遍？

就是你打死我，我也屙不出一分钱来……

你娘的，我闺女让你给活活糟蹋了，就这么拉倒了不成？

赏通站起来，又挥起木棍，直朝他身上打来。长河身子一抖，刚要大叫求饶，却看见挥舞棍子的赏通往前一倾，一下子扑倒在他面前，那根木棍也改变方向，软软地掉到一边。长河看着在脸前挣扎的赏通，好一会儿才回过味，抬眼一看，竟然是大山。大山站在赏通身后，手里也拖着一根差不多同样粗细的木棍。

哥——

长河大叫一声，赶紧爬起来，趔趄着扑到大山怀里。大山推开他，蹲下身子，去拉地下的赏通。

赏通老哥，你没大碍吧？看你又打长河，我怕出事，就……是不是下手重了？

赏通本来要爬起来，经他一拉，反把身子躺回到地下，嘴里也发出难听的呻吟声。

我被打坏了，我起不来了……

长河奔过去，抬起脚，就要朝他身上踢。奉靖急忙扑下身，紧紧抱住他的脚。大山又把他推开。几个人都没站稳，相连着倒在地下。休歇了一会儿，大家火热的脑子才冷静下来，只有赏通还不甘地咬牙。

真是想不到，我家两代人都和你们……

你说什么呢，赏通老哥。

大山，这事和你没大关系，我是说长河，还有长河他娘……

为什么提我娘？你这个老混蛋到底要干什么？

好好，今天我不和你们说那些陈年旧事，还是先把我闺女的事解决好吧，不然，老子就是追到天边，也不会放过李长河。

长河看看赏通，又看看奉靖，知道这事不能再拖下去了，如果不把奉靖安置妥当，赏通父女绝不会让他顺利走掉，等明天讨债队伍一到，他就是想走也走不成了。长河心里一急，主意也便跳出来，眼睛不自觉地落在大山身上。

哥，你先到一边去，我和他们说点什么。

大山不放心地看他一眼，才慢慢朝一边走去。长河望着他的身影隐到黑暗里，也朝赏通身边凑过去，并压低下声音。

我把奉靖暂时托付给大山怎么样？

赏通还没做出反应，奉靖就探过头来。

把我托付给大山？你什么意思？

那我就不知道你们该怎么样了？过去，你不是还想嫁给他过吗？

好你个李长河……

奉靖又要上来撕扯他，但被赏通拦住了。赏通把身子坐端正，两眼直直地看他。

你这么干，大山能答应吗？

这你就别管了，大山的事包在我身上。

长河使劲拍拍胸脯。赏通半信半疑地看他，又把目光转向奉靖。

他要是能办到，这倒真是件大好事。

奉靖终于明白了他们的意思，低头想想，也不禁激动开了。长河看出她的心思，在心里叫道，这个臭婊子，竟然还挂记大山呢。

只要你们没意见，我这就去和大山说。

长河，我和你相处了这些年，才知道你是一个不择手段的家伙，你可比你娘家老子那些人难缠多了。

不要提我娘他们的事，我已警告你多次了。

好好……不过早晚有一天，我要仔细给你们说道说道……

长河不再听他的话，转身朝大山离开的方向走去。很快，他就看见黑暗里闪起一点红光，明白是大山蹲在地下吸烟。看见他过来了，大山急忙站起来。

长河，你们的事说妥了？

长河没有说话，只是挨着他坐下，并向他要过一支烟，大口大口吸着。大山沉不住气了。

怎么回事？你打算怎么办？

哥，我得出去躲一躲，你看这么多人缠着我，乌龙镇我是不敢待下去了。

长河，你说你这是搞的什么呀？

我也后悔，当初没听你的话……

长河丢掉烟头，忽然翻转过身，两膝跪地，用力把头磕在他脚前。大山吓了一跳，赶紧往后退一步。

长河，你这是干什么？

哥，我对不住你，对不住咱娘，也对不住岫姑，我……该死……

长河把头趴在地下，呜呜地哭起来。大山叹口气，便去拉他的胳膊。长河又顺势抱住他的腿，哭声更有些悲切。大山使出很大力气，才把他拉起来。

长河，不许你这样，有什么话你尽管说。

听他这样说，长河才止住哭泣，抬起头，小心谨慎地看着他。

哥，我走了，我得把奉靖……托付给你。

托付给我？这算什么事？

哥，奉靖这人其实挺好，长相出众，头脑聪明，就是脾气有点怪。对了，我记得你们还差点结了婚呢。

长河，你提这个干什么？那都是别人瞎传……

可奉靖真这么说过……

长河，你什么意思？

哥，我只是让你照应着她点，至于你们之间……我就无法再过问了。

长河，你不会是把她甩给我吧？

哥，看你说的，话怎么能这样说，你如果觉得她……

什么？

如果你觉得她还不错，不妨也可以考虑一下……

长河在黑暗里观察他的反应，说一句，停一下，再说一句。大山终于忍耐不住。

你给我站起来。

长河身子一抖，慌忙站起来，脚下一滑，又跌倒下去。大山抓住他的衣领，一下子把他拽起来。

李长河，我真后悔认了你这么个弟弟。

说罢，大山把手一松，转身便往远处走去。长河又倒回到地下。

哥，你答应了是吗？哥……

大山头也不回地消失在黑暗里。长河掸掸身上的土，刚要朝一边走，一根木棍又挡住他的去路。不知什么时候，赏通已赶过来了。长河伸出手，轻轻地将棍子拨开。

赏通，我和奉靖的事可是两清了。

你想溜？你没和大山说好就走，想得倒美……

谁说我没和大山说好？

你的意思是……可我没听见大山同意呀？

大山不同意我会和你告别？

赏通眨眨眼睛，样子有些茫然。

可我还是转不过弯来……

你是高兴得昏头了吧？

长河耸耸肩，看见奉靖也从黑暗里浮出来，这个臭婊子还没离去，说不定心思早跑到大山那里去了。他恍然大悟，今天不是他在为难大山，而是大山又一次把他打败了。长河望一眼大山离去的方向，沮丧地叹口气，掉过头，便朝来路上走去。赏通还在他身后叫喊。

李长河，你说话可要算数，不然，你就是走到天边，我也要……

## 6

快要半夜了，岫姑才把几个讨债人打发走。那些人骂骂咧咧，扬言第二天一早再来。岫姑将大门关上，也没顾得吃饭，便走到窗前，两眼望着外面的黑暗处，焦急地等长河回来。长河又一天没进家门，不知躲到哪里去了？会不会被那些人抓住？岫姑不敢出门去找，怕被人跟踪，无奈之下，只好在灯下替他担惊受怕。鸡叫头遍了，岫姑熬受不住，伏在桌子上，眼皮合在一起。她刚睡进梦去，就被一阵响动惊醒了，霍地睁开眼。灯不知什么时候熄灭了，屋里昏黑一团。岫姑张望了一下，才看见一个影子在屋里晃动。

谁？

那个人影似乎是被吓着了，夺门就朝外跑。但又很快停住，缓缓回过身子。是长河。岫姑鼻子一酸，差点哭出来。

长河，你躲到哪里去了？

别问了，快给我收拾东西。

怎么，你又要走？

不走还不让他们打死？

长河……

别婆婆妈妈了，快给我收拾吧，天都快亮了。

长河，你不知道我多担心……

我知道，知道，行了吧？可担心有什么用，你还是快给我收拾东西吧。

长河有些不耐烦，离开岫姑，干脆自己动手。他已准备好一只蛇皮袋子，将能找到的东西往里装。岫姑想起来，上次长河到城里去时，好像也是这样一个早晨，他不顾她的阻拦，匆忙跟赏通他们到外头去闯荡……岫姑的鼻子有些酸，要说长河上次还是主动去闯世界，那这回就是被迫逃亡了。岫姑的泪水不觉流下来。长河这次走后还能回来么？又到什么时候回来？莫非她往后的日子就在遥遥无期的等待中度过？长河看她发愣，使劲跺了一下脚。

快呀，看你慢腾腾的，成心让我走不成呀？

长河，你这一去，什么时候才能回来……

什么时候回来？我怎么知道？

那你到哪儿去呢？

这个，我也不知道……反正天下那么大，还没我待的地方？

岫姑真担心，长河会真的不再回来。透过发白的天色，她痴痴地看着他，似乎要把他的面目更深地记在脑海里，以供来日慢慢回想、品味。长河背对门窗，一张面影迷离恍惚，她无法将他看清楚。这一刻，她甚至觉到他万般陌生，好像与他结婚这么些年，还没真正认识他。

长河，别走……

什么？不走你让他们把我吃了？瞧你糊涂的，居然说这种话。

岫姑明白，长河说得没错，事情都到这份上了，还有什么挽回的余地？就像一支箭，早在很久前就射出去，还有什么神奇的力量让它回来？也许她和长河的日子真已走到头了。这突起的念头更让她心惊，身子加倍颤抖起来。天哪，她是多么希望和他不再分离，安安静静将也许并不太幸福的日子过下去，哪怕为此受穷受苦也心甘情愿，这样的要求并不过分，可老天居然连这个机会也不留给她。岫姑遏止不住冲动，扑上去，张开两臂，紧紧地将他搂在怀里。

长河……

长河没料到她会这样，身子往后退，抵到橱子上，才任由她抱住，两手却不知往哪里放。这样亲密地被岫姑搂抱，似乎很久没有过了。过了一会儿，他才有些适应，鼻子忽然一酸，也像一个还没长大的孩子，委屈得掉下泪来。

岫姑，我也不愿就这么走，我……

两个人搂抱成一团，说话一阵，哭泣一阵，愈说愈沉痛，愈哭愈伤感。如果不是外面传来响动，他们也许会继续哭诉下去，让悲伤和柔情穿过夜晚的黑暗，一直抵达早晨明亮的天边。当他们听出响动是脚步声时，有几个人已来到了屋后。岫姑旋即意识到，是讨债人找来了，他们来得可真早呀。

长河，快……

长河对他们的出现更加敏感，猛一下挣脱她的手，跳起来，拎着他的蛇皮袋子，连蹦带跳跑出门去。岫姑抓起两个馒头，想放到他袋子里。可长河已穿过院落，风一般刮到篱笆墙边。但他摔倒了，一根牵牛花藤蔓绊住他的脚。长河躺在篱笆墙下，拼命踢腾腿脚。布鲁克听到动静，跑到他面前，亲切地朝他鸣叫。长河顾不得理它，爬起来，就朝大门口逃去。岫姑看见，那几个人影已从屋后转到篱笆墙边，长河盲目地朝门外跑，可能正和他们撞个满面。她冲过去，拉住他的衣角，使劲拖回到屋里。

快，从后窗里跳出去。

岫姑果断推开后墙上的窗子。长河跨上桌子，顾不得再向岫姑表示什么，便转过身，拎起蛇皮袋子，纵身朝窗外跳去。长河的身影一在窗口消失，岫姑的心猛一下提起来，随即爬上桌子，撑住就要闭合的窗扇，直直地朝外看。长河在地上站稳脚，又回过身来。

我忘了告诉你，大山兴许要结婚了。

你说什么？

岫姑霍地一惊。

大山就要结婚了——

岫姑还没回过神，长河就掉转身，直朝朦胧的昏暗里奔去，身影像一只巨大的蝙蝠，很快消失在弥漫的晨雾里。岫姑念叨着他那句话，好久都没反应过来……

# 第五章

无所事事的日子里，我开始在山林里漫游，甚至可以说，在未来几年的时间内，漫游山林便成为我生活中的头等大事。莫邪山方圆八百里，跨越三省区，光峰峦就有大小八十一座，我由小到大一座座漫游下来，最后只剩了它的主峰没有抵达。莫邪山的主峰高达数千米，顶端长年覆盖着一道雪线，是最为诱人的一座山峰。我原本有心征服它，但人们告诉我，那是莫邪山的山神居住的地方，凡人是不能踏入山神地界的，我才打消了去攀爬它的念头。在漫游山林的路途上，我见识了各种各样的植物，结识了数不胜数的动物，当然与我相伴最多的还是那些神秘莫测的精灵，以至于到后来，哪座山上有多少树木，有什么动物，精灵在什么地方什么时间出没，我都一清二楚。它们让我真切地认识到，不管植物、动物或是精灵，都是我在这个世界上最为亲爱的兄弟……

随着年龄的长大和阅历的增加，我无师自通地知晓了我对山林负有的责任，是的，莫邪山是我的家园，莫邪山里的植物、动物和精灵是我的伙伴，我自然负有保护它们的义务。于是，我要拥有一件保护它们的武器，而这样的武器最应该是一支枪。外面的社会上已经在禁枪，我无法搞到像样的枪支，便在太伯的帮助下，自己动手造出一支土枪。这只土枪虽然很难看，却很有效，只要我扣动扳机，它射出的散弹和火药足以让一块石头变成碎片。几乎每一天，我都背起这支沉甸甸的土枪，游荡在茂密无涯的林海中。

有一次下山时，我碰上一个身穿乡镇干部服装的男人。政府早就禁枪了，男人盯着我肩上的土枪说，你怎么还大摇大摆地背在肩上？走，跟我到政府大院去交枪。说着，他就伸过手，要把我连同我肩上的枪拉过去。

我不是你们政府的人，我极力辩解说，为什么要把枪交给你们？

那你是干什么的？男人听我这样说，一时有些摸不着头脑，难道这个世界上还有我们管不着的人么？

我知道和他说不清楚这件事，索性一不做二不休，挣脱开他的手，掉转身子，就朝山林里跑去。凭我脚下的功夫，不出一分钟，我就甩掉了这个执意找我麻烦的家伙。

但就从那天开始，我才真正意识到，我已经不再是一个社会人，而成为标准的山林野人了……

1

夏日的天气说变就变，先前还晴朗的天空很快阴沉起来，风也变得凉硬，打在脸上有些酥麻的感觉。岫姑站在篱笆墙后，从牵牛花藤蔓上抬起头，透过一从从摇摆的树篱，朝远处的山里望。山野间雾气滚拂涌动，一切景物都被遮挡得朦胧虚幻，让她看不清应有的真相。岫姑锁上院门，沿着湿漉漉的碎石路，径直朝山里走去。

那天长河离去时，莫名其妙地跟她说了一句：大山要结婚了。岫姑疑心听错了他的话，想弄清楚这件事，又不知该找谁去问。俗话说，无风不起浪，长河不会平白无故这么说，也就是说，大山或许真要……岫姑突然有些发慌，平时大山不结婚，她还感到是块心病，现在大山要办这件事了，她怎么又觉得不好受呢？她不敢再往下想，只是要弄明白，大山到底要与谁结婚？不知道为什么，她第一个就想到了奉靖。为什么是奉靖？难道长河真把奉靖甩给了大山？这念头一起，岫姑就差点跳起来。看来，她不能不到大山那儿，亲自去问问这件事了。

岫姑的步子越迈越大。随着愈压愈低的阴云，雾气也更加稠密，饱含着湿重的水分，大团大团从她身边拂过，打湿了衣服和头发。小路也被雾气吞没，她不得不放慢速度，走一步停一停，以免跌入沟谷内。她不知是否走对了路，只是凭往日的感觉往前走。突然，雾气中好像浮出一个小黑点，确切说是一个小黑影子，有头有脚，还有悠荡的手臂，没错，是一个小动物或小孩子的模样，既顽皮又可爱……岫姑惊奇而喜悦地看它，直到它在雾气中隐没，才恍然大悟，也许这就是传说中的牵牛花精灵，是她在梦里见过的牵牛花精灵……

来到饲养场，大山却不在屋里。岫姑坐在门台石上，长长地喘出口气。她似乎并不希望立刻见到他，尽管心里急切，却不知该怎么去问他。她轻松下来，进到屋内，随便四处打量。她似乎还没一个人在这里待过，也便没仔细看过这里的东西。她在屋内转一圈，四处都看过一遍，才回到床前，毫不犹豫地坐上去。然后，她又斜过头，用目光抚摸床铺上的每个部位，他盖过的被子，枕过的枕头。在枕头侧边，她看见一只打磨完好的牛角，拿到手里，翻来覆去把玩几下，手指感觉着它的光滑和凉爽。她很快发现，牛角其实被分成两半，上端是一个盖子。她把盖子小心旋开，翻过下面的底座，竟然在手心里倒出许多小颗粒。她一下子认出，这是牵牛花的种子。大山还收藏了这么多牵牛花种子？恍惚间，她又看见当年和大山一起在篱笆墙下种植牵牛花的情景……泪水涌出眼眶，沿着脸腮扑簌簌下落。是的，为了那个神秘而美丽的传说，他们一起种下象征爱情和幸福的牵牛花，随着它们一年年开放，她率先走向自己的爱情和幸福，而把大山一个人留在后边，虽然她获得的并不是真正的爱情和幸福，但比起一个人在孤独中受难的大山，不是也好过得多么？现在大山要踏上寻觅爱情和幸福的路途，她除去好好送他一程外，还有什么更好的选择呢？

岫姑想明白了这件事，抹掉腮边的眼泪，将牵牛花种子装回到牛角内，旋上盖子，重新在枕头边放好。忽然，她的目光又落在床铺上，刚才只顾哭泣，居然把被褥打湿一小片。她急忙伸手去捂，倒是捂住了湿处，却无法把它弄干，移开手指，那片饱含她泪水盐分的印痕还是袒在那里。她用手抹，又用衣擦，印痕依旧在，经她这番折腾，还显得增大了些。岫姑想不出，当大山看见它时，会想到些什么？如果他什么都不想就好了，她的到来和哭泣也便不会被他察觉，但他那么细心，怎么会不留意到，又怎么会不做感想？岫姑急得不行，忽然计上心来，干脆帮他收拾一下床铺，一切痕迹便都不复存在……她当即抓起床单，手脚利落地撤下来，团进一只大盆子里，端到外面去洗。雾气已经散去，满天阴云也消退许多，日头从云缝里露出，把阔大的山野照得一片亮丽。岫姑望着鲜活过来的景象，感到从未有过的舒畅。

岫姑端着洗衣盆来到河边。透过在微风中摇曳的芦苇丛，她看见一个人站在岸边，手里扯着一张大网，正从河里慢慢往上拉动。那不是大山么？那当然是大山。岫姑一只手放在胸上，又觉到些许紧张。大山转过头，似乎已知道她的到来。岫姑想到那个雪天的情景，她去给他送食物，还没走近饲养场，他就出来迎接自己。莫非他能感知她的到来，会不会也知道她留在铺上的那片泪痕？

大哥，你在撒鱼……

是，我给穿山甲准备些食料。

大山似乎没注意到她的尴尬，招呼一声，便回身收网。岫姑却还在打量他。

我刚才到饲养场去了……

噢，看到那些穿山甲了？

没……没有……

那些穿山甲长得真快，食量也大增，一顿就吃好多东西呢。

是么?

哎，你来是……洗衣服?

不是，不是衣服，我想给你洗一下被褥……

噢，是我的?又让你……

没事……

岫姑就近找块石板，将盆里的衣被拿出来，蹲下身去搓洗。往后就不用我再给你洗了。岫姑在心里说。一种忧伤的情绪涌上心头，像眼前的河水朝遥遥不可知的远方流淌。她的眼皮又有些湿，赶紧低下头，把精力集中到手上。大山一直没说什么，只是把眼光放到那张扯出扯进的网上。天空变晴朗了，日光将宽阔的水面照得灼亮，一块块光斑像被手揉碎的树叶，漂过来，在他们脚前停留一下，又朝远处漂去。望着流淌的水面，望着水面上那些漂来漂去的光斑，岫姑惆怅地叹口气。一只水鸟从远处飞来，在水面上跳跃一下，黄色的脚爪把水面划破，荡出一个不算规则的圆圈，又急快地飞去，隐进茂密的芦苇丛里，它留下的那个圆圈却在不时散开、扩大，很久才被漂涌的光波吞噬、淡化，永远不见了。大山把目光转向她。

咱娘这些日子还在寺里吗?

在寺里，不过前几天捎信来，过些日子就回家了。

到时我也回家……去看她。

你不用管家里的事，穿山甲离不开你。

长河走了，那些人没太逼你吧?

没有，他们也知道找我没用，都去打听长河的消息了。

长河有信来没有?

没有，他这一走哪里还敢轻易……

别担心，等我把这批穿山甲处理掉，先还给他们一部分，也让长河……

大哥，你别管长河，他是自作自受，你还是把钱投到有用的地方吧。

看你说的，这还不是用的地方?

岫姑闭一下眼，终于下定问他的决心。

大哥，长河走时，是不是和你说……过什么?

大山掉过脸，急急地看她一眼，又把目光移开。

岫姑，你想知道什么?

我……只是问问你，他都给你说了些什么?

他还能说什么？厂里的事，他要走的事，当然……还有奉靖……

岫姑的心又跳起来，他终于说到了奉靖，看来的确是有那回事呀。

他说什么？

大山却没回答她的话。沉在水下的网动起来，他张开两手，把网一节节拉上来，抖落开，将网起的鱼虾拾到一只筐子里。岫姑呆呆地看他，突然间明白，事情的确如她料想的那样摆在那里，还用等他再说下去吗？对这件原不该发生的事，大山又能对她表示什么呢？岫姑低下头，看见面前的河水出现几圈涟漪，才知道自己又流出了眼泪。她想抬手抹抹，又担心被他看见。大山发现了她的异常，掉头看她一眼。

岫姑，你怎么啦？

岫姑摇摇头，赶紧用力去搓衣被。

没怎么……

你好像有什么心事？

没……

你哭了？

没哭……

你的眼睛都红了。

噢，我没睡好觉……

你别太累着自己。

我知道……

岫姑没有抬头，只是在手上狠狠用劲。床单和两件衣服洗好后，她草草和大山招呼一声，便端起盆子，离开河岸，急步朝来路上走去。

## 2

给穿山甲喂完食料，大山走出棚舍，无意间抬起头，目光落在远处一个人身上。日头正往山下落，天边涌动着浓烈的霞彩，将整个山野映得分外艳丽。那个人走在一片光照里，由于山路起伏，身影便一会儿高一会儿低，却风摆柳似的好看。那人背对着霞光，大山看不清她的面目，却知道她是谁，似乎还知道她来干什么。大山坐在门台阶上，很有耐心地等她走过来。奉靖，大山在心里说，你终于出动了。

奉靖在饲养场门口停住脚，稍稍迟疑一下。她当然也看见了大山。尽管还隔着一段距离，大山好像就看见了她看他的眼神。奉靖的表情有些迷惑，也有些紧张，她不知道大山坐在这里是等待她，还是拒绝她。但她这种犹豫没持续多长时间，也许从向这里走时就把要面对的情况考虑到了，也就是说，无论如何她都不会后退。她明白，如果在门口止住脚步，那就无法再回到这里来。果然不出大山预料，奉靖只停留了一霎，便一摇一摆地走进饲养场，走到他面前来。大山没做出迎接她的样子，连身子都没动一下。奉靖只好主动和他打招呼。

大山……哥，你在这儿好悠闲呀。

为了掩饰尴尬和不安，奉靖还转了下身子，装模作样地四处看。但大山注意到，她眼神里还是流露出一丝慌乱，身子转得也有些僵硬。

奉靖，你还是喊我叔吧。

你才比我大几岁？喊叔多不合适，还是喊哥更……

按照街坊的辈分，我可真是你叔的……

嗨，我们又不是一个姓，哪里还论什么辈分？

说出了这句话，奉靖长长地吁口气，好像一下子轻松了许多。大山不得不佩服她，一个人只要有勇气，又有什么事做不出呢？

大山哥，听说你穿山甲养得不错，是真的吗？

奉靖，你是来参观的么？

当然不是，我是来跟你学习的，教我两手吧？

你学这个又有什么用？

和你一起来养穿山甲呀，怎么样，我行吗？

说着，奉靖又不失时机地转了下身子。这回，她转得坦然多了，也好看多了，长长的头发飞舞起来，似乎还在空中发出响声，那件薄薄的连衣裙更是飘散开，红色的晚霞被它击打得频频闪跳，她两条长腿也毫无遮拦地裸露出来，在大山面前显摆地伸展。随着头发和裙子的转动，大山闻到她身上散发出一股香气，不用说，她来时还进行了一番精心打扮。大山把头向后仰，不觉摆出躲避的架势。奉靖抿嘴一笑，更近地朝他凑前一步，神情也有些放肆。大山这才意识到，自己其实还不是这种人的对手。

大山哥，别老这么待着，带我去看看穿山甲呀。

你……还是别去看……

为什么？你有什么秘密怕我看到么？

我怕你看到那些奇怪的动物，会害怕。

嗨，大山哥，你太小瞧我了，这几年，我什么样的世面没见过？前一阵子，我在城市的公园里，还和一只大蟒握过手哩。

和大蟒握……过手？

是呀，大蟒我都不怕，还能被你的穿山甲吓住？

我记得你过去胆子小着呢，连只毛毛虫都不敢用手拿。

嗨，那是过去的事了……当然，与你比我就差远了，你不知道我多崇拜你。

我有什么好崇拜的？

有，你当然有了，这些年，你做一样成功一样，我爹就说过，你是全乌龙镇最有本事的人，要不是长河……

奉靖急忙停住嘴，不敢再说下去，两手捧在胸前，用不安的眼神看他。大山微微一笑，把目光转向别处。他真想站起身，甩下奉靖，干脆就这么走掉，也以此告诉她，趁早别打他的主意，他是不会答应她什么的。但他又不忍这么做，担心她会觉得没面子，接下去会恼，甚至会哭，那样他就不知该怎么去应对了。于是，他又坐回到门槛上。奉靖也平静下来，再次朝他靠近一步。

大山哥，你一个人在这里不孤单么？

孤单？我孤单什么？

在这荒郊野外的地方，没一个人陪伴你……

谁说没人陪伴我？这些穿山甲不是和我在一起吗？

大山哥，你变得好怪呀。

怪？哪里怪？

你有些不近人情，我都来看你了，你还板着脸，好像我得罪了你似的。

你当然没有……

那你怎么对人家不热心？

奉靖又把身子向他靠近，在晚风的吹动下，飘忽的裙摆已拂到他脸上。大山往后挪一下，还是没摆脱她的依偎，只好站起来。日头隐到了山下，天边的霞彩也淡弱下去，山野里飘起稀薄的雾霭。用不多久，那些不断涌动的雾霭就会浓稠起来，将他和奉靖置身其中的这个地方笼罩，那时候，黑夜就该降临了。大山朝她转回身，不管怎么样，他都要下逐客令了。

奉靖，我就要干活了，你回去吧。

干活？天黑了你还干活？

越到这时我越忙，穿山甲都在傍晚进食……

那我来帮你喂它们吧？

不、不，我哪里能让你……

看你，怎么这样客气？

奉靖说着，就去拿他放在脚边的食料盒子，起身时，头顶碰到了他的脸。大山不觉把手护在脸上。奉靖有些愣怔，也抬起手，在他脸上摸了一下。虽然只是轻轻地一触，大山还是感觉到她手指的凉爽和细腻，心里也不禁一动。他急忙后退一步，摇头又摆手，尽力向她传达拒绝的意思。

奉靖，你在这里什么也干不了，还是回家去吧……

回家干什么？我就是来帮你干活的。

我怎么能让你来干活呢？这是我的饲养场，我还没雇人的打算……

嗨，瞧你说的，我还用雇吗？你把我当成找活干的了，真逗，你还以为我在轧花厂的时候？

你这样其实让我很不高兴……

为什么？我来帮你干活你还不高兴？天下哪有你这样的人？

奉靖，你不要再表演了……

表演？我表演什么？

奉靖，你再这样下去，那我也就不能再搭理你了。

为什么？就因为我来帮你干活？

奉靖，你干脆说吧，你到底来干什么？

我还能来干什么？我不是一来就跟你说过，我是来和你一起饲养穿山甲的……

大山很为自己害羞，人家把他逼到死角里，他一点招数也没有，才无可奈何地让她把自己的目的说出来，但在内心深处，他是多么惧怕她说，因为这样一来，他其实是给她表达自己的用意提供了机会，她正巴不得这么做呢。大山不明白，自己怎么就如此愚蠢？也许是她太厉害，他不过是在绕着她的意识转。真是难以想象，在跟随长河的这一年里，她居然学到这么多本事。奉靖渐渐激动起来。

那好，既然你让我说，那我就说了，这可是你让我说的，你可别后悔啊……

奉靖果然抓住这个机会，而且把责任推到了他身上。于是，在这个夏日的傍晚，面对缓缓退去的天光和急遽涌来的夜幕，奉靖将积压在心底的欲念一览无余地朝他袒露出来。大概她也知道大山会有怎样的反应，眼神里含着沉静的冷意，同时却又波动着浓烈的激情，她就在这种冷热交加的状态下朝他一步步逼近。正如她的预料，大山没等她把话说完，就做出更加坚定的拒绝姿态。

不不，我不能答应你，这是不可能的奉靖，你就死了这条心吧，我不会娶你的，我永远都不会娶你……

面对他这种态度，奉靖一点都不吃惊，也没慌张的表示，更没退却的打算，而是愈加冷静沉稳，紧咬牙关，看不出丝毫松懈的意思。

这可是长河临走时和你说好的，他亲口对我说，你答应了……

我没答应……

你答应了，如果你没答应，长河也不敢甩下我走。

没有我没……

真没想到，一个让我崇敬的人也会如此言而无信，我不相信这是真的，对，我一定是听错了，你不会这么说的是不？

奉靖你不要欺骗自己，你也一定看出了我的决心，赶快把这个不切实际的念头掐死，回家去吧，天都黑了……

天黑怕什么？大不了我就住在这里，我已把这里当成了我的家，你越撵我越不走了……

奉靖，你一个女孩子不要胡闹，让人家知道了影响不好……

我还怕什么影响？我已让你兄弟影响坏了，没了好名声我还怕什么？

其实我并不这样看你，我觉得你还是一个不错的姑娘，不要自暴自弃，你以后的日子还长着呢。

大山哥，原来你不嫌我？那你为什么不要我？你看我都上赶着找到你门上来，你说我哪里不好？

看看你又来了，我不是说过，这是不可能的……

大山哥，我一定做个好女人，做个贤惠的女人，好好地伺候你，你在这里养穿山甲，我在家里做针线……

奉靖不要再说了，我走了，要不你在这里……

大山哥大山哥……好你个李大山，你就真这么狠心？那好我去找长河，问他是怎么和你说的？

你找到他也没用……

对了，我找长河干什么？那个狗东西还能屙出什么屎来？我找他的老婆王岫姑去，弟弟的账哥哥可以不还，丈夫的账老婆总得要还……

奉靖，你怎么能这样做？

我不这样做我还能怎么做？告诉你，这都是你逼的，我实在没办法了。我这就去找王岫姑……

大山有些紧张，这个快要疯狂的女人什么都会做出来，可岫姑又该怎么来应对她的纠缠？他不明白，是什么让这个原本纯朴的姑娘变得如此老谋深算厚颜无耻？是金钱还是风气？大山止不住想到长河，长河呀长河，你到底做了些什么呀？

奉靖，你不能去找岫姑，她与这件事一点关系都没有……

怎么会没关系？她是长河的老婆，为什么不管住他却让他在外头胡作非为？长河坑害了我都是岫姑的错，我要去找岫姑，让她当着全镇人的面给我一个说法。我受长河的害我还不能去找他老婆讨公道么？反正我也是被逼得没办法，索性豁出去了，姑奶奶脸都不要了我还怕什么？

奉靖你听我说……

听你说？除非你能给我想出办法。

奉靖你别急，让我想想……

想什么想？你答应我不就……大山哥，不是我不讲理非逼你不可，长河走时你都答应了现在又反悔……

奉靖，我答应了什么？

你答应……反正你答应了，你现在不能反悔……再说，我又不是不对你好，你怎么能这样狠心？

奉靖推他一下。虽然只是轻轻一推，大山就坐倒在地下。奉靖抓住他的手，有些哀怨地看他。

大山哥你同意了？我知道你心肠好，人又善良，比长河不知要好多少倍……看我又说到长河，不提那个王八蛋了，咱还是说咱们的事……

奉靖一边说着，一边把头靠在他身上。大山抬起头，睁大泪水迷蒙的眼睛，透过浓郁的夜色，朝村子所在的方向，朝那个被牵牛花藤蔓缠绕的篱笆院看了一眼，又急忙收回目光。岫姑——他听见自己在心里叫了一声。

## 3

拾掇完家务，岫姑歇下来，不觉又朝东厢房走去。这曾是大山住的屋子，大山去饲养场后，屋子便空出来。但岫姑没把它派别的用场，而是原样给他留着。平时，岫姑很少到这间屋里去，只在大山离开后，才在闲暇且无人时，偶尔去里面站站，有时也会坐一下。有时心境不好，在那儿待上一刻，情绪便似乎好转些。但有时快乐着，从那儿出来，却又觉到忧伤。不明白这是怎么回事。

正是晌午时分，日头明丽灿烂，照得东厢房内一片敞亮。大山虽然不在这里住了，但用过的东西还在，而且十分洁净，就像他还在使用着。尽管这样，岫姑还是又收拾一下，扫净地面，拂去墙角的蛛网。没什么可做了，她停下手脚，目光转一圈，又落在大山床上，想起昨天去饲养场的情景，有种恍如梦境的感觉，不禁又朝床前走去。床上没有被褥，但席片还在，中间有个长长的凹痕，是大山睡觉时留下的。她伸出手，想在那个凹痕上摸一摸，却又忽地缩回来，好像有双眼睛在看自己。她有些紧张，疑心什么隐秘被人发现，赶紧朝门口转过身去。来到屋外，岫姑不禁一愣，院落里果然有一个人，正盯着她看。她两手按住胸口，努力平静下心绪，认出这个人是奉靖。奉靖，岫姑在心里说，你终于来了……她已经料到，这个曾对大山拥有好感后又与长河有染的女人迟早会找上门来。对她与自己家两个男人的传言，岫姑表现得非常在意，但不知是否出于自欺欺人的目的，又一直保持半信半疑的态度，也便从没揭开真相的想法，更没去找她叫闹的冲动。但今天，奉靖却主动上门来，恐怕不光为长河的事，莫非真是奔着大山而来？岫姑又霍地提起心来。

奉靖，你来干什么？

岫姑，你一定在明知故问吧？

也许你早就看出来，这个篱笆院并不欢迎你。

你说的是你吧？我当然不期望你欢迎我，在这个篱笆院里，欢迎我的人有的是。

只几句回话，岫姑就觉得被这个没廉耻的女人打败了。奉靖却还不放过她，故意迈着轻巧的步子走一圈，像在自己家里散步一样。

岫姑，你不要用这种眼光看我，等我成了这个院子里的主人，兴许就没你的好日子过了。

奉靖，你也别得意得太早，这个院子能不能让你进来，还不一定哩。

那咱们走着瞧？

奉靖说完，就掉回身，扭摆着肥硕的屁股走出门去。岫姑呆呆地望着她，直到确信她已经远去，才踉跄一下身子，慢慢扑倒在地下。长河，她闭紧两眼，在心里一遍遍叨念，大山……对这两个不同的名字，她分不清到底该恨哪个该爱哪个，眼泪像河水一般在脸上流淌。岫姑没意识到，慧娘这时正站在门口，若有所思地打量她。慧娘昨天刚回家来，岫姑还没来得及把奉靖的事说给她，其实奉靖不来，她又怎么向慧娘说呢？也许这事根本就不会发生，岫姑不止一次地想，那样她就什么都不必向慧娘说了。但现在奉靖主动找上门来，一切都已经明了，一切也便不能再瞒住慧娘了。其实岫姑也对这事没有任何主意，听一下慧娘的意见也便很有必要，不管怎么说，慧娘都是过来人，想必会比岫姑想得长远。

娘，你都看到了，奉靖在打大哥的主意呢。

为什么是奉靖呢？

慧娘望着奉靖离去的院门，神情有些呆怔，问话也便不大合乎逻辑。岫姑误解了她的意思，以为她也像自己一样持反对态度。

娘，您也不喜欢那个骚妮子吧？

也倒不是……我只是想不明白，要进家门来的为什么偏是赏通家的女儿？

如果娘不同意，那替大哥把这事挡了就是。

挡了？为什么挡了？莫非你就那么不希望大山娶上媳妇来？

娘，看您说到哪里去了？我怎么会……

唉，要说大山在镇上也是数得着的人，不知有多少姑娘愿意嫁给他呢，可这事关键在他身上，他是还挂念着你呢，到现在也没把心思用到别人身上。

娘，您越说越远了……

我也是过来人，这些事还看得出来。

岫姑的脸涨红起来，好像一个连自己都没明确感知的秘密，却被慧娘一下子揭穿，赶紧低下头去，除了看地面外，不敢再把目光投向任何一个地方。慧娘仰起脸，长长地叹口气。

不知你们当初问题出在哪里，才让以后的麻烦事没个尽头……

岫姑的思绪又回到许多年前那个雨天……她不知道，如果时间能够倒流，她会从两个男人中选择大山吗？慧娘从远处收回目光，使劲摇一下头。

如今，终于有别人找上门来，要直接面对大山了，只是我没想到，那人却是赏通家的女儿。

这有什么不对的地方吗？

唉，都是过去的事，不要再提它了……既然这事绕不过去，那我们就没什么退路了。

您同意这门亲事了？

我老了，又身在佛门里，这事还要你出来说话，只要你没什么问题，大山那里……

这是他自己的事，与我又有什么关系？

岫姑，你不能老是和生活捉迷藏，给大山一个不切实际的念想，你真心实意站在他的角度想想，他毕竟已失去你了，即使现在你和长河离婚，你们再走到一起去，还是从前的你们吗？

那他和奉靖就行了吗？

奉靖虽然不是我们中意的好女人，可在乌龙镇，能像她一样明确表示对大山好感的女人却不多见，你也是女人，知道她们怎么对待这件事，又有几个不管不顾上赶着来嫁的呢？这样的机会放过一回两回，怕是就没第三回了。

慧娘这样一说，岫姑心里也有些焦急。

那我该怎么办？去劝说大哥？

我知道这对你也很难，可你想想，正因为两小无猜的感情难忘，才有人为这事一辈子不再娶嫁，你总不愿大山就这么孤零零过一辈子吧？

我当然……可是，她……怎么会是奉靖呢？

是呀，她怎么会是赏通家的女儿呢？

慧娘念叨着走回屋去。岫姑直直地看她，似乎觉得她的话还没说完，但想一下，又感到慧娘其实是同意了这门婚事。岫姑在院落里转一圈，不觉又来到篱笆墙下，站在那片牵牛花前。或许日头太过毒辣，正开放的牵牛花朵大多都闭合了，一个个耷头焉脑，萎靡不振。岫姑看着这些要提前凋谢的花朵，一阵剧烈的伤感情绪涌上心头，眼泪又止不住流出来。大山，她在心里叫喊，如果奉靖进到我们家来，那可就真的委屈你了……

像是和她有什么感应似的，她的唤声还在心里回响，就看见大山从远处走来。岫姑没想到大山这时回来，有些不知所措，匆忙间才想起擦净泪痕。大山也看见她了，朝她扬扬手里的两条肥鱼，算是打过招呼了，走进院门后，把鱼和另一只手里的香菇放在井台上，就朝慧娘屋里走去。岫姑走到井台边，挽高袖子，一边拾掇那两条鱼，一边倾听他和慧娘的说话声。

看到大山回来，慧娘高兴之余，不禁又想到长河的逃逸，一时悲喜交加，泪水直在眼角闪烁。虽然饭桌上呈现出难得的温馨景象，但慧娘吃不下多少东西，大山捉回来的鱼竟一口没动，只是推说已遵从寺里的规矩，以后不再吃荤。岫姑盼望慧娘说到大山的婚事，或者大山本人也能提起来，那样她就不用主动开口了。但不知为什么，直到这顿饭吃完，慧娘居然也没说到，大山更没提起的意思。岫姑心里焦急，难道真要由她来挑明这件事了？可她又实在鼓不起勇气。但愿奉靖那番话都是毫无来由的瞎说。她怀着侥幸心理想一下，旋即又明白，这愈加是自欺欺人了。

吃过饭后，大山回东厢房里去了。岫姑在井台边洗碗，目光却在他屋门口流连。难道他要收拾屋子，为不日到来的婚礼做准备？岫姑告诉自己，也许时间已经不多，作为他的弟媳，这个家庭真正的内当家，她有责任帮他圆满完成这个任务。如果他不好开口，那就只好由你来说，岫姑对自己说，兴许慧娘的意思也是如此。原谅我，她在心里对大山说，如果我做得太过残酷，那就让老天来惩罚我吧……岫姑打定主意，急快地洗完碗筷，回屋拿出一个枕头和一床被单，慢慢朝大山屋里走去。

大山坐在凳子上看一本书。他表情很平静，既没休息的打算，也没说什么的欲望，接过她手里的东西，随手放在床上。岫姑空出的手在衣角上摸来摸去，不知该怎么把话说出口。大山看出她的心思，把一只凳子朝她推过去。岫姑坐上去，神情依旧有些不自然。好在大山又说起饲养场的事，她也注意到，那本书也是有关穿山甲的内容。尽管她聚集精神，也无法把他的话听到耳朵里，她的心思全被这件像老鼠一样撕咬着她的事情占据了。

大哥……

岫姑突然站起来。大山诧异地看她。

怎么了岫姑？

也许……这屋里该拾掇拾掇了……

岫姑终于把话说出口，虽然不那么贴切，却毕竟是与他婚事有关的一句话。

怎么？你……要用这间屋？

你就别再折磨自己了，人一辈子也就几十年时间，你还等什么？

听她这样说，大山也低下头，不再说什么了。岫姑冲动地又往前走一步。

如果你不满意奉靖，我……再给你去找一个更好的女人，只要你不再孤身一人过……

大山抬起头，眼里流露出哀求的神色。岫姑突然停住嘴，她明白，再说下去，就是对他无情的伤害了。大山又垂下头，两眼默默地望着脚下，望着地面。岫姑看出来，他的脚在微微颤动。不知是否受他的影响，她的身子也抖动开了。岫姑担心自己控制不住，一下子扑在他膝前，放肆而痛快地大哭一场。大山也许害怕这种场景出现，样子也渐渐不安，忽然站起来，和她简单道别后，就匆匆走出屋去。等岫姑平息下情绪，走出屋门时，大山瘦高的身影已在篱笆墙外消失了。你做了什么呀？岫姑闭上眼，在心里一遍遍问自己，你对不对得住他呢？

岫姑回到慧娘屋里，一照她的面，便止不住流出了眼泪。慧娘似乎也在发怔，抬起手，朝她伸展了好几下，才擦到她的脸颊。岫姑冲动地抱住她的手，埋下头，哭得更加厉害。慧娘重重地叹气。

岫姑，这是早就有了结果的事，用不着这么伤心。

我真的对不住大山……

你现在唯一能做的，就是把婚事给他办好。

可她是奉靖……

是呀，赏通家的女儿……

## 4

一大早，岫姑就搭车到城里去，碰见她的人还以为她外出去找长河。天傍黑，她随一辆载满家具的运货车回到镇上，人们才明白，她原是给大山购置结婚用具去了。乔木几个人过来帮忙卸车，都流露出羡慕的眼光。乔木直朝她眨巴眼皮。

你可真疼大山呀。

乔木偷着和她说。岫姑装作没听见，掉头走开了。她不想对别人解释什么，尤其是乔木，这个与她和大山一起长大的人，什么事都瞒不过他。虽然她不想给别人造成这种印象，可听了乔木的话，心里还是感到欣慰，看来她对大山是真的尽心了。好在她预见到长河会把厂子折腾进去，才及时藏下几个私房钱，不仅要用到大山身上，还要由她亲自操办，似乎以此向他表示什么，赎回什么。

摆放好家具，屋内立即鲜亮华美起来。岫姑打发走送货车辆，又把几床早就做好的被褥抱出来。天已经黑了，她打开电灯，看着那些崭新的家具，独自再欣赏一遍。家具和被褥都散发出好闻的香味。她尽情往鼻子里吸着，慢慢有了些沉醉的感觉。岫姑在大山屋里流连了好一会儿，才进到厨房内，匆忙去做晚饭。她这才觉到肚子饿，一天只在城里忙乎，连中午饭都没顾上吃。烧好了饭，和慧娘一起吃过，也没顾得洗碗，便又回到大山屋内，把床铺和桌子拾掇出来，将买回的一堆布料一块块摊开，找出尺子、剪子一类用具，仔仔细细丈量剪裁起来。她要为大山做几身合体的衣服。不用把他叫来，比照身子量裁，她只凭一种熟悉的感觉，运行手中的尺子和剪子就行。也许心情太过急切，居然把剪刀戳在手指上。她似乎没觉到疼痛，只是当手指顶端浮出一粒鲜红的血珠，才意识到手指破了。她没怎么在意，依旧不停歇地挥动剪刀。过了一会儿，她发现血珠已膨胀成一朵花朵模样，才停下刀。是的，那真是一朵花朵，而且她觉得，那是一朵牵牛花的花朵……

岫姑剪裁好布料，坐在缝纫机前，毫不停歇地做了很长时间。当把最后一趟线轧好时，窗纸已有些发白。她万分惊奇，怎么天这么快就亮了？她长长地松出口气，眼睛忽然睁不开了，身子也像灌满铅似的沉重。她顺势躺在床上，一下子就睡进梦去。在梦里，她看见大山穿上她做的衣服，显得从未有过的精神。穿着新衣服的大山迈开大步朝前走，等来到莫邪山上，居然变成一副膀大腰圆的样子。岫姑觉得在他身边，应该有一个像是巫女的女孩儿。但她往他身边一看，却大吃一惊，那个傍他而站的女孩儿竟是自己。你是野人的女儿，岫姑听见自己说，不，你是山神的女儿，你的名字叫阿诗玛。岫姑看见自己挽住大山粗壮的胳膊，想要真切地告诉他说，我让你看见了阿诗玛，从此，你就是世界上最幸运的男人……岫姑把身子更近地挨向大山，并把头依偎在他高山一般隆起的胸前。但她还没来得及把心里话说出，就忽然惊诧地发现，那个和自己一样的女孩儿已变成了奉靖。天哪，怎么会是奉靖？岫姑觉得，站在大山身边的女人无论如何都不能是奉靖……

岫姑醒来时，果然看见奉靖站在她面前。天早就大亮，红艳艳的日光照进屋门。奉靖不知什么时候进来的，正直直地看她。岫姑赶紧爬起来，想到梦里的情景，脸上不禁有些发热。

昨天乔木就对我说，你给我们准备了一大车结婚用具，我还不信，没想到真是这么回事。岫姑，你真好。

奉靖仰起一张通红的脸，在屋内到处看了看，兴奋得整张身子都在颤抖。岫姑冷冷一笑。

你别想错了，我可没给你准备什么。

我知道你是为了大山，其实这都一样，反正我会住到这屋子里来，不管你让不让我来。

那你就来吧，还等什么？

可我还是来晚了，你已先在这里住了一晚上。

你不是还没过来么？这间屋子还没属于你。

岫姑，咱别打嘴仗了，我过门以后，还得和你一个锅里吃饭……

你不会赶我走吧？

哪能呢，看你对大山这么好，我怎么下得去手？

你尽管下手就是了，我不怪你，要怪就怪长河，怪我嫁了那么个东西。

行了，咱今天不说长河了……

要说我也没兴致。好了，你仔仔细细地看吧，我得洗把脸去了。

我早看过了，你没醒的时候我就一点一点看过一遍，你做的衣服真好，这里还染上了红颜色。

奉靖说着，把那件刚做好的衣服拿起来，在她面前展开。岫姑一愣，借着窗外明亮的日光，果然看见衣服上有一块红红的颜色，这才知道是自己手上的血染上的。她那根受伤的手指抖抖，又很快控制住。奉靖却还在朝那块红色看。

这真像是一朵花呀，岫姑你说这是朵什么花？

我哪里知道那是什么花。

这不是你染上的么？

是我染的不假，可我怎么知道染的是什么？好了，你放下吧，那又不是给你穿的……

不是给我穿的我就不能摸摸？

我怕你摸脏了。

行了岫姑，这大喜的日子，咱们还是不生气为好。

我才懒得和你生气，我吃饱了撑的？天不早了，我都饿了。

要不要我去给你做点吃的？

算了，灶门在哪里你都找不着，还是看你的新房吧。

你布置得这么好，大山看到了没有？

没有……

那我去喊他，让他也高兴高兴。

说罢，奉靖就朝外跑去。岫姑想拦她，还没张开口，她已在门外消失了。

草草吃过早饭，岫姑就扛起锄头，急急地往门外走。大山快要来到了，她不愿看到他面对新房时的表情。果然，岫姑刚拐过一个屋角，就看见奉靖和大山从远处走来。奉靖一会儿走在前头，回头拉他一把，一会儿又走到后面，伸手推他一下。看到这种景象，岫姑心里忽然有些酸楚的感觉。由于扛了锄头，岫姑便朝菜园里走去。其实菜地刚被她锄过，每棵青菜下面都没杂草。但既然来到这里，就索性装装样子，有一搭无一搭地锄几下。不一会儿，她看见赏通也朝菜园里走来。赏通没朝他家菜地走，而是冲她过来。岫姑不想理他，便没抬头。赏通似乎有话要说，在她身边站住，犹犹豫豫不肯离去。

岫……岫姑，你锄地呢？

你都看见了，还问我？

岫姑，你不要那么和我说话，以后我们可就是亲戚了……

哎呀，原先我可以叫你一声哥呢，以后却就称呼你老叔了对吗?

其实你不知道，早在许多年前，我就和你婆婆是一个辈分了……

你是说和我公爹拜把子的事？可他老人家活着时，从来没提过这件事。

没提过的事多着呢，我倒不是说我救过他命的事，而是说，而是说……

看你吞吞吐吐的，还有什么我们不知道的，你就别藏着掖着了，都一股脑地倒出来吧，也让我们开开眼界。

这个……还是你回家去问慧娘吧。

我知道你对她也很有看法。

我那是好心好意地提醒你……好了岫姑，我们不说过去的事了。

那你就不要碍我的事了，我可要锄地呢。

看她不耐烦的样子，赏通想朝一边走，但又不甘地停住脚，摆出执意和她说明白的架势。

告诉你岫姑，我家奉靖是命里注定要进你家门的……

命里注定？嚯，你家奉靖的来头不小呀？该不是你老人家自己注定的吧?

岫姑，我们都不要嘴硬，还是让以后的事实说话好了。

你就在这里等你的事实吧，对不起，我没闲工夫陪你胡咧咧了。

岫姑说罢，收起锄头，就要朝菜地外走。赏通却又叫住了她。

我不能不问你一声，刚才我经过你家门口，听见……

听见什么?

我听见大山……

大山怎么了?

看你，一听到说大山，你心里就打机灵了。

你不说我就真走了。

哎，那我告诉你，我听见大山好像在哭?

什么？大山在哭?

你……们把他怎么样了？他为什么要哭呢?

岫姑心里一惊，大山怎么会哭呢？她以为赏通在说谎，但看他认真的样子，又不像是说谎话。赏通也纳罕得不行，还要再质问她什么，岫姑却顾不得理会他，把锄头扛到肩上，就朝回路上走去。她有些紧张，别是大山出了什么事吧？快到家门口时，她放慢脚步，侧起耳朵仔细听，却没听到哭声。她刚松一口气，看见奉靖从门里出来。岫姑迎上去，想问她个究竟。奉靖却阴沉着脸，一副爱搭不理的样子。岫姑心里又一紧。

奉靖，出什么事了？

什么事？什么事？我哪里知道什么事？刚进门他还好好的，可看着你准备的那些东西，说哭他就哭起来，真是莫名其妙，不知道的还以为我给他气受了呢。

那他到底为什么……

你说他是为什么？

说着话，奉靖的眼圈也红起来。岫姑不想在街上和她争辩，赶紧拖起锄头，朝大门里走去。奉靖却还不依不饶，冲她的身影连连跺脚。

去看你的大山吧，我早看出来，他是为你哭，为你的那番好心哭。看你们恩爱的，一个不惜血本准备嫁妆，一个感动得死去活来。嘻，你们恩爱，你们在一起过吧，老娘我不伺候了……

岫姑一下子停住脚，奉靖居然说出这种话？这不是对她和大山的侮辱和伤害么？岫姑想回过头，痛斥她几句，可又没勇气张口，还怕她说出更难听的话，不敢再停留，急忙磕绊着跑进家门。

这时，大山已停止哭泣。岫姑站在院子里，透过敞开的屋门，看见他蹲在地上，将头颅和胳膊伏着床，身子一动不动。岫姑不敢到他屋里去，不知该怎样面对他，便在院子里发呆。过了一会儿，她才反应过来，又朝外面跑去，找谁呢？奉靖早没了人影。岫姑回到菜园里，赏通也已经离去了。岫姑手拄锄头，又一个人愣怔起来……

## 5

日头升起一竿子高，浮在空中的雾气渐渐消融，树叶上的露珠也很快蒸发掉。又是一个好天气。但不知为什么，牵牛花藤蔓上只开出零星几朵花，而且没一朵红色，先前热闹、红火的篱笆墙显出寂寞、暗淡的样子。

经过几日筹备，大山终于和奉靖举行婚礼了。从始至终，岫姑尽显出一个家庭主妇的才干和能力，几乎做到一个女人所能做到的一切，没经过慧娘过多吩咐，就把婚礼前后所有事务都安排妥当。比照起来，当年她和长河结婚时，大山也没做得如此全面细致。看她风风火火地忙碌，大山越发觉得难以承受。别这么做，他在心里对她说，求求你了，千万别这么做。对这场婚礼，大山没任何渴盼的想法，甚至可以说，他在心理上还没做好准备，虽然两个家庭都在为此事张罗，他个人却无动于衷，除了替劳累的岫姑心疼外，一点实际意义也感觉不到。让这个该死的婚礼快点过去吧，大山对自己说，等婚礼过后，一切都将成为过去，在以后的日子里，他将不再给她增添一点麻烦。尽管岫姑自作主张，把新房安置在他住过的屋里，可他还是要搬出去，尽量离她远些，住到山里的饲养场去。虽然知道岫姑会阻拦，奉靖也会不情愿，可他的决心已经下定，明天一早就开始行动。

鞭炮声响起来，大山还站在篱笆墙边，望着那些拥挤笑闹的人发呆，好像婚礼真的与他无关，直到有人过来，不由分说把他架到人群中间，安置在披红戴绿的奉靖身边，他似乎才明白过来。他没做出任何反抗的表示，在主婚人的唱喝声里，面对着突然回到家来的慧娘，恭敬地做着一个新郎所该做的一切。他忽然意识到，怎么没看见岫姑的影子？他止不住抬起头，朝四处张望。那么多人都在看他，眉眼里透出大同小异的欢喜神色。这些人里哪里会有岫姑？进到新房里后，岫姑的影子还在他脑海里晃动，这使他想起父亲和慧娘的婚礼，想起那天他和岫姑去山里游玩并寻找巫女阿诗玛的情景。大山站起来，想朝门外走。奉靖一把拉住了他。

你去干什么？

我……

大山不知该怎么回答。奉靖嘴角浮出嘲讽的笑意。

别是又想你的岫姑了吧？

大山掉开头，没有理会她的话。吃饭时，他要去敬酒，奉靖才放他出门。大山来到院落里，看见岫姑正在各张桌子间忙活，又是端菜，又是送酒，额头上亮亮地出满汗珠，神态明显透出了疲惫。大山拖拉着脚步给人们敬酒，像是一个失去知觉的梦游人。轮到乔木这伙人时，他端起桌上的酒杯就朝嘴里灌。大家都一愣，乔木急忙抢下酒杯。大山扑上去夺，被人们紧紧地拖住。

这一天总算过去了。天黑后，人们都陆续离去，院落里安静下来。大山走出屋门，看见岫姑还在桌凳间拾掇。院落显得很阔大，桌凳显得很杂乱，晃动在其间的岫姑便显得很孤单。大山看着她的身影，忽然也涌起一种孤单的感觉。他知道孤单是怎么回事，一下子同情起她来。他刚想对她说句什么，身后就被推了一下。奉靖又在朝他发威了。大山默默地走过去，也动手收拾那些桌凳。岫姑看见他，想对他笑笑，但看奉靖跟在后面，便回头和她招呼。

相帮着拾掇完院子里的东西，又吃了点晚饭，大山和慧娘说过话后，才慢慢朝新房里走去。岫姑的窗户没有灯光，或许她已经睡下？大山回到屋里，看见奉靖歪在床上打手机。大概没打通，看到他进来，她把手机狠狠地摔在枕头边，站起来脱衣服。大山没朝床前走，却坐倒在沙发里。奉靖愈加不快。

你怎么还在沙发里坐着？不睡觉了？

我……等会……

还等什么？这么些年了，莫非你还没等够？

奉靖，要不咱们各睡各的吧？

说着，大山起身走到床边，抱起一床被子，又走到沙发前。奉靖想去抢那床被子，但大山已躺到沙发里，把被子蒙到头上。奉靖跳下床，赤脚冲到他面前，想把被子扯下来，却又缩回手，像是想起什么似的，把屁股在他身边坐下了。

大山，我要和你说一件事。

什么事？

不要以为我在纠缠你，好像我的脸皮比树皮还厚，或许你不知道，我是注定要进你们家门的……

注定？什么注定？

听我爹说，他刚从娘肚子里生出来，就和长河他娘结了娃亲，只是由于其他原因，他们才没走到一起，不然，我家早和你家结上亲戚了……

什么？你说什么？

大山撩开被子，一下子从沙发上坐起来，两眼直直地看她。奉靖见他起来了，又伸出手，要朝他身上放。但大山推开她的手。

你不会是胡乱编排吧？

这是我爹对我说的，不信？不信你可以去那边屋里问那个尼姑。

大山狠狠地瞪她一眼，又把身子重新躺下，任奉靖怎么推搡，也不再动弹一下。奉靖知道说错了话，感到有些理亏，但见他借此不搭理自己，不禁又有些恼怒，站起来，使大劲扯拽他身上的被子。

李大山，你以为我愿进你们家门？都是他们上辈人闹出的姻缘，才让我觍着脸来给你当媳妇。

如果你不愿意，现在你就可以反悔。

我后悔什么？我把衣服都脱下来了，哪还有后悔的机会？

你可以穿上你的衣服。

我不穿，我就是要让你看我，你以为你是谁？你是唐僧呀？有本事你别闭眼……

奉靖，你不要这样逼我。

我就是逼你了，不逼你我能得到你么？

你逼也没用，我已经给你说过，我可以娶你，但我决不会喜欢你……

我不用你喜欢，你只要让我给你当女人就行，不然我回家连我爹的面都没法见了。

不要相信他那些鬼话……

你以为我是为了他那些话才来和你结婚？我是真心喜欢你……好了，我知道你又会说不喜欢我，不喜欢也没关系，但你不能不和我睡觉……不睡觉算结的什么婚？我可不当活寡妇，传出去会让人笑掉大牙……

你还怕被人笑话……

李大山，你别把我看得那么坏，我过去也是一个好女人，要不是……我知道你会生我的气，可我也是被长河逼的，你以为我没挣脱吗？我没痛苦吗？可在我最需要你时，你在哪里？你在为别人承担罪名，而别人把你当回事了吗？你以为你高尚？可你换来的是什么？

请你不要说了……

你不愿听这些话是不？可这是最大的事实，我知道你是天下最善良的人，你对别人都那样忍耐，为什么就不能容纳我呢？

这是两回事……

我以为你就是不喜欢我，只要我真成了你媳妇，你也会动心，我长得又不难看，你看你看，我长得难看么？

奉靖，你还是离开我，回到床上去……

凭什么？我是你媳妇，为什么不能让你看？你看，你看我一眼呀……

奉靖，这实在没什么意思。

我可觉得有意思，求求你了……

奉靖说着，就扑到他身上来。大山挣脱开她的搂抱，又朝床前走去。奉靖扑倒在沙发里，好久才回过身，看他依旧无动于衷的样子，绝望地闭上眼睛。

你是不是还想着岫姑？

奉靖，你没必要这样问我。

告诉我，你这时候是不是正想岫姑呢？

大山不再理她，打开屋门走出去。院内一片漆黑，天空中没有云彩，也看不到月亮，只有一团模糊的星星在闪烁。他穿过院落，径直朝篱笆墙走去。一条黑影在他脚下跑过，两粒亮眼像荧荧闪烁的磷火。是黑猫布鲁克。大山不喜欢它，每看到都觉得厌恶。布鲁克跑过去，大山才又朝前走，不觉便出了院门，站到外面的篱笆墙边。他又想起岫姑和长河结婚那天夜里，自己在篱笆墙外牵牛花藤蔓下枯坐的情景。他心里有一种预感，好像此时也会有人坐在那里似的。他朝前走两步，不禁呆住，篱笆墙边牵牛花藤蔓下果真有一个人影……大山仰起头，对着苍茫的星空悄悄流泪。他想到了父亲栓回，在几年前那个黑夜里，栓回来到他身边，给他送来解除痛苦、放飞心灵的一剂良药，在以后的日子里，每当遇到难以克服的困难，只要一想到栓回的话，他身上就充满力量，再大障碍都能逾越过去。为此，他深深地感谢栓回，感谢那个夜晚。今天，当另一个人在同样黑暗的夜晚坐在那里经受困苦时，他是不是也该走过去，像栓回那样伸出有力的大手，把陷落在泥淖中的那个人拉上一把？但他只是抬抬脚，就停住身子，他手里哪有能助别人的药方呢？其实他和那个人并没什么区别，都是在漫无边际的泥淖中跋涉挣扎的人，只是身处不同的地方罢了，他不仅不能帮上她，连她是否真的坐在那里都不能给自己一个肯定的回答。

星群在慢慢向西移动，夜已经很深了。大山回到屋里时，奉靖仍然没有睡觉，又躺在被窝里打起了电话。看来这回打通了，脸上洋溢出兴奋的笑意。看到大山进来，奉靖关上手机，坐起来穿衣服，然后又动手收拾她的东西。大山不明白她要干什么。奉靖懒懒地回过头。

这回好了，你可以清静了，也能到这张床上来睡了。这可是岫姑专门给你买的，你不到上面来睡真是可惜，岫姑知道了，也会不乐意的。

你……到哪里去？

你还知道关心我呀？嘻，我还能到哪里去？我到愿意接纳我的地方去呀。你以为我就这样待在你这里，当一辈子活寡妇？

你去找长河？

还真被你猜着了，我原想不告诉你，也在你心里埋藏个谜，也好折腾折腾你这只冷血动物……

你知道长河在哪里？

长河这个狗东西也真怪，先前我给他打电话，从来没打通过一次，这回都半夜了，他却又开机了，我随意一拨，竟然就通了……

那你就这么走了，再去找他？

我不去找他还赖在这里干什么？又没人正经理我，你不和我睡觉，岫姑也看不起我，你以为我心里好受呀……

奉靖，真是对不起你……

大山忽然感到些愧疚。奉靖摆摆手。

算了，别说好听的了，反正我不再待在这里，一报还一报，这回我想清楚了，谁欠了我的我就去找谁，他总不能像你一样不要我吧？

奉靖，你这样会给长河带去很多麻烦……

他还嫌麻烦？他要嫌麻烦就不该做他的好事……瞧你吓得那个样，放心好了，我不会无故要挟他……其实大山，你们都被我骗了……

骗了？你骗了我们？

这里。

奉靖说着，抬手在肚子上拍两下，嘴角浮出得意的笑。大山一怔。

怎么，你……你没怀……怀孕？

没有，那都是我爹的主意，看到轧花厂跨了，长河要跑，就想方设法敲诈他一下。也是他罪有应得，他勾引我下水，让我失去清白，我还不该让他偿还我损失么？没想到，他却把我甩给了你。

原来是这样？那些娃亲的话也不是真的？

我不知道，反正我爹给我说过那些话……大山，其实你是个好人……这样叫你怕是不妥吧？也不叫你哥了，还是按街坊的辈分叫你叔吧。你也知道，从很早时我就想过嫁给你，我以为只要和你结了婚，还能过不到一家去？没想到，你那么坚定，你这是为谁守身呢？

奉靖，不要乱说……

我也懒得再管你们的闲事，你们愿怎么着就怎么着吧，反正与我无关了。天一亮我就走，乌龙镇我待够了，也跟长河到城里闯荡闯荡。好了，话我说完了，我再拾掇拾掇，鸡一叫我就开拔。你要是困了就到床上睡会儿吧，我保证不打扰你。

大山真是没想到，事情会是这样。他还在呆怔，奉靖又转回身，收拾她带来的东西。大山望着她的背影，心里一遍遍地感叹。他想去帮她一把，却又不知该从哪里下手。他似乎并不希望她就这么走掉，如果她能留下来，再待上一天，甚至一个晚上，那也是不错的一件事。大山知道自己不能挽留她，便只是叹出一口气。正在这时，远处传来鸡啼声，天开始放亮了。

## 6

东天刚刚发白，岫姑就起来了，夜里没有睡好，身子还觉得疲惫，头也有些眩晕。走到屋门口，她注意听一下，外面没任何动静，大山他们还没起床吧。等来到院落里，岫姑却愣住，大山在新房门台阶上坐着。她往四周看看，没见到奉靖，也许她还睡着？岫姑想过去打个招呼，但大山直眼朝远处看，好像没发现她。云霞在天空里燃烧，将他的身子照亮了，看上去像在火焰中。岫姑没打扰他，进到厨房里，开始生火做饭。

到吃饭时间了，慧娘还在她的禅堂内做功课，岫姑没去打扰她，看见大山坐在饭桌前，便动手给他盛饭。但她忽然意识到，大山不应一个人坐在那里，却不见奉靖的影子。大山看她一眼，似乎有话要说，却又不好说出口。岫姑又停下手。

奉靖呢？还没起床？要不要喊她一起吃饭？还是让她再睡会儿？

岫姑一边问一边看他。看到她开口，大山松出口气，要说话的欲望反淡下去，自己动手盛上饭，埋头大口地吃起来。岫姑感到不对劲，又做出去喊奉靖的样子。大山把碗从脸前移开。

她走了。

尽管大山口气平淡，岫姑还是大吃一惊。

走了？这一大早……她怎么就走了呢？

她愿意走，我也拦不住她。

怎么回事？你和她吵架了？

其实，吵不吵也就那么回事，她愿走就走吧。

可你们才结婚一个晚上，就……这到底是怎么回事？

她不再待在这里了，她走了，不会再回来了，就是这样。

岫姑倒吸一口冷气。

那她到哪里去了？

她找长河去了。

什么？找长河去了？

岫姑差点跳起来。大山看她一眼。

你不用担心长河，她不会怎么样他的。

我知道……那长河在哪里呢？

我也不知道，我问她，她不说，看样子他在城里……

城里？天哪，又是城里……

奉靖欺骗了我们，其实她并没有怀孕。

原来是这样？这个不要脸的东西。

骂过了，岫姑又看他一眼。大山苦苦地笑一下。

我也没想到，奉靖会堕落成这样。

那你们怎么办?

当然是离了，奉靖离开时，已把协议书给我写好了。

这事弄的，娘还不知道吧?

还没告诉她，要不你去对她说一声吧。

可你以后……又要一个人……

那也比和一个讨厌的人在一起强呀。

大山草草吃完饭，便匆促地走出去。岫姑看着他刚用过的碗筷，还在呆呆地发愣。事情变化得太突然，让她猝不及防，但仔细想来，这样的局面也在情理之中，甚至可以说，也并不是太坏的结果，奉靖原本就不配嫁给大山，要不是因为他长期独身，怕是谁都不会看好这门婚事。可这样一来，大山又要回到他孤独的生活中去，也许正如他刚才说的，那也比和一个讨厌的人在一起强。岫姑长出一口气，好像悬着的心终于落回到肚里。脸上有什么东西爬动，她用手一摸，竟是湿漉漉的泪水，原来自己一直在流泪。

大山回饲养场去了。这时，慧娘做完功课，也从禅堂内出来。岫姑记着大山的话，知道这事瞒不住她，便打算对她说。但她张了几次口，也不知该怎么向她诉说，慧娘虽说对俗事的兴趣日渐淡薄，可这毕竟是自己家的变故，想必也会受不小打击的。岫姑没办法，尽管极不情愿，还是硬起头皮告诉她这件事。慧娘的反应一半在岫姑意料内，一半却让她没有想到。听完她的话，慧娘也发了一下怔，却很快坦然下来，继而还端起碗，无声息地吃一口。岫姑在一边看她，心里却是极度不安。

娘，您没事吧?

慧娘没说什么，只是向她摇头。过了一会儿，她似乎才缓过劲来，长长地吐出一口气。

我没什么，其实这样的结局，我也早就料到了。

真的吗? 娘怎么会……

我一直都想不明白，他赏通家的女儿怎么会做成我们家的媳妇?

您是这么想的?

岫姑张大嘴巴，突然想起赏通对自己说过的话，如果没有这场变故，她差点都忘到了脑后。一时间，岫姑毫无来由地相信，在慧娘和赏通身上，一定发生过不一般的事情。慧娘似乎知道她想什么，又端起碗吃饭，以掩饰内心情绪的波澜。岫姑迟疑一下，还是决定要问她个明白。

娘，您和赏通……是不是有过什么……

看你想到哪里去了？我们之间又算有过什么事呢？

可是……

好吧，如果我不说个清楚，兴许你们都会往歪处想的。

岫姑不敢再说什么，只是做出专注倾听的样子。慧娘放下碗筷，目光望向屋外的远处，让思绪沉浸在往事里。慧娘告诉她，那时她还是寨主的女儿，而赏通却是土匪的儿子……赏通的父亲是乌龙镇最大的土匪，最善于干烧杀抢掠的勾当，是莫邪山里令人谈起色变的恶人。慧娘的寨主父亲却与这样的人勾结一处，成为亲密的结拜兄弟，并进一步亲上结亲，当他们的儿女赏通和慧娘来到人世后不久，便相互结为了姻亲。但天有不测风云，赏通和慧娘还没长大，随着人民政府的成立，慧娘的寨主父亲及家人便遭到镇压，赏通的土匪父亲虽提前做出防范，带领家人逃进山林，却很快受到剿匪部队围攻，只能畏罪开枪自杀。尽管慧娘和赏通都活下来，那个姻亲关系却已不复存在，作为土匪后代，赏通更是不敢再与慧娘扯上关系，慧娘还以为他早就忘记了这事，谁又想到这么多年过去，赏通竟然通过女儿奉靖，企图再与慧娘一家续上那个姻亲关系。岫姑听得目瞪口呆，如果不是慧娘亲口讲述，就是她想破脑子，也断不会料到世上会有这种事。岫姑也突然明白，怪不得赏通会向她说有关慧娘的怪话，原来也是为了这个原因？慧娘摇摇头，又长长地叹口气。

其实我早就知道，大山和奉靖根本就不是一路人，他们怎么能过到一起去呢？

既然……您为什么还要同意他们的婚事？

唉，你哪里能体会到我这当娘的心情？而且还是个后娘，长河又和你走在了前头，我就更不能不替大山着急……

其实您盼着他们成不了是吗？

我看你才在等这个结果呢。

岫姑张张嘴，不知再说什么好。她无论如何没想到，自己和慧娘竟然都指出对方的心理隐秘，一时让她惊惧得倒吸冷气。她不知道，婆媳两个如此思量，究竟是为大山着想，还是仅仅出自一己的私利。慧娘似乎也意识到这些，很快拉下脸来，正色朝她发出警告。

岫姑，你就不想一下，大山没个女人照顾，那过的是什么日子？他心里的苦楚，我们又怎么能帮他解除呢？

道理自然是这样，但和一个他不喜欢的女人在一起，难道不也是对他的伤害吗？

我想这是他的心思，不过是从你嘴里说出来罢了。

两人正说着话，忽然外面传来一阵闹嚷声。岫姑不用多想，便知道是赏通找上门来。正如她的料想，赏通是气势汹汹进来的，嘴巴大张，那颗金牙一个劲儿地跳动。

李慧娘在哪里？让她出来，我要向她问话。

慧娘没说什么，从座位上起来，神色坦然地走到门口，迎对着走上前来的赏通。赏通一照她的面，却突然停住脚，似乎撞上了可怖的东西，愣怔一下，便掉回头去，将目光转向岫姑身上。岫姑冷下脸面，没正面看他，便走到井台边，坐下来，开始搓洗泡在盆中的衣服。赏通不再理会慧娘，只是一味地对住岫姑，把一只拳头砸在压水机杆上，两脚也随即跳起老高。

奉靖呢？我家奉靖哪里去了？

我怎么知道？

奉靖不是嫁到你家来了吗？你们把她弄到哪儿去了？

我正想去问你哩，这一大早，她就没了影子，也不帮我做饭，跑到哪儿去了？真没见过这样的媳妇。

咦，奉靖不见了影子，你们倒有理了？

我们不有理还你有理？快把奉靖还给我们吧，她是我们家的人，她应该待在这里，不能再随便到处跑。

到处跑？王岫姑呀王岫姑，你可真是没理辩三分，我把奉靖交给你们，却一下子就不见了人影，我没找你要人，你却……

行了，话要这么说咱可就不用藏着掖着了，你真不知道奉靖哪里去了？那你怎么知道她不见了？

这个……好好，就算我知道她在哪里……

还是呀，那你还来找我要，你这不是倒打一耙吗？

嗨，岫姑，我就是闹不明白，结婚前还好好的，怎么这才一天工夫，她就走了？

这你应该去问奉靖呀，你来问我干什么？我一个弟媳妇知道什么？

可她不说呀，她急匆匆地去找长河了……

什么？你知道长河在哪里？快告诉我，我正想找他呢。

这个我也不知道，她没说完两句话就走了。

她到哪里去了？

我不知道呀，我这不来问你吗？

那我更不知道了。

她为什么又想到了长河？是不是大山不要她了？给她气受了？打她了？骂她了？

大山要是不要她了，应该是大山走呀，怎么反倒是她丢下大山自个儿跑了？

可也是，大山那么个好人，打着灯笼也难找的主儿，还能……哎哟，这个小祖宗，可真气死我了……

那你快去找找她吧。

赏通走到大门口，忽然又转回来，那颗金牙也又闪出凶光。

不行，不能就这么拉倒，我家奉靖先被长河糟蹋，这又被大山一脚踹了，我可是吃老鼻子亏了，往后还怎么在街上做人？

这我就不知道了……

好，我不和你一样，我去找大山。

你去找吧，你闺女逼了他一通，你再去逼他，等把他逼急了，小心再让你吃一回亏。

那我也不能便宜了他。

你怎么着？

我……我先砸了他的新房。

砸吧，你去砸吧，我不拦着。

好，好……

赏通像一只被逼疯了的狗，在院子里转几圈，终于找到一根木棍，握在手里，先挥舞几下，一边朝新房走一边向两边张望。不知什么时候，慧娘早就回屋里去了。赏通便把目光落在岫姑身上，希望她能阻拦自己。岫姑倒是停下手来，却盘起两腿，眼光悠悠地看他，摆出一副专注欣赏的架势。赏通越发急红了眼，高高地擎起木棍，一阵风似的奔进新房里去。不一会儿，屋里就传出砰砰啪啪的击打声。根据声音的响亮程度，岫姑在心里告诉自己，这是沙发，这是橱柜，这是电视，这是写字台，这是席梦思床。她在心里数叨，知道赏通已把那些该死的东西砸过一遍，但不知砸坏没有。

赏通，你把它们全给我砸碎，一件也别剩，你要是不嫌累，就再把它们给我扔出去，也省得我再搭工夫了。

岫姑站起身，面对着新房门口，使劲朝赏通叫喊。

# 第六章

二十一岁这一年，那个老女人送我一枚牵牛花蒴果。

在此之前，我已经领教到老女人的厉害，当然那是我在梦境中看到的景象，但我相信它并不虚幻，或许一切都在证明这个山林中奇迹的存在。那天，我在似有若无的梦中，看见老女人身披蓝色的月光，像一匹老怪兽走在我家篱笆墙下，走在那些一直不肯开花的牵牛花藤蔓中间。那时，大伯一直坐在院落里，为取得牵牛花的开放而苦苦守候，而母亲则站在屋门口，用焦急而又担忧的目光注视他。这样的日子已经度过好长一段时间，所以他们摆出的姿势即使我在睡梦中也看得见。也许他们的思绪太过专注了，竟然没看见老女人的到来，或者他们根本看不到梦中的情景，只有我，这个与山林中精灵打成一片的小孩子才有能力进入虚幻的世界，看到老女人制造奇迹的惊人场景。开，老女人伸出长有长甲的手指，从那些长蛇一般的牵牛花藤蔓上抚过去，嘴里轻声叨念说，开——我惊讶地看见，先前还一直没什么动静的牵牛花藤蔓真的像苏醒的蛇一般腾跃起来，隐藏在枝叶间的花苞探出头颈，猝然间一朵朵分裂开放，姹紫嫣红的各类花朵一起呈现在明丽的月光下。那一刻，尽管我是在睡梦中，却禁不住惊叫出声来。

也就是从那个时刻起，莫邪山里的牵牛花才真正开放，而且再也没有休眠过，无论是春夏秋冬，山林里都有形态各异、颜色各异的牵牛花朵开放；也就是从那个时刻以后，大伯和母亲才真正走到一起，像一对恩爱多年的老夫妻一样居住到同一幢屋檐下……

你长大了，老女人送我那枚牵牛花蒴果时说，看来你应该有自己的女人了。

我有些吃不准，有了这枚牵牛花蒴果，就能找到自己的女人吗？

你不妨试一下。老女人微笑着说。

当我怀揣那枚牵牛花蒴果往山下走时，我又听见老女人说，这是最后一枚牵牛花蒴果了。我赶紧回头，朝她置身的地方看。但老女人已经消失，我只在那个地方看到一堆灰败的落叶。

我不知道老女人为什么那样说，难道她真的老了，已经无法再为后来者提供牵牛花蒴果？或者这个山林也同样老了，已到达不再需要牵牛花蒴果的时候？但不管怎么样，如果那句话真是老女人说过的话，那我就是这个世界上最后一个幸运的人了……

## 1

清明过后，随着一阵阵南风吹过，天气不断变热，先前稀疏的树枝被急剧涌出的叶片披满，山野里又呈现出绵延的绿色。麦苗越来越高，正是拔节出穗的关键时候，天却透出旱象，一连两个月没下过雨，麦苗的叶片开始打卷。好在鱼人河里有水，人们相帮着将水引来，分灌到各家麦田里。岫姑和大山浇完自家的麦地，大山又去给别人帮忙，岫姑疲惫得不行，只好坐下来歇息。

长河逃走半个月后，岫姑身子突然有了异常变化，胃里一阵阵上翻，似乎要呕吐，但又不能吐上来。岫姑先还不怎么在意，以为是被奉靖缠磨的，歇息一下就好了。可一连几天，那种恶心的感觉一直伴随着她，这才不得不警惕起来。难道是怀上孩子了？念头一起，岫姑便吓了一跳，旋即便又摇头，不会吧，她连一点准备都没有，怎么就怀上了？这时慧娘又到静松寺去住了，家里只剩下她一个人。岫姑无法把疑问说给他人，便自己到镇医院偷偷做了检查，结果正如她的预料，她的确是怀孕了。岫姑悄悄抚摸着肚腹，不禁想到长河，天哪，那个让她肚内有了孩子的人如今在哪里？此后的日子里，岫姑格外留心打听长河的消息，一有空闲，就坐到屋门口，注意朝篱笆墙外望，朝远处山路上望。她希望长河得到消息，偷偷回来看她一下，哪怕只看一眼就离去，她也便知足了。可她不仅没望到他的影子，而且连他在什么地方都不知道。大山托乔木几个经常外出的人打听，也没带回多少有关的消息。长河究竟在哪里？这个狠心人居然连一个口信也没捎来，恐怕早就连家，连慧娘和岫姑都忘到脑后了，当然更不会想到，在岫姑肚子里居然还有他的孩子。岫姑又想起他上次外出时赏通说过的那些话，怕是他真的已经忘记家人，在外面和奉靖过起了花天酒地的快乐生活。一想到这些，她眼前就一阵阵发黑。

岫姑拖着一脚泥泞走出麦田，挺起越来越大的肚子，慢慢走上回家的路。布谷鸟咕咕叫着从头上飞过，远处的灌木里也不断有野兔跑出。村头那片刺槐树都开花了，白色的花朵蓊蓊郁郁像大团云彩，快要将屋舍遮挡住了，一群群小蜜蜂在上面盘旋。岫姑张大嘴巴，大口吸吮甜润的刺槐花气味，阴郁的心情才明亮些。在家门口，她稍稍停了一下。篱笆墙上的牵牛花也爬出新的藤蔓，却并不茁壮，藤蔓和叶片透出灰头土脸的模样，倘是往年，早该有花朵开放了。岫姑触景生情，酸甜苦辣各种滋味又一起涌上心头。

进到院子里，岫姑大吃了一惊。那个从这里离去许久的女人，此刻正坐在门台阶上，直直地迎着她看。天哪，她怎么又回来了？看上去，奉靖脸色灰暗，表情疲惫，眼神麻木，与原先锋芒毕露的样子相比，简直判若两人。她怎么变成了这副样子？岫姑迷茫之余，突然生出不祥的预感，别是出了什么事吧？她急慌地在心里问，是谁出了事？奉靖？还是长……

奉靖，你……怎么回来了？

岫姑一开口，奉靖才活动一下身子，眼珠转转，像是由石头变成了活人，神情也恢复成往日的模样。岫姑看出来，这还是一个刁蛮的女人。

我为什么不能回来？这里也曾是我的家呀。

奉靖回过头，朝那间她住过一天的房子打量，看到房内变了样子，神情有些迷惑。岫姑明白了，看来在这段时间里，她真的和长河待在外面。

奉靖，长河在哪里……

哟，看你还一心一意挂念着他，可人家想你么？

我不管他怎么样，我只是要知道，他在哪里？

这个我会告诉你的，你先给我说，我住过的新房怎么没有了？你拾掇了？还是大山……

不是，都不是。

那是谁？

怎么奉靖，你还要回来住？你不是说过，你不再缠着大山了？你和他没任何关系了？

放心吧，我已把大山还给你了，我说话算数，我也决不会再住这间屋子。我只是好奇，你精心准备的那些结婚用具弄到哪儿去了？别是搬到你自己屋里去了吧？

奉靖，也许你想不到，那些东西都被你爹砸坏了。

什么？我爹？砸坏了？我不信，我爹怎么会砸这些东西？你别是败坏我爹吧？

不信你可以回去问你爹。

我爹砸这些东西干什么？真是老糊涂了，这不是断我的后路么？先前他还说，我是注定要在这个院里……

奉靖，你还没告诉我，长河在哪里？

岫姑，我怎么觉得你的肚子大了？咦，你还真的……不会是我看花了眼吧？

奉靖，别打岔，告诉我……

岫姑，想不到你和大山这么快就……

住嘴，奉靖，我也明明白白告诉你，我是怀孕了，我怀的是长河的孩子，是我自己丈夫的……

行行，就算是长河的，反正这事也与我没什么关系。在我印象里，长河对这事也并不怎么上心……

那还不是让你闹腾的？

这么说也对。行，岫姑，你还算有这个本事，结婚这么些年，终于让长河给你鼓捣上了，不像我，白白忙活一场，到底也没……

奉靖，这样不是更好么？你的日子还长，往后不一定非缠在长河身上……

对，你说得对，我以后就不会再赖在长河身上了。

奉靖，你话里是不是有话？快告诉我，长河是不是出事了？

岫姑，我看出来了，你对长河还真的十分挂念……长河这个王八蛋也是，家里有这么个疼你爱你的人，你还在外头折腾什么？

奉靖，你快说……

岫姑，看来我真要和你说了，不过，你心里要做好准备。

他到底怎么啦？

长河出去躲债后不久，就被骗进了盗窃团伙……

岫姑大吃一惊，天哪，她无论如何没想到，长河竟然……她一把抓住奉靖的手，一个劲儿摇晃。

奉靖，这是真的么？你怎么不看住他……

我找到他时，他已经加入进去了，却还背着我，所以我也不知道他在干什么。每隔个十天半月，他就拿回一把钱，一有了钱，就花天酒地，胡吃海喝，一口气把拿来的钱折腾干净，再出去弄钱……

他是怎么弄的钱？

我不是说过了，他加入的是盗窃团伙，他那些钱也都是偷盗来的呗。

天哪，他怎么能……

本来他也不想干这个，却稀里糊涂被骗进去，再想退出来就晚了。那些人三天两头找他，躲都没处躲，他们威胁他说，如果不干，就把他杀了……

天哪……

哎哟，你把我的手抓疼了。

对不起，奉靖，我……害怕……

你离我远点，我讨厌你的大肚子。

奉靖……

岫姑，咱还是长话短说吧，我也懒得再和你费口舌，我还没回家哩，我的肚子都饿了。

要不要我给你做点吃的？

算了吧岫姑，等你听完我的话，你就巴不得立即赶我走了，用不着做这种高姿态。反正我也没办法帮他什么，再说，长河也巴不得跟人家捞好处呢。

那他现在怎么样？

现在？先说前几天吧，他那些同伙突然来了胆子，偷偷摸摸到街上去偷汽车。他们是头一回搞这么大的东西，不知是没经验还是没运气，刚撬开车门就被巡街的警察逮住了……

天哪，那还不……

看你的样子，好像料到长河要被逮住似的？

我觉得他早晚要……

不瞒你说岫姑，我听到他被逮住时，也这么想过。唉，原本是跟他到城里闯世界呢，没想到却……他太没本事了，我真是看错了人……

奉靖，你这才算看清了他。

警察抓他走后，又来搜我们住的地方，还把我也带进派出所，一连审了两天一夜……我差点出不来了……

奉靖，他被关在什么地方？听说没听说，人家要把他怎么样？

这还用说，肯定是要判刑的，弄不好，你肚子里的孩子就看不到他爹了。

奉靖你说什么？

你还没听明白？长河这一进去，恐怕就出不来了。

啊——

岫姑晃摆一下，眼前突然一黑，就软软地倒下地去……

## 2

尽管岫姑没主动开口，大山还是很快知道了长河的事，立即聘请来律师，并筹好一笔钱款，一次次进到城里，又是找熟人又是托关系，为长河的案子周旋打点，光钱就花出去一两万块。本来饲养场刚走上正途，年前处理掉第一批穿山甲，替长河还上几宗大额的欠款，饲养场也扩大了规模，按大山的说法，再过两年时间，就能把长河欠下的债务全部还上，那时他就可以堂堂正正回家来。可没想到，他却……大山不想放弃最后一点希望，又咬牙卖掉几只还没长大的穿山甲，做好最后一搏的准备。

终于到开庭的日子了。一大早，大山就和律师乘上公交车，匆匆赶往城里。岫姑则来到饲养场，替大山照顾穿山甲。由于肚子越来越大，她活动起来有些不便，费了好大劲，才将食料拌好，再吃力地端进棚舍，一一添加到池子里，然后直起腰来，一边喘息一边等它们吃。穿山甲们抬起圆长的头颅，朝她打量一会儿，又回过身去，没有一点吃食的意思。岫姑觉得奇怪，刚才还听见它们饿得呜呜叫，怎么这会儿却不吃？莫非她来晚了，可按照大山的嘱咐，现在正是它们进食的时间呀。岫姑有些紧张，这些穿山甲可是稀有动物，每只都值很多钱呢，大山在它们身上倾注不少心血，要是有个三长两短，她可怎么向他交代？可她想遍所有法子，也不知该怎么让穿山甲吃食。棚舍内阴暗潮湿，空气中还飘有一股难闻的腥味，有几次，她差点呕吐上来，实在忍受不住，才走出棚舍，坐在门口，呆呆地朝远处望。这时，岫姑又想到自己的身世，那个从瞎眼奶奶嘴里传出的故事。难道我真的原本属于山林？她在心里问自己，继而激动地往下畅想，如果有一天，她真像大山这样居住到山林中来，不是一件更为美好的事么？岫姑站起来，平生头一次产生了真切冲动。

快到晌午时，岫姑看见一辆红色机动三轮车朝饲养场驶来。日光照在车身上，鲜艳的光彩四散开，快要将整个院子照亮了。岫姑觉得奇怪，是谁到这里来？这种三轮车，她还是头一回见到。三轮车停在院子中，从上面跳下一个姑娘。姑娘打扮朴素，一身灰色工作服，衣角上沾着尘土；但她分外精神，尤其是从车上跳下的姿势，干净利落，没一点拖泥带水的感觉；她朝岫姑走来时，步伐坚定有力，不禁让岫姑想到“飒爽英姿”几个字。岫姑觉得有些面熟，特别是那双黑乎乎的毛眼睛，似乎在哪里见过，却又一时想不起。姑娘朝她打量一眼，便要朝棚舍里走。岫姑急忙拦住她。

你……找谁？

我找大山哥呀。

那你……

你是岫姑嫂子吧？你不认识我了？

是呀，你是……

我是萩曳呀。

噢，是萩曳呀？瞧我这眼睛笨的。

岫姑恍然大悟，原来这个精神抖擞的姑娘就是萩曳，才几年不见，就长成美丽的大姑娘了。一霎间，岫姑想到当年和大山在篱笆墙下种牵牛花的情景，那时，她种下丁丁、佳佳等牵牛花精灵，而大山却种下一棵萩曳。如今，这棵萩曳成熟起来，并且又来到大山身边，究竟要给他带来什么呢？

萩曳，你可是越变越好看了。

哪里哪里，与你相比，我就差远了。

嗨，还说我？我都快老了，看看这身子，丑得不像样子。

哪里，女人怀着小生命才叫漂亮呢。

看你说的。

真的，女人只有生育了孩子，才算是成熟女人，成熟还不美么？就像花朵，只有开放，才真正美丽呢。

往下可就要过气了。

不用怕，反正每个女人都有这一回。

萩曳看着她，眼神里流露出一丝羡慕的意味。岫姑没想到她会这样看自己，阴郁的心情也明净起来。这可真是个好姑娘，与她说几句话，岫姑就感到快乐，也便一下子喜欢上了她。

萩曳，你不上学了？

不上了，都二十多岁的人了，再上就上老了。

前一阵子，还听你哥说你学剪裁的事呢。

是呀，是想学一门手艺，将来也好挣碗饭吃。不过眼下，我哥的饲料厂缺人手，就先给他帮点忙吧。

看你干得多带劲呀，真让人……

嫂子真会说话，你又没见我干活，又怎么知道我干得带劲？

不用见，光看你这副清清爽爽的样子，就知道你干得不赖。

你也这么说，我以为光大山哥这么说呢。

大山……

对了，你怎么在这里？大山哥呢？

他到城里去了，我来帮他照料一下穿山甲……噢，你这是来给他送饲料的吧？他不在，这可怎么……

他不在没关系，我给他卸下来就是了。

你卸?

啊，我卸。

莜曳调皮地朝她一笑，走回到三轮车边，麻利地解开拢住布袋的绳子，打开后厢挡板，抓起一个布袋，摆端正，把肩膀凑上去，顺势一扛，布袋就上了肩头。岫姑呆呆地看她，真难以相信，一个才长大的女孩居然就扛起了一百多斤的布袋。莜曳迈开腿脚，悠悠地朝屋里走去。布袋在她肩上不打晃，不颠动，岫姑只看一眼便明白，这女孩已是干活的行家里手了。不到一刻钟，莜曳便把一车厢饲料卸下一半。岫姑以为她会撑不住劲，让她歇一歇，可莜曳还是一个劲儿朝下扛，也并不显多么吃力，腰板挺直，腿脚生风，只是在扛最后几袋时，脸上才浸出汗水，气息也有些粗重。这实在是个要强的好姑娘。岫姑想上去帮一把手，可又不知道该怎么帮。莜曳也真的累坏了，卸下最后一只布袋时，顺势坐下去，使劲往外喘息。岫姑赶紧把一条毛巾递过去。

莜曳你真不简单哩，要是我，恐怕连几只布袋也扛不下来。

嫂子当然不行了……噢，我是说，你不是正怀着孩子嘛。

嗨，就是不怀孩子也不行呀。

我这也是练出来了，刚开始，我也扛不了几布袋。家里人手少，我哥会过日子，凡事都精打细算，怎么也不肯多雇几个帮工，家里人只好亲自上阵，先前是我嫂子，现在又轮到我了。

你哥怕是省着给你置办嫁妆呢。

我哥还真是这么说来着。

莜曳脸腮不禁红起来，原本就十分俊美的模样更显得俏丽。不知为什么，岫姑又想到人山种那棵莜曳牵牛花的情景。莜曳把毛巾还给她，急快地走出屋去。岫姑望着她的身影，有一种意犹未尽的感觉，似乎还想再和她说些话呢。与过去不同，她这一次见到莜曳，心里才真正有了一个深刻印象，这个浑身透出青春和健康气息的姑娘，不由得让她喜欢，而且还使她怀念起那些已逝去的美好岁月。莜曳走到屋外，去发动她的车子。岫姑站在她身后，目不转睛地看她。

莜曳，你不再待一会儿？也没好好歇一歇。

行了嫂子，我已经不累了。

你要不要喝点水？我给你去倒……

不了，嫂子，我不渴。

那你……去看看那些穿山甲吧，那可真是一些奇怪动物……

望着她过于期盼的表情，萩曳又关上车门，跟她朝棚舍里走来。穿山甲们依旧没吃那些食物，尽管它们很饿，却对食槽里的东西充满疑虑，有的伸长鼻子嗅嗅，又走回去，有的绕着食槽打转，就是不肯把嘴探进去。岫姑无可奈何地摊开手。

它们明明饿了，却不吃我喂的食，我真是一点办法没有……

让我来试试。

萩曳说着，快步走过去。穿山甲们听到她的动静，都伸长脖子朝她打量。萩曳挽挽袖子，便下到圈池里。穿山甲们见她进来，不仅没躲开，反倒纷纷围过去。岫姑觉得奇怪，莫非穿山甲们认得她？又有些不相信，听大山说，这些穿山甲视力微弱，没有辨人模样的能力，可看它们的样子，又分明和她熟悉……萩曳走近食槽，重新摆放一下。让岫姑感到不可思议的是，穿山甲们居然围过去，争先恐后吃起来。萩曳回过身，朝她不好意思地笑笑。岫姑明白过来，是的，穿山甲们的确认得她，也就是说，萩曳已是它们的老熟人……

萩曳开车离去了，岫姑望着她和三轮车的影子，久久回不过神来。是的，萩曳一定是这里的常客，她来给饲养场送饲料，不止和穿山甲们见面，更会和穿山甲的主人相见……从什么时候，他们走到一起来了？岫姑悄声问自己。她不太清楚这件事，却非常渴望知道，渴望知道其中的每个细节。也许这是迟早要发生的事，从他在篱笆墙下种下那棵叫萩曳的牵牛花，不，从他在河里救起不慎掉下水的小女孩那天起，她就一步步朝他走来。难道这不是命中注定的么？而且她与他又是那么般配，这不也是自己一直期盼的理想结局么？但不知为什么，岫姑却没像预期的那样感到欣喜。

岫姑望着雾气缭绕的山野，望着山野里那条细蛇般弯曲的山路，盼望能赶快见到大山，不仅是要得到长河的消息，更重要的是见到他这件事本身。唯有见到那个人，她不安的心情才可能稍稍平复一下。

## 3

岫姑和大山乘坐出租车，快要走出这个城市，才在郊外一个不大的山坡下找到看守所。长河被判刑后，一直关押在这个地方。经过大山和律师的共同努力，长河被判了五年徒刑，与其他同案犯十几年的刑期相比，算是轻的了。明天，他要被押往一个千里之外的劳改农场。在临行前，岫姑说什么也要见他一面，她还有一件事没告诉他呢。于是，大山便把饲养场托付给萩曳，陪她一起到看守所来。

大山帮她办妥见面的手续，岫姑便跟在一个警察身后，往一间装有铁窗棂的屋子走去。屋内又有一个门洞，她一走进去，门板就在身后“咣当”一声关上了。她一下子便体会到长河在这里的感受，心又急快地揪成一团。那个警察把她交给另一个警察，她跟后面的警察来到一面像墙壁的铁栅栏前，在一个不太大的窗口下，摆放着一把磨得光滑的椅子。岫姑小心地在椅子里坐下。窗口里面更加阴暗，墙壁上没一个窗洞，只在房顶装了一只瓦数很小的灯泡，因为吊得过高，光线便显得格外朦胧。过了一会儿，她突然看见长河走过来，赶紧迎上去。长河也看见了她，抬起手，在嘴边舔点唾沫，往头发上抹抹。岫姑知道他是想打扮一下，好在她面前精神一些。在这种地方，他也没改掉注重仪表的习性。可他似乎忘了，那头曾经亮泽的秀发已不复存在。长河也意识到动作的可笑，那只沾有唾沫的手在头上停停，才不甘心地放下。看他尴尬的样子，岫姑止不住心酸，泪水扑簌簌流下来。

长河……

岫姑，你……还来干什么？

岫姑没想到他会这么说，莫非他吃了太多苦头，连话也不会好好说了？这个自命清高可骨子里却自卑的人，在巨大打击面前，一时丧失原本就不正常的心态，变得又有些乖戾了。岫姑似乎又回到许多年前，长河刚来乌龙镇时，也是这样一个性情怪异的少年，后来在她和大山的影响下，才渐渐温和明亮起来，可一旦遭逢磨难，便又……岫姑不禁替他担忧，以如此的心情在大墙里打熬日月，他不把自己折腾坏了才怪。长河脸上又浮起一层笑意，显出玩世不恭的样子。

这样更好，省得他们找我讨债了。

长河，别这样说……

我说的是实话，他们就是想找我都进不来了，我也不怕他们了，这事倒也不坏。

长河，这些你都不用担心，你不知道，大山已把大部分欠款都还上了，过不两年就能……

岫姑还想往下说，可看看他的表情，禁不住停住嘴。长河直直地看她，也许他没想到大山会替他还钱，才感到吃惊？但岫姑很快就看懂他眼神里的含义，是呀，也许她不该在这时提到大山。她想把话题转开，将怀孕的事告诉他。但长河抢过了话去。

我知道他为我做了些什么，没有他，我兴许会判十年……我欠他的……

长河，你也不必这样说……

那你要我怎么说？我把媳妇让给他行不行？

长河，你就这样理解大山对你的兄弟情谊吗？

岫姑不想听他胡说，恨不得立刻从他面前走开。但转念又想，他在这里待久了，心里憋屈，情绪焦躁，就让他发泄一下也好，谁让她是他的媳妇呢？谁让她又怀上他的孩子呢？就算为还没出世的小宝宝，她也要忍受来自他的一切。

长河，别误解别人的好心，再说，我已经……

已经什么？已经和他怎么了？

长河……

行了岫姑，别瞒我了，你们的事我都知道。

长河，你不能听奉靖胡说。

你以为我只会听她的话？我早就看出来了。

你看出什么来了？

哼哼，还用我说么？你心里不比我清楚？

长河，不管你怎么说，反正我是清白的。

清白？呵呵……

长河，咱今天不说这个了好么？

那还说什么？

你就不问一声自己的娘么？

她不是住在寺里吗？就算她回家来，你们也会对她好……

除了这个，你就再没不放心的事了？

对了，还有布鲁克，它没出什么事吧？

布鲁克？

岫姑摇摇头，使劲忍受着，才没朝他吐一口唾沫。长河不知再说什么好，垂下头去，两手抓住窗边的铁条，沉默了好一会儿，才又抬起头，脸上的表情也平静了一些。但岫姑看出来，他平静的表情下面，还隐藏了更多落魄和沮丧。她心里不禁又疼痛一下。

长河，你不要太把这事放在心上，五年时间眨眼就过去了。

你说得倒轻巧，你进来试试？

好好改造，兴许还能减刑……

长河不再说什么，把头伏在窗口上，呜呜地哭起来。看着他突然变脆弱的样子，岫姑也又有了哭泣的欲望。但她尽力克制住了。

长河，这是没办法的事，你就尽管放心去吧，我们还能怎么样？我会等你回来的。

岫姑，你真等我？

我当然等你。

你不嫌我？

长河，看你说的？

岫姑，我可是什么也没有了……

长河抖抖地伸过手，岫姑也急忙把手伸过去。两人的手指隔着铁栅栏握在一起。长河的手像一条饥饿的蛇，握住她的手便不再松开，而且愈来愈紧地缠绕在一起。岫姑的手很快便被他抓疼，脸上却还做出坦然的模样，任他使劲抓着。长河把脸伏到她手上，更加痛切地哭泣。岫姑没见他这样哭过，心里既惊讶又感动，原来他是如此不堪一击？

岫姑，我对不起你，我不该和奉靖乱来……

长河，别说了……

奉靖那个臭婊子，我……被她坑苦了……岫姑，你原谅我，以后我再也不和坏女人乱来了……

那个警察走过来，看看手腕上的表，样子有些不耐烦。岫姑知道时间快到，赶紧把手抽回来。

长河，别难过，到农场后，听管教的话，认真改造，争取减刑，好早一天回来。

你可要等我呀……

我会……

不要和大山……

什么？

我是说，不要真和大山搞在一起……

长河，如果你没有这样的心思该多好？

不是我没有，是你没有才好。

长河，我和你做夫妻这么多年，你还真不了解我，不了解你哥哥吗？

长河又沉沉地垂下头，并且用头顶不住地撞击栅栏，一副心痛欲绝的样子。

岫姑，你难道没看出来？我这是在求你。

岫姑不能再听他说下去，转回身，想就这么走掉。但她只走出一步，又退回来。

长河，我什么也不说了，一切都凭良心吧，我会用行动证明自己的清白，你也要好自为之，照顾好自己……

岫姑，你就这么走了？

我还待在这里干什么？

我的话还没说完呢。

我不想再听。

我都这样了，你还……

我把几件干净衣服和你爱吃的东西都交给他们了，等一会儿他们兴许就会给你……

岫姑，别走，你这个狠心的女人……

在长河的喊叫声里，岫姑一溜小跑朝那扇铁门冲去。那个警察急忙随在她后面，抖着钥匙去开门。直到跑出门来，长河的声音才弱下去。岫姑又急跑几步，穿过外面那个门洞，来到院子里。大山迎上来，看到她急迫的样子，有些吃惊。岫姑唯恐他问什么，低下头，直朝大门口走去。大山只好跟在他后面。

天傍黑时，岫姑和大山回到镇上。公交车还没到停车点，岫姑便招呼停车，但下了车，却站在原地没动。大山知道她心事重重，也没说什么，只是在一边陪她站着。日头沉落到山后，天空中浮起几块黑红的云彩。一群灰鸟从头上飞过，急快地隐到树林里。岫姑呆呆地朝远处望，眼神呆滞空茫。雾气在山野里升起来，慢慢覆盖了山峦、树林、河流，直朝他们滚拂过来。岫姑忽然两腿一软，扑通倒在地下，两手抱住脸面，呜呜地哭开了。大山没来得及扶她，看她如此伤心地哭泣，有些不知所措。岫姑干脆把手从脸上放下，放任自己往下哭。她好像忘记了一切，不知道这是在路上，不知道天就要黑了，只是无所顾忌地哭着，不可遏止地哭着，哭得悲痛而放肆，似乎要将隐藏在心底的所有委屈和哀怨都一点不剩地哭出来。她哭得整个身子都歪倒在地，泪水把一大片路面都浸湿了。大山走到一边，蹲下身，默默地陪伴她往下哭，等待她把这场哭泣完成。

天终于黑下来。大山突然站起身，透过时稀时薄的雾霭，看见一个人影从镇子里跑出来。那个细长的身影背衬才刚亮起的灯火，直朝他们所在的地方跑来。他认出来，这个跑来的人是萩曳。

## 4

给穿山甲喂完一遍食料后，大山匆匆朝家里走去。这些日子，他每天都在饲养场和家之间来回奔走。长河判刑后，尤其在看守所和他见过一面后，岫姑的情绪更加低沉，身子越来越虚弱，再挺着肚子奔忙，实在让大山担心。可他又不好直接向她表示什么，便不时回家来，想方设法分担一些家务。一进家门，大山便寻找活干，先扫完院子，又压下满满一缸水，然后挥起斧子劈柴。随着天气变热，南风里已刮来小麦成熟的香味，眼看就要收麦，以后的活会更多更累，要抓紧把家里的事做好，到时才不会耽误什么。大山将一堆木头劈完，在厨房里码放好，抹去一脸汗水，又动手拾掇割麦的用具。

大哥，你忙多半天了，歇会儿吧。

岫姑把一碗水端到他面前。大山接过碗要喝时，看见水里有种清徐徐的红色，岫姑从来不喝茶，却专门给他沏了茶水，也没说什么，一口气把茶水喝下去，觉得心里凉爽了许多。岫姑拿着空碗走开，大山看着她愈显粗笨的身子，还有几分改变的步态，嘴里又叹出一口气。岫姑眼看就要生产，慧娘却随一帮教友外出云游，不知什么时候归来，而长河则在遥远的劳改农场，更是无法指望……

岫姑，我想把饲养场让给别人。

岫姑没想到他说这个，不禁吃了一惊。

为什么？

我光在外面忙了，家里的事一点也……

家里不是有我么？再说，家里也没什么事……

大山没说什么，只是呆呆地看她一眼。仅这一眼，岫姑便明白了他的心思，看来大山是为她就要到来的生产，才想到这个办法。本来大山也可以不和她商量，就把饲养场处理掉，但他又固执地认定，饲养场并不属于他个人，慧娘、岫姑甚至长河都有一份，所以他必须征得他们的同意。可与此同时，他又不想把这事与岫姑的身孕联系起来，凭他对岫姑的了解，她无论如何不会同意他这样做。

是这样，你看马上就要过麦，到时怕是忙不过来，总得提前做些准备……

嗨，我当是你想到了什么呢，你不用担心，我都想好了，到时请收割机帮咱割麦，既省工夫又省力气，也花不几个钱。

大山不能不承认，岫姑安排得妥当有序，是应该去请收割机，有了机器帮忙，这个麦季就好过多了。可尽管这样，还是不能解决岫姑生产的问题，该怎么向她说呢？岫姑两手不自觉在腹前抚一下，又迅速挪开，手指顺势抓住衣角。

大哥，我知道你的心事，放心好了，到时候，我让我娘家哥哥嫂子来帮我。

可他们……

我知道他们待我不好，可到这事上兴许……

岫姑，那也不是个办法呀。

行，大哥，就这么办吧，反正饲养场不能再有闪失了。

可里里外外还是需要……

大哥，你别说了，不管怎样，也不能把饲养场让出去。这个饲养场可是你这几年的全部心血呀，你付出那么多汗水，忍受那么多孤独……这个家已经耽误你够多了。

岫姑，别这么说，这几年我过得很好……

你过得怎么样我都知道，你不用瞒我，也瞒不了我。

不说这些了，你不知道，把饲养场让出去，我就不用过那种日子了，我回家来，不是更好么？

这不是你的真实想法，我知道，我知道……

我说的不也很有道理么？

别说了，我知道这是怎么回事，你不用再找这么个理由。不管怎么样，反正我不会同意，我不忍心你那样做……总算把那些动物养大，眼看就要得到收成，怎么能……

岫姑摇摇头，快步走到一边去。大山尽管没看到她的表情，但从她抖动的肩膀上，知道她处在激动情绪里。他实在无法再说下去，又不知用什么方式安慰她，便默默朝院门外走去。在篱笆墙外，大山停住脚，越过在风中摇曳的牵牛花藤蔓，又朝院落里看一眼，一阵前所未有的怅惘在心头弥漫。虽然他刚从那里出来，却分明感到一种留恋，一种对这个院落，对这个院落里的人的留恋。他真不忍心就这么离去，这个院落里似乎有那么多人，那么多事让他挂牵，他多想不再离开，就这么永远留在这里，伸出双手，给他关爱的人尽一分力量。

大山回到饲养场，没开锁便进到屋内，也没觉出什么异常。他坐在凳子上，点燃一支烟，边吸边望门外，眼神空洞茫然。这时，一个影子来到他身后，没等他反应过来，就发出一声叫，然后弯下腰，吃吃地笑开了。大山吓一跳，定住神，才认出是萩曳。

你……什么时候进来的？

我早就进来了。

那你怎么进来的？

这个么，我有的是办法。

萩曳说着，手里举出一把钥匙，上面还系着一根红丝线。大山吃一惊，萩曳怎么会有他的钥匙？看他迷惑的样子，萩曳更加得意，频频晃动那把钥匙。丝线飘起来，在她脸边拂来拂去。萩曳歪起头，朝他调皮地微笑，腮上两个酒窝闪来闪去。大山急忙去掏衣兜，钥匙却好好地装在里面。

怎么回事？你难道会变出一把来？

我当然不会变，那是魔术师的本事，我可没有。

那是怎么回事？

除此之外，我就没别的办法了？

什么办法？

大山哥，看你怎么不开窍？你这会儿脑子想什么呢？

萩曳把另一只手抬起来，在他头上摸摸。大山有些不自在，脸上跟着热了一下。看他尴尬的样子，萩曳又得意地笑。面对她无拘无束的孩子相，大山无可奈何地叹口气，萩曳是个好女孩，大约是救过她的缘故，对他的态度里天然有一种亲昵，一种依恋，有时甚至不管不顾地和他笑闹，搞得他心跳有些快，也有些不安。

萩曳，别闹了，你还没告诉我，你是怎么有第二把钥匙的？

你猜。

我猜不着……

真笨，这么简单的问题都答不上来？兴许哪一天，你那些珍贵的穿山甲就会被别人神不知鬼不觉地偷走了。

这么严重？

怎么不严重？人家都把钥匙配好了，你还不知道。

噢，原来你是配了我的钥匙？

对了，要不我告诉你，大概你什么时候都猜不到呢。

你配我的钥匙干什么？

来帮你的忙呀，你不到棚舍里看看，你的穿山甲这时正干什么呢？

干什么呢？

实话告诉你，你那些宝贝这时正吃得开心呢。

原来你是帮我干活来了？

不错。

大山也不知该怎么表达自己的心意。打心眼里说，他真的感激萩曳，有这样一个人想他，帮他，而且还是一个让他喜爱的姑娘，不也是一件万分美好的事么？他记起前些天，萩曳问起他和奉靖的事，并止不住哭起来。你把我忘了，她委屈地说，你忘了你曾经说过的话。大山这才想起岫姑和长河结婚那天，他在牵牛花藤蔓前和她说过一些话，那不过是几句戏言，萩曳居然当真了，实在让他意外，也让他感动。说心里话，他的确喜欢这个快言快语、热情能干的姑娘，如果有这样一个人在身边……但他又不敢往下想，萩曳毕竟比他小许多，他一直把她当小妹妹看待，真要朝这件事上考虑，他还有不小的顾忌，再者，每当产生这种想法，他便不由自主想到岫姑，对萩曳的想法就悄然淡去许多。所以，他怎么能明确表露对她的感激？看他又沉默起来，萩曳有些失望，但旋即又把这种情绪抛到脑后，提出让他带自己去河里游泳。大山吓了一跳。

什么？游泳？

放心吧，不会再让你救我了。告诉你，你现在不一定游得过我呢。

看来你学得很好了？

好不敢说，反正不会再淹着了。怎么样，去试一试？

大山急忙摇手，这大白天的，自己带一个女孩子下水，不定要被人怎样笑话呢。萩曳撇撇嘴，神秘地一笑。

那好，不游泳也行，你得答应我另一件事。

什么事？说吧。

让我来帮你照料穿山甲。

大山有些哭笑不得，看来他是赶不走这个小姑娘了。

萩曳，你不是要学剪裁手艺吗？干吗不赶紧开个缝纫店？

我哥现在忙不过来，不让我单干。

可你要往这里跑，你哥不是也不同意吗？

这你就别管了，我哥小心眼，凡事都要占便宜，可这件事我不会依他。

哪件事不会依他？

大山哥，你什么都不用说了，就这么办吧。

萩曳说完，就转过身，迈着大步朝屋外走去，嘴里还得意地哼着小曲。大山无可奈何地摇头，慢慢朝棚舍里走去。此刻，穿山甲们正围着那十几只食槽，津津有味地吃里面的食物。萩曳真是不简单，居然自己就学会配拌食料，把这些并不好伺候的动物照料得这样好。别说，有她的帮助，他倒是省下不少工夫和力气，疲惫的身心也能歇歇了。以现在饲养场的规模，他也真该找一个帮工，好腾出更多时间，全身心投入岫姑即将到来的事情中去。可他很快又打消这个念头，即使要雇一个帮手，也不能是萩曳。再说，他不是还有把饲养场让出去的想法么？

夜里，大山躺在床上辗转反侧，眼前不时地晃动岫姑、长河、奉靖、萩曳乃至穿山甲的影子。后来勉强睡着了，可很快又被惊醒，一个骨碌爬起来。望着窗外才刚亮起的天光，忽然意识到或许是岫姑出事了。他抓起件外衣，大步朝山下跑去……

## 5

果然是岫姑要临产了。大山刚跑进院门，就听到她从屋里传出的呻吟声。他一下子停住脚，不知是否该进屋去。正在犹豫间，大山看见萩曳从大门外进来，像是见到了救星，赶紧奔跑着迎上去。萩曳也明白事情的原委，没过多理会他，便急急地跑进岫姑屋里。但很快，她又跑出来，摊开两手，一副无可奈何的样子。大山这才想到，萩曳也还是一个姑娘，哪里又知道这事怎么办？他心里一急，额头上冒出汗水。没等他拿出主意，萩曳又转身跑出院门。不一会儿，大山就听到三轮车开过来的声音。他醒悟过来，是呀，应该把岫姑送医院呀。

萩曳直接把三轮车开进院里。大山朝岫姑屋里跑去，在门口，不觉又停一下。萩曳赶上来，在后面推了一把，他才踉跄着来到屋里。岫姑闭拢两眼，脸上布满汗水，由于疼痛，肌肉有些扭曲变形。看她这种样子，大山的泪水差点出来。他没过多迟疑，抱起岫姑，就朝门外跑去。萩曳相帮着把她放进车厢，开起车子，就急快地朝医院赶去。一路上，大山把岫姑抱在胸前，尽力减少车子颠簸造成的痛苦。岫姑似乎有了莫大依靠，瘫软着身子，紧闭嘴唇，没再发出一声呻吟。在艳丽霞光的照耀下，她脸上似乎还浮出一丝甜甜的笑意。

进到医院后，看到岫姑躺在一张产床上，被护士们推进产房，大山才松出一口气，身子也疲软得厉害，就势靠在走廊墙壁上。萩曳想扶他一把，被他挥手拂开。萩曳吃惊地看他一眼。大山回过头，朝她歉意地笑笑。这一刻，他才感到心里有些烦恼，情绪也难以控制，也许岫姑痛苦的表情让他变得不知所措。萩曳又赶上来，不由分说把他拉到座位前，然后便跑出去。大山坐下来，两手托住沉重的头颅。尽管是在医院，有那么多医生护士在岫姑身边，他还是本能地感到紧张，手心里不断渗出汗水。过了一会儿，他觉到有人拽他的胳膊，扭头一看，萩曳已经回来，手里提着几个塑料袋，里头装有不同的食物。萩曳先把一袋热气蒸腾的包子递给他，见他不接，又从另一个袋里拿出面包和牛奶，使劲塞到他手里。

大山哥，你吃点东西吧。

我不饿，你先吃吧。

你不用担心，有这么多医生和护士，你还怕什么？

是呀，我不怕……

萩曳忽然笑起来。大山不解地看她。

你笑什么？

还记得那一年你救我的情景吗？

你怎么想起这个来？对了，那天你怎么落进河里去了？

这么多年过去，你才想起来问我？

我也是才想起来……

你的心思都用到岫姑嫂子身上了。

看你说的……

行了，不说你这个，告诉你吧，我那天是捞一根牵牛花藤蔓，脚蹬滑了，一下子便栽下去。

牵牛花……藤蔓？

大山吃了一惊，紧紧地盯住她。萩曳使劲点头。

是呀，一根牵牛花藤蔓。

捞上来没有？

还捞上来呢，我都上不来了。

是，看我这脑子……

大山哥，女人生孩子，很正常的一件事，用不着紧张。

见萩曳又把话题扯到这上面，大山有些不自在，站起身子，来回走了几步。

对了萩曳，记得你自小喜欢学习，为什么就不继续求学了？

还求呢，再求就把头发求白了，再说，我也不能老待在学校里，我要赶快回来让你兑现诺言。

让我兑现……诺言？

是呀，你不记得当初对我的许诺了？你说过要等我长大的呀。

萩曳，让我说什么好呢？你很优秀，应该有一种更好的生活，不能这样耍孩子气……

这怎么是孩子气？我从来都是认真的。我知道你很关心岫姑嫂子，这没什么错，可你不该为此牺牲自己，你最终能得到什么呢？

我非要得到什么吗？我什么也不想得到。

没见过你这样的傻瓜，怪不得奉靖……

奉靖怎么了？

奉靖还能怎么呢？对了，你们离完婚了吧？

大山没再说什么，提到奉靖，他又不自在起来，好像那场已过去的婚姻，如梦境一般不真实似的。为了掩饰心里的尴尬，他打开塑料袋，吃下一个包子后，饥饿感却被激发出来，便一连吃了几个。萩曳稍稍吃了点，把剩下的都递到他手里。就在这时，产房门打开，一个女医生急匆匆走出来。大山以为岫姑生产了，赶紧迎上去。女医生上下打量他。

你是产妇家属？

是……

产妇胎位不正，生产不出来，流血过多，恐怕会有危险。

那……怎么办？

只好剖腹了，你们快商量商量，做个决定。

医生说完，又急匆匆朝产房里走去。大山看萩曳一眼，便把头抵到墙上。怎么办？他在心里问自己，孩子生不出来有危险，可剖腹不是危险更大么？长河和慧娘都不在这里，这个主意应该由谁来拿？正在这时，岫姑的哥哥和嫂子也赶来了。大山眼睛一亮，对，这样一件关系到岫姑生命的事情，应该和他们好好商议一下。但灵头听完他的话后，却把眼睛转向了老婆。

你……说哩？

我不管，人家长河都不在这里，你问我有什么用？

岫姑的嫂子瞪他一眼，便甩手走到一边去。灵头朝大山摊开两手，苦笑着摇摇头。

可也是哩，长河都不管……我又哪里知道该怎么办？要不，还是你拿主意吧。

大山张张嘴，没再说什么。看来灵头指望不上，难道真要由自己来做这个决断么？他还没拿定主意，那个女医生又走出来，手里拿着一张纸和一支笔。

你们商量好没有？同意不同意剖腹产？

灵头和他媳妇都掉开眼去。大山又把目光转向萩曳。萩曳咬住嘴唇，使劲朝他点头。大山明白，该是他拿主意的时候了。他没再犹豫，接过医生手里的纸，匆匆朝上面看几眼。但他的视线模糊起来，怎么也看不清上面的内容。没关系，他安慰自己说，把岫姑的生命托付给医生，无论如何都是最好的选择。他又接过笔，果断把自己的名字写上，把它交回医生手里。医生拿着纸回到产房里去。不一会儿，产房的门再次打开，几个护士推着产床走出来。大山和萩曳迎上去，想看一看躺在上面的岫姑。两个护士拦住他们。透过交错的人影，大山还是看见了她。岫姑被一张白被单罩住脸，但眼睛露在外面，所以她也看到了他。在他们目光相接的一刹那，岫姑眼里急快地滚出了泪珠。

岫姑，挺住——

大山脱口朝她喊道。产床被推进手术室去。过了好久，大山还望着那两扇闭合的门板出神。又是萩曳把他拖开，重新按到那张座椅上。时间似乎过得极慢。大山尽管坐着没动，却有一种经历艰难跋涉的幻觉，脸上的虚汗不由自主地往外冒。时针指向十二点时，手术室的门终于打开，依旧是那个女医生走出来，一边朝走廊里看，一边把手套摘下来。大山知道手术做完了，想上去问个究竟，但两条腿不听使唤，使了很大劲都没顺利站起来。萩曳跑过去，很快又跑回来，朝他又是比画又是叫喊。

大山哥，医生说了，大人孩子都平安，而且生下来的是男孩。

大山长长地吐出口气，身子一摇，像被抽去筋络，朝座位下出溜下去……

# 第七章

我怀揣着老女人送我的牵牛花蒴果下山，去找我心爱的女人。在我的想象中，当我把那枚牵牛花蒴果掏出来时，那个属于我的女人就会像久别的亲人一般，不顾一切地扑到我怀里来。仅仅想到这一点，我就激动得想要歌唱。

但一路上，我都没有碰到我所钟情的女人，直到来到山下，抵达了乌龙镇，我才看见一个我所喜欢的女人。那个女人长得真是美丽，不仅身材风姿绰约，而且面庞光彩照人，几乎一看到她的影子，我就认定我所寻找的女人非她莫属。我走到她面前，怀着激动的心情掏出牵牛花蒴果，用双手捧到她面前。美丽的姑娘，我用万分恳切的语言对她说，请接受这枚牵牛花蒴果吧。我知道，只要她把牵牛花蒴果接到手里，我们的爱情就已经成功了。

但出乎我意料的是，姑娘垂下她的长睫毛，匆匆在牵牛花蒴果上扫一眼，便掉开脸去。这是什么东西？姑娘不满地嘟囔说，这个也能拿来送人吗？

我不禁感到诧异，我所中意的姑娘怎么会认不出牵牛花蒴果？我忽然想到，难道她是有意考验我吗？于是，我更加真诚地把牵牛花蒴果朝她手里送，美丽的姑娘，请收下吧，只要你……

我的话还没说完，姑娘就毫不客气地反问我说，请你告诉我，你是大官吗？

不是……

你是大款吗？

也不是……

那你是大腕吗？

我依旧摇头。我根本没听说过这个奇怪的名称。

姑娘更加感到不可思议了，既然这样，那你凭什么来向我示爱呢？

我手捧牵牛花蒴果，不知道该怎么回答她的话。

如果你不想被人笑话，那就赶快把你的手缩回去吧。说罢，姑娘就推开我的手，拧着细软的腰肢急快地离去。

我呆呆地看着她的身影，好久反应不过来。怎么回事？神奇的牵牛花蒴果为什么不再灵验？这个存在世界上千万年的爱情信物已经失去了作用？我仰起头，用困惑不解的目光打量这个让我越来越感到陌生的世界，不知到底是什么地方出了差错？那一刻，我有一种身在梦中的不真实感觉。

回返山林的路上，我又想到老女人说过的话，这是最后一枚牵牛花蒴果……我似乎这才悟到那句话的真意，看来这个世界再也用不到牵牛花蒴果了。望着身边的林木和山石，我实在不敢相信，山林真的已经老去……

1

岫姑出院后，照顾他们母子的担子便落在大山肩上。她娘家嫂子来过几趟，两手抄在袖子里，除去说些假装关切的话外，什么活也没做。大山有些失望，岫姑更是气恼，忍不住说了她几句。嫂子火冒三丈，一跳脚就回家去了。灵头赶紧跑来，才安慰岫姑几句，外面就传来嫂子恶恶的喊声。灵头不好意思地笑笑，便屁颠屁颠地跑回去了。此后，娘家人再没来过。他们是指望不上了。偏在这时，外出云游的慧娘又出事了，不慎从山崖上跌入沟壑，摔折了一条腿，被教友们送回家来。这样，大山肩上的担子便又多出一分。没有办法，大山只好把饲养场托付给萩曳，回家来专心侍候慧娘和岫姑母子。

照料慧娘倒还不难，作为晚辈，只要全心为她做事就行了，其间并没什么不方便之处。可一旦面对岫姑，大山就伸不开手脚，不知到底该为她做什么好，有时急出一头汗来，还不能达到期盼的效果。问岫姑需要什么，她也不好意思向他直说。没办法，大山只好向慧娘讨教，加之揣摩岫姑的心思，倾尽全力边学边干，总算把这段艰难期熬过来。岫姑自然知道他的难处，每次大山做好了饭，不管是否可口，都做出喜欢吃的样子，却吃不下多少。每当看到大山为孩子洗涤尿布，她眼里都要溢出泪水。眼看岫姑的饭量越来越小，孩子啼哭的次数越来越多，大山又把仅有的一只母鸡杀掉，再给她加强一些营养，同时为慧娘改善一下生活。

大山熬好鸡汤后，来到岫姑屋里，看到她正歪在床上打瞌睡。他想退出去，但又看见盖着孩子的褥子耷拉到床边，孩子的小身子露出来。大山悄悄走过去，小心把褥子给孩子盖好，顺势伏下身，默默打量孩子一眼。他从没仔细看过孩子，除了惊奇外，也实在是喜欢，不禁伸出手，想在孩子身上摸一下，但又把手缩回来，孩子正睡着，还是不要惊扰他。大山正要离去，却瞥见岫姑醒来，正定定地看他。大山脸颊有些发热，不禁尴尬地笑笑。

我做好饭了，现在就吃吧。

我怎么闻着这么香？

我杀了一只鸡，给你和娘补补。

大哥，你又……真是让你费心了。

其实，我也照顾不好你，让你……

不，大哥，你照顾得很好，真的，我很感激你，长河和孩子欠你太多……

岫姑说着，眼里竟浸满了泪水。大山有些不知所措。

别说这些了，赶快吃饭吧。

大山赶紧朝外走去。这时孩子哭起来，岫姑抹抹眼泪，回头去抱孩子。大山回到灶屋，将鸡汤盛进两只碗里，先把一只碗端给慧娘。慧娘却不想吃，让他把两只碗都端给岫姑。但大山留下了那只碗，端着另一只回到岫姑屋里。岫姑望着碗里的鸡汤，眼睛又有些湿润。她没再推让，端起碗，很夸张地喝了几口，似乎是有意告诉他，鸡汤熬得实在好喝。岫姑喝过几口，就把碗从嘴边拿开。

你不要光照顾我们，你也要吃一些。

那是……

这些天，你把心思都用到我和娘身上，自己都累瘦了。

没事，我没感觉出来。

你不用老为我们着想，这么些天过去，我不碍事了，这就可以下床了。

岫姑说着，就把腿放下床，匆促地寻找鞋子。大山急忙按住她的肩膀。

别，岫姑，你千万不要动，这才手术一个多星期，还得静养一段时间。

岫姑的身子没再动，但胸脯起伏得厉害，呼吸也有些粗重。大山的手离她的脸很近，她吐出的气息便扑到上面。大山的手臂抖动一下，慌忙拿开了。他的手一离开，岫姑的身子就弹跳起来，两条腿又朝床下伸去。大山还没来得及再去阻拦，她已经下到地上，整整衣衫，便去收拾碗筷。大山赶上去，把碗筷抢在自己手里。岫姑还要和他争夺，孩子被惊醒，大声号哭起来。趁她稍一犹豫，大山捧着碗筷跑出屋去。岫姑抱起孩子，使劲悠荡两下，神情里透出对孩子的怨怒。大山重重地叹口气。看来你要赶快把饲养场让出去。就在这一刻，大山下定了决心。

吃过饭后，大山拾掇完家务，便悄悄出了家门，直朝乔木的饲料厂走去。大山知道，在这些日子里，乔木一直在觊觎他的饲养场，只是不知该如何下手。乔木是个不安分的人，从曾经的村主任父亲担朱那里继承了不服输的个性，凡事都要走在头里，前些年，大山先是承包鱼塘，随后办起轧花厂，都给乔木不小刺激，原本与大山甚至长河不错的关系，也一度变得紧张起来。大山决定这次给他机会，而且不等到他出场，自己主动送上门去，将饲养场让到他手里。一想到要与那些朝夕相处近两年的动物分别，大山心里就有些难过，这可是又要到手的劳动成果呀，那些穿山甲经他精心饲养，都一个个长大起来，如果赶上好行情，可要收获一大笔财富呢。但为了岫姑，为了越来越需要他的家庭，他不能不再一次做出牺牲……大山仰起头，望着阴云缭绕的天空，惆怅却又坚定地叹口气。

大山是头一次到饲料厂来。要说乔木也是一个不简单的人，自从砖窑破产后，他又接连搞过乌鸡饲养、面粉加工等项目，都不太理想，但他不甘失败，几经周折后，终于圈地建起了这个饲料厂。饲料厂的规模不算小，可效益却不怎么样，每月收入还抵不上几只穿山甲的价格，所以乔木的注意力又盯到饲养场上。大山知道，在乌龙镇有能力接管饲养场的人，除去乔木外，还真找不出第二个。和大山的想象差不多，饲料厂果然算不上景气，机器声时断时续响着，厂院里也只有几个人干活。乔木大概知道他的到来，大山刚走进院子，他就从一扇门里现出身，眯缝着一大一小两只眼，脸上浮出神秘莫测的笑。大山四处看两眼，担心会碰到萩曳。与乔木不同，萩曳如果知道他来这里的目的，一定会火冒三丈。乔木又笑了一下。

你放心吧，她没在这里，一早就去城里亲戚家了。

大山吃了一惊，乔木居然看到他心里去，还有什么事能瞒住他呢？乔木把他迎进办公室，随手打开顶灯。与冷清的院景不同，办公室内竟布置得十分豪华，地毯、沙发、电话、老板桌、老板椅等，一般办公室具备的设施和用品都齐备了，不禁让大山想到长河在轧花厂置办的那间办公室，不同的是，乔木还在桌子上安装了一台电脑，摆出一副与时俱进的架势。大山坐下后，乔木拿起电话，对着话筒“嘿”一声，便放下了。不一会儿，门外就进来一个装扮时髦的小姑娘，给他们各倒上一杯茶水，又扭摆着腰肢出去。这情景又让大山想到了奉靖。不知为什么，接下去，他居然还想到了萩曳。大山觉得奇怪，怎么会把萩曳和奉靖联系到一起？乔木把两手放在桌子上，又微笑着看他。

知道么？我一直在等你。

等我？等我什么？

等你来找我呀。

你知道我来找你？

当然。

那你知道我来找你干什么吗？

当然。

乔木把身子仰到椅背上，脸上的表情愈加神秘。乔木如此开门见山说话，不禁让大山有些意外。看来他是打定主意要吃掉你了。大山告诉自己。但接下去，乔木却说起别的事情，一边津津有味地喝茶，一边海阔天空地聊天，刚才那个敏感话题不知被他抛到哪里去了。大山更觉得奇怪，莫非乔木有意延长对手死亡前的痛苦？其实大山并不在乎自己疼痛的感受，他只是没多余的时间陪他消受，慧娘和岫姑母子都在等待他照料。

乔木，别绕弯子了，你就开个价吧。

见大山这么说，乔木也不好再装糊涂。他站起身，在桌前转悠两圈，又坐回到座位上，脸上的表情有些懊恼。

大山，你没感觉出来么？我和先前不一样了。

真的吗？

按说，我真想……你也能看出来，这个饲料厂马上就要……你说我能不想个法子吗？

你的法子不是早有了？现在我又送上门来。

是呀，多好的机会，我既帮了你，又不会落个趁火打劫的名声。

那你还等什么？

我……实在为难呀。

乔木使劲拍一下大腿。大山更加迷惑不解。

为难？好像我来上赶着你似的？

你就是上赶着来，我现在都不好接手干了。

乔木抱住头，样子从未有过的懊恼。大山真是没想到，乔木居然把到手的肥肉推开，这实在不符合他的处事风格，难道他真学乖了？或者只是装装样子？乔木用力跺了下脚。

嗨，实话对你说吧，有人早就警告过我，不许我打你饲养场的主意。

警告？谁敢警告你？

要是别人就好了，在乌龙镇，我怕过谁吗？

那就奇怪了。

李大山，你是真糊涂还是装迷糊？人家为什么替你说话，我正想问你哩。

大山想了想，突然明白过来，除去萩曳外，谁还能让乔木这样心存顾忌？

原来是萩曳为保住他的饲养场，预先对心存不轨的哥哥进行了警告。对于萩曳的好意，大山从心里感激，但这样一来，他不是要被逼到死角里去了？乔木一个劲儿摇头。

天哪，我失去了一个大好的机会。

那我不是也没法子好想了？

看你的意思，你还不领情是吧？人家可是实心实意帮你，换成我，感动还来不及哩。

你不知道，我实在是没办法……

这样吧，我从我这里给你派个帮工，可你得答应我一个条件。

条件？什么条件？

不许你打我妹妹的主意。

乔木瞪着不一样大小的眼说。大山霍地站起来。

请你收回你的破帮工，我不需要。

说罢，大山就掉头朝外走去，乔木居然如此明显地说到他和萩曳的关系，不说对自己，就是对萩曳也是一种侮辱。乔木意识到自己的话不妥，赶紧走过来，从身后拉他一把。

我没忘记你救过我妹妹的命，她一次次去帮你，我也没拦挡，可这件事不能就这样下去呀，外面已经在瞎传了……

传不传那是他们的事，我只是清清楚楚地告诉你，我和你妹妹从来都是清白的。

我相信，我当然相信你李大山的为人。可你也替我想想，我是萩曳的哥哥，从她很小的时候，我爹就撇下我们一家消失不见了，我娘那时体弱多病，根本不管我们的事，我妹妹是跟着我长大的，我要对她的未来负责。

这些我当然知道……

但你不要忘了，我们两家上一辈就发生过一些事情。

这些你都对我说过不止一遍了……

可我还没说，我家实心实意地帮助你家，却落个人财两空的结果，原因就是你家欺骗了我家，完全可以说，你们李家根本不守信用。

这样说未免太言过其实了，我们两个人的事，请你还是不要与上辈人的恩怨联系起来。

但我不想再像我爹一样犯错，俗话不是说么，一个人不能踏到两条河里……

呵呵，你乔木也会咬文嚼字了？

别笑话我，要论文化，我当然不是你的对手……

好了乔木，什么也不要说了，今天这事就当没有发生。

我这么做也不全是为我自己，说到家都是替你着想……

谢谢你的好心，有工夫你还是操心你自己吧。

大山不愿和他讨论这些陈年旧事，徒劳浪费宝贵的时间，便转身大步走出饲料厂。看来这个饲养场的确不能再办下去，不然他和萩曳的关系将越发纠缠不清，可离开可恶的乔木，他还真不知该把它转让给谁。大山快要来到家门口，又掉头朝饲养场走去。萩曳到城里去了，那些穿山甲还需要他照应呢。来到场门口，他却突然站住。透过木栅栏的缝隙，他看见一个矮壮的汉子从屋里出来，手里提着一只木桶，直朝棚舍里走去。大山没见过这个人，为什么来到他这里？他推开院门，远远地喊住他。

喂，你是干什么的？

汉子停住脚，有些茫然地看他。大山走到他身边，上下打量着他。

你是谁？怎么进到我这里来了？

汉子嚅嗫着嘴唇，一副不知所措的样子。正在这时，萩曳从屋里跑出来。

大山哥，我给你找来一个帮工，你看怎么样？

大山这才明白，原来这个汉子是她找来的帮工。但他随即便想到乔木的话。

萩曳，这是不是你哥哥的主意？

倒是受他一句话启发，但人是我自己找来的。

到底怎么回事？

这是我姥娘街坊家一个表哥，名叫慕束，人老实，能干活，让他到你这里来正合适。

你哥哥不知道？

当然不知道，这事与他无关，一切都是我自己的安排。

大山又把目光转向汉子。萩曳也推了他一把。

慕束，这就是大山哥，以后是你老板了。

老……

慕束朝他低低头，有些不知所措，身子还往后退一下。大山看出来，这的确是个老实腼腆的人，看他粗壮敦实的样子，也是一把干活的好手。只是这事有些突然，把他原先的想法全打乱了。萩曳看出他的心思，不好意思地笑笑。

大山哥，没经过你的同意，我就把这件事办了，你不会怪我吧？

哪里……你哥哥要是知道了，会埋怨你的。

这你就别管了。有慕束给你当帮手，你就不会忙得脚不沾地，我也可以分分心了。

大山不由地点头，萩曳说得对，这一段时间，也真是把她忙坏了，有了这个帮工，她也不用再频繁往这里跑。那时候，自己和她的关系兴许就会淡下去，外面那些传言也便烟消云散。看来这确实是个好办法。

萩曳，还是你想得周到……

行了大山哥，客气话你就不用说了。这里的活儿我都教会慕束干了，你尽管回家忙你的事，另外不是还有我吗？对了，人家在你这里干活，你可要发工资呀。

那是当然。

我已经和他说好，一个月五百块钱就行，这可是你的事，我可不替你付钱呀。

大山忙不迭地点头。萩曳把一切都安排妥当，除去感激之外，他还有什么好说？但他又知道，对于感激的话，她不会听他说的。慕束进到棚舍里去。大山从他身上收回目光，又把眼睛转向萩曳。萩曳也正扑闪着一双毛乎乎的黑眼，用热烈的目光看他。大山明白她眼神里期待什么，心里也禁不住滚过一阵热流。他多想张开两臂，把这个好姑娘紧紧搂在怀里。但他咬住牙，抑制住这种冲动。萩曳，我不能，他在心里一遍遍对她说，我不能呀……

2

随着暑热的消退，凉爽的秋天到来。岫姑抱着孩子在院子里溜达。微风吹过，树叶在头顶上发出哗啦啦的响声。她抬起头，看见枣树泛黄的叶片间，密集的枣子已全红了。这一年雨水不大，枣子结得特别多，长得特别大，再加之秋后日光好，也便熟得特别早。岫姑张大眼，望着满树红通通的枣子，脸上的愁容很快消失。她一边悠荡怀里的孩子，一边注视树上的枣子，心里体验着一种丰收的喜悦。是的，枣子丰收了，田里的庄稼和山里的植物也丰收了，天地间的万物都迎来丰收的美好时刻。还有她，这个叫岫姑的女人，不是也把丰收的果实抱在怀里了么？岫姑把孩子举起来，高高地举过头顶，举到枣树上去。孩子背衬着一树红通通的枣子，朝她快乐地舞动手脚。

天过午时，萩曳来了，问大山回来没有。岫姑有些愣怔，萩曳没问大山干什么去了，而是径直问回来没有，想必是知道他到城里去了。一听说大山还没回来，萩曳也不再停留，转身便离去了。看着她的背影，岫姑好一会儿没回过神。今天一大早，大山就去了县城，给长河邮寄过冬的用品。天渐渐凉了，岫姑记挂千里之外的长河，怕他在即将到来的冬天受冷挨冻，便购置几件越冬的衣物，让大山去邮局寄给他。岫姑以为除自己外，没人知道他到城里干什么，但现在看来，萩曳还是了解他的行踪。岫姑站在篱笆墙边，站在那些牵牛花藤蔓后，望着她渐渐消失的身影，明白她又到饲养场去了。几乎从一开始，岫姑就隐约感到，大山与这个他无意间救下的女孩会有纠缠不清的关系，但那时萩曳还小，岫姑没把这事放在心上，但随着萩曳长大，事情越发明朗起来，这个差不多让所有人喜爱的姑娘，一次次出现在大山身边，从她对他的眼神里，岫姑再清楚不过地感到她对他炽热的情感。这不禁令岫姑不安，一种从未有过的紧张感充满心间，这种感觉即使在奉靖嫁给大山时也没如此强烈出现过。岫姑也不知自己怎么了。

日头快要西落，大山还没回来，岫姑也不免有些着急。偏在这时，萩曳又从远处走来，站在那些牵牛花藤蔓前，直直地朝里看。岫姑不禁想起许多年前，自己和大山在篱笆墙下种植牵牛花的情景，看来从那个时刻起，这个叫萩曳的姑娘就注定要进到篱笆院里来。难道她真是一个牵牛花精灵吗？岫姑甚至不无荒唐地想。她心里忽然涌起酸酸的感觉，再看萩曳时，也觉得这个好事的姑娘不再那么可爱。其实，在过去的日子里，萩曳给她留下了很好的印象，这个干练、清爽的女孩不仅长相美丽，而且待人热情，尤其是给她帮了很多忙，当她难产挣扎在死亡边缘时，是萩曳陪伴在身边，每次想起来，她都感动得不行。有几回，岫姑甚至产生了把她娶进家来的念头。可不知怎么回事，当事情果真按她的想法进行时，她却觉得难以承受，似乎这才恍悟到，萩曳之所以对她做这一切，都是因为她是大山的弟媳，也就是说，她是冲着大山才对她好的。岫姑想明白了这件事，像是受到什么捉弄，不禁对她产生了怨怼，眼神里也流溢出些许敌意。

萩曳，你是来找大山的吧？这才半天工夫，你已来过两回了。

萩曳还没觉察到她态度的变化，听她这样说，也只好走进来，想逗引一下她怀里的孩子。可她才伸出手，岫姑就猛地把孩子移开。望着她呆怔的表情，岫姑嘴边浮出一丝笑意。

萩曳妹子，你也老大不小了吧？告诉嫂子，今年多大了？

嫂子，你……为什么问我这个？

听出她话里有话，莜曳有些不自在，脸色一下子涨红了。但只尴尬了一霎，她就镇定下来，咬住嘴唇，像是下定了决心。看她变坦然了的样子，岫姑心里却又一动，莫非自己把她的心里话逼出来了？

嫂子，你坐下，听我给你说。

说什么？

你先坐下，看你抱着孩子怪累的。

我不累，我不坐……

那我先坐下？

莜曳说着，就在门台石上坐下，随即又站起来，伸出袖子，在另一端擦擦，示意她坐到这里来。岫姑避开她的眼睛，目光落到她擦过的地方，不知是否该坐下。这一刻，她多么后悔，马上就要品尝到挑衅别人的后果了。莜曳用难以置信的平和目光看她。

嫂子，我知道你的心情……

别说……

岫姑脱口而出。莜曳的话还没说完，她就明白她要说什么，脸颊瞬间变得火热，无地自容的感觉扑面而来，好像隐蔽在心底的秘密被她揭穿了。她低一下头，随即又抬起来，用哀哀的眼神看她，恳求她不要再说下去。

好吧，嫂子，既然这样，那我只好把我自己的心思说出来。

难道你真的……

是的，我不能不告诉你，我喜欢大山哥，也许仅仅说喜欢还不足以表达我的心情……

你是说，你真爱上了他？

是的，我爱大山哥，从他从水里救我那天起，我就悄悄爱上了他。可我那时还小，又看到……我庆幸他还一直……现在我长大了，我觉得我有权力爱大山哥了。

他那么让你着迷吗？

嫂子，其实这个还用我来回答么？大山哥身上那些美好的东西哪个女人不迷恋？不是连奉靖那样高傲的女人都被他迷得死去活来么？你不知道，我之所以没考上大学，就是因为奉靖……

因为奉靖？

在我就要高考的日子里，我听到奉靖要嫁给大山哥的消息，情绪一下子糟透了，再也没心思学习，就……落榜了……

原来是这样？

没想到，这反而会成全我……回到镇上后，听说大山哥要和奉靖离婚，我高兴得在床上打滚……我庆幸自己没考上大学，这样，我又能每天都看到他了……

你……对他说过了么？

没有……

为什么？

我……担心大山哥看不上我。

你不是奉靖，你是个好姑娘，兴许他会……

这是真的？

萩曳扑过来，捉住她的手，使劲摇两下。岫姑有些愣怔，自己说什么了，居然让她这样高兴？仔细想想，岫姑又不明白自己为什么这样说，难道真是被她的话打动，觉得大山应该娶她？或者说，自己真的以为，大山已经看上她，果真要娶她为妻了？萩曳只高兴了一下，神情又犹疑起来。

只是……他心里还装着一个人……

装着一个人？

岫姑心里又一惊。萩曳拍一下她的手。

嫂子，这话我就不用对你说了吧，你应该比任何人都清楚。其实，这在乌龙镇，已不是什么秘密，谁又不知道……

你别说了……

岫姑又一次脱口而出。她当然明白，那个不是秘密的秘密是什么。她的心脏急剧疼痛起来，似乎被一把锋利的刀子划破了。萩曳在她身边坐正身子。

嫂子，你能不能听我直说一句话？

什么话？

如果你真爱大山哥，就不要做伤害他的事。

你说什么萩曳，我……怎么会做伤害他的事？

你们既然不能走到一起，那你就要给他一个明确的说法，让他真正脱出身来，去寻找他自己的爱情和幸福，而不是相反……

难道我没这样做吗？

这就要问你了，你有没有还对他怀有感情，让他对你充满不切实际的幻想？如果是这样，那你就是害他了。

我……

岫姑想一下，还真不敢给她一个否定的说法。她不能不承认，这个干练泼辣的姑娘说得的确有道理。萩曳又拉住她的手。

嫂子，我不管你从前怎样爱过大山，也不想听你嫁给长河的理由，我只关心我的大山哥，只要他愿意，我会全身心投入他生活里来，你会吗？

萩曳，你是在打击我吗？你觉得我还不够苦是不是？

嫂子，我只问你一句，你真会和他共同生活吗？

萩曳，你这是要杀死你嫂子吗？

岫姑悲伤至极，身子一阵摇摆，差一点歪倒在地。萩曳赶紧扶她一下。她没想到岫姑会有这样激烈的反应，眼神里不禁充满歉意。

嫂子，我只是把我的心里话说出来，真没想伤害你……

别说了萩曳，我明白你的心思……

嫂子，我对大山哥的感情，兴许比任何人还要深厚。你不知道，为了阻挡我和大山哥的来往，我哥已痛骂过我好几回，并且逼我到城里我表姐那里做生意，可我早就打定主意，不管我到哪里，我都要嫁给大山哥。

萩曳，你真是个痴情的好姑娘，我要是大山，听了你这番话也会动心……

也就是说，嫁给大山哥，我还是有希望的？

当然有……

岫姑说着，眼里也流出泪水，她真被萩曳的真诚和勇敢打动了，比照自己，萩曳才是值得大山全身心疼爱的人。

嫂子，谢谢你这句话。

萩曳朝她深深鞠一躬，又在孩子脸上使劲亲一下，便转回身，蹦跳着往外跑去。这时，日头正在朝山后落，天边浮动着绚丽的霞彩。萩曳的身影像一只快活的小鹿，直朝那片霞彩里跑去。岫姑站在篱笆墙边，呆呆地望着她消失的地方，望着那片越来越美艳的霞彩，心里忧伤得难以自持。

鸟儿们一群群从远处飞来，在枣树上绕过一圈，又纷纷飞去，只有少数几只留下来，栖息在红绿相杂的枝杈间。岫姑从树上掉回头，又把目光望向院外的远处。雾霭正在山野里弥漫，刚才还十分艳丽的霞彩已变成灰色的云团。天就要黑了，大山怎么还没回来？不知为什么，这一刻，岫姑从未有过地想念大山。她恨不得即刻就看到他，哪怕只是一个朦胧虚幻的影子，好像如果现在看不到，以后就再也没机会和他见面了似的。她把熟睡的孩子放回屋里，又来到门口，朝着远处眺望。终于，她看见一个黑色的影子从雾霭中浮出，越过蜿蜒起伏的山路，朝她的篱笆院缓缓走来。大山——岫姑在心里叫喊一声，泪水夺眶而出……

3

在大山吃饭的过程里，岫姑一直躲在灯影里，默默无声地看他。她从未像今天这样专注地打量过他，即使在他无奈娶奉靖时，她也没对他给予如此深切的关注。她已感觉到，过不几日，这个在她面前大口吃饭的男人，就会像影子一样消失，而很难再回到她身边，像现在这样吃她做的饭。她想不明白，乌龙镇为什么就有萩曳那样一个出色的女人？但反过来说，正是这个女人才真正配得上大山，也可以说，大山一直苦苦等待的女人怕就是她了。这对大山来说，何尝不是一件万分庆幸万分美好的事？可岫姑为什么觉到前所未有的悲伤呢？难道她真还对他怀有深切的爱恋么？想到这里，岫姑的脸就火辣辣热起来，赶紧低下头去。好在大山只顾吃饭，没注意到她神情的变化，她才稍稍松口气。

岫姑一味沉浸在心事里，很长时间过去了，她还捧着碗发怔，没有吃下去一口。大山觉到她神情异常，从碗上抬起头，疑惑地看她一眼。岫姑没料到他的眼神，手一抖，碗掉下地去，在她脚前摔碎了。岫姑看着一地碎裂的碗片，一时不知怎么办。大山更觉得奇怪。

岫姑，出了什么事？

岫姑清醒过来，赶紧蹲下身，手忙脚乱地收拾碗片。大山放下碗，也走过来。

岫姑，告诉我，到底怎么回事？

没有……

岫姑感到手上有黏糊糊的东西滑动。大山抓住她的手。

不要动，你的手流血了。

岫姑果然没再动。大山撩起衣服下摆，想给她的手指擦一下，但又怕她疼痛，手颤抖着没落下去。岫姑闭上眼，有些沉醉地呼气，她多盼望时间就此停止，天地间一切万物都消失掉，只剩下她和大山，他们就这样身挨身，手握手，共同去迎接天荒地老，甚至世界末日。但她很快反应过来，抢过他手里的衣襟，使劲在自己手上擦一下，同时把手从他手里抽回，重新伸向地下的碗片。大山退后一步，但依旧直直地看她。

告诉我，发生了什么事？

没什么事，我是无意才……

岫姑又拼着气力笑一下，转过脸，再次把碗片往手里拾，很快两手便被碗片塞满了。大山从门后拿过簸箕，伸到她面前。岫姑犹豫一下，还是把碗片放到簸箕里。大山端着簸箕出去倒，回来后又收拾桌上的碗盏。岫姑没去帮他，只是站在一边发呆。

时间已经不早，大山见她没有再说什么的打算，便到慧娘屋里做过告别后，回饲养场去了。望着他朝外走去的身影，岫姑的心又颤抖起来，萩曳，那个对大山一往情深的姑娘，兴许正在饲养场里等他，只要他一出现，她就会不顾一切扑过去，朝他诉说她对他热烈浓郁的情爱，而大山，大概也会投入那个女人的怀抱……

大哥……

岫姑克制不住冲动，朝就要消失在暗夜里的大山叫出一声。大山霍地转过身，又快步向她走来。岫姑却突然觉到后悔，脸也有些发热。几乎是一瞬间，那种要对他说什么的欲望便水似的流去。

岫姑，你要说什么？

噢，天很黑，你走路小心些……

你就对我说这个？

是……你要走好……

岫姑说完，便退回到屋里，在他还在呆怔时，使劲将门板合拢。她把身子贴在门板后，泪水又一次扑簌簌落下来。走吧，岫姑在心里叫喊，快走。

这一夜，岫姑久久不能入睡，眼睛刚一闭上，便看见大山朝远处走去，隔一会儿，又看见大山从远处走来。有许多回，大山都站在她面前，一副要对她说什么的样子。但他还没说出，便被一个身影挡到后面。岫姑仔细看，是萩曳走上来，面对她朝思暮想的男人，急快地扑过去。但她竟扑了个空，大山不知到哪里去了。萩曳四处寻找，神情迫切而慌乱。那一刻，岫姑真的替她担心……岫姑辗转反侧，把孩子扰得几次醒来，哭声一阵高过一阵。她只好起身来，一次次给他喂奶水、换尿布，折腾得身子疲惫不堪，不禁对他充满怨恨，都是这个孩子拖累了大山，也让她在与大山相处时感到茫然羞愧。但孩子的哭声又提醒她，自己已是个母亲，没资格再对大山抱有什么企图，况且那是个过分优秀的男人，只有萩曳那般出色的姑娘才能配上，自己一个地道的黄脸婆绝不可再对他心存任何幻想。如果你真关心他，岫姑在心里说，那就应该站出来，帮助他实现和那个女人的美好姻缘。几乎想了一个晚上，当窗外浮出一缕白光时，她知道自己该怎么做了，心情也像即将到来的黎明一样纯净圣洁。

岫姑再也不想顾及什么，匆匆做好饭，照顾慧娘吃过后，便抱起孩子，直朝饲养场走去。这是她生下孩子后头一回出门，望着日头下逶迤的山野，望着山野里绿黄相间的林海，她感到从未有过的新鲜，心里也涌起一股强烈的眷恋，好像作为野人的后代，她正走在回归家园的路上，对于那些离别太久的林中万物，她都充满旷大深远的爱意，并产生深情拥抱的冲动……来到饲养场里，大山正和慕东一起吃饭。看到她抱着孩子突然到来，大山有些意外，急忙放下碗筷迎上来。慕东咽下几口饭，知趣地到棚舍里干活去了。岫姑不想再绕弯子，径直和他说起萩曳的事。

大哥，萩曳和你说什么了吗？

说什么？没说什么呀。

大山莫名其妙。岫姑不解，萩曳还没向他表白么？

萩曳不在这里？

噢，听慕东说，昨天傍晚，她就和她哥到一个客户那里送饲料去了。

原来你还没见到她？

是呀，怎么啦？有什么事吗？

岫姑张张嘴，又没立刻说出来，她真不知该怎么对他说这件事。

大哥，你……是不是该考虑一下自己的事了……

你是要对我说这个？

大山想起昨天傍晚的情景，也有些不自在。看他这样，岫姑倒坦然起来。

你觉得萩曳怎么样？

为什么突然说到她？

你没看出那是个好姑娘么？人长得俊秀，待人也热情，还特别能干，更重要的是，她对你……

岫姑，是萩曳让你来对我说的？

不，是我自己……你应该接受她的……

岫姑，谢谢你的好意。

岫姑愣愣地看他，没想到他会说什么“谢”字。大山慢慢垂下头。岫姑也随他的眼光朝下看。大山脚上仍然穿着她做的鞋子，那双鞋子已有些破旧，本来她打算再给他做一双，底子都已纳好，就等上帮呢。现在看来，这双鞋子或许要由萩曳来做了。岫姑禁不住难过起来。如果是这样，她将选择一个合适的机会，把那双鞋底交到萩曳手里。但她旋即又摇头，不，也许不用再多此一举，大山的所有事务都由萩曳自己去办，再也不用她来操心……岫姑鼻子一阵酸楚，泪水在眼里打转。

不知过了多久，岫姑猛然抬头，才惊讶地发现，大山已经不在屋内。他到哪里去了？

4

大山出来饲养场，沿着山路朝远处走去。他走得有些盲目，不知不觉来到鱼人河边，望着奔流的河水发起呆来。他想起那一年，河水比现在还要湍急，就在河边的石头上，那个被他救起的小姑娘醒来，扑闪着毛乎乎的眼睛朝他看。那个片刻间，她看到了什么呢？几年后，小姑娘从牵牛花藤蔓后走出来，睁着更加明亮的眼睛，再一次朝他打量，这时她又想到了什么呢？要说那些时候，他还把她当成一个孩子，还对她没多少感觉，所以才会把她作为牵牛花种在地下，那么现在，当她长大起来并一次次来纠缠他时，他无法再对她无动于衷……但是，在此之前，他曾和另一个姑娘爬上山顶，立誓要找到山神的女儿阿诗玛，那个掌管爱情和幸福的巫女……此后他就再也放不下那个姑娘，尽管在以后的日子里她背叛了自己，那也被他归结为没见到阿诗玛的缘故，而依旧对她念念不忘，并做着不切实际的幻想……为什么会这样呢？他自己也难以想清楚是怎么回事。

大山索性坐下来，一遍遍反思自己和岫姑的关系。在此之前，尤其岫姑嫁给长河后，他是一直回避这个问题的，当乔木一些人向他指出时，他都不客气地拒绝，甚至为此与乔木翻脸，但今天，面对单纯的菝曳的一腔炽情，他不能不正视这件事了。大山忽然想到岫姑一家的奇特身世。在老辈乌龙镇人的传说中，岫姑的先人为躲避寨匪豪绅的逼迫，不得已隐匿莫邪山，成为远离人间的野人，新中国成立后，在政府的召唤下，才回到镇上和大家一起生活。但他们一直不能适应社会生产，也无法接受某些风俗习惯，受到人们的冷眼歧视就在所难免，所以重新回归山林，便成为他们挥之不去的梦想。更为严重的是，这些人还得上难以治愈的社会病，一个个相继死去，只有到岫姑这辈人身上，情况才有所好转，岫姑当然更有她哥哥灵头，逐渐融进人们的生活中来，重返山林的想法才不再强烈。但不知怎么回事，大山却放不下心，总是担忧岫姑会在某一天不辞而别，像她的祖先一样进入山林，从此再也不能与她相见，所以他要千方百计将她留住……大山开始并不以为对岫姑负有什么责任，但一次父亲栓回对他的讲述，才让他意识到肩上的这份重担。栓回告诉他，虽然自己一家没欺压过岫姑的先人，但在许多许多年前，谁又保证自己的先人不是寨匪豪绅呢？沧海桑田，世事轮回，穷人能成为富人，富人也可变成穷人，因此每个人对他人都不是没一点关系的。也许正是受到栓回那番话的启发，大山才不敢对岫姑当然更有身边的几乎所有人，哪怕有丝毫不尽心的地方。

大山似乎想清楚了这件事，又好像还不是那么明白，但他不想继续纠缠自己的思绪，便离开河边，踏上返回村子的路途。经过一片野生的柿树林，枝丫上的果实红得耀人眼目，一些熟透的已掉到地下，空中弥漫着甜腻的气息。大山抬头四望，这才真切地意识到，秋天早就走到了深处，山野间的万物都迎来各自的收获。对这样一个丰收季节，他曾经非常喜欢，并渴望更多地置身其中。但此刻，看着那几枚就要腐烂的果子，他却感觉不到任何喜悦。也许真该到了结的时候了。大山没再多做犹豫，便掉转身，迈开大步朝村巷里走去。

萩曳家坐落在镇东头一个高坡上。大约萩曳父亲担朱是村干部的缘故，即使在小时候，大山也没去过几次。长大后，知道了两家人曾经有过的恩怨，虽然此时担朱已从这个家庭里消失，大山也再不朝那个高挺的院门张望。张家的上辈人都对他极其冷淡，但年轻一代包括乔木却对他热情有加。尽管这样，大山在心理上还是与他们保持一定的距离，当然对萩曳则是另一回事了。大山想不明白，自己怎么就在那个夏日救了张家的妹子？后来还以她的名义种下象征爱情和幸福的牵牛花？难道这一切真是上天的旨意？或者是他不可逃避的宿命？大山摇摇头，驱走这些虚幻荒唐的想法，尽量快步朝萩曳家走，似乎稍一停留，他就没勇气再走下去，一切也便将半途而废。来到高坡上，几只拴在木桩上的羊看着他，咩咩地叫几声，似乎在和他打招呼。大山摇摇头，这么些年过去，乔木还保持着养羊的习性。他举起手，稍稍迟疑了一下，便果断敲在门板上。门板很快打开了，萩曳的母亲迎出来。大山急忙朝她微笑。

大婶，萩曳在家吗？

老太太没料到是他，眼朝他打量一下，表情旋即冷下来。

你找她有什么事？

大山不知该怎么回答。老太太却有些不耐烦。

如果你没事，我可要关门了。

说罢，老太太就要把门板合上。大山急忙用手撑住门板。就在这时，萩曳从屋里出来，一溜小跑来到门口。

娘，别关门，让大山哥进来。

没等母亲做出反应，萩曳就把他拉进门去。大山扭回头，又朝老太太笑笑。老太太朝他瞪一眼。

李大山，如果不是看在你救过我闺女的份上，我不会让你进门。

行了娘，别说这些没用的话了。

萩曳拉着大山，直朝她屋里走去。大山赶紧把手抽回来。萩曳脸红了红，随即又做个鬼脸，率先跑进屋去。一进她的房间，大山就闻到一股淡淡的香味，一种专为女人所有的气息扑面而来。是呀，这便是女儿居住的闺房。这一刻，大山竟然体验了一种迷醉的感觉。他摇摇头，极力让自己清醒下来。屋内很寂静，却没有萩曳的影子，她到哪里去了？

大山哥，你稍等一会儿，我这就来。

萩曳在里屋内喊道。里屋门上吊着一块布帘子。大山认出来，这块棉布正是他轧花厂里的产品。他没想到，萩曳会把他织下的布留下来，而且挂在自己闺房的门楣上。布帘上用彩色丝线绣了图案，是一只刚脱离枝头，正往天空里飞去的鸟儿。大山觉得这只鸟儿就是萩曳，她一定渴望一个万分美好的去处，那么那个去处又在哪里呢？不管怎么说，大山都觉得自己不是那个去处，他不仅不能让她安身立命，甚至都不能供她恣意飞翔。你的天空中连一朵云彩都没有，大山对自己说，你不过只是块存有瑕疵的棉布而已。

过了一会儿，萩曳从里屋走出来。与刚才的形象相比，她显然又经过一番打扮，浑身上下都穿着红色衣服，头发在脑后挽成一个大大的发髻，脸上也略施淡妆，长长的睫毛弯曲上卷，使她本来黑亮的眼睛更加顾盼生辉。望着如此一个美好的萩曳，大山不能不在心里赞叹一声。萩曳两手扯扯衣角，又往头发上按按，一副不好意思的样子。她慢慢走到他面前，与往日不同，没在她和大山之间空出多少距离，而是尽可能挨近他，以至于悠荡的发丝都拂到了他脸上。

大山哥，我知道你要来……昨天过午，本来是我哥去送饲料，可我非抢着去了。送完货，我就在城里逛商店。我几乎逛遍每一家商店，为了什么你知道么大山哥？

为什么？

就为了买这身红衣服。商店里很少有这种红色的衣服，服务员说，这种颜色的衣服只有办喜事的人才穿，所以一般情况下他们不进货。没办法，我便一家商店一家商店地转，最后终于找到了这身全红的衣服……

是吗？

那家商店里只有这一套，我赶紧跑过去，一把将这身衣服抓在手里，生怕它跑了似的……大山哥，你看我穿上这身红衣服，像不像一个幸福的新娘？

萩曳……

大山哥，如果我没说错的话，你长大后再也没到我家来过。但我知道你会来，而且知道你是为我而来，所以我要把自己装扮起来。

萩曳……

我偷偷在家里试穿，被我娘看见，她刮着我的脸说，不害羞，快把衣服脱了……我非常害羞，可同时又一点也不害羞，这真是一种很奇怪的感觉。我把衣服脱了，可又时刻做着准备，只要一看到你的影子，我就再把它穿上……

萩曳……

我不知道穿上这身衣服是不是好看，能不能让你满意？

萩曳，你打扮得很好……

是么，大山哥？我没让你感到讨厌吧？

没有……

那我就觉得……幸福了……

萩曳，你哭了？

你看我像一个幸福的新娘吗？

像……

那你还觉得我是一个小孩子吗？

萩曳，你别哭……

大山哥……

萩曳把脸伏在胳膊上，畅快而淋漓地流着泪水。大山望着这个因觉到幸福而哭泣的女孩儿，心里抖瑟成一团。真的，她果然把自己装扮成新娘的模样，正像她说的那样，她要在他面前做一个幸福的新娘，其实他还知道她没说出的一句话，那便是她要做他的新娘……这一刻，大山心里也像她那样感到幸福，但同时更经受一种难以言喻的忧伤。大山百感交集，泪水也在眼眶间不住旋转。在经历了这种极度的伤感后，他随之便又体会到一种刻骨铭心的疼痛，仿佛一把锋利的刀子在心上无情地划开一道口子，猩红的鲜血汩汩涌出来，像凶猛的大潮一下子淹没了他。

大山哥你怎么啦？你的脸色为什么这么白？你病了吗？

没有……

你看你脸上都出汗了……

没什么萩曳不用擦，过一会儿我就好了。

大山哥你想到了什么？

我没有……

你一定是想到什么可怕的事你能告诉我那是什么吗？是不是我的样子吓住了你？

萩曳不……

你不喜欢我这样？那我就把衣服脱下来只要你高兴我怎么样都行。

萩曳你的样子很好你不用……

那你怎么突然……你总不会不希望我做这个新娘吧？

我……

看你刚才的样了很奇怪也很可怕，你一定在做什么打算是不是有关我和你的事？

萩曳……

大山哥是不是这样你就对我说吧。

大山悲哀地闭上眼。看来不能不去伤害她了。大山对自己说。尽管他知道，此时对这个正沉浸在爱情和幸福中的姑娘做出伤害的举动是多么残忍的一件事，可是为了岫姑为了家人，他不能不举起那把伤人的刀子。

萩曳，你知道我今天是为什么来找你的吗？

知道……

不，你不知道，我今天找你来是要对你说……

什么？

萩曳你也许看到了我的家庭，自从我母亲死后它就出了问题，起初我没怎么在意，由着事情往前发展，才出现今天这种样子，不管外边说好也好说歹也好，说我和岫姑有事也好没事也好，日子就这样一天天过下来而且我也过得很充实……

可总有一天人会老，甚至会走入坟墓，就是长河回来时你的处境不是也很尴尬吗？

但至少现在他们还是那么需要我，所以我不能为自己的幸福耽误他们丝毫。

大山哥告诉我这是不是一个托词？在你心里是不是还挂牵着岫姑？

萩曳我也不知道这与他们的需要有什么区别？

难道你生来就只是为别人活着？人该尽的义务自然要尽但要量力而行你明白吗？就像一棵树木如果身上所有的水分都被抽走它还怎么生长呢？

不管怎么说一条拉磨的驴不敢也无法随意停下来，既然错了就让它错去吧我这一生不想再祈求什么……

这就是你今天来对我说的话？

萩曳……

大山哥你真残酷，为什么你不欺骗我一回也让我在虚幻的想象里多幸福一会儿？

萩曳原谅我……

行了大山哥你不要再说我害怕听到你说什么。

萩曳我对不起你……

我现在不想听这些如果你真为我好就请你出去吧……

萩曳……

你走吧大山哥我还要脱衣服呢。

萩曳……

没等他再说什么，萩曳就毅然转过身，抖动着一脸泪水跑进里屋去……

5

岫姑蹲在河边，把水湿的衣服放到石头上，一下一下地揉搓着。带来的衣服并不多，但她老是洗不完，心里觉得茫然，手指也有些僵硬。她想起昨天上午，大山没等她把话说完，便急着去找萩曳，或许两人已把意思说透，只等选定个好日子办喜事了？一整天，她都在等待大山的回音，可他却一点动静都没有，不过看萩曳那般痴情，想必事情也错不到哪里。慧娘知道这件事后，最初反应与奉靖那次几乎如出一辙，怎么又成了担朱家的女儿？但在念叨几次后，突然意识到那是一个名叫萩曳的姑娘，便很快改变态度，竟然又向岫姑点起头来。一切障碍似乎都排除了，往下便是该为大山和萩曳举办婚礼了，而且按照岫姑的设想，这次一定要比上次办得热闹隆重。岫姑总算把衣服洗完，端起洗衣盆要往家走，却看见大山的帮工慕束朝自己走来。

嫂子……

慕束老远就喊住了她。岫姑一怔，看他心急火燎的样子，像是有什么要紧事。

慕束，怎么啦？

嫂子，你快去看看萩曳吧……

萩曳怎么啦？

她……把她穿的衣服全绞烂了，又去砸她屋里的东西……

岫姑吃了一惊，天哪，萩曳这是怎么了？为什么绞自己的衣服？还砸自己的东西？

慕束你慢慢说，到底是怎么回事？

昨天老板……噢，大山哥到她家去，和她说了一阵子话，后来大山哥一走，萩曳就把自己关在屋里，又是哭又是叫，像受了天大的委屈……

受了……委屈？

我姑姑去推门，可萩曳在里面闩死了，任我姑姑怎么喊怎么敲也不开，只听见里面传出砸东西的声音……等她闹完了打开门一看，天哪，地下全是碎东西，有玻璃、瓷片，还有一块块布条，她把她那身刚买来的红衣服都绞成了布条……

怎么会这样呢？莫非是大山……

后来，她又嚷着……天哪，我真不好意思说……

慕束蹲到地下，两手抱住头。岫姑推他一把。

这有什么不好说的？她又说什么了？

她居然说要嫁……给我……

什么？

岫姑也呆住了，天哪，一向对大山怀有炽热感情的萩曳为什么说出这种话？看来一定是她和大山之间出了差错。慕束把手揭下来，涨红着脸，急急地朝她辩白。

你说她怎么这样乱说？她是那么好一个人，我慕束就是再修二十年也配不上她。我知道她是乱说，可这要传出去，我被人笑话不要紧，她一个姑娘家可怎么做人呢？她这不是成心糟践自己吗？

岫姑点点头。她什么都明白了，昨天，大山如此急切地去见萩曳，并不是去接受她的爱情，而是去向她表明，他们走不到一起去，让她趁早死心……岫姑实在看错了大山，看来他还没放下……泪水一下子从她眼里涌出来。她回过身，朝饲养场看一眼，使劲将头摇了又摇。慕束急得转一个圈子。

嫂子你快想想办法，我知道，其实萩曳是看上了大山哥，可大山哥却……

慕束说不下去了。岫姑转向他，勉强笑一下。

慕束，你别着急，等我先去问问我大哥吧。

慕束平静下来，慢慢朝来路上走去。岫姑也又端起洗衣盆，匆匆朝村里走。不管怎么样，她告诫自己说，你都要说服他，让他和萩曳的婚事办成。

岫姑走进家门，还没放下洗衣盆，就不禁一怔，原来大山坐在枣树下，正对着远处发愣。他似乎没看见她进来，两眼依旧望向某个地方，眼珠却一动不动。岫姑不知道他是否看见了那个地方，更不知道他看着的到底是个怎样的地方，但她可以肯定，他的思绪正沉浸在遐想里，那个供他遐想的地方足够广大，以致把他整个思绪都淹没在里面。岫姑随即又发现，这才一天时间，他的样貌已发生极大变化，胡须拉杂，头发凌乱，灰暗的脸面聚起皱纹，仿佛岁月的风霜突降到他身上，一下子便将他打老了。

大哥……

岫姑心里一阵尖锐的疼痛，禁不住脱口叫道。大山一时反应不过来，面部神经仍然有些僵硬。

岫姑，是你?

大哥，你……回家来了……

岫姑却又不知说什么好，积聚在肚内的话不知该怎么说出口。大山似乎这才意识到身在何处，眼睛四处看一圈，神情渐渐透出些活泛。岫姑心里更加酸楚，这个人不知被情感伤痛折磨成了什么样子。

大哥，刚才慕束来找我，说是萩曳要……

岫姑停住口，想看他的反应再往下说。但大山的表情一如既往，眼皮依旧耷拉，头也没抬起来。岫姑吃不准他是否在听她说话。

慕束说，萩曳要和他结婚……

什么?

大山猛地抬起头，目光一下子盯住她，脸上的肌肉瑟瑟抖颤，面色急遽暗淡下去，呼吸却变得更加急促。

岫姑，你说的……是真的?

见她点头，大山仰起脸，两眼一个劲儿眨动，似乎在紧张地思索什么。也许他想不起来，萩曳要嫁的那个慕束是谁。过一会儿，他才回过神，用不解的神情看她。

萩曳她不应该这样……

是不应该，可她应该嫁的那个人不娶她，没办法，她才把自己随手扔给慕束……

别说了——

大山喊叫一声，用力挥一下手。他被她的话刺激得难以自持，止不住朝她叫喊起来。岫姑的泪水不觉又淌出来。大山呀大山，她在心里说，你既然牵挂着萩曳，为什么又拒绝她，并可能毁掉她的生活呢?大山意识到自己失态，又慢慢平静下来，脑袋和两手都垂下去，像一只折断翅膀的大鸟。岫姑看他颓唐沮丧的样子，心里又一阵疼痛。

大哥，你不该拒绝萩曳……我知道你本来不愿这么做，你是为了……

不，岫姑，这是我自己的选择……

可你这样的选择，却把萩曳给害了……

什么？我害了萩曳？

你想想，你这样把她推给慕束，不是毁她一辈子么？

我把她推给慕束？不，我没把她推给慕束……

可你拒绝了她，她就……

我是拒绝了她，可我没把她推给慕束。

其实这有什么本质区别呢？

岫姑你不能这么说，我拒绝她，是为了让她去嫁更好的人，并没让她去找慕束……

可你就是那个更好的人……

岫姑脱口而出。大山惊诧地看她一眼，随即低下头。

岫姑，我知道你是真心让我去娶萩曳，我也知道萩曳是个难得的好姑娘，可我对她……

或许你不敢正视对她的爱？为什么你到现在还不承认自己爱她？

不是不承认，而是我……

不，你是在欺骗别人，欺骗萩曳，也欺骗你自己。

岫姑，你这不是逼我吗？

你可以不娶萩曳，可你难道连生活的幸福也拒绝了吗？

岫姑又差点流出泪来。想到他经受的苦难和孤独，她心里便刀割般疼痛。

大哥，你不知道，你这样做下去，会让别人受不了……

岫姑，你怎么能这样想？

因为别人欠你太多，如果再这么一直欠下去，别人会觉得今生今世也难以报答……

岫姑，你说的别人不会是你吧？

还能是谁？

岫姑你知道么，你这是在撵我走，让我离开这儿……

如果……

你为什么要这样？

我……快要承受不住了……

岫姑忽然两手掩面，呜呜地痛哭开了。天正在黑下来，归宿的鸟儿飞到树枝上，将泛黄的叶片踩落到地下。屋里传出孩子的哭声。大山看看岫姑，见她没理会孩子的意思，便急忙朝屋里走去。岫姑想喊住他，但还没张开口，他已消失在屋门里。

起风了，刚落到地下的叶片被吹得旋起来，飘过篱笆墙，飘往雾霭缭绕的远处。岫姑抹掉脸上的泪水，又看见那些在暮色里摇曳的牵牛花藤蔓。由于干旱，加之布鲁克的肆扰，牵牛花没开出多少花朵，与往年姹紫嫣红的景象比较，黯然失色许多。岫姑走过去，捧住那些就要衰败的牵牛花藤蔓，心里瑟瑟战栗。她想不明白，当初和大山种下这些牵牛花，是期盼它们能给自己带来爱情和幸福，牵牛花倒是年年生长，花也年年开放，可为什么没让他们得到爱情，收获幸福呢？究竟是哪里出了差错？如果说自己当初选择错误，那受到惩罚的应是自己和长河，为什么大山也要跟着遭受痛苦的折磨？阿诗玛呀阿诗玛，岫姑在心里大声呼喊，你到底在什么地方？如果你真的有灵，那就赶快露出你的真容吧，也许你轻轻地挥一下手，爱情和幸福就会如甘霖一般降临到我们头上……不，不是我们，不是我，也不是长河，而是大山，那个天下最美好却最不幸的人……

慧娘屋里传出一阵响动。岫姑突然意识到，慧娘是在急切地呼喊她了。

## 6

刚吃过早饭，慧娘就要大山背上她，到外面去看一看。大山有些诧异，慧娘从来不是好奇的人，尤其成为佛门居士后，更很少再关注身外事，再说这才憋在屋里不多日子，怎么就要到外面看呢？大山也不知道，她到底去外面看什么，却疑心是与自己和萩曳的事有关，便用眼神询问岫姑。岫姑掉开了脸，似乎有意不理会他。大山不敢怠慢，只好弯下身子，在岫姑的帮助下，把慧娘小心地驮在背上，慢慢走出门去。

慧娘的身子并不沉，本来就是细瘦的人，加之连年吃素，便更加没有重量了，但不知为什么，大山却觉得情况不是这样，似乎伏在背上的慧娘如石头般沉重，禁不住脸上流出汗珠。自从认识慧娘以来，大山还从没如此近距离地接触过，在他的意识里，慧娘一直是个不易接近的人，尽管她来到家里这么多年，还给他一些陌生的感觉，有时甚至让他错以为，自己根本就看不清慧娘的模样，以至于只要闭上眼，慧娘就像一团烟雾一般模糊。对这样一个人，现在突然让她伏在自己背上，大山不自在的感觉不断袭来，又考虑到慧娘的伤势，他动作间便更加谨慎了。慧娘觉察到他的心思，像是安慰似的拍拍他。

大山，是不是觉得我今天有些反常？

娘，不是这样……

要不你还是叫我姑姑吧，记得许多年前，我们曾经说好了的，后来你却还是改了口。

还是叫您娘吧，毕竟您早就不再是姑姑了。

你是一个孝顺孩子，这么些年了，你还牢记着你父亲的话。

我应该这样……

大山顺口说。这一刻，他似乎又看见栓回去世前与自己谈话的情景，是的，许多年过去了，他还没忘记那个场景一丝一毫。有时他也分明知道，那个场景其实是块石碑，或者干脆说，栓回那些话简直就是魔咒，只要它在他脑子里存在一天，他就不会直起腰来，轻松愉快地做人……这当然只是一时的想法，更多时候他却感到，只有按照栓回的嘱托做事，自己才能成为一个真正的人……大山便时常处在这种矛盾状态中，艰难而又孤独地往前走。不知不觉间，大山已背着慧娘来到村外，往下他不知该往哪里去。慧娘告诉大山，她想到饲养场看一下。于是，大山又背着她往饲养场走去。还离着老远，慕束就看见他们了，急忙跑到门口迎接。大山在院落里把慧娘放下，慕束搬过一把椅子，小心地扶她坐上去。慧娘转过头，上下打量着他。

我知道你叫慕束，对吗？

慕束忙不迭地点头，满脸都是惊讶的表情。大山也有些意外，平时慧娘并不过问饲养场的事，自己也没对她提过慕束，她怎么熟悉这里的情况？慧娘在椅子里坐好，朝他们摆摆手。

你们忙去吧，我在这里坐一会儿。

大山安置好慧娘，便和慕束到棚舍里干活。给穿山甲们喂上食料，又清理一下棚舍，大山不放心慧娘，又回到她身边，问她是否看看穿山甲？慧娘还没见过它们，也不禁有些好奇。大山和慕束把她架起来，慢慢搀扶到棚舍内。看着那些摆动大鼻子的奇怪动物，慧娘呆怔了一霎，才回过味儿。

你整天就和它们在一块儿，烦不烦？

不烦。

在这荒郊野外的地方，怎么会不烦呢？

习惯了。

大山随口说，还故作轻松地笑笑。看过穿山甲后，大山又把慧娘扶进屋里，想让她在床上躺一会儿。慧娘摇摇头，重新坐到椅子里。大山站在她面前，不知该干什么。

天不早了，要不我去做饭吧，您就在这里……

还不到做饭的时候，你还是先陪我坐会儿吧。

大山不能再走开，便只好在慧娘面前坐下，虽然与她的距离很近，却由于她坐在暗影里，大山便觉得她神色有些模糊。其实这是他惯常的印象，在与她相处的日子里，他似乎从来没真正看清过她。与他的料想差不多，慧娘果然摆出与他谈话的架势。

大山，你知道这些天我在做什么吗？

我好像看见娘在……做功课……

也是，这一阵子在家治伤，哪里也去不了，便打算把法师布置给我的那些经卷读完……可实话对你说，打算是打算，实际上我并没读进去几页。

您该好好养伤，等身体好起来了，您再……

你该能想象得到，一个人心里不太平，是不可能专心做好一件事的。

娘……碰到什么情况了吗？

慧娘把目光望向屋外，盯着远处什么地方看一会儿，好像在选择更合适的说法。

我在想长河……

长河？您不用担心他，前些日子我去农场看过他了，他在那里……

我不是担心这个，长河是个吃过苦的孩子，他会从那里熬过来的。

那您还有什么不放心的？

我是担心……大山，不要怨我多想，我是担心他和岫姑做不了长久夫妻……

大山吃了一惊，实在没想到，慧娘会对自己说到这个。慧娘的目光转到他身上。

大山，你懂得我的意思吗？

我……

大山，原谅我给你施加这样的压力，不然，你是不会答应娶菽曳进门的……

慧娘抖抖地伸过手，在他肩上按一下。大山突然明白，这个一直为自己回避的话题终于被她揭开了。也许情况不是这样……他想这样回应她，却没勇气张嘴，尽管向她表明什么的愿望极其强烈，却还是不知该说什么。慧娘探过身，又朝他凑近一些。

我看萩曳是个难得的好姑娘，比岫姑也差不到哪里去。

娘，您不要……

这个世界上的事，总有一些阴差阳错的因由，又有几件能符合人们的愿望？可岁月不饶人呢，你这样一味苦守下去，什么时候是个头？

娘……

我看得出来，你心里并不是没萩曳的位置。

娘……

看你老是一个人这样……我这心里也……

娘不用担心，我会慢慢……

可我怎么向你爹交代呢？你一天没成上家来，我就觉得一天对不住他，等哪天我到了阴曹地府里，该怎么向他交代呢？

娘，您别说了……

大山害怕受不住冲动，一头扑在慧娘怀里，失声痛哭起来。他无法再坐在慧娘面前，站起身，掉头从屋里冲出来。他停在院子里，举起泪水婆娑的眼睛，直直地眺望阔大的天空，在想象中将内心的哀伤和委屈一股脑地抛洒出去。不知什么时候，慕束来到他身边，两眼呆呆地看他，一副欲言又止的样子。

大山哥，我能和你说句话吗？

说话？有什么不能的？

你……就娶萩曳吧。

大山又吃一惊，没想到他也说到这个。慕束朝他凑近一步。

我……想和你说清楚……

说清楚？说清楚什么？

我觉得你娶了萩曳，我心里才踏实……

这话怎么说？

要不，萩曳再乱说那些话，我还怎么在这里……

大山明白过来，原来这件事也与慕束相连着。

慕束，你不喜欢萩曳么？

喜欢归喜欢，可我知道我不行。

为什么？

我配不上她，在这个镇子上，不，在这个世界上，兴许只有你最行，如果你不娶萩曳，那可就太不公平了。

慕束……

大山哥，你娶了萩曳后，我就心安了，也就一门心思在这里干活了。

如果我不娶萩曳呢?

那我……也没办法……

慕束说完他的话，好像轻松了许多，又回到棚舍里去。大山望着他的背影，在心里说，这真是一个好人。天真的不早了，大山回到屋里，开始动手为慧娘做饭。他本想做顿像样的饭菜，可搜遍每个角落，也只找到一把香菜，两根黄瓜，倒是还有一捆面条，瓶子里也剩一点点油。慕束不会照顾自己，也有些邋遢，每回到镇子里去，除了买回必需的烟叶，别的总是忘记买。在切菜烧火的过程里，大山又觉到慧娘的目光在盯着自己看，他知道即使转过身去，也不可能捕捉到她的目光。

大山，我不能不告诉你一件事。

娘，什么事?

我知道你们一直想找到阿诗玛……

是呀? 难道您没有找过她吗?

找过，当然找过……

那您找到她了吗?

当然没有……

我还以为您找到过了……

为什么这样以为?

我觉得您和爹都……实现了自己的爱情……

大山不好再说下去，赶紧掉回头来。慧娘收回她的目光，似乎也陷入思索里。过了一会儿，她还是又抬起眼，专注地凝视他。

可是，也许阿诗玛已经不在这个世界上了……

不在这个世界上了? 您为什么这样说?

因为……

什么?

因为长河他爹打死过一个女人，她的名字就叫阿诗玛。

啊?

大山大吃一惊，手指一颤，菜刀的锋刃割到肉上，瞬间，鲜红的血水便涌出来，滴落到案板上。慧娘叫喊起来。

大山，你的手……

大山似乎没听见她的话，也没看见手上的血。他身子一阵发软，两腿一弓，便蹲到了地下。听到慧娘的叫声，慕束跑进来，惊慌地把他拉起来。大山有些站不稳，尽管有慕束搀扶，还是把身子伏在案板上，好长时间没动一下。

这是真的吗？

是……

可她肯定不是阿诗玛。

我也希望她不是，可……

真的阿诗玛是不会被打死的。

但愿是这样……

慧娘又点点头。吃过饭后，日头已经西斜。大山又背起慧娘，离开饲养场，慢慢走上回村子的路。经过一片小树林，慧娘让他停下来。树林后是栓回的坟地，她要去凭吊一下。大山想背她过去，但慧娘执意下来，自己扶着树木慢慢移过去。她在草地上坐下，伸长手臂，往坟丘上一下下拢土，脸上浮满哀伤悲戚的神色。大山知道，她一定又想到栓回生前的一些事，那是一些让她悲喜交加的事情，她品味着它们，或许在欣慰的同时还体会到一种哀怨愁绪吧？大山不想让她一味沉浸在这种情绪里，便又背起她来，大步朝回路上走去。

还离镇子好远，慧娘的手就在他肩上按一下，似乎示意他什么。大山抬起头，一眼便看见高坡上那幢颇为高大的建筑，是萩曳家的房屋，也难怪，萩曳的家就矗立在村头，而且在路边，自然抬眼就能看到。望着萩曳家的房子，大山呆愣一下，似乎明白慧娘的意思了。

娘，您莫不是还让我到那里去？

我的意思是，你背我到张家去。

大山有些意外地张大嘴巴。

什么？您要亲自去张家？

是，我要让他们把萩曳交到你手里。

可……我听他们说，您和张家曾经发生过不愉快的事……

是呀，说起来，是我对不住乔木他爹，那个叫担朱的老混蛋，但直接的原因，还是你爷爷奶奶从中作梗，不让你爹和我……才拿我当赌注，去打人家担朱的主意，可担朱是什么人？我们能是他的对手吗？要不是我心一横离家出走，怕是就真的被他……

可这样一来，就给您自己的生活造成了大麻烦，以至于……

谁说不是呢，想到我在七里坉过的那些日子……真是不堪回首呀……

您怨恨过我爹他们吗？

怎么会不怨恨……阿弥陀佛，现在我已是入了佛门的人，是不能再说恨那个字的。

现在您为我的事，却主动去进张家的大门，您不觉得为难吗？

那有什么办法？我已经想了好几天，看来今天我不能不低这个头了……

娘，我劝您还是不要去，一切都交给我自己去处理吧。

交给你自己？我能放下心来吗？

这个……

好了大山，什么都不要说了，你就把我背到张家大门里去吧，我不信他们还能吃了我不成？

娘，都是我不孝，让您……

这不是你的事，如果要追究的话，就让那些早就入土的人来负责吧。

如果他们不给你这个脸面呢？您可就……

那也没什么关系，就当我的老脸再结一层茧子，娘都是黄土埋半截的人，还怕他们让我出不了那个门？

尽管听慧娘这样说，大山依旧不能迈出脚去，他怎么能为获得自己的爱情和幸福，让慧娘去冒受到污辱的风险？慧娘见她不再往前走，身子便使劲挣扎，试图从他背上出溜下去。看来慧娘执意要去萩曳家了。大山正不知如何是好，忽然看见一个人影从那个院落里出来，愣怔一下后，突然朝他们飞跑过来。大山认出来，那是萩曳。

大山哥——

还离着老远，萩曳就发出响亮快乐的喊声……

# 第八章

闲下来的时候，我会阅读从乌龙镇带来的一本书，名字叫《弃儿汤姆·琼斯的历史》，虽然它是一个叫亨利·菲尔丁的外国人写的，但里面的故事让我觉得十分熟悉，好像又在我们这里发生过一回似的。除此之外，我更多的是回味大伯给我讲的那些本地民间故事，关于牵牛花精灵，关于牛郎和织女，关于山神及万物的魂灵，关于巫女阿诗玛……那是乌龙镇里的故事，更是莫邪山里的故事。

在山林里，这样的故事每天都在发生着，所以后来并不再需要大伯讲述，而是由我自己去经历，去体验，我便有了更多类似的神奇故事。但无论这样的故事多么多，其实真正影响我的还是上述那几个。于是，我花费一定的时间和精力，对那几个故事进行了整理。我的文化水平不高，不会进行多少加工，而尽量保持故事的原有形态。我把那几个故事分别命名为《精灵》《天仙》和《山神》。对于阿诗玛，因为她一直出没在我们身边，还没最后进入故事中，所以我便没有把她写进去。

我不是那几个故事的作者，远远不是，所以在它们的题目下面，永远不可能出现“李天风”三个字。如果说那三个故事有作者的话，就只能是大伯、母亲还有众多我身边的人，或者干脆就是牵牛花精灵、牛郎和织女、山神及万物自身……

## 1

傍晚时分，大山乘车回到镇上。公交车还没停稳，候在镇头的萩曳就小跑着上来。司机从窗口伸出头，开玩笑说，大山不在车上。萩曳失望地跺一下脚。但随着车门打开，大山拎着一个包裹袋跳下来。萩曳才知道司机在逗自己，赶紧跑过去，伸手接过大山的包裹袋。

你怎么才回来？我都等得不耐烦了。

咦，不是说好三天吗？我可一点时间没耽搁。

荻曳知道大山说得没错，这次去县里开会，的确需要三天会期，按说三天也不算长，可在她的感觉里，大山却像走了三个月似的。结婚后，大山还没这么长时间离开过她，这回县里组织召开民营企业家研讨会，镇上推荐他去，加之乔木几个人鼓噪，他才去参加了。大山走后，荻曳心里空落得不行，明知他不会这么快回来，还是到站牌下等过他两回，难怪连司机都笑话她了。两个人相随着回到家里。一进屋门，荻曳就扑到大山身上，两手吊住他的脖子，像一头小鹿朝他怀里撞。

你说，想我了吗？

大山脸上有些发红。荻曳才不管这些，越发无所顾忌地朝他身上缠。

说呀，有没有想我？

当然……

当然什么？

大山不好意思说下去。荻曳也不再难为他，两手松开他的脖子，帮他脱下外衣，又捧着一块湿毛巾，在他干燥的脸上擦一遍。只有这样待在一起，荻曳才觉得踏实，不然早就进城，做她喜爱的剪裁生意去了。表姐捎过几次信来，说门面已经找好，只待她哪天过去，商议开张营业的事呢。可荻曳离不开大山，也还没和他商量好，才一次次往后推脱，弄得表姐都有些不高兴了。大山坐到沙发里，从包裹袋内取出一个纸盒，递到她手里。荻曳接过来，打开一看，里面是一双崭新的皮鞋。

这么漂亮的鞋，给我买的？

大山笑笑，没说什么。荻曳把鞋拿出来，先用手仔细摸摸，感受一下皮子在手指下的质感和滑腻，然后才放到地下，把一只脚试着探进去。嘿，还正合脚。她把另一只也穿上，慢慢走几步。鞋底在地上发出清脆的响声，好听极了。荻曳有些停不住脚，任由鞋子带着走几个来回，才站回到他面前。

怎么样，好看么？

当然……

又是当然？

大山又笑笑，回身从包裹袋里拿出一个礼盒，朝她举举，便朝慧娘屋里走去。尽管知道慧娘不在家，可他还是把东西送到她屋去。荻曳看着那个敞开口的包裹袋，迟疑了一下，还是把手探进去，先掏出一辆玩具车和一袋水果糖，随即又捧出一个纸盒，咦，又是一双新女鞋？荻曳有些愣怔，他怎么一下子买来两双？没用细想，她就豁然明白，看来他是给岫姑买的。正在这时，大山回屋来。两个人都有些不自在。

给我买了两双鞋吗？

萩曳故意问道。大山尴尬地笑笑。

看你，明明知道……还……

是她托你买的？

又来了……

我知道，买是应该的，可你怎么没给我说呢？

我不还没来得及吗？

晚了，我都自己拿出来了。

放心好了，我是不会不告诉你的。

萩曳点点头，大山这话倒是真的，自她进到这个家里，他还从没背着她做过一件事。她又把头伏到他怀里。

你以后不能不顾惜你媳妇的感觉。

我没顾惜吗？

那你为什么不支持我开服装店呢？

我没说不支持呀？你要是非去城里开店，我决不拦你。

可不拦就行了？你得和我一起去。

萩曳，你看我能离开这个家吗？

我看能，天风大了，岫姑什么不能做？如果娘不愿在寺庙里住了，我们可以把她接走……

那穿山甲怎么办？

就让慕束他们照应着呀。

是不是你哥又打它的主意了？

瞎说，我哥早就死心啦，有我在这里，他根本不敢再起这个念头。

大山推开她，站起来，往前走几步，又转回来。萩曳直直地看他，知道他心里又在斗争，每说起这个话题，大山就有些为难，甚至反感。尽管这样，萩曳还是不断和他说起这件事。大山猛地抬起头，也直直地看她。

萩曳，告诉我，你是不是……

什么？

是不是……不愿待在这个家里？

看你说的什么呀？

萩曳掉开头，有些不敢看他的眼睛。大山却转到她面前。

莜曳，给我说实话。

你想听什么实话?

你现在的真实想法。

莜曳想一下，在心里说，那就索性挑明吧。她也抬起头，直视着他的眼睛。

那你告诉我，你不想离开这个家，到底是为什么?

还能为什么?你以为我能放得下……

什么?

放得下……这个家吗?

大山，你也给我说句实话，你是不是放不下岫姑?

大山一愣，本能地想掉开身去，却又停住。

莜曳，你为什么这样想?

我知道吗?我经常做一个梦……

一个梦?什么梦?

在那个梦里，我看见你和岫姑一起朝山林里走去……我想喊住你们，但我费尽九牛二虎的力，你们却没回一下头……

我们为什么会丢下你去山林呢?

因为……岫姑是野人的后代，我担心有一天她会离开我们，回归山林，而你会随她一起……

你为什么会做这样的梦?

我也不知道……或许原因要在你身上找吧。

莜曳，你这种想法太荒唐了……

那你来告诉我，你到底先给谁买的鞋子?

这个……我不说你也知道。

我当然知道，可我让你亲自告诉我。

你……真拿你没办法。

大山不愿理会她了，沮丧地坐回到沙发里。看他真要生气，莜曳心又软了，赶紧走过去，不由分说把他抱住，使劲往他怀里扎。

好了，我不再纠缠这件事了，行吗?

听她这样说，大山也长长地出口气，伸出手，在她头上摸一下。

莜曳，你不知道，其实我心里也很害怕……

害怕?害怕什么?

害怕你会真的在乎这件事……

大山……我让你失望了是吗？

大山没说什么，只是微微笑一下。萩曳看出来，他笑里含着一丝苦涩，一丝无奈。萩曳闭一下眼，在心里对自己说，你不要再……这样一个人，你还能让他怎么样呢？

大山……

萩曳举起两手，一下子攀住他的脖子，像一根爬行许久的藤蔓找到依附的物体，随后又抱住他的脸，把喷吐热气的嘴巴贴上去，用力而盲目地亲吻。缠磨一会儿，萩曳又想起什么，从他怀里挣脱出来。

行了，我过去了。

你到哪里去？

还能到哪里去？给她去送你的礼物呀。

那……你去吧。

大山尴尬地笑笑，随手把玩具车和水果糖递给她。萩曳却又返回来，朝他做个鬼脸。

我去是不是不合适？

你到底还有没有完？

大山在她后腰上拍一下。萩曳这才小跑着出门去。

## 2

萩曳把三齿镢拄在地下，抹去额头上的汗水，回过头，看一眼刚刨出的一大片花生。岫姑蹲在后面，把花生棵上的土抖去，拢成一堆，装到不远处的三轮车上。儿子天风在一边玩，不时剥开一颗花生，塞到嘴里。天空中没有云彩，日光十分明媚，将山野照得一片敞亮。树林已由绿变成红和黄，像用画笔涂抹过，显得斑驳陆离，却更透出秋天的味道。杂草也正在干枯，一朵朵肥硕的苞穗在风中摆动，似乎对养育它们的土地进行膜拜。看着这美丽的景状，萩曳心里充满收获的喜悦，身上也又增添力量，将三齿镢高高地举过头顶，使劲刨到地下。一蓬蓬密集饱满的花生露出地面，翻倒在她脚边。没多大工夫，萩曳就刨下小半亩花生。岫姑把车子装满，跑过来拉她一把。

嫂子，是不是该歇会儿了？

等我把这一垄刨完。

你不歇会儿，我怎么……

岫姑有意朝她说。萩叓这才停住手，跟她来到地边一棵树下，坐下来歇息。天风走过来，将一颗花生粒朝岫姑递去。岫姑掉开头。

忘了你伯娘啦？

天风便又转到萩叓面前，将花生粒递到她嘴边。萩叓一把捉住他，搂抱到自己怀里。在她和天风戏耍时，岫姑悄悄朝她的身子打量。萩叓意识到她的目光，脸颊有些热。岫姑却还不放过她。

天风，问问你伯娘脸红什么？

萩叓放下天风，扑过去，把她压倒在地下。两人笑闹成一团。闹够了，互相拉扯着坐起来。萩叓把身子斜枕到她腿上，岫姑则给她梳理弄乱的头发。山野里没一点风，四周静谧得连草叶落地的声音都听得见。她们沐浴在温暖的秋阳下，整个身心都与大自然融为一体。

岫姑，我们商量点事成吗？

这有什么不成的？你说什么事？

以后不要再叫我嫂子了。

为什么？

我听着不舒服。

那也不能乱了规矩呀。

嗨，我才不在乎呢。你看，你比我大，我不喊你姐就算便宜了，却还让你喊我嫂子，我听着真是别扭死了……

嗨，这有什么，习惯了就好了。

都一年多了，我也没习惯过来。

没关系，等你有了……

有了什么？

萩叓愣一下，突然反应过来，坐起身子，伸手去捂她的嘴。两人又笑闹在一起。休歇得差不多了，萩叓便跳上三轮车，将满满一车花生运回家去，岫姑则去收拾刨剩下的花生。路面也愈加好走，去年，大山和乔木他们各出一些钱，把路面拓宽修整了一遍，进山出山都方便多了。来到村头，萩叓遇到了乔木，便把车停下。乔木脸上浮起一层酸酸的喜色。

知道么，大山的穿山甲又卖了好价钱。

我还没听说，你怎么就知道了？

我刚才亲眼看……

你又到饲养场去了？

怎么，我不能去？

我怕大山烦你……

再烦他也是我妹夫。

得了吧你。

萩曳刚要开车过去，又掉头看他一眼。

哥，我可把话说在前头，你少打饲养场的主意……

看你说的，我什么时候打过……

行了，你那点想法我还不知道？

真是一进婆家门，就忘了娘家人，还是和你老公近……

乔木扑闪着一大一小两只眼，故作委屈地说。萩曳没再理他，开起车就向前驶去。卸完花生后，萩曳又把车开回来，见到岫姑，想把穿山甲卖出好价钱的事告诉她，但张张嘴，又没说出来。不一会儿，大山来到地里，一照她们的面，就兴高采烈地说起这件事。

有了这笔钱，我们就可以把饲养场彻底改造一番了。

大山信心十足地说。萩曳和岫姑互相看一眼，也都兴奋得不行。凭着这个并不起眼的饲养场，短短几年下来，大山不仅把长河欠下的债务还完，还有了不少积蓄，为扩大饲养规模，前年又搭建起几间棚舍，并招来几个饲养员，购进一批优质穿山甲幼崽。但由于棚舍简陋，一度影响到穿山甲生长。从那时起，大山就决定将来彻底改造饲养场。

穿山甲被拉走时，慕束难受得差点哭出来。

大山一边说一边摇头。几个人都笑起来。大山挥起三齿镢，到前面去刨花生。萩曳看见他头上有片树叶，想给他拂下来，但他已走过去。她抱着花生棵子去装车，回来时，却惊讶地看见，岫姑伸出手，把那片树叶给他扫落了。望着那片朝地下飘落的树叶，萩曳有些发呆，不禁又想到大山给她买鞋的情景。他们还在互相惦记么？萩曳恨恨地将花生棵子丢到地下。不一会儿，车子便被岫姑装满，萩曳却没去发动车子，而是从大山手里夺过三齿镢，让他去开车。大山没看出她脸上的不快，爬上三轮车，扭七拐八地朝路上开去。岫姑看着他离去的方向，脸上现出担忧的神情。萩曳在心里冷笑道，还是人家关心他呀。她把三齿镢高高地举起来，使劲刨下地去。岫姑忽然跑过来。

嫂子……

怎么啦岫姑？

萩曳毫无表情地看她。岫姑似乎不敢迎接她的目光，微微侧开脸去。有话你就说呀，萩曳在心里对她说，装什么样子？岫姑咬咬嘴唇，下决心似的把头抬起来。

嫂子，你是不是生我的气了？

生你的气？为什么呀？

萩曳瞪大眼睛，故作迷惑地看她。岫姑使劲摇头。

嫂子，其实这一切……你心里比我更明白……

我怎么会比你明白？我明白什么？

你就是不相信我，也应该相信大哥呀。

我倒是愿意相信他，可我相信又有什么用？

嫂子，你只要相信就好……反正不管怎么说，一切都是我的错，怪我一时脑子糊涂，怪我这只手……发贱……

岫姑抬起那只招惹是非的手，狠狠拍打在地上。萩曳一惊，丢下镢头，扑上去抓她的手。岫姑挣扎几下，才停住不动。萩曳抚摸着她的手，然后按到自己怀里。岫姑低下头，泪水扑簌簌落下来。萩曳也禁不住有些伤感。

岫姑，我知道你是一个好人，可我也知道，你对大山……

嫂子，你别说这件事了……

在没嫁给大山时，我就一直羡慕你。

羡慕……我？

羡慕上天给你一个机会，让你做了大山的伙伴，你们在一起玩耍，一起学习……一起度过美好的童年……

可我……

你们还一起寻找过阿诗玛，是这样吗？

阿诗玛……

我就没那么多幸运，认识大山的时候，我还是个小女孩，而他已是成年人了……你不知道那时我多么担心……

担心？

担心我不能嫁给她……后来，我之所以实现了这个心愿，不是我有多么幸运，而是因为有你的帮助。

我的帮助？

我心里明白，如果没有你……大山是不会娶我的，所以我心里一直感激你……

感激我？

从这种意义上说，你就是我的阿诗玛。

我是……阿诗玛？

但我尽力不向你表现出来，我不想让你知道我欠你什么……

萩曳，你不欠我什么……

你喊我什么？

天哪，我怎么叫你的名字？

其实你就应该叫我的名字。

不不……

这样更好。

萩曳想笑一下，却没笑出来。岫姑抹干脸上的泪水，又把手朝她脸上伸来。萩曳这才意识到，自己竟也流出了眼泪。她们又依偎在一起，在艳丽秋阳的照耀下，默默地朝远处望。山野里稍稍涌起一些雾霭，淡淡的，薄薄的，像一缕青烟，在微风吹拂下，慢慢朝远方飘去。山野显得阔大空蒙，像是要升到天空里去。萩曳心里的忧伤越发强烈，泪水像溪流一样淌出来。

岫姑，过不多久，我兴许就会进城去……

你真要走？是不是因为我？

我迟早要做这桩生意，你不知道，我从小就迷恋剪裁手艺。

那大哥能同意吗？

我管不那么多了。我不想再和他争执下去，让俗气的东西毁坏我们的感情，我的大门永远都为他敞开，只要他爱我，他会走进来的。

嫂子，都怨我……

岫姑，我没想到你和大山……你们会那么互相牵挂……

唉，感情的事一时半会也说不清，但嫂子你听说过吗？有一种女人即使过上神仙的日子，仍然不肯抛下浮荡的生活；还有一种女人即使脸上显出轻浮的神色，仍然在坚持做一个贞洁的女人。

你是在为自己辩白吗？

难道你不相信你自己的感觉？

萩曳不由得点点头。这两年来，大山童贞的躯体一直在她梦中闪现，她相信一生也不会再碰上第二个这样的男人。可是，随着生活的逐渐延伸，那种美好的感觉正淡弱下去，就像一个男孩童贞的躯体，在成年之后已不复存在。

嫂子，请你相信，精神上的依靠，和现实本身不是一回事儿。

你是说，你们一直没有过那样的事儿？

怎么会呢？就是连那样的念头我脑子里也不曾有过。

真的吗？

我一直在警告自己，不管在什么情况下，自己都不主动去做；你再想想，就凭大哥的性子，不是更会约束自己吗？

所以在情感方面，你们就有更多的折磨，也更让外人感到你们真有那么回事，是这样吗？

差不多是这样吧。

你们想过没有，如果生活再重新开始，你们会选择对方吗？

岫姑想一下，还是轻轻摇摇头。萩曳不解地看她。

就当我不存在，岫姑，你们难道真不会吗？

其实，我虽然不是那种水性杨花的女人，但性子不稳定，喜欢热烈的生活……大哥是个死性子的人，得有人赶着他才行。

那你是不是也赶过他呢？

是啊，我想赶他时，别的男人已抢先一步……

你是说长河吗？

看见岫姑点头，萩曳又沉思起来。

岫姑，也许你说得不完全对，我倒觉得，你们两个在一起才最合适……

嫂子，不要再这样乱说了。

也许，你们还没真正认识自己呢。

不会了，日子哪有回头过的时候，我已经认命……

岫姑望着山野的极远处，目光从未有过的平静。萩曳甚至从她脸上看到一种圣洁的东西。

天快晌午时，慕東满头大汗地跑来，说三轮车坏到了路上，大山还没修好。两个女人不约而同站起来，一起朝路上跑去……

## 3

鞭炮声噼噼啪啪响起来。经过短暂急迫的准备，由萩曳负责经营的“霓裳之恋”服装店正式开业了。

实际上，这个服装店由她和表姐合开，而且表姐素安占大头，萩曳只是象征性地出点资，反正素安不在乎她出钱多少，只要她在这里守店就行。说起来这是件有些奇怪的事。先前，萩曳包括乔木都并不认识素安，就连他们的母亲也不记得这样一门亲戚，但有一天，这个叫素安的富有女人却联系到萩曳，说自己是她的表姐，并邀请她去城里做生意。对萩曳来说，这简直是天上掉下的馅饼，在乡下正不知做什么好，素安的出现无疑是一道曙光，照亮了她脚下的路，如果不是牵挂大山，说不定她早就跟素安到城里来了。素安是那种有些无所事事的人，又格外喜欢服装，每天不在这方面动些心思，就无法过日子似的。也难怪，她丈夫死得早，临去前却为她留下一大笔钱。素安衣食无忧，而又生活空寂，不爱好点什么，又怎么打发多余的时间？但萩曳想不通，素安怎么就爱上了服装？不仅自己一日三换，还鼓励萩曳帮她开店，按照她的意愿设计剪裁服装，照素安的说法，挣不挣钱倒在其次，主要是图个快乐。萩曳倒不这样想，既然开店，怎么能不考虑效益呢？

服装店设在商业街的中心地段，位置好得没法说，素安花下大价钱，才从别人手里争取过来。按照她的设想，服装店布置得豪华讲究，富丽堂皇，还没开张，就从大城市进了一批高档服装，在四面墙上张挂起来。由于家里忙，快到开张的日子，萩曳才匆匆赶来，在店内看一遭，也没见给自己留出裁剪工作间。素安这才歉意地朝她笑笑，说要不咱光搞服装经营，不搞服装设计行吗？萩曳当然不干，她之所以答应进城开店，就是为了发挥自己的剪裁手艺，如果没这个项目，那她还不如回家帮大山伺候穿山甲。素安是那种随和的人，没用萩曳多说，就改变主意，马上给她准备工作间。两天过后，萩曳再到店里去，工作间已用铝合金隔离出来，而且工作台、缝纫机、熨衣架及一应裁剪用具都置办齐了。萩曳感动得不行，也许从这时起，就下定了跟素安大干一场的决心。

开张这天，素安动用各种关系，请来这个城里的许多名流，光牌匾、花篮就把门两侧摆满了。素安和萩曳穿戴一新，站在门两边，微笑着接待客人。乔木也开着三轮车赶来，而且还带来厂里的几个人。那些人都捧着一个五颜六色的东西，在乔木带领下，一个个走得十分威武。萩曳看他们手里的东西，觉得像是花篮，却又比别人送的花篮小许多，实际上也就是几束花罢了。乔木来到近前，看看门两边的花篮，再回头看他买来的东西，一时有些尴尬，赶紧招手，让他们放到屋里去。素安哈哈大笑。萩曳也有些脸红。

哥，看你办的这事……

我……是在镇上买的，哪知道这里的这么大？

乔木挠挠头皮，也感到不好意思。素安走过来，微笑着安慰他。

行了，表哥只要来就好，我们还在乎这个呀？

还是……表妹体谅我……

乔木借着坡子下驴，朝并不太熟悉的素安点点头，便急忙进到店里去。但他很快又出来，把萩曳拉到一边。

大山呢，我怎么没看见他？

你没看见，我就看见了？

怎么？他还没来？

说好一大早就赶过来，这都快晌午了，他还……你没看见他么？

我还以为他来了呢，根本没到他那里去。

我就知道他没拿这个店当回事儿……

萩曳嘟囔一句，又踮起脚跟，朝街两首张望。这半天来，她已偷偷望过不知多少回，明知他不会来这么快，心里还是做着不切实际的幻想。自从结婚后，萩曳就沉浸在这种幻想中，盼望大山时刻把她装在心上，一切从她的利益出发。但令她失望的是，这样的幻想和期盼几乎每次落空，难怪岫姑说他要有人推着才肯往前走，看来的确是这样。可她随即又想，在另一些事情上，比如慧娘、天风当然还有岫姑甚至长河那个混蛋，当他们需要时，为什么他积极主动从没耽误过呢？不管怎么说，萩曳在心里对他说，我也是你的妻子呀，就算我不在乎，表姐说不定也会笑话……萩曳越想越委屈，泪水差点流出来。素安悄悄碰她一下。

怎么？想大山了？

萩曳有些吃惊，素安居然看到她心里去。她已经看出来，素安是个洞察秋毫的人，凡事都瞒不过她的眼睛。萩曳没摇头，只是朝她苦笑一下。

兴许家里有事，又把他给拖住了……

素安也抬起头，像她一样朝街两首张望一下。

我真想知道，大山是个什么样的人。

嗨，一个乡下人，还能有什么样子。

虽说是乡下人，但我想，他肯定不是一个普通乡下人。

表姐……为什么这样想？

从你不住的叨念里，我就感觉出来。

不住的……叨念？

是呀，你自己没觉到？

表姐逗我开心吧？

我说的是真的，不信你自己留意一下。

萩曳半信半疑地看她。素安搂住她的肩膀。

我相信你的眼力。

眼力？

是呀，我相信你执意嫁给的这个男人，一定有非同寻常的地方。

看表姐说的……

我倒也盼着大山赶快来到，也好让我开一下眼。

素安仰起头，又哈哈大笑起来。萩曳涨红了脸，不敢再站在门外，赶紧回到店里去。

中午过后，店里清静下来。萩曳腾出时间，更是不断朝门外张望，在心里怨怼地说，李大山，你要再不来，我就……盼星星盼月亮，直到傍晚时分，大山才总算出现在店里。萩曳刚要拉他的手，又猛地缩回来。

你还知道来呀？

我紧赶慢赶……

大山擦着头上的汗水。萩曳冷笑一声。

赶了一天？

看你……我是出来得晚了些……

莫非家里又出什么事了？

家里倒是……两匹穿山甲都在今天产仔，慕东他们我不放心，只好……

听他这样说，萩曳也松了口气。素安悄悄走过来，微笑着看他们。

怎么样？你们说完亲热话了吗？

萩曳赶紧掉过身，微笑着给他们介绍。素安又走上来一步，朝大山伸出一只手。大山有些迟疑，但素安的手伸到面前，也赶紧把手抬起来，在她那只白嫩洁净的手上握一下。萩曳看他不太自然的样子，止不住想笑。

不习惯吧，以后多跟表姐学着点。

素安上下打量着他，又回头看萩曳。

我说什么来着，果然不出我的所料。

行了表姐，别再说了……

真不一般呢，我甚至觉得……

什么？

算了，以后再跟你们说。

素安说着，就领大山在店内转悠，边走边向他介绍。大山跟在她身后，不住地点头。萩曳知道，大山对这个店其实也还没适应过来，店里豪华的摆设实在太出乎他意料了。素安领他转一圈，又回过头看他。

觉得怎么样?

太好了……

没想到吧?

莜曳也问他说。大山看她一眼，又抬头四处看。

没想到，我脑子里也想不出这些东西。

都是表姐一手安排的。

是呀，当初我也没征求你们的意见。

表姐多虑了，我在这方面没一点想法，让你费这么多心思。

客气话咱们都不说，你赶了一路，咱们吃饭去。

吃过饭后，莜曳领大山回自己的住处。素安已为她租好房子，在一幢居民楼的六层，两室一厅，外加厨房，冬天还有暖气。居民楼没装电梯，他们只好一层层爬上去。好在楼道里还有电灯，不至于让没爬过楼梯的大山踏空。好不容易进到屋里，大山坐在沙发上，呼哧呼哧直喘气。

住在这种地方多不习惯，每天都要爬来爬去。

我倒觉得挺好，有一种住在天上的感觉。

大山不禁笑一下，随后又沉思起来。莜曳走进厨房，在煤气炉上烧了壶水，回来见他还坐在沙发里，一副若有所思的样子，便过去拉他一把。

起来，我领你到各屋看看。

有什么可看的?

你这人连点趣味没有。

什么意思?

我把家都给你弄好了，你却没一点表示。

表示什么?还让我说声谢谢吗?

那倒不必，你总该四下里看看嘛。

看什么?这又不是我们的家。

你说得也对，要在城里弄这么套房子，我们怕是要奋斗十年八载。

怎么?你不会真把城里当成家吧?

大山说着，两眼盯住她不放。莜曳有些好笑，伸出手，在他鼻子上刮一下。

放心吧，我的大山哥，这里永远也成不了我们的家，看你紧张的样子。

大山松口气，也不好意思地笑笑，神情坦然下来，抬眼四处打量一下。

不管怎么样，我都觉得像住旅馆。

你别说，第一天来这里，我也有这样的感觉。

还有那个服装店，我也觉得不是我们的……

为什么？是不是因为表姐的股份大？

我不是说那个。

那是什么？

我也说不清，反正我有这样的感觉。

真是奇怪的想法，这店明明是我和表姐开的，按表姐的说法，我还是服装店的经理呢，它怎么不是我们的呢？

说不清，从我看见它那个时刻起，我就觉得它与我们没太大关系……

我明白了。

菽曳从他身边站起来，离远了打量他，神色也渐渐变得冷峻。大山诧异地看她。

你明白了什么？

你的心思根本就没在服装店上，虽然你口里说支持我开店，并且也拿出一部分钱，可你在内心里，从来就没把这件事当回事儿，是不是？

菽曳，你怎么……

告诉我，是不是这样？

菽曳两眼逼视着他。大山似乎不敢看她的眼睛，掉开头去，却不知把目光往哪里放。看他茫然无措的样子，菽曳有些心软，但还是紧咬牙关，等待他把心里话说出来。大山知道躲不过去，紧张地思索一下，才慢慢抬起头。

菽曳，在这件事上，我投入的精力太少，让你一个人……

菽曳没想到他这么快就检讨，憋在心里的闷气一下子撒出来。她自己清楚，在这件事上，她做得也不那么周全，为和岫姑较真，没等大山真正同意，就一意孤行跑到城里来。如果换成别人，大山也许会发火，会不管她的事。但大山就是大山，他不仅没再拖她的后腿，还把钱给她送来。这是一个难得的好人，菽曳对自己说，你还要求他什么？菽曳又坐到他身边，拉住他的手。

好了，什么也别说了……

菽曳，我真做得不够……

我不让你说。

菽曳说着，就去捂他的嘴。两个人拥抱在一起，谁也不再说话，只是默默感受着心里的激动。菽曳躺在他怀里，两手吊住他的脖子。

把我抱到卧室里去。

天还早着呢……

不早了嘛。

菽曳要赖皮说。大山只好把她抱进卧室，轻轻放到床上。菽曳依旧搂住他不放，神情里透出着陶醉。

4

菽曳的服装店开业不久，大山对饲养场的改造也就要完毕，供穿山甲居住的棚舍都盖成大型碉堡式样，四周用石头垒砌起两米高的围墙，内壁和地板也用水泥抹平，中间做成几个有洞穴的假山，旁边设有若干活水池，周围还栽植了许多盆景花木，走进去一看，别说穿山甲，就是人也巴不得在里面住呢。当然，饲养工们的宿舍也修葺一新，并添置了不少生活用具，那一百多只穿山甲喜迁新居时，慕束也领着手下人搬进新屋。不仅棚舍和住屋变样，宽敞的院落也用砖石铺平，院当中用一堆隆起的山石做出简单的造型，周边铺成绿色草坪。前来参观的人走进院子，都说像来到了城市公园。

乔木又率先跑来祝贺。当然，这次他没领人来，也没送花篮，而是每只手提一只灯笼，每只灯笼上都倒写一个大大的“福”字。

恭喜，恭喜……

乔木把灯笼交给慕束，两手打躬，朝大山举举，转身又对慕束指点。

给我高高地挂起来——

望着那两只红彤彤的灯笼，大山有些哭笑不得。乔木却很为自己的创意自得，满脸都浮出甜腻腻的笑。

怎么样？

这里是饲养场，挂灯笼怕不大合适吧？

有什么不合适的？图个喜庆嘛，穿山甲住上这么好的房子，恐怕比我们还幸福哩。

听他不伦不类的话，人们都争相议论起来。

看来你是替穿山甲祝贺哩。

好像他是穿山甲似的。

乔木意识到自己的话有误，尴尬地咧嘴笑笑，不再搭理人们，顾自在院子里转悠，像在自己家里一样坦然。看乔木理直气壮的样子，赏通也从人群里探出身，脸上透出羡慕的神色。乔木走开后，赏通来到大山面前，似乎有话要说，但又不好意思开口。大山奇怪地看他。

赏……你有事么?

赏通张张嘴，还没说出话，那颗金牙又率先裸露出来，在日光下闪闪发亮。赏通意识到这颗牙不该如此显眼，便抬起手，在嘴巴前掩一下。

大……山，能不能让我到饲养场来，给你干点杂活儿……

大山有些诧异，自从奉靖和他离婚后，赏通好长时间都不理他，见面就像不认识一样，拧着头走过去。但现在，赏通实在找不到活干，又见大山这里越发兴旺，只好咽下窝囊气，觍着脸来求他。大山体谅他的心情，本不想拒绝他，可又想不出有什么活儿适合他干，只好歉意地朝他笑。

这样吧，你先等一等，只要缺少人手，我就去叫你……

大山，你不是哄我吧?

看你说的，我哪能……

别忘了，我们两家可是……

你到底想说什么?

我……也没什么意思……

赏通不好再和他说，红着脸缩回到人群里。乔木又转回来，像是想起了什么。

萩曳在城里怎么样?

还行吧，我也好几天没过去了……

好几天?看来那个服装店真是我妹妹个人的了。

看你说的……

不是这样吗?自打她开店以后，你总共去过几趟?

我这里不是忙吗?

这阵子你倒是忙些，饲养场改造好了，这里的事你就可以放心了，专门到城里帮萩曳开店吧，要说城里多好呀。

乔木吧嗒几下嘴，有意做出羡慕的样子。大山也差点笑出声，这个乔木，又把主意打到他身上来。大山知道他的心思，对于这个饲养场，乔木真是没少表示关心，尤其是他妹妹嫁过来后，他几乎把这里当成自己的家，隔三岔五来走一趟，除和大山交流感情外，倒也提出一些好建议。在这次改造中，乔木拿出五千块钱支援他。大山不想用他的钱，萩曳却擅自做主留下，大山便不好再说什么，心里却打定主意早一天还他。他明白，对乔木这号人，他不能过分欠他什么情，不然，说不定哪天便会吃他一回亏。在过去的日子里，乔木一直把他当作强有力的对手，不断在各方面打他的主意，曾对轧花厂做下不少手脚，但最终也没将他真正吃掉，明白凭自己的力量无法把他消灭，便不再阻挡妹妹的婚事，却又并不甘心，不止一次放出话来，先是“强强联合”，后又“强上加强”，最终实现与大山结成“亲密”一家的梦想。但即使这样，乔木依然眼馋这个饲养场，每次到这里来，眼里都不自觉流露出饥渴的神色，连他妹妹萩曳都看不过去，当着大山的面嘲笑他好几回。乔木这才收敛一些，不再轻易前来“参观”，但现在趁饲养场改造的契机，又加之萩曳不在身边，贪婪本性又不自觉流露出来。看大山不动声色，他又有些心虚。

别多心，我这可是为你们好……

多谢你的好意。

如果你不放心饲养场，你可以把它交给岫姑呀，对岫姑你总该相信吧。

乔木一边说，一边朝他眨一下眼。乔木一大一小两只眼一眨动起来，隐藏其后的心机也便开始运作。大山了解他这个特点，所以也便对他提高了警惕。乔木在院子里看够了，临走时忽然又转向他。

萩曳……没和你说什么吧……

什么？

大山一愣。乔木又掉开眼睛。

也……也没什么……

有什么事么？

兴许……没有吧……

乔木不想再和他说什么，掉头朝门外走去。大山望着他的背影，越发迷惑不解，乔木吞吞吐吐的样子，让他觉到有什么事，但他又想不出到底是什么。正在这时，慕束走过来，把嘴伏在他耳边。

他们……把你的东西搬走了。

大山吃一惊，但也没完全明白他的话。

什么东西？

你家里的东西。

谁搬走了？

乔木厂里的人。

搬到哪里去了？

好像是往城里去了。

什么时候？

刚走了一辆车……

大山一下子明白，怪不得刚才乔木和他说那些话，原来……看来是萩曳让他这么干的，也就是说，萩曳终于和她哥哥乔木搞在了一起。先前，她曾一度对乔木做着防范，现在居然……大山没再犹豫，急忙走出饲养场，沿一条岔道朝镇子里跑去。快要看见篱笆院时，他才把脚步放慢，心里又疑惑，慕東的话到底是真是假？萩曳从来没和他说过搬家的事，怎么突然……再说，她也没回家来呀，乔木怎么就……就在这时，大山看见一辆红色三轮车从篱笆院里出来，驶上通往县城的公路。大山心里一惊，看来事情真是……他不敢怠慢，撒开腿脚，大步朝三轮车追去。

停下，给我停下——

三轮车慢慢停下来，司机从窗口里探出头，不知所措地看他。大山跑到车前面，伸开两臂，生怕它再跑了似的。

怎么回事，这是把我的东西往哪里拉？

城里……

谁让你拉的？

老板……噢，是乔木哥让我来的。

是不是已经走了一辆？

是，东西差不多快拉完了，这辆车上只剩下……

不用往城里送了，给我再拉回去。

司机犹豫着，一副为难的样子。大山干脆走上去。

要不你下来，我自己开回去。

大山哥，我回去不好交差……

我去替你向乔木说，快下来吧。

可萩曳姑娘哪里，我怎么……

萩曳，她在哪里？

我在这里呢。

大山没想到，萩曳的声音会在身后响起来，赶紧掉过头。原来萩曳刚从家里出来，骑在一辆摩托车上，也正要往县城里去。大山急忙走过去。

这是怎么回事？

你不是已看见了？我想把东西搬到城里去。

为什么不和我说？

不是没来得及嘛。

萩曳说着，把摩托车支好，朝他面前走一步，脸上挂着一丝笑。大山看出来，在那丝笑后面，有一种从未有过的坚定神色。看来她早就做好了这种准备。大山对自己说。萩叟在他袖子上拉一下。

好了，我现在就和你说，服装店开起来后，生意出乎意料地红火，我一个人忙不过来，表姐指望不得，你再不去帮我一下，可让我怎么应付那个局面呀?

我可以去帮你，可你为什么非要把家搬过去?

不是不想让你跑来跑去吗?天就要凉了，一早一晚多不方便，我不也为你……

大山差点笑起来，萩叟什么时候也学会这一套了，居然当他的面说违心话而不脸红。萩叟看出他的心思，果然不好意思再往下说，索性破罐子破摔。

反正我的主意已定，你想怎么着吧?

那我来问你，我走了，饲养场怎么办?才刚扩大规模……

你把它交给岫姑呀，你不是说过，这个饲养场是咱们全家人的，难道不包括岫姑?你把它交到岫姑手里，又有什么不放心的?

听着她的话，大山止不住想起乔木说过的话，看来他们真是串通好了，连托词都一模一样。萩叟呀萩叟，大山在心里说，你什么时候变得不那么坦然了?

萩叟，其实你也明白，这样安排到底是为什么，究竟能不能行得通，你应该心里有数。

我怎么没数，我觉得这样安排挺好，也没什么行不通的，除非……

什么?

除非你有意和我过不去。

说着，萩叟掉开头去。大山又气又急，萩叟这种样子，明摆着是耍赖，所以他连和她急的打算也没有。

要不这样，咱们先回家，等商量好了再说。

还商量什么?东西都装到车上了。

要不你先把东西拉走。

拉走就拉走。

萩叟说罢，就朝司机走过去。

开车。

司机还在犹豫。萩叟抬起脚，狠狠朝车轮子上踢一下。司机这才发动车子，慢慢往远处开去。萩叟转过身，直直地看大山。

我就不信，我把什么都拉走了，你还留在这里？

萩曳，你这是何必……

我就是要……

萩曳的泪水汹涌而出。大山心里一动，赶紧过去拉她。萩曳使劲把身子扭开。

别碰我。

萩曳，你怎么不理解我的心情……

我怎么不理解你的心情？我太理解了。

你理解什么？如果你真为我着想，今天就不会这么做。

我知道你心里想什么，你不就是放不下……

萩曳没把话说完，就闭住了嘴。大山明白她的意思，倒也没怎么在意。

萩曳，你不要误解我，事情并不是你想的那样……

哪样？有本事你自己说出来。

我觉得你越来越小心眼了……

小心眼？你才知道，我从来就小心眼。

你到底要我怎么样？

我要你一心一意跟我好，不许你想别人一分一秒。

萩曳，难道你没看出来，在这个世界上，我并不光属于你一个人，我还……

还什么？还属于其他人是不？

难道这有什么错？

没错，你当然没错，错的都是我，行了吧？

萩曳骑上摩托车，发动起来，一溜烟地驰走了。大山望着她急快离去的身影，无可奈何地叹口气。发了一会儿呆，他转回身，慢慢朝篱笆院走去。他想不出，当萩曳指使那些人搬抬东西时，岫姑该是怎样的心情，慧娘知道了又是怎样的想法……他真想不通，一向豁达热情并乐于助人的萩曳，自从结婚后，为什么就显出冷漠自私的一面，不光要把他占为己有，还要让他断绝与这个家庭的关系……大山心里又剧烈地疼了一下。萩曳呀萩曳，你这是办了一件什么事呀。来到家门口，大山看见岫姑站在牵牛花藤蔓后，正朝远处望。看到他进来，岫姑神情有些不大自然。大山快步走到她面前。

岫姑，萩曳她……

萩曳她刚刚走了。

我知道，我是说，她竟把东西……

你是说搬家的事？

是呀，这么大的事，也没和你们商量……

商量了，娘不在家，我就替她同意了。

听了她的话，大山一时目瞪口呆，怎么回事？萩曳和岫姑商量过？而且岫姑竟表示同意？这怎么可能？看到他不相信的样子，岫姑又笑了一下。

今天萩曳一回来，就跟我把搬家的意思说了，还要到寺庙里和娘去说，我没让她去，就代表娘点了头，我知道这也是咱娘的意思……

这是……为什么？

大哥，你不想一想，你和萩曳这样各忙各的，终究不是个办法。

我可以去城里帮她，她也可以回来……

那还是不算个长久办法呀。

可我走了，你和天风怎么办？如果娘再从寺里回来……

咱娘现在一心吃斋念佛，一时半会怕是回不到家来；天风一天天长大，也开始省事多了；至于我，大哥还有什么不放心的？是不是把饲养场暂时交到我手里，觉得有什么不妥呢？

大山有些语塞，岫姑找出的这些根据，他一时还真不好反驳，但他心里又清楚，这一切都不过是靠不住的理由，岫姑之所以这样说，除去给萩曳的做法一个合理解释外，更重要的还是要把他从毫无尽头的家庭负担中解脱出来，至于他离开后她们的处境，就只能是个未知数了。但看着岫姑坦然决绝的样子，大山不知道自己的坚持还有多少实际意义。

## 5

一吃过早饭，大山就到菜市场去买菜，给萩曳和一个守店的女孩准备午饭，这已成为他一天里要做的最大事情。自从来到城里后，几乎每一天，他都按部就班地做这件事。做饭他倒是会一些，以前在家为伺候慧娘和岫姑，他用心练习过一阵，但与其他事相比，这毕竟不是他的强项，尽管使出浑身解数，还是做得不那么可口，不说别人，就是自己吃着也无滋无味。但萩曳不挑剔，不仅吃得香甜，还不时地夸他一句。大山明白，萩曳这是在安慰他，或者说收买他，为他在城里安心待下去使用的招数。

从租住的地方到菜市场只隔一条街，但在大山眼里，却比到乌龙镇还远，每次上街，他都有一种上刑场的感觉，由于精神过于紧张，有两回竟走错地方，最后不得不去询问警察，好不容易才回到家。萩曳听说了，还笑话他一顿。难道你就这样过下去？大山不甘地问自己，眼看你就变成一个地道的主妇了。走遍整个菜市场，除去卖菜的摊主，那些提着兜子来买菜的人差不多都是妇女，混迹在这些人中间，大山觉得很无奈，也很羞愧，总是低垂下头，好像生怕熟人看见。但在这个陌生的地方，他又会碰上什么熟人？尽管知道是心里作怪，他还是不好意思抬头，每次买完需要的蔬菜，就匆匆往回走。来到城里一个多月，他还没到菜市场之外的地方去过。

毛手毛脚地做完饭，大山用两个饭盒提着，又按另一条既定路线朝服装店走去。已是中午时分，街上的人不多，店里也没一两个顾客。守店的女孩小会打开饭盒，一看里面的菜，就又皱起眉头。萩曳吃两口，却故意吧嗒嘴巴。

好吃。

小会没说什么，捧着饭盒躲到一边去吃。大山有些尴尬，看萩曳吃得津津有味的样子，欲言又止。

我就是有天大的本事，也只能做到这样了。

这样挺好呀，比我做得强多了。

萩曳，你别……你看我是个会做饭的人吗？

是呀，我看你就是。

行了萩曳，你别再哄我了……

谁哄你了，我就是愿吃你做的饭。

听她这样说，大山不知说什么好，埋下头，默默地吸烟。萩曳倒有些不好意思，坐到他身边，碰碰他的手。

你还没吃吧？要不咱俩一块儿吃？

你吃吧，我在家里留着呢。

唉，也实在难为你了……

萩曳突然叹口气。大山抬头看着她。萩曳把饭盒放在一边。

要不你到店里来？

我来干什么？

守店，或者收钱什么的？

算了吧，这个我更干不了。

那怎么办？

萩曳也扭过头来看他。大山避开她的眼光。还能怎么办？大山在心里说，你又不是不知道？但他没说出来，生怕再惹恼她。萩曳把身子靠到他身上，让他感受她的亲昵。

再忍一忍，等我想想办法。

大山也不再说什么，掉过头继续吸烟。萩曳吃完饭，又回到她那间工作室里忙碌。别说，萩曳的剪裁手艺还真行，头一件衣服让素安穿出去，很快就吸引了人们注意。美丽的素安也的确是个优秀模特儿，什么衣裳穿在她身上都好看十分，何况是萩曳拿出看家本事，精心设计缝纫出来的衣服？素安走在街上，简直就是为“霓裳之恋”做活广告。不几天，萩曳就接到好几件订货，再加之卖出去的成衣，服装店一开始便呈现出繁荣局面，自然，萩曳也就更加忙碌。大山正想到素安的事，素安就进来了。

大山，你也在这里？

我来给她们送饭。

我正好上街，顺便进来看看。

素安袅袅婷婷走过来，在他身边的座位上坐下。素安是个漂亮女人，身材好，模样也好，已经三十多岁，看上去还和年轻姑娘差不多。而且她很会打扮，品味也高，穿在身上的衣服，使用的化妆品，都是少见的高档货，可以说，在这个城市里，素安是一道亮丽的风景线，不论走到哪里，都能引来很高的回头率。对于这样一个女人，大山本能地想保持一些距离，所以每次面对素安，都有些不自在的感觉。但素安待他很亲切，每次过来都和他交谈几句。素安也总在这个时间里来，大山前脚进门她后脚也跟来了，好像专门来和他相会似的，连萩曳都感到奇怪。大山当然不觉得什么，一切都是巧合吧。

我去喊萩曳出来。

大山说着，就要到工作间去。素安拦住他。

不用去喊她，让她忙着，我没事，只是过来看看。

大山只好又坐回到椅子里。素安转向他，又摆开聊天的架势。

怎么样？在这里还待得惯吗？

还行……

大山应付她说，自己在这里的苦恼，又哪里能和她说？素安很有兴味地打量他，突然就有一阵冲动。

大山，我肯定见过你……

见过……我？

大山没明白她的意思。素安笑起来。

我是说，在见到你之前，我可能在别的地方见过你。

听她这样说，大山也扭过头，注意看她一下，又赶紧掉开眼。他想起来，服装店开业那天，素安说有一件事以后和他说，是不是就是指这个？

不会吧？我怎么……

肯定见过，我觉得你一点都不陌生，我也是莫邪山人，老家离乌龙镇才十几里路程。

是吗？你去过乌龙镇？

没有，我只是听说过那个地方。

要不……你和乌龙镇有亲戚？

好像也没有……就是有怕是也没走动过。

那就怪了……

这有什么好怪的？我们又不是不出家门，兴许在外面碰上过。

可我……一点也想不起来。

我也说不清楚，只是觉得你是那么面熟。

素安说着，又上下打量起他来。大山被她看得不好意思，又把头掉开。素安叹口气，主动说起她的身世。

我是在老家度过的童年，那些日子是我这一生感觉最美好的时刻，后来我娘嫁给了一个下放的医生，回城时我便随他们到城里来了，也成为一个地地道道的城市人，那种美好的感觉就再也找不到了。

你是说……乡下比这里好？

也不是那个意思，我指的是一种感觉，一种曾经有过但以后不存在的生活，它会唤起我们内心里一种渴求，一种愿望，一种……

素安比画着，似乎表述得很吃力。大山明白她的意思，说实话，这时他也体会到她说的那种感觉，所以对她仓促加上的“我们”不觉得多么唐突。

现在……你不也挺好吗？

现在？挺好？

素安笑起来，并且站起身，来回走几步。

你以为我有吃有喝就是好？

我倒不是那个意思，我是说，如果让你再回到乡下，恐怕也不适应了。

素安点点头，陷入了沉思中。这时，萩曳从工作间出来，慢慢走到他们面前。

你们聊什么呢？又说又笑的？

噢，我正和大山说乡下的事，你忙得怎么样？

素安适时掉转了话题。但萩曳似乎还不想沿着她的思路走。

别和他说乡下的事，要不他又要和我闹。

是吗？闹什么？

心里记挂老家的事呗，好像离了他，别人就无法生活了似的。

这可不好，大山，既然来到城里，就要把思想上的包袱卸下来，全心全意帮萩曳开好这个店。

听她这样说，萩曳不禁点下头去。大山却有些不解，刚才素安还说乡下多么好，怎么一面对萩曳，口气马上变了？又随便说了些闲话，素安似乎突然想起什么，和他们招呼一声，便拎起包来离去。萩曳望着她的身影，一副若有所思的样子。

怎么一到中午，表姐就路过这里？

萩曳扭头看大山一眼。大山装作没听见她说什么，点起一支烟，尽量坦然地吸着。

……

夜里下起雨来。大山走到窗前，借着间或亮起的闪电，默默朝远处望。萩曳悄无声息地走过来，关上他面前的窗扇，顺势抱住他的身子，把他拉回到床前。

好了，别看了，再看你也看不见乌龙镇。

大山想否定她的话，张张嘴，又把话咽回去。萩曳举起一根手指，在他头上弹一下。

是不是我很可怕？

你有什么好怕的？

我是你肚里的蛔虫，还不可怕？以后你要小心点，在我面前，你没任何秘密。

萩曳一边俏皮地说，一边更紧地搂住他。大山躺在她怀里，心里既体验着痛苦，又感觉着甜蜜，真是一种分外复杂的特殊感受。大山有时觉得庆幸，自己居然娶到萩曳这样一个知他爱他的好女人，有时又果真感到害怕，在她怀里快要找不到先前的自己了，他不知这是好事还是坏事。萩曳伏下身，直直地看他。

素安是不是看上你了？

你说什么？

大山吃了一惊，一下子坐起来。萩曳笑开了。

看你这个样子，是不是也感觉到了？

你怎么能这样说你表姐？

什么表姐？不知是什么莫名其妙的亲戚呢。

大山呆呆地看她，虽然此前也听她们的关系有些蹊跷，还是没想到萩曳并不看重素安，但要知道，如果没素安帮助，萩曳是到不了城里来的。萩曳看出他想什么，手在他脸前划一下。

好了，我并没说素安的不好，这你放心好了。

你和素安怎么样，其实与我又有什么关系？

那你紧张什么？

紧张？

是呀，我看出你紧张来了。

大山张张嘴，突然想起刚才有关“蛔虫”的话，一时也不敢再说什么。是的，萩曳说得没错，他的确紧张了一下，这不仅因为萩曳可能说出一件事的真相，而且这件事他自己也感觉到了，只是不愿正视不敢承认罢了。好在萩曳没再继续这个话题，她钻到被窝里，打开电视，专注地看起了连续剧。大山松口气，也挨着她躺下，但心里依旧忐忑不安，生怕她再说出过分的话。屋外的雨愈下愈大，大山突然看见，对面墙壁上浮出一道黑线。黑线游动着，渐渐变粗变长，直通到地下来。他意识到是房顶漏雨了。

真是怪了，楼房也漏雨？

顶楼嘛，该漏时不照样漏？

萩曳跳下床，从卫生间端来一只脸盆，接到墙壁下，然后小跑着返回到床上，紧挨着他躺下。一时躺得不合适，又把他的手臂放到自己头下。

这破楼是不怎么样，等我们挣够钱，再租一处更宽敞、更结实的房子……不，咱们干脆也买一处自己的房子。

怎么？你真要在这里安家？

有什么不可以呢？

这么说，你是离不开城市了。

我没觉得城市有什么不好。

大山没再说什么。萩曳看他一眼。

怎么？又想你的乌龙镇了？

乌龙镇不也是你的么？

当然也是我的。

那你不想回到那里去了?

萩曳把他的手拿开，长长地叹口气。

真是实在人，连哄老婆的本事也没有。

大山这才明白，萩曳是在和他开玩笑，但他也明白，她的玩笑里也透出些真实的成分。

萩曳，其实我倒真想过，要为你盖一幢漂漂亮亮的屋子……

屋子?在乌龙镇?你还有这个心呀?

为什么没有?当初娶你时，我没为你置办多少像样的东西，实在是亏欠你了……

好了，我可没在乎过那些东西。

我知道，但我心里一直没忘，等我们条件许可了，我一定……

没等他说完，萩曳就爬起来，目光灼灼地看他。

为什么非要在乌龙镇盖呢?干脆到城市里来。

看你，又来这个……

傻大哥，你就不会想象一下吗?也满足一下我这个浪漫女人的虚荣心。

大山定定地看着她，好一会儿才点点头。

好，我们就到城里来，买一幢又宽敞、又结实的好楼房……

要买最高的……当然不是顶就行。

那么高，爬着不累?

傻瓜，楼高了会装电梯，反而一步也不用爬。

噢，那就买最高的楼……

我们就算住在天上了。

住在……天上?

就是没天高，也和住在云彩上差不多。

你真……浪漫。

就是浪漫嘛。

大山有些想笑。萩曳却两眼看着前方，沉浸在美好的遐想里。

我们要把房子布置得漂漂亮亮，不说富丽堂皇，也要应有尽有。每天下班回来，我们就点燃起煤气灶，做一顿丰盛的饭菜，坐在干净的餐桌前，用镀银的刀叉去吃饭……

镀银的刀叉?

对，那才显得高贵奢侈……

还奢侈？你发神经吧？

神经倒没发，外国电影倒是看得不少。

说着，萩曳吃吃地笑起来。大山也刮一下她的鼻子。

那样的生活，我们学不来。

只要学就能学来。吃过饭后，我们就坐在沙发里看电视，听音乐……对了，你也来设想一下。

我想不出来……

哎呀，真笨，连想都不敢想，还说帮我实现呢。

这是两码事……

我看就是一回事。

好，一回事，我们是不是该睡觉了？

这也是你的想象？

你可以去洗一个热水澡，把身上的灰尘和疲劳都洗去……

我们都住上宫殿了，还哪来的灰尘和疲劳？

大山愣一下，意识到她又回到了想象里。萩曳兴奋得不行，跳起来，一下子压到他身上。两个人笑闹一会儿，才躺回到各自的被窝里。大山扭过头，悄悄看着这个活力四射也魅力四射的女人，心里感慨万端，如果不和萩曳在一起，他哪里知道生活还有如此丰富的色彩？萩曳就像一只有力的手，把他闭合的一扇门板推开，让一个更加美丽动人的世界袒露在眼前，尽管他也许永远都不能走进去，只是远远欣赏一下那里的风景，就足以感觉了生活的美好。大山的睡意顿消，不禁走下床，想找来一支烟吸。但他翻遍每个地方，也没找到一个烟头。看他无抓无挠的样子，萩曳把衣服披在身上。

我去给你买一盒吧。

天这么晚，又下着雨，还到哪里去买？

雨好像停了，反正我也睡不着，撑把伞就行。

大山还要阻拦，萩曳已穿上衣服，撑起雨伞就往外走去。大山站在门口，看着她急快下楼去的身影，又感慨地叹息，这是个多好的女人，简直把妻子对丈夫的好处做尽了。大山没关门，也没往回走，就站在门口，等她买完烟回来。院落里有一个小卖部，只是不知关门没有。萩曳走后一刻钟，还没响起回来的脚步声。雨又下大了，楼顶上的雨声越发响亮。大山等不下去，草草穿上外衣，便冲下楼去。

大山一走出楼道，疾落的雨丝就打湿了身子。大山打个寒战，蹚着积水朝小卖部跑去。小卖部一片漆黑，根本没有营业，想必萩曳到院外的商店去了。大山缩起肩膀，又朝院门口跑去。出了院门，外面是一条街道，两边矗立着黑黢黢的房屋，却也没亮一点灯火。大山不知往哪里走。不一会儿，他看见一个人影从远处走来。由于雨丝太密，他辨不出那是不是萩曳。这时，一辆只开一只前灯的汽车迎面驶来，直朝那个人影冲去。大山没顾得多想，便凭着本能飞一般朝那人扑去。在汽车快要触到那人身子的刹那间，大山抓住那人一条胳膊，使劲一拉，那人站立不稳，一下子躺到他怀里。汽车擦着他们的衣边驰过去。

大山，你也出来了？

萩曳，你怎么到街上去了？好悬呢。

是呀，吓死我了……

萩曳说着，又朝他怀里躺一下。

大山，幸亏你来，不然我非出事不可。

快别说了。

大山又一次抱住她的身子，似乎生怕她跑了似的。两个人搂抱着回到楼下。萩曳还有些发软，大山没有犹豫，把她整个抱起来，一步步朝楼上爬去。来到屋内，大山径直把她放到床上。萩曳依旧抱住他不放。

大山哥，你又救了我一命……

萩曳仰起脸，疯狂地吻他好一会儿，才慢慢放开他。

大山哥，我要告诉你一个好消息。

好消息？什么好消息？

把我的衣服脱卜来。

大山迟疑一下，还是伸出手，帮她把湿漉漉的衣服脱下来。萩曳躺到床上，抓过他的手，一点点拉到自己腹前。

大山哥，你摸到什么没有？

大山又愣怔一下，突然间明白过来。

怎么？你……有了？

是……

大山瞪大眼，盯着她的腹部看了又看，索性伸过头，把脸贴到她有些隆起的肚子上。

萩曳，什么时候……

快三个月了吧。

为什么不告诉我？

我想给你一个惊喜……你觉得喜欢吗？

喜欢，当然喜欢。

两个人又抱在一起，眼里都流出幸福的泪水。忽然，放在枕边的手机铃声响起来。萩曳没有细看，就想关掉。

谁来的？

是表姐。

她半夜里还来电话？

不会是找你吧？

萩曳大笑起来。大山在她头上拍一下，便捧着衣服走进卫生间去。回到卧室里时，萩曳已接完电话。

表姐让我去上海，参加一个时装博览会……

上海？你去吗？

想去，我要看看那些最新颖的时装是个什么样，再说，上海我也没去过呢。

什么时候走？

明天，表姐已把机票订好了。

## 6

萩曳出事的消息，大山是从素安那里知道的。当时，大山正在卫生间洗萩曳留下的衣服，客厅里的电话突然响起来。大山擦净手，跑出来接电话。

大山，你看电视没有？

素安在电话那头说。大山一愣。

我今天没看电视……

快打开电视，三十七频道。

大山打开电视，搜索到三十七频道。电视上正播放一架飞机失事的现场报道。大山没明白素安让他看这个节目的用意，又把电话拿起来。

表姐，你让我看什么？

傻子，萩曳可能出事了……

素安抽噎一下，再说不下去，便挂断电话。大山捧着话筒发呆，天哪，难道萩曳在那架飞机上……大山瘫坐在沙发里，随即又瞪大眼，直直地盯住电视屏幕。但他只看见屏幕上画面在动，却听不到任何声音。他举起手，在脑门上使劲拍一下，脑子才清醒些。他终于弄明白，由于天气恶劣，飞机在莫邪山上空遭遇强烈气流，一个发动机又出现故障，无法降落，最后坠落在山谷深处，并发生爆炸，机上九十八名乘客可能全部遇难。黑匣子和绝大多数失事者的尸体已经找到，仍有五名乘客下落不明。警方派出由两架直升机、三十名队员组成的搜救队，对失事地点进行大规模排查，争取尽快找到那五名失踪乘客。但出事地点处于山区深处，地形较为复杂，给搜救工作造成极大困难。大山一边看一边问自己，难道萩曳真在那架飞机上？不是还有没找到的人吗？萩曳会不会是那五名乘客中的一个？他刚想到这里，就看见一个穿迷彩服的军官对着镜头说，从事故现场分析，虽然那五名乘客去向不明，但估计生还的希望不大……大山眼前又猛地一黑。呆怔一会儿，他突然拿起电话，拨打萩曳的号码。他多希望听筒里传出萩曳熟悉的声音，哪怕只是一声叹息，一声抽泣也好。但听筒里没传来任何声音。大山并不气馁，抖着手指继续拨打。直到手指累得发疼，听筒里依旧一片死寂。大山想一下，又拨打素安的电话。

表姐，萩曳真在那架飞机上吗？

是，我已和航空公司核对过，萩曳就在……

不是还有五名乘客没找到吗？

大山不甘心地说。素安没回答他的话。大山再次向她追问。

表姐，是不是这样？

大山，你不要着急，我马上过来。

挂断电话不到半小时，素安就匆匆赶过来，一进门，在门槛上绊一下，差点摔倒。大山赶上去，把她搀扶到沙发里。素安大口喘气。

大山，我一直在和航空公司联系……

他们……怎么说？

萩曳在从上海返回时，确实乘坐了那架飞机，他们有登机记录……

这么说，萩曳真是出事了？

大山，飞机失事不同于一般车祸，一旦……是很难逃过的……

我不相信。

大山大声叫喊，随即便蹲下身，两手使劲抱住头。素安抖抖地拉他一下。

大山，你先不要……不是还有五个人没找到吗？只要他们……就不能肯定萩曳……

我要去救她。

大山又猛地站起身，直朝门口走去。素安也急忙站起来。

你到哪里去?

我要去出事地点。

这个我已联系好，明天一早，航空公司就派车送我们过去……

明天，为什么要等到明天?

因为出事地点在山里边，道路不通，搜救队也只能乘直升机过去，他们正在整修道路，我们就是去了，也无法到达事故现场，现在天都要黑了，他们最早也只能安排到明天……

大山看看窗外，天果然已黑下来。但他依旧不甘心，站在门口，随时做出往外冲的打算。

大山，越到这种时候，你越要冷静……

我冷静不下来……

大山一甩手，手臂拂在她头上。素安站立不稳，倒回到沙发里。大山这才注意看她，才隔两天时间，素安就像变成另一个人，脸色苍白，神情疲惫，以前的奕奕神采荡然无存。

表姐……

大山，你不要着急，我会慢慢想办法……

大山再也控制不住，伏到桌子上，默默哭泣开了。素安把一块毛巾递到他手里。

大山，这件事也实在怨我……

大山抬起头，不明白她的话。素安掉开头去。

我真是昏了头，怎么就想到参加什么时装发布会?而且原本该我去，却偏偏让萩曳替我……

表姐，这事也不能怨你，谁又想到飞机失事呢?

不管怎么说，这件事都与我有关。

素安说着，泪水也汹涌地流下来。大山又把毛巾递给她。素安站起来，走到窗前去。大山猛然间觉到，其实这个人比自己更为不幸，才几年时间，就接连失去丈夫和好友，心里的悲伤又哪是常人所能体验。

表姐，你别想得太多，这事一点都不怨你，飞机失事，我们谁也想不到……

好了大山，你别安慰我了……你早些休息吧，明天一早还要赶路。

说完，素安就朝门外走去。大山想送送她。但素安加快脚步，一溜小跑着下楼去了。大山靠在门上，直到楼道里的脚步声消失，身子才软软地出溜到地下。

夜里，大山久久不能入睡，勉强迷糊了一会儿，却又频频做梦，只要一入梦，他就看见萩曳。萩曳躺在一片灌木中，荆棘划破她的衣裳和脸颊，一个半裸的长发女人蹲在她身边，正把一丛牵牛花藤蔓盖到她身上。救救我，萩曳伸出一只手，拨开牵牛花藤蔓朝他挥舞，大山哥，快来救我——大山也朝她伸出手，但还没触到她的手指，萩曳便滑向后去，就像有一股巨大的力量，将她吸往深不可测的黑暗之地，完全淹没在浓密的牵牛花藤蔓中……萩曳，我去救你——大山叫喊着醒来，似乎真要去某个地方，跳下床就朝前走，直到来到门口，才猛然清醒过来。大山想不明白，那个蹲在她身边的女人是谁？萩曳，大山走到窗前，朝外面的黑暗处叨念，等着我，我一定要把你救回来……

天终于亮了，素安开车来接他。两人没顾得吃饭，就匆匆朝航空公司所在地赶去。来到集合地点，日头还没升起来。在等待其他乘客家属时，公司的人给他们买来盒饭，但大山和素安都没心思吃。很快等齐了人，大巴车载着他们向城外驶去。和他们相同处境的乘客家属有三十多人，差不多坐满大巴车，却没一个人说话，车里一片死寂，像是坐着一群哑巴，或者都进入了睡眠，气氛压抑而紧张。素安夜里没睡好，身子疲惫得不行，经不住车子颠簸，突然想要呕吐。大山帮她把车窗打开。素安把头探到窗外，呼吸几口新鲜空气，才没吐出来。大约一刻钟后，她也进入了昏睡状态。大山怕她着凉，又把窗子关上。素安摇摆着身子，慢慢朝他倾斜过来。大山不敢惊扰她，便僵住身子不动。

大巴车行驶多半天时间，才进入莫邪山区深处。素安在颠簸中醒来，意识到是靠在大山身上，赶紧直起身子，并朝他歉意地笑笑。车辆又在山间小道上走了一个多小时，七拐八绕，终于来到两架军用帐篷间，前面再也无路可行。一个穿迷彩服的军官迎上来。大山认出，他就是电视上出现过的那个人。大山第一个下车去，径直走到他面前。

同志，那五个人找到没有？

你的家属在这架飞机上？

是。

军官没再说什么，等人家都下了车，才带他们朝一架帐篷走去。

你们先辨认一下自己的亲属。

大山愣怔着不往前走。素安看他一眼，似乎等他作出决定。大山简单地想一下，还是随在那些人身后。但他在心里说，没有，那些尸体里肯定没有萩曳。进到帐篷里，大山看见草地上并排躺着几十个人，每人身上都盖有一块绿布，远远看去，就像一棵棵刚收割的大白菜。找到自己亲属尸体的人都号哭起来，大山和素安还站在一边发呆。

怎么办？

素安碰碰他的手。大山反应过来，才朝那些无名尸体走去。素安两手捂着胸口，怯怯地跟在他后面。大山回头看她一眼。

别害怕，这里根本没有萩曳。

素安点点头。

我知道……

大山搞不清她是真相信他的话，还是顺着他的话说。大山先朝裸露出脸部的尸体看看，然后才走向那些依旧盖着的尸体，小心掀开蒙在他们头上的绿布。尸体大多都受到外伤，有的残缺不全，有的涂有血迹，有的烧焦了面目，如果不仔细辨认，还真难以断言，到底谁是自己要找的目标。大山看见，有好几个家属面对尸体犹豫不决。但大山没费多大劲儿，就把所有尸体都看过一遍，凭他对萩曳的熟悉，很快便得出结论，正如他的预料，这些尸体里没有萩曳，也就是说，萩曳还在那五个没有下落的人里，换句话说，萩曳还有可能活着。大山激动得差点跳起来，素安也长长地呼出口气。他们迅速走出帐篷，朝周围山野里张望。奇怪的是，他们既没找到飞机残骸，也没看到搜救队员的影子。正疑惑间，那个军官从另一架帐篷里出来。大山又走到他面前。

同志，这里不是事故现场吗？

怎么，没找到你们的亲属？

是……兴许她还活着呢。

听了他的话，军官奇怪地看他一眼，没再说什么。大山直盯住他。

同志，那五个人有可能在哪里？

是这样，这里离失事现场还很远，而且道路不通，这些尸体都是用直升机运过来的。

军官指着远处说。大山顺着他的手指看去，透过迷蒙的雾气，前面是一个个高低起伏的山峰，遍布嶙峋的山石和茂密的林木，却连一条羊肠小道也看不见。大山往前走几步，又退回到军官面前。

同志，能不能让我们过去？

你们过去干什么？

我们帮你们去找。

军官又上下打量他一遍，摇摇头。

我们就是把你们送过去，你们也帮不上什么忙。

可是……我们的家属在那边生死不明，我们怎么能待在这里？

你们也许还不知道，那边的情况更为复杂……也就是说，你们不要对家属的生存抱多大希望。

听他这样说，大山又想到他在电视上说过的话，心里更有些急切。

不管怎么说，我们也不能待在这里，请你把我们送过去吧。

是呀同志，就求求你了。

素安也说，并朝他深鞠一躬。军官想一下，终于做出决定，举起对讲机说了几句。不一会儿，大山就听到隆隆的机器声。很快，一架小型直升机在他们头顶上出现。一些乘客家属也从帐篷里出来，却没人再朝前走。直升机没有降落，就在大山和素安头顶上盘旋，螺旋桨刮起的急风吹弯了下面的草木，也吹得他们的衣服频频抖动。飞机上缓缓垂下一道像是梯子的绳索。军官大声朝他们叫喊。

你们敢上去吗？

敢。

大山说着，又看素安一眼。

表姐，你留在这里，我一个人去。

不，我也去。

素安果断地说，并紧紧拉住他的衣襟。大山犹豫一下，也点点头。

好，你先上。

大山扯住绳梯底端，尽量不使绳索晃动。素安咬咬牙，走过去，试着抓住绳梯，抬起一只脚，踩住绳梯横栏。尽管绳梯被大山扯住，但素安的重量一上去，便摇晃起来。素安找不到重心，另一只脚怎么也踩不上去。素安回过头，朝大山投来求助的目光。大山只好腾出一只手，托住素安的腿，一点点让她下半身脱离地面，随后又在她屁股上推一下，素安整个身子才上到绳索上。大山仰头朝她喊。

抓紧，不用害怕，有我在下面呢。

素安点点头，便一步步朝上攀去。快要接近飞机顶部时，从机舱里伸出两只手，将她的手抓住，一下子拽进去。大山松口气，随即也登上绳梯，一步步朝上爬去。在上面人员的帮助下，他也很快进到机舱里。里面两个工作人员用敬佩的目光看他们。

你们可真行呀，居然敢这样上来。

大山和素安对看一眼，都欣慰地喘出口气。素安伸出手，把他挂在头上的一片草叶摘掉。大山看她头发凌乱，想帮她整理一下，但伸伸手，又缩回来，只是朝她头上指指。素安心领神会，自己把头发梳理几下。直升机掉转头，朝山野深处飞去。山峦一层层闪到后面，大团云雾迎面撞来。素安闭上眼睛，身子止不住有些颤抖。大山又伸出手，把她的肩膀搂住。素安停止抖动，眼睛也缓缓睁开。大山突然想和她说一句话。

你知道阿诗玛吗?

阿诗玛?什么阿诗玛?

素安不解地看他。大山嘴唇抖动了几下，还是没把下面的话说出来。不知为什么，这一刻他忽然感到，也许在梦中蹲在萩曳身边的那个女人就是阿诗玛……大山搞不清为什么会有这个念头，只是把眼探出窗去，尽力朝外面看。但窗外气雾缭绕，他似乎什么也没看到。大约一刻钟后，直升机速度放慢，坐在他们身边的工作人员朝外面指指。大山再次朝下看去，却是吃了一惊。原来他们来到一个峡谷上空，在峡谷一侧的悬崖边，已经烧焦的飞机残骸断为几截，在快要西落的日头照耀下，闪出奇异的黑色亮光。峡谷底部是一条湍急的河流，河道被西面崖壁的阴影遮住，从高空看去，像是一条粗大的黑色游龙蜿蜒浮动。大山心里一沉，飞机坠毁在如此糟糕的地方，谁能有幸逃得过去?他看见河水中有许多人影晃动，想必是搜救队员们在里面忙碌。他进而发现，每个搜救队员身后都拴着一条绳索，绳索一头连在崖壁上端，可见峡谷是多么深，河水是多么急了。大山又想起军官说过的话，心脏一阵前所未有的紧张跳动。萩曳。他在心里悲悲地发一声喊。

飞机依然没有降落的地方，大山和素安只好又踩着绳梯下去，站到悬崖边一小块空地上。一个搜救队员迎过来，示意他们不要再往前靠近。

我们已打捞两天了，还没找到那五具尸体。

五具……尸体?

大山重复着他的话，忽然膝盖一软，就朝地下倒去。素安试图搀住他，可身上也没一点力气，两个人都瘫倒在地下。

萩曳……

大山捧住脸，失声痛哭起来。素安紧紧抱住他的头。

大山……萩曳……大山……

大山扑倒在她怀里，像孩子似的哭得越发痛彻。

萩曳，我的萩曳……

# 第九章

我一直以为，我所置身的山林会永远保持原有样子，就像母亲进入山林中来，会有旧地重游的幻觉出现一样，当我的后辈有一天踏着我脚印的时候，树木和山石依旧是我记忆中的情景。但我很快便发现，这样的想法实在过于天真了，不要说是我的后辈，就是我自己，在随后的一天来到山林边缘时，竟然发现先前熟悉的景致正在发生改变。

其实我最先碰到的是几架搭在空地里的帐篷，从里面走出一些肩扛三脚架的人，三三两两地散落到周围的山林里。我看出来，他们不是进山的普通游客，而是肩负着勘查任务的公家人。但我想不明白，他们到山林里来勘查什么？为了弄清这件事，我来到一个在地下插三角旗的家伙身边，拐弯抹角地向他打探。

你们这是忙什么呢？

忙什么？说出来你也不懂。

难道说你们是在这里找矿？

差不多。

该不会过上一些日子，这里就被开发了吧？

没错，这回算你蒙对了。但你说得也不准确，不是过一些日子，而是马上，马上你明白吗？

听了他的话，我禁不住掉转头，朝身后的山林深处看。我实在难以想象，我身后莽莽苍苍的山林马上就要改变模样了？

你们到底要干什么？

刚才你自己不是说了吗？开发，我们要对这片山林来一个轰轰烈烈的大开发……

那这片山林怎么办？

山林？开发了还有什么山林？

我大吃一惊，看来他们确凿要对这片山林下狠手了……

那个家伙忽然盯住我，满眼敌意地问道，你是干什么的？该不是山里的野人吧？

我不想被他识破身份，便掉转身子，飞一般地朝山林深处跑去。

回想那天的遭遇，我真的盼望那仅是我自己的幻觉，而不是正在发生着的真实情景，因为我不敢设想，没有了这片山林，我们这些真正的山里人该怎么办。

## 1

大山坐在萩曳坟前，已经快要一天，还不愿离去。虽说是萩曳的坟墓，但里面也仅是她生前用过的东西。搜救队搜查一个星期，依然没找到她的尸体。但航空公司还是宣布了她的死亡，保险公司也答应过几天把赔偿费送来。大山一直不肯承认萩曳死去，也便没为她建造墓穴的打算。乔木代表张家提出建议，无论如何也要给萩曳造坟，并举办丧葬仪式。没别的办法，大山只好同意他们的要求，在父母坟前挖出墓穴，将萩曳用过的一应东西作为葬品埋进土里。举行丧礼那天，素安特意从城里赶来，伏在萩曳坟上，几次哭得昏死过去。

尽管不肯承认萩曳死去，但几乎每一天，大山都到她坟前坐一会儿。他想不明白，萩曳离开家离开他时，丝毫没有发生不测的迹象，怎么会说出事就出事，永远不再归来了呢？在过去的日子里，他已救过萩曳两次命，这给他造成一个错觉，以为只要自己赶到她出事的地方，就能再次把她从危难中解救出来。但这一次，站在那个高高的悬崖边，望着山谷里滚滚的水流，他却第一次感到自己的软弱和无力，感到一种真正的绝望。但话又说回来，萩曳的尸体不是始终没找到吗？谁又能证明她真葬身在那个地方了呢？每次想到这里，大山都执拗地认为，这不过是巫女阿诗玛和他开的玩笑，她就把萩曳藏在某个神秘的处所，让她偷偷看着他和周围的一切，说不定什么时候，萩曳就会在她的许可下，重新出现在他面前，调皮地歪着头说，我回来了……有许多次，大山都站在家门口，满心做着这种等待。

日头快要西落，山野笼罩在朦胧的雾气里，一如他的心情迷离恍惚。大山准备离开时，忽然看见一个人朝他走来。从那人走路的姿势上，他认出是萩曳的哥哥乔木。乔木已对他说过几次，我要和你谈一谈。其实不用他开口，大山就知道他要说什么。如果是在以前，大山才不会认真理会他，但现在不同，不管怎么说，萩曳都算是出了事，作为她的哥哥，乔木有理由和他闹一下，大山也只能听凭他来闹，从好几天前，他就做好了这种准备。乔木在离他几步远的地方停住，两手抄在裤兜里，翻动一大一小两只鹰隼般阴鸷的眼睛，从眼皮上方直视他，神情里含着明显的敌意。其实，萩曳嫁给大山后，乔木摒弃前嫌，曾经一度积极主动和他套近乎，尤其是当着外人，愈加热情地和他攀肩拉手，意在向世界表明，他和大山是亲戚，并为搭上这门亲戚感到骄傲和自豪。可随着萩曳离去，乔木的态度来了一百八十度转变，急快地怨恨上大山，先前的亲戚情面抛到一边，并放出话来，李大山如果不给他一个合理说法，他就永远没完……乔木打量他一会儿，终于开口说话。

李大山，你想清楚没有？

乔木，你要让我想什么？

你别给我装糊涂，我妹妹死在你手里，这笔账我迟早要找你算。

乔木举起一根手指，在他鼻子前点划。大山推开他的手。

乔木，你不能这样说话……

怎么不能？如果我妹妹没嫁给你，她会死吗？

如果你非要这么说，那我也没办法。

大山掉开头去。乔木两手叉腰，在他身边走来走去，脸上满是冤屈和愤慨。

我就这一个妹妹，从她小时候起，我们一家人就都宠着她，从来没给过她气受，我更是时时处处让她。我养的羊那么娇贵，平时都没让别人摸过，可她说要骑，我二话不说，就把羊按趴下，乖乖地让她骑上去。那时我想，她就是骑我，我也让她骑……

看来你是一个好哥哥……

那回，她闹着要吃羊肉，我翻来覆去想了大半天，还是狠狠心，把一只羊送到屠户那里，叫他们宰杀了，让我娘专门给她炖了一锅羊肉……

是吗？

我妹妹从来没受过别人欺负，有一回在树林里捉迷藏，长河踩了她的脚趾头，我知道他不是故意的，可还是一鞭子甩过去，把长河的脖子都抽红了，你还记得不？

我想不起来……

从小到大，我们没让她受过任何委屈……我妹妹是个懂规矩的人，自己不受气，也不无缘无故找别人的麻烦……

萩曳实在是个难得的好人……

可就是这样一个好人，自从到你手里，你说她得到一天好没有？

乔木咆哮起来，那只不大睁开的小眼也瞪圆了。大山似乎不敢迎接他的目光，慢慢低下头。他实在没想到，乔木居然还给他说出这样一些事，不管是真是假，那些话都像一把把利剑，无情地刺进他的心脏。

乔木，我对不住萩曳……

我妹妹嫁给你后，跑前跑后为你们家忙碌，没功劳也有苦劳吧？她多么能干，如果不嫁给你，她得为我们家做多少……她把大好青春都献给了你，青春你知道么？那是无价之宝，你说她的青春值多少钱一斤？成千上万你也买不去。

说到这里，乔木眼里竟真有了些湿润。

她为你付出了心血，付出了汗水，付出了大好青春年华……可你倒好，居然把她给葬送了，还想就这么拉倒，你想得多美李大山，你也太狠心了吧……刚才你说什么？对不住她？既然你知道对不住她，那你说该怎么办？

乔木，你听我说……

我不听。

乔木挥挥手，毫不客气地打断他的话，一副不讲道理的蛮横样子。

你必须马上给我一个说法。

你到底要什么说法？

这个……你知道。

乔木犹豫一下，还是没把他的要求说出来。看他不好意思的样子，大山摇摇头。乔木呀乔木，他又在心里说，既然你有自己的想法，为什么要拿萩曳说事呢？这不是玷污她的清白吗？如果萩曳知道了这事，她会同意你这样做吗？乔木似乎知道他想什么，赶紧掉开头，也不敢再看他的眼睛。大山摆摆手。

别胡闹了乔木，还是……

谁和你胡闹了？

乔木又瞪圆他富有特色的眼睛。大山摊开两手。

乔木，如果萩曳真被我害死了，我会……

难道她不是被你害死的吗？

不要说……我甚至认为，她根本就没……

好了李大山，不要再做你那种美梦，我妹妹的坟都堆起来了，你还说她没死？用这种幼稚的话骗我？睁开眼看看，我张乔木不是三岁小孩子。

大山不知该说什么好。乔木愈加逼上来。

李大山，你快说怎么办？我已等得不耐烦了。

乔木，你到底想干什么？有本事你自己说。

我不说，我要你来说。

我看你快成一个无赖了。

对，你说对了，我就是个无赖，而且是个不达目的不罢休的无赖。

大山实在拿他没办法。萩叟呀，他在心里说，你怎么会有这样一个哥哥？大山不想再和他纠缠下去。

乔木，你等着吧，我马上……

什么？

乔木眼睛一亮，不禁朝前走一步。大山微微一笑。

我马上把那五千块钱还给你。

乔木失望地退回来，猛一甩手。

我不要。

不要？那可是你的钱，为什么不要？

不为什么……

你不是一直等我还你什么吗？

我……反正我不要。

这就怪了，既然你不要，那我就回去了。

李大山，你少给我来这一套。

乔木跳起来，涨红着眼，像头被激怒的野兽挡在他面前。大山停住脚，神情坦然地看他。

乔木，你想怎么样？

我……

乔木攥起拳头，一副要置他于死地的恶狠样子。但他转转眼珠，又一下把拳头松开。

李大山，你想激怒我？我才不上你的当，你现在就是把拳头砸到我头上，我也不会还手，我现在绝对不做让自己理亏的事。

大山有些哭笑不得，这个乔木，简直就是一个标准的滚刀肉。

乔木，我拿你没办法，但我也可以明确告诉你，那个饲养场，我决不会把它送到你手里。

乔木一愣，似乎没想到大山会主动提起这件事。尽管大山立场坚定，但毕竟挑开了捂在这件事上的盖子，乔木不用再遮遮掩掩，可以顺着他的话说下去了。乔木脸上立刻堆起笑容。

看你说的，谁让你把饲养场送到我手里了？

那你想怎么着？

你可以把它盘给我……对，这是过去的老说法，现在怎么说？对，收购，我可以收购呀。

大山差点笑出声。几年前，乔木就和长河搅在一起，频繁掺和轧花厂的事，后来又打起饲养场的主意，只是一直没找到下手机会，现在，借着妹妹萩臾出事，终于把黑手伸出来……乔木呀乔木，大山在心里哀叹，你为什么总是要干这种事？乔木盯住他，等待他的回答。

怎么样？我来收购饲养场，不会让你吃亏，不管怎么说，我们还是亲戚嘛。

大山真想抬起手，在他那张被厚皮覆盖的脸上狠狠来一下。

乔木，我来问你，你口口声声说要收购饲养场，可你到底用什么来收购？

这你就别管了，办法我想，你开个价，我立刻就去弄钱。

你是不是已急不可待了？

不瞒你说，我等待这一天也好几年了。

现在你终于看到了希望？

起码……我觉得自己的机会来到了。

大山仰起头，在心里感叹，萩臾，这就是疼你爱你的好哥哥。乔木不耐烦地碰他一下。

开口呀，只要价格合适，我们立马成交。

乔木，我看你还是不要做这个梦……

你想反悔？

反悔？我答应你什么了？

李大山，你不要耍我。

乔木，我也说句到底话，这个饲养场，我一个人做不了主。

你是说岫姑？

我只是我家的一个人，关于饲养场的命运，要由我家里所有人来做决定。

算了吧大山，谁不知道，这个饲养场是你一个人搞起来的……

不对，这个饲养场从来都是我们全家人的。

那……我妹妹有没有一份儿？

有，当然有。

那我要……收购她那一份还不行么？

大山有些可怜乔木，一个普通的饲养场，为什么就如此诱惑他？以至于让他说出这种毫无逻辑的话？乔木也意识到自己的话荒唐，摇摇头，随即又恶毒地笑。

大山，我知道你为什么不……你不就是为了岫姑吗？

大山不再搭理他，掉头朝村子的方向走去。乔木在他身后跳脚。

李大山，你给我好好等着，过不了几天，你的饲养场就会完蛋，不信咱们走着瞧……

大山快要走进村子时，忽然又掉转身，径直往饲养场走去。经过乔木这番闹腾，他忽然对饲养场产生了前所未有的牵挂。他仿佛也隐约感觉出来，自从萩曳离去后，饲养场里的几个人也发生了一些变化，好像不如先前那样稳妥踏实，毕竟慕束是萩曳找来的，还与她有一层亲戚关系，她这样一去，难免不对慕束造成影响，而后来的那些人又与他有这样那样的关系，当然都看他的脸色行事。大山先没意识到什么，听了乔木的话后，不禁也有些担心。

大山进到饲养场里，看见慕束蹲在棚舍门口，似乎正等待他的到来。一看到他，慕束便站起身，朝他走过来。看他欲言又止的样子，大山心里一动。

慕束，有……什么事么？

大……山哥，我……

有事你就说吧。

是……这样，我家里最近有……

有什么困难么？

是……不，也不算什么困难，只是……只是……

看你吞吞吐吐的样子，有什么话你就说吧。

那……好吧。大山哥，我到这里来好几年了，你待我真是没说的，我心里……

你怎么说起这个来？

如果我有对不起你的地方，请你原谅……

慕束，你到底是怎么回事？

大山把手按在他肩上。这时，那几个帮工也从棚舍里出来，站在门口，默默地朝他们看。慕束回头看他们一眼，咬住嘴唇，似乎下了很大决心。

大山哥，我……不想在这里干了……

为什么？

因为……我家里有事……

什么事?

他们给我说了个媳妇，我……得回去结婚……

结婚?这是好事呀。

结了婚，我就不能……我得在家里干活……

大山回过头，又朝那几个人看一眼。

他们呢?他们也都有事么?

是……

慕束，他们也都要回家?

慕束低下头，没勇气再说什么。大山明白过来，慕束回家结婚的理由，不过是一句谎话，看来他们都给自己找好了理由，目的就是离开饲养场，他们之所以这样做，当然与乔木有关，也就是说，乔木已提前给他们做了工作……大山不得不佩服乔木，他行动得如此快，还是超出了他的预料。

慕束，不要走，你们应该知道，这里离不开你们。

大山哥，其实我们都明白，也都不愿走……

那你们就留下来，我需要你们的帮助。

可是，我们也……有难处……

我知道……哪怕你们暂时留下来，等我想出办法再……就当我是在祈求你们……

听他这样说，慕束和那几个人互相看一眼，都朝他点点头。

好吧，我们就……

谢谢你们，谢谢你们。

大山连声说，眼睛不禁有些湿润。

## 2

中午时分，大山走出租住的地方，又一次朝时装店走去。他手里当然没提饭盒，萩曳已经不在，没人再愿吃他做的饭，小会已在街边找到吃饭的地方。按说他不用再到那里去，可中午一到，他却无法待在家里，更不要说吃饭，不由自主便走上通往时装店的路，好像萩曳还在那里等他似的。有时这样一想，心里就激动一阵。

还没走进店门，大山就看见素安坐在里面，正和小会聊天。大山一怔，不由得想起来，以前这个时候，素安也到店里来过多次，现在还保持着这个习惯？大山想退出去，每次见到素安，他都有些不知所措。但他还没转过身，素安就看见了他，并起身迎过来，他只好走进店去。

表姐，你……也在这里？

我路过……进来看看……

大山知道这依旧是一句托词。素安似乎知道他想什么，神情也不大自然，但她很快调整过来，并给他搬过一把椅子。大山坐下，目光呆呆地四处打量，心里越发有些伤感，他真盼望萩曳从工作间里出来，歪着头对他们说，嗨，你们聊什么呢？素安大概也想起这种情景，眼里不禁流出泪水。见她这样，大山想劝她一下，还没张开口，素安却擦擦眼，做出劝解他的架势。于是，他们都收住嘴，不再说什么，只是默默体验着心里的哀伤。挂在墙上的时钟响一下，时间不早了，素安和他招呼一声，准备离去。走到门口，她又想起什么。

大山，你还没吃饭吧？

大山摇摇头。素安又走回来。

大山，不管怎么样，日子还是要往下过，你得保重自己。

是……

大山盲目地点头。素安叹口气。

我也没吃饭，要不我们一起去吃点吧。

大山还在犹豫，素安拉他一下，他只好站起来，随在她后面。素安是开车来的，坐到驾驶座上后，又给他打开另一边车门。大山坐在她身边，又有些不知所措的感觉。素安没说什么，开起车来朝前驶去。虽然街上车辆不多，但素安还是开得很慢，拐过一个弯后，把车停在一家饭店门口。由于时间晚些，饭店里人已不多。他们走进餐厅，找了一张靠窗的桌子坐下。服务生过来给他们斟茶。素安把菜谱递给大山。

你愿吃什么，点几样菜吧。

大山摇摇头，又把菜谱推还给她，他真的一点食欲没有。素安不再推让，也没看菜谱，就向服务生报出几个菜名。服务生记下后，便急急地离去。素安又转向他。

大山，你这种状态不行，事情既然已经发生了，我们除去接受它外，还能怎么样？

只是……太过突然，我心里……

你要尽快适应这种局面，不然，你会把自己的生活搞坏。

服务生很快把菜端上来，一样样摆在桌子上。大山这才知道，素安点的菜非常丰盛，而且几乎都是他喜欢吃的东西。他不相信素安会知道他的喜好，宁可把这些看作巧合。素安也没解释什么，只是劝他快吃。素安还要了一瓶葡萄酒，把杯子和他碰一下，便率先喝起来。不一会儿，她有些苍白的脸颊便浮出红晕，样子越加鲜活美丽。

大山，我体会过你的心情，原本平平安安的生活，一下子被彻底打碎，一切都变了样子，过去的美好和幸福都不复存在……

素安眼里又流露出哀伤的神情。大山明白，她兴许想起自己的不幸生活，更确切地说，想起几年前那场突然而至的车祸。他听萩曳说过，素安的丈夫出车祸身亡时，她就在身边，目睹了惊心动魄的事故过程……素安喝下一大口酒，不禁朝他诉说起来。

……那年，我跟我丈夫去南方出差，也是返回时，汽车行驶在高速路上。我身体不太好，一坐车就头晕，没走一半路程，我就有了呕吐的感觉。我丈夫把车停下，我一个人下来，蹲到路边，呼吸几口新鲜空气，觉得好些了，也没吐上来，便准备回车上去。我刚起身，就看见一辆大货车从后面上来，呼啸着朝他的车冲过去……

表姐，你……慢慢说……

我没事……我知道要出事，用力朝我丈夫喊一声。我明白一切都晚了，就算他能听见，也来不及躲开。我就眼睁睁看着大货车撞到汽车上，把车连他一起掀到路旁的沟壑里……我眼前一阵阵发黑，不知过了多久，才清醒过来。我疯了一般奔下沟壑，扑到车上，拼命拍打车门……汽车已被撞坏，车门变形，任我怎么使劲也拉不开。透过开裂的玻璃，我看见他满头是血，一边脸都露出了骨头……

素安再也说不下去，泪水从眼里汹涌流淌。大山心里也一阵颤抖，原来素安竟有这样悲惨的遭遇，相比之下，自己的不幸不是小得多么？他拿起纸巾，朝她递过去，同时有些担忧地看她。素安接过纸巾，草草地擦一下，随即镇定下来，使劲喘出一口气。

不用担心，这些事早就过去了，如果不是说起萩曳，我都快把那个人忘了。来，喝酒。

说着，素安又把酒杯和他碰一下，用力喝一大口。她不光比你不幸，大山在心里说，而且比你坚强。他没有想到，这个看起来柔弱的女人，其实远比他想象的富有力量。这一刻，大山不禁对她充满敬仰之情。素安吃得很少，只是不断喝酒，那瓶葡萄酒被她喝掉了大半。很快，她就现出醉态，眼神恍惚，话也有些重复。

大山，我肯定见过你……你给我的感觉太熟悉了。

表姐是不是觉得我像你的……一个熟人？

素安又若有所思地看他一眼，摇摇头。

不是这样，你并不像谁，你就是你。

可我真的想不起来……

这没什么好奇怪的，也许我太留意你了，而你没留意我。

听她这样说，大山有些不好意思。素安又摆摆手。

不说这个了，还是喝酒。

表姐……

大山想去阻拦她。素安像是想起什么。

对了大山，咱们商量点事行么？

商量……这有什么不行？

以后别叫我表姐了。

这……怎么行？

你看，刚说了没什么不行，转眼就变了。

我没想到……再说，不叫表姐叫什么？

就叫素安呀，你看，我原本没你大，表姐表姐的快把我叫老了。

那也不能……太随便了……

素安大笑起来，并抬手在他肩上拍一下。

大山，你真是一个规矩人，想得太多，也想得过于周到。

大山的脸有些热。素安刚把酒送到嘴边，又想到他刚才的劝阻，主动把酒杯放下。

我是不是喝多了？

你喝得是不少……

难得和你在一起喝酒，所以就……好了，不喝了。

素安果然没再喝酒。吃完饭后，大山不放心她一个人开车，便送她回去。素安虽然有些醉意，但还是尽量把车开得平稳。大山知道虽帮不上她，但坐在她身边，才觉得放心一些。车子接连驶过几条街道，素安还没停下的意思。大山听萩曳说过，素安住在一个别墅区内，那里是这个城里富人居住的地方。大山没到那里去过，也便不知道别墅区在什么地方。车子驶出城外，渐渐进入一个风光秀美的景区，宽阔的路两边植有一棵棵稀有树木，大山只在电视上见过，好像南方热带才有这类树木。再往两边，是一片片碧绿平整的草坪，其间散落着一幢幢样式奇特的房屋，　　大概那就是传说中的别墅。工人们在推着剪草机剪草，几个穿着华丽的女人慢慢散步，其中一个还牵着一只白色狮子狗。车子绕过几个弯，停在一幢别墅的大门前。

到了。

素安说。大山走下车，抬头打量这个陌生的院落。院落用铁栅栏围成，上面爬满绿色植物。素安也走下车，打开院门，又回到车上，把车缓缓开进去。大山随在后面，一步步进到院里。像外面一样，院里也碧绿如茵，草坪修剪得齐整平坦，四周长有一簇簇低矮却茂盛的灌木，几条弯曲的石板小径将草地和灌木隔开。院当中有一座石头堆积的假山，上面还有几道泉水潺潺流下。假山旁是一个个花坛，里面各种颜色的鲜花正在开放，迷人的芳香四处弥漫。房屋是二层建筑，但样式古怪，上面有一个尖顶，好像外国的房屋才盖成这种样子。墙壁上纵横交错地爬满藤蔓，使房屋看上去像一棵巨型植物。素安在车库里停好车，打开屋门走进去。大山原不打算进屋，可等一会儿，也不见素安出来，正迟疑，听见房屋上面传来笑声，抬头一看，素安站在阳台上，正朝他招手。

站在那里愣什么？上来呀。

素安说完，又走回屋去。大山只好也走进屋门。房屋的一层是客厅，里面摆满沙发，看上去像个会议室。墙壁上挂有几个大镜框，里面镶嵌着风景画，其中还有一幅裸身的外国女人像。大山转开头，看见一条木梯通到楼上，而素安正从楼梯上下来，一只手端一把茶壶，另一只手拿两只杯子。她走得有些踉跄，脚在地毯上一绊，差点跌倒。大山抢上去，伸手扶她一下。他这才发现，素安已经换过衣服，与在外面比起来，穿得更加随意，也更加性感，浑身上下都透出浓郁的女人味。他意识到这一点，赶紧缩回手。素安把茶壶和杯子放下，随手打开灯。客厅里亮堂起来，置身在灯光下的素安，身上也闪出熠熠光彩，看上去就像画中人一样美丽。素安给他倒上茶，顺势斜靠在沙发里，神情慵懒而迷醉。看他还站在那儿，她拍拍身边的沙发。

坐呀，还客气什么？

大山坐在她对面的沙发里，一时又有些不知所措。素安笑了笑，又摇摇头。

看见了吧，每天我就待在这个空空荡荡的地方，和个幽灵差不多。

看你说的……

大山随口说，却又不知往下再说什么。其实素安说得不错，他能想象得出，一个人住在这个地方，的确太过孤独，太过寂寥了。素安喝一口茶水，长长地叹口气。

是不是没想到我住在这种地方？

有点……我是头一次到这种地方来。

是呀，多少人都向往到这里来，可真住到这里，又有什么好呀？整天连点烟火气看不到。

是过于安静了些……

我觉得早晚有一天，我在这里会变成个老怪物。

说着，素安举起两手，朝他做个吓人的鬼脸，随即便吃吃地笑起来。大山忽然感到，素安其实是个率性的女人，甚至还有些孩子气，她经历如此多的磨难，心理还依然保持在健康状态，的确是不容易的一件事。素安止住笑，站起身，来回踱几步，停在他面前。

有时做梦，我又回到了乡下，像小时候那样热热闹闹地生活。

可你毕竟不能真正回去了……

谁说不能？只要有一个合适的机会。

合适的……机会？

是呀。

素安坐到他身边，两眼直直地望着门外。

这些年来，我一直在等这样一个机会……我等啊盼啊，都快要把头发熬白了。

我不太明白，你说的机会是什么？

素安把脸转过来，眼睛又紧紧地盯住他，神情也有些冲动。

大山，你知道吗？如果有人带我到乡下去，我会马上抛开这一切，义无反顾地跟他走。

带你……这就是你说的机会？

对，这就是我说的机会。

大山还是有些不明白。为什么一定要别人带呢？他在心里问她，难道自己不能去吗？但他不好再问，而且看她充满激情的样子，似乎也意识到什么。素安身子一阵颤抖，突然抓住他的手。

大山，你能给我这样的机会吗？

我……

大山想抽回手，但素安抓得很紧，他无法活动手指。素安眼里闪出夺目的神采，像一朵含苞太久的花，终于要勃然怒放了。

大山，也许你不知道，你就是我等待的那个机会，是老天眷顾我的最后一个……

素安把脸伏到他手上，泪水扑簌簌落下来。大山愣怔一下，突然明白过来，原来素安把他当成……也就是说，她已经……大山有些感动，却也感到痛苦。原来你说的机会是指这个？他恍然大悟，随即又在心里说，这怎么可能？这怎么可能？尽管这样，大山也没强自挣脱她的手，而是任她抓着、握着，甚至都觉到手指的疼痛。素安止住哭泣，主动松开他的手，但脸腮依旧伏在他手上。

大山，如果你给我这个机会，我立刻就跟你走，跟你到乡下去做一个普通村妇，跟你到乡下去吃苦受罪……不要以为我一时冲动，也不要以为我胡说醉话，你摸摸我的心，它在扑腾扑腾跳，它像火一样热。

素安又抓紧他的手，朝自己胸前按。大山使出很大劲，才把手从她胸前抽回来。素安并不在意，喘息一口，眼里又亮起神往的光彩。

如果你不愿待在乡下，那就随我到这里来，你什么都不用做，只要每天陪在我身边就行，我会像奴仆一样伺候你，你说干什么我们就去干什么……这样的日子该有多好呢。

表姐，不要再……

大山往后退一下，尽力与她拉开一点距离。素安渐渐冷静下来，有些害羞地低下头，随即又勇敢地抬起来。

大山，不要笑话我，我是真的盼望你能……

表姐，我知道你的心情，也感谢你对我的信任，可我没……

你不要说……

不，你也听我说一句，我其实没你想得那么好……

大山，求你不要说这种让我绝望的话……

素安两手捧住脸，泪水从手指缝里流出来。大山心里一阵剧疼，赶紧闭住嘴，如果再说一个字，那就是对她无情的伤害。素安摇摇头。

大山，萩曳刚刚……在这种时候，我实在不该贸然对你……我这样做，或许真的对不住萩曳妹妹……

表姐，你没对不住萩曳，你是一个好女人……

你真这么认为？

素安抬起头，痴痴地看他。大山使劲点点头。素安又感动地洒下两行泪水。

谢谢你这么说……大山，今天这件事，你不要给我一个明确回答，先让我享受一下幻想带来的快乐，尽管我知道这是多么不切实际的一种虚妄，可我还是要再次对你说，有一扇大门永远对你敞开，只要你愿意，你点一下头，有一个人就会跟你远走天涯……

表姐……

素安果断地抬起手，制止他往下说。

天不早了，你打车回去吧，我要休息一会儿。

说着，素安就像经过长途跋涉一般，身子虚脱地倒在沙发里，紧紧闭上眼睛。大山担忧地看她，实在不放心这样离去。素安似乎知道他的心思，抬起手，吃力地朝他摇一下。大山只好站起来，走到门口，又掉头看她一眼，才慢慢走出去……

3

大山以为，他和素安的事情到此就结束了，素安是个聪明女人，应该看出他的真实心意，不会再打他什么主意了。但几天过后，他还是又接到她一个电话。望着那个有些熟悉的号码，大山犹豫一下，还是把电话接起来。

大山，我领你去见一个人好吗？

领我去见一个人？

是呀，一个也许你并不陌生的人。

他是谁？

到了你就会知道了。

素安没再说下去，问清他在什么地方，便放下了电话。大山没想到她找自己是这件事，却也想不明白，她让他见的是什么人？没过多久，素安就把车开过来，待他上车后，也没再说什么，只是把车往前面路上开去。大山有些不安，开始竟以为她或许像上次一样，带他到她家里去，但很快，他就看出车子是向另一条路上驶去。车子穿过几条街道，来到 家医院的停车场上。素安把车停好，打开车门走出去。大山却还坐在车里，不知是否已到地方。素安回过身，朝他摆一下手。

到了，下来吧。

我们到医院干什么？

我不是对你说了吗？带你去见一个人。

在医院里见什么人？

马上你就会知道了。

素安带头往医院里走去。大山只好跟在后面，心里越发纳闷，素安让他见的人是在医院里？那么他是医生，还是病人？素安步子走得很快，高跟鞋在地面擦出有节奏的声音，大山从身侧都能感觉到，她一副胸有成竹的样子，看来这件事她早已谋划多时，只是有意对他打了埋伏。穿过几条回廊，他们进入病人居住区，经过一个护士站时，素安碰到几个护士，像和熟人一样打招呼，看来她是这里的常客了。素安来到一间病房门前，回头看大山一眼，用表情告诉他，就是这里了。大山不禁在心里说，看来她让自己见的人是个病号，那么，他所熟悉的什么人住在这里呢？迎接他们的是一个男护工，先对素安微笑一下，然后领他们朝病床前走去。

这会他又睡着了……

夜里没有睡好吧？

没睡好，差不多折腾大半夜，给他吃下几片安眠片也不管用，天快亮时才勉强睡了一小会儿。

没找值班医生看吗？

看了，医生说，他是处在心理狂躁期，打针吃药都不当事，主要还是要靠心理安抚……所以你们要尽量满足他的要求，或许他才能……

我这不是考虑他要求了吗？

素安这样一说，护工便敏感地掉过头，目光在大山身上扫一眼。大山怔了一下，觉得他们的话与自己有关，但又不知到底是什么关系。护工很知趣地闪开身，让他走得更方便些。大山随素安来到病床前，这才看清，病床上躺着个花白胡须的老人，身子十分干瘦，一张面目也灰暗得很，不用多看，大山就知道，这个人已没多少日子活头了。大山一时没认出他，便吃不准，素安让自己来见的是否就是这个人。素安回过头，用意味深长的目光看他。

你认识他吗？

大山更上前凑近一步，埋下头去，仔细朝那人身上打量。那人似乎有所感应，身子忽然动一下，马上要从睡眠中醒来。就在他一动的刹那间，大山突然在他脸上辨出熟悉的影迹，天哪，是他？他脱口叫出声来。

担朱……主任？

是他。

他怎么……他还活着?

他一直活得好好的。

可是……大家都以为他早就不在人世了……

是吗?

自从他不辞而别之后，大家都再也没见过他。

当然了，他再也没回过乌龙镇。

他怎么到这里来了?

一会儿让他自己告诉你吧。

萩曳知道吗?还有乔木……

我想他们不知道……

这到底是怎么回事?

大山从担朱脸上抬起眼，惊讶的目光又落在素安脸上。那么她到底又是担朱的什么人?这一刻，大山忽然感到，事情正在变得复杂起来……虽然他的话没问出，素安似却乎知道他的疑问，不禁掉开头去。正在这时，即将醒来的担朱忽然咳嗽起来，口腔里喷出几缕糊状物，像浮满泡沫的牛奶流到脖子里。素安示意护工过去清理一下，自己便退到一边。大山随在她身后。

告诉我，你是担朱的什么人?

素安微微笑一下，没回答他的话，而是走到靠近另一面墙下的沙发前，自己先坐下，然后让大山也坐下，长叹一口气，这才朝他娓娓诉说起来。

我是他的女儿。

什么?女儿?

不要误会，我仅是他的养女。

那……你是怎么成为他养女的?

说来话长……要不，还是先说一下我的身世吧。

你的身世?你不是生长在乡下吗?后来随你继父进了城……不对，你不是说你继父是下放医生吗?可担朱却是病人，况且他也不是下放人员，而是一直待在乡下……

你说得没错，我继父的确是下放医生，与这个担朱并不是一个人。

那到底是怎么回事?

当初我们在乡下时，并不知道担朱这个人……我父亲去世后，看到我们母女生活难过，那个下放医生就缠上了我娘，一来二去，我娘就跟了他，也就是说，那个下放医生是我第一个继父。

第一个……是这样?

医生其实是资本家的儿子，因为一些历史问题，便被下放到我们村接受改造。医生是个心气很高的人，对自己的境遇一直耿耿于怀，时间一久，便把情绪搞坏了。开始我娘没看出这点，等嫁给了他后，尤其跟他来到城里后，三番五次地受他责打，娘才后悔起来，但一切都来不及了，我们脱离了乡下，只能在城里受他的虐待。

那个人对你也不好吗?

是，我都不忍回想他给我带来的伤害……在我娘看来，她自己受他打骂都可以承受，但不能看着我在他手里遭罪，就也隔三岔五反抗他一下，这反而更引起他对我们的侵犯……那一次，娘实在受不住了，便领着我跑到大街上，医生则拿着一根拖把，在身后紧追不舍。你不知道，那时我多么害怕，真盼望有个人站出来帮我们一下。

后来呢?

后来，这个人还真出现了，就在医生举起拖把，朝我头上打来时，我看见一个流浪汉从路边蹿过来，将医生扑倒在地，夺过他手里的拖把，没头没脑地朝他身上打去。没过一会儿，医生就趴在地下不动了。

他被打坏了?

我们把他送进了他的医院，就住在这间病房里。

素安说着，朝那边的病床指一下。大山一怔，真是想不到，医生竟然也住在这里。素安苦笑着摇头。

公安局还来人找医生做了调查，我们都很担心，他会把那个流浪汉供出去……可让大家想不到，医生紧咬牙关，什么也没有说，也拒绝同事们的治疗，没过几天，他就死在那张病床上。

那个流浪汉呢?

那不，现在也躺在那张床上。

素安又朝病床指一下。大山不禁恍然大悟。

原来流浪汉是担朱?那他怎么成为流浪汉的?

素安还没做出回应，那边就传来担朱的声音。

还是我来告诉你吧。

担朱醒来了，素安便和大山离开沙发，回到病床前。大山再次俯下身，仔细朝他身上打量。担朱也斜过目光看他。和乔木差不多，担朱的眼睛也一大一小。但大山随即想到萩曳，倒是萩曳与他们的特征不同。

您还认得我吗?

大山，我已经等你很多日子了……

什么? 您在等我?

是的。

为什么?

因为……

什么?

大山，我说出来了，你可别感到不好接受……

您到底想说什么?

你知道吗? 我是你的父亲……

什么?

大山大吃一惊，差点让眼珠掉到他脸上。他回过头，看了素安一眼。素安没任何意外的表示，只是耸一下肩，又回到沙发前坐下。大山再次把目光落到担朱脸上，那双一大一小的眼睛让他难以接受。怎么可能? 他在心里对自己说，也许这个老家伙死到临头了，竟然如此胡说八道。担朱却一直盯住他，眼神里透出哀求表情。

大山，我虽然撑不几天了，但我的脑子并不糊涂，你一定要相信我的话……

你……为什么要这样说?

你要我给你一个说法?

随你怎么理解吧。

我自然要……你刚才不是问我怎么成流浪汉的? 那是因为我受不了自己的罪恶，再也不能在乌龙镇待下去，所以就逃出来……

你是从乌龙镇逃出来的? 他们都以为你早就死了呢。

大山你能不能坐下，听我慢慢给你说?

要说你就说，如果不想说，那我就先走一步……

大山，不要走，不要……

好吧，那你就快说吧。

其实这件事先与慧娘有关，那我就先从她身上说起吧……

那些事大家都知道，你就不用再说了。

不，我要说的事更为久远，而且大家绝不会知道，因为那是我爹一个藏在心里的秘密……

你爹？

当年，我爹和你爷爷都是斗争寨主和土豪的领头人，由于慧娘一家欠下的血债太多，大多数群众都不想放过他们。老寨主知道大事不妙，为了给自己留下个后人，就偷偷把两根金条送给我爹……

什么？你爹接受了他的贿赂？

我们也想不到，那个看起来一心搞土改搞革命的人，其实比任何人都要贪财……也正是因为有那两根金条，我们家的日子才比别人家好过。为了得到慧娘，我才在你爷爷奶奶授意下，去给你们家盖房。

但慧娘看不上你？

我知道我和你爹栓回都喜欢慧娘，但我追求她的心思更强烈，特别是为你家盖房后，原以为慧娘归我是水到渠成的事。可我偏就忽略了一件事，只能在你爹面前败下阵来。

什么事？

那时候，我还不相信有关阿诗玛的说法，更不知道阿诗玛的意志要通过牵牛花来实现，当慧娘向我索要牵牛花蒴果时，我没满足她的要求，而栓回却把牵牛花蒴果送给她，于是他们便走到了一起。

可我爹其实并没得到她呀。

怎么没得到？慧娘明明把自己送给了栓回……至于后来她远走他乡，匆忙嫁给那个酒鬼，那并不怨慧娘，而是栓回背叛了她……但不管怎么说，他们最后毕竟又走到一起了。

所以你一定怨恨我爹？

没错，从小我们就是竞争对手，除了慧娘这件事外，我从来没在他面前失败过……为了报复他，我就……

怎么样？

我就开始打你娘的主意。

什么？你这个……

你是要骂我混蛋吗？没错，我就是个混蛋，那些日子，报复你爹的心思让我昏了脑子，竟然……

怎么样？

竟然……强暴了你娘……

你这个老混蛋……

大山再也控制不住情绪，冲上去，伸出两手，狠狠掐住他细长的脖颈。素安在一边默默看他，没做出什么反应。护工想去阻拦大山，但看素安一眼，又停止了动作。担朱被掐得喘不上气，却不做无谓的挣扎。

大山，你……使点劲吧，把我掐死算了……

你以为我不敢吗？

我知道你敢，因为你是我的儿子……

你……

大山又在手上用一点力，却随即松开手，愤怒地跺一下脚，将身子蹲到地下。我怎么会是他的儿子？他在心里一遍遍发问。很快，大山便站起来，恶狠地朝他瞪一眼，同时在心里说，不，我不是他的儿子，只有乔木才是他的儿子，因为他们有同样的特征，而我却一点没有……担朱咳嗽几声，好不容易平静下来。

我知道自己的罪恶……在我当村主任的日子里，我利用手中的权力，几乎没干成几件好事……我尤其对不住栓回，他是乌龙镇最有学问的人，但我给他带来耻辱，我一看见他就心里难受……终于有一天，我无法再承受这种折磨，便不辞而别，远走他乡，在这个城里成了一个无家可归的流浪汉，直到有一天，我遇到了素安一家……

好了，你的故事该讲完了。

素安走上来，打断了他的讲述。素安给他盖好被子，把大山拉到沙发里坐下。大山还沉浸在混乱的情绪里，两手罩在脸上，身子也不住地颤抖。素安轻轻推他一下。

大山，不管他到底有没有罪恶，但他救了我和我娘，而且他待我非常好，可以毫不夸张地说，他是一个合格的父亲。

但他……怎么会是我父亲呢？

如果你不愿承认这件事，也没什么关系，他只是愿意在离开这个世界前，把自己的罪恶说清楚……

可是萩曳呢？照他这么说，难道我们……

担朱听到他的话，随即使劲摇头。

不，萩曳不是我的女儿，因为在强暴了你娘后，我就……自断了命根……

啊？

大山又是大吃一惊。担朱用被子蒙上脸，呜咽着哭起来。

为了赎回我的罪，我后半生的每一天，内心里都在经受煎熬……我盼望早一天离开这个世界，好快一些获得解脱……

可你却让我……

不，大山，我之所以找回你来，是为了让你过美好的幸福生活。

幸福生活？

没错，你快娶了素安吧，她是个难得的好女人，也完全有条件让你获得幸福。

担朱吃力地爬起来，瞪圆一大一小两只眼，痴痴地朝大山看，眼神里全是热切的期望。大山扭头看素安一眼，这才明白她让自己来见担朱的目的。素安低下头，脸上没现出多少神色。

……

从医院出来时，大山没有说话，素安也没有开口。但他们知道，彼此的内心都不平静。终于要分手了，大山知道不能不说一句话，但张张嘴，却不知说什么好。还是素安停下来，主动打破了平静。

你打算回乌龙镇去吗？

是，我原本属于那个地方……

可这里的店呢？

先由小会打理着……另外，不是还有你吗？

那……好吧。

我要去找阿诗玛……

去找阿诗玛？

是的。

你能找到她吗？

大山抬起头，在想象中让目光穿越城市的楼房，穿越空间的距离，回到连绵起伏的莫邪山区。

我不确定，但我会一直找下去。

……

## 4

置办好酒菜，乔木走出屋门，一边在院落里慢慢踱步，一边等待慕束的到来。在此之前，乔木并没太拿慕束当回事，一个三脚踢不出屁来的小角色，要不是妹妹萩曳把他弄到大山的饲养场来，他甚至都忘了世上还有这么个人。让他没想到的是，就是这个不起眼的小角色，居然给他下一步行动制造了障碍。

他原先以为，只要把慕东他们赶走，饲养场就会垮台，不用他做出怎样努力，大山就会乖乖地把饲养场让给他。按照他的设想，赶走慕东是件轻而易举的事，不管怎么说，慕东也算是他的亲戚，应该站在他一边。可他又一次想错了，慕东竟然没有离开饲养场，依旧带领那几个人我行我素地帮助大山，看来不能不对他费一下心思了。经过几天冥思苦想，乔木这才决定先礼后兵，请慕东吃一顿饭，把这件事的利害关系讲给他，在他想来，慕东即使再愚钝，也不会为了别人不给自己留条后路的。

过了好一会儿，桌上的菜肴都快要凉了，慕东才急匆匆赶来。他的头上浮着一层细汗，胸前的围裙也没摘，由于跑得急，一只鞋子脱出脚去，他不得不停下，蹲下身提上鞋，站起来继续跑。

乔木越过院墙远远地看他，在心里叹一口气，还是做出高兴的样子，朝门口迎他一下。不管怎么说，慕东都上门来了，这就好，看来事情还不难解决。乔木走上去，拉住他的手，过分热情地对他笑。

慕东兄弟，我等你好久了。

乔木……哥，你找我……

慕东停在他面前，有些不知所措地看他。乔木感觉出来，慕东在自己面前不自在，是呀，过去他哪里正经看过他呢。乔木搂住他的肩膀。

来，快屋里请。

乔木哥，你有什么事，就在这里说……说吧……

慕东越发显得不适应。乔木有些不高兴了。

怎么，就不能到我屋里坐坐？莫非哥哥请不动你了？

听他这样说，慕东也有些撑不住了。

看乔木哥说的……

放心吧，我屋里没有老虎，更没有老虎凳。

乔木故作大度地说。慕东不好再说什么，只好不情愿地随他进屋来。看到一桌子酒菜，慕东愣了一下，突然停住脚，并做出往回走的架势。

你有客人？我改天再来……

乔木急忙拖住他。

不用走，我今天请的客人就是你，怎么，没想到吧？

请我？别……开玩笑了……

我怎么是开玩笑呢？我真的是专门请你呀。

怎么会……

来来，菜都凉了，快吃。

乔木使劲把他往座位上让。慕束却执意不坐，也许在他想来，乔木这些东西真的不该是他能够享用的。

乔木哥，如果没有别的事，我还是先回去了……

慕束，你怎么不相信我的话？这些菜真是为你准备的，我一直在等你，可你一直不来……

喂不完那些穿山甲，我不好离开……

大山呢？大山到哪里去了？

大山哥进城了，那里的生意还需要他……

对了，你不说我倒忘了，那个服装店还有我一份呢。

是……吗？

你想呀，服装店是我妹妹一手办起来的，如今她不在了，大山不该把它转让给我吗？

这个……我就不知道了……

其实我对服装店也没什么兴趣，就是给了我，我也不大会经营……好了，今天我们不说这个，还是吃菜，来来，吃菜。

乔木把慕束按在座位上，又拿起筷子往他手里塞，热情得让慕束难以接受。慕束脸上的汗更多了，身子在座位上扭来扭去，一副格外难受的样子。

乔木哥，你……就饶了我吧……

慕束可怜兮兮地说。乔木愣一下，也意识到自己实在强人所难了。这个无用的东西。他在心里骂一句，也不再逼迫他吃菜，在另一端座位上坐下，神情冷峻地看他，一大一小两只眼的目光逐渐尖利。

慕束，既然这样，那我就把话挑明了吧，这样虚着套着不光你难受，我也觉得适应不了，想我乔木在乌龙镇一世为人，哪里做过什么难？

乔木哥，我……

慕束，你应该明白我的心思，咱们是亲戚，在乌龙镇，除了我能给你真正的关照外，其他人又能保护你什么呢？

保护？

是呀，保护，当闹起乱子来时，最不担事的就是你……

乱子？什么乱子？

乔木站起来，耸耸肩膀，在他面前轻轻地踱步，脸上透出神秘莫测的笑。

你不觉得我和大山之间，早晚要大闹一场吗？

我……不明白，你们也是亲戚，为什么非要闹呢？

不要说什么亲戚？从我妹妹被他害死后，他就不再是我亲戚了。

怎么能……

慕束还要说什么，乔木猛力朝他摆手，神情里透着坚决和凶狠。

不要和我说李大山多么好，他是个什么东西，我张乔木比你要清楚一百倍……我来问你一句话，你到底离开不离开饲养场？

乔木逼视着他。慕束不敢接他的目光，低下头去。

大山哥说，饲养场暂时还离不开我……

我已经告诉过你了，不要说什么李大山，说你自己，到底离不离开？

我……我也觉得饲养场离不开我……

好你个慕束，你是存心和我过不去呀。

乔木恼羞成怒，用力把手拍在桌子上。慕束往后退一下，抬起头，鼓起勇气看他。

不是乔木哥，我是真心觉得……

我看你是昏了脑子，居然看不出上下头来，想一门心思和我作对？那就好，咱们走着瞧，到时候出了事可别后悔。

乔木哥，我不是这个意思……

我不管你什么意思，只要继续待在饲养场，就是我张乔木的敌人，敌人你懂不懂？

乔木哥……

好了，好话我已经说尽了，往下你自己看着办吧。

乔木说完，就做出送客人的手势。慕束张张嘴，无法再说什么，也只好站起身，慢慢朝屋外走去。望着他远去的背影，乔木使劲咽口唾沫，心里的火气无处发泄，回身端起一盘菜，狠狠摔到院子里。慕束，他在心里恶声恶气地说，有你好看的时候。

又经过两天思虑，乔木决定要对慕束这个不识时务的家伙下狠手了。他有些想不明白，大山使用了什么灵丹妙药，居然让慕束那么效忠于他，甘冒受到惩罚的风险而不离去，这样一个忠诚的人为什么不属于自己，而偏偏让妹妹送给了李大山？说起来，他对大山也说不上多么怨恨，在过去的日子里，他甚至还主动和他结盟过呢，以为有如此一个强有力的亲戚帮扶，自己也算是乌龙镇的半边天了，不说一荣俱荣，至少对自己有百利而无一害。可随着妹妹的离去，他马上意识到，自己的盟友也随即变成了对手，如果不赶快从他那里得到自己的利益，那么随着时间流逝，他将成为这个对手的牺牲品也说不定，尽管他相信大山不会做对不住自己的事，可他毕竟太过强大，自己哪是他的竞争者？与其与虎谋皮，还不如拿起猎枪，在他背后结结实实来一下，即使不能把他俘获到手，先让他伤一下筋骨也够他日后翻身了。当然，要想搞垮饲养场，还得先从慕束身上下手，慕束就是他李大山的死穴，弄走了慕束，饲养场垮台就是早晚的事了。慕束呀慕束，乔木在心里说，既然你和我过不去，就别怪我手下无情了。

打定主意后，乔木当即把饲料厂里几个贴身帮工找来，详细给他们交代了行动任务。为掩人耳目，他让打手们夜里行动，对饲养场实施突然袭击，揪出慕束和他手下那些人，以木棒痛击，直至将他们赶出乌龙镇。打手们兴致勃勃，摩拳擦掌，一副跃跃欲试立刻过把拳瘾的急切样子。

干脆把那些穿山甲也都干掉算了。

一个打手建议说。乔木火冒三丈，轮圆巴掌，上去便给那家伙一个嘴巴。

混蛋，没有了穿山甲，我还要那个饲养场干什么？

打手恍然大悟，赶紧闭住了嘴巴。乔木觉得还不解气，又使劲踹他一脚，回头对所有人严加警告。

不许伤那些穿山甲一根毫毛，听清楚了没有？

天黑后，打手们手持木棒，出了村子，沿山路朝饲养场走去。乔木有些不放心，悄悄尾随在后面，直到打手们摸进饲养场里，他才停住脚。不一会儿，场内便传出猛烈的击打声和哀痛的叫喊声，在黑夜中显得分外刺耳。好，乔木幸灾乐祸地自语，打得好。几个影子在场院门口纠缠在一起，击打声和叫喊声越发响亮。借着时明时灭的火把，乔木看出来，倒在地下抱头哀叫的正是慕束。他突然想起萩曳当初把他引来乌龙镇的情景，不禁在心里说，慕束，要怨你就怨我妹妹吧。正在这时，慕束竟然跳起来，挣脱打手们的羁绊，朝院门外逃去。打手们又扑上去，重新把他压到地下，挥起木棒击打。乔木在心里骂道，狗东西们打上瘾了，他都要跑了，你们还拦住他干什么？慕束被打坏了，发出撕心裂肺的叫声。

乔木哥……我知道是你……

听到他的叫声，乔木吃了一惊，看来慕束还不笨，知道是他派人来打自己。乔木担心被发现，赶紧闪到几棵树后。过了一会儿，慕束躺在地上不动了，他才长出一口气，离开饲养场，摇摇晃晃地往回走去。大山呀大山，他抬起头，望着黑深的夜空说，我看你往下还怎么走？他想不明白，慕束他们被赶走后，大山该会怎样对待从天而降的困境？他摇摇头，哼哼唧唧地安慰自己说，不管怎么样，这个饲养场也怕是离自己不远了……

5

稍加犹豫后，素安还是掏出手机，拨打通往乔木家的电话。刚才，她从小会口中得知，乔木派人暴打慕束一顿，将大山雇请的所有帮工悉数赶走，饲养场陷入瘫痪状态中，为了照应那些嗷嗷待喂的穿山甲，大山不能再到服装店来了。素安听了倍感震惊，乔木为达到霸占饲养场的目的，居然丧心病狂，做出这等下三烂的卑鄙勾当，不要说大山，就是她这个与此没什么瓜葛的人都按捺不住了。她要狠狠斥责乔木一番，就算不为大山，也要替慕束那帮无辜的人出口恶气。

电话很快接通了，接电话的人正是乔木。听到听筒里传出的"喂"声，素安却又迟疑起来，要不要站在大山一边打这个电话？不管怎么说，自己都与他们没什么关系，按说不该蹚这潭浑水，而按照老担朱的说法，乔木和大山才是一家人呢，但她疑心乔木不知道这件事，不然他又怎么对自己的兄弟下狠手呢？甚至老担朱的话是否可信，她也不敢确定，一切好像都靠不住，那自己又何必介入其中呢？

喂喂，怎么不说话？你是谁？要不我挂了啊。

乔木要放电话时，素安突然心一横，果断发出了声音。不管那么多了，对于不公的事情，她就要站出来表明态度。

乔木兄弟，是我……

是……表姐？

乔木有些吃惊。不知为什么，素安的脸也热了一下。

真是太稀奇了，表姐居然给我打电话来，就像当初你来找我们一样突然……

你听我说……

表姐找我一定是有什么要紧事吧？

乔木，听说你把慕束他们打了一顿？

这个……

乔木没想到她问这事，一时有些语塞，但随即就反应过来。

你怎么也知道了这个？是大山告诉你的？

你别问谁告诉我的，你只对我说一句，为什么要这样干？

为什么……对了，表姐，你先告诉我，你为什么要问这件事？

你不觉得这事做得很过分吗？

其实那并不是我做的，是我手下那些不听话的……

行了乔木，好汉做事好汉当嘛，既然做得出，就要敢于承认，在我印象里，你也算是一条汉子呢。

听她这样说，乔木不好再推搪了。

好吧，既然表姐这么看得起兄弟，我还有什么好说的？实话对你说吧，这件事就是我找人干的。

为什么要这样干？

你还没告诉我，为什么要过问这件事呢？据我所知，表姐可与这件事没任何干系呢。

不管有干系没干系，这件事你都做得不对……

你不用说了，我明白了，表姐是不是……

不等他往下说，素安似乎就知道他是什么意思了，脸又不禁红一下。不能让他说下去，她告诫自己，不然你就会显得理亏了。

乔木，你应该明白，为人总要有个原则，有个底线，不管干什么，都不能没有是非，任着性子一条道走到黑……

呵呵，表姐教训起兄弟来了？

这不是教训，是在给你说道理……

表姐今天怎么这么好兴致，居然有闲心开导别人？如果你真想关心我一下，我们不如找个清净的好地方，让我专门聆听表姐的教导如何？

乔木，不要和我碎嘴，我说这些也是为你好……

行了表姐，你到底是为谁好，我心里也明白着呢，就算我再没脑子，也不是一点猫腻看不出来。

你看出了什么？不许你胡说……

我怎么会胡说呢？事情不是在那里明摆着吗？

乔木……

我倒是真佩服那个李大山，我妹妹刚刚离去，他居然就……

素安心里一阵急跳，她知道乔木往下要说什么，而她最怕听的就是这种话，手一抖，差点把电话扔出去。但她咬咬牙，随即提高声音，果断阻止了他的话。事已至此，惧怕是没有用的，既然把电话打给了他，就要把自己的意思表达出来，防止事态恶化下去。

乔木，我来告诉你，如果这件事你执意要做下去，等着吧，很快就会有你后悔的时候。

乔木果然被镇住了，停顿一下，才试量着问她。

表姐能不能告诉我，我会后悔什么呢？

话说到这个份儿上，素安似乎也没什么退路了，干脆闭起眼睛，不管不顾地告诉他。

乔木，别以为你表姐什么能耐没有，不管怎么说，我也在社会上混了这么多年，白道黑道上的人都有一大把，他们可是什么事都做得出来的。

表姐的意思是不是说，你在堂而皇之地帮助那个李大山？

我……

表姐是不是还告诉我，你道上那些人也是那个饲养场的后台？

这个……差不多吧。

乔木一下子沉默了。素安明白，他是真的有些怕了。对这种不知天高地厚的流氓，她在心里说，就要用这种招数才行。过一会儿，乔木好像才反应过来，口气也不再像先前那样霸道，而是多了些可怜兮兮的味道。

表姐，你为什么要这样干？那个李大山有什么好？你为什么要帮助他？我们可是亲戚呀……

乔木，那我也来告诉你，这不是谁好不好的问题，而是你该不该做的问题，人活在世上……

行了表姐，我不听这些大道理，你也不用给我说这些，我知道你们已经搞到一块儿去了……

乔木，不许你……

不然你也不会这么明目张胆地帮他，好个李大山，他不但霸占了我妹妹，还勾搭我的表姐……对了，你该不会不承认是我表姐吧？

乔木，再胡说八道我就要……

素安跺了一下脚，最让她担心的话乔木终于说出来了。乔木喘出一口气，也突然不管不顾起来，口气里透出少见的冷硬。

李大山，我和你势不两立。

乔木……

表姐，你也就等着吧，有他李大山好看……

乔木，你想干什么？

我想，我想……

乔木喘着粗气，一时没有说出来。素安不等他往下说，就赶紧放下了电话。她瘫坐在沙发里，两手抱住头，感觉到身子一阵阵虚脱，似乎刚刚做过什么过分耗费力气的活计。待平静下来后，素安突然问自己，要不要把担朱的事告诉乔木，她想象不出，一意孤行的乔木知道这件事后，会做出什么样的反应？素安忍受好一会儿，才没再拨打下一个电话。

此后许多天，素安都有些把握不定，听乔木在电话里的口气，他好像还不甘心，要对大山和他的饲养场做出更出格的事来，其实自己那番威胁他的话够狠的了，乔木如果知趣，按说应该就此止步才对，即使不和大山修好，也应该规矩一段时间。但素安又隐隐觉得不安，凭她对乔木的了解，觉得这个心术不正的流氓，或许会狗急跳墙，继续干出什么伤天害理的事来。她想提醒一下大山，无论如何要多加提防乔木。但一连许多天，大山都没再进城来，打他的手机，也始终处于关机状态。素安居然失去了与大山的联系。也许又出了什么事？素安心里的不安越发浓重。

过了几天，素安终于有些坐不住，考虑是否到乌龙镇去一次。但她还没动身，突然接到小会打来的电话。小会在电话里说，乔木终于没放过大山，在一天夜里闯进饲养场，偷偷下毒，把那些穿山甲都药死了，为躲避警察调查，已经逃到不知什么地方去。素安大吃一惊，怪不得大山没有消息，原是乔木已对他下毒手了。乔木这个狗东西，居然如此凶狠，将大山悉心经营数年的饲养场一下子毁掉了……素安知道，那个饲养场对大山意味着什么，她简直难以想象，没有它的存在，大山该怎么面对他未来的生活……素安随即感到了后悔，也许正是自己害了大山，如果她不站出来打那个电话，恐怕乔木还不会这么快就对大山下手，是自己将他逼到了危险边缘，他才铤而走险，做下这种伤天害理的事，原以为自己是在帮助大山，没想到结果却适得其反……

没有再犹豫，素安便驱车赶到了乌龙镇。她要亲眼看看，在这场突然而至的危机面前，大山是否还能承受得住，她要以自己的关心和柔情，来抚慰大山心底的创伤……进到乌龙镇后，素安没有去大山家，而是把车径直开往饲养场。她觉得大山这时候不会待在家里，更重要的是，她不愿在那个院落里看到另一个女人，记得萩曳似乎说过，那个女人同样对大山怀有一种超越正常男女之间的情感，尽管她不知道萩曳的说法到底含有多少水分，但在这件事上她宁愿信其有不可信其无。在这样的情况下，她怎么可能去面对那个肯定魅力非凡的女人，从而给自己再增加一份不必要的痛苦呢？不，她无论如何也不想再触碰自己敏感的神经。

还离饲养场很远，素安就感觉出来，那里已失去了先前的生机。上次来乌龙镇时，她曾经看到饲养场可观的规模，还有那些温驯可爱的穿山甲，没想到这才不多日子过去，经过乔木那只黑手的肆虐，饲养场已完全破败，几排棚舍虽然还在风中矗立，但里面没发出任何生息，那些曾经活泼可爱的动物不知到哪里去了。素安走近了些，才在倒塌的土石间看到几只死去的穿山甲……素安不禁闭上了眼睛。前些日子，它们还活蹦乱跳着呢，现在却……她心里一阵极度的悲伤，身子不住颤抖起来。

正如她的预料，大山果然待在这里，一个人坐在一块石头上，面对着死寂如坟场的棚院，身子一动不动。素安走下车来，在他身后站了一会儿，大山还没有发现她，两眼依旧呆呆地看着地面。素安悄悄走过去，蹲到他身边，把一只手放在他膝上。大山这才扭过头，慢慢地看她一眼。素安看出来，他的目光呆滞涣散，神情忧郁麻木，眼睛看着她，像面对一个陌生人，好久没有多少反应。看着他这种样子，素安心里剧烈疼痛起来。

大山……

表姐……

大山这才清醒过来，身子往起站了站。素安牵住他的衣角，不让他动弹。由于两个人靠得太近，大山有些不自在，身子有些发僵。素安抽回手，身子往后闪闪，又缓缓站起来。

大山，你没事吧？

你……怎么来了？

我来看看你，怎么样，还挺得住吗？

大山咧咧嘴，想说句什么，却又没说出来。他把目光从她身上移开，又转到已成废墟的棚舍上，不自觉地叹口气。素安也随着他掉开眼睛，目光在棚舍上飘移。

没想到，乔木居然这么狠毒……

是呀，我也没想到他会这么干。

素安想起自己那个电话，心里又充满愧疚，本想对大山检讨句什么，却又不知该怎么开口。

那……那些穿山甲都没留下来吗？

差不多都死了，只有很少一些被救过来，送到我的客户那里去了，这里已经被毒药污染，无法再继续饲养它们了。

损失很大吗？

当然……

大山似乎这才注意到，她脸上也明显浮满了忧虑。为了安慰她，他赶紧调整自己的表情，故作轻松地笑一下。

你不用担心，这件事不会影响我什么的……

大山，你不用掩饰自己……我知道这个饲养场对你来说多么重要……

真的没事，不养穿山甲，我可以再去干别的。

这样说着，大山还有意挥挥拳头，以示自己的决心。看着他略显夸张的古怪表情，素安心里又疼痛了一下。这时，她是多么盼望大山能脱去坚强的伪装，将自己软弱的一面在她面前一览无余地袒露出来，最好是无所顾忌地伏到她身上，放肆地大哭一场。她相信大山内心中会有这样的渴望，这是一个接连遭遇了巨大不幸的人，先是他心爱的妻子萩曳离他而去，现在又失去耗费他无数心血的饲养场，在这样严重的打击面前，纵然是一块石头，也应该要垮下来，也应该要依傍住什么休憩一下，而这个供他停泊的港湾就在眼前……在来乌龙镇的路上，素安还又一次做好向他发出邀请的准备，尽管她也知道，自己的身子并不强壮，胸怀也不宽广，但她会用满腔的情感来抚慰他的伤口，软化他的血痂，洗净他的泪痕，驱走他的忧伤……

但令她失望的是，大山并没表露这样做的意思，仅仅是用两手抱住头，使劲摇摆两下，就放下手来，重新挺起胸膛，深邃的目光越过她的身子，越过满地疮痍的棚院，又放到远处，放到看不见尽头的山野里去。他在寻找巫女阿诗玛吗？素安在心里问道。她摇摇头，从冥想中回过神来，伤心地闭上眼睛。也许他真是一个分外坚强的汉子，但更可能的解释是，他还是没拿她当自己最亲密的人，也就是说，他没有真正接纳她的打算……意识到这一点，素安心里的疼痛像刀割一般，简直让她难以承受。不用再安慰他了，她告诉自己说，能够给他带来安慰的人起码还不是你……

那好，我回去了……

别走，跟我回家去吧，我让岫姑给你做顿家常饭……

岫姑？

素安心里一动，岫姑大概就是那个让他忘不掉的女人吧？

不了，我回去还有事……看到你没什么事我就放心了。

说完这句话，素安就顾自钻进车内，并迅速发动车子，离开大山，驰上返回的路。经过镇子时，不知为什么，她让车子在街上拐了一个弯，居然就不知不觉来到一个院落前。她并没有打算到大山家去，其实她也不知道大山家在什么地方，她只是无意间打了一下方向盘，就让车子停在一个普通的院落门口。她不知道这是不是大山的家，只是透过前挡玻璃，望着院落里的一切。这是一个篱笆院，用木桩围成的院墙不太高，上面盘绕着的牵牛花藤蔓也不太茂密，所以她便轻而易举看到了里面的情景：一个还算年轻的乡下女人坐在捶布石上，手里有一搭无一搭地做着针线，一个年幼的男孩在她身边转悠，远处还有一只睡觉的猪仔和几只刨食的母鸡，更远处则是缠裹在篱笆墙上并被徐风吹得飘舞的牵牛花……望着这美丽的农家情景，素安眼睛一阵迷幻，好像一下子进入了梦境，或者说进入一个遥远的记忆，那个健康的美丽女人正是她自己的形象，或者说是她自己在梦幻中渴望成为一种样子……天哪。她在心里轻轻说了一句，同时身子一震瘫软，更加浓重的困意袭来，就要将她真的带到深沉的梦境中去……

不知费了多大劲儿，素安才挣脱这种眩晕迷人的状态，把车子开出乌龙镇，开上通往城市的公路。你该醒来了。她悄声对自己说。不知为什么，她一边这样自语，一边汹涌地流泪。总算驶出了山野，来到一片开阔地带，素安终于克制不住，停下车子，把身子伏在方向盘上，张开嘴巴，呜呜地号哭起来……

## 6

快要半夜了，大山刚刚睡下，还没闭上眼睛，就被一阵突起的电话铃声惊得坐起来。这一段时间，发生的事情太多了，几乎每一点风吹草动，都让他紧张半天。好在电话是素安打来的，他提起的心才落下来。但很快，他又一下瞪大了眼。

什么？你说什么？

大山似乎没听清素安的话，但好像又听清楚了，只是不相信自己的耳朵。素安喘息一口气，才又一次告诉他。

我要出国了，明天就走。

出国……

念叨着这两个字，大山脑子里还有些反应不过来。“出国”是什么意思？这两个字的含义离他太过遥远，以至于他紧张地思索一下，才突然明白过来。

表姐，你出国去……有事吗？

没事……

那为什么出国呢？

素安没回答他的话，不知是不好说，还是有意不说。

飞机票我已经买好了，明天中午十二点……

飞机？

听到这两个字，大山越发有透不过气的感觉。他一下子又想到萩曳，还有他和素安一起寻找她时的情景……他禁不住大声喊叫。

不要乘坐飞机——

出国……不能不……

素安在那边苦笑一下。大山清醒过来，可不是，出国怎么能不乘坐飞机呢？可是这毕竟是一件风险极大的事，萩曳不就是……大山纳闷得不行，在他印象里，自从萩曳出事以后，素安就对飞机产生了恐惧，发誓以后不再乘坐飞机，可这才不多日子过去，她怎么就……

大山，你不问一下我继父的情况吗？

是不是他已经……

是的，三天前，他病死在那张床上……

所以你也终于解脱了。

其实我很感激他，我娘死后，他就是我在这个世上唯一的亲人。

我想象得到……

他让我告诉你一句话。

什么？

让你不要和乔木过不去……

是这样？

如果你觉得他的话多余，就当我没为他传过话。

素安的语气充满歉意，好像知道这样对大山不公。大山理解她的心情，不管怎么说，担朱对她的恩情都只能使她这样做。大山没说什么，素安的声音又传过来。

大山，你明天来送我好吗？

当然，我会去送你……

我要见到你……

说出这半句话，素安的电话就挂断了。大山吃不透她是没说完，还是电话出了故障。他呆怔了一会儿，才慢慢放下电话。不知为什么，回想素安的话，他心里浮起一种不祥的预感，好像她这一去，以后就再也见不到她了。不，他赶紧摇头，不会的……尽管他极力否定自己的想法，但这种感觉越发强烈，以至于让他在余下的半夜时间里，再也没闭上眼睛。即使她不会出事，他突然想，怕是你也不容易见到她了……他被这个念头吓了一跳。沿着这样的思路往下想，他很快意识到，或许素安这次出国，再也不回来了……大山克制不住内心的冲动，拿起电话，抖动着手指拨打素安的号码。他要再问她一下，你真的不再回国了吗？如果他没记错的话，这是他主动打给她的第一个电话。你是不是太冷淡她了？他问自己。但素安的电话已经关机。大山又发了一会儿呆，才不甘心地把电话放下。也许事情不是这样，他又安慰自己，是你太多心了吧？不管怎么说，等明天见到她一切就明白了。

天终于亮了。大山早早地来到站牌前，顺利乘上开往城市的第一班公交车。不到十点，他就来到素安的别墅区。但让他感到意外的是，出现在院门口的是个陌生男人。大山以为找错了地方，想退出来，那个男人却叫住了他。

你是不是找一个叫素安的人？

是呀，她不在家吗？

噢，她已经不住在这里了……

什么？不住在这里了？那她到哪里去了？

是这样，几天前，她就把这幢别墅出售给我了……

大山大吃一惊，原来素安……看来自己的预感没错，她真是要一去不复返了。他心里急跳起来，紧紧盯住那个人。

那你知道她到哪里去了吗？

这我可就不清楚了。

男人耸耸肩，就回身往院里走去。大山却还不甘心地看他。男人快要穿过草坪了，又回过身来。

对了，她说要出国去，是不是已经……

大山一下子反应过来，是呀，素安不是让自己来送她吗？那她一定是到机场去了。他没有再犹豫，离开别墅区，拦住一辆出租车，直朝东郊机场赶去。

一路上，大山都处在极度的不安中，没错，素安把自己的住宅都不要了，一定是要到国外去定居。国外？大山念叨着这两个字，心里既感到茫然，又觉到惶恐。国外，那到底是怎样一个遥远陌生的地方？对他这个没大出过远门的乡下人来说，是无论如何想不清楚的。更让他不明白的是，素安为什么要做这样的选择？是不是与他李大山有什么关系呢？他忽然感到，素安走上这一步，一定与自己对她的态度直接相关，甚至可以说，是自己把她逼往了那个遥不可知的地方……难道不是这样吗？大山狠狠地问自己。前些日子，就在这幢别墅内，素安主动向他表达出爱慕之情，并满心期待他的回应，看来正如担朱期盼的那样，她原本是希望与他过安定生活的……可在随后的日子里，由于不幸的事情接踵而至，尤其是饲养场的毁灭，让他忙得焦头烂额，以至于疏忽了对她的关注，才导致她对他的期待落空，加之她的恩人担朱的离世，更增添了她的失意伤心，最终让她做出远走他乡的决定……大山沉浸在深深的自责中。素安，他在心里愧疚地对那个钟情于自己的女人说，对不起……大山渴望立刻见到素安，但车辆的速度十分缓慢，时间已过去了好久，还没有离开闹市区，而且再往下，车子愈加走不动了。

怎么回事，师傅？

前面堵车。

司机淡淡地说。大山摇下车窗，伸出头去往外看。果然，前面众多车辆拥在一起，喇叭声此起彼伏。一个警察在车辆间跑来跑去，不时地挥手、吆喝。却收效甚微，车辆依旧拥挤不动。

师傅，能不能想些办法？

我能想出什么办法？

要不把车倒回去，走别的路好吗？

司机不情愿地往后视镜中看一眼，旋即摇摇头。

你自己看吧。

怎么？

大山又把头伸出窗外，转过去往后看，天哪，后面的道路也已被车辆堵上了，而且越来越多的车正围上来。大山收回头，又把哀求的目光转向他。

师傅，这可怎么办？我有急事……

没办法，既然赶上了这事，只能耐心等着了。

耐心等着……

望着司机见怪不怪的样子，大山知道再指望他是不能解决问题了，怎么办？离素安说给他的时间越来越短，他能想象出她在机场等他到来的急切样子。昨天夜里，她就在电话里说，我要见到你……是呀，这一次见面，也许是他们这一生中最后一次……他怎么能……大山无法再等下去，扔给司机一张钞票，便果断下了车，与其毫无指望地在这里等待，还不如自己走到机场去。

下了车来，大山拧着身子在车辆间穿行。他快要走出一身汗，才来到那个指挥交通的警察身边。他这才注意到，警察脸上的汗水已快要淌成小溪。他打消朝他问路的念头，转头去问像他一样赶路的行人。

到机场还远着呢，看来你还得打车去。

一个老头告诉他。大山苦苦地笑一下。

您说我还能打车吗?

也是，看来你只好出这条街打了。

我怎么看不到路口……

这条街长着呢，你还得往前走一会儿。

听了老头的话，大山又紧张起来，天哪，怎么不顺利的事都让自己赶上了？没办法，只好继续艰难地往前走了。大山拧动身子，在车辆间绕来绕去，又走了足有一刻钟，还没有看见路口，甚至连一条狭窄的胡同也没有找到。大山看看手表，离素安给他的时间已经不多，不要说还没从这里走出去，就是在一条畅通的道路上打上车，怕是也很难按时来到她面前了。难道在她离开之前真的不能见到她了？大山急得不行，忽然灵机一动，取出手机，再次抖着手指拨打她的号码。还好，素安没有关机，不一会儿，听筒里就传出她的声音。

大山，你到了吗？我在机场呢。

表姐，我现在还在路上，刚才堵车，我没法及时赶过去……

堵车？哎呀，怎么这么巧?

是呀，我紧赶慢赶，还是不能……

你在什么位置？离机场还有多远?

大山不是太熟悉城里的道路，搞不清自己在什么地方。他一边举着手机，一边看路边标志性的建筑。素安终于明白他所处的位置，不禁叹息一声。

天哪，太远了……

没事，再远我也要赶过去。

不是大山，我的时间已经不多了……

那你也要等我，我就是跑，也要赶到机场。

大山一边说，一边疾步奔跑起来。由于他忙着说话，赶路的注意力无法集中，有好几次，他都撞在其他人身上。该死的。他在心里嘟囔。尽管他没有说出口，但其他人还是看出他脸上的愤怒，大多都掉开头退往一边去，却有一个蛮横的汉子迎上来，使劲在他身上推一把。大山怒不可遏，合上手机，就要和那人抓在一起。但就在手指快要触到那人身体的当儿，他又及时收住了手。算了，他在心里说，不要再为他耽搁时间了。他也像那些人一样掉开头，避开汉子，朝另一边走去。他打开手机，又听到素安焦急的声音。

大山，怎么回事？信号怎么断了?

刚才……不过没事，我正在赶路呢……

不要再赶那么急了，你那里离机场太远，恐怕我不能等你过来了……

可我……你不是说过吗？你要见到我……

是的大山，我以为在我离开这里之前，一定还能再见上你一面，可是……

都怨我，没想到路上这么……本来我是赶了大早过来的，以为肯定能给你送上行……

我知道你会……听你跑得气喘吁吁的，想必累得不行了。大山，别那么费劲跑了，你还是停下来，我们好好地说几句话吧。

可我也想见到你……

来不及了，我已经快过安检线了，你就是马上过来，怕是也……

天哪，我……

大山，停下来，找个安静的地方，我们好好说说话。

大山急快地想一下，还是决定按她的意思办，是呀，素安说得对，既然赶不到她身边，也就是说不能看到她了，何必不好好听一下她的声音呢？大山弯下腰，大喘几口气，然后仰起头，寻找一个没多少乱声的地方。他在街边巡视一圈，终于看见一个黑乎乎的门洞，便快步奔跑过去。进到门洞里，素安的声音一下子响亮起来，连她的喘息也听得一清二楚。

表姐，告诉我，你为什么要做这样的选择？

我……我已经无路好走了，只能……

在国内不更好吗？起码这里是你一直生活的地方。

可既然一切都……我还待在这里干什么？这里不管什么东西，都会勾起我的伤感……

说到这里，素安不禁抽泣了一下。大山听了，心里也有些酸楚，更多的还是愧疚。

表姐，是不是我把你逼走了……

大山，不要这样说，你没有逼我，是我在逼我自己……

可你下这样的决心，毕竟还是由于我……

我一点都不怨恨你，是我自己太自不量力……

表姐——

大山不能再听她说下去，心里像被刀刺一下，感到剧烈的疼痛。素安大概体会到他的心境，也停顿一下，随即又长叹一口气。

好了大山，我们不说这些了……

表姐，你还是不要走……

不能了，我快要登上飞机了，太晚了。

你为什么不早告诉我……

我就是怕你会劝我，再听了你的话，我就走不成了。

没想到你居然这样决绝……

是呀，我也是犹豫来犹豫去，最后才下定决心。

我太让你失望了……

不能这么说……你什么也没做错……

国外那么遥远，你能不能适应那里的生活？

慢慢来吧，没有过不去的难关……

你还没告诉我，你到什么地方去？

一个很远的地方，多米尼加。

多米……

大山有些茫然，凭他有限的地理知识，一时还真的想不起那到底是个什么地方。

什么时候再能见到你呢？

这个……我也不知道……

素安沉默一会儿，还是这样回答他的话。大山不知道再说些什么。你把她彻底伤透了。他在心里说。素安清清嗓子，似乎有心劝他什么。

大山，不要再想这件事了，一心一意过你的生活吧。

可你……

不用挂念我,我会照顾好自己……你也知道,我早就适应了一个人的日子。

可是……

对了，那个服装店就交给你了，我的股份就当是送给你的礼物吧。

这怎么行……

我用不到那么多钱。好了，不要再说这些了，我已经上飞机了。

等把店处理一下，我会想法给你汇过钱去。

这样说，我就不会给你我的住址了。

这……

没听明白吗？这是我送给你的礼物。

礼物？为什么要送给我礼物？

素安迟疑了一下，还是没说出送给他礼物的理由，随即便掉转了话题。

大山，也许你还是把那个服装店处理掉，回到乌龙镇去更好。

是，我也是这么想……

如果有一天你找到了阿诗玛，替我向她讨要一枚牵牛花蒴果好吗？

牵牛花蒴果？

你把它种在你的篱笆墙下，每当牵牛花的花朵开了，你就会看到我……

表姐……

好吗？

好。

告别吧大山，我已经在座位上坐好了，服务员正向我走来，虽然飞机还没起飞，但按照规定，飞机上是不能打电话的……

表姐，再等一会儿……

大山，我会一直想着你的……

说到这里，素安的声音颤抖起来。大山的眼泪一下子涌出来。

素安……

大山我听见了，你是在叫我的名字是吗？

是……

大山点点头。尽管他也没料到自己会脱口叫出她的名字，还是觉得这样的称呼更能表达他此刻的心情。素安哽咽着叫出一声。

大山，谢谢……

素安……

大山还要说下去，手机里的声音却戛然而止。他愣一下，才意识到是信号中断了，或许素安的手机真的被服务员收缴了。

素安——

大山还是对着话筒叫喊几声，直到确认素安的手机关闭了，才不情愿地从耳边取下来。他垂下两臂，有些失魂落魄地走出门洞。望着前面的街景，他猛然反应过来，不知什么时候，那些拥堵的车辆已经散去，交通又恢复了正常。大山奔到街边，随手拦住一辆出租车，匆匆钻进去。如果急着往机场赶，他心存侥幸地想，也许还能亲眼看到素安乘坐的飞机。

大山赶到机场时，果然有一架飞机从机场跑道上飞起来，像一只分外巨大的飞鸟冲上天空。大山仰起头，痴痴地盯着从头顶上划过去的飞机。

素安——

大山的泪水夺眶而出。

# 第十章

对我这样身处山林的人来说，原本不大容易感觉到时代的变化，但当大开发的行动到来后，一切便都发生了根本的改变。

那个勘查人员说得没错，没过多少日子，对莫邪山实施开发的行动就开始了。还置身在山林深处，我就听到了山林边缘传来的轰隆隆的响声，不用仔细分辨，我便知道那是电锯伐倒树木发出的声音。一听到那种刺耳的声音，我的身子就颤抖，脑袋就发紧。那些人真是心狠手辣，不但没有放过乌龙镇，而且连莫邪山也不肯放过了。

没有别的办法，大伯、母亲还有我们村落里的人，为了躲避那些可怕的声音以及随后到来的骚扰，只好告别我们居住的地方，像上次离开乌龙镇一样，背起简单的行囊，继续朝着山林深处进发，去寻找下一个安静的家园。只有我留下来，而且不断游走在那些开发人员的周围，设法给他们的开发行径制造一些麻烦。

说来令人难以置信，在开发人员的队伍里，我竟然看到了乔木的影子。如果我没记错的话，乔木是一个曾被通缉的罪犯，如今却出现在开发者队伍里，头戴安全帽，手持电锯刀，恶狠狠地朝那些粗大的树干上挥舞。我百思不得其解，乔木是怎么做到由罪犯到开发者的转变的呢？看来我这个已经快要成为野人的家伙，是不可能明白外面世界的那些事情了。

还有一件事需要说一下，有一天夜里，我捡拾的那部手机上出现了一条短信，上面的内容是，天风，新年好，祝你大伯和母亲幸福快乐。这是一条发自上海的短信，我不知道它的发出者怎么知道我持有这部手机，看样子他（她）一定认得大伯和母亲，那么他（她）是谁呢？这天夜里，我望着漫天飞舞的雪花，让记忆一点点沉浸到遥远的往事里……

## 1

进入四月后，日子不断地延长，天气也快速变热，在明丽日光的照耀下，地面上的绿色越来越多，也越来越浓，一切都呈现出勃勃生机的旺盛样子。

长河在停车点下车，拎着他那个破旧的蛇皮袋子，慢慢往镇子里走去。其实离服刑期满还有半年，但两天前，他却意外接到了减刑通知。长河来不及和家里联系，一走出农场大门，便匆匆爬上开往老家方向的火车。经过一天一夜的颠簸，又倒过两次汽车，天快晌午时，他顺利回到乌龙镇。望着前面那个篱笆院，他在心里叫一声，我回来了——按照计划，回家后，他要痛痛快快地洗一次澡，先让自己干净起来；随后舒舒服服地睡几天觉，把在农场里缺失的觉补回来；他当然要和岫姑多在一起，同时留意一下大山，看他们有什么不对的地方；他会孝孝顺顺地对待慧娘，也尽心侍候她老人家一回；随后选择一个恰当的时机上街，碰见赏通乔木他们，不妨也把外面的见闻说一说；此外，尽快把头发留起来，总不能老这样秃着；对了，还有黑猫布鲁克……

想到布鲁克，长河果然就看见了那只黑猫。布鲁克站在篱笆墙外，正朝他直直地看。长河有些发愣，这是他那只猫么？记得它曾经肥硕高大、精神抖擞，怎么现在又矮又小，还一副耷头焉脑的样子？布鲁克认出了他，突然拱直身子，朝他奔跑过来。长河抱起布鲁克，上下左右仔细打量。布鲁克尽管身子细瘦，毛须稀长，样子也有些苍老、虚弱，但那双如火的亮眼告诉他，这的确是他从老家带来的那只猫。几年来，长河一直把布鲁克挂在心头，有时做梦都看见它。也许没几个人知道，在他苦涩的童年时期，布鲁克是他最好的玩伴，而且救过他的命。他忘不掉那个风雪之日，他一个人到山里玩，不知不觉迷了路，眼看天黑下来，他不知该往哪里走，只好躲进一个山洞里。半夜时分，他被冻醒了，手脚僵硬得不能动弹。就在这时，一只小黑猫钻进来，紧紧地贴靠在他怀里。有了这只猫的温暖，他渐渐缓过劲来。天亮时分，慧娘终于找到了他……长河原本不喜欢猫，但这次遭遇后，他却把小黑猫带在身边，决心一生一世都不和它分开，并给它取了个颇为洋气的名字布鲁克。长河看出来，这几年没有他的照料，布鲁克变得有些瘦弱，且现出一副老态，想必也吃过不少苦头……我会好好照顾你，长河对布鲁克说，我要为你颐养天年……长河抱起布鲁克，朝家门口走去。来到篱笆墙边，布鲁克从他怀里跳下，钻到牵牛花藤蔓下去。

长河正要进家去，忽然听到隐约的说话声，而且听出是谁在说话，便机敏地隐在一棵树后，探出头，悄悄观察声音发出的地方。声音来自路边树林后，也是出门下田的必经之路。不一会儿，长河看见岫姑从树丛后走来，肩上扛一把锄头，手里还拿一件衣服。在日光照耀下，岫姑的脸色十分红润，额头上还有一层汗渍。很快，大山从后面走上来，肩上扛一架播种用的耧。看来他们真是从田里归来。长河松口气，刚要从树后出来，又看见大山手里牵一头黄牛，牛背上居然坐着一个孩子，一个四五岁的小男孩……长河瞪大两眼，急急地在心里发问，天哪，这是谁家的孩子？他随即便对自己说，还用问，别人家的孩子会跟他们下地？长河不敢往下想，一阵天旋地转的感觉袭来，身子差点倒下地去。在农场服刑的日子，他就不断问自己，岫姑和大山在家里干什么？夜里做梦，他竟看见岫姑和大山睡在一起……可他千想万想，也没想到他们居然已经……长河蹲下身子，脑袋耷拉到裆间。岫姑先发现了他，惊讶地停住脚，嘴里发出一声叫，随即便捂住嘴。大山也看见了他，急忙把耧放下，跑到他面前。

长河，你……怎么回来了？

长河抬起眼，冷冷地翻他一下。岫姑也赶上来，抓住他的手。

长河，刑期不是还没……你怎么就回来了？

长河痛苦地把头垂下去。他们都说这样的话，看来是多么不希望……长河冷冷一笑。

你们没想到吧？我减刑了。

原来是这样？

岫姑和大山对看一眼，都长长地松出口气，脸上也浮满激动的喜色。

天哪，我还以为……

这回可就好了……

岫姑和大山互相应答。岫姑眼里噙出泪花，大山也一个劲儿点头。

你什么时候回来的？

怎么不通知家里一声，也好去接你。

你为什么蹲在这里？

是呀，怎么不回家去？

长河没再回答他们的话，只是让目光盯在那个孩子身上。岫姑赶紧抱下孩子，朝他面前推过来。孩子胆怯地看他一眼，又往后缩回身子。岫姑蹲下身，抚摸着他的小脸。

天风，别怕，这是爸爸……

什么……

长河霍地一惊，岫姑她说什么？爸爸？她让这孩子叫我爸爸？也就是说，这孩子是……长河不敢往下想，身子不禁有些颤抖。岫姑拉住孩子的手。

天风，忘了我给你说的了？这就是爸爸……

天风直直地看长河，嘴巴却很快闭紧。岫姑又使劲拉他一把。

天风，是爸爸回来了，快喊爸爸。

天风不仅没张开口，而且又往后退去。几乎与此同时，长河也把身子退后几步。他实在不能相信，这个陌生的男孩，这个目光里充满敌意的男孩，怎么可能是他的儿子？他从来不知道自己还有一个儿子，在他于千里之外服刑时，岫姑居然给他生出一个儿子？这是不是太荒唐可笑了？别说他还不算愚蠢，就是一个十足的傻子怕也不会相信。岫姑呀岫姑，长河在心里说，糊弄鬼去吧你。看到长河和天风这种神情，岫姑也有些恼恨，挥起手，在天风屁股上打一下。

天风，你真不懂事，平时那么盼爸爸回来，如今爸爸真回来了，你却……

天风嘴巴一撇，哇的一声哭出来，挣脱岫姑的手，转身朝大山跟前跑去。大山也不好躲开，天风便一下子扑到他怀里。大山抬起头，有些尴尬地朝长河笑。

你看，你看……

长河嘴角也浮起一丝不易觉察的笑，这就对了，事情就该是这样。他似乎看穿了他们的把戏，心里有些快意，也更加愤怒。他没再去理会他们，也不想再在外面停留，便拎起他的行李包，头也不回地走进院门。岫姑愣怔一下，急忙跟在他后面。大山抱起天风，也随他们朝家里走去。

……

吃过晚饭后，长河进到慧娘屋里去。其实慧娘并不在家，长河却以怀念母亲为由，长时间坐在她床前，身子一动不动。在农场的日子里，长河无数次想象回到家后的温馨气氛，心里充满前所未有的冲动。他实在不想再待在那个可怕的地方，他的狱友，那些野蛮混账的罪犯们，带给他难以承受的侮辱和折磨，有的用唾沫啐他，有的用砖头拍他，有的……一想到这些，长河身子就颤抖，心里像遭到电击一般疼痛。许多次，他都产生了越狱或自杀的念头，但由于怯懦，才没真正下手。正当他快要绝望时，提前释放的通知下来了。我终于熬到头了，长河激动地对自己说，我终于可以回家了。但真回到家来，出现在面前的却不是想象中的情景……

岫姑打发天风睡下后，也走进慧娘屋来。长河知道她来干什么，却依旧坐在椅子里不动。岫姑却没说话，只是用手推他一下，便转身往回走去。长河明白待在慧娘这里不是办法，身子也实在疲乏，这才站起来，随岫姑回到自己屋里。岫姑进到里屋去了，长河却放慢脚步，在黑暗中摸到沙发前，将身子沉重地坐进去。他打定主意，就在沙发上勉强睡一夜。不要再做什么美好的幻想，长河对自己说，你只要不被赶走就很不错了。夜深人静，屋外传来鸟儿孤单的叫声。岫姑等得不耐烦，又从里屋出来。

咦，你怎么睡在这里？

长河睁开眼，斜斜地看她一下，又把眼皮合上。我不睡在这里还能睡到哪里？长河在心里对她说，哪里又该属于我呢？岫姑走过来，不解地看他。

你到床上去睡呀？

长河又用眼皮翻她一下。床上就让大山去睡吧，长河又在心里说，也许他已在那里睡习惯了。岫姑似乎感觉到什么，过来拉他一把。

怎么回事？你一回家，就像有什么事似的，连句话也不给我说？

你让我说什么？

我让你？怎么是我让你？你就不想和我说句什么吗？

长河张张嘴，又赶紧闭住。他其实有满肚子话要说，这些话像含有大量菌类的酵母，在他肚子愈来愈热的温度下，已急遽膨胀开来，如果再不经口腔倾吐一些，他的肚皮就要被撑破。可他又不想把这些话说出，他知道它们的杀伤力多大，岫姑听了一定会承受不住。长河不愿和她闹翻，在劳改农场时，他是多么想念她，想念家，他不止一次发誓，一旦出狱回家，就和她好好过日子，再也不做有愧于她的事。可他万万没想到，在他发誓言的同时，岫姑不仅在家里做对不住他的事，而且已做出辉煌的成果，这怎能不让他失望，不让他愤怒呢？

长河，你在想什么？

看到他心事重重、欲言又止的样子，岫姑也沉不住气了，把灯打开，让屋内也明亮起来，然后在他面前坐下，做出要和他交谈的架势。长河被突然亮起的灯光照得睁不开眼，举起手，想去捂眼，可手还没举到脸上，就被岫姑拉开。

长河，你倒是和我说，你究竟为什么一回家就不高兴……

高兴？我为什么高兴？

可我看见你高兴……你也许想不到，几乎每一天，我都会想到你……

想到我？想到我什么？

想到你怎么样了，吃饱饭没有？身上冷不冷？有没有受到欺负……总之一句话，是放心不下你，盼你回来……

盼我回来？

怎么？你不相信？

长河耸耸肩。糊弄鬼去吧，他在心里说，我回来了，你们还怎么……他再也不想看岫姑在自己面前表演，突然抓住她的手，扯拽着进到里屋，来到床前，看一眼在上面熟睡的孩子，又把她往前推一下。

给我说清楚，这到底是怎么回事？

你是说……天风？

告诉我，他是从哪里来的？

岫姑呆呆地看他，看他满脸的迷惑和愤怒，忽然弯下身子，差点笑出声来。

长河呀长河，你居然……

说，这孩子是从哪里来的？

你说，他还能从哪里来？

我说？你干的好事，我怎么知道？

你不知道谁知道，明明是你干的好事……

岫姑说着，举起拳头，狠狠打在他身上。长河呆怔了一下，随即又使劲摇头。

我不相信……

你为什么不相信？

我……我就是不相信。

长河用力跳一下脚。天风被惊醒过来，睁大两眼，恐惧地看他。

妈妈，我怕……

天风叫喊一声，就朝她身上扑去。岫姑抱住孩子，将他紧紧搂住。天风把头埋进她怀里，像一只受惊的小动物，身子瑟瑟抖动。岫姑抚摸着他的头。

天风，别怕，没事，这是爸爸……

长河呆呆地看岫姑，看她耐心地安抚孩子，也慢慢平静下来。难道真是……这念头一起，长河就又赶紧摇头。千万不能承认，长河对自己说，你可不要上他们的当……过一会儿，天风终于又睡着了。岫姑把孩子放到床上，又朝他回过头。长河没去接她的眼光，顺势坐到凳子上，两手捧住脸，将头埋到腿间。岫姑重重地叹息一声。

长河，我明白你的心思，你毕竟没见过这个孩子，这对你来说太突然了……

岫姑，你不知道，我在里面过的是什么日子……我不想回家再受你们欺负……

长河，没人欺负你，你看看这个家里，谁又能欺负你呢？

可是我害怕……

你害怕什么？

我害怕你们……岫姑，你告诉我真话，你到底欺骗我没有？

长河……

岫姑，就算我求你还不行么？

长河突然抬起头，用哀求的眼神看她。岫姑不敢去接他的目光，猛地掉开脸。长河站起身，跟上来一步，抓住她的手，使劲摇晃两下。岫姑使劲往回抽手。长河站立不稳，脚下一滑，一条腿跪在地上。

岫姑，看在我们夫妻一场的份上，你就实话告诉我吧，我不会责怪你们，毕竟我不在家，你们做就做了，我不在乎……

长河……

只要你对我说实话，我就原谅你们，我也是见过世面的人，没那么小肚鸡肠……

岫姑沉痛地低下头，眼泪止不住夺眶而出。长河以为她理屈了，在心里冷笑一声，更端出得寸进尺的架势。

别以为这样就能回避过去……我已受蒙蔽这么些年，不能再这样下去了……过去我一再宽宏大量，一再容忍你们，可现在，你们居然……

长河越说越气愤。原本不愿承认岫姑与大山有染这件事，谁又甘心戴绿帽子？但他又实在不相信，大山居然会与这件事无关？凭他对她难以断绝的旧情，在自己不在家的情况下，在五年漫长的日子里，他该有多少绝佳的机会？他仅仅抓住其中几个甚至一个就够了。当然听说他也结过婚，那又有什么用？俗话说，摘瓜没有偷瓜甜，大山完全可以避开他妻子的眼睛，和念念不忘的老情人岫姑来那么一回……长河不敢再往下想，又使劲跺脚。

李大山，你干的好事——

长河禁不住叫出声。岫姑愣怔一下，突然抹干眼泪，朝他逼来。

李长河，既然你这样说，那我就给你摆一摆李大山这些年都在家干了些什么。

什么？你还好意思说？

李大山光明正大，我王岫姑清清白白，有什么不好意思说？

看着岫姑决绝的表情，长河突然有些后悔，也许不该这样激怒她，让她将可能发生许多年的破事烂事端到他面前来，他在劳改农场受够了委屈，实在不想再受这份刺激。

岫姑，如果你不想说，那就别……

不，我要说，我要告诉你，大山为这个家庭，为这个家庭里的每个人，为你的孩子，为你的妻子，为你的母亲，做出了多大的牺牲……

不——

长河失声叫喊。岫姑却还不罢休。

你不是要知道这几年大山都干了什么吗？

不不，我不想知道了……

为什么？

我……害怕……

长河说着，掉头朝门外冲去。逃到外屋，他身子一踉跄，跌倒在沙发里。他觉到从未有过的虚弱、悲伤。我为什么回家来？他在心里问自己，我为什么不留在那个农场？他感到自己在做梦，做一个关于回家的梦……长河打个冷战，用更紧张的眼神去看里屋门，他担心岫姑会追出来，执意和他诉说有关大山的事情。我不听，他拼命晃摆头颅，放过我吧……长河怕冷似的龟缩在沙发里，两手紧紧地抱住脑袋。

## 2

长河跟在岫姑和大山身后，来到镇西边坟地里，给栓回和菽曳上坟。栓回已去世十个年头，按照乌龙镇风俗，要好好祭奠一番，而菽曳也离去满一年，应该烧一烧纸了。岫姑本打算把事情办大些，除扎一应纸马纸车作祭品外，还准备请一队吹打班子。可大山没同意，说给死去的亡灵花冤枉钱没用，只要尽到心情，表达一下意思就行。对此，长河不置可否，觉得自己没权力说什么，也便懒得说，反正又不是自己的父亲，与那个叫菽曳的女人更没瓜葛，操这份闲心又有什么用？没办法，岫姑便依了大山，只到商店买来几十刀火纸，又备下些像样的酒菜，便在清明这天，与大山和长河一起上坟去。看到她按大山的意思办，长河又有些不甘心，觉得自己像个多余人，心里不痛快，步子迈得拖拉，不一会儿便落在后头。天风也跟来了，还有那头叫泰常的黄牛。天风越过他，跑到岫姑和大山中间去。长河看他在大山身边转悠，心里更加不是滋味。他多像大山的儿子。长河对自己说。天风牵住大山的衣角。

大伯，我要骑到泰常背上去。

给你爸爸去说吧。

大山逗他说，还扭头看长河一眼。看我干什么？长河在心里冷笑，你做就是了。天风依旧纠缠大山。

你抱我上去，抱我上去嘛……

大山不好再说什么，只好把他举起来，想往牛背上放。天风却在空中嚷叫。

我要坐飞机，我要坐飞机……

大山又一使劲，把他举得更高，随即往旁边猛然一悠。天风挓挲开两手，闭上眼，嘴里发出呜呜的叫声，满脸都透出了得意。这就叫坐飞机？长河在心里说，他们玩得可真高兴。他不禁有些失落。他们配合得那么娴熟，想来也玩过许多次了。他忽然忧伤起来。

离坟地越来越近。望着那片起伏的坟茔，长河感到迷茫，不知该朝哪里走。自从埋葬栓回后，他似乎就没到这里来过，自然不记得坟茔的确切位置。在他意识里，这个葬有无数李姓亡灵的坟场从来就不属于他，他对这里不仅觉得陌生，还本能地感到一种排斥，他不明白，这种强烈的排斥是来自坟地，还是源于自己的内心。长河不由地想到自己的家乡，那个距这里十分遥远名叫七里坉的地方。他突然产生一种渴望，哪天也回到那个地方，哪怕只去看它一眼。在他胡思乱想时，岫姑和大山已走进坟地深处，连天风也骑着泰常走过去。长河清醒过来，也赶紧跟过去。

来到栓回和萩曳坟前，岫姑分别摆上几样酒菜，大山燃起火纸，然后，便在栓回坟前跪倒，朝长满野草的土丘躬下身去。天风从牛背上下来，也学他们的样子磕一个头，又用树枝去翻动火纸。长河站在他们身后，不知是否也像他们那样去做。他又想到自己的父亲。其实，他对那个生养他的人并没太多印象，只记得他因杀人而让公安抓走，后来再也没回家来。那时他才五岁，与翻动火纸的天风差不多，也许在父亲坟前，他也曾用树枝翻动过燃烧的火纸。长河忽然对这满地起伏的坟茔，对坟茔里埋葬的死者产生了敬意，一种从未有过的敬意，包括现在面对的这个坟茔。长河犹豫一下，还是将双膝跪下去。祭奠完栓回，几个人又转向萩曳的坟茔，岫姑还指使天风跪下，对着坟丘磕头。对这个叫萩曳的女人，长河同样没太多印象，只想起她是乔木的妹妹，自己小时候还欺负过她，随后便很少再见面。那是个漂亮而调皮的女孩，比大山小许多岁，怎么就嫁给了他呢？长河想不明白，怪不得她在这个家里待不住，大山原本就与她不是一回事，哪里又留得住一个精灵般的人呢？

祭奠完毕后，长河跟在他们后面往回走。来到村头，大山去商店买浇地用的胶皮管，天风从泰常背上下来，也要随他去。岫姑拉住了他。见大山走远，天风急切地哭起来。长河在一边观看，没有丝毫表示。他心里明白，大山不带天风，加之岫姑阻拦，都是做给他看，意在向他表明，天风是他长河的儿子，应该和他待在一起。但天真的天风不会表演，那番哭叫却又告诉他，平时不管要干什么，大山都会带他去，而岫姑不仅不加阻拦，说不定还会和他们一起去呢。长河想象得出，大山、岫姑和天风还有泰常，他们一起在乌龙镇进出，步调一致，形影不离，也实在是珠联璧合，相得益彰。可不幸的是，他长河突然回来，他们无法再把过去的行动继续下去，不得不在他面前收敛手脚，装一下样子了。长河很满意自己的洞察力，没理会岫姑和天风，顾自往一边走去。

长河在外面游荡了一会儿，感到无聊，又回到家来。天风蹲在篱笆墙边，用一截稻草逗蚂蚁玩。长河坐在捶布石上，一边吸烟一边朝他打量。最初几天，他一直没认真搭理天风，当然天风也没搭理他。对长河来说，他依旧对这个孩子充满疑问，而天风呢，也没在心理上接受这个男人，尽管许多天过去，但他们彼此还觉得陌生。看着这个近在咫尺的小男孩，长河突然发起呆来。如果这真是你的孩子，长河在心里说，那该有多好。但他随即又想，如果天风真是他的孩子，他应该有所感应。他好像听人说过，有血缘关系的人总是天然亲近，哪怕从不相识，哪怕相距遥远，凭着神秘的血缘也会走到一起，成为亲密的一家人。长河忽然产生一种冲动，何不把这种说法在自己和天风身上试一下？如果事情真像岫姑信誓旦旦说的那样，他和这个孩子就会产生不可抗拒的亲近感。长河瞪大眼，目不转睛地看着天风。天风把稻草在蚂蚁间戳来戳去，正玩得高兴，没注意坐在捶布石上的人在打量自己。长河越发被他吸引住，不由得站起身，悄悄走过去，站在天风身后。天风停住手，觉到一团宽大的阴影罩到自己头上，赶紧抬起头来。

天风……

长河想对他说句什么，张开口，却又不知该怎么说，先前逗引孩子的热情和技巧都悄然隐去，他头一回在一个孩子面前觉到尴尬。

你……你叫天风？

想了许久，长河才勉强问出这句话。天风没有回答，只是呆呆地看他，神情里有几分紧张，几分恐惧，甚至还有几分敌意，却独独没有亲切，也不显得好玩。这哪是我的儿子？长河问自己。他还不甘心，又朝他走近一步。

你知道我是谁么？

天风眨眨眼，似乎是想一下，很果断地摇头。

不知道。

长河失望地闭上眼。我是你爸爸，他在心里说，我是你的爹。长河真想这样对他说。这一刻，他是多么想拥有一个孩子，一个像天风这样的孩子，也体验一下当父亲的独特感受。但长河抑制住冲动，没把这话说出口，尽管如此，他还是感到羞愧，咧开嘴，自嘲地笑笑。也许他不是，长河对自己说，他根本就不是我的儿子。

你知道大山是谁么？

知道。

天风脱口而出。长河没想到他又一次这么果断。

那么大山是谁？

是我大伯。

天风接上说。长河不禁点头，意识到这样问孩子，不可能得出什么结果。

知道你爸爸是谁么？

不知道。

知道爸爸是怎么回事么？

天风想了想，还是又摇头。长河有些气恼，但看天风的眼神，又觉得他明白他话里的意思，只是有意不想回答。这个小东西。长河在心里骂一句。

告诉我，你有爹么？

天风闭紧嘴巴，两眼使劲盯住他。长河看出来，天风完全明白他话里的恶意。他顾不得掩饰自己的愤怒，伸出手，抓住他的衣襟。

告诉我，你是谁的儿子？你是怎么被他弄到这个世上来的？他到底是谁？他在哪里……

长河用力摇晃天风，恨不得从他嘴里问出那些困惑自己问题的所有答案。天风在他手里悠来荡去，却依旧紧闭嘴巴。长河显得有些虚弱，才摇晃孩子几下，就突然觉到疲惫，两手痉挛着松开来。长河大喘几口气，又抬眼去看天风。长河以为自己的凶恶样子会吓住他，却没想到，天风黑眼珠里流露的全是敌意，赤裸裸不知道掩饰的敌意。长河觉得他含满敌意的眼光像一把锋利的刀子，直朝他脸上刺来。他打个冷战，禁不住退后两步。不不，长河在心里叫喊，这不是我的儿子，绝不是我的儿子。

长河抱住头，在院子里盲目地转两圈，又踅回到天风面前。他不相信，一个仅有五岁的孩子，这个被岫姑说成自己儿子的孩子，这个与大山打成一片亲密无间须臾不愿离开的孩子，居然用如此充满敌意的眼神看自己，这是个怎样的孩子？杀了他，长河在心里恶狠狠地说，杀了这个小杂种。长河伸出两手，径直抵到他脖子下。手指感觉着他脖子的细软、滑腻和温热，竟是那么美好。这种美好感觉像一条长有华丽斑纹的蛇，诱使他的手指往一起围拢。天风张开嘴巴，粉红口腔里发出“呕呕”的响声。长河想再使一把劲，将这个该死的小东西彻底葬送掉。但不知为什么，他明明在拼命用力，手指却渐渐松开来，好像有一股神秘的力量，把他每根手指都拉向两边。长河站立不稳，朝后踉跄几步，一下子坐倒在地下。天风伸长脖子，在干号几声后，终于长长地喘出一口气。长河像是做下沉重的活计，身子虚弱得不行，头上也出满淋淋的汗水。他吃力地抬起头，望着面前这个安然无恙的孩子，猛地抬起手，使劲拍在自己头上。

真他妈该死。

长河叫骂一声，身子一软，扑倒在地上，两手捂脸，呜呜地哭起来……

3

半夜时分，岫姑正沉浸在睡梦里，却被长河推醒。她已很久没做那个神奇的梦了。她看见了牵牛花精灵，那个叫都都的牵牛花精灵骑在一头黄牛背上，慢慢朝远处走去。岫姑觉得，那头驮着都都的牛就是泰常，可她不明白，骑着泰常的应该是天风才对，怎么变成了都都？岫姑想拦住它们问个究竟，可她还没跑过去，就被强行推醒了。岫姑睁开迷蒙的睡眼，看见长河站在床前。她急忙坐起来。

长河，你不睡觉，半夜里叫醒我干什么？

我和你说点事……

有什么事不能明天说吗？

不行，我非现在和你说不可。

长河又粗鲁地推她一把，样子很急躁，眼睛赤红，好像许久没睡过觉，眼光也很硬，透出一种不容置疑的强蛮。岫姑穿上衣服，随他下床来。这一刻，她产生了不祥的预感，想到许多年前，似乎也是这样几个夜晚，长河把她从梦中惊醒，经过短暂告别后，慌慌张张走出家门，奔向遥远不可知的某个地方，一次是去打工，一次是去避难……岫姑心里颤抖起来。按说，长河这才回来不多日子，头发还没长齐，不该再闹出什么事来，再说，在那可怕的五年里，他的确受过不少罪，好不容易回来，应该接受过去的教训，收起他狂乱的心，在家守着老婆孩子过日子。可岫姑又知道，这仅仅是她的一厢情愿，长河根本不是她所想的样子，一回到家，就为孩子的事闹起别扭。她先还以为，他闹一闹也就罢了，毕竟天风是他的儿子，最终一家人还会在一起过下去。可她没想到，长河不仅不愿承认天风，还往大山身上编排……岫姑克制住自己，没朝他发作，更没和他打闹。可他依旧一副不阴不阳的样子，不时跑到外面，与赏通几个人打牌喝酒，还打听奉靖的下落，回家来便寻茬滋事，摆出和她大闹的架势。是福不是祸，是祸躲不过，岫姑做好心理准备，只等他公开来闹了。长河用僵硬的目光看她，脸色青黑如铁，身子不住地抖动。

我……再也受不了啦……

长河猛地蹲下身，两手抱住头，大声号哭开了。岫姑没想到他会哭，这几天里，他好像已哭过不止一次。她叹口气，不禁又可怜起他来。她伸出手，想抚摸他、安慰他一下。可她还没触到他的身子，长河又忽地站起来，抹去两眼泪水，用尖利、凶恶的目光看她，牙齿叩动得咯咯响。

在这个家里，我……成了一个多余的人……

长河，你为什么这样想？

岫姑，你别再装蒜了，我都这个样子啦，你还……你不觉得很残忍么？

岫姑无可奈何地摇头，看来他真是无药可救了。长河越发愤慨、暴躁。

你不要以为我那么好欺骗，哼哼，什么样的人我没见过？杀人犯我都对付得了，何况你一个小小的通奸淫妇？

长河……

你们做的那些好事瞒得了别人，瞒不住我……我有千里眼，顺风耳，你们在家里勾搭成奸，老子在外面看得一清二楚……

岫姑再也忍受不住，转身就朝外屋走去。长河越加亢奋，冲上来，抓住她的头发，把她的头朝墙上撞去。

不要脸的骚娘们，我叫你……

岫姑身子一踉跄，额头碰在墙壁上，一阵剧烈的疼痛过后，便是极度的眩晕。过一会儿，她清醒了些，却睁不开眼，有什么黏稠的东西糊住眼帘。长河从床上抓起块毛巾，抖抖地捂到她脸上。岫姑捉住他的手，自己把眼上的血迹擦去。长河呆呆地看她，突然垂下头，伏到她手上，又呜呜地哭起来。

岫姑，我真受不了啦……

岫姑鼻子一阵酸楚，要放声痛哭的欲望也朝她袭来。但她咬住嘴唇，极力控制住情绪。长河两腿战栗，仿佛支撑不住身子的重量，一节节瘫软下去。

岫姑，我该怎么办？我该怎么办？

长河……

岫姑惶惑地摇头，哪里知道该怎么去帮他呢？长河已被心中的魔鬼拿住，更可悲的是，他并不承认那个鬼物的存在，即使她要帮他去捉，他又怎么肯让呢？是的，他是真的误入歧途了。长河愈哭愈恸，两手不住地朝地下摔打。岫姑再也忍受不住，抱住长河的头，也悲伤地哭泣开了。

长河……

岫姑……

两个人互相哭着，哭着。不知过去了多久，身子感觉到疲累，才渐渐平息下来。岫姑举着被血迹染红的毛巾，想去给他擦泪。长河夺过毛巾，把她脸上的血痕和泪汁揩擦干净。他丢开毛巾，两手一下子抱住她。岫姑一惊，一时没反应过来。长河越抱越紧，动作里透出一种急切。岫姑觉得，他急切的两手变成一条长蛇，正将她缠绕起来。她本能地挣扎了一下。她似乎知道长河要干什么，不禁有些吃惊，本来没想到他会这么做，回家来后，他不仅没碰过她，而且拒绝到她床上睡觉，现在他却……长河把她按到床上，很快剥掉她的内衣，然后又脱自己的衣裳。他的手指颤抖得太过厉害，撕扯好几下，才把下身的衣服扒去。但长河突然停住手脚，低下头，看着自己的隐秘处，痴痴地发起呆来。

天哪，这是怎么回事？

长河叨念一句，匆促地用手去挡那个地方。随即又抬起头，急急地去看岫姑，神情里透出极度的惊慌和尴尬。

我……我不行了……

长河悲哀地嚎叫一声，闭起两眼，身子一阵激烈的颤抖，又瘫软回地下，将身子缩成小小的一团。

我不行了，我不行了……

岫姑反应过来，扑上去，紧紧抱住长河。她又吃了一惊，长河的身子急快地凉下去，很快就像一块结冻的冰了。岫姑抓起衣服，给他披在身上，系紧，裹严。长河停止颤抖，渐渐安静下来。

长河，这是怎么回事？

岫姑，我不行了……我怎么不行了？怎么就不行了？

也许你太紧张了？

我不知道，我只是觉得我不行了……我成了个废人岫姑……

长河说着，泪水又奔涌而出。岫姑给他擦了两把，顺势把他抱到怀里。长河依靠着她的胸脯，像一只待哺的小动物。很快，长河又突然离开她的怀抱，并且唯恐她跟过来，伸手推她一下。

我不行了，我不行了……

长河一遍遍叨念着，身子连连后退，退到沙发边，站立不稳，一屁股坐下去。他歪倒在沙发里，蜷起手脚，把头埋在胸前。

我不行了，你别过来，你别……

岫姑坐回到床上，一时不知该怎么办。长河怎么变成了这种样子？也许他的压力太大了，而这种压力除了他受到的创伤外，很大程度上不也源自他的内心么？也许他是真的不可救药了。黑夜正在一点点过去，天就要亮了。长河慢慢安静下来，眼睛也闭紧了。岫姑抱起被子，想给他盖到身上。但还没等她走到近前，长河就猛地睁开眼皮。

我知道，这都是由于他……

岫姑一惊，不明白他说的是什么。长河坐起身，目光直直地看她，脸上浮荡出可怕的阴冷。

没错，都是他把我给毁了……

你是说……大山？

岫姑不禁打个寒战。长河狠狠跺一下脚，眼神哀伤而迷惑。

岫姑，你说，我们为什么和大山是一家人？

岫姑不知该回答他什么。长河站起来，用更加尖锐的目光看她。

如果我当初不到大山家来就好了，那样，我也就不会认识他……

可……你也就认识不了我……

别打岔，让我想想……如果我不到大山家来，我就不会知道李大山是干什么的，对我来说，这个人根本就不存在，他走他的阳关路，我过我的独木桥，井水河水两不犯，谁也不挨谁，谁也不碍谁……那样该多好……

可是……

都是上天在作怪，不，也许是命运在作怪，不不，是我娘……对对，都怨她，嫁谁不行，为什么偏偏嫁给大山的父亲？还有那个老头，他怎么恰恰就有大山这么个儿子？搞得我……

长河，你居然这样怨恨大山……你是不是还惧怕大山？

长河看她一眼，马上又把头掉开。岫姑知道，自己的话说到他心里去了。

长河，你到底惧怕他什么呢？你难道还看不出来，他是一个好人，一个难得的好人……

好人好人，那是对你，对我呢？你不知道，自从来到这个家里，我心里就没有过一刻安宁……我一次又一次做梦……

你梦见了什么？

我梦见我被大山按在地下……我拼命挣扎，我想起来，最好也把他按到下面……我一点不比他差，论长相，论能力，照照镜子，我浑身上下都比他强十倍……娶到你时，还有我当轧花厂厂长时，以及……很多时候，我很得意，以为我战胜他了……可后来，也不知怎么回事，我又落到他下头去了……就像在那个梦里，我无论如何也站不起来，更别说骑到他上面去了……我已经尽了力，尽了几乎所有的力，最后还是不能……这到底是怎么回事呢？

长河两手抱住头，使着大劲跺脚。岫姑呆呆地望着他，不能不承认，在此之前，她还不那么了解长河，听了他这番话，才算真正认识他了。长河，岫姑在心里说，你为什么要有这些奇怪的念头？你不知道，那是一个凶恶的魔鬼，它已经完全把你占有了，把你给毁了……长河面色黯然，神情沮丧。

我被他打败了……我成了一个真正的失败者……

岫姑在心里说，你是被你心里的魔鬼打败了，你败在了你自己手下。长河蹲下身，仰起头，用哀求的目光看她。

岫姑，你说我该怎么办？

岫姑伸出手，轻轻抚摸过他的头，他的脸，他的脖子，他的胸脯，他身上的一切地方。她的手越来越重，似乎要以此来真正记住长河，记住这个与她曾经结为夫妻，曾经同床共枕的男人。岫姑知道，也许从现在起，这个男人就要成为她生命的记忆了，也就是说，许多年后，当这个男人出现在她面前时，她不至于把他当作一个梦境，或者一个虚无缥缈的幻觉……岫姑一边抚摸他，一边默默地流泪。

报晓的鸡一连叫了好几遍，天亮起来了。长河回过身，动手收拾他不多的几样东西。这些东西才被他带回来，甚至还没落上几粒家庭的灰尘，就又被他拿起来，重新装回那只大蛇皮袋子里。岫姑坐在床头，既没有阻拦他，也没有帮助他，只是泪眼蒙蒙地看着他。岫姑又想起上几次送长河出走的情景，与那几回不同的是，这次长河离去后，她将没有等待，没有期盼，不是她不想等待，不去期盼，而是长河不再把这种供她等待、供她期盼的可能留给她……岫姑的泪水流得更汹涌了。窗纸发红时，长河收拾完东西，拎起那只蛇皮袋子，朝她看了最后一眼，便走出屋去。敞开的门板合上了。岫姑从门板上收回目光，忽然觉到身子极度疲惫。一阵地动天摇的眩晕袭来，她再也支撑不住，一下子倒在地下……

## 4

长河停在一个荒凉的山坳里，不敢再往前走了。凭着脑子里有限的记忆，他无法肯定自己原先的家是否就在这里。他感到从未有过的迷茫，不知道再朝哪里走。他意识到，自己成了一个迷路的人。

实际上，这种念头在长河离开乌龙镇时就有了。那时，他拎着蛇皮袋子走出篱笆院，走出乌龙镇，乘上开往远处去的公交车，车门一合上，他便伏到车窗前，透过灰蒙蒙的玻璃，直直地朝后面看。日头在山那边露出脸，野间的雾气开始散去，乌龙镇的影子正在变得明晰。望着那一排排参差错落的石头屋，那一片片碧绿葱茏的杂树林，那几条时隐时现的石板路，还有远处那一层层高低起伏的山峦，那条在山峦间曲折流淌的鱼人河以及岸边生长茂盛的芦苇丛……长河感慨万千。他抬起眼，用更加执着的目光去望那个篱笆院，望篱笆墙上那些在微风中摇摆的牵牛花藤蔓……泪水很快模糊了眼睛。他掉回头，将脊背朝向窗口。长河想起许多年前，也是在这样的黎明时刻，他匆促而急慌地离开篱笆院，离开乌龙镇，奔赴远处的某个地方，一次去创业，一次去逃亡。当然，那几次离开，他知道过不多久或者说过不几年就会回来。而这一次，他要真的去流浪了，更为不同的是，他已不知道什么时候再回到这里来。我兴许真要离开你了，长河在心里说，你已经不再是我的家了。想到这里，长河又慌忙告诉自己，不不，你的老娘还在那里，又怎么会……

长河想起来，离开篱笆院时，他跪到慧娘屋外，在想象中给母亲磕头。在他回家的这段日子，慧娘一直居住在静松寺，他原本打算去看她，但事情的变化太快，以至于没来得及成行，便再次踏上外出的路途。娘，长河在心里一遍遍发誓，等我在外面混好了，我一定会回来接您，接您到一个美好的地方安度晚年。他不能让慧娘永远留在寺庙里经受折磨，是的，这个世界也许只有他，慧娘的儿子，才知道她在静松寺内是经受折磨，她想通过修炼消除心内的躁动，怕是不那么容易做到，与其让她在里面受难，还不如把她拉回俗间，按照她本来的愿望行事。长河掉过身，又一次朝逐渐远去的乌龙镇望，朝那个变得模糊了的篱笆院望，尽管他对那里充满伤感和怨恨，可毕竟在那里度过了少年和青年两个时期，那里有他的痛苦，有他的屈辱，也有他的欢乐，他的骄傲，包括他曾经甜蜜的爱情，还有他难以释怀的牵挂。对，除去慧娘，不是还有布鲁克吗？他怎么能一下子忘记那个地方？怎么能不再好好看它一眼呢？可等他擦干泪水，乌龙镇已经连影子都看不到了。从那个时刻起，长河就沉浸在莫大无边的忧伤里。售票员过来让他买票，他竟不知道要到哪里去，离开那个篱笆院，他便成了一个没有地方可去的人……

经过几次倒车，长河最终来到一片光秃的山野里。望着这个似乎熟悉的地方，他突然回过神来，原来不知不觉间，他已经来到自己的老家，他是在寻找、探望或者说朝拜他的老家来了。长河按着脑海里仅有的一点记忆，沿山路来到这个荒无人烟的山坳里，觉得这里应该就是自己的家。可现在四周连个人毛没有，哪里有一点家的样子？他感到了极度迷茫。

长河走进一片废弃的住宅区，试图寻找到一些过去生活的痕迹。他记得老家所在的地方是个不大的屯子，大约只有十几户人家，他家坐落在一个靠边的角落里，左邻有幢塌了半边顶的碾棚，许多时候，他都跟在一头毛驴后，绕着碾盘走个不停；家门前有一棵弯脖子榆树，每年夏天，树干上都会长出一种红黄相杂的虫子，让他恶心得不行。在他众多的伙伴中，只有两个没欺负过他，一个叫石头，一个叫草花，让他体验到一点点童年的乐趣，对了，还有那只跟随他的小猫崽，也使他感到些许人生的温暖。老家是个不算富裕、干净和文明的地方，除了那棵讨厌的榆树外，许多东西都给他留下不愉快的记忆，包括房屋、人畜和风俗。但长河还是没想到，自己有一天会真的离开这里。

事情的变故是因为父亲赵纲踝杀了人，杀了一个叫阿诗玛的女人……长河好像记得，一天傍晚，醉酒后的纲踝把那个女人领回家来，引起慧娘的激烈反应。慧娘手持一把菜刀，架到奶奶脖子上，然后朝纲踝疯狂叫喊，打死她，不然我就杀了你娘。纲踝在犹豫一霎后，只好端起猎枪，把那个叫阿诗玛的女人打倒在地……纲踝被公安抓走了，并在两年后死在监狱内。由于这场变故，长河和慧娘在七里坉受到更多歧视和侮辱，人们都用防范的眼神看他们，小伙伴更是肆无忌惮地欺负长河，连石头和草花也不再和他玩，长河真正感到了生活的苦累和无奈。好在慧娘很快就带他离开了七里坉，不然他不知道自己是否还能顺利长大。长河记得那天早晨，他抱着黑猫布鲁克，跟在慧娘身后，走出家门，走出屯子，迎着满天彤红的霞彩，头也不回地朝远处走去，而身后，许多孩子还在朝他们扔石头。我再也不会回来了，长河没回身理会他们，只是在心里对自己说，我恨死这个地方了。他随慧娘来到那个叫乌龙镇的村庄，一个长满茂盛牵牛花的地方。可没有想到，在那个地方度过许多年后，长河忽然又怀念起七里坉来，当年受到的那些不堪忍受的欺辱，由于有了时间的距离而变得不再可怕，尤其是经历了劳改农场里的那种折磨后，它们都像儿童游戏一般无足轻重并富有乐趣，甚至从一定意义上说，还透出一种诱惑他去回忆、思索和怀念的面目和色彩。长河似乎这才明白，这里才是他的家，因为他出生在这个地方，是这里的水土养大了他，不管它怎样对待他，不管他走到哪里，不管他处在什么样的群落里，他都逃不脱这个地方的影响，都带有这个地方的印记……

长河仰起头，朝着天空长长地感叹一声，心里越发觉到几分热切。可这么些年过去，他的记忆好像有些变形，不仅这里已经发生巨大变化，原本保存在记忆中的图画也变得模糊不清。长河转遍差不多整个住宅区，也没找到一件熟悉的物什，他生活过的那个院落、那幢房屋都不知在哪里，甚至没看见那棵长满虫子的老榆树，当然更没有石头和草花，连布鲁克那样的黑猫竟也没发现一只，当年它们可是到处都是呢。长河迷惑不解，这到底是不是他家所在的地方？

长河正四处转悠，忽然听见住宅区那边传出声响，像是有人活动，便赶紧走过去。在一幢还没摘掉门板的住宅里，他果然看见一男一女两个人。他们正从就要坍塌的屋里搬东西，朝停在门前的架子车上装。看到长河走来，两个人都停住手，神情里透出一些惊慌。长河虽然不认得他们，却很高兴，只要有人在这里就好。

请问，这里是不是七里坉？

长河感到庆幸，自己还没忘掉这个名字，不然，恐怕真要找不到它了。那两个人呆呆地看他，似乎没听到他的话。长河只好又问一遍。他们互相看看，脸上也一副迷茫的表情。长河有些心虚，莫非自己记错了名字？或者说，这里根本就不是他要找的地方？

这里不是七里坉吗？

我们……不知道。

男人终于开口说。说完，男人便不再理会他，回过身，继续往车上装东西。那个女人却还在朝他打量。男人掉回头，狠狠地朝她瞪一眼。

看什么看？还不赶快装东西？

女人哆嗦一下，急忙转回身，跑进屋里去。长河感到了他的敌意，却还不想离去，好不容易看到了人，不能就这么毫无结果地走开。

那，这里叫什么名字？

我不知道。

男人气呼呼地说。长河愈加感到奇怪。

你怎么会不知道？这里不是你的家么？

不是……

不是？那你怎么往外搬东西？

我愿搬就搬，与你有什么关系？

男人忽地掉过头，眼里露出两道凶光。长河意识到，自己也许碰到了强盗。

你……是在搬别人的东西？

男人还没回答，女人就急急地跑出来，停在男人和长河中间。

谁……说这不是我们的家……

那你们怎么不知道这个村子叫什么？

知道，知道，谁说我们不知道？

那这里叫什么？

这里叫……

女人嘴唇抖动几下，却没有说出来，又把眼睛转向男人，似乎是求助他来说。男人却掉开眼，又往车上装东西，手脚明显加快了速度。女人跺一下脚，回头看长河一眼，脸上也浮起一层冷色。

你是干什么的？问我这个干什么？

你先别问我，你还没回答我哩，你们是不是在搬别人家的东西？

这里的东西根本没人要……

没人要？怎么会没人要？

你不信？这里都好几年没人住了。

这怎么会……

前几年发生过一场地震，快把这里变成废墟了。

地震？

你不信到屋里去看看，所有的东西都长毛了。

女人说着，伸出一只手，朝他做出一个请的动作。长河愣了愣，想随着她的手势往屋里走。男人悄悄回过脸，用眼角的余光瞄他，腮边的肌肉接连抽动几下。长河突然回过神，他们别是把他骗进屋，自己拉起车安全脱身吧？或者干脆将他关在屋里，一顿砖头砸下来也说不定。长河惊出一头冷汗，赶紧收住脚。女人见他停住了身子，知道自己的意图被识破，神情更加慌张，又用求助的眼神去看男人。男人也坚持不住了，手里抓住一根木棍，朝他掉过身，脸上透出狰狞的神色。长河一惊，知道再不离去，一场打斗便不可避免地发生了。长河不是一个勇于吃亏的人，明白什么时候该出手，什么时候该回避，这里也不像是自己的家，哪里为它而白挨一顿打呢？但他还没做出退让的表示，男人和女人就不耐烦了，互相招呼一声，直朝他包抄过来。

就在这时，远处传来一阵呜噜噜的响声。长河不知道是什么声音，也便没怎么在意。那两个人却停住脚步，仰起头，朝远处张望一下，脸上现出恐怖的神情。

快走。

男人率先扔下木棍，朝女人喊叫一声，就往一边逃去。女人清醒过来，仓皇地跟在男人身后。两个强盗竟然不顾偷窃的赃物，甚至连排子车也不要了，丢下长河，便拼命向远处跑去。很快，他们就拐过一个山坡，在远处的树林里消失了。长河不知道那是什么声音，也不知道它们来自何处，便掉头四顾。日头正在西落，山野里依旧没有人影，天地间似乎更加荒凉。长河没发现异常，便走到车边，看看上面装了什么。这时，他眼睛的余光才瞥见一团灰黄的影子出现在墙边，正朝着他慢慢移动。长河反应过来，天哪，原来是一匹比狗高大许多的狼。长河身子往后一退，抵到车上，汗水一下子淌满脸孔。狼却没有即刻对他进攻，而是将身子坐到尾巴上，一边用尖利的眼睛打量他，一边伸出鲜红的舌头，一下一下地舔着嘴巴。长河随即看见，在狼两边的屋角和墙后，又陆续走出几匹与它模样相同的狼，天哪，一会儿工夫，这个破败的院落里就布满了一大群狼。这些刚出现的狼不像它们的头领沉得住气，一个个龇出尖利的牙齿，朝他明白无误表露出饥饿的样子。开始时，长河还产生了挣扎的念头，但很快便放弃这不切实际的打算，如此多的狼一起扑来，他纵有天大的本事，又哪里逃得过它们的爪子和牙齿？这一刻，长河后悔得要死，他今天怎么来到了这里？天下这么大，他到哪里去不行，为什么偏偏鬼使神差地来找什么家？这下倒好，家没找到，却把命搭在这里了。长河绝望地闭上眼，单等狼们来分享他的肉身了。

“叭　　”清脆的枪声突然响起，打破了傍晚时刻的寂静。长河猛地睁开眼，看见那些朝他围拢来的狼止住步，掉转身子，争先恐后地向院外逃去。那匹头狼不甘地看他一眼，也随在狼们身后，悻悻地跑走了。只一刻，狼们便消失得无影无踪。望着空荡了的院落，长河怀疑，刚才所面对的可怕情景不过是自己的梦境。他直起身子，正纳闷地四处看，那个扛枪的汉子便出现了。汉子从院外一个柴堆后走出来，一边走一边晃动肩上的猎枪。长河这才相信，那声清脆的枪响是他的猎枪发出的，也就是说，是这个汉子用猎枪救了他的命。长河想对他说句感激的话，或者做个感谢的动作。但汉子一走过来，就四处撒目。

狼呢？我的狼呢？

长河没听明白他的话。汉子在院落里找一圈，又把眼睛转向长河，神情里透着不满。

我的狼哪里去了？

你的……狼？

我打的狼。

长河明白过来，汉子在找他打的狼。可他好像并没打中狼，他只是发了一声空枪，狼们便逃走了。

你……没打中吧……

什么？我没打中？我怎么会没打中？

汉子恼怒起来，瞪大两只圆眼，腮边一块疤痕也瑟瑟地抖动。长河又打个愣怔，使劲在嘴边挤出几丝笑。

谢谢你救了我……

什么？我救了你？

是，你一放枪，狼就逃走了……

我没想到救你，我只是打那些狼……你这一捣乱，害得我没有打中。

汉子气冲冲地说，一边说还一边跺脚，又端起枪，朝他舞弄了一下。长河赶紧后退一步，只是在心里说，你打不住狼，却来怨恨别人，实在有些好笑。但长河不敢表露自己的心思，这个人脾气很坏，弄不好会惹怒他的。天色急快地黑下来，西半天的霞云正在淡去。长河没想到会在这里待到天黑，想赶快离开，可看汉子气急败坏的样子，又不敢立刻走掉。看来除了这个破败的村子外，周围地界上也没像样的村落，更不会有什么旅店之类的设施，即使他有一双飞毛腿，也不可能在灯亮前走出山坳，再说，附近不是还有一群凶残的狼么？这个时候朝外走，简直是往它们饥饿的嘴里送食物。长河打消了离去的念头，决定留在这里过夜，便小心地绕过汉子，朝屋门里走去。汉子咒骂几句，也跳出院墙豁口，端着猎枪朝外面走去。

来到屋里后，长河闻到一股潮湿的霉味，那两个强盗说得没错，这里早就没人住了。屋里有些昏暗，长河燃着打火机，怯怯地朝四周看。由于刚遭过强盗的洗劫，屋里凌乱不堪，已经没了有用的东西。望着空荡的灶坑，长河肚子里响了一下，这才想起午饭还没吃，身上也没带食物，看来晚饭也吃不上了。这时他感到了疲倦，尽管炕上什么也没有，毕竟还是个睡觉的地方，便沉沉地倒下身去。很快门板又被敲响了。

谁？

开门开门，快让我进去。

长河听出来，是那个汉子。长河又跳下炕，将门板打开。汉子一进来，就嘟囔个不停。

这又不是你的家，关什么门？想独自霸占怎么的？你到底是哪里的人？到这里来干什么？我越看越觉得你不顺眼。刚才要不是你捣乱，我就会打中那匹头狼，即便打不中它，也会撂倒一匹小狼。老子从来没失过手，这回倒好，居然放了空枪，要是传出去，不败坏我的名声么？

长河没有理会他，又躺回到炕上。汉子在屋里转两圈，停到窗前，把猎枪架到窗棂间。看他这样，长河心里又一动。

狼……还会来么？

我怎么知道它来不来？我又不是狼的爹。

汉子不满地嘟噜。长河讨了个没趣，便闭上嘴巴。还是睡你的觉，长河对自己说，反正有他保护着你。但由于汉子的干扰，长河的困意烟一般消失了。他突然有了要和汉子聊天的欲望。

这里先前就有狼么？

这个谁知道？

原先……这里有没有猫？

猫？什么猫？

黑猫，经常成群结队出来……

不知道。

你不是这里的猎人吗？

你以为猎人就会打猫？嘻，你也太他奶奶小瞧我了。

我不是那意思，我是说……

我什么也不知道，我只知道猫是狼的孙子。

说到这里，汉子得意地笑起来。长河咽口唾沫，不想再搭理他。过了许久，他又想起一件事。

你听说过赵纲踝吗？

长河说出父亲的名字，心里又有些激动，还好，他也没忘记父亲的名字，虽然快二十年没说过这三个字了，可一张口，它还是一下子从他嘴里跳出来。父亲。长河在心里叫一声。他定定地看着汉子，心情有些紧张。

赵纲踝？我不知道谁是赵纲踝。

汉子没加思索，就果断地摇头。长河失望地闭上眼，看来这里真不是自己的家。由于发生了杀人并被判刑那件事，父亲在这一带也算出了大名，周围哪个村里的人没听说过他？既然这里不是七里坉，那该是什么地方呢？这时，汉子突然站起身，平端猎枪，蹑手蹑脚地朝门外走去。长河赶紧去关门板，并死死地插上闩杆。

夜渐渐深了，屋外寂静着，间或有一两声鸟叫传来。长河抱紧两臂，一动不动地蜷缩在炕角里。他希望汉子快些回来，有他那杆猎枪在身边，自己的紧张心情才会安定下来。可汉子一去没再回头，长河又感到极度疲倦，不知不觉便睡着了。他做了一个梦。在梦里，他坐在老家的门台石上，怀里抱着刚拾来的小黑猫。院门口一暗，纲踝走进来。纲踝手里端着一杆猎枪，在西天霞彩的照耀下，猎枪闪出熠熠的红光，像极了一条开满花朵的牵牛花藤蔓。长河眼睛一眨，猎枪竟真的变成了牵牛花藤蔓，整条藤蔓上都开满姹紫嫣红的牵牛花朵。长河惊讶地抬起头，看见手里拿着牵牛花藤蔓的纲踝也变成了乌龙镇篱笆院里那个早已死去的人。栓回把牵牛花藤蔓捧在手里，直朝他送过来。不。长河果决地叫喊一声，身子猛一挣扎，从梦中惊醒过来。天已经大亮，红艳艳的日光打窗外射进来，正照在他身上。长河眨巴着眼，极力躲避那团红光的照射。

过了一会儿，长河镇定下来，重新回顾梦中的情景。他想不明白，在梦里，纲踝怎么变成了栓回？其实在内心深处，他从未承认过栓回与自己有什么真正的关系，但在梦里，栓回却捧着牵牛花藤蔓朝他走过来。长河想不出，如果这个梦再做下去，栓回会对自己说些什么？不。长河摇摇头，再一次做出拒绝的表示。长河想到他手里的牵牛花藤蔓，猛然悟到，那是专属莫邪山区的一种花，他的家乡七里坉从来不生长这种奇怪的花，所以，他也便没有喜欢过它。而在梦里，栓回居然把这种花朝他送来，实在是送错了人……长河抹抹被日光刺疼的眼睛，小心地朝门外走去。他有些吃惊，那辆装满赃物的排子车不见了，莫非那两个强盗又冒死回来，偷偷把排子车弄走了？或者是打猎的汉子起了贪心，将排子车弄回自己家去？长河摇摇头，突然对这个已经荒凉的地方，这个猛兽出没的地方产生了厌倦心理。不管它是不是我的家，长河对自己说，我都不会再回来了。

走出村落时，长河想到那个有关地震的说法，不禁又回了一下头。或许由于那场地震的缘故，这里不仅没有生长牵牛花，甚至连一片绿叶都不再出现，几乎所有的地方，包括村里村外连同四周的山野都荒芜着，遍地的沙砾朝漫无边际的远处铺开去，大概过不多久，这里就会成为一片蛮地，就连那些正处在盛期的狼也会消失。长河愤愤地骂一声，却不知道是在骂谁。这一刻，他产生了从未有过的绝望情绪，迈开脚，大步朝远处走去，像是要急切逃离这个地方。从此，长河在心里说，你再也没有自己的家了。许多年前，他曾担心岫姑会抛下自己去做野人，而现在自己却成了一个无家可归的人……长河想不明白，到底是什么地方出了差错？

好不容易找到一条公路。长河蹲在路边，等待了许久，才看见一辆破旧的公交车开过来。还离着老远，他就抬起手，朝它拼命摇摆。爬到车上，售票员要他买票时，长河又一次感到了迷惑，他实在不知道自己要去什么地方。

随便……

长河吃力地说出一句，便紧紧闭上眼，泪水从眼缝里咕咕地涌出来……

5

长河慢慢行走在大街上。对这座刚刚来到的城市，他还觉得有些距离。在汽车上时，长河仔细考虑过，这回该到哪座城市里去？对于城市，长河算不上陌生，先前几次出走，他都义无反顾地把城市作为容身处。他好像天生对城市有一种好感，一种亲近感，他从来都认为自己是一个城市人，置身在车水马龙的空间里，他有一种如鱼得水的感觉，所以在拒绝了乌龙镇后，他便把城市当作了自己的最终归宿。但他不想去先前待过的那些城市，曾经的几次失败经历，似乎还像影子随在身后，不，他要到一个新的地方去，开辟一个更加广阔的战场，轰轰烈烈地干出一番事业。于是，又经过几次倒车，天傍黑时，长河终于来到这个传说中繁华富贵的城市。

先生，住宿么？

长河还没打定主意往下该怎么办，一个年轻女人就拦住了他。长河不由地停下脚，对女人这种有礼貌的称呼，他感到非常舒服。听听，先生，如果在乡下，谁会这样叫你？一霎间，长河就对这个城市女人充满了好感，不禁仔细看她几眼。女人不算难看，一张白白的瓜子脸，眼角有些吊，两颗眼珠转来转去，显得生动传神，嘴巴咧得很开，一个劲儿朝他笑，牙齿整齐干净，只是嘴唇下长了颗黑痣，倒使她透出几分独具的魅力。看到长河打量她，女人也凑上来。

先生，跟我去住下吧，我们是一家大旅馆，条件比其他旅店都好，有热水，有电视，又在附近，走几步路就到了，你刚赶了一天车，一定累得不行，还不赶快住下休息休息？

女人举起一块木牌，上面写着旅馆的详细情况。见长河还在犹豫，她更近地贴住他，微笑更加亲切而迷人。

先生，我们的服务很优秀，价格又便宜，保管你住得舒心、放心，如果你不跟我去，你肯定会后悔一辈子。我看你是个聪明人，说不定正做着什么大生意，才不会放弃这样的好机会。

女人高高地吊起眉梢，两颗眼珠频频朝他闪烁，还伸出染有红甲的手指，轻轻拍去他身上的尘土，并顺势牵住他的衣襟，来回拉了拉。长河有些难以招架，看看天色已晚，也实在疲乏得够呛，反正早晚都要住宿，不如趁早跟她去算了，也省得再跑冤枉路。

好吧。

长河一开口，女人就松一口气，伸手夺他的蛇皮袋子。但长河没松手，对这种到处拉客的女人，他还存有几分戒心。女人领他离开大街，进到一条小巷里。乍从敞亮的大街上来到这里，长河还有些不适应。女人停下脚，等他一下。小巷很狭窄，也很曲折，长河以为它很短小，可到头一拐，前面又洞开另一条巷道。走过许多个门洞，有几个还写有“旅社”“旅馆”字眼，长河以为到了，可女人依旧往前走。她这是要带他到哪里去？别是领到一个僻静处，遭她什么暗算吧？女人回过身，宽慰地朝他笑。

你别怕，这就快到了。

走到下一个门洞时，女人带他走进去。长河感到奇怪，这个门楣上没挂招牌，看起来也不起眼，难道也是供人住宿的地方？里面是个不大的院落，四周堆满纸箱、煤球、酒瓶之类的东西。靠里一扇门板敞开着，女人先走进去，又回身招呼他。原来女人说的大旅馆就是这个破烂地方了。长河知道女人欺骗了他，想退出去。女人又赶紧甜蜜地朝他笑。

这种地方其实更好，严实，没人能找到，再说，服务也确实周到……

女人的话连同脸上的神色都有些暧昧，长河似乎懂她的意思，又好像不太理解。女人帮他在一个窗口登完记，把他交给身边一个小伙子，便又急忙走出去。长河还对着她的背影发怔，小伙子推他一下。

嗨嗨，发什么呆？看上她了也得等晚上呀，你还住不住了？我可是忙着哩。

长河回过神来，提起蛇皮袋子，跟在小伙子身后，穿过里边另一个门洞，沿着一架生锈的铁条梯子，一颤一颤地朝楼上爬去。进到一条昏暗的走廊里，小伙子从旁边墙上摘下一串钥匙，去开角落里房间的门锁。打开门后，小伙子抖着钥匙离去了。长河走进门里，一股浓烈的腥臊气味扑面而来。他闭上嘴，又屏住呼吸，过了好久，才勉强喘出一口气。好你个熊娘们，长河咒骂那个领他来的女人，居然把老子带到这种破烂地方。但既然把房钱交上了，也只能勉强住下。长河忽然后悔，也许不该到这个一无所知的城市来。

天黑后，长河锁好房门，走出旅馆，到外面去打发肚子。他刚在路边小吃摊前坐下，就看见那个领他来的女人从街上走来，身后跟着一个和他差不多的男人。长河想笑，看来女人的生意还挺红火，想到她拉客时的情景，不禁有些佩服她。女人走过来时，长河想和她招呼一声。女人感觉到他的目光，也掉头看他一眼，却好像不认识他似的。长河又合上了嘴，女人只顾风风火火做生意，这么快就把他忘了？或者只是将他当作一个猎物，到手后就不再屑于理会了？长河闷闷地吃饱肚子，离开小食摊，想到灯火通明的大街上逛逛，又担心碰到不怀好意的人，再受骗上当一回，多事不如少事好，还是回旅馆睡觉算了。

回到旅馆，长河感到身上黏腻，便寻找盥洗间，想好好清洗一番。自打出来后，他还没认真干净一回哩。长河拿着换洗的衣服，从楼上找到楼下，也没看见可供洗刷的地方。到登记室询问，那个小伙子随手朝外指了指。长河顺着他的手势看，目光落在院角的水龙头上。原来这家旅馆根本没有盥洗间，更不可能供应热水了，那个女人说的全是屁话。无奈之下，长河在水龙头下草草洗了洗，便回房间来。打开电视，想好好欣赏一下节目，却没料到，不仅电视没有颜色，而且只有一套节目。长河恶狠狠地把旋钮转动几遍，很快便关死了。找不到可供娱乐的方式，长河只好熄灯睡觉。躺在吱扭作响的硬床垫上，他却一点睡意也没有。这是个并不让人喜欢的城市，长河在心里说，难道我就把它当成家了？他打定主意，天一亮便离开这里，再也不回来了。他刚要睡着，门板就被敲响了。长河吓了一跳，别是遭到打劫了吧？他不知如何是好，门外却响起一个女人的声音。

先生，你要特殊服务么？

长河愣了愣，随即反应过来。原来是提供“特殊服务”的女人来打扰他了。他当然知道特殊服务是怎么回事，想不到这么破烂的小店都有这号名堂。长河刚要回答不要，却又觉到外面的声音很熟，莫非是那个拉他来的女人？长河爬起来，顺手摸住灯绳。如果真是那个女人，他倒真想再会会她，也报复一下她对他的欺骗。长河拉亮了灯，下床去打开门板。果然是那个女人。门板一打开，女人就急急地钻进来，并回身将门闩插上。

我的话说得有些大了，不过，服务还是很周到的。

女人朝他歉意地笑笑，又挤挤眼皮，做了个顽皮的鬼脸。长河看出来，女人试图讨他的欢心，不禁想起在街上碰到她时的情景，便在心下感叹，这真是个精明的骚狐狸。女人经过悉心打扮，浑身上下都显得性感十足，尤其是吊梢眼角连同唇下的黑痣，都充满独有的魅力。长河本想表示拒绝，可又经不住她的诱惑，便把她留下来。长河担心会受到嘲笑，可做起来竟然没有失败，不禁觉得奇怪，为什么和岫姑就做不成呢？完事后，女人没伸手要钱，也没离去的打算，依旧保持在他身下的姿势，目光凄迷地看他，神情里有些慵懒，也有些忧伤。长河不知道她要干什么，不禁有些茫然。女人叹口气，竟慢慢和他聊起天来。

听说你一来就看上了我？还到处向人打听？

长河一惊，迷惑不解地去看她。女人止不住笑一下。

登记室那个小伙子告诉我的。

长河不知道是小伙子编派他，还是女人故意说，便没表示什么。女人在他脸上摸了一下。

不管怎么样，我觉得你还不错，所以就找你来了。

长河搞不清她说的“不错”是什么意思。他又想到了岫姑，在她那里，他已经很久没听到这种话了，或者说，她从来就没有说过？看他有些走神，女人蹬他一下。长河反应过来，赶紧朝她笑笑。女人撇了撇嘴。

想你的老婆了？

长河不能不承认，这个女人就是厉害，一眼就把他看穿了。为了掩饰尴尬，长河想对她说句什么。

你……干这个挺挣钱的吧……

说出了口，长河又有些后悔，怎么去问人家这个？自己连钱还没给她呢。女人倒没在乎，还笑了一下。看来她是个老手，长河在心里说，都已经恬不知耻了。不知为什么，长河产生了要和她进一步聊天的念头。

你做这个很久了吧？

你看呢。

我看是……

你说是那就是吧。

女人毫不在意地说。长河聊天的欲望越发强烈。

你怎么干起了这个？

你说呢？

下岗了？还是找不到工作……

女人突然笑起来，而且笑得前仰后合。长河有些发愣，不明白她为什么笑。女人在他身上拍一下。

下岗？还失业呢，你以为我是这个城里的人？

怎么？你不是……

你是干什么的？

我？我是来……打工的……

那我和你差不多。

你……也是从外地来的？

长河盯着女人，忽然觉到了亲切，虽然刚才已经亲热一回，但并没亲切的感觉，现在知道了她的身份，才觉得亲近起来。长河有些激动，也有些振奋，想和她认真说说话了。

你来到这个城市多久了？

快半年了吧。

你怎么干起了这个？

不干这个还能干什么？你以为城里有那么多活儿等着你去干？

也是，可……

还不是为了挣钱？你别说，干这个钱倒是来得快。

那是……你一天能挣多少钱？

那就看你们愿意给我多少钱了……对了，你还没给我钱哩。

是……

其实你们特别瞧不起我们，是么？

看你说的，我们哪里……

算了吧，你们男人的心思我还不明白？一开始都拣好听的说，等完了事提上裤子就走，心里还骂我们下贱哩……

没有没有，我可没有……

别看你长得一表人才，其实肚子里坏水比谁都多，这个瞒不过我。

女人乜斜起眼来看他。长河避开她的目光，似乎女人真看到了他心里去。这个臭婊子。长河偷偷骂一句。女人抬起脚，又在他身上蹬两下。

怎么，说到你的痛处了？看你心虚的……

嗨，我心虚什么？我又不是那样的男人……

算了吧，我才不在乎你们怎么想呢，只要能挣到钱就行。在这个城市里混，哪里离得了钱？

长河心里又一动，女人这句话还真说到了点子上。长河突然羡慕起她来，还是这些婊子有办法，钱居然来得那么容易，男人就不行了，不仅挣不到钱，还把钱往她们手里送。这时，他听见隔壁房间里也传出异样的响动。妈的，长河在心里说，这个旅馆的生意还挺兴隆哩。女人也像是想起了什么，坐起来，动手穿衣服。很快，门外就传来喊声。

完了么？十六号的客人都等急了。

长河听出来，是登记室的小伙子。女人加快了动作，匆忙间把纽扣都系错了，踏上鞋子，就朝门口奔去。长河关上门板，往地下狠狠啐口唾沫。他忽然想起来，女人居然忘了要钱，看来他真的报复了这个女人。已经是下半夜了，周围房间里还不时传出乱七八糟的响动，搅得他难以入睡。天快亮时，他才勉强睡了一会儿，但很快又醒来了。朦胧中，外面小巷里已有行人的走动声和商贩的吆喝声。长河爬起来，匆忙地穿衣服，女人随时会来和他要钱，还是趁早溜走了吧。长河提上蛇皮袋子，出了房间，蹑手蹑脚地朝楼梯下走去……

## 6

长河蹲在胡同口，已经等了多半天，还没看到合适的人出现。此刻，绥玥一定在屋里骂他“笨蛋”了，长河能想象出她焦急的样子，不禁笑一下。绥玥是个好搭档，和这样的女人配合，还愁发达不起来？长河暗自庆幸，上次他没从这个城里走掉，又中途返回，到那家旅店里去找绥玥，也就是那个陪她睡过一回觉的女人，是一个多么明智的选择。

那天，长河站在车站候车室里，望着外面拥挤嘈杂的人群，不知怎么回事，突然就产生了和那个女人合伙做生意的念头。他当即退掉刚买到手的车票，又匆匆朝那家旅店赶去。女人正要出去拉客，和他走个碰面，都没顾得看他一眼，就急急地朝外走。长河抓住她的手，不由分说拉回到房间里。女人以为他又要做那件事，装模作样地挣扎两下，就躺到了床上。长河当然没上她的身子，而是和她说起了合伙做生意的事。为了防止她拒绝，他先把这件事对她的好处说了，诸如不用自己去外面拉客，减少了每日的劳动量，不用把挣来的钱交给旅馆，减少了不必要的开支，不用到任何地方抛头露面，减少了难以承担的风险，等等。正如他的预料，这个叫绥玥的女人果然是个机灵鬼，眼珠转几个来回，就明白这是一件对她极为划算的事，做出决定后，即刻去收拾东西。没过一刻钟，绥玥就提着一个和他的蛇皮袋子差不多的行李包，跟在他身后，脚步匆匆地离开了旅店。他们沿着街道左拐右拐，走出一条巷子，又进入一条胡同，边走边打听，边打听边寻找。临近中午时，他们在一条极幽深的胡同里，终于租到一间简陋的房屋，又买来必备的物什，诸如桌子、凳子、锅碗瓢盆等，当然最不可缺少的还是床。于是，他们便在买床时多费了些工夫，还产生了点分歧，在家具店里争吵起来。在长河想来，床尽管重要，也不过选一张美观的而已。但绥玥考虑得更为周到，不仅要美观，还要宽大，还要柔软，还要……长河叫苦不迭，本来两人的钱就不多，再购置如此豪华的床，还怎么承受得住呢？关键是，绥玥可以整日躺在床上欢度时光，他又能享受多少呢？两个人意见不同，买不了床，合伙做生意的事就要告吹。幸好家具店老板出来了，在他们之间折中一下，一张不太好却也不太坏的床便被抬回来了。

置办好一切后，按照他们的计划，每天一早，长河都到胡同口寻找合适的目标，谈妥时间和价格，悄悄领回家来，交给在床上等候的绥玥，下面的工作就由她来做了。长河清闲下来，便去街上逛荡，欣赏市容，参观商店，如果口袋里揣有钱币，还能适量消费一番，将不时涌现的欲望满足一下。当然，也有出现意外的时候，有一回不慎大意了些，加之过于放肆，忽视了安全问题，便差点惹出麻烦。也怪那个家伙太有实力，腰包鼓得像馒头，诱惑得绥玥心旌大乱，客人付钱时，她突然推翻谈妥的价格，大张着嘴巴漫天索要，还伸手去掏他的腰包，由此引发了一番争执。长河接到绥玥的电话后，赶回来，按住客人的脖子就要动手。客人逃走后，居然拨打了报警电话。警察们迅速出动，直向那个胡同里逼来。幸亏长河警惕性高，警察的身影刚一出现，就果断给绥玥发出了撤离信号。警察们扑个空，便查封了那间房屋。他们无法再回去，只好又在别处重租一间房屋，购置了类似的物什，包括一张不太好也不太坏的床，继续把生意做下去，且比以前做得更隐蔽，也更有成色。想起这事来，长河就止不住想笑。

接下来的这一天，都快要过午了，合适的目标还没出现，长河有些着急，也有些不安，这一天如果弄不到足够的钱，他和绥玥的吃喝就会遇到麻烦，还有其他日常开支，包括看涨的房租，可能收到的罚单，等等。长河站起身，走出了胡同口。街道上过往着那么多人，其中也有不少人东张西望，他只要迎上去，将绥玥的照片一亮，问题便可以解决了。但长河还是抑制了这种冲动，街道上人多眼杂，其中混有个把便衣警察也未可知。长河咽口唾沫，又把身子隐到墙壁后。耐心些，他告诫自己，再耐心些。长河又像先前那样蹲下身，只把一双眼睛睁大，目光锐利地盯住每一个过往的人，具体说是每一个男人。

功夫不负苦心人，日头偏西时，目标终于出现了。长河看见，从一家餐馆里走出一个男人。男人刚用过餐，肚皮隆起老高，而且还喝了酒，面色红如萝卜，心情也很好，一根牙签在唇外动来动去，步子朝这边迈一下，又往那边迈两下。饱暖思淫欲，男人精力充沛，又加之腰包鼓胀，如果不找个地方宣泄一下，似乎过意不去。兄弟，长河在心里对他说，就是你了。就像有了什么感应，男人居然朝他走来，长河不把他当成目标都不行了。碰到这样的人，还用他费什么心，连身子都不用站，只等他主动来联系了。

大哥，打听点事……

男人犹犹豫豫地说，脸上浮动着不好意思的笑。长河也不动声色地笑一下，随即把绥玥的照片掏出来，在他面前一亮。

什么事说吧，只要我能帮助你的……

男人明白了他的意思，把目光从照片上收回来，看看周围没有别人，便打消最后一丝顾虑，鼓着勇气让长河指给他下一步的行动路线。长河抬起一只手，一边朝胡同里指，一边把绥玥所在房屋的号码说给他。男人咧开肥厚的嘴唇，有些快意地笑了。

谢谢大哥……

男人说完，又礼貌地朝他点点头，便急急地朝胡同里走去。祝你玩得愉快。长河在心里说。男人的身影在胡同里消失了，长河缓缓站起来。这真是一件意想不到的事。长河又对自己说。在他的拉客经历中，还从来没碰到过这么简单的事。要是你后悔了，长河又在心里说，可不能怨我。长河揉揉酸麻的腿脚，跨过马路，朝街那边一个玩具摊走去。他掏出一张十元的纸币，递给摊主。

我买那个玩具相机。

摊主把那个和真相机相差无几的玩具递给他，要找给他剩余的钱时，长河已拿着玩具离开了。

长河进入胡同后，禁不住小跑起来。来到一个院门口，他镇定一下，便果断地推开门，轻手轻脚穿过院落，停在屋门前。此刻，那个男人正在屋里，具体说是在屋里的一张床上，与绥玥干着愉快的事。长河掏出钥匙，插进锁孔，使劲往旁边拧，却没有拧动。他疑心找错了门，赶紧抬头细看。没错，是自己租的房子，绥玥放在窗台上的啤酒罐还在。长河按住胸口，又镇定一下，才突然醒悟，原来把钥匙拧反了。真是做贼心虚。长河往手心里吐口唾沫，重新把钥匙朝另一边拧。门板一下子打开了。别害怕，长河在心里对绥玥说，穿上裤子配合我吧。随着门板朝后退去，长河像一个鬼祟的小偷，或者说像一只扑食的豹子，张牙舞爪冲进屋去。

抓住了，抓住了……

长河一边叫喊，一边举起玩具相机，朝床的方向挥舞。由于刚从明亮处进来，长河看不清床上的情景，只听到一阵惊慌的喊叫，随即便是忙乱的穿衣声。长河越发把玩具相机举高，对着声音传来的地方使劲晃摆。等眼睛适应了屋内的光线，长河看见绥玥坐在床上，正胡乱系着衣扣。

天哪，是你……

绥玥把手从衣服上放下，长长地吐出一口气，刚要埋怨他，又赶紧闭住嘴。长河往床上看，咦，床上除了绥玥，竟然没有其他人。那个男人呢？莫非他没按长河的指点来？或许是走错了地方？那长河买这个相机胡乱挥舞不是白忙活了？这时，绥玥已经回过味儿，把手指竖在嘴边，示意他不要出声，随即朝床下指指。长河明白过来，原来男人藏到了床下。长河精神大振，重新把相机拿在手里，走到床前，朝里踢了一下。

出来，我是警察，你跑不了啦，给我老老实实地爬出来。

长河说着，还对绥玥笑了一下。床下传出窸窸窣窣的响动，一双长满粗毛的脚先伸出来，随着是两瓣肥大的屁股，往下是黝黑的身坯，一伸一缩的脖子，磕头如捣蒜的脑袋，两只含满恐惧神色的小眼频频眨巴。望着男人狼狈丑陋的模样，绥玥也抬起脚，狠狠踹他一下。长河则坐到椅子里，跷起二郎腿，一边悠悠地看男人，一边摆弄手里的相机。男人好像明白过来。

你……不是警察？

不管是不是警察，你干的好事可都被我拍下来了。

说着，长河又把相机朝他挥挥，再赶紧收回来。男人懊丧地垂下头。长河和绥玥对看一眼，互相笑笑，又转向男人。

你说怎么办吧？

大爷大爷，饶了我吧，我这是头一回……

我可不管你是头一回还是第二回，只要你欺负了这位女士，就得……

我没欺负她，她是自愿的，对对，她还收了我的钱，她是卖淫……法律是不允许……

没等他说完，绥玥就扑上去，用力扇他一个耳光。男人扑倒在地下，一边抬手捂脸，一边用委屈的眼神看她。长河差点笑出声。

想不到你还懂得法律，那你知道不知道，你这也是嫖娼行为，也是法律不允许的。

这可是你指点我来的，要不是你给我说地方，我还找不到这儿来呢……

长河没想到，这个男人还这么难缠，看来不给他动点真格的，他不会乖乖就范。

你知道不知道，我就是为公安局工作的，给你指点？不给你指点怎么抓到你们这些犯罪分子？走，跟我去公安局。

这一招果然奏效，男人一下子紧张起来，两手握在一起，一个劲儿朝他打拱。

求您放过我这一回吧，我好不容易才当上副科长，要是一去公安局，我下半辈子就全完了……求求您……

长河又是没想到，男人居然还是一个小官，想必身上的油水更多呢。绥玥眼里也放出光来，直朝他挤巴眼皮。长河明白她的意思，越发精神抖擞，高高地举起手，使劲往桌子上一拍。

好你个腐败分子，身为国家干部，居然也干这种伤天害理的事，走，跟我去公安局，先关你几天，再让你们科长来领你。

不不……

男人趴到地下，两手紧紧抱住床脚。

我不去公安局，打死我也不去公安局……

长河拉他几下，没有拉动，想想也就算了。如果动静弄得过大，像上回那样引来闲人，说不定会惹来麻烦，既然男人已经被吓住，还是见好就收吧。

那你说怎么办？

我……认罚行不行？我把身上的钱都给你，如果还不行，我先打个欠条，保证三天之内送过来，只要你放了我……

你身上有多少钱？

也就一千多块吧……这还是我买办公用品的……

不行，无论怎如何你都要交五千块钱的罚款。

我还有一块手表，一部手机，还有……这个镀金的戒指，也都值不少的钱……

除了这些呢？

除了这些外我就只剩这身衣服了……可你不能让我光着回去呀……

长河和绥玥对视一下，看来事情也只能这样了。

好吧，再给我打一个四千块钱的欠条……

一共不是才罚五千么？这些东西也快超过……

少啰嗦，要不跟我去公安局。

那，好吧……

男人不敢再说什么，先从衣袋里拿出钱来，又摘手表，摘戒指，最后去掏手机。等把东西交给长河，男人便伏在地下，接过绥玥递给他的铅笔头，在一块卫生纸上写欠条。卫生纸太软，铅笔头在上面戳出几个洞，才勉强把字写上去。长河接过欠条，也没再看，就赶紧装进口袋。长河以为男人该走了，可他似乎还期待着什么。长河不耐烦地挥挥手。

还不快滚？

男人反应过来，仓促地穿上衣服，连滚带爬地跑出门去，脚在门槛上绊一下，差点摔倒。男人一跑出去，长河就关上门板，蹲到地下，笑得直不起腰来。绥玥顾不得笑，捧起那叠钱，专心致志地点数。长河也站起来，直朝绥玥手中的钱扑去。

# 第十一章

后来我才知道，与我一起留下来的还有那个老女人。但是，当我看见她时，她已经死了……

老女人是被打死的。有一天夜间，我从睡梦中惊醒，听见附近传来一阵叫啸声和奔跑声，声音杂沓而凌乱，似乎一个人在被许多人追赶。我爬起来，最先看到的却是远处亮起的火光，在一丛丛树篱间闪烁。我很快看清了，那是一支支火把在燃烧。随着火把亮光的快速逼近，一个模糊的影子出现在我视野里。其实那个影子离我更近，但它之所以给我一个模糊的印象，是因为它在急快地飞行，没错，它给我的印象的确是在飞行，从一根树干上滑下来，在接近地面的刹那间，又腾跳到高空里，攀到另一根树干上，看上去就像真的在飞行一样。尽管我瞪大了眼，却辨不清它到底是一个人，还是一匹兽，或者干脆就是一只鸟。就这样，它在林木间跳上跳下，从我面前呼啸而过，隐进那面的树丛中。就在这时，我似乎看见它拖在身后的一条尾巴，心里不禁一动，是她？我好像知道这个被追赶的人是谁了。但我还没反应过来，那些举着火把追赶的人就从我面前跑过去，我注意到，这些手拿棍棒的人差不多都戴着安全帽，他们除了是那些开发者外还能是什么人呢？

我盼望那个被追赶的人能够逃脱，凭着她一身来自仙界的本领，战胜那些人是不成问题的，况且这是她自己的家园，一切行动都应该对她有利。但不知怎么回事，在随后几天里，我却越来越不安，生怕我不愿看到的情景会不期然到来。虽然我为她找到的逃脱理由足够充分，但毕竟时代不同了，在这个一切都要用来开发的世界里，山林的没落是注定要发生的事，何况那些人掌握了强大的科技手段，消灭一个已然老去的神仙同样是不成问题的……就是在这种不安的心境伴随下，我找到了那个老女人的尸体。

是的，她已经死去了，虽然尸身还没有腐烂，却已像石块一样僵硬，这说明她被那些人打死的酷烈场景，就发生在那天夜里。我不忍看她暴尸日头下的惨象，便找来一些树枝草茎，把她的身子覆盖住。阿诗玛……我对她深深鞠过躬后，便扛起土枪，迈着大步朝山林外走去。

1

天刚蒙蒙亮，岫姑就起来做饭，准备到医院去替换大山。几天前，慧娘突然晕倒在寺庙里，送她到医院的和尚告诉大山和岫姑，慧娘做功课太过用心，加之节制饮食，导致身体虚弱，终于气力不支，在做法的现场晕倒，只好到镇医院治疗一阵了。大山夜里守在慧娘身边，天亮后由岫姑接替，顺便把早饭带去。岫姑原本要自己守夜，照料慧娘也方便些，可天风还小，无法在那里睡觉，没办法，便只能把慧娘交给大山。岫姑这时又想到长河，作为慧娘的亲生儿子，这个世界上唯一真正的亲人，长河多么应该待在她身边，哪怕不尽孝心，只是给病中的老人一点安慰也好呀，可他……

做好饭后，岫姑打发天风起来，给他草草喂点饭，自己也没顾得吃，便把饭盛在饭盒里，提着朝医院走去。来到病房前的院落里，岫姑被一个人叫住，扭头一看，竟是赏通。赏通端一把扫帚，似乎正在清扫地面。看到岫姑停下脚来，赏通也歇下手，想朝她微笑一下，但又抬手掩住嘴巴，以免那颗金牙过分外露。岫姑不禁感到奇怪。

老赏通，你怎么在这里……

我现在是医院里一名员工了……

怎么？你到这里打扫卫生来了？

人家院长觉得我活计干得不错，非要让我来帮他们……

岫姑不想听他吹嘘，掉头便要朝病房里走。赏通又赶紧喊住她。

岫姑，慧娘现在怎么样了？

你打听这个干什么？

我还能……岫姑，不要忘了，当年我和慧娘可是结过娃亲的……

算了吧，什么猴年马月的事你都要提？

就算……后来我和栓回结拜过兄弟的事可是尽人皆知……

你到底想说什么？

我不过是想……岫姑，就凭这些关系，我还能不替你着想一下吗？

替我着想什么？

我可是提醒过你几回了，慧娘不是一个简单的女人，比起她来，或许你还不是一个合格的对手，所以你不能不对她……

老赏通，你是不是不挑拨离间就心里难受？莫非你还嫌我们家的事少怎么的？

我这可是为了你好……

留着你的好意喂猫去吧。

岫姑不想再理他，转身就朝病房里走去。赏通在后面嘟囔一声，真是狗咬吕洞宾，不识好人心。岫姑想不明白，赏通为什么三番五次说慧娘坏话，就为他们的娃亲被废除的事？其实那也怨不得慧娘，一切都是时代造成的结果。岫姑进到病房里时，大山正用一块湿毛巾给慧娘擦脸。岫姑以为她醒来了，但过去一看，慧娘依旧闭着眼睛，似乎还沉浸在睡梦中。

娘还没醒吗？

夜里一直在睡，到现在也没……

大山摇摇头，脸上露出不安的神色。岫姑也不免觉得奇怪，慧娘刚入院时，尽管身体有些虚弱，但并没透出衰败之象，经过这些天的治疗，不仅没见起色，反现出恶化迹象，东西越吃越少，精神也极度萎靡。岫姑看大山两眼红肿，知道他夜里没有睡好，便拿出饭来让他吃。大山却摇一下头。

我不太饿，你先吃吧。

岫姑一愣，自己并没说还饿着肚子，他怎么就知道呢？与她比起来，大山守夜自然更辛苦，脸上布满倦意，看上去也像处在病中似的。岫姑没说什么，却是执意把饭送给他。看到大山还要推让，天风竟也劝起他来。

大伯你就吃吧，不然妈妈更担心了。

岫姑有些不好意思，似乎孩子说穿了她的想法，便假意打他一下。天风却颇为得意，蹦跳着跑出屋去。大山不好再说什么，接过碗筷，三两下便把饭吃完了。岫姑想再给他盛上一碗，但大山摆摆手，走到一边去。岫姑知道他吃不下，也不再劝他，便催他回家休息。大山走后，她却一直盯着饭碗发呆，一点吃饭的欲望没有。她忽然想，这是怎么了？为什么一家人都吃不下饭？这样下去可怎么得了？岫姑明白，究其原因，一切都与慧娘的病情有关，只有慧娘的病好起来，她和大山才能恢复正常。岫姑把目光转向慧娘，希望看到她令自己满意的神态。慧娘正好醒来，却是神色黯然，目光呆滞，这才病倒几天，却像已病入膏肓一般。岫姑心里一阵疼痛。

娘，您快起来吃东西吧。

慧娘没说什么，只是轻轻摇头。岫姑把饭端到她脸前，慧娘也不看一眼。岫姑急得快要哭起来。

娘，您这是怎么啦？

岫姑，别再费心思了，我吃不下去……

好几天了，您都没……这样下去怎么行呢？

不管了，我管不了那么多了……

慧娘再次摇头，而且闭上眼睛，任岫姑怎么呼喊，也不再轻易睁开。岫姑知道她没睡着，也不是昏迷，却摆出不再与人交流的样子，岫姑一时也无可奈何。在岫姑印象里，慧娘本来就是个心事重重的人，好像每时每刻都在想什么事情，却不把心事轻易外露，便不能不让岫姑感到复杂难解。即使在最轻快的气氛中，岫姑也很少看清过慧娘的面目，似乎她总是处在一团暗影中，有时挨得近了，反觉察到她释放出的阴冷气息。岫姑开始不知道那是什么，后来才逐渐明白，或许是因为慧娘身上阴气太重，才让她有这种不真切的感觉。岫姑不禁又想到赏通的话，不知出于什么目的，赏通已给她说过几次慧娘的坏话，大多数情况下，岫姑都觉得赏通不怀好意，但有时又感到他说的也不是没一点道理……望着慧娘衰朽而顽固的样子，岫姑突然在心里对自己说，这或许真是个不一般的女人……

没过多久，医生来查房，慧娘还是紧闭双眼，对医生的询问不加理睬。岫姑想把她的情况说给医生，但当着慧娘的面，她又不好说出来，等医生离开病房回到办公室，她才悄悄跟过去。医生其实也正在等她，对于慧娘不正常的表现，他同样要向病人家属知会一声。医生告诉岫姑，慧娘的病情其实不在身体，而在心理，是她的精神有了疾患，要想让她好起来，仅靠外部治疗并不能解决问题，非要进行心理疏导不可，他们打算和精神科医生联手，共同来为慧娘治病，希望家属予以配合。岫姑听得一头雾水，便不解地问医生，那么慧娘有什么心理问题呢？医生的回答让她大吃一惊。

据我们初步分析，她可能有自杀倾向……

什么？自杀……倾向？这怎么可能？

我们把她的症状让精神科专家分析过了，得出的结论正是这样。

对医生言之凿凿的说法，岫姑无论如何不敢相信，虽然慧娘不大配合治疗，也吃不下东西，但怎么可能与自杀有关呢？岫姑认为一定是医生弄错了，却又不好与他辩论，便不再开口说话。正在这时，天风急慌地跑来。

妈妈，奶奶要回家去了……

岫姑赶紧跑回病房，看见慧娘果然从床上爬起来，正吃力地穿衣服。她身上实在没多少力气，仅仅把一件上衣穿上去，就累得倒回床上。岫姑跑过去，使劲把她按住。

娘，您这是要干什么？

我不治病了，我要离开这里……

您要到哪里去？

我要回寺庙去。

您这种样子怎么能回得了寺庙？

那我就回家去……

您的病还没好呢。

我没什么病……他们就是有天大的本事，也治不好我……

慧娘在岫姑手下奋力挣扎，但毕竟身子虚弱，没过多久就又倒下去。岫姑给她盖好被子，不敢再轻易离开，便一刻不停地守在床边。想到医生刚才说过的话，岫姑忽然感到，也许慧娘真有什么心理问题，只是会不会有自杀倾向，她还不敢确定，也不愿承认。

娘，您有什么问题想不开吗？能不能说给我听……

我没什么想不开，你也不要问我……

岫姑想到了长河，是不是慧娘对儿子放心不下，才……长河这次回家，竟然没去寺庙看一下慧娘，便再一次离家出走，一副不肯回头的决绝样子，难道他真要抛下自己的母亲而一去不复返了？但岫姑刚说出长河的名字，慧娘就摇起头来。

我不担心长河，他走到哪里都会……可是岫姑，他这么做可真是对不住你，对不住孩子……

怎么？您都知道了……

赏通都告诉我了。

赏通？

岫姑又不免一惊，赏通到这里来过了？这可是她没想到的事。岫姑忽然吃不准，赏通和慧娘到底是什么关系？一会儿说她的坏话，一会儿又偷来探望……岫姑不敢再和慧娘讨论问题了。慧娘安静一会儿，身上似乎恢复些力气，突然向岫姑发出警告。

岫姑，不要再相信阿诗玛……

阿诗玛？您怎么想到了阿诗玛？

这几天夜里，我老是梦见阿诗玛……

梦见阿诗玛？梦见阿诗玛什么？

我看见……她在复仇……

复仇?

岫姑没想到她会这样回答，在几乎所有人的观念里，阿诗玛都是掌管爱情和幸福的女神，怎么慧娘会梦到她复仇?当然，在阿诗玛的故事中，自然有一个阿诗玛复仇的情节，可人们差不多都忘记了这事，剩下的只是她带给人们的美好憧憬。岫姑也是这样，如果不是慧娘提醒，她简直不能把阿诗玛和复仇联系起来。慧娘折起身子，极力向她表达自己的意思。

一个复仇的女人会给你带来什么，这不是明摆着的吗?

可是……大家都……

何况，阿诗玛兴许早就不在这个世界上了，可不识时务的人们还在找呀找，不是太愚蠢了吗?

娘，您是在说我吗?

大概也包括我这样的人在内……

可在我们眼里，你是得到了爱情的幸运之人……

岫姑，你是在说胡话吧?

您和爹不是最终走到一起了吗?

可你认为我们就爱情圆满了么?

起码我是这么想的……

岫姑你真是太天真了，我和栓回……哪里又是你们所想象的样子……

我也听说过你们之间一些……好像……他做过对不住您的事，可他后来毕竟……

他是真的向我赎罪了，而且是以伤害另一个女人为代价……我是说大山的母亲……

他伤害了大山的母亲吗?

如果不是，那个女人又怎么会去跳河呢?

原来是这样……那您早就原谅他了吧?

慧娘张张嘴，想说什么，却又没说出来。她掉转头，把目光望向窗外的远处，好长时间没再收回。岫姑以为她看见了什么，顺着她的目光往外看，却没找到任何东西。岫姑似乎明白，她是在看自己头脑中的什么东西。慧娘眼望着外面，嘴里的话题却与岫姑相关。

岫姑，告诉我，是不是有一天你会像你的先人那样，重新回到山林里去?

这个……我也不知道……

岫姑离开她的病床，走到屋门口，让目光越过房屋和树篱的阻挡，尽力朝向远处望。在她身后，慧娘好像意识到自己说话太多，也可能是又觉到累了，便不再表示什么，只是躺下身子，闭上眼睛，又沉浸到严重的病况中去。岫姑望着远处的山野，有一霎，眼前一阵模糊，似乎看见一个女人带领一个孩子，他们身后还有一个男人，正在山野间的林海中行走……岫姑当然不知道，这个看似虚幻的场景其实正是许多年后发生在自己身上的真实情状……

2

天阴沉着，虽然没有起风，可岫姑还是觉到一阵阵凉意袭上身来。短暂的秋天正在过去，树叶已经变得枯黄，在枝桠上有气无力地悬垂着。一队大雁从高空里飞过，嘎嘎的叫声似在警告人们，冬天已经不远了。岫姑和天风还有大山来到停车点，乘上开往县城的公交车。岫姑把头探出车窗，望着有些萧索的山野景色，心里充满悲伤。本来她打算自己去县城，也不请律师，顶多带上天风，她认定这是她的私事，与大山无关。可大山不放心她，非跟着她乘上车来。

岫姑没有料到，慧娘出院那天，她会接到长河呈给法院的起诉书。当时，岫姑望着那个穿制服的小伙子，一点都没在意，还往路边闪了闪，让他的摩托车过去，可摩托车却停在她脚前。小伙子从文件包里取出一个没封口的信囊，直交到她手里，并让她签字。岫姑没明白是怎么回事。大山替她签完字，打发小伙子离去。岫姑从信囊里抽出几张纸，匆促看了看，这才明白，原来是法院传给她的材料，说长河已向法院起诉，要求和她离婚，要她几日后去法院应诉。岫姑和大山都呆住了，总算有了长河的下落，可让他们想不到的是，他从藏身处露出来，却是要和她断绝关系。岫姑突然笑出了声，长河竟然如此恬不知耻，她没主动提出和他离婚倒罢了，也算给他留了面子和后路，他却反过来和她离婚，他这不是昏头了么？不是分不清东西南北了么？愤慨之余，岫姑又确凿感到一阵轻松，好像背在身上的一件东西，终于要被她挣脱甩掉了。

但接下来，等岫姑仔细看过起诉书的内容，又不禁提起心来，长河明确说到，天风不是他的亲生儿子，他不仅不对他负有任何责任，还要岫姑赔付他一定数额的费用。岫姑简直气炸了肺，长河已堕落到丧尽天良的地步，居然连亲生儿子都不要了，更可恨的是，他不但给她扣上一个屎盆子，也给大山戴上一个洗不清的罪名。要说大山对他真够仁至义尽了，不仅一次次帮他钱财，还长期照顾他的妻子，养育他的孩子，甚至为他的母亲养老，最后却换来一个永难摆脱的罪名，这是天大的冤屈和不公呀。经过几天思索，岫姑打定主意，不仅要和长河离婚，还要为自己讨个公道，为大山洗清不该承担的罪名，为天风争取应得的合法权益。

走出县城车站，大山叫了辆出租车，三个人很快来到法院。一个胖胖的女法官接待了岫姑，并且告诉她，今天暂不开庭，先进行庭外调解，如果能做到协议离婚，就不用上法庭等待判决了。胖法官将她领到调解室内，长河已等在里面了。一见岫姑，长河就瞪起眼来看她。岫姑没有理他，将脸转向一边。长河故作礼貌地站起来，还朝她伸出一只手。岫姑看着那只依旧洁净细软的手，回头朝地下吐口唾沫。长河有些尴尬，随即又摆出大度的样子，吧嗒着嘴唇笑一下。岫姑知道，也许他在笑她的“粗鲁”和“土气”。她突然替他感到难受，积聚在心头的怨恨悄悄流走，反涌起一股怜悯的情绪。长河仍然做出优越的姿态，背起两手，在屋里慢慢踱步，似乎比以前更有派头了。

岫姑，其实我也不想这么做……可是，你……们也做得太过分了……好好，事情既然已走到这一步，还是不说这些没意义的话，咱们是不是聊点别的？这样的机会以后恐怕也……

岫姑耸耸肩，又把眼睛转向别处。长河站到她面前，用夸张的动作扯扯衣襟。

岫姑，我是不是变化了许多？

我没看出来。

我还以为你快认不出我来了呢。

认不出你来？我怎么会认不出你来？

我觉得我的形象……怎么说呢？与上次你看到我的时候相比，也许我更精神了……怎么，你没看出来？我觉得我找到了适合发展的方向……城市生活就是好，要什么有什么，我在那里简直是如鱼得水，我觉得我现在……

岫姑真要笑起来，想想又有些想哭。长河越发得意，随即做出极大度的样子。

我已经把城市当成我的家，乌龙镇我就不回去了，我们离婚以后，你可以继续住在那个篱笆院里……

听上去你在怜悯我？但你真的以为那个院子与你有关吗？

怎么与我没关？……好好，我不和你争论这个，实话对你说吧，我也从来没把那里当成我的家。

那你有什么资格安排我的去路？你还是为你的后路想想吧。

对了，我娘的事你们愿管就管，不愿管就不管，反正早晚有一天，我会把她从乌龙镇接走……

但愿你还能真的想到她，也不枉你做一回她的儿子……

这个不用你操心，你以为我就是一个没心肝的人？

你难道还有心肝吗？

你怎么……告诉你，我也有自己的感情，我也有我所爱的人……

长河，还是让我来告诉你吧，你其实谁也不爱……如果你还有爱的人，那个人也不过就是你自己罢了。

你爱说什么就说什么吧，我也没工夫和你……

长河摆摆手，朝旁边走两步，又猛地回过身，把协议书朝她伸过来。

时间不早了，咱们还是抓紧办了吧，我要赶回城里去，你也要回乡下……

把它拿回去。

你只要在上面签个字，一切就都解决了……

可你还没告诉我，孩子怎么办？

长河又瞪大眼，用不可思议的目光看她，好像她提出的问题万分荒唐和滑稽。

岫姑，我真佩服你，都到这种地方了，你还有好意思提什么孩子？

我为什么不好意思提？天风是我和你的儿子，有什么……

我看你……真是昏头了，你以为这是什么地方？这是法院，是专门惩治荡妇淫夫的……

李长河，到底谁是荡妇淫夫？你给我说清楚……

什么李长河？我郑重告诉你，我姓赵，不姓李……

随便你姓什么吧。

好好，咱不说这个了……你以为我愿意说？要是你不提什么孩子，我还能……

我为什么不提？不管到什么时候，不管在什么地方，我都大声给你说，不把天风的事解决好，你休想离婚。

你还真来劲了？你告诉我，我为什么要解决李天风的事？我当王八已经当够了，现在还来……

你当不当王八那是你的事，反正我已经告诉你了，天风是你的儿子……

王岫姑你不要再继续糊弄我，我……已经受够了……

不管你受够受不够，天风都是你的儿子……

王岫姑，你是打定主意赖到底了？

随你怎么说吧。

长河抱起头，在屋里疯狂转了两圈，又顿住脚，目光灼灼地逼视她。望着他脸上凶狠的表情，岫姑在心里冷笑，凭她对他的了解，不相信这个没出息的人还能做出什么事来。果然，长河忽然闭上眼，脸上充满颓唐和沮丧的表情，继而扑上来，抓住她的手，接连不断地摇摆，嘴里也发出一连串哭腔。

岫姑，我求求你，看在往日的情分上，你就成全我这一回吧……

长河还嫌哀求不够，又托起她的手，使劲往自己头上按。

岫姑，过去都是我的错，我做了很多对不住你的事，你打我吧，骂我吧……只要你能饶了我，怎么样都行……

岫姑用力抽回手，同时掉开眼，实在不忍看他这副可鄙的模样。长河依然觍着脸哀求。

岫姑，我知道你是个通情达理的人，既然事情都到了这份儿上，你还赖着我有什么意思?

长河，你以为我是赖你?

那你为什么……

我得怎么说你才会明白?

你说，你说，你怎么说都行……

这件事不能就这样办，字倒是好签，我只要把笔拿起来就行了，可是这样事情就完了?就公平合理了?

我已经不向你提出赔偿了，难道你……

你还要我赔偿你?

我当然……好好，我不再提这件事了……

真是天大的笑话，长河，我真怀疑你在白日做梦。

要不这样，我反过来包陪你损失行不?

莫非你真的不懂我的意思……

你还是直接说了吧，你是不是要钱?

钱?你有多少钱?

我知道你瞧不起我，可我……

算了，我不和你说这个，再说我就要吐了。

那你想怎么办?

我也直接说吧，我要讨一个公道……

公道?什么公道?

事情该怎么样就怎么样，谁也不能颠倒黑白，该是谁的责任谁负，谁也别想逃脱……

你到底什么意思？

我的意思是说，天风是你的儿子……

又来了，又来了……

长河，你为什么不承认这个事实？

不承认，我就是不承认……

长河把探向她的身子抽回去，猛跺了一下脚。

岫姑，什么事我都可以答应你，可就是这件事……

长河，我也告诉你，只要不把这件事解决好，我王岫姑绝不会签字。

岫姑，你这样做到底是为什么？

我已经对你说过，我这是在讨公道，替我的儿子也是你的儿子，讨一个公道……

恐怕也是为你，还有那个人，讨一个说法吧？

长河你说对了。

岫姑，你的真正用意可是暴露无遗了。

我没什么东西害怕暴露。

那我告诉你，这不可能。

长河耸耸肩，把协议书团成一团，狠狠地丢在地下。

王岫姑，那咱们就上法庭吧，可是我警告你，到了法庭上，你可别后悔。

岫姑冷冷一笑。

那你就等着吧。

长河走出去后，胖法官随着进来了。岫姑慢慢站起身。

我请求法庭，给我的儿子做亲子鉴定。

岫姑一个字一个字地说。

## 3

长河走出车站时，已经快十二点了。昨天他接到法院通知，说他和李天风的亲子鉴定结果出来了，让他第二天赶到法院来。长河没把这事放在心上，很晚还和绥玥到酒吧里喝酒，差不多半夜才回家。早晨上街时，忽然又想到法院通知的事，才匆匆乘上开往那个县城的汽车。在车上颠簸时，长河还睡了一觉，在一个模糊的梦里，看见小男孩李天风走到他面前，张开嘴巴，要朝他说什么。长河似乎知道他要说什么，又唯恐他说出来，便赶紧说，别说，别说……长河醒过来，突然明白，天风对他说的是个“爹”字。长河吓了一跳，心里不安起来。赶到县城时，离法院下班的时间也不远了，长河不愿在这里滞留，便拦了辆的士，一溜烟儿地赶往法院。

长河走进那间调解室，负责这件案子的胖法官正在等他，岫姑和天风也早来了，大山竟然也坐在里面。长河差点笑出来，在庄严的法律面前，他们也不知道回避勾连的嫌疑？长河朝他们一一点头，然后落座。他才坐下，胖法官就把一份盖有大红印章的鉴定书推到他面前。长河耸了耸肩。

这个我就不用看了吧？

长河想把鉴定书推开，又注意到胖法官的神情很严肃，便把那张纸抓到手里，没有立刻看，却又耸一下肩。

本来不想跑这一趟，知道跑也白跑，可我是个尊重法律的人，法律让我跑，我哪能不跑？

长河一边叨念，一边将目光朝鉴定书上扫一下，即刻把头抬起来。他忽然想到那个梦，心里又紧张了一下。不，长河给自己打气，不会有错……长河镇定下来，把鉴定书捧到眼下，却不知该往哪里看。胖法官敲敲桌子。

抓紧时间，看结论就行。

长河答应着，将眼光掉往纸张最下方。突然，一行大大的黑体字像一块沉重的磁石吸住了他的眼睛，恍惚间，那行黑字似乎长出长长的钩子，一下子刺进他的眼睛，将两颗眼珠无情地钩落到纸面上。

不，不……

长河惊恐地叫喊。

这不可能，这不可能……

长河一边叫喊，一边奋力掉开头颅，掉开眼睛，将鉴定书匆促扔出去，好像再过一霎，那页薄薄的纸就会变成一只凶猛的怪物，扑上来，将他吞进肚去。

这是怎么回事？……你们……搞错了，一定是你们搞错了……

长河颤抖着嘴唇，急不可待地朝胖法官说，朝岫姑和天风说，朝大山说。他真疑心这是岫姑、天风和大山与他开的一个恶意玩笑，不，是胖法官，是法律在和他过不去。他觉得掉进了一个深不见底的洞穴，一股强大引力使他朝着黑暗不可知的地方坠落、坠落……长河捂住两眼，不敢看眼前的一切。不知过去多久，长河镇定下来，才意识到屋里只剩下他一个人，胖法官和岫姑、天风还有大山已经不见了。他踉踉跄跄地走出调解室，走过大厅，停在高高的门口处。他似乎置身在一个陌生的地方，懵懵懂懂地朝外望，目光穿过院落，终于落在院门口的几个人身上。

等一等……

长河跌跌撞撞地跑下台阶，直朝大门口扑去。岫姑、大山和天风站住了。长河气喘吁吁地跑到他们面前。

岫姑，天风真是我……儿子？

岫姑转回身，用漠然的眼神看他。长河期待她开口，但她一言不发。长河跺一下脚。

岫姑，你不要再折磨我了，请你快告诉我……

长河，其实我已经告诉过你许多次了……

鉴定书上的结论是真的？

我不知道你到底还要我说什么？

天哪，为什么会是这样……

长河盲目地转个圈子，最后停在天风脚前，瞪大两眼，用从未有过的眼神打量他。天风有些怕，朝后退了两步，躲藏到大山身后。长河抓住他的胳膊，使劲拽到自己面前。

天风……

长河声音有些哽咽。天风挣不脱他的手，掉头向岫姑求救。岫姑既没过去阻止长河，也没上来保护他。天风有些恐惧，也有些迷茫，不明白事情到底出了什么变化。长河更紧地抓住他。

天风……走，我带你去玩……

我不去……妈妈，妈妈……

岫姑这才走过去。天风挣脱长河的手，紧紧搂住她的脖子。岫姑抚摸着他的脸蛋。

天风，跟你爹去待一会儿吧。

我不，我怕……

天风，他是你爹，你怕他什么？

他是坏人。

天风，别这么说，他是你爹，他还能对你怎么样？去吧，跟他去玩一会儿吧，啊。

岫姑把他推回到长河身边。长河感激地看她一眼，便牵住天风的胳膊，朝大街上走去。他忽然替大山感到惋惜，闹腾了半天，原来大山什么也没捞到手里，也怪他白忙活了。

在街上走了半天，长河也不知要带天风到哪里去。他真是我儿子？长河在心里问自己，我怎么就有了儿子？他疑心这不过是一个荒诞的梦。不过这样也好，快要活过了半辈子，终于也当上父亲了。长河有些感动，用热切的眼光看着儿子。天风不情愿地跟他走，神情里含着惧怕和陌生。也许是我太冷落他了，长河在心里说，让他对我产生了敌视态度？他明白过来，要想得到做父亲的感觉，首先要把他对儿子失掉的感情找回来，把儿子对他失掉的信任找回来。此时天已过午，街道上人越来越少，饭馆里传来嗞嗞啦啦的煎炒声，浓郁的酒香味四处飘荡。长河没吃早饭，肚子早就咕咕叫了，便带天风走进一家餐馆。落座后，长河先要了一瓶啤酒，然后把一张笑脸转向天风。

天风，告诉爸爸，你想吃什么？

天风没随他朝椅子里坐，也似乎没听见他的话，两眼望着门外，做出随时往外走的架势。长河伏下身，又温和地问他一遍。天风依旧没搭理他。邻桌的两个人转过头，疑惑地看他们一眼。长河有些尴尬，不好再问天风，悄自翻腾一下菜谱，也没找出什么好菜，干脆点了一只烤鸡了事。服务员把热气腾腾的烤鸡端上来，长河简单地撕扯几下，便朝天风推过去。

天风，吃鸡吧。

天风转过头，往桌子上看一眼，又把头掉开了。长河拿起一根鸡腿，朝他递过去。他忽然有些感动，举着鸡腿的手一下子抖起来。

天风，快吃……

但令他失望的是，天风只看了鸡腿一眼，又把眼睛转往门外。那两个人又掉过头，似乎在看他的笑话。长河有些恼怒，又暗暗佩服天风，这么小的一个孩子，居然有如此大的志气，看来也被岫姑调教得差不多了。不吃拉倒，长河在心里说，不吃我吃。长河张大嘴巴，在鸡腿上恶狠狠地咬一口，一边夸张地咀嚼，一边悄悄看着天风。他盼望天风会支撑不住，即使不吃他的烤鸡，哪怕只表露出眼馋的意思，也就让他心满意足了。但长河没有想到，天风丝毫不为他的吃喝所动，眼睛始终瞄着门外，仿佛在欣赏什么美好的风景。好好，长河恨恨地叨念，你有种，我服你行了吧？长河颓唐地摇摇头，不再理会天风，埋下头，顾自大口吃鸡。餐馆里的人差不多都回头看他，连服务员也打量起他来。长河本想多待一会儿，看看气氛不对，有些恐慌，没把烤鸡啃完，就拽起天风，朝门外走去。

来到街上，长河又慢下脚来，实在不甘心就这样把天风送回去，他还没把当父亲的感觉找到呢，或者说，他还没把父亲形象在儿子心里树起来呢，就把他送回岫姑身边，除了受到她和大山的嘲笑外，自己不也失去了当父亲的机会吗？以后他也许不会再到这个地方来了，更不会到遥远的乌龙镇去，就算自己厚着脸皮回去，岫姑也一定不会收留他，甚至不会像对熟人那样接待他一下。有了那个该死的鉴定，或者说有了这个儿子，他不要说再向她提出什么要求，连拒绝一下她什么的权利也没有了。他想不明白，这才半天工夫，事情就发生了这样大的变化？又盲目地走了一会儿，长河停在路边一个地摊前。地摊上摆有一些玩具之类的东西，花花绿绿很好看，价格也很便宜，一两块钱不等。长河有心给天风选上一件，也算留个纪念，从此以后，他不知还能不能再见到儿子。长河鼻子有些发酸。

天风，给爸爸说，你喜欢什么？

天风朝地摊上看一眼，又掉开了眼。长河不再问他，在地摊上划拉一圈，看中一把塑料手枪，拿起来，塞到天风手里。天风捧着那把手枪，看了一会儿，忽然举起来，对着他挥舞一下。望着那个黑洞洞的枪口，长河产生了恐怖的感觉，好像枪口里真会射出一颗子弹。别，长河在心里叫一声，别……天风把枪口掉开了，长河才放下心来。看着他的滑稽相，摊主不禁笑开了。长河从天风手里夺过手枪，扔回到地摊上，拽起天风往一边走去。那是一把塑料手枪，长河告诉自己说，你怕什么呢？回想刚才的情景，他分明看到天风眼里射出仇恨的目光，似乎比子弹的威力还大，让他止不住浑身颤抖。这就是你的儿子？长河问自己。日头快要偏西了，长河不想再和天风待下去，便打算把他送回岫姑身边。分手时，天风第一次紧盯住他，眼神中流露出神秘莫测的光。

你不是我爹。

天风主动对他说。长河心里一惊。

我不是你爹？那谁是你爹？

我爹已经死了。

说完，天风就撒开腿，朝远处的岫姑和大山跑去。望着他急快跑远的身影，长河好久反应不过来，还以为天风说的话是自己的幻听。长河又想到天风把枪口对准自己的情景，身子不禁又一阵颤抖。他是在咒老子死吗？长河在心里说。这一刻，他真的害怕这句不祥的话会成为应验的谶言……长河陷入极度的惶恐里，不禁用两手抱住头。他感到剧烈的头疼。

岫姑走到他面前，把一张纸朝他递过来。长河接到手里看，原来是他草拟的离婚协议书。长河有些纳闷，它怎么跑到岫姑手里去了？岫姑没说什么，拉起天风，就和大山一起朝远处走去。长河回不过味儿来，直到他们的身影快要消失了，他才把目光转回到手上，这才大吃一惊，原来岫姑已把她的名字签在上面了。长河有些意外，她居然没提什么条件和要求，甚至没说到抚养天风的事，就乖乖地签了字？长河抬起头，赶紧去找岫姑。但他们的影子已经不见了，出现在他视野里的除了人流外，便是弥漫的雾霭。难道从此后，长河困惑地问自己，我就和他们没一点关系了？长河突然产生了严重的失落感，仿佛什么重要的东西从心里挖去了，抽走了。岫姑，长河喃喃地叨念，大山，天风……泪水从他眼里奔涌而出。

长河撒开腿脚，急如星火地朝前奔去。他想追上他们，在最后的时刻再看他们一眼。可他跑过好几条街道，都没看见他们的影子。但他依旧往前跑，直到来到县城边缘地带，他才停住脚。望着空阔迷蒙的山野，长河猛地坐到地下，将身子蜷缩成一团。

凉风越刮越紧，纷乱枯黄的树叶落下来，堆满了他全身。冬天已经到来了。

## 4

自从出院以来，慧娘尽管回到静松寺里，却不再做功课，不论是早课或晚课，当其他居士跟随和尚们念经修法的时候，她都让自己置身事外，一个人坐到寺院门口，呆呆地朝远处望。没人知道她在望什么，到底是望见了或者没望见。但人们都看出来，慧娘是有了心事，而且是很重的心事，重到已快要把她压翻的地步。慧娘到底有什么心事？她却从不对他人说，就连被她认作师傅的老方丈也没一点信息，难道她连师傅也不信任了么？对老方丈来说，失去一点面子倒在其次，关键是自己负有拯救他人脱离苦海的重任，何况那人还是自己的徒弟，就更要对她施以援手了。

慧空，到底是什么迷乱了你的心智呢？

师傅，我……也不知道……

如果你真的有心魔，就一定要把它释放出来，只有当它远离你身体的时候，你才会得到拯救。

可我……说不清我的心魔是怎么回事……

慧空，如果师傅没看错的话，你是在受一件事情的困惑，它让你陷入黑暗而痛苦的深渊中，如果你不能让自己脱离那个困境，未来你将遭遇十分严重的危险……

我知道……可是我不知道得救的办法是什么……

难道你不相信佛法的威力了吗？莫非你连师傅的能力也产生怀疑了吗？

老方丈惊诧地看她。慧娘不敢迎视他的眼睛，身子一阵瑟缩，禁不住跪倒在地，频频朝他叩下头去。

师傅，徒弟恐怕得不到拯救……

为什么？到底是什么让你变得如此没信心？这些年里，你一直刻苦研习佛法，修持自身，可谓付出了大心血，对本教也有了深刻领悟，是我收留的最为虔诚的俗家弟子……

我以为只有这样才能……可事实证明，这一切都没起到作用，我依旧……

难道这是真的吗？

老方丈绝望地闭上眼，不忍再看这个如此冥顽不化的徒弟，在他极为漫长的佛事生涯中，还是头一次碰到这样的失败案例，失望之余，身子不禁颤抖几下。慧娘从地下爬起来，拍拍膝盖上的土。

师傅，弟子是不是该离开这里了？

什么，你要走？

我觉得再待在这里，已经有些不合适了……

不不……

老方丈本想问她到哪里去，脱口而出的却是两个“不”字，为了强化自己的意思，还伴以有力的手势。

不要离开这里……师傅相信我佛一定能挽救你的……

慧娘听从他的劝告，暂时没离开静松寺，却依旧不做功课，而是一如既往坐在山门外，默默地朝远处眺望。入冬后的一天，慧娘看到一个人从山下走来，还离老远，她便认出来，那是她的儿子长河……慧娘似乎这才意识到，自己已很久没看到过他了……

和尚们以为慧娘在等儿子的到来，在老方丈指派下，都对这个背着破烂蛇皮袋子的人表示欢迎，先在寮房收拾出一张床铺，很快火头僧就端上一顿上好的饭菜。在老方丈想来，长河的到来，或许是慧娘转危为安的契机，所以他要抓住机会，让长河好好开导一下慧娘。但他没想到，长河第一顿饭还没吃完，就和慧娘发生了争执，虽然慧娘的声音极为压抑，可外面的人还是听到她近似疯癫的哭声。起因还是那顿饭菜，长河仅仅吃下几口，就把筷子拍在桌子上。

这是什么饭食，怎么连一片肉都看不见？

慧娘惊骇地看他，随即便伸出手，要去捂他的嘴。

你这个孩子，莫不是昏头了，这是寺庙里的斋饭，你怎么还……

长河反应过来，点点头，重新拿起筷子，想继续吃喝，但最终下不去嘴，又把筷子放回到桌上。

太难吃了，算了，不吃了……

你不吃怎么填饱肚子？

这您就别管了……我就奇了怪了，这里有什么好，您还待在这里没完了？

我不是要……参佛悟道吗？你以为一两天的工夫就……

可您以为您真能得道吗？算了吧，您就是把经念出花来，您也不会……

你这个孩子，怎么说这样不知厉害的话？娘在这里已经够失败的了，你还……

既然您自己都感到失败，那为什么还要待在这里？走，收拾收拾东西，跟我离开这里。

长河你放开手……

您待在这里又有什么意义？从您一到这里来，我就知道您是在做无用功……本来我就不相信，这个地方真能治好您心里的病？

你又知道娘心里的病是什么？

我怎么不知道？别以为我是三岁小孩子，打您让我爹打死那个叫阿诗玛的女人那天起，我就知道……

长河……

慧娘呆呆地看他，真是想不到，这个看似没什么心肺的儿子竟知晓她的心思。一霎间，慧娘的泪水流下来，没错，这是她在这个世界上最为亲密的人了……慧娘抬起手，抖抖地伸到他头上，想亲昵地摸一下。但长河拂开她的手。

可到现在我也不明白，您为什么要让爹把那个女人打死？是不是因为她叫阿诗玛？如果她叫另外一个名字，您就放过她了是吗？

这个……

您知道不知道，打死了阿诗玛，就等于打死了自己的爱情和幸福。

可她不是真的阿诗玛？真的阿诗玛是不会被人打死的……

但您让我爹开枪的时候，您脑子里想的除了阿诗玛外，难道还有别的什么吗？您让他打死的不就是真的阿诗玛吗？

这个……天哪，那时你才多大，怎么就……我还以为，你根本就不了解这件事……

那时我是不了解这件事，因为七里坉根本就没什么阿诗玛……我是说那个巫女……可我来到乌龙镇后，才从岫姑他们那里……我这才知道，打死阿诗玛是多么可怕的一件事……

我已说过，真的阿诗玛是不会被打死的……

但我不相信……我明白了，正是因为您的原因，我才不能得到爱情和幸福。

你怎么能这样说？你是我唯一的儿子呀……

可您让爹开枪的时候，根本就没想到我这个儿子。

长河，你冤枉了你娘……

我没有冤枉您，我知道您心里会有多恨……

什么？恨？

您一直刻意隐藏心里的恨是吗？您甚至都不敢正视更不敢承认您的恨……

长河，你不要……

您以为您瞒得了大山和岫姑那些傻瓜，还有老栓回也能被您蒙蔽住，但您想不到吧，在您自己的儿子面前，您却再也掩盖不住了。

长河，求求你，不要……

您一直忘不了您那一家人遭到的清算，所以您始终在痛恨，痛恨乌龙镇，痛恨乌龙镇的人，就连老栓回一家人您也痛恨。他们虽然收养了您，却阻挡您的爱情，还有栓回本人，也因为辜负了您而让您爱恨交加，尽管您最后回到了他身边，可您却不能忘记对他的那份恨……

长河，我的儿子，不要，不要再扒你娘的皮……好孩子，你就给你娘留一点脸面吧……

慧娘一边叫喊一边拉住他的衣襟，身子一点点往下弯曲，差不多要在他面前跪倒了。长河却越说越激动，满脸都透出近乎疯狂的激情。

您不光自己恨，还教会了我也恨……您把我当作您复仇的子弹，让我在乌龙镇做出那些乱七八糟的事来……

我没有教你那么做，天地良心，我没有……

您敢说当我在李家胡作非为时，您内心里感到的不是高兴，而是痛苦？

我怎么会高兴？你是我的孩子，你做出出格的事来，我这个当娘的怎么会……

好了，留着您这些辩解对您的佛祖去说吧。

长河抬手朝外面指去。慧娘似乎这才意识到是在什么地方，不由得把双手合拢，举在胸前使劲晃摆。

大慈大悲的佛祖呀，请原谅我们母子……

算了吧，您就是向他祈祷一百遍，佛祖也管不了您的事。

长河，你这是要你娘的命知道吗？

我这是在救您，难道您就看不出来吗？

什么？救我？你就是这样救你娘的？

娘，我知道您在这里长年累月苦修，是想消除心里的恨，但您下了那么大工夫，您心里的恨消除了没有？其实连您自己也知道，您就是在这里再待上一百年，也无法让自己真正原谅乌龙镇，原谅大山一家……

长河，这是一个当儿子的对自己的娘说的话吗？

娘，我是真心为您好，既然一切不能起作用，那您还在这里徒劳地待下去又有什么意思？难道您要让自己来证明佛祖的无能吗？

长河，你要再说下去，我就不再认你这个儿子……

那您就自己看着办吧，反正我什么都对您说明白了，您要是还没老糊涂的话，就跟我下山去吧。

长河一手抓起蛇皮袋子，一手拉起慧娘，就要朝外面走。但慧娘使劲挣扎，为了摆脱长河的手，最后竟在上面咬一口，长河才松开她。慧娘两手抱住门框，身子坐倒在地下。

我不走，我哪里也不去……

娘，那我可就什么办法也没有了。

离开了这里，我不知道该去哪里……

其实娘，我也不知道该到哪里去……

我还以为，你能让娘离开这个苦海……

对不住娘，我自己也不知道苦海的岸边在哪里……

长河，我的孩子……

娘，儿子对不住您……

长河……

母子二人抱在一起，头抵头，肩靠肩，呜呜地痛哭在一起。听到他们的哭声，几个在屋外的和尚想进屋去，劝导他们一下。但老方丈阻止了他们。老方丈坐在菩提树下，面对着南天，双手合十，嘴里不住声地叨念“阿弥陀佛”。此时，日头早已西偏，山野间开始隆起雾霭，天就要黑了。长河与慧娘哭过一气，也终于要离去了。

娘，我走了……

你到哪里去?

我……也不知道……

长河明白慧娘还会问下去，便不待她张嘴，就站起身，背上他的蛇皮袋子，像来时一样迈着大步，直朝寺庙外走去。慧娘傍在门边，痴痴地看着长河的身影越去越远，嘴里神经质地叨念。

长河，我的孩子……长河，我的孩子……

长河走后，慧娘又在静松寺度过三天，便也背上自己的行李离去。在这三天内，老方丈以最大的耐心等待她走进佛堂，重新跪倒在佛祖面前。但慧娘没这样做，不仅没再进佛堂，而且没去山门外静坐，而是一直待在她的居室内。没人进过她的屋，也便不知道她在干什么。三天后的夜间，慧娘终于做出了离开寺庙的决定。与长河不同的是，她离去的时间是在午夜，天空正在飘落雪花，和尚们都已睡下，所以几乎没人知道她的离开。老方丈却始终无眠，一直在黑暗中打坐修身，也便听到了她离去的脚步声。但老方丈没做出阻挡她的动作，甚至没有发声，只是在心里默念一句，“阿弥陀佛”。与长河相同的是，慧娘也不知到哪里去，从寺庙里出来时，本来是面对乌龙镇的方向，可她旋即转过身，迎着扑面而来的雪花，让脚步指向另外一个去处，至于那个去处是什么地方，起码她现在还不清楚……

## 5

长河从新租的地方出来，踏着没脚的积雪，探头探脑地来到街上。天上的阴云快要散去，下了几天的大雪总算停了，街上的行人正在多起来。长河长长地舒口气。

进入冬季以来，警方加大了打击卖淫嫖娼的力度，时不时便扑进可疑的庭院，里里外外搜查一遍，弄得他和绥玥的生意更不好做，短短一个月内，他们已搬迁三个地方，其间为躲避警察追击，长河还到外面流浪了一个星期，受冻加之挨饿，差点把命丢在山野里。本来日子就够难过了，又赶上这场突如其来的大雪，生意越发萧条。前几日，长河冒雪在胡同口蹲守，竟没等到一个客人，受冻挨饿不说，回去还让绥玥咒骂一顿，想想就觉得窝囊。可也不怨绥玥发火，一连许多天没有收入，吃喝都成了问题，再这样下去，他和绥玥恐怕要从这个城市滚蛋了。一想到这里，长河就禁不住心慌，尽管对这个城市没多少好感，可实在找不出更好的地方，只能在这里赖下去了。但长河也明白，对这个城市来说，他不是一个遵纪守法的好公民，更不是一个令人景仰的建设者，充其量是一个可有可无的局外人，甚至说是一个多余的赘生物，一个寄生在城市身躯上的巨大虱虫，他整日趴在城市的腋窝里蠕动，不过是企图吸吮它的血液而已。总之，他是一个不受欢迎的人，那些无处不在的警察时刻都想将他抓住，再次发配遥远的劳改农场去。好在警察们一时还找不到他，天也开始放晴，城市正从僵硬的状态里苏醒过来，憋闷了许多天的人们蜂拥到街道上，其中一定有几个耐不住寂寞的家伙，像飞蛾寻火似的来到他面前。他只要将他们引进他和绥玥租住的小屋里，就不愁把他们腰包里的钱币抠出来，有了那些花花绿绿的小纸张，他和绥玥便能打发日子了。

长河在胡同口蹲下没多久，一个男人就悄悄朝他移过来。长河起初还没把他作为目标，因为从外表看，这个人实在不像寻花问柳的人，不仅穿着破旧，模样也极其邋遢，看上去像是一个叫花子。当这个人向他走来时，长河还掉开眼，目光朝那些西装革履的人打量。但令他失望的是，那些人一个个脚步匆匆，没一个朝他看一下。倒是那个叫花子停在他身边。

借……借个火……

男人嘴里说“借火”，手里连根烟屁股也没有。长河知道男人不是真的借火，而是在向他打探事情。男人眨动着一大一小两只眼，直直地看他，突然大叫一声。

长河——

长河吓了一跳，霍地回过头，这个人居然认识自己？他也瞪大眼，上上下下朝他打量。透过他邋遢的外表，长河终于看到了他富有特色的眼睛。

乔木……怎么是你？

长河，我老早就觉得是你，果真……

你脸上……我都认不出你了。

长河指指他的脸。与过去相比，乔木脸上多出一道长长的刀疤，这使他变得有些凶悍，更不像一个好人了。乔木摸摸那条伤疤，苦苦地笑一下。

在外面闯荡，还能不留点记号么？

长河忽然想起来，乔木之所以在外面流浪，是因为毁掉了大山的饲养场，被公安局通缉，才落到现在的局面。或许乔木也想起这件事，小心地乜斜他。

长河，我听说你和岫姑离婚了？

长河讪讪地笑一下。这个狗东西，他在心里骂，哪壶不开提哪壶。

你的消息还挺灵通呀。

那是，虽说……我也在关注老家的事哩……

你放心，我不会告发你的，你药死的那些穿山甲，与我一点关系也没有。

乔木又看他几眼，才放下心来，摇摇头，又吧嗒一下嘴。

长河，不是我说你，岫姑是个多好的女人，你怎么把她给玩飞了？

行了乔木，你要是嘴闲得慌，就说说你的逃匿经历吧。

乔木也有些尴尬，不好再说什么了。长河也乜斜他一眼。

说说嘛，总有些新鲜的见闻，说出来也让我学习学习。

长河，别忘了，这种经历你也有过。

长河也不好说什么。同是天涯沦落人，他在心里感慨地说，也算是他乡遇故知了。长河拍拍他的肩。

或许你好长时间没下馆子了？走，我请你去撮一顿。

两个人就近走进一家饭馆，点了几个热菜，又要了几瓶啤酒，吆五喝六地吃喝起来。乔木果然好久没像样吃过了，也不再顾忌礼节，两手并用，不一会儿就把菜吃去大半。

长河，你是不是在这里混好了？

那……是，眼下还……过得去，过得去。

告诉我，你在这里做什么呢？

做……生意，做一桩很大的生意……

我也没见你去做呀？你一天到晚蹲在胡同口，哪有个做生意的样子？

长河吃了一惊。

怎么？你看见我……几回了？

从好几天前，我就在注意你了，你穿着这身行头，我都不敢认你了。

长河这才明白，自己蹲在胡同口时，乔木就在一边看着他。长河有些不自在。

先不说我……对了，你下一步有什么打算？

打算，我还能有什么打算？过一天算一天呗。

长河点点头，心里一下子找到了优越感，不管怎么说，自己还没到四处藏匿的地步。乔木想起什么，朝他凑近一些。

你在这里时间长，帮我找个人行吗？

找人？你在这里还有熟人？

我过去的一个相好，听说她也在这个城里。

行呀乔木，居然还有……

长河又拍拍他的肩，流露出羡慕的神情。乔木擦擦手，在口袋里摸索一会，掏出一张照片，朝他晃了一下。

就是这个人。

长河接到手里，草草一瞄，手指就像被烫了似的，猛一哆嗦，照片差点掉下地去。怎么是她？长河在心里说，不会这么巧吧？他疑心看错了，抓紧照片，举到眼下细看。没错，不光照片上的人是绥玥，而且与他口袋里那张一模一样。长河疑心乔木偷走了自己这张，手指伸进口袋，却又捏住了照片。他试量几下，也没敢把自己这张掏出来。

你怎么……会有这张照片？

她当初送给我的……怎么，你见过她？

没……

长河赶紧摇头。乔木眨巴着不一样的眼睛，朝他仔细打量。

长河，你告诉我，是不是认识这个女人？

不……认识，绝对不认识……

长河不敢再待下去，喝光杯子里的酒，到柜台上结完账，就朝门外走。

我还有事，不陪你了……

乔木挡在门口，眼睛一瞪，那条刀疤便蚯蚓似的跳动起来。

你心虚什么？是不是有事瞒着我？

没……我有什么事瞒你呢……

长河，要说撒谎，你还真没学会，你心里有几条虫子，我看得一清二楚。

看你说的……

长河讪讪地朝他笑。乔木突然抓住了他的衣襟，把他挤到门框上。

实话告诉我，到底是怎么回事？

乔木，我真没骗你……

长河，你以为这几天我白看你了？你到底搞什么名堂，我差不多也弄清楚了。

长河知道再不说实话也不行了，便只好把自己和绥玥合伙做生意的事，一五一十朝他说出来。出乎他的意料，乔木没有恼怒，倒嘻嘻地笑起来。

没想到，你们竟然……

我们也是没别的办法……

你们两个熊人，也只能干这种缺德的事。

长河有些不好意思，但又不得不承认乔木说得对。一阵寒风刮过来，乔木打了个寒战。

走，带我到你们住的地方去。

长河有些犹豫，如果把乔木带去，自己和绥玥的生意兴许就做不成了。乔木看出他的心思，使劲推他一把。

怎么？不让我去？别忘了，绥玥可是我的相好。

没办法，长河只好带他走进巷子，拐过几个弯，进到一个破烂而隐蔽的院落里。地上的积雪还没清扫，几只瘪瘦的老鼠在墙角奔跑。长河停住脚，让乔木先进屋去。乔木四处张望一下，眼里透出警惕的神色。长河把搭在门口的布帘子撩开。乔木探头探脑地走进去。可他只进去半边身子，又退回来。

人呢？

怎么？绥玥不在里面？

你该不会骗我吧？

看你说的……

长河越过他的身子，进到屋里去看。屋里果然空荡着，他四处巡视一圈，最后把目光落在床上。原来绥玥躺在被窝里，正蒙头酣睡呢。这个熊娘们，长河在心里骂道，客人来了还不起床？

快起快起，看看谁来了。

长河抓住被子，一下子撩开来。原来绥玥正躲在被窝里嗑瓜子呢。乔木小心地走过来，瞪大眼睛朝床上看。由于他背对着亮光，绥玥没看清他的面目，也无心仔细看他，回过脸去，抬手去解纽扣，动作机械而麻木。

来吧。

绥玥说着，便朝床上倒去。乔木看她一霎，突然扑过去，一下子抓住她的肩膀。

绥玥……

绥玥有些诧异，坐起来，急急地朝他脸上看。

乔木……是你吗？你怎么变成了这副样子？

我……想死你了……

乔木扎到她怀里，呜呜地哭起来。绥玥抱住他的身子，眼里也流出了泪水。长河呆呆地看他们，有些不知所措。绥玥腾出手，将一把瓜子撒到他身上。

站在那里干什么？还不出去？

长河反应过来，赶紧掉过身，小跑着退出屋去。王八蛋，他在心里狠狠骂着，你们就狼狈为奸吧。来到门外，长河腿脚一软，一下子瘫坐到地上。门板随即在身后合拢了，屋内传出哭笑羼杂的叫喊声。长河抬起头，呆呆地望着远处的天空，渐渐觉悟到，以后怕是没有他的好日子过了。

## 6

窗玻璃才发白，绥玥就睡不着了。乔木的呼噜打了一夜，害得她始终没睡踏实。离开乔木一年多，还真有些不适应他了。

乔木来到后，绥玥才明白，一年前，他就是弄垮了长河家的饲养场，才逃亡到外面去的，并且一去不回，她以为往后再也见不到他了，没想到他又找了来。其实，就是乔木不逃亡，绥玥也不打算再和他来往了。几年来，她背着丈夫和他偷情，受够了惊吓，也没从他那里得到什么好处，乔木除了他讨厌的呼噜外，还有数不清的坏毛病，绥玥再和他在一起，不把自己毁了才怪呢。所以，当听说乔木出事时，她长长地吐出口气，乡下再也没什么好牵挂的，一不做二不休，当即就来到城市里，一个人闯起了天下。绥玥有心向那些鲜亮的城里人学习，尤其是碰到长河后，两人白日合伙做生意，夜晚结伴下馆子，也像城里人那样过上了灯红酒绿的生活。她以为这辈子就这样过下去，没想到乔木突然出现，将她的所有计划全打乱了。乔木一到来，立刻便对长河充满了敌意，一山容不得二虎，一屋装不下两狼，骄横的乔木怎么能让长河共用他的女人呢？长河没意识到事情的严重，还和他称兄道弟，企图赖在这里不走。说起来，房屋是以他的名义租下的，绥玥也做出了和他结成夫妇的打算，乔木算什么？不过是一个受通缉的罪犯而已，要走也应该是他呀。但长河想得过于简单了，正因为乔木是罪犯，才什么事都做得出，一在屋里立住脚，就毫不客气地驱赶长河了。绥玥夹在两个男人中间，看看这个，又看看那个，一时不知该怎么办。她当然愿意长河留下，长河不仅英俊体面，还是做“生意”的好搭档，相比之下，乔木可就差远了，不仅相貌丑陋，而且不能出门，留下他，无疑等同养个废物。可绥玥又明白，事情不会按她的愿望发展，通缉犯乔木已经豁出去，长河再不识趣地走开，那吃亏的定然就是他了。于是，绥玥也便做出与长河决裂的样子，毫不犹豫地将他赶出去。长河自然恼羞成怒，朝她恶狠狠地叫骂一通。绥玥担心乔木发作，不敢怠慢，连推带搡，将长河关到了门外。

长河离去后，没有先前的收入，生活立刻窘困起来。乔木熬受不住，便强迫绥玥出去寻客，每日挣不够规定的钱来，轻则受他几句咒骂，重则遭他一顿暴打。绥玥有些度日如年的感觉，不禁又想到长河。自打离去后，长河每天都给她打来电话，有时骂她，有时哭诉流落街头的惨状，有时哀求她出去见面。绥玥担心乔木听到通话内容，便用短信回复。长河得寸进尺，竟提议带她一起逃走。绥玥怕得要死，赶紧关上手机。但想到长河的提议，又激动得心跳。趁着乔木还在打呼噜，她悄悄爬起来，打开手机，期待长河再次打过来。果然，没过多久，铃声就响起来。绥玥躲到门外，哑着嗓子和长河说话。奇怪的是，长河这回却没说逃走的事，而是让她出去吃饭，说他已找好一个不错的馆子，要请她好好吃一顿，而且连地点都留下了。绥玥又振奋起来，口水也快要来到嘴边，自从长河走后，她就没再正儿八经下过一回馆子。绥玥没多犹豫一分钟，稍稍收拾一下，便小心地朝外走去。尽管她轻提腿脚，可还是惊醒了乔木。

你……干什么去？

绥玥不知该怎么回答。对这个凶恶的男人，绥玥既讨厌又惧怕，却拿他没办法。

我……去给你买点早饭……

绥玥灵机一动，终于找出一个理由。我去给你做事，绥玥在心里说，你总不能不让我去吧？乔木眨巴下眼皮，点点头，倒下身子，又蒙头睡去。

给我快些回来。

绥玥答应着，慢慢走到了门外。一出院子，绥玥就加快步伐，像出笼的小兽一样飞跑起来。按照长河提供的地址，绥玥很快便找到那个街角。这个地方离她的住处不远，看来长河一直在这一带游荡。绥玥放慢步子，仰头四处张望。长河还留了门牌号码，让她到那里去找。绥玥弄不清那是什么地方，或许是他租住的房屋吧。绥玥寻找了好一会儿，也没看见像是居住的场所。这一片除去几家超市和商店，便是一家电影院，街上来往着不少人，却没有民用房屋。绥玥想不出长河会租多么像样的房子，莫非门牌号是指那家馆子？绥玥心里一动，长河别是就在那家馆子里等她吧。看来还是长河想得周到，她还没有走到，他就把饭菜给她摆上了。你可别先吃，绥玥在心里说，我可是馋得不行了。绥玥加快了脚步，嘴里念叨着那个号码，目光突然落在一个蓝色铁牌上，上面标示的白色数字正与她念叨的号码一致。终于找到了。绥玥松口气，心情也更加愉快而急切，目光灼灼地往号码牌下看。她的眼睛很快瞪直了，天哪，这哪是什么民房，更不是什么饭店，那是……一个矗在街边的厕所……

赵长河，你给我出来。

长河从厕所里探出身，哭丧着脸看她。

我……还是不出去了，你进来吧……

我进去干什么，你给我出来。

我出去就进不来了……我身上连一毛钱也没有了……

绥玥有些不信，长河竟穷困到这种地步？看他那副模样，也果真暗淡肮脏，猥琐邋遢，透着十足的失意颓唐。绥玥这才明白，长河已落魄到无法生存的地步，还吃什么馆子？恐怕连杯干净的水也喝不上了。绥玥长叹一声。

你还待在里面干什么？还让我也进去？

对对，你进来吧……

你真让我进去？你还嫌我被你骗得不够？

不是，你不知道，还是里面安全……

绥玥心里一动，也许长河说得不错，说不定狡猾的乔木就在后面跟着呢。绥玥走到厕所门口，一个收费的老女人上下打量她。

你也进去？

不进去我往里走什么？

进去倒容易，可别也出不来了？

什么意思呀你？

他已在里面待了好几天，他不出来，我也没办法。唉，谁见过把厕所当成家的人？偏偏让我碰上了。

听了她的话，长河不好意思地缩回头。绥玥没想到，长河被她赶走后，居然住在这种地方，看来真是落魄到家了。绥玥向老女人交了五角钱，老女人递给她一块卫生纸。绥玥没有接，便赶紧朝里走。老女人又在她身后叨念。

看看，他一个人在里头还不够，还叫来了家属，你们这是要干什么？这是公共场所，你们不能在这里干见不得人的事。再这样下去，我就要喊人了……

绥玥没搭理她，小跑着进到厕所里。长河急不可待地迎上来。

带没带来吃的东西？

见绥玥摇头，长河懊恼地跺一下脚。还说请我吃饭，绥玥在心里说，你自己连饭都吃不上了。

你叫我来干什么？

我……饿得实在受不住了……

那你还说请我吃饭？

我要不说吃饭你能来吗？

你不过就这点小本事罢了。

你能不能出去给我买点吃的？

你不怕我不回来了？

要不你给我点钱，我自己去买。

我身上也没多少钱……

不用多，够我填饱肚子就行。

绥玥不敢看他通红的眼睛，打开小包，拿出一张五元票子，又赶紧把包合上。长河抓过钱币，灰暗的脸面明亮起来，想朝外走，又停住脚。

你别走，我还有话没和你说哩。

你想和我说什么？

我……算了，等我回来了吧……

等你回来，兴许我早走了。

好你个……好吧，那我就对你说……

什么？

你干脆跟我走吧……

跟你到哪里去？

哪里去不行？咱再搭伙做生意。

可乔木怎么办？

你管他干什么？他又不能帮你做生意……

可他又要找我呢。

就让他找呗。

你不怕他找？

其实，他怕的应该是我们，不管怎么说，他也是一个……

说到这里，长河转一下眼珠，似乎意识到什么。绥玥叹了口气。

我倒是想跟你走，可怕你养不活我，你看现在，你还得要我的钱买饭吃哩。

你……瞧不起我，是不？

你瞧得起你么？

我……好你个熊娘们，原来……对了，乔木养得起你么？

乔木？乔木虽然不会做生意，可逼急了，他会去……

什么？

还是别说了……

我知道乔木是个亡命徒……你是不是很怕他？

我怕他？我是担心你怕他。

你知道刚才我在想什么？

我知道你想什么？反正也没什么好念头。

我有一个永远不再怕乔木的办法……

长河试量着说，并斜起眼，悄悄地观察她。绥玥愣了一下。

什么办法？你说。

我怕你去告诉乔木……

行了，我对谁怎么样你还看不出来？

看不出来。

好，那我告诉你，只要消除了乔木这个……我就跟你走。

一言为定？

老娘说话从来不放空。

好。

长河点点头，把嘴伏在她耳边，低声嘀咕几句。绥玥一惊。

什么？报案？

长河赶紧捂住她的嘴，朝厕所外看看，把她拉到里边，两眼灼灼地盯着她。

乔木是个通缉犯，早就完蛋了，我们和他搞在一起，也是犯罪，最后也要完……

那也不能……不管怎么说，我也和他好过……

可现在他已经成了拖累，你的日子还长，不能就这么毁在他手里。

那也不能做丧良心的事……

谁说这是丧良心？这是为民除害。

说着，长河攥紧拳头，使劲挥了挥。绥玥怯怯地看他。

你还想着他药死你们家……

你以为我会忘得了？

你不是不在那个家了吗？

废话少说，你到底干不干？

长河紧盯住她，眼里闪出凶狠的光。绥玥低下头，想了一下，又猛地抬起来。

好吧……

一不做二不休，我这就去……

你要小心……

等我的好消息吧。

长河说完，就大步朝外走去。老女人奇怪地看他。

终于出来了？再进去我可又要收钱了。

长河没顾得理她，径直朝街上走去。绥玥也走出厕所，两手捂在胸口，直直地望着他。长河，她在心里朝他喊，千万不要出事。在她的注视下，长河快步走上马路。街上的车辆似乎格外多，而且速度很慢，将整条马路都堵塞了。长河跳着脚，样子急得不行，却就是没机会过去。在马路那边，有两个身佩警棍的警察，正在街边慢慢溜达。车辆好不容易运动起来，留出了不少空档。长河加快速度，终于穿过马路，眼看就要接近那两个警察了。就在这时，绥玥的视线被一辆大客车挡住。由于前面路口亮起红灯，客车停在马路上。绥玥往左边跑几步，没看见长河，又朝右边跑几步，还是没看见长河。咦，这才一会工夫，长河跑到哪里去了？绥玥抹抹眼睛，竟然看见了乔木。乔木从马路那边跑过来，绕过那辆客车，很快跑到她面前。绥玥忘记了逃跑，两眼盯住他手里的东西，脑子里一片空白。那是一件长长的东西，在日光照耀下，亮亮地闪出红白相杂的光。绥玥霍地反应过来，天哪，乔木拿在手里的是一把刀子，刀片上滴着鲜红的血迹，稀稀拉拉洒在他走过的路上。难道说，乔木对长河下毒手了……绥玥瞪大眼，还要去看马路那边。乔木一把抓住她的手。

快，快跟我走。

你……杀了他……

他要去告密，我不杀他还等什么？

天哪，你怎么能……

绥玥蹲在地下，两手捂住眼，呜呜地哭起来。乔木使劲把她拉起来。

少给我啰唆，警察就要来了，快跟我走。

乔木拽住绥玥的胳膊，跌跌撞撞地朝厕所后面跑去。绥玥回一下头，看见马路上已经骚乱起来。乔木加快脚步，拖得她一步一踉跄。两个人很快穿过一条小巷，朝通往城外的街道上跑去。娘呀，绥玥在心里哀叹，这回可真要倒大霉了。绥玥咽口唾沫，无可奈何地随在乔木身边，踏上逃亡的路途……

# 第十二章

我已经没有任何退路，除了找到那些开发者，为阿诗玛复仇外，我不知道还有什么更好的选择。随着阿诗玛的死去，随着山林的即将毁灭，我还有我们那些所谓野蛮人的家园就要不复存在，既然这样，那我除了以牙还牙、以眼还眼外，还有什么必要对他们客气。

我把所有火药和散弹都带在身上，但我没有为自己备下一点食物，而且故意走了一条先前不曾走过的荒路，也就是说，我没有给自己留下回返的余地，在把火药和散弹送给那些开发者后，我将不再重归山林，而是留在山林之外，留在那些开发者的尸体间，而我自己的身体也将像阿诗玛一样暴尸在日头下……足够了，我在心里对自己说，能像阿诗玛那样离开这个世界，那也是我这个山林守护者最大的荣耀。

我看见那些可恶的开发者了。戴着安全帽的开发者们在乔木的带领下，正挥舞着电锯，向又一片茂盛的林木发动攻击。我从山林间走出来，把装满火药和散弹的土枪横在胸前，像一棵挺直的树木一样矗立在他们面前。我虽然是单独的一个人，却承载着阿诗玛的魂魄，凝聚着万千植物、动物和精灵的意志，整座庞大的莫邪山都在身后做我的依托，所以我一点也不感到孤独，一点也不感到惧怕。你们来吧。我端起土枪，对准那些朝我围过来的开发者们，把灌注我满腔愤怒的火药和散弹发射出去……

## 1

岫姑牵住天风的手，沿着弯曲的山间小路，越过一个个山坡和一片片林木，快步往山里走去。春天似乎来得格外早，山阴涧下的雪还没化完，山阳坡上的树就长出肥厚鲜绿的叶片。昨天，大山从山上回来说，山坡上的桃树都开花了。岫姑有些吃惊，前些天她上山时，桃树还没冒出叶芽，怎么现在就开花了？天风没见过桃花，但看他们兴奋的神情，也激动得拍手。也难怪他们高兴，山坡上那片桃园，他们才种植三个年头，桃树就开始结果了。那地方原是一片荒坡，除去灌木荆棘外，便是光秃的石头。这些年，村里可供耕耘的地越来越少，人们闲得没事干，大多都去城里打工了，只有大山和岫姑这样牵挂家乡的人留下来，去打山林的主意。

说来岫姑也感到不解，一直在镇医院扫地的赏通，突然攀附上在此住院的镇长，在接下来的村委会选举中，由于镇长出面为他拉票，赏通竟然被选上了村主任。赏通一上任，便在镇长授意下，引进一批开发项目，在乌龙镇建起工业园区，又是采矿锻造，又是伐林造纸，一时间，乌龙镇到处都是机器轰鸣声。人们以为从此会过上好日子，但想不到的是，他们才高兴没几天，就发现空气中的雾霾越来越多，鱼人河水也变了颜色，死鱼烂虾不断漂上来，山上的树木也开始大面积死亡……人们这才知道，由于那些开发项目的污染，导致生态失衡，原先世外桃源般的乌龙镇已不复存在。更严重的是，很多人都得上离奇的怪病，有的失明，有的变哑，有的甚至瘫痪在床，去医院却查不出什么原因所致，更没有有效的方法治疗。一个多月前，岫姑突然也病倒了，脸面浮肿，全身乏力，吃饭都有些困难。大山带她去医院检查，发现她的肾脏受到重度损害，唯一的治疗办法便是器官移植，当然治疗费用也十分昂贵。尽管岫姑不顾一切反对，大山却决定倾其所有为她治疗。但不幸的是，岫姑的血液中带有一种极其罕见的成分，专家组查遍无数人的资料，也没找到相同的类型，所以移植方案暂被搁浅。没办法，大山只好带岫姑回家来，等待合适肾源的出现，在绝望与希望相交伴的情况下打熬日子。为了大山，为了天风，岫姑鼓励自己说，你都要好好活下去。

才开春这些天，桃园里的活计并不多，但一大早，大山还是匆匆上山了。岫姑一边拾掇家务，一边等待天风醒来。天风还记着桃树开花的事，饭没吃几口，就嚷着要她带自己上山去。岫姑已好几天没出去，早就想到山上看看了，于是振奋起精神，领着天风走出家门，慢慢朝山上走去。看着山野里急快变绿的新鲜景色，母子两个都充满前所未有的好奇和喜悦。

妈妈，今年咱们就能吃到桃子了吧？

对，今年就能吃到了。

你说，咱种的桃子好吃么？

好吃，怎么会不好吃？

很甜么？

当然很甜。

那太好了。

天风又拍拍手，高兴得差点跳起来。走过一片茂密的树林，天风猛地停住脚，惊讶地叫一声。

妈妈，山上着火了。

岫姑大吃一惊，赶紧顺着他的手指看。前面山坡上，果然有大片红色的东西，像极了燃烧的火焰。她明白过来，那是正在盛开的桃花。远远看去，如火焰般的桃花蔓延浮动，已经罩满了整个山坡。

天风，那就是咱的桃花呀。

啊，那就是桃花?

是，那就是桃花。

啊，桃花真厉害呀。

天风跳起脚，更快地朝前跑去。岫姑差点笑出声，天风说得也真是恰切，那些盛开如火焰的桃花的确厉害，把整整一个山坡都变成耀眼的红色。快要进到桃林时，岫姑看见了大山。大山站在桃林边，微笑着迎接他们。

岫姑，你怎么又上来了?

我来看看桃林……

你的身体……

没事，整天在家里待着，我也憋得慌。

那你小心些。

岫姑点点头。一走进桃林，天风就瞪大眼，这棵桃树上看看，又到另一棵桃树上摸摸，好奇得不行。岫姑跟在他身后，也激动得眼睛放光。桃花开放得葳蕤茂盛，花朵簇拥交错，像大片火烧云罩在他们头上。岫姑攀住一根桃枝，凑到眼下看，枝条也透出紫红色，上下都布满花苞，密密匝匝，多数已经开放，花瓣伸展成喇叭形状，花芯里摇动着金黄的花蕊。一阵微风刮过，落在地下的花瓣飞腾起来，像飘舞着的大群蝴蝶。空气中弥漫着浓郁的香气，诱惑得小蜜蜂从远处飞来，整个桃林里响起嘤嘤嗡嗡的声音。天风也像那些小蜜蜂一样，在鲜红的桃花阵中手舞足蹈。

妈妈，这里真好，咱们来捉迷藏吧?

岫姑笑着拒绝了他。天风又去扯拽大山。经不住他的纠缠，大山只好加入他的游戏里。岫姑站在一棵桃树下，看着他们在前面快乐地玩耍，心里感慨万千。多好呀，她在心里说，如果这样生活下去，该有多好呀。岫姑看出来，也许是从小和大山在一起的缘故，天风对他怀有一种天然的感情，嘴里虽然喊着“大伯”，但内心里似乎早就把他当父亲看待了……天风和大山闹够了，跑回到岫姑身边。三个人都坐下来。天风大概跑累了，很快就傍着岫姑睡着了。大山把外衣脱下来，轻轻盖在他身上。岫姑感激地看他一眼，大山就是这样，心地善良而又心细如发。他们都没说什么，掉头一起往远处看，看天，看天上飞行的云和鸟儿；看山，看山上鲜美的树和花儿，心里感受着温馨，感受着甜蜜。岫姑忽然想起许多年前，她和大山去山里寻找阿诗玛回来，也是这样坐在一起，面对着旷大辽阔的山野，头一回感觉到生活的美好，也体验了某些不如意带来的惆怅和忧伤。一只小甲虫落在天风脸上。他们同时伸出手，在天风脸上碰到一起，又一起缩回来。两个人都有些不好意思。小甲虫没再等待他们驱赶，张开两片斑斓的翅膀，越过桃树枝桠，往高远的天空里飞去。

如果……这样，该有多好呀……

岫姑，不是如果，我们……不就在这样么？

岫姑点点头，却苦笑一下。大山朝她靠近一些，用热切的目光看她。

岫姑，不要悲观，现在医学技术发展迅速，很快就能找出办法……也许过不了几天，梁大夫就会来信，到那时……

岫姑却摇了摇头。大山伸出手，想去拉住她。

岫姑，千万不要……

我知道，大……

岫姑笑笑，想叫一声“大山”，却又没叫出口。这些年来，她一直把他叫作“大哥”，也许是习惯了，还真的无法改口。大山也意识到这点，不禁缩回手去。看着他这个动作，岫姑心里疼了一下，赶紧把头掉开。大山没再说什么，起身去干活计。

天气正在变热，土地有些干结，正在生长的桃树需要浇水。大山从山那边一条溪里引来水，山坡下端的桃树自动便浇到了，再往上却要由他一桶桶担上去。这是力气活，大山挑了大半上午，也累得厉害。岫姑想去帮他一把。但大山叮嘱她不要动，一个人挑着水桶朝桃林里走去。望着他渐渐远去的影子，岫姑又想起三年前开垦荒坡的情景。那些繁忙而艰难的日子里，他们一大早便上山来，挥舞镢头，一寸一寸地朝乱石丛生的地下刨。由于天气干冷，手掌一震就裂口流血，有时用力过猛，竟连坚硬的镢头都刨断了。岫姑为了专心干活，不得不把天风拴在石头上。在那一年多时间里，他们没悠闲地吃过一顿热饭，没安静地睡过一个好觉，岫姑几次累倒在地，也产生过气馁的念头，可一看到大山，身上便又增添了力量。大山每时每刻都干在前头，把手里的镢头挥舞得虎虎生风，大片土石交杂的地面在他脚下翻开来。岫姑看着他刨挖不止的身姿，既感动又敬佩，和这样一个人在一起，即使她天生是个弱者，也会最终变得强大。经过一年多苦干，他们终于把荒坡变成肥沃的土壤，又经过一个春季的栽植，几万棵桃树苗便把整个山坡覆盖满了。也就在这时，她渐渐感到了病痛……有付出才有收获，这话一点不假，如果没有当初流血流汗的劳动，她又怎么能见到如此美艳的桃花？岫姑盼望天风快醒来，她也腾出手，和大山一起去桃林里劳作。可她又本能地觉到，这美好的景象恐怕是越来越少了……

临近中午，他们才走出桃林，朝山下走去。天边涌起了云团，风也大些了。大山担心天会下雨，不顾劳累，将天风背在身上，加快下山的步伐。岫姑赶不上他，渐渐落在后面。大山见她越走越吃力，又跑回来搀她。在大山帮助下，他们刚进到家里，雨水就下来了。大山让岫姑躺下歇息，自己跑进厨房去做饭。听着厨房里传出的碗盏声，岫姑的泪水流出来。大山，岫姑在心里说，我要拖累你到什么时候？

吃过晚饭，大山帮岫姑打发天风睡下，刚要回自己屋去，天风却喊住了他。

大伯，您在这里陪妈妈好吗？

大山一时发愣。岫姑赶紧去捂天风的嘴。

天风，别乱说，快让大伯回去睡觉……

不嘛，我想让大伯在这里陪我们……

天风拨开她的手，一骨碌爬起来，光着身子跑到床边，两手攀住大山的脖子。

大伯，求求您，就在这里陪我和妈妈吧……

岫姑有些尴尬，也不知该怎么办好。大山无奈地笑笑。

好吧，那我就再陪天风一会儿。

噢，我胜利了。

天风拍着手欢呼。岫姑也不好再说什么，将天风拽回到被窝里。大山站在床边。

天风，说吧，让我陪你在这里干什么？

妈妈病了，您帮她吃药吧……

可妈妈已经吃过药了。

那您也不能走……

那你还让我干什么？

那就……讲故事吧。

天风突然说。大山点点头。

好吧，讲故事。

噢，我又胜利了。

天风又拍了下手。大山拉过一把椅子坐下，清清嗓子，向他慢慢讲起来。岫姑斜倚在床头，手里做着针线，也认真听着。她不由得想到，小时候，她曾经在这里听过许多美好而有趣的故事，讲故事的人是号称“乌龙镇最有学问”的人栓回；而听故事的人是他身边的学生，里面除了她外，还有大山、长河和萩曳，他们坐在夏夜里的枣树下，围绕在栓回身边，一边听他娓娓讲述，一边不住地唏嘘感叹……啊，那是一些多么令人难忘的日子，如今，讲故事和听故事的人里，有的已经离去，再也不会回到这个院落里来，有的不知在什么地方，能否回到这里来她一点都不敢确定……想到这里，岫姑又一次流出了眼泪。

在天风的要求下，大山讲完一个有关牵牛花精灵的童话，又讲了一个关于牛郎和织女的传说。天风却还没有听够，非要他再讲下去不可。大山没办法，只好把另一个鹿魂灵拯救羚孩子的故事讲下去，这样一路往下讲，最后便又讲到巫女阿诗玛身上。岫姑也又想起许多年前，她和大山去山里寻找阿诗玛的情景。随着大山的讲述，岫姑似乎又回到那个时候，她跟在大山身后，朝幽深阔大的山林里走去，走下一道山梁，他们又朝另一道山梁上爬去，走出一片森林，他们又走进另一片森林中。阿诗玛，她听见一个声音从悠远的地方传来，你在哪里……如果再有那样的机会，岫姑在心里对自己说，我一定要和他再去寻找阿诗玛，而且一定要把阿诗玛找到……天风忽然叫起来，吓了她一跳。

真的……有阿诗玛么？

天风直直地盯住大山。大山肯定地点头。

当然有，莫邪山里的人都说，阿诗玛是山神的女儿，是掌管爱情和幸福的神仙……

爱情和幸福？大伯，什么是爱情呢？

天风追问他说。大山张张嘴，不禁看岫姑一眼，又赶紧把目光收回来。

这个……等你长大了就知道了。

就像您和妈妈一样？

是……吧。

阿诗玛能治好妈妈的病吗？

能啊。

真的？

天风的眼睛瞪得更大了。大山和岫姑互相看一眼，都同时点下头去。天风越发信以为真，扑过来，又一次抓住他的手。

大伯，您快说，阿诗玛在哪里？

阿诗玛……在山林里呀。

大山伸出一只手，朝屋外的远处指一下。

阿诗玛就在我们的莫邪山里，就在我们莫邪山的大森林里……

您见过么？

没有。

大山遗憾地摇头。天风依旧盯住他。

那您找过她么？

找过。

为什么没找到？

一般人是找不到她的……

什么人能找到？

只有最幸运的人才能找到……

您不是最幸运的人么？

我？我不是……

大山再次摇头。岫姑呆呆地看他，心里随着一紧。大山尽管摇头，脸上却没沮丧的神色。天风更急切了。

我能成为幸运的人么？

能，只要你正正经经做人，尽心尽力去找，从不放弃努力，你就能成为莫邪山里最幸运的人。

噢……

天风举起两手，又一次大声欢呼。他转过头，又朝岫姑喊叫。

妈妈，你听到没有，大伯说，我会成为最幸运的人……

听到了，那你就不要放弃努力。

我会的，妈妈。

天风搂住她的脖子，脸上浮出坚定的神色。岫姑也觉得激动，回头默默地看着大山，为把孩子培养成人，他可真是费尽了心思。屋外的雨大起来，淅淅沥沥的雨声敲击着窗户。天风心满意足地睡去，嘴里还在叨念。

大伯，不要走……

2

天风爬上一块巨石，举高头颅，痴痴地对着远处的山野望。岫姑和大山在桃林里干活，他一个人出来玩。岫姑嘱咐他不要乱跑，他答应着，却是越走越远，桃林都被他甩到了身后。天风头一回自己朝外走，心里怀着莫名的兴奋。山野罩在朦胧的雾气里，林木像是从水中浮出来，远处的山峰时隐时现，显得缥缈虚幻，对他形成一种引力，一种诱惑。天风渴望投入那迷人的景色里，尤其是听了阿诗玛的传说后，这种愿望越发强烈。如果找到了阿诗玛，天风在心里说，妈妈的病就能好起来，妈妈就能得到爱情和幸福了。快呀，天风一遍遍催促自己，快去找阿诗玛呀，大伯不是说过么，只要尽心尽力去找，就一定能找到她；妈妈不是也说过么，只要不放弃努力，就能成为最幸运的人。天风遏制不住冲动，避开母亲和大伯的视线，悄悄走出桃林，踏上了到山林深处寻找阿诗玛的路途。

山路弯弯，像一条曲折漫长的细蛇，在杂草和灌木丛中向前延伸游荡。天风拐过几个山包，小路渐渐在脚下消失了。再往前走，山林显出愈加幽深的模样，石峰陡峭，树木高直，天风以为走进了刚才看见的雾气里，可一切在他眼里都变得清晰起来。越过一片杂树林，他看见前面出现了一条很大的溪流。溪流从山那边的高处流下来，拐过几道弯，从他脚前过去，又淌往另一边的山下。天风突然明白，也许这条溪流就是他家门前那条鱼人河的上游。天风有些激动，蹲下身，像老熟人似的看着哗哗流淌的溪水。溪水白亮清澈，里面布满形状各异的鹅卵石，还游动着一条条小鱼儿。真是奇怪，鱼人河里的水差不多都臭了，而这里的水中却游着活泼的鱼儿。天风蹚过溪水时，鱼儿们绕在他腿边，争相亲吻他，也像老熟人一般。如果不是急着去找阿诗玛，天风真想留下来，和这些可爱的小鱼儿多玩一会儿。天风上到那边岸上，爬过一道山梁，看见下面沟谷里是一片光秃的石地，树木和草丛都不见了，只有一地乱石袒露在日头下。天风小跑着下到沟里，觉得天气突然变热了。日光白花花地倾泻下来，照得石头也闪出亮光。过一会儿，天风才看清那些石头，一块块都一副怪异的形状，有的像鸟，有的像兽。虽然这些石头好玩，可他受不住炎热，那面山坡上有一片黑茫茫的树林，还是到那里去乘凉吧。天风跑了很久，累得腿都酸了，还没接近树林的边缘，原来树林看起来近，其实离他还远着呢。天风有些气馁，不想再跑下去了。可就在这时，他觉得一阵凉爽的微风从前面吹来，身子一振，慢下来的脚步又加快了。

天风终于跑进森林里来了。他倒下身子，张大嘴巴，痛痛快快地喘息。森林深处的空气湿漉漉的，吸进嘴里，有一种解渴的舒服感。高挺的树木遮住天空，林间显得幽深昏暗，随着枝叶晃动，间或筛下一点日光，照亮了飘在空中的粉尘。天风抽抽鼻子，闻到地下的腐叶发出一股霉味。他低下头，发现脚下的树根处，长满一朵朵肥大艳丽的蘑菇，乍一看，还以为是五颜六色的鲜花呢。他又一抬头，看见树枝上伸出许多鸟兽的脸面，眨动着大小各异的眼睛，小心而好奇地看他，有少量动物他认得，野兔、松鼠、山鸡、狐狸、狍子、鹦鹉、杜鹃、鹿、獾、隼等，大多数他却没见过，如果不是来到这里，他根本想不到世上还有这么多种动物呢。

嗨，你们好。

天风和它们打招呼。动物们似乎听懂了他的话，一个个从枝叶间探出身，朝他频频晃摆脑袋，嘴里发出叽叽喳喳的叫声，似乎也在争相和他说话。过一会儿，动物们的胆子更大了，先后走出来，绕在他四周，争先恐后跳起了舞，嘴里也唱出动听的歌。天风惊得目瞪口呆，动物们怎么会跳舞？怎么会唱歌？他迟疑了一下，终于经不住诱惑，也加入它们的队伍里，一起跳起来，唱起来。说来奇怪，从没跳过、唱过的他，一牵住动物们的手，脚下就跳出优美的舞步，嘴里也唱出动听的歌声。他似乎忘记了烦恼、忧伤、困惑和迷茫，让他感觉疼痛和沉重的东西都像烟一般飘走，散去，他一下子变成一个单纯透明的人，一个身上只剩下快乐的人，他忘乎所以地跳啊、唱啊，让自己的欢喜和动物们的欢喜一起进行下去……

天风终于感到累了，手脚慢下来，嘴里也发不出声音了，视线变得模糊，鸟兽们都像影子一样虚幻了。他趴倒在地下，克制不住困倦，慢慢地睡进梦去。在梦里，他看见自己变成一只小兽，不仅屁股后长出长长的尾巴，手脚也变得灵便，轻轻一个跳跃，便上到高高的树上，再一个简单的腾挪，就来到另一棵树上，不费什么工夫，他便像荡秋千似的游遍整个树林。同时，他的眼睛也格外锐利，抬头一看，目光便像利箭发射出去，穿过一棵棵树木的遮挡，很快抵达林海尽头。天风觉得自己获得了一种能力，一种在苍莽山林里自由来往的超强能力，有了它，寻找阿诗玛还不是一件极其容易的事么？容易得就像随手摘下一枚挂在脸边的果子。天风刚生出有关阿诗玛的念头，阿诗玛就一阵风似的来到他面前，好像不是他在寻找阿诗玛，而是阿诗玛在寻找他。

啊，阿诗玛——

正如天风的想象，阿诗玛在他眼前开始是一副柔美飘逸的样子，像一棵笔直的树木，或者像一只矫健的鸟儿，但很快又呈现出高大威武的形象，像一块巨大的岩石，或者像一匹庄严的大象。不管柔美飘逸还是高大威武，只要阿诗玛站起来，身影便会触到天边，日光照下来，阿诗玛的影子几乎罩满整座山林。天风仰起头，用崇敬和亲切的目光打量阿诗玛，他想看清阿诗玛的模样，好在以后的日子里记住她。天风把后脑仰到脊背上，才看见阿诗玛的面容。但阿诗玛的面容离他太远，或许还由于她背对日光的缘故，他没看清她到底长得什么样。不过这也没关系，反正他已经忘不掉她了，不管到什么时候，只要一想到阿诗玛，她有些朦胧虚幻的样子便浮现在眼前。找到了阿诗玛，或者说阿诗玛找到了他，天风心里充满莫大的幸福感和自豪感，从此，他就真的是莫邪山里最幸运的人了，妈妈和那些为疾病所困扰的人就能得到爱情和幸福了。猛然间，天风看见自己腋下长出翅膀，在飞向高远的天空时，他想再看阿诗玛一眼。但他没看到她，只望见远处一个模糊的影子，像云朵像炊烟一般四散开去，散作无数片羽毛似的碎片，慢慢落在山林里，与林中的每棵树、每朵花、每根草、每片叶子融为一体。

阿诗玛，阿诗玛——

天风急切地叫喊。为了留住正在化作树草的阿诗玛，天风展开刚刚长出的翅膀，飞速升上高远的天空。天风俯下脸，痴痴地看着身下充满生机的山林，觉得里边的每块颜色都变得更加碧绿，更加鲜活。他猛然悟到，是阿诗玛用自己的身子，用自己身子的每一片血肉，每一根毛发养育、滋润了山林，或者干脆说，阿诗玛就是这片山林，就是这片山林里的每一棵树，每一朵花，每一根草，每一片叶子。天风的泪水流出来。他不光对阿诗玛充满感激，还对这片山林充满深深的谢意。

天风哭泣着醒来，睁大眼，急急地朝四处看。阿诗玛，天风在心里叫喊，阿诗玛。阿诗玛果然消失了，树林里静悄悄的，好像什么事情也没发生过。天风有些疑惑，刚才见到阿诗玛的情景，难道只是他的一个梦么？但那些动物呢？那些伴他跳舞、伴他唱歌的动物们哪里去了？天风站起来，前所未有地感到迷茫。天正在黑下来，森林里的傍晚极其短暂，刚才树木的枝桠和叶片还看得清晰，一会儿便开始模糊了。天风不能再待在这里，不知不觉已出来多半天，母亲和大伯不知该怎么着急呢，他应该尽快走出山林，回到他们身边去。天风掉转身，试图沿着来路往回走。但他辨不清方向，只好依靠有限的记忆摸索着朝前走。想到来路遥远，天风不禁奔跑起来，但才跑了一会儿，又突然停下脚，周围的景物似乎从没见过，也就是说，他已经走错了方向。天风不敢再往前走，站到一棵大树下，这里看看，那里瞧瞧，但除了交杂在一起的树影外，什么也看不见。随着黑夜的到来，森林里显得更加寂静，远处不时传来动物的叫声，很短促，却很响亮，但辨不出是兽叫，还是鸟鸣。不知为什么，天风害怕再看见那些动物，它们不会像那些伴他跳舞、唱歌的鸟兽那么美好，对他这样一个既不勇敢也不强大的小孩子来说，恐怕也是一种威胁和危险。天风倒下身子，紧抱两臂，把头伏在膝盖上。黑暗中响起的一点点声音，也让他心里急跳。这时，他还感到了饥饿，肚里像有一只老鼠在跑，更要命的是，饥饿还引发了疲劳，两脚像绑上沉重的石头，即使知道来路，或许也走不出森林去了。天风躺倒在地下，两手罩住脸，呜呜地哭起来……

快半夜时，天风从昏迷中醒来，忽然听到远处传来喊声。他先以为是鸟兽的叫声，不久便看见一点火光，这才相信是有人走过来。随即他便听出，那个喊叫的人是大伯。天风霍地站起来。

大伯——大伯——

天风——

那团火光急快增大，大山的影子闪出树丛，趺趺撞撞地朝他跑来。天风想去迎接他，却无论如何迈不动脚，当大山来到面前时，他都快要站不住了，大山的手刚伸过来，他便朝地下倒去……

天风……

大山脱下自己的外衣，给他严严地裹上，并在空地上升起一团火，让他在火前烤着。天风渐渐暖和过来，手脚也舒展开了。大山掏出一个馒头，用树枝穿上，放到火上翻烤，空气中弥漫起麦粉的香味。天风接过烤得焦黄的馒头，狼吞虎咽地吃着。大山默默地看他，火光照亮了他布满黑胡茬的脸孔，眼角的纹络像丝线般抖动。天风倚靠在他身上，有这样一个高大、慈祥的人在身边，他什么也不再觉得可怕。大山伸出手，在他头上抚撸一下。

你真是个天真的孩子，一个人到这山林里来，不迷路才怪哩。

我没迷路……

天风低下头，尽管觉得很惭愧，却还不肯承认他的话。大山笑了笑。

没迷路？那你自个儿走走，看还走得出去么？

天风又抬起头，朝树林远处看。火光将周围的树木照亮了，却把更多的树木隐藏起来，使森林显得愈加幽深、隐秘。不知哪棵树上的枝梢颤动一下，随即传出鸟兽的叫声，很快又归于寂静。大山给他裹紧衣服。

天风，告诉我，为什么一个人到这里来？

天风明白，大山一定知道他出来的目的，不过是有意这样问他罢了。

您知道哩……

你真的是要找……

是。

天风不等他说完，便使劲点头。大山把手搭在他肩上。

你以为你能找到么？

是。

天风又点点头，随后便目不转睛地看他。他希望大山也能朝他点一下头。可是大山却掉开脸，拾起一根树枝，在火里挑动几下。燃烧的火焰里闪出一串耀眼的火花，并发出噼噼啪啪的爆响。天风忽然紧张起来。

怎么？难道找不……

天风，你应该明白，这是一件很艰难很复杂的事，也许并不像你想的那样容易……

您不是说过，只要……

是这样，可是，你认为这样出来找一次，就能找到她？

也许我会有那样的运气……

运气？天风，我们不能把什么都寄托在运气上，运气其实是个靠不住的家伙……

那您说怎么办？

天风，你应该清楚，这是一件十分漫长的事，也许要用我们的一生来完成……

一生？

对，一生，有些人是要用自己的整个生命，才能最终获得美好的爱情和幸福……

天风呆呆地看他。大山站起来，在火堆前踱了几个来回。明亮的火光照耀着他，将他的影子投射到树木上，显得非常宽阔、庞大，似乎每棵树上都有他的影子，他一动，仿佛每棵树木都在晃。天风望着他，望着树木，突然产生了幻觉，随着大山走动，整个森林都摇晃起来……大山停下脚，火焰把他的眼睛照得闪闪发亮。天风似乎在他眼睛里看到了自己的形象。

大伯，如果要用一生来找阿诗玛，那我妈妈怎么办？

你妈妈？

您不是说，只有找到了阿诗玛，我妈妈的病才会好起来么？

原来你是……天风，你真是一个好孩子……

大伯，我想让我妈妈得到爱情和幸福，但对我来说一生太漫长了……

天风，别担心，即使你找不到阿诗玛，你妈妈的病也会好起来的。

我……我不明白……

这样说吧天风，阿诗玛也许并不是我们能够一眼看清的……

怎么不是？我都见过了……

你在哪里见过了？

天风想说，在我的梦里，可张张嘴，又没好意思说出口。

大伯，阿诗玛不会就只让我们在梦里看一下吧？

不会。

大山伸出手，又在他头上抚撸一下。

天风，你发现没有，阿诗玛也许就在我们周围呢……

天风吃了一惊，赶紧抬起头，朝着周围打量。当然，他看见的还是树木，那些已经伴他快一天的树木。

大伯，它在哪里呢？

他就在我们周围呀。

大山依旧这么说，并且伸出一只手，朝着四周划拉一圈。

天风，你看见了什么？

我什么也没看见……

什么也没看见么？

噢，我只看见了树木……

也许，那些树木就是阿诗玛呢。

天风又吃一惊，赶紧去打量那些树木。他想到自己的梦境，在那个梦里，阿诗玛不就化作了山林里的树木吗？

您是说，这些树木就是阿诗玛？

不光这些树木，还有那些石头，那些泥土，那些花草，那些动物……

连动物也是？

对，动物也是。

那我们呢？我们是不是也是阿诗玛？

从某种意义上说，我们也是阿诗玛，我们每个人都是阿诗玛……

那我妈妈就更是阿诗玛了？

对，你妈妈更是阿诗玛……

太好了。

天风差点欢呼起来。这一刻，他觉得明白大山的意思了。是啊，大山说的多像他梦中的情景，是不是可以说，在大山说这番话前，他就知道这个道理了，只是没有立刻相信自己罢了。天风有些激动，是的，阿诗玛已化作这个山林里的每一样东西，包括置身在山林中的他，当然，更有妈妈和大伯……

快要黎明时，大山背起天风，走上回家的路。天风趴在他温暖的背上，心灵获得一种前所未有的安慰，与此同时，也真切体验到一种难以言喻的幸福。走出山林时，天风忽然看见，一个飘逸晃摆的人影出现在他们面前。人影置身在朝日升起的地方，身上流溢出五颜六色的美丽光彩，简直快要晃花他的眼睛。天风尽管知道那是他的妈妈岫姑，却还是大声叫喊。

阿诗玛——

3

大山站在村头停车点，向灵头家的方向张望了好一会儿，还没看见灵头的影子。

从几天前，大山就悄悄做灵头的工作，让他到医院做一个血检，看是否和岫姑的血型一致。这是梁大夫的专家组最后一个也是最有希望解决问题的办法了。前些日子，梁大夫寄来一封信，不无遗憾地告诉大山，他们和国内许多医疗机构都取得了联系，但最终没找到与岫姑相同类型的肾源，唯一的希望便是在患者直系亲属中寻找了。按照他们的说法，岫姑的直系亲属只有儿子天风和哥哥灵头，天风还没长大成人，当然无法给她提供肾脏器官，那么灵头哥倒可以……大山心里又燃起一丝亮光。但想到灵头，他又感到有些棘手，这些年，岫姑和娘家人的关系一直不是很好，与灵头倒还没什么大碍，主要是对那个不大讲理的嫂子，总是无法处好关系，而灵头是个怕老婆的家伙，再加之他油滑的习性，怕是问题不那么容易解决。岫姑得病后，灵头只过来站了一会儿，说下几句无关痛痒的话，便再也没露面。现在要用到他了，而且是给岫姑捐一只肾出来，怕是他未必肯做呢。果然不出大山所料，灵头一听是让他献肾，先夸张地叫喊几声，趁大山不留意，转身便仓皇逃去。望着他远去的背影，大山也有些气馁，但想到岫姑愈发严重的病情，又打起精神，再次去找灵头。他先说服自己相信，不管怎么说，灵头与岫姑也是亲兄妹，其间的血缘和亲情无法割断，只要他还存有一点点良善，一点点情感，就可能最终同意为妹妹做这件力所能及的事。大山鼓起信心，千方百计找到灵头，一遍遍劝说、动员，脚下磨出了茧，嘴上磨破了皮，动之以情，晓之以理，灵头冷硬的心终于被打动，答应在老婆不知道的情况下，跟大山去医院做一次检查，并约好一早在停车点碰头。

日头已经升起来，去县城的公交车开走了两班，只剩下最后一趟了，灵头还没出现。大山急得不行，担心灵头变卦，又不敢上门去找，只好一边朝他家张望，一边耐心等候。公交车发动了，售票员从窗口伸出头，朝他不住地叫喊。大山只好跑过去，请求他拖延一下开车时间。售票员不理他了，很快，车门合上，车轮慢慢转动起来。大山跺一下脚，刚要愤恨地骂一声，忽然看见灵头一颠一颠地跑来。大山赶紧呼喊汽车停下。上到车里，灵头还一个劲儿地气喘。

还没起床，我老婆就给我布置任务，让我一早把鸡窝搭起来……昨天晚上，黄鼠狼把我家的鸡窝掏开，咬死了一只鸡……我不能不听她的话，要是不……我就更出不来了。为了跟你到县城里去，天不亮我就起来，摸黑去搭鸡窝，我老婆还在被窝里说，你怎么变得这么勤快了？……好不容易搭好鸡窝，我连饭都没顾得吃，就急急忙忙朝外跑，生怕再被她下了新任务。你不知道，那个熊娘们可不愿让我闲着……

车上的人都笑起来。望着他额头上的汗水，大山叹口气。

等到了县城，我请你好好吃一顿。

灵头连连点头，脸上浮起了笑模样。可过一会儿，灵头把一只手放在腰间，翻来覆去地摸索。大山知道，他是又担忧那两个即将被检验的肾了。自从和他说过这件事后，灵头就增加了这个动作，每次照面都向他演示几回。大山装作没看见，只是盼望快些到达县城。一个多小时后，公交车来到县城车站，大山拉着灵头下来，本打算请他吃饭，又想也许化验当在饭前进行，还是先去医院为好。灵头的眼睛则盯在街边小吃摊上，肥厚的嘴唇直吧嗒。大山刚把道理说给他，灵头就使劲甩开他的手。

你是成心不请我吃饭……路上你还说，到了县城请我好好吃一顿，没想到还没吃你就反悔了，那我也反悔算了，我这就回去……

灵头掉过身，做出回返车站的架势。大山赶紧拖住他，一路扯拽着朝医院走去。灵头知道闹也没用，渐渐安静下来，来到医院门口，才又有些慌张。

大山，你说我的血要是真……我可怎么办呢？

要是真和岫姑一致，那她就有救了。

话是这么说，可我的肾就要……

说着，灵头就要朝地下蹲。大山使出浑身力气，总算把他拖进医院。在化验室抽血时，灵头颤抖起来，身子极力朝后缩。大山紧紧攥住他的胳膊，让化验员把针头扎进他血管里。灵头扭开脸，嘴里不住地叫喊。

哎哟，疼死我了……要是查出来，我可怎么办？我的肾就要保不住了，可怎么给我老婆交代……

化验室里的人都笑起来。大山也有些脸红，血一抽完，就推着他往外走。来到门外，灵头却坐到地下，两手抱住头，嘴里又在念叨。大山拉他一下。

怎么，你不想吃饭了？

我不吃了，我的肾都快要保不住了，我还吃什么饭？

那好吧，这顿饭钱我可真省了。

什么？你想省饭钱，我偏不给你省。

灵头反应过来，一下子站起身，带头朝街上走去。大山不想亏待他，领他走进一家干净的餐馆，点了几个小菜，又要了一瓶白酒。一见菜和酒，灵头才忘记了他的肾，注意力都集中到吃喝上。大概由于情绪消沉，加上肚空，酒量颇大的灵头才喝下几杯，便现出醉意，喝着喝着就哭开了，先念叨一通自己的肾，最后又把话题转到岫姑身上。

我妹妹打小没娘，我也不知道疼她……后来我老婆还欺负她……我真想不明白，岫姑怎么放着你不嫁，偏偏就嫁了长河那个狗东西……

灵头，闲话少说……

什么闲话？我说的都是真心话，我从来就没说过这些话，憋在心里好多年……

灵头，你其实是个好人，岫姑也对你……

我知道我对不住岫姑，我对不住她呀，呜呜……

灵头趴在桌子上，越哭越有些悲痛。餐馆里的人都转过头看他。大山想劝他，但又不知说什么好，鼻子一酸，泪水也悄悄流出来。

吃饭吃饭，要不都凉了。

灵头镇定下来，抬起头，眼光又落在酒菜上。吃了一会儿，灵头忘记了岫姑，话题又转到他的肾上。

大山你说，要是我的血和她一样怎么办？

那就对了，岫姑就能……

可我怕呀，我的肾给了她，我还怎么活呀？

你只给她一个肾，并不影响你……

我知道你是哄我，听别人说，男人要是没有肾，就不能和女人……那不就完了，我老婆更看不起我了……我该怎么向她交代……

灵头越发吃得没味，放下筷子，两手抱住头。看着他没出息的样子，大山真想伸出手，在他头上狠狠打一下。这顿饭吃得啰哩啰嗦，等灵头把酒菜消灭完，天已经过午，也该到取化验结果的时候。一朝医院大门走，灵头的腿脚便发软，迟迟疑疑想停下。其实大山比他更紧张，这个即将被他们看到的化验结果，可是相关岫姑的生命呀，要是灵头不符合……大山不敢往下想，腿脚也有些颤抖。灵头看他这样，神态反而镇定下来。

大山，是不是我们不可能一样呢？

大山没有回答。灵头似乎明白了什么，点点头，心里越发有了底。大山停在医院门口，没有继续往里走。灵头却突然勇敢起来。

要不，要不我去取？

大山同意后，灵头便探头探脑朝里走去。望着他渐渐远去的背影，大山的心开始往上提。千万，大山在心里说，千万……灵头的影子在门厅里消失了，大山的眼睛越睁越大，目光痴痴地盯在那扇自动开合的玻璃门上。灵头才进去一会儿，大山却觉得他消失了半天。灵头，你快些……大山刚嘟囔半句，又改口说，不，你还是慢些，慢些……当灵头出现在玻璃门口时，大山的心脏怦怦跳起来。灵头一出玻璃门，便一蹦一蹦地朝他跑来。一见他兴高采烈的样子，大山眼前便一阵发黑。完了，大山在心里说，完了……灵头跑到他面前。

大山，结果出来了……

灵头，你不要说了。

怎么？你不想知道结果？

想，可是……我不想……

如果你不想，那你让我来化验血干什么？

想，我怎么不想呢？

大山，你到底怎么回事？你的脸怎么比纸还白？

我……没什么，咱们回去吧……

你还没让我说化验结果呢？

你不用说了，我已经知道了……

大山回过身，便朝来路上走去。灵头呆怔一下，才急急忙忙跟上来。走在大街上，灵头频频地四处撒目，几次想停下脚，到商店里去逛一逛，可看一眼大山，又没敢张开口。大山走着走着，突然停下来，他发现走错了路，顺着这条街走下去，只能离车站越来越远。大山看看灵头，没有说什么，便朝另一条街上走去。灵头有些莫名其妙。

怎么回事？你这是要朝哪里去？

回家……

那你胡转悠什么，把我都绕迷糊了……

灵头不满地嘟囔。大山没有理他，步子却越迈越大，他脑子里除了岫姑外，似乎什么也没有了。他要赶快回家，见到岫姑，当然不是告诉她这个结果，其实岫姑也不知道这件事，他只是要急切地见到她，虽然仅出来多半天时间，却像一个月、一年没见到她了。岫姑，大山在心里叨念，岫姑……回到家后，他要好好地陪伴岫姑，正如灵头酒后哭诉的那样，岫姑在大半生岁月里，还没真正感受过人生和生活的幸福，他有责任让她在以后或长或短的日子里，充分体验和享受到这些……

天傍黑时，大山和灵头回到镇上。车门一打开，灵头就抢先跳下去。大山却犹豫起来，尽管在路上心情急切，可真回到家来，他却不知该怎样面对岫姑，他担心自己不够坚强，将心内的绝望情绪流露并感染给她，那无疑对她的病又是一次致命打击。车上的人快走光了，大山才站起身，拖着沉重的脚步下了车。他看见灵头还站在路边。

你怎么还不走？

我……在等你……

等我？

大山，我知道你对我妹妹好，可这事也没办法……

听他这样说，大山的泪水差点流出来。两个人都不再说什么，只是慢慢朝村子里走。过一会儿，灵头突然转过身，目光灼灼地看他。

大山，你……快……

快什么？

你快娶……娶……

灵头嗫嚅着嘴唇，额头上冒出汗水，也没把余下的话说出来。但大山已明白他的意思，灵头是让他尽快娶岫姑吧？大山没想到他说这个，不知该表示什么。灵头有些不好意思。

大山，我……说多了，你别生气……

灵头……

我知道你对我妹妹……我觉得只有你能给她……

灵头，我……

大山，不要再指望阿诗玛了……

阿诗玛？

我知道你们一起寻找过阿诗玛，可一直没找到……

你说得没错……

没有阿诗玛，莫非我们就不过日子了？

可是……

大山，你不是一个凡人……

什么？

如果你们……说不定会有奇迹……

奇迹？

看来，我妹妹的幸福就依靠你了。

灵头……

大山瞪大两眼，痴痴地看他，一时有些转不过弯来。灵头不敢迎接他的目光，朝一边掉开脸去。很快，他又紧张起来。

如果不是那么回事，就……当我白说……

灵头，假如有一天离开这里，你会跟我们走吗？

离开这里？到哪里去？

进山……

进山？为什么？

你不觉得吗？乌龙镇已经毁了……要让岫姑的病好起来，看来只能……

你们要去山里当野人？

灵头张大了嘴巴。大山没点头，也没摇头。灵头朝远处指一下。

他们不是要在那边建住宅区了么？你们还去山里干什么？

住宅区能救得了岫姑的命吗？

我不知道……但我不跟你们进山，我还要去住楼房呢。

说罢，灵头便急慌慌地跑走了。大山呆呆地目送他，这个狡猾的灵头，虽说和他们已不是一路人，但他说给大山的话还在耳边回响，你快娶她吧，说不定会有奇迹，我妹妹的幸福就依靠你了……虽然这些话有酒话的嫌疑，却真切道出了大山的心声，那正是他在心灵深处默默期盼十几年的一件事呀。是时候了，大山感慨地对自己说，我们应该……这时他想到父亲栓回，虽然以后有了担朱那件事，他却依旧只把栓回认作父亲，也就从没忘记他对自己的嘱托，在那个沉重魔咒的笼罩下生活。他已经承担太多，现在是到打破魔咒的时候了。父亲，大山在心里对他说，原谅你的儿子……

暮色正在笼罩下来，山野里弥漫起灰蒙蒙的雾气，一群群鸟儿争相投到树林里。大山站在路边，目光痴迷地朝西天边望，心里涌动着苍茫浩瀚的水流。呆怔了一霎，大山忽地清醒过来，看见天边的云团变红了，一朵朵，一块块，像被焦炭烧过一样，放射出明艳亮丽的光彩。看着那些灿烂的云团，大山心里的洪水如溃决的堤坝一般破身而出，千万条水流像奔腾的马群朝四野里淌去，急快地融化到天际边的云霞里去。大山举起手，朝流光溢彩的天空里一挥，撒开腿脚，飞一般地朝被霞光照红了的篱笆院跑去……

4

岫姑和大山经过几天劳作，他们建在山林中的新型篱笆院矗立起来。和乌龙镇那个老院相比，这个新院更为淳朴、简陋，房屋一律用山石搭建，篱笆更是以木桩围成，和老院相同的是，篱笆上依旧爬满牵牛花藤蔓，并且更为茂盛繁密。

由于那些工业项目的作用，乌龙镇不但环境受到污染，而且地面开始塌陷，已经不太适宜人们居住。正在这时，慧娘在外面云游数年后，突然回到乌龙镇。让大山和岫姑想不到的是，慧娘回到乌龙镇没几天，便在一天夜里纵火自焚。更让人们倍感诧异的是，村主任赏通为搭救慧娘，竟不顾一切冲进火海，与慧娘抱在一起死去。那场大火引燃了两边街道，半个乌龙镇都被烧毁。新任村主任也不乏魄力，利用村里开发取得的财富，很快在山下另选新址，建起一个极为高档的住宅小区。小区是标准的楼房建筑，水电暖一应俱全。小区一建成，立即被上级树为城镇化示范样板，要在莫邪山全面推广。但在往楼房内搬迁时，许多人却拒绝行动，宁肯待在几成废墟的老宅内，也不愿去住新楼，给这场城镇化运动制造了不小障碍。新任村主任找不到更好办法，只好动用推土机，将老乌龙镇夷为平地，人们无可奈何，才不得不搬上楼去。但也有一些人冥顽不化，致死也不上楼，岫姑和大山便是其中的代表。这些人无处可去，只好在岫姑和大山的带领下，选择到山里去住。人们便不无感慨地说，不但岫姑又重新当了野人，大家也随她去过野人生活了。尤其是大山，简直觉得像在做梦，当初自己还想方设法阻止岫姑重返山林，如今竟乖乖地跟她当起了野人，真是世事难料呀。

刚建好不久的篱笆墙却被布鲁克毁坏多处。本来，布鲁克已老得快要走不动，又在那场大火中受伤，虽然被带上山来，却只能躺在地下等死了。可前几天，它居然回光返照，发疯一般跳起来，在篱笆墙下转开圈子，浑浊的眼睛射出通红的光束，伸直脑袋，频频朝牵牛花藤蔓上撞击。天风先发现布鲁克的异常，惊骇地叫喊开。岫姑和大山跑过来，也不禁倒吸一口凉气。想不到，布鲁克在生命的最后日子里，还和那些牵牛花过不去。建好这个院子后，岫姑和大山依旧在篱笆墙下种植了牵牛花。这些新的牵牛花很快长出来，大约是在山林中的缘故，长势比在乌龙镇还要茁壮茂盛，不久就在篱笆墙上爬满了。布鲁克大约看不下去，尽管身上的力气所剩无几，还是张大嘴巴，拼命朝牵牛花发起攻击。经过它一番疯狂的扑撞撕咬，那些娇嫩的牵牛花藤蔓便七零八落地碎断了。岫姑心里抖成一团。我的丁丁，她在心里叫喊，我的佳佳，我的都都……布鲁克闹腾够了，头颅在篱笆墙上撞出血迹，才停下来，慢慢朝院子里走去。不经意间，布鲁克走到了泰常身边。泰常本想躲开它，蹄子却碰到它身上。布鲁克恼羞成怒，一下子咬住它的腿脚。泰常不堪忍受，蹄子抬起来，又猛地落下去。布鲁克来不及躲避，泰常的蹄子正踏在它身上。布鲁克一声惨叫，便瘫倒在泰常蹄子下。岫姑走过去时，布鲁克已摊开四肢不动了，身子瘪瘪地塌下去，眼睛却还大瞪着，板结的目光里透出不甘和无奈。埋葬布鲁克后，大山立即动手，将毁坏的篱笆墙重修一新。

篱笆墙倒是修好了，可那些牵牛花藤蔓却很难再恢复生长。岫姑想不明白，布鲁克在离开这个世界前，为什么要破坏这些牵牛花呢？从它一被长河带到这里，似乎就对牵牛花怀有敌意，不断蓄意破坏，今天掐断一根藤，明天咬掉一朵花。那些年，牵牛花一直萎靡不振，花也开得无精打采。岫姑每次从它们面前走过，心里都隐隐作痛。为保护这些牵牛花，岫姑要把布鲁克赶走，但在长河的阻止下，她才没把这件事做成。现在布鲁克终于离去了，却也把她和大山在新院里种植的牵牛花带走了……岫姑坐在篱笆墙下，心里充满莫大的伤感。她想起许多年前，她和大山从野外采回牵牛花种子，你一棵我一棵地种在篱笆墙下。那时，他们真诚地相信，秉承阿诗玛意志的牵牛花只要开出美丽的花朵，爱情和幸福就一定会降临到他们身上。这原本就是流行在莫邪山里的一种说法，几乎每个小孩子都听他们的祖辈说过。那天傍晚，岫姑和大山你一棵我一棵地种植牵牛花，心里充满莫大的喜悦，充满对未来生活的热烈向往。可在以后的日子里，她却没有感受到爱情和幸福，那个与她一样相信牵牛花、相信那个神秘说法的男人更是与爱情和幸福相距遥远，开始时是因为自己选择的错误，但当阻挡在他们之间的障碍不复存在，他们在这个崭新的地方再次种下牵牛花，新的生活又露出它娇美的面目时，她的身体却又不允许她这样做了……

岫姑沉浸在悲伤的遐想里不能自拔。在她患病后，大山一方面更细致地照料她，一方面提出确定两人夫妻关系的请求。岫姑没加思考，就咬牙回绝了他，也许她很快就会离他而去，哪里还能尽到妻子的真正责任？弄不好便影响到他今后的生活和前途，这样的事她又怎么能做呢？她多盼望事情像大山安慰她的那样，突然有意想不到的奇迹出现。其实最近几天，她的身体也已现出一些好苗头，只是她还不大相信是事实罢了。在服用了大山采回来的几味中草药后，她脸和腿上的浮肿渐渐消下去，身子也有了不少力气。她后来才知道，大山在那几味药里加上了牵牛花叶子。有一天，一个云游的郎中从篱笆院外走过，望着院墙上的牵牛花藤蔓，忽然对站在墙边的大山说，他从一本古书上看到，牵牛花是补肾的良药，但不知为什么，历代医家在开处方时，却从来不使用牵牛花。也许郎中只是随口一说，大山却记在心里，并有意采下牵牛花叶子，羼进药锅里，熬好了让她喝。也不知是不是牵牛花叶子起作用，反正她的病情有了不少起色。大山写信给梁大夫，让他对这个现象做些分析。梁大夫在回信中说，莫邪山山清水秀，林深草密，是一个天然的医疗场地，也一定会有鲜见的灵丹妙药，作为西医，他不知道牵牛花到底有无药效，却要他们一定坚持用下去，说不定岫姑的病会由此好起来。最后，梁大夫用热情洋溢的笔触写道，在你们那个原始、神奇而美好的地方，什么奇迹不可能发生呢？或许这种奇迹就出现在岫姑身上……想着想着，岫姑眼里便涌满泪水，抖抖地伸出手，抚摸着那几棵仅存的牵牛花藤蔓。我的丁丁，我的佳佳，我的都都，岫姑悄声对它们说，谢谢你们……她站起来，深情地朝山林远处眺望。牵牛花是这样美好神奇，富有灵性，她要尽一切力量帮助它们，帮助它们成长，帮助它们壮大。她要立刻到山林深处，采回更多牵牛花种子，种在她的丁丁、佳佳和都都们身边，让它们永远不再感到寂寞和害怕，让牵牛花家族生长得越发蓬勃茂盛，让这个新型院落和村落焕发出更加无限的生机，到那时候，也许幸福就真来到他们身边了吧？

岫姑正要出门，看见大山朝她走过来，手里举着一只光滑的牛角。望着那只发出亮光的牛角，岫姑愣怔一下，突然明白过来，那不只是一只平常的牛角，而是里面装满众多的牵牛花种子。那次在饲养场，她就看到过这只牛角，看到过装在牛角里的牵牛花种子，也许从那时起，大山就下定了让牵牛花长满篱笆院落、长满村落和山林，长满他们生活的这个世界的决心。大山把那只牛角朝她递过来。

这些种子够了吧？

岫姑赶紧把牛角接过来。牛角在她手里显出沉甸甸的分量，想必牵牛花种子还完好地保存在里面。岫姑轻轻旋开盖子，立刻，饱满结实的牵牛花种子便流淌到她手里，在日光下闪闪发亮。

够了，够了。

岫姑连连点头说。天风跑过来，也拍着手欢呼。他们走到篱笆墙下，开始种植牵牛花。大山挖坑，天风撒种子，岫姑浇水。很快，他们就在那几棵牵牛花周围种满了。我的丁丁，我的佳佳，我的都都，岫姑在心里对牵牛花说，你们的朋友到来了。接下去，他们又种满整个篱笆墙下，甚至连村落的墙边树下都种上，还有些意犹未尽的感觉。他们回到篱笆墙下，大山再次朝院落里打量，一副若有所思的样子。岫姑也顺着他的眼光朝里看，忽然明白了他的想法，是呀，要是把院落里都种上牵牛花，该是多么好呀。她还没做出什么表示，大山已挥起铲子，在院落里挖起坑来。天风吃惊地瞪大眼。

啊，院子里也要种牵牛花了？

对，让咱们的院子里都种满牵牛花吧。

大山接口说。岫姑也喜悦地点头，看来他们想到一处去了。大山一路挖着坑，很快就挖到了院子中央，还没停下来的意思。天风跑过去，把种子一颗颗撒进去。岫姑在桶里灌满水，再用瓢舀出来，一个坑一个坑地浇着。日头西下时，他们把整个院落全种满了。岫姑回过头，看着一院在霞光下裸出的新土，想着一棵棵牵牛花种子在土下醒来，伸腰展肢，不日便破土而出的情景，激动得直想喊一声。天风更是急不可待了。

大伯，这些牵牛花什么时候长出来？

很快……

有多快呢？

也许……过几天就能出来了。

到时候，这里就都是牵牛花了？

对，我们的院子里都开满牵牛花了。

啊——

天风挥舞两手，在院子里奔跑一圈，搂住岫姑，使劲抱一下，又跑向大山，攀住他的身子。院落里充满了欢乐气氛。岫姑看见她的丁丁、佳佳和都都们也手舞足蹈，一副快乐无比的样子。望着这动人的景象，她的泪水又淌下来。但很快，她就又觉到了忧伤，一种莫名的忧伤。

夜里，天风睡下了，岫姑还坐在灯下做针线。在穿针引线间，不知为什么，岫姑又想起许多年前为大山置办结婚用具的情景。那也是一个寂静的夜晚，她剪裁完布料，又踩踏缝纫机，一针一线将那件衣服做好，不慎间，她把针扎到手指上，鲜血染上布去，让那件衣服盛开出一朵鲜花，一朵娇美的牵牛花……岫姑似乎又看见了那朵格外艳丽的牵牛花……猛然间，她手一抖，居然又把针戳到手指上。岫姑苦笑一下，收起针线，慢慢走到窗前。缺去一个边角的月亮挂在树梢间，给院落里投下银白的光线，乍看上去，地上像是淌动着浅浅的水流。岫姑忽然意识到，自己是不是在期待什么？她不敢再朝下想，赶紧落下窗纱，走回到床前。就在这时，门板被敲响了。是他，岫姑告诉自己，是他来了……岫姑不禁激动起来。不要，她又在心里告诫自己，不能……岫姑强迫自己平静下来，走到门边，将门板打开，没有去看外面的人，就走回到床前。大山好像犹豫了一下，还是走进来。

岫姑……

大……大哥……

岫姑，你还在叫我大哥？

是……

为什么？

大山又朝前走一步，直直地盯住她。岫姑感觉到他眼里射出的光芒，身子不禁抖一下。

你……本来就是……

我本来就是？就是什么？

就是……大哥……

岫姑呀岫姑……

大山沉痛地摇头，两手罩到脸上，随后又蹲下身子。岫姑知道他沉浸在痛苦中，心里也抖瑟成一团，她多想抛开所有顾忌，深情地喊一声“大山”，随即和他搂抱在一起。那么多年来，岫姑无数次做过这种设想，尤其是在和长河分手后，她恨不能立即行动起来，像河流奔向大海一样投入大山的怀抱，而且在以后的日子里尽情欢乐，以补偿错误选择带给他们的所有损失。大山更是做着这种期待，即使在她得上重病濒临死亡的日子里，他激情的火焰不仅没有熄灭，反而愈燃愈烈，愈燃愈旺。岫姑不想辜负他的热爱和期望，可想到如幽灵一样可怕的疾患，又只能倾尽全力克制冲动，让自己表现得无动于衷。你能带给他欢乐和幸福吗？岫姑问自己，不能，对于未来的生活，你一点把握都没有，又怎么能盲目答应他，从而耽搁甚至坑害了他呢？大山呀大山，请你原谅我，在这个世界上，我已没有做你妻子的福分，如果真有来世，就让我们在那里重续姻缘吧……

不，不……

为什么?

大山艰难地站起来，像一棵被大水淹没的植物挺直了身子。岫姑两手捂在眼上，不敢去看他的表情。

为什么你要……难道你见到阿诗玛了吗?

没有……

那你为什么……

不要再把什么都寄托在阿诗玛身上，那个老女人不是对你说过了，一切都要依靠自己的努力……

可是……

岫姑，不要再等待下去了，我们应该……

可事情已经发生了改变……

你是说你的身体吗?你是担心你会连累我?

我不能只是为自己着想……

可你偏偏就没为我想一下。

大山抓住她的肩膀，两眼直视着她。岫姑不敢看他的眼睛，急忙掉开脸去。大山摇晃着她的身子。

岫姑，这么多年了，你难道不明白我对你的感情?

我当然明白……

不，你不相信我会对你好，对天风好……

不不……

岫姑连连摇头，泪水像断线的珍珠落下来。大山更加用力摇晃她。

既然这样，那我们……为什么不能在一起?

这不是阿诗玛的意志……

你怎么知道不是，那个老女人已经告诉了你，一切都要依靠我们自己……

可我不能给你带来任何好处……

不，你说错了，从你送给我那枚牵牛花蒴果时，你就把幸福送到我手里了。

大山从衣兜里掏出那枚牵牛花蒴果，直朝她送过来。岫姑大吃一惊，天哪，这么多年过去，他居然还保留着那枚牵牛花蒴果……她伸出手，抖抖地把牵牛花蒴果接过来，举到眼下看，往事如奔驰的野马一般飞驰到眼前。

为什么？你为什么还要……

既然你送给了我，我就不能把它丢失，不管发生什么样的事情。

可我早就背叛了你……

不，我知道你的心从来没背叛过我。

我带给你的痛苦太多……

岫姑泪流满面，再也无力说下去。大山掰开她的手，把那枚牵牛花蒴果拿起来，随后又捂到胸口处。

岫姑，也许你不知道，你送给我的不是痛苦，而是甜蜜……每当看到它，我心里就像吃了蜜糖一样……所以，我不但不会丢失它，而且不断让它繁衍，让它长满我们这个院子。

大山挥起手，朝门外划拉一圈。岫姑这才明白，白天她和大山种下的那些牵牛花种子，原来都是这枚蒴果的孩子，它的子子孙孙……岫姑悲喜交集，再一次潸然泪下。大山举起两手，把她搂抱到怀里。岫姑身子不再动，情绪也平静下来。但很快，她又挣脱他的手臂，退回到床边。

大山，你再好好想一想……

我已经想过千万次了，你还让我想什么？

明天……不，以后……以后再……

岫姑呀……

大山跺一下脚，走到屋门口，又霍地转回来。

岫姑，不管怎么样，我的决心已定，除非……

什么？

除非那些牵牛花不再开花。

大山使劲朝外一指。岫姑泪水滂沱地看他。

大山……

我就不信，我们的牵牛花会开不出花来。

大山……

只要牵牛花开出花来，我就要和你在一起。

大山……

岫姑，你就等着吧。

大山说完，便大步朝门外走去。

大山——

岫姑跟到门口，脚下一趔趄，身子朝地下倒去。

大山……

## 5

短暂的夏季就要过去，秋天已带着有些神秘的气息到来。岫姑站在窗前，望着树上开始变黄的叶片，心里越发不安。季节的转换是如此迅捷，令人猝不及防，夏季还没过完呢，秋天怎么就来了？大山在牵牛花藤蔓中坐了一个夏天，还没等到期盼的结果，而随着秋季的到来，留给他的时间已经不多，谁见过牵牛花不在炎热的夏天开放，而偏要等到萧索的秋季呢？自从那天说下“只要牵牛花开出花来就要和你在一起”的话后，大山就坐到院落里，默默地等待牵牛花发芽、长大，然后开出花朵。岫姑明白，大山执意这么说并这么做，是表示与她结合的坚强决心，而且这样的表示也顺应自然的结果，牵牛花怎么会不开花呢？正像春天过去夏季注定要到来一样，牵牛花长大后也一定会开出花朵。岫姑想象得出，当这个院落被五颜六色的牵牛花花朵充满的日子里，大山就会不由分说来娶她，那时候，不管她怎样拒绝，怎样挣扎，大山都不会再给她任何回旋的余地，做他的妻子是注定要实现的一件事。岫姑悲喜交加，既害怕那一天会真的到来，又无时不在期盼它能早些来到。

在那个如常的夏天里，牵牛花顺利发出芽来，在一场场风雨滋养下，长势迅猛茂盛，没过多少日子，就枝枝蔓蔓爬满整个院子。岫姑和大山置身在牵牛花绿色的海洋里，看见它们交错在一起的藤蔓上结出大大小小的花蕾，也许用不了几日，多彩的花瓣就会从萼片的包裹中喷薄而出，将姹紫嫣红的美丽景象展现在他们面前……在这个夏天里，岫姑的身体也越来越好，有大山的悉心照料和关怀，有牵牛花叶蔓源源不断的滋补和疗救，侵害她身体的病魔正一点点远去，久违的健康和活力在慢慢到来。当牵牛花朵盛开时，她不仅会完好如初地出现在大山面前，而且焕发奇异的青春活力也说不定呢。但在接下来的时间里，牵牛花却并没如期开花，那些密密匝匝的花蕾饱满涨大，却没任何开放的迹象。大山瞪大两眼，痴痴地看着不能如他心愿的牵牛花，满脸都是极度的困惑。岫姑也纳闷得不行，牵牛花为什么不开放呢？是哪里出了问题？天气很好，雨水和空气都为牵牛花创造了生长开花的条件，更重要的还是他们一家人，对牵牛花进行了悉心照料，又是施肥又是松土，又是浇水又是捉虫，像对待供他们吃喝的树木庄稼一样关怀备至，可它们为什么不满足他们的愿望呢？即使不为他们，它们自身也该开花结果了。难道说它们在有意和他们过不去吗？大山坐回到牵牛花藤蔓中，眼里射出哀求和愤怒的目光。

不知怎么回事，原本平静晴好的天气开始变脸，空中布满黑沉沉的乌云，随着几声霹雳，一场罕见的大雨倾盆而下，泛滥的水流很快淹没了院落里的牵牛花，淹没了坐在牵牛花藤蔓中的大山。岫姑从屋里奔出来，蹚着过膝的水去拉大山。但大山坐在水里不动，任凭岫姑使出浑身力气，也不能拖他起来。岫姑只好放弃努力，陪他站在疾落的雨水里。大雨过后，又是连续的炽热天气，日头赤裸裸地悬在空中，比雨丝还要猛烈的光线照射着牵牛花，照射着坐在牵牛花藤蔓中的大山。天风从树上折下枝杈，高举着罩在大山头上。过不多久，天又骤变，凛冽的大风突然刮来，夹杂着鸡卵一般的冰雹，铺天盖地砸在牵牛花藤蔓和大山身上……如此难以预测而又突然而至的坏天气不断袭击牵牛花，袭击坐在牵牛花藤蔓中的大山。日头落下又升起，升起又落下，随着夏天即将过去，岫姑惊骇地看见，坐在牵牛花藤蔓中的大山已显出苍老模样，头发灰白凌乱，脸上聚满皱纹，脊背弯曲下去，腿脚也有些僵直。翠鸟从无垠的高空里飞来，落在他杂草丛生的头上，企图筑一个巢穴孵育后代；白狐从荒凉的旷野跑来，在他身边的地面打洞，似乎终于找到一个理想家园……经过无数风吹日晒和困苦折磨，大山整个身心都急快衰朽下去。岫姑走近他时，都快要认不出这个枯坐在牵牛花藤蔓中的人是谁了。她伸出手，拂开纠结在他脸上的蛛网，瞪大眼，透过覆盖在他身上的尘屑，仔仔细细打量他。不知过了多久，她才依稀看到童年和青年时期那个叫大山的人一点点影子。大山……岫姑心里乱箭穿梭般地疼痛。天风从岫姑身后探出脸，也惊讶地叫喊起来……

日头西落下山，又一个日子过去，天边涌动着艳丽的晚霞，像涂上一层通红的鲜血。微风从山林深处吹来，轻轻摇动院落里的树木。岫姑仰起头，看见一片泛黄的树叶打着旋儿落下来，不禁吃了一惊，秋天确凿已经到来了。她回过头，又去看坐在牵牛花藤蔓中的大山。天哪，秋天都到来了，牵牛花怎么还不开花？难道大山的愿望真的不能实现，真的不能娶她为妻了？老天为什么这样捉弄大山？这样作弄他们一家人？岫姑不敢再朝院落里看，急急地跑回屋，使劲关上门板。夜幕降临，风儿逐渐大起来了，带着遥远北方的寒意一阵阵刮来，吹动着院落里的牵牛花，吹动着依旧坐在牵牛花藤蔓中的大山。岫姑在屋里不安地叨念，牵牛花，你为什么不肯开花呢？天风两手紧抱住她的身子。

妈妈，牵牛花真的不开花吗？

岫姑霍地抬起头，两眼直盯住他。

谁说牵牛花不开花？谁说牵牛花不开花？

岫姑挥起手，狠狠打在天风脸上。天风委屈地哭起来。

妈妈，我没说牵牛花不开花……我是听您说牵牛花……

岫姑明白过来，是自己冤枉儿子了。岫姑抱住他，也沉浸在绝望而伤感的哭泣里。天风迷惑地看她。

妈妈，您为什么不让牵牛花开花?

岫姑又吃一惊，天风为什么这样问她?

天风，你说什么?

您为什么不让牵牛花开花?

天风又重复一遍。岫姑抓住他的肩膀，用力摇摆。

天风，你给妈妈说，是我不让牵牛花开花么?

天风郑重地点头。

妈妈，是您不让牵牛花开花，您不想嫁给大伯，所以牵牛花就不开花了。

天风抱住她的身子，也使劲摇摆她。岫姑惊诧地看他。

这怎么会……我一直以为，是阿诗玛在掌管牵牛花的开放……

不，妈妈，其实牵牛花的命运掌握在您自己手里。

这怎么可能?

我大伯说过，其实我们自己就是阿诗玛。

好像……那个神秘的老女人也说过……

所以妈妈才要相信自己。

妈妈真的也是阿诗玛吗?

妈妈当然是阿诗玛。

原来是这样……

妈妈，大伯是那么好一个人，您为什么不答应嫁给他呢?

天风抱住她的身子，愤怒得差点哭起来。岫姑捧住他的脸，再一次真切地认定，牵牛花之所以不开花，原来是自己还没下定嫁给大山的决心……

天风，你真的愿意妈妈嫁给大伯吗?

愿意。

天风毫不迟疑地点头。

天风，你愿意让大伯来做你的父亲吗?

愿意。

天风又赶紧点头。岫姑把火热的脸颊贴在他脸上。

天风，你不知道，其实妈妈早就做好了准备……

那您为什么还不去对他说？

我……担心魔咒没有被解除……

魔咒？什么魔咒？

噢，妈妈是说，如果世上真有魔咒的话……

那也已经到被解除的时候了。

天风接上她的话说。岫姑直直地看他，一时不知再说什么好。天风再次推她一把。

妈妈，您应该把嫁给大伯的话说给他了。

是么？

您只有把嫁给他的话说出来，才能知道魔咒到底有没有解除。

怎么知道呢？

或许那些牵牛花就要开放了。

真的是这样？

不管怎么样，您都该去试一试。

试一试？

对，试一试。

好。

岫姑也禁不住点点头。天风说得没错，她为什么不去试一试？在这个神奇的世界上，什么样的奇迹不可能发生呢？如果事情真像天风说的这样，大山就不用再受苦了……岫姑拍拍天风的脸腮，回身就朝屋外走去。在屋门口，天风又拉住她的衣角。

妈妈，我能跟您去么？

当然能。

岫姑搂住他的肩膀，两个人快步走出屋门，来到院落里。不知什么时候，夜风已经停歇了，院落里出奇的安静。夜空也晴朗着，如水的月光洒在牵牛花藤蔓上，洒在牵牛花藤蔓中的大山身上。远远看去，大山的影子如一座浮出海水的岛屿，透出一种难以言喻的孤独和坚强。岫姑和天风走过一丛丛牵牛花藤蔓，慢慢来到大山身边，傍着他坐下，把头靠在他身上。她突然感到，这是一个多么美好的夜晚，一切都显得朦胧虚幻，透出一种浓郁的诗意。她不想马上对大山对牵牛花说那句话，正像天风猜想得那样，当日头从东方升起时，这满院落满村落甚至满山野的牵牛花将全部开放，所有不幸的一切都将成为过去，新的更加美好的生活会降临到这个地方，降临到置身在这个地方的他们身上。

当这一切到来之前，她要傍着大山宽厚如山的身体，坐在这如海洋般的牵牛花藤蔓中，哪怕多待上一分一秒，也是一件万分美好的事。天风也感觉到这个夜晚的可爱，一动不动地伏在大山脚前，从未有过的安静。还有黄牛泰常，也悄悄走过来，卧在离他们不远的地方。岫姑仰起头，朝高远旷大的夜空里望。有一霎，她觉得有几颗星星在悄悄移动，由不同的方向朝一起聚拢。岫姑突然想到，今天是七月七日，是牛郎和织女相会的日子。兴许那几颗星星就是牛郎和织女吧，他们匆匆地行走，是要踏上喜鹊们搭成的天桥，进行一年一度的相会呢。岫姑正想得出神，天风忽然拉她一下。岫姑随着他的手指看去，只见一个朦胧的影子从远处走来，走进篱笆院内。她认出来，这是一只羚，一只平日里极少出现的羚，莫非就是传说中被鹿魂灵救下的那只羚吗？它在这个黑夜里来到这里，是否要把一种更加美好的东西带给他们呢？渐渐地，岫姑听到一种声音，一种嘈杂隐约的说话声，像是来自遥远的地方或者另一个世界。说话声越来越大，似乎那些说话的人正在向他们走近。岫姑环顾四周，不禁大吃一惊，那些交错在一起的牵牛花晃动起来，先前匍匐在地的藤蔓一根根翘起身子，极力将满身的花蕾举往高处。牵牛花藤蔓们一边扭摆身子，一边叽叽喳喳地议论。啊，是牵牛花精灵在说话呢。岫姑侧耳细听，正如她的盼望，在众多声音里，她果然听到了丁丁、佳佳的声音，还有那个离去又归来的都都的声音。岫姑站起来，惊讶而喜悦地看着满世界的牵牛花藤蔓扭摆嚷叫，一时不知所措，牵牛花们感知到她的心愿，争相来响应她的号令了，它们来得太突然太快捷，她似乎还没做好准备，还没享受够这个永远不会再有的美丽夜晚。但牵牛花们已按捺不住，它们懂得她的心思，知道她等待了那么久，并且等待得那么苦，不能也无法再让她等待下去，它们要热烈张扬地响应她一回，拥戴她一回，也算不辜负她这么多年对它们的养育。岫姑当然也懂得它们的心思，面对它们争先恐后朝她围拢来的急切样子，她感动得热泪盈眶。我的丁丁，我的佳佳，我的都都，岫姑在心里对它们说，我的牵牛花们，我的神奇的小精灵们，我的美丽可爱的朋友们。牵牛花们听到了她的心声，一个个手舞足蹈，争相回应。随着黑夜的即将离去，随着东天边浮出的亮丽曙色，牵牛花们更高地举起了花蕾们。岫姑放眼望去，满世界牵牛花的花蕾们都已举到高空里，花萼们频频摇摆，做出随时怒放的架势，五颜六色的花瓣们挤出花萼的缝隙，呈现出急不可待要出来展示自己娇美无比艳丽无比面目的样子。岫姑知道，牵牛花们已做好所有准备，只等她把口令喊出来。那是一声号令，岫姑告诉自己，也是一句咒语，是一把开启爱情和幸福之门的钥匙。此刻，这把拥有无限魔力的钥匙就握在她手里。钥匙在她手里瑟瑟跳动，恨不能立刻化作那句话，化作那个声音，像一只展开翅膀的鸟儿，从她嘴里冲出去，冲到明丽广大的天地中去。岫姑在心里清晰描画着那个即将出现的壮观景象：当日头浮出东方地平线时，当通红的霞彩映满天空时，当那个庄严的时刻到来时，她张开嘴，用全身力量对大山说，大山，快，你快娶我为妻吧。与此同时，她觉得自己正在变成巫女阿诗玛，对着整个层峦叠嶂的莫邪山，对着莫邪山间所有的牵牛花，同样用全身的力量对它们说，牵牛花，快，你们快开花吧。随着这声号令的发出，等待那么久那么久的牵牛花们带着整整一个夏天的激情和幻想，如炽热的岩浆喷出火山口或汹涌的洪水冲决堤坝一般一齐开放，在一个瞬间便开满整个山野，开遍整个世界，与漫天霞彩和被霞彩托浮的日头交相辉映，牵牛花花朵和霞彩日光涌金迭银，将身处它们中间的大山、岫姑和天风包裹、淹没，将山林间第一次感觉到爱情幸福的人们彻底笼罩……

# 外　篇

# 精　灵

## 1

都都睁开眼时，天已经大亮。日头从山那端露出脸，一蹿一蹿地往上升。都都从布鲁克身边爬起来，站到一个高坡上，对着日头长长地打个哈欠。日头很快爬到山顶上，将整个地面都照亮了，红艳艳的光线水一般淌过来，差点把它打个趔趄。看完日出，都都走回到那棵树下。布鲁克还在窝着脖子酣睡，呜噜呜噜的鼾声传出老远。都都又觉到些困倦，便倚着它的身子躺下来。昨天和布鲁克玩得太过尽兴，身上的疲乏还没歇过来，再睡个回笼觉才叫过瘾。

都都，你在哪里？

远处忽然传来喊声。都都正要往起爬，布鲁克的一只爪子拦住了它。原来布鲁克已经醒来。

别走，再陪我睡一会儿。

丁丁在叫我干活了。

活有什么好干？在这里睡觉多舒服，多惬意。

伙伴们已经干了那么久，我怎么能在这里陪你玩……

真是个傻笨的小精灵。随你的便吧，反正我还要继续睡觉。

再见猫大哥，祝你再做个好梦。

布鲁克缩回它的爪子，闭上眼，又沉进睡梦里。都都离开布鲁克，朝丁丁声音传来的地方走去。拐过几个长出蘑菇的柴垛，它找到了丁丁。丁丁两手卡腰，斜着头，瞪大眼，满脸都是气恼。

都都，你到哪里去了？

我……在睡觉……

睡觉？日头都把屁股晒成两半了，你还睡得着？

我……

你没看见伙伴们都在干活吗？你倒真是悠闲……对了，你是不是和那个布鲁克在一起？

是……

我不是和你说过许多回，不要跟它在一起……

布鲁克是我的朋友，为什么不能……

布鲁克和我们不一样，我们是小精灵，而它是可恶的猫……

不许你这样说布鲁克，它救过我的命，我不能不感激它。再说，它也对我很好，总是帮我……

伙伴们不也在帮你吗？

这个……反正布鲁克待我好，我愿意和它在一起。

那你就不来干活了？

都都低下头。是的，这样一天到晚和布鲁克在一起，的确耽误了干活，伙伴们肯定对它有意见。这些天来，该干的活计偏偏很多，一连下过几场大雨，小河里涨满水，冲垮了拦河坝，淹没了树林，把去年秋天搭好的房子都冲坏了。好在天正热，没有房子住也没关系。可佳佳和丁丁不这么想，说要有备才能无患，非动员小精灵们修房子不可。于是，在佳佳和丁丁带领下，小精灵们都行动起来，搬石头、扛木头，又热热闹闹忙成一团。都都却想不通，这才刚到夏天，离冬天还远着呢，慌什么？干活实在没意思，又脏又累，弄不好还受到佳佳和丁丁训斥，哪比得上和布鲁克在一起，玩得轻松又有趣，如果运气好，还能得到它赠送的东西吃，比干活不知强过多少倍。都都便趁伙伴们不注意，不时溜出来，偷偷去找布鲁克。被佳佳和丁丁发现，自然要受到批评，尤其是丁丁，总是说布鲁克坏话，真不知它打着什么主意。

都都跟在丁丁后面，很不情愿来到工地上。这里真是一派繁忙景象，在佳佳指挥下，小精灵们正对垮塌的房子进行大面积整修，搬石头，和泥巴，搭木头，盖顶棚，这才几天，房子已经快要修好。都都不好在一边看，也受到同伴们的干劲鼓舞，赶紧跑过去，加入到忙碌的队伍中，抱起一团柴草，沿梯子爬上房顶。在它的影响下，小精灵们干得愈加起劲儿，兴许不用到明天，房子就能彻底修整完。

在干活间隙里，都都回过头，无意中看见丁丁在和佳佳说着什么。丁丁把头伏在佳佳耳边，边说边朝这边看。都都心里一怔，丁丁别是和佳佳说有关它的事吧？都都有些不快，手里的活也慢下来。正在这时，它忽然看见树林里有个黑影晃动，不用说，一定是布鲁克在召唤它。都都多想跳到房下，离开工地，即刻回到布鲁克身边，跟它到那棵大树下，痛痛快快地去玩。终于盼到休息，小精灵们都歇下来。都都趁大家不注意，撒开腿，朝小树林里跑去。可它才跑出几步，就被佳佳喊住。都都只好停下脚，原来佳佳注意它很久了。

都都，去干什么？

我……去撒尿……

撒尿？那你去吧。

佳佳挥挥手，一副很大度的样子。但都都不好往树林里走，在佳佳面前，它不好意思说谎话。都都明白，佳佳恐怕早就看出它在说谎，只是没有点破，给它留一个悔过的机会罢了。犹豫片刻，都都还是又走回来。它不想让佳佳失望，让伙伴们失望。看到它回来，佳佳很高兴，走到它身边，将一只手放在它头上。都都知道，佳佳要和它谈话了。

都都，你表现得很好，没有再轻易离开队伍。

我……

你知道么，离开队伍是一件很危险的事。

危险？我没觉到危险……

你和布鲁克在一起，难道就……

你是说布鲁克呀，它对我很好呀。

它对你好？可你知道，那是真的好么？

当然，它曾经救过我的命。

是救过你的命，可救过你命的就一定会对你好吗？

这个，我倒没怎么想过，反正我和布鲁克在一起很快乐，我觉得它很好……

都都，你还太年轻，没有生活经验，又太任性，不知道这个世上还有邪恶……

我怎么会不知道邪恶？比如那只要吃我的耗子，就是十足的邪恶，幸亏布鲁克把它打败了，布鲁克就是一个消灭邪恶的人，有它在，我就觉得安全。

什么？

而且布鲁克还那么幽默、有趣，和它在一起，真是快乐极了。

都都，你这样下去，实在很危险……

佳佳，你错了，这样我觉得很好，比你们幸福多了，因为我有布鲁克这么一个好朋友。

布鲁克为什么要和你交朋友？你想过么？

这个还用想，朋友就是朋友呗。

都都，你真糊涂……我没想到，你竟然已经滑到危险的边缘了，丁丁和我说过多次，我还不信……事实上，你比它说的还要……

看佳佳痛心疾首的样子，都都觉得好笑，什么事使它这样伤感？都都想不明白，也不愿往下想，尤其是佳佳提到丁丁。在都都印象里，丁丁是个脾气暴躁的家伙，动不动就训人，佳佳不提它还好，一听到这个名字，都都就反感，站起身，赌气走到一边。都都知道佳佳看它离开，一定气得不得了，可它顾不了那么多，它要趁休息时间，赶紧去和布鲁克玩一会儿，也借此向佳佳和丁丁表明，和布鲁克在一起，一点危险也没有，而且十分快乐。

布鲁克正在那棵大树下等它。大概它也知道佳佳和丁丁的成见，一看到都都，便眯起眼睛，悄悄打量它一番，看到它表情与往常没什么不同，才放下心来。它已经为都都准备下丰盛午餐，摆放在树桩上，有黄瓜、辣椒，有西红柿、胡萝卜，还有几块软乎乎的东西。都都凑过去一看，那几块东西竟然是肉。它大吃一惊，布鲁克知道它不吃肉，为什么还要摆放这种东西？

都都不想辜负布鲁克的好意，赶紧坐下，抓起一根胡萝卜，就往嘴里塞。但布鲁克伸出爪子，把那根胡萝卜抓住，从它手里轻轻抽下来，又放回到树桩上。在都都惊诧的目光里，它顺势捏住一块肉，朝它递过来。

都都，请你吃这个。

我……不吃肉……

这是专门为你准备的。

猫大哥，也许你忘了，我们小精灵从来不吃肉……

今儿一大早，我就在给你准备午餐。我想送你一件你从没用过的礼物，我前思后想，终于想到耗子肉。我记得你曾经怕过耗子，而且差点被它吃掉，对不对，我的朋友？

你……说得没错，猫大哥……

是我帮你消灭了耗子，把你从危险中救出来，所以我想，你一定非常憎恨耗子，恨不得亲手打死它，剥它的皮，吃它的肉，你的心情我十分理解……

其实，我没这么想过，只要耗子不欺负我们，就……

不用掩饰自己内心的恨意，这是很正常的一件事。你受到别人欺负，怎么会不仇恨呢？让我告诉你我的朋友，这太正常不过了，如果没有仇恨，反而让人搞不明白，也让人不放心，你说是不是这样？

可我们牵牛花精灵从来就没有恨过别人……

所以你们就非常弱小，就一直被别人欺负。你想想，这种状况是多么不合理，难道你们牵牛花精灵要永远这样下去？

我不知道……

你为什么不想改变一下呢?

我没有这样想过猫大哥。

让我来教你怎么做吧，我的朋友。我要向你郑重宣布，从今天开始，这种状况要改变了，牵牛花精灵要学会吃肉了。我知道你捉不住耗子，即使想吃它的肉也很难办到，所以这件事离开我就无法完成。而我却无私地帮你圆满实现了，我不帮你谁帮你?谁让我们是好朋友呢?

可是猫大哥……

天还很早，我就帮你捉住一只耗子，一只分外肥大的耗子，我帮你剥了它的皮，撕了它的肉，你看你看，我已经把这些肉摆放好，就等着你来享用。

可……

吃吧吃吧，我的朋友，你不知道耗子肉是多么好吃，咂咂，你看我的口水都要流出来了。你不知道，我是多么喜欢吃耗子肉，我馋得把舌头都快咬下来了，可我没有吃一点，我都给你留着，谁让我们是朋友呢?

可我吃不下去……

谁都有第一回的时候，只要你吃下第一块肉，你就会接着去吃第二块、第三块，到时候你想不吃也不行。吃吧吃吧，勇敢地跨出第一步，胜利的曙光在照耀着你，远大的前程在等待着你，明白我的意思吗我的朋友?

我不明白……

让我来告诉你吧，等你学会了吃肉，你就会真正勇敢起来，真正强大起来。那时候，你将成为牵牛花精灵中最了不起的一个，没有谁再能战胜你，你不仅不会再受佳佳和丁丁的欺负，而且会轻而易举地打败它们。那时候，你将成为小精灵部落的真正头领，率领你的队伍，奔向光辉灿烂的远方……这是多么让人振奋的一件事，连我这只孤独的猫都激动起来……快行动吧我的朋友，还犹豫什么?吃肉吃肉，大口地吃肉。

布鲁克把身子探到它面前，使劲挥舞着两只爪子，一会儿挤眉弄眼，一会儿比手画脚，极力向它做说服工作，唾沫星子喷溅到它脸上，爪子尖甲也不时擦过它的面皮。都都缩起肩胛，将身子往后退，力图躲开布鲁克的威逼。布鲁克快要使尽浑身解数，还没能说服都都，有些恼怒，两只硕大的眼睛瞪圆，闪射出迷离恍惚的凶光，恶狠地盯住它。都都从头到脚笼罩在那两团光里，身子止不住颤抖。一霎间，它似乎又回到在洞穴中被耗子追赶的情景中，恐怖又充满全身。

布鲁克大概意识到自己失态，转转眼珠，缩回头，将挥舞的爪子放下。都都这才吐出口气，就要仰倒的身子抬直些。布鲁克挠挠头顶，又想出一个计策，站起身，将四肢平放下，举起头，在脸上做出笑模样，并翘起尾巴，不时伸缩起伏，在都都面前跳起舞来。它又表现出一副顽皮、可爱样子，一边跳舞一边唱歌，间或扮个鬼脸，显得滑稽又风趣。与刚才的凶恶相比，布鲁克简直判若两猫，这才是它先前的样子，也是让人喜欢的样子。都都很快恢复平静，而且也有些跃跃欲试，恨不能立刻加入到布鲁克的游戏里。

正当都都放松警惕，张开嘴巴，也要尽情唱一曲时，布鲁克偷偷抓起一块耗子肉，以迅雷不及掩耳之势，塞到它嘴里。都都没做出一点防备，便把耗子肉吞下肚子。它瞪大两眼，呆呆地看着布鲁克，似乎还没弄清是怎么回事。布鲁克舔掉爪子上的肉屑，斜起目光朝它笑。我吃耗子肉了？都都问自己，旋即弯下身子，遏止不住地呕吐。

天哪，我干了什么？

你吃耗子肉了，哈哈……

我怎么吃了耗子肉？我怎么吃了耗子肉？

你吃了耗子肉，你快不是一个牵牛花精灵了，哈哈哈……

天，天……

都都仰起头，看见整个天空都在旋转，满天日光箭雨般地落下，落到它身上，就要将它砸碎……

## 2

石板搭成的桌面上，摆放着好几样食物，有黄瓜、豆角，有西红柿、胡萝卜，都是都都平时爱吃的东西，在日光照耀下闪出多彩的光芒。都都抬起头，看到同伴们已经吃起来。干了大半天活，被洪水冲垮的屋舍马上就要修补完工，大家都累得不轻，见到如此充满美好的食物，立刻拿到手里，狼吞虎咽地吃开了。都都更是饥饿，伙伴们不知道，它已经好几天没吃东西了。自从误吃耗子肉后，它就不想再吃素食，一见蔬菜之类的东西，就感到恶心，不仅没有吃的欲望，肚子里仅存的一点黏液也往上翻。都都实在想吃肉，可到哪里去弄呢？像它这样弱小的牵牛花精灵，连螳螂都打不过，即使性情变得凶猛，又能捕捉到什么生物？都都绝望地闭上眼睛。肚子里的饥饿感却越发强烈，咕噜咕噜的叫声快要将耳朵震聋。

都都忽然闻到一股淡淡的香味，没错，是某种肌肉的香味。它心里一喜，急忙睁开眼。奇怪，桌面上除去那几种蔬菜，并没有肉，可香味却挥之不去。

都都抬起头，目光落到周围的同伴身上，这才明白，肉香味原是来自伙伴们的身体。都都盯住伙伴们，嘴里很快充满黏稠的涎水。难道我真想吃它们的肉？都都悄声问自己。突然，都都意识到丁丁在朝自己看，心里不禁一惊。它实在担心自己的卑劣想法被他人知道，尤其丁丁这样严厉的家伙。都都低下头，把两手放在桌面上。但丁丁还是走过来。

都都，你怎么不吃东西？难道你不饿？

我饿，我怎么会不饿……

那你为什么不吃？它们不好吃么？

这个……

莫非你的口味提高了，看不上这些蔬菜？

是……啊，不是……

那是怎么回事？你不吃蔬菜，你想吃什么？

我……

告诉我，你想吃什么？

都都不知该怎么回答。难道丁丁知道我心里的想法？都都悄声问自己。为了打消它的疑虑，也为了证明自己的清白，都都匆忙抓起一根胡萝卜，没加思索就举到嘴边，使劲咬下一块。丁丁这才放下心，脸上浮出满意的微笑。都都抑制住呕吐的欲望，也在脸上弄出一丝笑意。丁丁很高兴，在它看来，小精灵们只有多吃东西，才有力气干活，将房屋尽快修补完毕，腾出手来，更多地囤积一些食物，以度过漫长的冬天。看到顽皮的都都也顺服了，它满意地点点，迈着四方步走开。都都看到它终于远去，才张开口，将那块胡萝卜吐到地下。随即，它便遏制不住呕吐起来。排空肚内的所有东西，都都饿得更厉害，要吃东西的欲望从未有过的强烈。可到哪里去找肉吃呢？都都想到布鲁克，对，去找布鲁克，让它想个办法，它引诱自己成为食肉动物，往下不该由它负责到底吗？都都趁同伴们不注意，悄悄地朝那棵大树下跑去。

这时，布鲁克正对着一只麻雀出神。那只麻雀已经半死，却还在顽强挣扎，扑棱着翅膀，企图逃出它的控制。布鲁克有意缩回爪子，在它就要跑走时，又果断把爪了探出去，按住它的身子。麻雀羽毛上快要被鲜血涂红。还离老远，都都就闻到一股浓郁的腥味，心里不禁一喜，这回可要吃到肉了，或许那只麻雀正是为自己准备的。

猫大哥，这是你给我准备的午餐吧？

什么？都都你说什么？

我是说，你竟然给我准备好了午餐？

都都我没听清楚，你再给我说一遍。

我的意思是，谢谢猫大哥给我准备了这么好的……

都都你真是可笑，哈哈哈……你看上去简直就是一个大傻瓜，也不撒泡尿照照，看看你是老几？

猫大哥，你为什么这样说？

我说得不对么？难道你还不是一个大傻瓜？

猫大哥，你把我搞糊涂了……

布鲁克不再理它，挥起爪子，使劲往下一拍。那只麻雀发出一声尖叫，两腿一伸便不再动。布鲁克把它拎起来，两爪用力一撕，麻雀就被分成两半。它将其中一半塞进嘴里，大口咀嚼起来。都都呆呆地看它。布鲁克嚼得很有滋味，嘴里发出咯吱咯吱动听的响声。都都的涎水一个劲儿往外流。布鲁克咽下嘴里的肉，又把另一半举起来。都都以为该轮到自己吃了。但布鲁克又塞进自己嘴里，一边咀嚼一边做鬼脸，神情里透出挑衅和蔑视。都都这才明白，自己想得太天真了，怪不得它骂自己是傻瓜。都都感到羞愧，又有些不解，它的朋友怎么变成这种样子，居然眼睁睁看自己的笑话？布鲁克抹去嘴角的血水，捋捋翘起的胡须，眼神越发迷离。

怎么样，看明白了没有？

我……的确是个傻……

你当然是个傻瓜，我的意思是说，你得像我这样为自己搞到食物。

你是说，让我去杀死一只麻雀？可我连一只螳螂都打不过……

难道除了麻雀和螳螂，就没有别的生物了？

别的生物？你是不是说……

对，我看出来，你有些开窍了。

你是说，让我去吃那些和我差不多的……

对对，这正是我的意思，你应该去吃你那些同伴，它们的肉不知比耗子和麻雀的肉好吃多少倍。

不不，猫大哥，你想错了，我怎么会吃它们的肉？它们是我的同伴呀……

什么同伴不同伴，只要肉好吃，你就去吃，这是天经地义的事。

天经地义的事？吃同伴的肉还天经地义？

因为不吃它们的肉，你就要饿死，难道你想饿死不成？

不不，我不想饿死……

那你就要去吃它们的肉。

除此之外，就没有别的办法了？

没有，或者饿死你自己，或者去吃它们的肉。

猫大哥，你不能给我想点办法么？比如说，你把耗子肉、麻雀肉，省一点点给我吃……

都都你想什么呢？天下会有这样的好事？

咱们不是朋友么？再说，我吃肉也是由于你……

不行，趁早丢掉你那些不切实际的幻想，我决不会帮你。

猫大哥，你就这样看着……

住嘴，再啰唆我就要吃你的肉了。

猫大哥，别……哎哟，你掐疼我了……

明白么？我这是在教你，只有像我这样凶猛起来，你才能杀死同伴，才能找到食物，才能不被饿死，除此之外，你没有任何一种选择。明白了么？

明……白了……

好吧，那你就去办吧。

布鲁克松开爪子。都都赶紧逃开去。它这才明白，自己原是上了布鲁克的当，悔不该当初……唉，事到如今，这可怎么办呢？如果再不吃到肉，恐怕就真要饿死。不，它不想离开这个世界。可要活下去，就得像布鲁克说的那样，去……都都不敢再往下想。

回到小河边时，伙伴们已将剩余的活计干完，被洪水冲垮的屋舍整修一新，在日头照耀下，屋顶上的蒲草和墙壁上的泥浆都闪出新鲜光芒。但工地上却不见一个小精灵，它们都到哪里去了？都都急忙朝四处张望。原来它们都躺在地下，一个个摊开手脚，闭拢眼皮，在沉沉睡觉呢。伙伴们忙碌这么多天，都实在累坏了，是该好好休息一下。都都生怕惊扰它们，便轻抬腿脚，一步一步朝它们走去。这时，一阵强烈的饥饿感又袭上来。与此同时，它又闻到来自同伴们身上的香味。它似乎看见，那股香味从它们身上升起，像一缕缭绕的烟雾，直朝它脸前飘来，香气或烟雾伸出柔软小手，频繁撩拨它的鼻孔。都都惊讶地看见，自己的口水流出来，落到同伴身上，落到同伴裸露在外的皮肉上。饥饿感像排山倒海的风暴和巨浪，再一次朝它席卷而来。都都站立不住，一下子扑倒在地，扑在同伴身上。一块闪亮并发出香味的皮肉就在脸前，只要张开口，它便能轻而易举吃到肉了。都都实在承受不住饥饿折磨，仰起头，朝天空绝望地看一眼，在心里叨念一声，天……便闭上眼，将张大的嘴巴合拢在那块皮肉上……

小精灵们都沉浸在睡梦里，没有谁发现它在干什么。都都吃完一个同伴，看着地下殷红的鲜血，这才觉到自己的罪过。天，你竟然真的……它举起两手，狠狠拍在头上。你看你干了什么？它把头伏下，又使劲去拍地面。它把手拍疼了，身子也累得要散，便歪倒在地下，躺在那片淋淋血泊里。不知过去多久，都都又觉到饥饿，刚吃下的食物不仅没让它忘记这种感觉，反而更加勾起内心深处要吃东西的欲望。它的目光又落在身边的同伴身上，那种迷人的香味又扑面而来。真如布鲁克所说，只要吃下第一个小精灵，就会顺理成章去吃第二个、第三个……它不想吃都没有办法。反正你已经吃了一个，都都对自己说，再吃一个又何妨？都都遏止不住张开嘴巴，又朝另一个同伴身上扑去。

但都都被发现了。佳佳正好走过来，还隔着老远，就看见都都在那边晃动，不知在干什么。在佳佳心目中，都都是个调皮、懒散又诡异的小精灵，总是行踪不定，又不爱参加劳动，只是一味去和那只黑猫玩，实在让它和丁丁操心。那只黑猫是什么东西？和它在一起又能有什么好结果？佳佳觉得，该和都都好好谈谈了。事情不能再拖下去，现在就去找它谈。佳佳来到都都身后，看到它把尖利牙齿咬在同伴身上，惊骇得目瞪口呆。难道它在吃……佳佳无论如何不相信，事情怎么竟是这样？都都怎么会吃肉呢？况且是吃自己同伴的肉？但佳佳随即看到都都牙齿上的血，不仅它的牙齿，而且它的身上，还有它周围的地下，都有淋淋的血水闪亮。天哪。佳佳止不住大叫起来。

都都，你在干什么？

我……在……

你在吃肉？你在吃同伴的肉？

是……

不，都都，你怎么可能吃肉呢？你更不会吃同伴的肉是吗？

可我……

你快说都都不是这样，是我看错了对吗都都？

也许……你没有看错……

都都你说什么？难道你真的……你这个该死的东西。

是，佳佳，我真是该死，我竟然真的吃了……

天哪，都都你怎么能这样？我们是小精灵，我们吃的是……你怎么能吃肉呢，而且是自己同伴的肉？

我也没有办法……是该死的布鲁克欺骗了我。

什么？布鲁克？天哪，你怎么会听……

佳佳，我知道我错了，可我没有办法，我不能不吃……

住嘴，你这个该死的东西。

我知道我该死……佳佳你打我吧，你惩罚我吧……

我是要打你，是要惩罚你，只要你不吃……就是打我惩罚我也行……

可我还是……佳佳你不知道，我饿呀，我只要不吃肉就会饿死……

天哪……

我也是没有办法……

那也不能……

小精灵们都醒来，看见都都一身血污的样子，再听它和佳佳的话，一个个都明白了，同时也都呆住了。丁丁也从远处赶来，手握一根木棍，边跑边招呼大家拿起武器。小精灵们愣怔片刻，便听从丁丁召唤，纷纷寻找可以用作武器的东西。都都看到大家愤怒起来，也有些惊慌。但它又知道，自己变成凶残的食肉动物后，这些依旧温驯的小精灵们都不是它的对手，只要像布鲁克说的那样凶猛，就会轻而易举打败它们，而且还能顺理成章吃掉它们。佳佳大概看出它的心思，赶紧张开两臂，挡在它和小精灵们中间。都都不知道它是阻拦它，还是阻拦小精灵们。望着它悲痛交加的眼神，都都心里颤抖一下。佳佳的泪水流下来。

都都，你走。

什么？我走？为什么？

你没有理由再待在这里。

可我属于小精灵部落……

呸，你怎么还配做小精灵？

你的意思是，我从此后就不属于小精灵了？

你不这样觉得么？

你们要驱逐我了？

对，我们不得不这样做。从古至今，小精灵部落还没驱逐过一个自己的兄弟……

我是第一个？

对，你是第一个背叛自己种族和部落的小精灵，不，你已经不是一个小精灵了……

那我是什么？

随便你是什么吧。

天哪……

快走，离开这里，再也不要回来。

那我到哪里去?

我也不知道你到哪里去，你随便吧。

天，佳佳，你不能这样做……我没有了家，我会……

都都，不要再说了，赶快走。

佳佳，你去和丁丁和大家说说，让我留下吧，我不想离开……

不行，你决不能再待在这里，你必须走。快，再不走，它们可要动手了。

那就让它们动手吧。

都都，我不想看到小精灵们互相残杀。

佳佳，我不还手还不行么?我知道我错了，就让它们杀死我吧。佳佳，我要死在这里……

那也不行?

为什么?

都都，那我不能不告诉你了……

什么?

你不知道，你一旦吃起同伴们的肉，就会遏止不住吃的欲望，你自己也控制不住，会一直吃下去，直到把所有的同类吃光。

这个我知道，我会想尽一切办法控制自己……

不，都都，你这种做法会传染给别的小精灵。

什么?会传染给别的……

对，如果一旦大规模传染开，小精灵部落就会遭受灭顶之灾……

天……这是真的?

当然是真的。

这就是说，为了小精灵部落，我必须离开了?再没有别的选择么?

都都，我不能不说，没有……

天……

都都……

好，佳佳，你放心吧，我走，我马上就走。

都都跪倒在地，给佳佳，给丁丁，给全体小精灵们深深鞠一躬，然后站起来，迈开大步，直朝远处走去。它要赶快离开这里，决不能把自己的罪恶传染给小精灵们。都都不知道要到哪里去，它只是朝远处的山野急迫迈动脚步。直到走出好远，都都才停住脚，回过身，朝自己的家，朝曾经朝夕相处的小伙伴们，深情看了最后一眼……

3

寒冷的北风刮过三天三夜，才渐渐停住。都都从一个狭小的洞穴里探出头，怯怯地朝外面看。天哪，一场大雪已经降下来，天地间一片银白，哪里还分得出山峦、树林和河流？都都绝望地闭上眼。它好几天没吃东西，肚子饿得咕咕叫，又赶上这样一场大雪，到哪里去找食物？弄不好非饿死冻死不可。一霎间，它又开始怀念家，怀念小伙伴们，在那片依山傍河而筑的温暖房子里，它和伙伴们吃着秋天囤积下来的食物，安全而无忧虑地度过漫长的冬天……啊，那是多么美好……

都都被逐出小精灵部落已有几年。许多次，它都悄悄来到离家不远的地方，隐藏在灌木和草丛里，痴痴朝那片房子看，朝在房子间出入的小精灵们看。它多么盼望回到那里去，和小伙伴们一起快乐生活。可这时，它却止不住产生了吃肉冲动，甚至又闻到伙伴们身上发出的香味……都都清醒过来，赶紧离开那里。它明白，自己再也不能回到伙伴们中间去。为了不给小精灵部落带来毁灭灾难，它必须尽可能朝远处走，朝不可知的天边走。几年来，它差不多将所有精力都用在行走上。

都都遇到的最大问题便是饥饿。如果还像过去那样，食物并不难找到，比如蔬菜、水果之类，虽不能说漫山遍野都是，可要打发肚子，还是容易做到。可现在它已改吃肉食，就不能不遇到严重困难，像它这样的弱小精灵，又哪里能弄到什么肉食？不要说吃其他生物，还要时时面临被吃掉的危险。大多日子里，它都一边搜寻食物一边躲避追踪，几乎没一点安生的空隙。饿得实在支撑不住，只好就便采摘些树叶，硬着头皮吃下去，可随即又吐出来。有时看着自己的手指，都恨不能放到嘴里去。这时，它是多么憎恨布鲁克，如果有可能，它要亲手杀死它，不仅让自己填饱肚子，也给小精灵们解除危难。入冬后，都都就来到这座高大山峰前。它打定主意，尽快翻过山峰，到那面的世界去看看，去找找。但它已经走了一个月，还没有翻过山峰。就在这时，一场罕见的大风雪不期然降临，不仅更让它觉到饥饿和寒冷，而且还迷失了前进方向，天地间到处一片银白，该往哪里走呢？都都瑟缩着身子，感到前所未有的迷茫。它忽然咧开大嘴，失声痛哭起来。

一阵沙沙的声音响起来。都都止住哭泣，顺着声响望去，不禁大吃一惊。两只松鼠出现在附近，正虎视眈眈地看它。想必松鼠也饿得不行，一看见都都，就龇出长大牙齿，得意地狞笑，然后一步步逼上来。都都当然不想成为它们的早餐，尽管身上没多少力气，还是凭借本能跳起来，抱头向远处逃去。但它哪里跑得过松鼠，不一会儿，它们就追上来，一只叼住它的尾巴，另一只啃住它的脚跟。都都失去重心，身子飘起来，悠荡几下，便头重脚轻摔倒在地，又在雪里翻滚十几下，才慢慢停下。那两只松鼠赶到它身前，伸出爪子朝它抓来。都都知道挣扎无济于事，索性展开四肢，一动不动装死。两只松鼠果然上当，停住爪子，得意地欣赏起胜利果实来，并为由谁先对果实开口产生分歧，互不相让，竟丢开都都不管，手脚并用地撕打起来。都都悄悄爬起身，趁机朝一边跑去。两只松鼠这才停止撕打，放开对方，又一起朝它追来。都都终于跑不动了。松鼠们赶上来，就要咬住它的尾巴。都都绝望地闭上眼睛。它的脚板突然踩空，身子往下一扑，便直朝下栽去。都都睁开眼，看见周围一切都在旋转，身子在空中悠来荡去，两爪什么也抓不到。它还没反应过来，就觉得身子一震，眼前黑光闪烁，什么也不知道了。

醒来时，都都发现自己躺在一个山坳里，面前是一条冰封河流，另一边是高大悬崖。原来它是从崖壁上摔下来，好在有积雪托浮，不然早就死去。两只松鼠不知去向，想必它们不会下到这里。都都松出一口气，想站起来，可身子一动，就觉到剧烈疼痛，看来摔得不轻，还是先好好躺上一会儿。可没多久，它就感到寒冷，饥饿感又袭来了。不行，不能躺在这里等死，就是不能弄到吃的，也要找一个藏身地方，把自己安顿下来。都都咬住牙，忍受着钻心疼痛，吃力地爬起来，还没有迈出脚，就又倒下去。它这才知道，自己的一条腿摔坏，恐怕一时走不了路。都都只好伸出两手，扒住积雪，像蜥蜴一般往前爬动。似乎爬了好久，都都回头看，却才出去几步远，而且它发现，自己是在朝向河流爬。它停住身子，刚要折回身，眼前却霍地一亮，在河流岸边，居然躺着一条小鱼。都都饥饿感越发强烈，甩掉疼痛，两手一阵乱扒，很快来到小鱼边。它就要抓住小鱼，却发现它冻在冰层下。都都悲愤交加，举起两手，狠狠砸在透明的冰冻上。它躺下身，极度哀伤地摇摇头，心里绝望得不行。过一会儿，都都脑子忽然一动，也许小鱼被冻住也不是坏事，如果它躺在岸上，不是早就被其他动物吃了？如果游在水里，自己又哪里能够捉到？都都振奋起来，翻过身，把两手攥成拳头，轮番朝冰上击打。两手很快被震疼，不久又流出鲜血。这样不行，就是把手砸掉，也不会把鱼弄上来。都都掉开身，四处寻找可用的工具。

都都从灌木上折下一根枝条，用牙在一端咬出尖头，一点点朝冰上划去。尖头很快划秃，它用牙再咬，如此反复无数次，枝条差不多快要划完，冰冻才总算裂出一个凹槽，小鱼银白色的身子渐渐露出来。都都扔掉只剩一截的枝条，伸出一只血手，把小鱼从冰层里慢慢扯出来，小心捧进手里。小鱼的银色身子立刻被染红。我终于找到食物，都都嘴角浮出苦涩的微笑，我终于要吃到肉了。都都累得身子晃摆，肚内的饥饿感却更加强烈，仿佛一只动物醒来，以迅疾速度冲出口腔，直奔掌中的小鱼。我吃到你了。都都听见那只动物说。但就在这时，一片阴影自天而降，像猛烈的疾风从它脸前划过。等阴影啸叫着离去，都都低头往掌心里看，天哪，被血染红的小鱼不知到哪里去了。它抬起头，看见天空中飞过一只黑色鸟儿，嘴里衔着那条小鱼，急快朝远处飞去。是它，是那只该死的鸟儿将它辛苦弄到的食物抢去。都都跳起来，拖着伤腿，一瘸一拐朝前追赶。鸟儿得意地啼叫一声，振动两只宽大翅膀，悠悠地朝高空里飞去。都都停住脚，悲愤地望着鸟儿，望着鸟儿嘴里的小鱼，终于被绝望彻底击败，身子如一块碎裂的石头，轰隆倒下地去。

都都睡着了。它做了一个梦。在梦里，它回到小精灵部落，回到家，回到伙伴们中间。佳佳抱住它，在它脸上亲了又亲；丁丁也抬起手，在它肩上拍个没完；伙伴们更是围住它，纷纷唱起歌，而且边唱边跳舞，热烈庆祝它归来。欢迎你，佳佳和丁丁带领小伙伴们说，请你再也不要离开小精灵部落。都都郑重点点头。不走了，我再也不离开小精灵部落。庆祝会进行到高潮，小精灵们给它端来丰盛食物，有豆角、黄瓜，有西红柿、胡萝卜，都是小精灵喜欢吃的东西。都都尽管十分饥饿，但望着这些五颜六色的食物，却没有一点吃的欲望。都都把目光从食物上移开，漫无边际地朝别处看。为什么不把肉端上来？它在心里问自己。庆祝会马上就要结束，都都的饥饿感也达到无以复加的地步，它需要的肉还不知在什么地方。都都实在忍不住，猛一下站起来。

我的肉呢？

都都大叫一声。

我的肉呢？

都都又大叫一声。

伙伴们停住跳舞和唱歌，一个个回过头，用惊诧的目光看它，像看一个奇异怪物。你们就这样欢迎我归来？都都伤心而委屈地想。佳佳和丁丁从小精灵们中间走出来，伸手在它嘴边摸一下，又霍地缩回去，脸上透出懊恼恐惧的神色。

怎么，你还没有戒掉吃肉的习惯？

都都不知该怎么回答。是呀，小精灵原不该吃肉，自己之所以外出流浪，正是为了戒掉这一恶习，大家以为它已改正，才热烈欢迎它回来。小伙伴们看它这副样子，似乎都明白过来，突然掉转回身，争先恐后朝远处逃去。都都醒悟到又犯下不可饶恕的错误，懊悔得不行，自己千里迢迢归来，不就是要和它们在一起么？都都想拉住离它而去的伙伴们，但一伸手，小精灵们以为它要吃它们，一个个逃得更急更快，不一会儿便都逃光，只剩下佳佳和丁丁还没走开。都都跪在它们面前，用力拍打自己头颅，然后扯住它们的衣角。

求求你们，不要再驱赶我……

但佳佳和丁丁沉默不语。

求求你们，让我留下……

佳佳和丁丁还是沉默不语。

我再也不想离开小精灵部落，离开家，离开你们……我再也不想经受那些苦难和危险……

都都大声叫喊，猛一下醒过来。都都张大迷蒙的泪眼，呆呆望着四周白茫茫的雪野，才明白自己是在什么地方。原来一切不过是梦境。这一刻，都都格外思念起家乡来。但它知道，家是回不去了，只要不戒掉吃肉的毛病，那个以素食为生存法则的部落就不会接纳它。随着饥饿感增加，都都也急切想念起肉来，眼前便又浮出那条差点吃到的小鱼。都都身子有些虚脱，精神处在迷乱中，竟在自己身上闻到一股肉香味，不知不觉举起手，一下子放进嘴里。都都似乎终于得到梦寐以求的肉，牙齿一阵急剧叩动，直到感觉钻心疼痛，才不甘地停下嘴。都都睁开眼，看着自己伤痕累累的手指，心里涌起莫大伤悲。它举高淋淋的血手，对着空旷无边的天穹，对着天穹下浩大无比的山野，对着山野里苍茫无际的白雪，绝望地大声痛哭。

你哭什么呢？

忽然一个声音从身后响起来。都都以为是幻觉，便没去理会，依旧哭泣不止。但那个声音又问它一遍。都都这才抹掉泪水，茫然地回过头。天哪，身后居然矗立一个庞大无比的东西，都都还以为是一个山包，或者是山包下的巨石。可很快，那东西就慢慢动起来。都都看清了，原是一只巨型动物。都都没见过这般大的动物，惊惧得不行。

你……是谁？

我是一头牛，我叫泰常。

泰常？

对，你是谁呀？

我……是牵牛花精灵……

你叫什么名字？

我叫都都……

都都，这名字不错，可我怎么没见过你？

平时我不大出来……

那你今天怎么到这里来了？

我……我已经出来好几年……

好几年？那你一定是遇到什么事了？

是……

你没有家吗？

有……

你为什么不回家去？

我……

你迷路了？

没……

那就怪了，既然你有家，又没迷路，为什么还要在外面游荡？而且游荡几年？

我……

莫非你是贪玩，不想回家去？

不……

要不，你就是在外面欣赏风景，不愿回家去？

不……

都都一次次摇头，不禁让泰常感到茫然，也有些不满。都都不敢迎接它的目光，赶紧掉开眼睛。泰常也不再理它，掉转头，顾自朝一边走去。直到它快要走远，都都才突然爬起身，拖着那条伤腿，歪歪扭扭朝它追去。它看出来，泰常不是一只凶猛动物，也没有打它主意，既不危险也不可怕。在这荒凉旷野里，遇到一只不怀恶意的动物可不容易，虽然它那般大，自己这么小，可只要它不欺负自己，那就可以做成好朋友。都都忍受着伤痛，一蹦一跳地追上去。泰常也放慢脚步，似乎在有意等它。

都都和泰常走在了一起。正如它所预料，泰常十分友好，不仅同意和它做伴，还让它爬上身，驮着它赶路。都都趴在泰常身上，既感觉轻松，也体会到温暖，一种差点忘记的温暖。都都蜷缩起手脚，随着泰常的身子摇摆，渐渐打起瞌睡。在梦里，都都终于得到渴望已久的肉，而且是一块巨大无比的肉，如此大的肉它一生都吃不完。醒来后，都都以为又在啃吃手指，却没有觉到疼痛，这使它非常惊奇，哪来的肉呢？它抬起眼看，原来自己正在啃吃泰常的身子。都都赶紧停住嘴，怎么能吃朋友的肉呢？如果惹恼这只巨型动物，倒霉的还不是自己？说不定反被它吃了呢。都都有些害怕，但看这个在眼下悠来荡去的身体，这块起伏有致的肥肉，它实在克制不住吃的欲望，又张开嘴，龇出牙齿，狠狠朝泰常身上咬去。但泰常的皮太厚，它咬了好几口，还没撕下一块肉来。泰常的尾巴突然甩到它身上，差点将它打落在地。

你干什么呢？

都都以为它要发怒，心里跳成一团。泰常回过头，嘴角露出一丝嘲讽。

你在吃我的肉？

没……

嘻，你哪里能啃动我的皮？

是……

你为什么一心要吃肉？你看我这么大都不食肉，你又为什么非要吃呢？都都不知该怎么回答。是呀，我为什么要吃肉呢？都都在心里问自己。一霎间，不堪回首的往事如水浪涌上心头。都都鼻头一酸，又止不住哭起来……

4

几乎每一天，都都都躺在泰常身上，任它带自己游荡。认识泰常后，都都便把它的身子作为栖息地，不再轻易下地来。泰常是只善良的牛，虽然身子高大，却从来不欺负别的动物，连它这样的精灵也不小看。和泰常在一起，都都除去缺少吃喝外，其他方面都获得了满足。很快，吃喝问题也得到了解决。那天，都都忽然被什么东西撞了一下，仔细一看，竟是一只肥胖虫子。都都不管三七二十一，上去便把虫子咬到嘴里。泰常告诉它，这是专门寄生在它们身上的虫子，叫牛虱，是喝它们血长大的。都都对虫子充满仇恨，当然更是出于肚皮的需求，便一门心思捕捉虫子，既替泰常解除痒疼，又为自己填饱肚子，真是一举两得。每天吃饱喝足后，都都便躺在泰常身上，两手枕在脑后，跷高二郎腿，合拢眼皮似睡非睡。都都不关心泰常到哪里去，反正自己无家可归，就随它去云游四方吧。都都过得惬意而慵懒，要不是梦里看见家乡，看见家乡的伙伴们，它都要想不起自己是谁了。

天气越来越热，夏雨频繁降临，植物长得更加茂盛，山野呈现出勃勃生机。这景象让泰常感到高兴，让那些食草动物们感到高兴，如果倒退回以前，都都也定会高兴一番，可现在它却无动于衷，植物们长得好坏，与它已没有任何干系。泰常也顾不得理它，在这个夏季里，它要抓紧填饱肚子，让冬天拉下的膘重新长起来。

你背上那个小东西是谁?

一只灰羊忽然看见都都，好奇地来问泰常。

这个……

泰常想对它说什么，但张张嘴，又没说出来。这一刻，泰常似乎有些尴尬，掉头朝一边走去。都都觉得不解，泰常为什么不把自己介绍给人家？它想告诉灰羊自己是谁，可泰常走得很快，一会儿就进到丛林深处，把灰羊甩到了后面。都都不免气愤起来。

你怎么这样对待灰羊？一只有礼貌的动物要做到有问必答，你知道么?

知道，我怎么不知道呢?

那你为什么不告诉人家？难道你已经忘记我是谁了?

我倒是没有忘记你是谁，可你自己还记得么?

瞧你说的，我怎么能忘记我是谁呢……

那你是谁?

我是牵牛花精灵呀……

你怎么会是牵牛花精灵?

什么?

都都差点笑出声，以为泰常昏了头，连它是牵牛花精灵这件事都搞不清。可仔细一想，都都又觉得不是这样，泰常是富有智慧的一只牛，怎么会忘记它是牵牛花精灵?

告诉我，这是这么回事?

都都，实话对你说吧，我觉得你已经不是牵牛花精灵了……

什么？你一定弄错了吧？你睁大眼睛看看，我怎么会不是牵牛花精灵?

你徒长了一副牵牛花精灵的样子，可骨子里已经离真正的牵牛花精灵十分遥远了。

都都大吃一惊，不禁低下头，朝自己身上打量。可它又哪里能看到骨子里去？

泰常，你……怎么这样说话？

天下所有牵牛花精灵都吃植物，可你却吃肉，你说，你还是牵牛花精灵吗？

你是说这个？

光这个还不够吗？都都，你知道你现在堕落成什么样子了？

什么样子？

在我看来，你就是一个只会替别人捉虱子的小丑。

我可是替你捉虱子的……

我宁肯让虱子咬死，也不愿让你成为一个没出息的家伙。

都都直直地看它，好一会儿才低下头去。都都起先还以为，自己给泰常捉虱子，是为朋友做一件好事，没想到在泰常眼里，自己早不值得让它正眼相看……都都难受得不行，但仔细想来，泰常其实也没说错，自己不就是这样一个小丑么？泰常不愿把它介绍给别人，是羞于和它做朋友，而它却还麻木不仁……

泰常，我……给你丢了脸吧？

不，你是在给牵牛花精灵丢脸。

都都又惊骇地张大嘴。泰常说得对，自己的确是给伙伴们、给整个牵牛花家族丢脸。都都把头低到两腿间，再也没有勇气抬起来。都都忽然怀念起伙伴们，怀念起家乡。这一刻，它强烈意识到，自己多么应该回家去，回到伙伴们中间去。可是，不改变吃肉的习惯，它又怎么能回去？都都不好再待在泰常身上，便从它屁股后溜下来，缩起肩膀，悄悄隐进草丛里。

都都在山野间踽踽行走，一边走一边哭泣。都都又一次体验到极度悲伤和绝望。天黑时，都都在一片树林边停住脚，不知道再往哪里去。随着日头沉落，鸟兽们都往巢穴里归去，它却还在盲目转悠。很久没有独自待过，突然离开泰常，它还真有些害怕。泰常这时在干什么？会不会也想到它呢？都都明白，要在山野里渡过难关，无论如何离不开泰常，而且要想戒掉吃肉习惯，回到牵牛花部落，没有泰常帮助也无法实现。都都觉到，泰常之所以在它生活里出现，恐怕就是来给它提供这种帮助，泰常是只好牛，说不定还是一只神牛……都都振奋起精神，刚要回身去找泰常，却看见它已来到自己面前。泰常身披红彤彤的霞彩，高高矗立在坡顶上，像一尊威武的岩雕。都都迈开两脚，像一支利箭飞奔过去。

泰常——

都都——

都都和泰常搂抱在一起。亲热一会儿，它们坐下来。

泰常，告诉我，怎样才能把吃肉的习惯戒掉？

怎么，你不想吃肉了？

泰常故意问它。都都使劲点头。

我不想吃肉了，我要回到小精灵部落去……

泰常也点点头，脸上浮起满意的笑容。

对，你早就应该问我这件事了。

怎么，你一直在等我问么？

是呀。

这么说，你一定有办法了？

都都站起来，兴许泰常真有办法，也就是说，它是真来帮助自己了。都都扑上去，紧紧攀住它的脖子。

泰常，你快告诉我吧。

泰常也站起身，眯起两眼，直直地朝远处望。

都都，这是件很困难的事，不知你能不能做到……

我一定能做到，只要让我回到小精灵部落，再大的困难我也能克服。

好，都都，我相信你。

那你快说吧。

在山那面一个山头上，住着一只羚……羚你知道么？

听说过，可我一直没有见过……

是呀，羚在我们这座山里并不多见，你知道这是为什么吗？

不知道。

据说，羚的肉非常鲜美，那些食肉动物就一直在打羚的主意……都都，你没有流口水吧？

没有，我发誓，我没有流口水……

好。在这只羚那里，有一种神奇的解药，只要服用了这种药，再凶猛的动物也不想吃肉了……

羚……怎么会有这种解药？

啊，那是山神送给它的，是让它防身用的。

那我也去找山神。

不行，山神是不会轻易送给你这个的。

那它怎么送给了羚？

那是鹿妈妈为它求来的……

鹿妈妈为什么要为它求来这个？

因为它要保护它的孩子……

泰常你说错了，鹿妈妈怎么会有羚孩子？也就是说，羚怎么会有这样一个鹿妈妈？

那就是另外一个故事了，要不要我给你讲讲？

这个……算了吧，你只要告诉我你没有说错就行。

都都你放心，这件事我不会搞错。

那你快告诉我，怎么才能找到羚呢？

你只要顺着这个方向，一直往东走，就一定能到达那座山，见到羚……

见到羚，它肯给我那种药么？

会的，羚是一种善良动物，你去把你的故事讲给它，求它把药送给你，它一定会这么做。

啊，那真是太好了。

都都禁不住欢呼，从羚那里求到解药，它就不会再吃肉，也就能回到小精灵中间去。泰常脸上依旧充满忧悒的神色。

都都，你先不要得意，这件事并不那么容易办到……

什么？

都都，你不知道，去那座山的路途很不好走……

我不怕。

泰常看它两眼，又掉回头，继续朝东方远处望。都都不知道它在望什么。

你随我来。

说着，泰常便带头向东走去。月亮正在升起来，给旷大的山野罩上一层朦胧清辉，崎岖的山路像蛇一般朝前延伸开。都都想不明白，泰常要带它去干什么？等都都赶上来，泰常用嘴巴衔住它，往肩后一悠，都都就落在它身上。泰常驮着都都，甩开蹄子，大步往前走去。走下一个山头，又走上一个山头，走出一片丛林，又走入一片丛林，都都觉得快过半夜，泰常才停下来。

看到没有，对面那座山就是羚居住的地方。

都都立起身子，尽力朝前望去。在月光照耀下，都都看见不远处矗起一座山峰，一半袒在月光里，一半遮在阴影中，显得极其神秘。看来羚住的地方并不遥远，泰常所说的难处就是这些？都都刚松一口气，泰常就朝脚下指指。

你往下边看。

都都低下头，这才大吃一惊，自己竟站在一个悬崖边，如果再往前走出一步，便会跌入看不到尽头的黑暗里。都都倒吸一口冷气，赶紧抱住泰常的身子。原来这才是真正的“风险”。

下面有多深?

几百丈吧。

几百丈……

都都抓抓脑袋，也没想出“几百丈”到底是多深。不过无论它有多深，只要沿着崖边藤蔓一步步下去，穿过谷底，再用同样方法攀上那边崖壁，总会到达那座山峰。泰常微微一笑，抬蹄朝下指。

你知道这谷里有什么吗?

有什么?

你听……

泰常把脚前一块石头踢下去。石头骨碌碌朝下滚，声响渐渐消失，过了好久，才传来咚地一声轰响。又过一会儿，都都便听见许多交杂的声音传来，咕咕噜噜，吱吱哑哑，嚣张猛烈，悲切壮观。泰常又回头看它。

你知道那是什么在叫?

不知道……

要不要我来告诉你?

当然，你告诉我吧。

你听了别害怕……

害怕? 那到底是什么声音?

那是动物们发出的叫喊声。

动物们……叫喊声? 什么动物?

蛇、蜥蜴、蝎子、老鼠……

什么，还有老鼠?

对，不仅有老鼠，还有许多高大凶猛的动物，狼、豹、老虎、狮子、狗熊……

别，你别说了……

都都没听完泰常的话，身子就瑟瑟颤抖起来，它抬起两手，想捂住耳朵，又担心从泰常背上掉下去。泰常看它一眼。

怎么，你害怕了?

害、害怕、怕……

明白了吗？这才是我说的“风险”。

明、明白、白……

但要到那座山上去找羚，就必须穿过“死亡谷”。

死、死亡、亡谷……

对，死亡谷。

没有别的路吗？

没有。

泰常果断地摇头。都都倒吸几口凉气，天哪，原来这是个聚集各种凶残猛兽的“死亡谷”，作为到处受人欺负的小精灵，又怎么可能越过它去？即使想想谷里的情景，都快要吓个半死。都都心里急跳，两手紧紧抱住泰常。不能再待在这里，赶快走，赶快走。泰常掉转回身，朝来路上走去。

怎么样，你还要从这里过去么？

不不……

可不走这条路，你又怎么能上到那座山峰上去？

是呀……

都都抬起头，用困惑的目光往后看。不从这条谷里过去，它又怎么能找到羚，拿到那种戒肉的药呢？可是，那条谷里却充满那般可怕的风险，它哪里能过得去呢？都都仰天长叹，这可怎么办？

## 5

都都攀附在树叶上，慢慢朝深不见底的谷下飘落。经过好几天思想斗争，都都才最终鼓起勇气，下定穿越死亡谷的决心。黑夜来临时，都都趴伏在一片树叶上，让泰常把树叶丢下谷去。风声在耳边呼呼响叫，身子在树叶上飘来荡去。都都两手紧抓叶片边沿，尽力不使自己被气流吹落。有几次，树叶忽然停下来，都都以为到达谷底，可借着星光细看，原是树叶挂到崖壁边藤蔓上。都都只好直起身，拆解开树叶和藤蔓的搭连处，然后使劲抖动树叶，让它继续朝下飘落。经过几番努力，天快亮时，都都终于快要抵达谷底处。借着满天霞光，它看见峡谷内一片死寂，似乎没有什么活物，紧张的心绪才稍稍放下来。

都都从树叶下走出来，抬起头，小心地四处张望。它最先看到一堆白白的骨头，已经快要散开，但还能依稀辨出身子、头颅和四肢的轮廓，像是牛羊一类食草动物。再往远处看，此类骨头渐渐多起来，不再是一只两只，而是一堆又一堆。都都这才发现，几乎每堆骨头旁，都趴着若干只爬行动物，正如泰常所说，有蛇、蜥蜴、蝎子等，更多的还是让它害怕的老鼠，黑压压聚在一起。动物们都一动不动，都都以为它们都已死去，看来泰常的描述未免夸张，这里虽然可怕，可那些凶猛的动物毕竟没有生命，只要它大起胆子，就能很快穿越过去。但都都才迈出一步，就赶紧停下来。它惊讶地发现，那些卧在地下的动物们突然动起来，一只只都抬起头颅，睁开眼睛。原来它们都还活着，只不过在睡眠休歇，为寻找下一顿美餐积极准备。天哪，泰常说得没错，这个谷内真的充满巨大危险，稍一大意，便会陷入万劫不复境地。动物们都朝都都掉过头，那些老鼠还发出吱吱叫声。都都赶紧弯下身子，缩回到那片树叶下。

日头升上山后，动物们都活动起来，这里看看，那里走走，搜寻可供吃掉的目标。狭窄漫长的谷底一片骚动忙乱。不一会儿，几条蜥蜴便围住一只误闯进来的野猪。那只野猪有些老迈，腿脚迟缓，没跑出几步，便被蜥蜴们追上，无奈地倒在地下。蜥蜴们一拥而上，张开血盆大口，朝野猪身上猛力撕咬。在它们身后，许多蛇和老鼠跟上来，摆出分享成果的架势。很快，鹰鹫和乌鸦的队伍也赶来，在它们上空盘旋鸣叫。没过多久，那只野猪就只剩下一堆破碎骨头。不远处，又一群动物找到进攻目标，继续呈现吃和被吃的场景。那边，几只动物互相撕打起来，另有许多动物在一边观战，伺机寻找下嘴机会。整个峡谷里充满了叫嚣声、撕咬声，充满了血气和腥味。

都都躲在树叶下，身子瑟瑟发抖。有几次，动物们在奔突中碰到树叶，差点将它踩住。都都想躲开，可周围实在没它容身的地方。快要晌午时，大多动物还没找到食物，已经吃饱的也不敢大意，生怕被其他动物趁机吃掉。都都心急如焚，不能老待在这里，走不出峡谷不说，还会随时丢掉性命。都都鼓足勇气，又试着朝外探出头，可很快被一只瘸腿老鼠发现。一看见都都，瘸腿老鼠就激动起来，两只眼睛涨得通红，嘴边露出凶狠的微笑。都都绝望地叹口气，天哪，这回可要大祸临头了。但随即它就横下心来，既然没别的退路，那就索性逃一逃吧。都都从树叶下跳出，撒开腿，急快地朝前跑去。瘸腿老鼠反应过来，紧紧在后面追赶。好在都都身子矮小，其他老鼠没有发现它，看见瘸腿老鼠在那里跑来跑去，还以为它在发神经，所以没一只老鼠来和它配合。虽然都都步子迈得小，但瘸腿老鼠由于腿瘸，竟也不能顺利追上它。可时间一长，都都便有些吃不住劲，两腿迈得吃力，身子沉得要命，说不定什么时候就会倒下地，被瘸腿老鼠踩到脚下，然后被它吞到咕咕响的肚子里。都都恐惧地回过头，却看见瘸腿老鼠刹住步子，朝它不甘地打量两眼，便转身往回跑去。都都不明白是怎么回事，重新回头往前看，却是大吃一惊。原来一只豹子出现在面前。都都愈加害怕，与老鼠相比，这只凶猛的豹子更难对付。但豹子轻蔑地看它一眼，便越到前面，直朝老鼠们追去。在它身后，都都又看见许多大型动物，狼、虎、狮、熊，一只接一只随在豹子后面，朝那边的爬行动物奔去。先前横行的蜥蜴、蛇和老鼠们乱作一团，争先恐后朝远处逃窜，只有飞翔在空中的鹰鹫和乌鸦幸灾乐祸地嘻叫。都都不想去看即将出现的杀戮场面，撒开两腿，不顾一切朝前跑去。对面的崖壁并不遥远，可凭它的奔跑速度，要想抵达崖壁，兴许也要两天。都都虽然有些气馁，有些疲累，可一听后面的咆哮声、嘶叫声，便又奋力把脚迈出去。

日头快要西落时，都都终于走不动了。整个峡谷里一片死寂，看不见一只野兽，也听不到一点声音。都都以为危险离去，慢慢停下来，倚在一根枯树枝上喘息。可很快，它便感到地面有些颤动，随即又听到咚咚的声音传来。都都直起身，惶惑地四处看，却什么也没看见，只觉到地面颤抖得更加厉害，咚咚的脚步声也越发响亮。都都又回过头，朝一路跑来的方向看。原来一切响动都来自那里，那些高大凶猛的食肉动物再次出现，依旧是豹子跑在前头，后面跟随狼、虎、狮和熊。动物们组成庞大队伍，浩浩荡荡跑过来，将地面踩踏得上下跳荡，隆隆作响。都都看出来，与过去稀落的情景不同，这次回来却是你追我赶，张皇失措，好像遇到什么可怕情况。都都不明白，这些在山林里称王的动物还会惧怕什么？这个世界上还能有什么比它们更强大的东西？动物们跑到近前，一只接一只从它身上跨过去。都都将身子伏在地上，并攀住树枝，以防被它们带起的风浪裹走。不一会儿，动物们就纷纷跑过去，但还有一只熊落在后面。这只棕色的熊太过笨重，奔跑起来格外吃力，尽管已经拼尽力气，还是落在后面，而且脚爪绊到一根木头，庞大身子摔倒在地上。熊一边奋力挣扎，一边恐惧叫喊，似乎灾难就要降临到头上。都都疑惑地抬起头，看见动物们奔来的地方，渐渐现出一道细长黑线。黑线不住蠕动，不断涨大，制造出的“沙啦”声音越来越大。熊更加慌乱，刚爬起来，身子一抖，又倒下去。一只本该威风八面的大熊，居然害怕一道黑线，真是不可思议。面对这只滑稽的熊，都都忘记了害怕，竟也计上心来，对，何不爬到它身上，让它带自己走？这样不仅获得安全，还能尽快走出峡谷。当熊再次滚到面前时，都都果断抓住它的尾巴毛，像荡秋千一般，将自己悠到它屁股上。都都在熊毛间坐稳，回过头，不禁又吃一惊，这才一会儿工夫，那道黑线就变得分外粗大，而且它看出来，那其实不是一道黑线，而是由若干黑色的小东西组成的一支庞大队伍。熊愈来愈恐慌，腿脚抖瑟成一团。都都明白，熊这样奔跑，也许不用一刻钟，便会被小生物们追赶上。熊似乎比它还要悲观，脚下频频打滑，一连倒在地下几回。小生物的队伍终于来到近前。都都一下子认出，原来小生物们是蚂蚁。它随即看出来，这些蚂蚁不是普通种类，身体硕大健壮，面目狰狞凶狠。但都都想不明白，就算它们再厉害，还能对大过它们几千倍的熊怎么样？都都还在心里发问，驮载它的熊已经支撑不住，四肢软软地伸开去，再也不能让身子站起来。都都不敢在它身上停留，拼命运动手脚，以最快速度跳下来，就近钻进一个石缝内。都都伏下身，怯怯地朝外看。蚂蚁们迅速围住熊，争先恐后爬到它身上。一眨眼工夫，蚂蚁队伍就把熊巨大的身子淹没。都都倒吸一口气。

外面的日头被崖顶挡住，石头缝隙里更加黑暗。都都镇定下来，探头往外看。那只熊已经消失，一副白色骨架出现在那个地方。天哪，才这么短时间，那样一只大熊就被蚂蚁们吃光净尽。都都疑心看花眼，但视野里除去那些不断蠕动、爬行、蔓延的蚂蚁，哪里还有熊的影子？都都真正领悟到，这些叫作“蚂蚁”的小生物是多么强大、厉害。都都也看出来，蚂蚁们之所以攻无不克，战无不胜，都是因为它们数量众多且团结一心，才最终取得这样辉煌的战绩。都都联想到自己，是呀，自己之所以经历这么多艰难险阻，一定要找到解药，回到自己的部落里，也正是为了得到那种属于自己、属于自己部落的力量。这样一想，都都穿越峡谷登上山去见到羚的欲望更加强烈。我一定要实现这个目标。都都告诫自己。可是，外面的蚂蚁们还在猖狂肆虐，它怎么出去呢？都都正感到为难，忽然听到身边窸窸窣窣的响声，掉头一看，天，一只蚂蚁爬进来，瞪大两只圆眼，正直直地朝它打量。

嗨，伙计，你在这里干什么？

我……

都都不知怎么回答，同时悄悄攥起拳头，做好迎战准备。但蚂蚁伸出手，朝它友好地摆动。

伙计，大家都在外面忙碌，你不该待在这里偷懒，听我说，快出去吧，要不大王会怪罪你了。

蚂蚁说罢，便回过身，退到外面去。都都有些不解，这只蚂蚁说的是什么？莫非把自己当成了它的同类？都都低下头看，别说，自己身高和长相与蚂蚁们倒真有些相像，如果混到蚂蚁们中间，说不定它们也发现不了。都都一下子激动起来。那只蚂蚁又转过头，用激动的眼神看它。

到天黑，咱们就能占领整个峡谷了。

是……

都都忙不迭点头。眼看那只蚂蚁就要走出洞去，都都不想失去这个机会，急走两步，紧紧随在它后面，小心地走出洞隙。天就要黑下来，由于崖壁遮挡住天光，谷底内十分昏暗。都都放眼望去，视野里除去蠕动的黑色外，似乎什么也没有。那片蠕动的黑色像奔涌的河水，朝峡谷尽头浩浩荡荡蔓延流淌，裹胁了一切，也冲决了一切，就要将整个峡谷充实占满。都都低下头，试探着加入到漫无边沿的蚂蚁队伍里。正如它的预料，蚂蚁们只顾朝前发起冲锋，没有发现它有任何可疑处，便携带着它，推撞着它，直朝前走去、涌去、淌去。蚂蚁队伍的力量太大，都都不用抬脚、迈步，就被这黑色的河流冲到那边峭壁前。当天空最后一抹光线消失后，都都抓住了崖顶垂下的藤蔓。我就要找到羚，就要得到解药了，都都在心里对自己说，我就要回到小精灵部落了，回到伙伴们中间了。都都再也控制不住激动的心情，泪水汹涌而出，打湿了自己的身子……

# 天　仙

## 1

沿着崎岖的山路，牛郎小心翼翼地往前走。越过前面的山包，就到那片常年流淌泉水的瀑布了。还离着很远，他便听到了隆隆的水声，空气似乎也湿润起来。牛郎知道，那片瀑布涌流到山崖下，便积成一个不算太小的水潭，水流清澈见底，四周还有山石和树林环绕，实在是个沐浴的好去处呢。

昨天夜里，那头他放养了十几年的黄牛泰常突然开口说话，并且告诉他，水潭里有七个美丽的神女洗澡，让他天亮后去那里，如若拿到其中一件衣服，那件衣服的主人便会留下来，跟他回到家，从此生儿育女过日子。当时，牛郎惊讶得目瞪口呆，这怎么可能呢？泰常是一头牛呀，怎么说起了话？而且告诉他一个如此巨大如此缥缈如此美好的秘密？牛郎疑心是在梦里，或者由于孤单贫苦到极点而产生了幻觉，总之，一切都不可能真实地发生吧？他使劲捶打自己几下，竟然感觉到疼痛，看来不像是做梦，也不像是幻觉，可他还是不能相信，还要继续捶打自己。泰常却止不住笑了，并进一步告诉他说，它是来自天界的神牛，有幸跟随了他，而他又对它那么好，与哥嫂分家时，他没有选择任何东西，只把它留在身边，足见出对它的情谊深厚；平时待它更是没得说，领它到最好的地方吃草，打来最好的水供它喝，从来没有骂过它，更没有打过它，它在这里就像在天界一样快乐，就是块石头也会感动，何况它是一头无所不能的神牛，就算是对他的一点点报答，它也要冒着受天界惩罚的风险，把这个秘密说给他，让他已经贫苦孤单许久的生活就此结束。听了泰常这番诉说，牛郎感动得热泪盈眶。

尽管心里依旧充满疑虑，第二天，牛郎还是按照泰常的吩咐，迈着迟疑的脚步朝水潭走去。不管怎么样，他都要到水潭边去看个究竟，泰常是头善解人意的好牛，不会轻易骗他的。越过山包后，眼前豁然开朗，牛郎一眼便看见了那片瀑布。在明亮日光的照耀下，瀑布如一匹长长的白色绸缎，从高高的山崖上抖落下来，溅起的细碎泡沫在空中飘舞，组成一道艳丽无比的彩虹。牛郎抬起头，痴痴地朝着彩虹望。那道圆大高远的彩虹真像是一座桥，一座连接天界和地间的神桥，也许天上的神女就是沿着这座桥来到地下，来到瀑布下的水潭里的。这样想着，牛郎不禁往前走了几步，浓重的水气急快地扑撞过来，不住地舔动他的脸颊，不一会儿，他身上的衣服就被打湿了。绕过一片杂树丛，牛郎拨开茂密的枝叶，那个碧波荡漾的水潭便出现在眼前。这真是一个神奇的地方，瀑布从山崖上落下，居然没有腾起多少浪波，便不动声色地朝四周漫延开，乍一看，还以为潭里的水静止不动呢。牛郎睁大眼，急切地往水面上看，试图找到泰常说的那几个神女。但整个水潭里除了清澈透明的水，便是远处山峦和近边树林映在水中的倒影。牛郎失望地叹口气，难道泰常真的骗了自己？或者神女们看他过来，都隐到水下去了？牛郎踮起脚跟，仔细往水下看，随即又笑话自己，这么洁净透明的水怎么可能隐藏住七个姑娘呢？是的，如此一个自然清纯的世界又怎么可能被人打破过呢？没有，这是一个杳无人迹的地方，一个近于仙界的场所，也许迄今为止，还没有一个人来过呢，又哪里有什么沐浴的仙女？牛郎摇摇头，也许泰常不过是开个玩笑，而他却当真了。牛郎自嘲地笑一下，也并不怨恨泰常，枯燥无味的生活里有这样一个玩笑搅和一下，也是一件不太坏的事情。

牛郎在水潭边待了一会儿，便要离去，有很多事情等他去做呢，柴要砍，地要耕，庄稼要收割，还有一摊子家务事，他好像永远都不能闲下来，哪有工夫和心情在这儿欣赏风景呢？牛郎刚回过身，却看见那道彩虹抖动开了，从天空的极高处飘来几个朦胧的影子，他先还以为是飞翔的鸟儿，可很快，那几个影子就变得清晰起来，也就是说，那几个影子已经沿着彩虹桥来到不远处了。牛郎惊讶地认出，那的确是几个人影，是几个姑娘美丽的影子。天哪，难道是泰常的话真的应验了？牛郎赶紧隐进树丛里，无论如何都不能惊扰她们。从天上来的姑娘也没有发现他，只是驾驭着洁白的云朵，朝着清静如处子的水潭飘来，飘来，身上的彩色衣袂在风中瑟瑟舞动。牛郎在心里悄悄点数，一、二、三……六、七，正像泰常说的，从天上来的姑娘正是七个，泰常没有欺骗他，他真的等来了美丽的仙女们，也就是说，他正在进到一个日后注定要家喻户晓的故事里，这同时意味着，千载难逢的好运气已经降临到他这个受够苦和难的人身上。想到这一点，牛郎不禁吸溜两下有些酸涩的鼻子。

牛郎趴伏在树丛下，透过交错的枝叶，目不转睛地望着急快来到眼前的仙女们。仙女们降落到水面上，纷纷脱去衣服，就近扔到岸边，有一件紫色的衣服恰好落在牛郎脸前，挂在树枝上，快要罩住了他的眼睛。牛郎想摘掉这件衣服，可又不敢伸手，等听到姑娘们的声音远去，才大着胆子把衣服抓在手里。牛郎简直疑心这件衣服是它的主人有意扔给他的。先前还以为，偷偷拿到女人的衣服是一件多么困难的事，没想到却是这么容易，看来只要好运气找你来了，你挡都挡不住。姑娘们已经游到水潭中间去，牛郎只远远望见她们美丽的脸孔和浓黑的头发在水面浮动。姑娘们一边快乐地沐浴，一边相互开着玩笑，间或还打一下水仗，鸟儿唱歌一般的笑声随水波荡漾开，让这寂静了千万载的水潭和山野更充满生机。牛郎从水潭里收回目光，低下头，仔细打量手中这件紫色衣服，抽抽鼻子，他竟闻到衣服上发出一股香气，一股越闻越浓郁的香气。牛郎干脆把衣服捂到脸上，深深吮吸着，陶醉着。这是多么好的香气，牛郎告诉自己说，这是来自天上的香气。牛郎又抬起头，用深情的目光朝水潭里望，想知道这件散发浓郁香气衣服的主人是哪个。他真想站起来，高举着衣服去问一问她们。但他终于抑制住了冲动。不要打扰她们，他对自己说，让她们在这地间的水里洗个够吧。

但平静还是被打破了。不知过了多久，牛郎突然看见一条小蛇朝水里游去。那条红色的小蛇很顽皮，一边朝水中游荡，一边频频翻转身子。牛郎担心小蛇会吓住专心沐浴的姑娘们，不禁叫喊了一声。姑娘们听到他的声音，一个个转过脸来，朝他所在的地方张望。牛郎知道自己被发现了，只好站起身，硬着头皮走出树丛。姑娘们呆呆地望着他，忽然现出惊慌的神色，抬手朝岸上伸张手指。随着她们的手势，那些扔在岸上的衣服一件件飞起来，越过空阔的水面，落在她们光洁的身子上。姑娘们一穿上衣服，便飞离水面，排成一行，直往高处飘去。她们纤细挺拔的影子越过彩虹桥，很快便消失在渺远的天空里。牛郎仰高头，直到她们的影子看不见了，才惆怅地低下脸。他没想到她们会离去得这样快。牛郎心里充满前所未有的忧伤，抬起手，想要抹去眼角的泪水，这才意识到，自己怀里还抱着一件衣服哩，也就是说，这件紫色衣服的主人还没有离去呢。牛郎心里一动，随即把目光转向水潭。天哪，潭水中果然有一个姑娘浮在那儿。那个没能招回衣服的姑娘面朝向他，用怨恨和不安的眼神看他。在牛郎看来，她既像一条落网的鱼儿，又像一匹受伤的小兽。

我……伤到你了吧……

你是谁？

我……是一个放牛的……

你为什么偷拿我的衣服？

我……我没有偷拿……

还说没有，你手里明明……

噢，是这样，我在这里的时候，是你自己把衣服扔到我手里的……

什么，我自己扔到你手里的？谎都不会撒，我怎么可能把自己的衣服扔给你呢？

是呀，我也纳闷呢，兴许你是……

兴许我是什么？

兴许你是有意这么做的吧……

还敢胡说？

姑娘举起一只手，攥成拳头，朝他用力挥了挥。牛郎急忙退后一步。

是我说错了，恐怕你是无意中扔到我怀里的吧……

这还差不多……对了，你在这里干什么？是不是偷看我们洗澡？

我……

说呀，是不是？

是……

原来你也不是个正经人，竟然大白天偷看女人洗澡？

还说呢，你们大白天在这里洗澡，不是也……

不是也什么？

咳，反正你们要不洗澡，我也不会来看。

这么说，还怨我们了？

姑娘有些恼怒，但随即又哀怨起来。

嗨，你哪里知道我们，整天待在天上，心里烦得不行，便想下来玩玩，看见这里山清水秀，多美丽的景色……

还能比天上美丽？

当然比天上美丽了，你不知道，这里不知要比天上美丽多少……

听她这样说，牛郎不禁也抬起眼，又一次朝远处望，望山，望水，目光也又落在水中的姑娘身上。看到他的眼神，姑娘急忙伏下身去，两条胳膊抱在胸前，脸上浮出羞涩和怨怒的神色。

不许你再看……

好吧，我掉开脸就是了。

你知道么，偷看人家姑娘身体的人，都是天下最坏的男人。

不不，我不是那样的人……

还说不是？我都逮到你了。

不是我有意要看，是……别人让我来……

谁会让你到这里来？

姑娘耸耸肩，一副不相信的样子。牛郎有些犯难，要不要把泰常说的话学给她呢？说了恐怕她也不相信，谁听说过一头会说话的牛呢？还有，泰常说的是一个天大的秘密，这个秘密只属于他和泰常，怎么能随便泄露给别人呢？可要不说出来，他就在这个姑娘面前洗刷不去坏名声，往下，兴许也就不会赢得她的芳心。也就是说，她也就不会跟他回家，做他的妻子，并给他生儿育女了。牛郎陷入痛苦的境地里。看他左右为难的样子，姑娘忽然抿嘴一笑。

其实你不说我也知道……

知道？你知道什么？

我知道是一头牛让你来这儿的，对不？

牛郎大吃一惊，实在没想到，他和泰常之间的秘密，居然让这个姑娘也知道了。他瞪大眼，用迷惑不解的目光看她。

你……怎么知道？

我当然知道，而且早在十八年前，我就知道了……

什么？十八年前？

那时候，我刚刚生下来……

什么什么？你刚刚生下来就知道了？这是怎么回事？

这是一个约定，是老泰常在你我之间做下的一个约定……

你也知道泰常？

当然知道，它是我们家的卧槽牛，因为常给别人操闲心，被我母亲驱赶到地下来了。

原来是这么回事……

怎么样，它在你家还好吧？

好……

牛郎刚说出一个字，便想起泰常的话，知道往下该怎么做了。他直直地看着还站在水中的姑娘，这个注定要做他妻子的女人，心里充满对泰常的深深感激。

你应该去看看它了……

我当然要去。

那你就跟我走吧。

你就让我这么走？

牛郎这才意识到，姑娘还光着身子呢。他托举着散发出天上香气的紫色衣服，朝她伸出手去。姑娘也把手伸出来，轻轻一点，他手里的衣服便像长了翅膀，飘飘地朝她飞去。姑娘穿上衣服，慢慢走出水面，来到他面前。牛郎没有缩回手，就此拢住她细软的身子。两个人手牵手，离开如画的瀑布和水潭，缓步朝山外走去……

2

织女走下织机，把刚刚织完的布收起来。这是一匹绘有彩色图案的布：一棵发着茂盛绿芽的大树上，一只慈祥的山雀守候在巢旁，另一只雄健的山雀叼着一条小虫，正从远处飞来，两只可爱的小雀儿等在巢里，朝它们的父母张开嫩黄的嘴巴。这是织女在这个家庭里织下的最后一匹布，从此，她将告别这架她使用好几年的织机，也就是说，这一带喜欢她布的人们再也看不到这种绘有美妙图案的布匹了。织女把这匹珍贵的布放好，挽起袖子，又去拾掇家务，抹桌子，擦凳子，将有些凌乱的床铺归整得更有条理，找出丈夫和孩子们的衣服，用竹篮提着来到附近的溪边，手脚麻利地洗起来。每次看到溪里的清水，织女便想起五年前她在那个风景如画的水潭被牛郎带回家的情景，因为这条溪里的水便来自那个水潭。洗完衣服，织女在竹竿上一件件晾好，又清扫院落，劈下一堆干柴，喂过鸡和鸭，看看没什么事可做了，便坐到门台石上，一边歇息一边朝山野里望，等待丈夫和孩子们归来。

今天一大早，牛郎就带着两个孩子和老泰常下地去了。冬天已经过去，春天正在到来，土地解冻了，鸟儿们也在返绿的树枝上欢叫，快到农忙的时候了。按照牛郎的打算，今年他们要在地里种上一块谷子，一块棉花，让孩子们又能有饭吃，又能有衣穿。牛郎是个勤快能干的好人，想得也细致周到，再加上织女这个贤内助辛苦操持，才仅仅五年时间，他们这个家就过得有声有色，不仅哥嫂们眼馋，就是周围的人也羡慕呢。许多时候，织女都沉浸在幸福的喜悦中，暗自庆幸离开天界来到这个山清水秀的地方，和牛郎一起生儿育女度日月，是多么美好的一件事。牛郎待她那么好，从来没让她吃过一天苦，受过一天罪，所有的脏活累活都一个人干，只让她待在家里照料一双儿女。织女是个闲不住的人，也作为对牛郎的报答，便买来这架织机，整日坐在上面不停地织布。她有一双灵巧的手，能织出各种各样的图案，一拿到集市上，立刻就被抢光了。三坊五村的人都知道这里有个会织布的巧女人，把她称作“织女”，很快，她便和丈夫“牛郎”一起被人们作为好榜样来看待了。在他们的带动下，这里的每个男人都那么勤劳，每个女人都那么贤惠。在他们的影响下，这里的山更绿，水更清，就连野兽都变得那么善良，鸟儿们也愈加美丽。织女更爱这个地方，更爱她的丈夫和孩子们，她愿意一辈子待在这里，跟丈夫和孩子们永远不分离。但她知道，这只不过是她自己和家人的一个愿望，在遥远的天界，正有一双愤怒的眼睛在注视着她。那是她的母亲，那个出名霸道的老王母。织女明白，霸道惯了的母亲不会容许她这个天界的叛逆者逍遥下去，终有一天会派人来捉拿她。几乎每时每刻，她都感受到母亲森冷的目光，都处在大祸临头的惶恐中。说起来，母亲待她这个最小的女儿还算慈爱，所以才放任她在地间安静地度过五年时间，其他犯下天条的姐姐们，不是很快都被索讨回去了吗？织女觉到，这可怕的一天也离她不远了，她似乎已感到来自天界的丝丝冷气，许多个夜晚，她都颤抖着身子从梦中醒来。好在一切还不过是梦中的幻觉，摸摸身边，丈夫还在，孩子们还在，他们都正安静地熟睡着。但昨天夜里，织女再次从梦中惊醒时，却真切听到母亲严厉的喝声：限你在明日午间归来，否则，你的丈夫和孩子就要遭受大难。织女知道，她在地间与丈夫和孩子度过幸福的五年后，终于要返回寂寞冰冷的天界了，母亲说得明白，如果她不按时离去，丈夫和孩子们便要因她而吃苦了，她知道母亲是个心狠手辣的人，什么事情都做得出来，何况她已经忍受压抑了五年时间呢，一旦爆发出来，将会有毁灭一切的无穷威力。织女不能与强大的母亲对抗，牺牲自己倒是小事，关键是不能连累丈夫和孩子。没有做过多犹豫，织女便悄自决定，在母亲给予她的最后期限到来之前，要离开丈夫和孩子，返回遥远的天界。

日头越爬越高，已经快要当顶了。织女站起来，朝院落里巡视一圈，看还有什么活计没有干，她想把家院里的一切都收拾妥当，让丈夫和孩子们归来后也能快乐一些。这实在是一个完整和美的家庭，正处于勃勃生机中呢，她却要离开这里，不仅家庭会变得残缺不全，丈夫和孩子们也要经受刻骨铭心的痛苦，从此后一切都将不能恢复成原来的样子。织女抹抹汹涌而出的泪水，走到院角的菜地里，摘下些茄子、辣椒之类的蔬菜，回到灶间，开始给丈夫和孩子做饭，这当然也是她在这个家庭里为他们做的最后一顿饭，临走前，她要尽全力给他们做一顿天下最美味的饭菜，让他们吃过后就再也忘不掉她，但他们将再也吃不上这种美味可口的饭菜，也见不到做这种美味可口饭菜的那个人，那时候，那个人也将在高远的天界不吃不喝，与地间的他们一起忍受饥饿和寒冷……织女的泪水如闪光的珍珠般掉下来，有好几次都滴落到锅里面。她想象不出，当他们吃着羼有她泪水的饭菜时，她已经到达天界的什么地方？咀嚼着因羼有她泪水而显得过于咸涩的饭菜，她的丈夫和孩子将会是怎样一种悲恸的心情？织女多想伏在灶台上，痛痛快快地大哭一场，哭他个翻江倒海，哭他个天昏地暗……

织女强忍悲痛，将饭菜悉心做完，然后又一次走出屋外，站到门台石上，焦急地盼望丈夫和孩子们快快归来，哪怕他们不立刻吃她这顿饭菜，只让她再仔细地看上一眼也好呀，那样，她就不会在空中飞升时因没有见到他们而心存多大的遗憾和痛苦。清晨下地时，丈夫带孩子们从她面前走过去，织女就想喊住他们，把自己即将离去的消息告诉他们。但她张了好几次口，终于还是没说出来，不能，她不能把这件事告诉他们，因为她知道，他们会想尽一切办法挽留她，而他们又有什么好的办法呢？面对过分强大的王母和她随时会派来的天兵天将们，弱小如草芥的他们又能怎么样呢？最终的结果只能是无穷无尽的灾难和永远不能治愈的巨大伤痛。不能，她无论如何都不能让这种悲惨的局面出现。织女抱住两手，使劲把不断隆起的胸腔往下挤压。眼看着丈夫和孩子们的身影走出家门，沿着弯曲的山路愈走愈远，渐渐变得模糊起来，她在门台石上跷起脚跟，还是无法再看清他们，她心里一阵极度的恐惧和惊慌，似乎他们这一走，她就真的见不到他们了。有许多回，她都要奔跑上去，将还没有真正走远的他们紧紧拖住，拉回家来，再也不松开手。可她抑制住这种冲动，让双脚牢牢地固定在门台石上。也许她把离别的伤悲情绪掩饰得太过隐蔽，或者丈夫和孩子还没意识到离别已经来到眼前，所以，他们浑然不觉地走出她的视线，下到地里，开始劳作忙碌，直到天要晌午，织女离去的时间就要来到，还没有返回家来。织女恐慌到极点，不能再等下去，她已感觉到母亲让她回去所动用的法术了，再不到田间去找他们，在这最后的时刻见他们最后一面，她将永远不会再有这样的机会。

织女关上柴门，跨过小溪，朝远处的山野疯狂地奔跑。日头呀，织女在心里虔诚地祈求，你走慢点，让我找到我的丈夫和孩子们，哪怕只是看上他们一眼，我也就心满意足了。山路在脚下急剧地起伏，树林退往后去的速度也越来越快。越过一道道沟梁，一丛丛乱木，织女爬到那个属于她家的山坡上，终于看见丈夫和孩子们了。此刻，她的丈夫正在刨地。牛郎光着脊背，手握一把大镢头，高高地挥舞起来，使劲刨到坚硬的土地上。那片山坡快要被他刨遍了，无数碎石露出地面，新鲜的泥土也袒在日光下。牛郎脊背上布满细密的汗珠，在日头照耀下，也闪出灼灼的光亮。牛郎也许早就很累了，但还没有歇下来的打算，依旧高举起镢头，刨在最后一块未开垦的土地上。她的两个孩子在一边玩耍，小儿子骑在泰常身上，一边抖抖地挥舞树枝，一边快乐地发出叫声，泰常也心甘情愿地让他骑，还不时摇摆两下身子，逗引得儿子哈哈大笑；大女儿则在追逐蝴蝶，在草丛间不住地奔跑，那只彩色蝴蝶似乎是有意捉弄她，刚在一朵杜鹃花上落下，等她小心地过去，便突然飞起来，女儿扑个空，正要着急，蝴蝶又落到另一朵水仙花上，她便又小心地跟过去……望着这番美好的景象，织女心如刀绞。

牛郎……孩子……

牛郎和孩子听到她的喊声，都停住手脚，朝她回过头来。织女霍地一惊，也许自己悲痛欲绝的样子就要暴露在他们面前，也就是说，他们马上就要扑上来，紧紧拉住她，抱住她了。你知道你该怎么做，织女听见王母在天空里对她说，你也许不想带给他们灾难吧？织女一下子停住脚，只是张大两眼，痴痴地望着丈夫和孩子们。牛郎和孩子们朝她看看，似乎也意识到什么事情要发生，迈开腿脚，争先恐后向她跑过来。丈夫和孩子们越跑越近，很快就要来到她身边。织女悲喜交加，她在离去前见上他们一面的愿望立刻就要实现。织女甚至伏下身，准备迎接他们的到来，他们的拥抱了。可就在这时，她看见日头发出耀眼的一亮，一阵猛烈的响声从远方传来。织女眼前一黑，差点跌倒在地。她知道离别的时间到了，天国的钟声已经敲响，很快，她的双脚就会脱离地面，朝无垠的天空中飘去。而这时，她的丈夫和孩子们也就要来到她身前，就要将她的身子拉住了。我的丈夫和孩子们，织女在心里朝他们喊，你们快一点呀。织女伸出手，拼命朝他们摇摆。牛郎和孩子们也伸出手，眼看就要抓住她的身子，牛郎的手指甚至触到了她一个衣角。但织女的脚板已经离开地面，以一种极快的速度升到天空里。牛郎的手指猛力一伸，捉住那个衣角。牛郎紧紧拽住衣角不放，织女身上的衣服被扯紧，拖拽得她摇摇欲坠。如果我真能坠下去，织女在心里说，那该有多好。但她本能地知道，这是不可能的，她的离去已经注定，牛郎再有什么本事，也不能把她拉回。这一刻，织女感到前所未有的悲哀。在王母神力的作用下，织女的身子很快升往空中，衣角撕裂开来。牛郎高举着那个衣角，摔回到地下。织女心里霍然抖动。

牛郎

织女——

牛郎——

织女低下头，看见牛郎爬起来，脚步匆匆地朝前奔跑，朝飞快离去的她奔跑，手里那块紫色的衣角瑟瑟飘舞。两个孩子跟在他身后，也在拼尽全力奔跑，一边跑一边朝她叫喊。

娘——

娘——

孩子——

我的孩子——

织女两眼凝视她的孩子们，眼泪如急雨滂沱而下。牛郎带领两个孩子，在地面山野间徒劳地奔跑、奔跑。这样奔跑了一会儿，他们渐渐停下脚。织女知道，他们终于明白无论如何不能追上她，他们是凡人，只能在地下奔跑，却不能跑到天上来。他们停住脚，仰起头，眼巴巴地望着她，望着她越去越远，却是无可奈何。织女看见他们的身影也越去越低，越去越小，再有一会工夫，她就再也看不到他们了。

牛郎——

孩子——

织女——

娘——

娘——

随着他们身影的消失，织女终于听不见他们的声音了，遥远的距离和巨大的空间已经永远阻隔了他们。但她还是一如既往地低下头，瞪大两眼，望着那个被茫茫云海遮挡住的世界，那个她曾经感觉极其美好的世界，那个她现在和以后都无比留恋的世界，那个世界里，有她深爱的丈夫，有她牵挂的孩子。不管我在哪里，织女在心里说，不管我到什么时候，我都永远想着你们，永远爱着你们……

## 3

已经半夜了，两个孩子还在饮泣，没有丝毫要睡觉的样子。从母亲织女走后，他们就一直处在这种惶恐和悲伤里。牛郎不知该怎么安慰他们，只是颤抖地伸出手，轮番抚摸他们的头顶。两个孩子越发委屈，伏在他膝盖上，更加痛切地哭泣。他们哪里能想到，有一天母亲会离他们而去？当然，他们更没料到，母亲居然还会飞翔？在过去的日子里，他们一直把母亲看成一个平常人，而且是一个亲切、和蔼的平常人，他们为和这个人在一起而感觉幸福、愉快。几乎每一天，当他们跟随父亲从田间回来，母亲早把可口的饭菜准备好，并且端上桌子。他们一边大口吃饭，一边透过香喷喷、热腾腾的雾气注视母亲，那气氛、那情景真是让他们感动极了，他们为有这样一个善良、勤劳的母亲而高兴，为生在这样一个温馨、和美的家庭里而自豪。可尽管有这样的感触，他们却没觉到这一切多么珍贵，多么让他们日后留恋，所以在那一个又一个平常、普通日子里，他们表现得很有些大意，很有些马虎，有时也有意无意地气母亲一下，当母亲为此而发一下火时，他们还会在心里说，你还能走了不成？你还会不要我们了不成？也许当时他们只是觉得好玩，在母亲面前撒一下娇耍一下赖而已。可万万没有想到，这一天竟真的来到了，母亲不仅离他们而去，而且是急快地飞翔而去。惊诧之余，他们才突然醒悟，原来一切美好的东西都有可能丧失掉，甚至一切看起来平常的东西都可能变得出乎意料的神奇。对于母亲的飞翔，他们尤其觉得不可思议，便不能不想到，母亲恐怕是一个不一般的人呢。但母亲究竟有怎样一番来历？他们却百思不得其解，只好仰起头，用迷茫的目光去看父亲。

爹，我娘是从哪里来的？她又到哪里去了？她还能回来吗？

孩子……

牛郎张了张嘴，却不知该怎么回答。这一刻，牛郎止不住又想到几年前，他在那个瀑布下的水潭里迎回织女的情景。可这一切，又怎么对孩子们说呢？说他们的母亲是天上的仙女？说他们这个仙女母亲已经回到天上去，再也不归来了？说从此后他们就是没有母亲的孩子了？无论如何，牛郎都不能把这些话对孩子们说，不能让这两个还没长大成人的孩子面对如此残酷的局面。可牛郎又清楚地知道，织女这一去，的确是不能再回来了，作为一个生长在天上的仙女，尤其是出生在王母家里的人，能够随他在地间生活好几年，已经是极其不容易了。地间的生活当然比不了天上舒适、惬意，但织女心甘情愿在这里和他生儿育女，不仅让他摆脱了孤独和苦难，过上安定、快乐的生活，更重要的是让他品尝了爱情的幸福，懂得了爱情的美好。从这种意义上说，他是多么感激织女。但与此同时，牛郎又感觉到，织女和他在一起时，其实并不能完全放下心来，许多个夜晚，织女都叫喊着从梦中惊醒，扑到他怀里，并紧紧将他搂住，生怕要离开他或者要失去他似的。尽管织女什么也没说，但牛郎知道，她一定是又梦到或者感到来自天上、来自王母的巨大威胁和压力。在与他一起生活的这几年，这个美丽、柔弱的女人几乎每时每刻都面临这种威胁和压力，都在独自一人默默和这种随时会到来的威胁和压力做斗争。牛郎心疼地看着她，不止一次下决心帮她一把，却又不知到底该怎样去帮她。有几次，牛郎都产生了要离开这里，带妻子儿女远走他乡的念头，可随即又明白，对于无处不在的天国和王母来说，他又能带他们逃到哪儿去呢？牛郎似乎这才知道，他其实并不能真正帮助织女，他已隐约感觉到，迟早有一天，织女会在王母的威逼和胁迫下，离开他和孩子们回到天上。面对这个随时会到来的结局，牛郎却没有什么好办法，甚至不能对孩子们说，只是抓紧每一点滴时间和机会，尽可能多地和织女待在一起，尽可能好地对待织女，让她不在地间受哪怕一丁点委屈和磨难。但当这个繁忙的夏季到来时，为了开垦山上的荒地，让一家人在未来日子里有吃有穿，牛郎还是离开织女，领着孩子们上山去。也就在这时，他最担心最害怕的事情发生了……望着孩子们沉痛而迷惑的眼神，牛郎不知该怎么办好。这一刻，牛郎真真切切感到天国的遥远，感到王母的可恶，同时感到自己作为一个普通人的平常和悲哀，感到在这场和天神的较量中自己的渺小和所处位置的不利，感到命运所给予他的这场较量是多么荒唐和不公。牛郎仰起头，用尖利冰冷的目光望着窗外，望着窗外昏暗的天空，心里涌起悲愤和不屈的潮水。

夜已经很深了，天空正黑到极点处，牛郎屈指计算，织女离去已有多半天，这时不知到达了天空的什么地方？当她回过头，是否还能看见她的丈夫和孩子们？院子里传来异样的响动。牛郎走出屋，看见泰常站在门台石下，正瞪着两只大眼，直直地看他。牛郎心里不禁动一下，看泰常的神情，似乎有话要对他说。牛郎好像这才想到，泰常是一头能说话的神牛，就像上回告知他织女的事情一样，现在是否又来给他提供帮助了？牛郎有一种豁然开朗的感觉，是呀，有这头神通广大的神牛相助，在这场和天国和王母的较量中，兴许他还没有最终失败呢。啊啊——牛郎心里急跳起来。

泰常……

牛郎……

泰常向他跟前走一步，用深沉的目光上下打量他，也许它也在担心，牛郎失去心爱的妻子后，会承受不住这沉重的打击。牛郎激动地扑上去，紧紧搂住它的脖子，把脸伏到它脸上。泰常伸出温暖的舌头，一下一下舔他的手，表达出对老朋友的关切和安慰。泰常啊泰常。牛郎在心里一遍遍念叨它的名字，泪水扑簌簌流下来。泰常轻轻地摇头。

牛郎，你不要太难过……

泰常……

牛郎松开它的脖子，退后一步，也用急切的眼神打量它。

泰常，告诉我吧，我该怎么办？

牛郎，正像你料想的那样，我是有一个办法……

什么办法？

牛郎脱口而出，又急不可待地上前一步。

泰常，你快告诉我吧。

好。

泰常点点头，仰起脸，朝遥远的天空里望。

牛郎，你不用担心，织女并没有走远。在她被王母驱使着往天国飞行时，她也用尽一切办法走得慢些，再慢些。现在，也许她正躲在哪颗星后，痴痴地看着你呢……

可我看不见她……她就是走得再慢，我也不可能再见到她了……

为什么？为什么你这样绝望？

我……我不会飞行，她就是走得再慢，我又哪里赶得上她？

如果你能飞行呢？

什么？

听了泰常的话，牛郎大吃一惊。什么，如果你能飞行？这就是说……不，不。牛郎旋即摇头，我怎么能飞行呢？我又不是天神，也没长出翅膀，哪里又能真的飞行呢？泰常说的是一种假设，是对他的一种宽慰吧？但看泰常郑重而严肃的模样，牛郎不禁又认真起来。

泰常，你说什么？如果我能飞行……你说的是这个意思么？

是的。

泰常果决地点头。

但这要有一个先决条件……

什么先决条件？

你需要披上一头神牛的皮，才能飞上天去……

什么？神牛的皮？

对，神牛的皮。

到哪里去弄神牛的皮？

牛郎茫然地四下看。突然，他心里一机灵，一下子回过头。他这才发现，在他茫然四顾时，泰常的目光一直在看他。牛郎忽然害怕开了。不，不。牛郎在心里告诉自己，并连连后退几步。这一刻，牛郎本能地以为自己一定想错了。泰常的目光却还在追随他，同时使劲朝他点头。

是的，牛郎，你想得没错，那件助你飞行的皮衣，就来自我的身上，而且只能来自我的身上……

不，不……

牛郎还在神经质地摇头，并朝后退步。泰常一步步跟上来。牛郎已经退到门板前，再也退不动了。泰常也停住脚。

牛郎，没有别的办法，事情只能这样……

不——

牛郎猛力跺脚。

你是我的朋友，我怎么能要你的皮……

可除此之外，整个地间再也找不到一头神牛了……

那我宁肯不要……

可你不要，又哪能飞行，又哪能找到你的妻子……

我宁愿不去找她，一生一世再也不见她……

可织女还在天上等你呀，等孩子们呀……

我宁愿……

牛郎……

泰常抬起头，目光深邃地看他，脸上浮起疲惫和伤感的神色。

牛郎，你不知道，我已经老了，在地间活不多少年了，就是你不拿我的皮，我也注定要死去……

什么？你说什么？

我说的是真话，牛郎，我在这个世界待的时间不算太短，应该知足了……

你不是神牛么？神牛还会死？

神牛也有自己的寿数，况且我被放逐下来时，王母就给我这几年的寿命……

这么说，你在地下也受王母的管束？

是的，这就是我们做天神的悲哀和不幸……

原来是这样？

可是牛郎，我也感觉庆幸呢……

感觉……庆幸？

是。

泰常更加用力点头，注视他的目光越发热切。

牛郎，我庆幸来到地间时，竟然遇上了你，跟随了你……牛郎，你是我的主人，可你却从来没意识到自己的身份，从来没把我当成你的奴隶，而是把我作为你的朋友……牛郎，不知我这样说对不对？

对。

牛郎也禁不住点头。是的，在过去的日子里，他的确是把泰常当作朋友看待，在他心目中，泰常从来就是自己的朋友，却绝对不是自己的奴隶，他这样一个人怎么会让别人当自己的奴隶？泰常看见他点头，也欣慰地舒出口气。

牛郎，你甚至都不知道，你是一个多么好的人，勤劳、勇敢、善良，天下所有美德几乎都让你占有了……我跟你这样的人度过余生，难道不值得庆幸么？

泰常……

更让我庆幸的是，在我离开这个世界前，还能最后帮你一回……

泰常……

牛郎再也控制不住自己的情感，扑上去，又一次搂住它的脖子。

不，泰常，你已经帮过我那么多回，没有你，就没有我的家庭，就没有我的快乐，就没有我的一切……泰常，你已经给过我那么多，我不能再要你的帮助……

可是……

泰常，我就是妻离子散，家破人亡，也不能……

牛郎把脸伏到它脸上，呜呜地哭泣。

泰常，我不能……

牛郎，你不知道，这是我自愿的一件事，求之不得的一件事……我受过你那么多恩惠，还没真正报答你一回，现在，就让我遂了这个心愿吧……

那我也不能让你去死……

牛郎，也许那不是死，或者说那还不叫死……

什么？

尽管我从这里消失了，可我还可以活在另一个世界里……

另一个世界？那是什么世界？

这个我也说不清，反正我不会彻底消失……

那我怎么去找你？

我死了后，埋我的那个地方，会长出茂盛的牵牛花……

牵牛花？

对……每当你看到那些五颜六色的美丽花朵，就当看到了我……

牵牛花……

对了，就算我活在牵牛花世界里了吧……

牵牛花?

牛郎，时间不早了，你应该动手了……

泰常……

在天亮之前，你必须披上我的皮，沿着初升日头的光线，飞上天去……

不……

牛郎，你为什么还不赶快动手?

泰常，我不能……

那好吧，那我就自己来解决吧。

什么?

牛郎，当我死去后，你要趁我的身子还热，马上把我的皮剥下来，披到你身上，然后用担子挑上两个孩子，尽快升上天去，这样，你就能追上织女并和她相会了……

泰常……

牛郎，永别了……

泰常……

牛郎还没做出反应，泰常就猛一用力，挣脱他的搂抱和牵拉，尥开四蹄，回身朝院落里跑去。这时，黑夜将要过去，东天上已经浮出一抹亮光。借着这道正在变得明丽的光线，牛郎看见泰常摇头甩尾，以急快的速度穿过院落，直朝门口边一块巨大的石头奔去。不要。牛郎在心里大叫一声，想去阻拦，可来不及了，泰常已经奔跑到石头边，将头颅狠狠地撞上去。不要。牛郎又在心里叫一声。在泰常的头颅与石头相接的刹那间，牛郎看见天上闪过一道娇艳的彩光，随着惊天动地一声巨响，那道彩光极快地散开，化作无数片星状的光点，直朝四下里坠落。牛郎不敢再看，赶紧闭上眼睛，同时觉到膝头发软，支撑不住身子的重量，摇摆着倒在地上，倒在一片艳红的血光里。牛郎趴在地上，挥起两手，使劲击打地面，击打得血光四处飞溅。泰常，牛郎在心里一遍遍叫喊，泰常……

## 4

艳丽的朝霞映红了天空。牛郎带孩子们来到家门前的山坡下，挖出一个大坑穴，将泰常的尸体小心放进去，一捧一捧地培上土。山坡下平坦的草地上矗立起一个高高的坟堆。牛郎和孩子们一起跪倒在坟茔前，把头深深埋下去。对这个把全部生命都贡献给他和家庭的朋友，牛郎从心灵深处表示巨大的谢意和感激。我的好朋友，牛郎在心里一遍遍地说，你就在这里安息吧，在这里陪伴你的牵牛花吧。离开坟茔很远，牛郎还在心里叨念，愿你早日在另一个世界里复活，尽管那时我看不到你，可我依然能感觉到你的存在。儿子忽然牵住他的手。

爹，你看——

什么？

牛郎随儿子的手势往后看，也不禁吃一惊。在他身后的山坡下，在他们刚刚堆起来的坟茔上，牵牛花正在急速生长出来，一会工夫，纵横交错的藤蔓就将整个坟茔覆盖住，他们才眨了眨眼，五颜六色的花朵便开放了。天哪，牛郎在心里叫喊一声，也许泰常已经完成它的生死轮回，在另一个世界里复活了。牛郎和孩子们抱在一起，望着那片像火焰一般燃烧的牵牛花朵，激动得泪水滂沱。

当日头浮出地平线时，牛郎把泰常尚有些余温的皮披到身上。一披上泰常的皮，牛郎就有一种飘飘欲升的感觉，带有泰常身体余温的牛皮像翅膀似的跳动，要把他往高空里扯拽。牛郎记着泰常的话，不敢怠慢，急忙让两个孩子进到箩筐里。孩子们一在箩筐里坐好，牛郎就用扁担挑起箩筐，在心里说一声“起”，便随着呼呼响叫的牛皮，一下子脱离地面，直朝天空中飞去。牛郎低下头，用深情的目光看着他和织女共同建造并生活过许多年的家院，心里充满依依惜别之情，他不知道这一去是否还能回来，是否还能见到这个养育他和他家人的地方。随即，牛郎又把目光转向山坡下泰常的坟墓，看见那些开放花朵的牵牛花藤蔓已爬满多半个山野，也许用不了一个时辰，葳蕤茂盛的牵牛花藤蔓就会把整个山野都笼罩住，但他看不到那壮观的情景了。再见，我的家院，牛郎在心里忧伤地叫喊，再见，我的朋友泰常。牛郎从山野里收回目光，抬起头，直朝旷大无边的天空里望去。牛皮似乎懂得他的心思，一阵更加响亮的呼叫，飘舞起来，张扬起来，将他带往更加高远莫测的天空深处。穿越过一团团云雾，山野看不见了，大地看不见了，甚至那个供万物生长栖息的地球也渐渐看不见了。牛郎知道，泰常的牛皮已经带他和孩子们来到了天空深处，也就是说，他和孩子们应该离织女越来越近了。

但织女在哪儿呢？牛郎一手扶担，一手打起眼罩，朝四处遥望。可除了片片缥缈涌动的云雾外，天空里似乎什么也没有。尽管这样，牛郎还是坚信，他离织女一定真的不远了。他已隐约感觉到，织女熟悉的气息正从不远处朝他弥漫而来，也许用不了一个时辰，他和孩子们就能追上织女了。泰常说得没错，织女虽然抵挡不住老王母无边的控制力，但在回天国的路途上，无论如何也会设法走慢一些，再说，泰常的牛皮也实在具有非凡的魔力，在这么短的时间内，就带他进入天国的深处。当然，天上一日，地下百年，也许他来天空里也已经很久了。牛郎这才意识到，自从他披上泰常的牛皮，尤其是飞到天空里来后，他便不再是过去那个在地间挥镢头刨山的牛郎，孩子们也不再是昔日摘花扑蝶的孩子，借助泰常牛皮的神力，他和孩子们都成为属于这个空茫世界里的一个生物，也就是说，他和孩子们也可能或者说正在变成天上的神。这样一想，牛郎止不住打个寒战，这对他说来实在算不上什么好事，因为他宁愿做地下一个再普通不过的人，也不想到这个没有任何生趣的地方来当什么神。牛郎低下头，无限深情无限留恋地朝地下看，朝他曾经生活过数十年的那个地方看。自然，除去一层又一层的云雾外，他已经不可能再看到什么。牛郎隐约地感到，他恐怕再也不会回到地间，回到他的家院，回到泰常的坟前，给它去烧点纸了。牛郎不得不抬起头，把愤怒忧伤的目光投往天空远处。老王母，牛郎在心里说，你等着吧，我一定要追回我的妻子。牛郎身上忽然充满一种神奇的力量。你既然能飞上天来，牛郎告诉自己，也许你就不用惧怕那个霸道的老妖婆。牛郎驱动牛皮，以更快的速度朝天庭顶端飞升。

没过多久，透过逐渐稀薄的云雾，牛郎看见一个身影打远处浮现出来。是织女？牛郎抹抹眼睛，仔细朝前看，没错，那个熟悉的身影正是他的妻子织女。

织女——

孩子们也从箩筐里探出头，朝织女叫喊。

娘——

娘——

织女回过头，愣愣地看他们。也许她没有想到，牛郎和孩子们居然也有能力飞上天来，并且还能追赶上她。这一刻，织女心里充满难以言喻的激动和欣喜。

牛郎——

孩子——

织女伸出手，拼命朝他们挥舞。织女多想停下来，等一等他们，或者干脆转回身，朝他们走过来。可是，王母的力量在约束着她，控制着她，任她使尽浑身解数，也无法停下来，更不能朝他们走过来。织女只能定定地看着他们，大声发出呼喊。

牛郎——

孩子——

牛郎知道织女无力等待他和孩子们，要想尽快走近她身边，只能寄希望于泰常的牛皮。泰常呀，牛郎在心里哀求说，快些，再快些呀。泰常的牛皮似乎知道他的心思，又一次高高飘扬起来，并且发出呼呼的响声。牛皮带着他和孩子们，以前所未有的急快速度穿云破雾，眼看就要接近织女了，牛郎伸出手，甚至都要触到织女飘拂的衣袂。

织女……

牛郎……

娘……

孩子……

就在这时，牛郎感到一团阴影从高空里扑下，像一只黑色大鸟笼罩到他、织女和孩子们头顶上。牛郎惊愕地仰起头，看见一张凶恶的老脸浮现出来。想必这便是老王母了。

牛郎，没想到你居然追上来了。

是。

牛郎沉静地点头。面对这个传说中极其狠毒残忍的老东西，牛郎一点也不害怕，相反，心里倒涌出一种随时投入战斗的豪情和壮志。王母眯起两只三角眼，用阴阳怪气的神情看他，嘴角浮出一丝狰狞的笑容。

牛郎，你以为你追上来，就能得到你的妻子？

不管你使尽什么样的卑劣伎俩，我都要夺回织女。

我不明白，你哪里来这么大勇气和胆量，居然上到天上，摆出和我较量的架势？你为什么要冒如此大风险，非要追回你妻子不可？

因为我爱我妻子。

爱你妻子？爱是怎么回事？

你连爱是怎么回事都不知道么？

牛郎惊讶地看着王母。他实在没想到，大名鼎鼎而且享尽荣华富贵的王母，至高无上的玉皇大帝的妻子，居然连爱是怎么回事都不知道。惊讶之余，牛郎又感到王母的可怜。

让我来告诉你吧，爱就是全心全意去喜欢一个人，去为这个人奉献出一切……怎么，你没有喜欢过一个人么？你没有为一个人做过奉献么？

没有，我从来没有过……

王母沉沉地低下头，样子有些沮丧，有些颓唐。但片刻工夫后，王母又一下子把头挺起来。

牛郎，这就是你不顾一切追赶织女的理由？

难道这还不够么？

我没有体验过你说的那种爱，所以我不相信你就是为这个来追赶织女……

那你说我为了什么？

我想，你是想到天上来旅游一下吧，这可是个不错的由头呢……对了，恐怕你还想继续当我女婿，来尽可能沾我一些光吧，我知道，可是有许多人都在想尽办法来攀我这个高枝呢……

什么？你居然……

牛郎气愤地瞪圆眼睛。但他立刻便释然了，一个木头一般不懂爱的人又怎么可能真正洞晓他的心思呢。牛郎不想再和它说什么，只是要急切地走过去，尽快抓住织女，把她紧紧抱到自己怀里。但王母伸出手，挡在他面前。

牛郎，不要再往前走了，我不会让你和织女见面。

为什么？你为什么要这样做？

牛郎，实话对你说吧，我……

王母又低下头，暗淡的脸上浮出一丝羞愧表情。

牛郎，我虽然不懂你说的那种爱，可我想，那也许是一种很不错的感受吧。作为一个法力无边的君王，我却从来没享有过那种美好感受，而你，一个来自地间的普通小人儿，居然……我不服呀……

王母高高地举起手，朝天空里使劲挥舞，覆满蛛网般皱纹的脸上全是愤忾和不甘。但很快，她便朝牛郎掉过头，嘴边又浮出一丝毒笑。

我没有得到的，你，还有织女，尽管她是我女儿，你们也休想再得到。

说着，王母回过身，同时啜起嘴，朝织女轻轻一吹，织女便身不由己地飘往远处。牛郎驱动牛皮，也急急追上去。

织女——

牛郎——

娘——

孩子——

经过牛郎奋力追赶，他们和织女间的距离再次缩短。王母气急败坏，回头瞪视牛郎，抓耳挠腮间，手指碰到插在发髻的玉簪。王母转转眼珠，似乎有了主意。

牛郎，不要再往前走，再走一步你就永远见不到织女了。

牛郎仿佛没听见她的警告，依旧朝前迈开步子。王母老妖婆的法术也不过如此，凭借泰常给予他的神奇力量，他立刻就要抓到织女了。见他仍不止步，王母匆促拔下玉簪，高高举起来，就朝他面前划去。织女愣一下，霍地反应过来，赶紧去抓王母的手。

母亲，求你不要这样……

哼哼……

王母狞笑一声，摆脱开织女的手指，将玉簪在她和牛郎间深深划下去。

我决不会让你们得到那种爱……

玉簪划过后，随着云雾激荡，一片大水从远处涌来，呼啸着从牛郎和织女脚前流过。牛郎没有提防，一下子便被汹涌的大水击倒。织女躲闪一下，水流没有冲倒她，只将她的脚板打湿。织女从水边爬起来，急急地去看牛郎。牛郎已被淹进水中，身子在波浪间时隐时现。牛郎一边挣扎，一边把箩筐抓在手里，不让筐里的孩子被水冲走。织女又想朝水里扑，被王母拖住身子。织女只能站在岸边，呆呆地看着牛郎和孩子们。

牛郎——孩子——

在泰常牛皮的帮助下，牛郎终于从水里挣脱出来，慢慢爬上岸，把箩筐放好。两个孩子走出箩筐，扑倒在牛郎身上。牛郎伸出两手，将孩子们紧紧抱在怀里。三个人歇息一下，又起身来，互相拧干衣服上的水。王母微微一笑，又挥起簪子，朝河道里使劲划去。水流更加澎湃地涌来，河道变得愈加宽广。咆哮的水浪舔住了孩子们的腿脚。牛郎慌忙拖起孩子，朝岸上撤退。王母仰起头，得意地大笑。

牛郎，怎么样？你还能追回你心爱的妻子么？

王母，你这个狠毒的老妖婆……

牛郎直起身，朝王母愤怒地挥舞拳头。王母笑得越发响亮。

牛郎，你还能怎么样？有本事来打我呀。告诉你，虽然你上到天上，并且有可能成为一个小小的神，可你毕竟只是一个普通的神，有什么资格和能力与我较量？你以为只凭你所说的什么爱就能实现你的愿望？想错了，不管在什么地方，你都不要心存这种幻想，都不要和比你强大的人为敌，否则，吃亏的只能是你，失败的只能是你，灭亡的也只能是你。记住我的话了么牛郎？

你……

牛郎两手叉在腰间，用不屈的眼神看着王母。面对这条突然而至的天河，面对天河里奔涌流淌的大水，牛郎一时不知该怎么办好。织女从河那边直起身，痴痴地朝他遥望，也一副无可奈何的样子。两个孩子瞪大两眼看她。

娘——

孩子——

织女——

牛郎——

听着他们撕心裂肺的喊声，王母又笑了一下。

牛郎，有本事你就过来吧，只要你过来，我就让织女和你见上一面……

说着，王母便把手中的玉簪一个劲儿划下去。随着玉簪频繁划动，天河愈来愈宽，天河里的水愈来愈多，织女的身影愈来愈小。牛郎两眼紧盯在织女身影上，渐渐快要看不见了，还不忍移开哪怕一霎，似乎他稍一大意，织女的身影就会被那奔涌不息的浩大水流彻底淹没，再也找不回来。牛郎多想让自己两条腿变长，变得比天河还长，那样，他就会一步跨过河去，打败可憎可恨的王母，把心爱的妻子抱在怀里，再也不松开。可是……

5

面对这条浊浪翻涌的天河，牛郎使出浑身解数，也终究无法过去，与爱妻织女相见团圆。这一刻，他觉到前所未有的屈辱和悲壮。看着孩子们绝望的哭泣，听着织女在对岸痛切的叫喊，牛郎真想把自己投入咆哮的河水，再也不爬上岸来。

正在这时，牛郎忽然听见一个声音对他说：到喜鹊山去。牛郎疑心自己的听觉出了问题，但还是回一下头，却是吃了一惊，他看见披在身上的牛皮瑟瑟抖动，正朝他做出说话的姿势。牛郎有些诧异，泰常只剩下一张皮，还能对他说话？牛郎还在犹疑，继而又听见泰常对他说：去找喜鹊们。牛郎这才明白，泰常虽然只剩下一张皮，可还在关注他，帮助他。一霎间，牛郎便如同获得了某种强大力量，从痛苦颓丧的泥淖中挣脱出身来。我的朋友，牛郎伸出手，抓住在脸边抖动的牛皮，在心里深情地对它说，谢谢你。牛皮伏到他耳边，又一次对他说：喜鹊们有办法。牛郎听明白了，泰常是在告诉他，喜鹊山上的喜鹊能帮助他。牛郎振奋起精神，天无绝人之路，如果泰常说得不错，喜鹊山上的喜鹊有办法让他和织女会面，那就是说，王母划下的这条天河也并非不能跨越了。牛郎把牛皮紧紧拥到怀里，心中对泰常充满莫大感激。他不敢怠慢，牵起孩子们，离开肆意泛滥的天河，直朝远处的喜鹊山走去。

喜鹊山笼罩在缥缈的云雾中，看上去有些朦胧虚幻的样子。牛郎领着孩子们走了很久，才来到山脚下。牛郎仰起头，默默地朝山上看。山峰已从云雾里浮出身来。这虽说是一座山，却看不见一块岩石，到处都是郁郁葱葱的林木，一排排，一层层，直往高处延伸，使整座山峰显得幽深而又神秘。大多树木上都有枝叶搭就的窝巢，牛郎认出来，那是喜鹊住的地方。没错，这就是喜鹊山。但奇怪的是，树上却没有喜鹊，不仅看不到喜鹊影子，连喜鹊的叫声也听不到。牛郎怀着忐忑不安的心情，小心走上通山的石台阶。在路两边，牛郎看见一摊摊黑白相间的东西，辨出是喜鹊粪便，而且越来越多，快要铺满整条石阶路。费了很大周折，牛郎才带孩子们来到半山腰。这时，树上开始有了喜鹊，先是一两只，五六只，慢慢就多起来，好像每棵树上都有。喜鹊们低下头，瞪圆眼睛看他，神情里充满敌意。牛郎有些不解，泰常不是说喜鹊可以帮助他么，怎么他来到了，它们却摆出一副高高在上的样子？愈往上走，喜鹊愈多，有时一棵树上竟黑压压落下一片，将粗壮的树枝压弯下来。牛郎不明白，这些喜鹊不飞行不捉虫，却聚在树上不动，到底是为什么呢？他不敢相信，这些大模大样的家伙真会帮他的忙？但随即想到泰常的话，对，不管怎么样，他都应该上到山顶，见到喜鹊头领，将自己的要求提出来，就是有一线希望，他都要尽全力争取。牛郎不再迟疑，牵住孩子们的手，大步往山上走去。

来到一棵分外粗大的榕树下，一队喜鹊从树上飞下来，挡住他们的去路。

站住，不要再往前走了。

牛郎和两个孩子停下脚。喜鹊们上下打量他们。

你们是干什么的？

我……们来见喜鹊头领……

见我们头领？见我们头领干什么？

有要事相求……

有要事相求？就这么空着手来？

牛郎愣一下，才明白它们的意思，垂下头，往自己身上看两眼，又马上抬起来，脸上浮出讪讪的笑。

我们来得匆忙，也没有顾得……再说，我们是来自地间，又有什么……

来自地间？地间才有好东西呀。

哪里……又比得了天上呢？

天上也有天上的规矩呀……

喜鹊们凑在一起，互相嘀咕几声，才又转回头。

好吧，看在你是头一回到天上来，就不收你东西了，下次来找我们，可就对你不客气，该怎么样就怎么样，听明白了没有？

听明白了……

牛郎忙不迭地点头。喜鹊们回转过身，将他和孩子们引领到大榕树前。牛郎刚在树下停住脚，便听得一阵嘎嘎的叫声从树上传来，赶紧抬头看。随着叫声，树枝急急地摇晃，牛郎还没明白过来，一个硕大的黑影便从树上扑下来，一下子站到他面前。牛郎看见黑影收翅伸肩，显出一只鸟儿的轮廓和面目，原来是一只分外硕大的喜鹊。不用说，这便是喜鹊头领了。牛郎急忙躬下身子，并按下两个孩子的头。喜鹊头领两臂展开，长长地打个哈欠，一副刚刚睡醒的样子。一只喜鹊把它肩上的斗篷摘下，抱到一边。另一只喜鹊将它身后的秋千扶住，搀它坐上去。喜鹊头领摆摆手，喜鹊们一一退下，庞大如屋的榕树下显出了空荡。喜鹊头领一边悠荡秋千，一边把脸转向牛郎。

你知道么，我们已经开了一星期会，还没做出最后决定……

开会？你们在开会？

是，不开会又怎么能统一意见呢？

你们……在研究什么？

你看见没有，这上山的路上布满很多粪便，又脏又臭，还腻滑，前几天别的神仙来玩时，就滑倒好几个，在玉帝那里奏了我一本，弄得我好不难堪。玉帝说了，如果再不打扫干净，就罚我去大海里填石头……天哪，这不，我一回来就召集喜鹊们开会，研究由谁来打扫卫生，这都一星期了，还没统一起意见……唉，难哪。

喜鹊头领抱住头，使劲摇摆两下。牛郎差点笑出声，想不到这些成仙的喜鹊，也邋遢懒惰到如此地步。喜鹊头领摊开手，不住地甩动。

我手下这些家伙们，只知道吃、拉、嘎嘎叫，平时精神着呢，可一说让它们干活，就一个个都蔫了……愁得我呀，连个安稳觉都睡不成……对了，你是谁？到这里来有什么事？

是这样……

于是，牛郎便把自己的遭遇朝它诉说一遍，但还没有提到要求，喜鹊头领就又摇头。

别说了，别说了，王母的事我不想听。

为什么？

我不想掺和有关她的事。

你……也怕她么?

笑话，这个世界里的人谁不怕她?当然，我主要是不喜欢她……

你不喜欢她?

别大声说，小心让别人听到，在他们两口子那儿告我一状，让我吃不了兜着走……

你是说，你不喜欢她?

我想，这个世界里的人没几个会喜欢她。

为什么?

因为她太霸道，居然连自己的女儿都不放过……

这么说，这件事你也知道?

知道，天上的人谁不知道?

你想对这事打抱不平么?

你说什么?打抱不平?我为什么要打抱不平?

你不是看不服这件事么?

那是两码事……

怎么，你不想管这事?

我管这事?轮得到我么?

我听说，只有你能帮上我们的忙?

噢，你是说那条天河?这个恐怕只有我们喜鹊家族能对付得了……

那你快帮帮我们吧。

你看你说的，对付是一回事，帮忙是另一回事，我只是说能对付得了，并没有说帮忙呀。

这么说，你不想帮我们?难道你就看着我们被那条该死的天河隔开，永生永世不能相见么?

这个，关我们什么事?

你……

牛郎瞪大眼，气愤地看着喜鹊头领。他真是没想到，这个看起来温和善良的喜鹊神仙，原来竟是一个冷漠自私的家伙，难道泰常让他来找它帮忙，是犯了一个巨大错误?可正像喜鹊头领说的那样，对付那条河也只有依靠它们了。牛郎又伏下身，极力朝它赔笑脸。

作为一个好心的神仙，难道你就眼睁睁看着我们受苦受难……

什么？你说我是一个好心的神仙？这话我倒是喜欢听，如果你不嫌麻烦，就对我再说一遍吧。

喜鹊头领脸上浮出笑容，朝牛郎伸过头，用期待的眼光看他。牛郎抚一下胸口，忍住要呕吐的欲望。

你喜欢听的话我倒是乐意说，可你不能光听我这些好话，不拿出行动来。

这个……也许你说得有道理，让我仔细想一想……

为别人做好事还有什么可想的？

恐怕没那么简单吧……对了，你还没告诉我，你为什么非要见你的妻子？你们各过各的不是更好么？省得吵嘴、生气，像我，堂堂喜鹊头领，为了图个清静，至今还坚持独身，不也挺好么？

可你独身一个人生活，又哪里知道拥有家庭的幸福……

等等，你说什么？幸福？幸福是什么东西？

幸福，就是你感觉得一切都那么美好，你愿意在这种美好境地里生活一千年，甚至一万年……

啊，听你这么说，我觉得那的确是一种不错的享受……你和织女之间便有这种感觉么？

当然。

可惜，我从来没得到过那种感受……

喜鹊头领沮丧地垂下头，脸上又充满暗淡神色。过了好久，它才抬起眼，用敬佩和羡慕的目光看牛郎。

我明白了，明白了你为什么要这样急着见到织女……

这么说，你答应帮我们的忙？

你别这么说，我什么时候答应你了？

可我知道，你已经决定帮我们了。

唉，看你这么执着，我也不好……不过，实在难哪，你要知道，这不是我自己能办得了的事，我得征求一下它们的意见。

说着，喜鹊头领转过身，朝四处招手。随着它的召唤声，一队队喜鹊从周围的树上飞来，聚到它身边。榕树下的空地被喜鹊们挤满了，牛郎和两个孩子只好退到一边。喜鹊头领在秋千架上坐好，尽力打起精神看它的属下。

这个人想让我们在天河上搭一座桥，好让他过去与他的妻子见面，你们说，我们干还是不干？

喜鹊们面面相觑，纷纷议论起来。

天哪，在天河上搭桥，那该是多难的一件事……

是呀，多累呀……

为什么要我们喜鹊去干？我们又不欠他什么……

让他找别人好了……

他说没说，干这件事有什么好处么？

有好处也不能干，多事没有少事好，还是歇着玩玩吧……

对对，还是歇着玩玩吧……

喜鹊头领从众喜鹊身上收回目光，抬高身子，朝远处的牛郎摇摇头，又摊开手，并耸耸肩。

看看，我是有心帮你的忙，可我们统一不起意见，我总不能自己去搭那座桥吧？我就是想去，也不能违背它们的意愿呀，你说对不对？……既然这样，我看你就回去吧，我们再研究一下打扫卫生的事……

牛郎沉重地低下头，对这些狭隘自私的喜鹊，对优柔寡断的喜鹊头领充满莫大的失望。他牵起孩子们的手，离开那棵被喜鹊们围绕的榕树，直朝山下走去。牛郎不知道该往哪里走，既然没人帮助他，难道只好带孩子们回地间去么？也就是说，他和孩子们从此再也见不到织女，当他们在地间忍受思念的苦难时，织女也在遥远的天上经历寂寞的煎熬？牛郎心里止不住颤抖。走着走着，他踩在那些滑腻的粪便上，脚下一趔趄，差点跌倒在地。两个孩子从两边扶住他。牛郎勉强站稳身子，长叹一口气，又迈开脚，想走得更快些。正在这时，一只喜鹊从后面飞来。

请留步，大王让你们回去。

回去？

牛郎愣一下，似乎没明白它的意思。他还没打定主意是否回去，喜鹊头领就赶上来，脸上浮出不好意思的笑。

是这样，经我们研究，决定和你交换一下……

交换？交换什么？

你们帮我们打扫卫生，我们就帮你们搭桥。

什么？

牛郎吃了一惊。喜鹊头领的脸有些涨红。

这也是没有办法的事，我们总不能不干这些活，就去帮你搭桥呀……再说，这也是大家研究的结果，如果你们不干，那就……

牛郎转过身，看了山上又看山下，凭他和孩子们的力量，要把这座山所有台阶上的粪便打扫干净，那得需要多少工夫？怪不得喜鹊们不愿干，它们自己不愿干的事却推到别人头上，原来这是些如此精明狡猾的家伙。喜鹊们都聚拢来，一个个探头探脑地看他，等待他的答复。怎么办？牛郎问自己。他并不怕干活，主要是为孩子们着想，他们还小，怎么能在这里浪费自己的生命？两个孩子看出他的心思，一起拉住他的手。

爹，答应吧，我们不怕在这里干活，只要我们能见到娘……

好孩子……

牛郎的泪水夺眶而出。他抬起手，抖抖地抚摸孩子们的头。也许他真该感激他们，在这个遥远陌生的世界，有这两个孩子在身边，孤独的牛郎才觉到一丝安慰，才对不可预知的未来充满信心。可这样一来，却实在委屈了孩子们。两个孩子摇晃着他。

爹，没关系，我们已经长大了。

好孩子……

牛郎与孩子们紧紧抱在一起。看到这情景，喜鹊头领知道事情已按它们的意思圆满解决，脸上漾满得意的喜色。喜鹊们互相看看，也一副欢欣鼓舞的样子。

不过，咱们可要说清楚，一年当中我们只给你们搭一次桥……

什么，才搭一次桥？

牛郎吃了一惊，这算是什么交换？他和孩子们每日都到山上打扫粪便，而喜鹊们却只搭一次桥，它们想得可真是划算。喜鹊头领又摊开两手，悠悠地甩两下。

这也是没办法的事，一年三百六十五天，我们也不能天天在天河上搭桥呀，我们还干别的事吗？

我们不是也三百六十五天打扫卫生吗？

你们不来打扫卫生又去干什么？在这天上，你们也没什么其他事好干呀。

喜鹊呀喜鹊……

牛郎摇摇头，一时想哭又想笑，不能不承认，这实在是一群聪明透顶的喜鹊。在这些势利小人面前，他还有什么好说？牛郎不想再说什么，便牵住孩子们的手，慢慢朝山下走去。喜鹊头领抬起手，朝他招一下。

那咱们就把搭桥的日子定在七月七日。

喜鹊头领想想，又朝他招一下手。

打明儿起，你们就来打扫卫生。

牛郎仰起头，默默地朝天空远处望。不知什么时候，天空里弥漫起迷蒙的云团，云团如烟似雾，遮挡住他的目光。牛郎看不见天空里有什么东西，便慢慢闭上眼睛。七月七日，牛郎在心里一遍遍叨念，你快些到来吧……

# 山　神

## 1

当身子重重地跌到谷底石头上时，我觉得头颅上像是打开一扇看不见的天窗，外面明亮的光线一下子照进来。我像一只在黑暗处居住数千年的虫子，具体说是一只长有两条长腿的跳蚤，一个腾跃便飞升到一个广大的世界里，飞升到高高的天空里。我知道，就像传说中讲的那样，灵魂在肉身死掉的那一刻诞生，一如蝉从躯壳里爬出来飞去，此时此刻，我也从我肉身里跳出来，有了一个属于我精神的生命，而这个生命永生永世都不再死去。我在高空里盘旋一圈，然后停在我肉身上方，俯下头，痴痴地打量我曾经依附的那个东西。我这才明白，我的肉身是一只鹿，一只还不算太老的梅花鹿。其实，我的身子还处在壮年期，按照造物主给予它的寿数计算，它应该还有许多年要活，当然，那样我就不能提早诞生出来，尽管这样，我还是愿意我的肉身不要过早结束生命，哪怕我在黑暗里再孕育更多时间，因为我知道，一个生命来到世间是多么艰难，其间充满无数偶然因素，最后才有幸获得生命，却又被造物主规定出回返期限；还有，它来到的世界定是一个弱肉强食杀机四伏的地方，像它许多温驯善良的同类，我的肉身也难以活够期限，而中途便被凶猛残暴的天敌吃掉。稍稍幸运的是，我的肉身没有死在那些动物嘴里，在它们就要咬中的刹那间，它不顾一切跳下深不见底的峡谷。那是一个叫“死亡谷”的可怕地方，它知道，只要跳下去，就没有生还希望，但在那些张牙舞爪的狼群追逐下，它还是毅然选择了这条道路，宁肯自己结束生命，也不给敌手留下撕扯凌辱的机会。由此，我又不能不钦佩我的肉身，并为诞生在这样一个肌体里感到光荣、自豪。

我在我肉身的上方盘旋不已，难忍离去。我忽然想到，当时随它一起跳下的还有一只动物，羚——对，是羚，我的孩子。我急忙在我肉身周围巡视，力图找到羚的肉身。在我想象里，羚也应该像我的肉身一样摔得头破血流，腿断身折。天哪，在我奋不顾身地朝下跳时，我多么希望我的羚孩子留下，寻到一条生存的活路。可我又知道，在那样强大的一群狼的围剿下，我弱小的羚孩子又有什么更好的办法？我心里充满深深的愧疚，作为母亲，我多么应该保护好我的孩子，何况羚又是那样一个不同寻常的孩子，我实在有责任让它获得安全。在过去的日子里，我时刻都在全心全意这么做，也真的让羚度过一次又一次危机。但这一回，我却实在无能为力了，可怕的狼群已经追击到悬崖边，我除去往下跳外，还有什么可以选择？我跳下去死掉倒没什么，主要还是羚，它怎么能跟我去死呢？在我两条前蹄扑下黑洞洞的峡谷时，我回头看了一眼羚。我看见羚随在我后面，也朝崖下冲来。我本能地大叫一声，似乎要对羚说什么，其实这声喊，连我自己都不知是什么意思，劝阻它？还是召唤它？埋怨它？还是赞赏它？不仅当时，即使现在回想，我都难以说清。这时，我只是深深感觉着悲哀，为我们食草家族在这个世界上的不幸遭遇而愤懑、忧伤。可这又有什么办法，造物主已经安排了那些要吃我们的凶猛动物，我们又哪里能逃脱它们的尖牙利爪呢？我强忍住悲痛，在我肉身边上下旋绕，竭力想找到我的羚，即使不能亲手掩埋它，也要最后再看它一眼。但没有，我找遍肉身四周每个地方，除去看见那些朝我聚集的食腐动物，没有再找到任何尸体。真是怪了，在我朝崖下跳时，明明看见羚随在身后，怎么却不见它的影子？莫非它又在崖边缩回身去？也就是说，它已被那些残忍的狼吃掉？不不，我赶紧摇头，不会是这样，凭我对羚的了解，它绝不会在死亡面前表现得那么怯懦，而把自己完好地送到敌人面前，让那些不共戴天的狼吃掉。既然羚不会这么做，又找不到它的尸体，或许它并没有死？如果它没死，那它此刻又在什么地方？我感到极度茫然。

我无法阻止野物们撕吃我的肉身，便没有再待在这里的必要。我离开那个黑暗疯狂的地方，朝峡谷上面飞去，我要去寻找我的羚孩子。我一边盘旋一边注目崖壁，尤其是朝外探出的石头，看羚是不是落在那里。但我找遍崖壁每个角落，也没看见羚的影迹。我百思不得其解，就这么一个有限的地方，羚还能到哪里去呢？忽然，我看见那边一丛植物不住抖动。那是一丛斜伸出崖壁的灌木，长势旺盛枝叶繁茂，其间还有许多红色的浆果。没有风，但灌木丛猛烈地摇一下，过一会儿，又摇一下，似乎里面潜有什么东西。我心里一动，是不是我的羚落在了那里？我仰起头，没错，上面正是我带羚跃下的地方，我又低下头，我的肉身也正躺卧在下面。看来这丛与那两处连成一线的灌木，真有可能帮助了羚呢。我急急地飞过去，瞪大眼睛往里看。因为有交错的枝叶遮挡，我什么也没看到。我想伸出手，拨开那些密密层层的叶片。这时我才发现，我已经没手可伸，刚才的瞪眼，也不过是一种错觉，我既然变成了灵魂，哪里又有什么手和眼呢？我只得停在灌木前，呆怔一下，才试着朝枝叶间移动。没想到，我竟轻而易举穿过枝叶羁绊，进到灌木里面。我恍然大悟，原来对于一个灵魂来说，已经不存在什么障碍了。我俯下头，果然看见我的羚躺在里边，躺在一丛柔韧的枝条上，在它从悬崖上往下跳时，是这丛枝条接住了它，不然，它也要像我那样落下谷底，摔个粉身碎骨了。羚虽然被枝叶划破头脸，鲜血不住朝外淌，意识处在暂时的昏迷中，可毕竟没有生命危险，过一会儿，它的身子就神经质地颤抖一下，牵拉得枝条不时地摇晃。看到羚还活着，我悲喜交加，总算上天有眼，没有让它随我死去，只要它还活着我就高兴，比我自己活着还觉得激动。

我赶紧靠过去，想抚摸它一把，但我伸不出手，想呼喊它一声，也没有嘴巴好张。面对为伤痛所折磨的羚孩子，我实在不知该怎么办好。我这才真正明白，我和我的羚已经处在两个世界中，这是两个根本不同的世界，尽管我仍能看到那里的一切，但中间仿佛存在一堵墙壁，任我有怎样的本事也无法穿越，只能眼睁睁看着我的羚孩子在那里受痛受难，却不能给它一点点真正的关心，也就是说，在很长很长时间里，我的羚孩子都得不到我的讯息，它将孤独地留在那个世界中，自己去面对所有的危险，而我即使再怎样想去帮它，也无法实现这种美好的愿望。天哪，我刚为羚活着而喜悦的心情，突然间便又充满莫大的伤悲。而且接下去，我的心又紧紧揪成一团。由于羚颤抖得愈发厉害，那丛随它摇摆的枝条也变得更加柔韧，渐渐便朝四处铺展下去，羚的身子便处在极其危险的情况下，枝条如果再继续向下倾斜，羚就有可能滑落而出，朝着谷底坠落下去。天哪，我的羚孩子才刚保住性命，这会却又要面临死亡的威胁。我想朝羚喊一声，或者朝它推一把，让它赶快醒来，离开枝条的边沿，甚至离开灌木丛，找到一个安全的地方。可我又哪里能做到这一点？我只能在它身边频繁飞动，徒劳地看它。我的羚孩子，我一遍遍地叨念，你快点站起来吧。

好在没过多久，羚就清醒过来。我这才松出口气。羚忍受着极度伤痛，一边往回缩身，一边试图站起来。有好几次，羚都伸直前腿，两条后腿也快要起来，却由于疼痛，又倒回地下。羚有些绝望，闭拢眼睛，似乎要放弃站起的打算。我急得不行。这时，天空中现出几只秃鹫，直朝羚飞来。羚，我在心里大声叫喊，起来，快起来。羚喘息几口，又吃力地往起站。经过一番艰辛努力，羚终于成功站起来。它摇晃着身子，想朝灌木丛根部的石壁下走，可才移动几步，一只后腿就又踏空。羚的屁股猛地一沉，后半身坠下灌木丛。好在它反应及时，两条前腿还牢牢攀住灌木枝条，整个身子才没落下去。我看得呆住，想去下面帮它，却又无能为力。羚没办法爬上去，只是徒劳地悠荡身子，将石块和枝叶溅落下去。谷底的动物们抬起头颅，朝它张开血红的嘴巴。这些凶猛的动物分食完我的肉身，正在寻找下一个目标，一下子便看见上面的羚，几乎同时发出欢叫声。羚，我在心里朝它呼喊，抓紧，千万不要落下去。羚却停止挣扎，身子在空中定住不动。难道它又要放弃努力？正当我心急如焚时，忽见它两条前腿猛一用力，身子忽地蹿起来，一眨眼工夫，它便重新爬回灌木里，而且没再趴下，身子虽依旧摇摆，却直挺挺地站在那儿。我不禁喊出一声好。羚没有怠慢，迅速将身子靠近石壁。谷底那些动物缩回头去，样子万般沮丧。我长长地呼出口气，看来我的羚已经脱离危险，可它该怎么离开高耸的崖壁，上到悬崖顶端去？整面崖壁除去那几丛灌木，再没任何东西可以依附，凭着羚受伤的腿脚，要想一步步爬上刀削般的崖壁，简直比登天还难。可不爬上崖顶，哪又算得上真正生还？况且谷底的动物还在不甘地嚎叫，怀抱最后的希望等在那里。我急不可待地飞升起来，想给它寻到一条离开这里的道路。这时，羚回转过头，朝向峡谷深处望，嘴里发出呜呜的叫声。

妈妈——

羚一边伤心地哭泣，一边汹涌地流泪。我的羚孩子在呼喊死去的我呢。我猛扑过去，紧紧抱住它的身子。羚当然不能感到我的存在，依旧朝着谷底呼喊，神情哀伤至极，两只前蹄还不住刨动，我真担心它会控制不住脚步，再坠落下去，或者为过度悲伤所驱使，也随我残破的肉身跳下去。羚呀，我用流水般轻柔的声音对它说，我的孩子，虽然我的肉身死去，可我的灵魂却没死，此时此刻，我就在另一个世界看着你，而且在以后的日子里，我仍然会像先前那样关心你，爱护你，孩子，不用为我难过，不用替我担心，振作起来，赶快设法离开这里，回到安全的地方去。但我知道，即使这样对它说一千遍，它也无法听见，我们已经身处不同的两个世界，它再也不会感觉到有关我的任何信息。与其在这里徒劳絮叨，还不如赶快帮它离开。我抹把泪水，没有过多在它身边停留，便果决地沿着崖壁盘旋，搜寻能让它出去的通路。

我几乎找遍整个崖壁，也没看到任何一条通向外面的道路。我颓唐地回到羚身边，却意外且惊喜地发现，在离它不远的石壁上，居然有一条狭长缝隙。我急急地钻进去，穿过几排倒悬的蝙蝠，天哪，里面竟是一个大洞穴，而且根据凉飕飕的气流吹动判断，兴许它真能通到外面也说不定。我没来得及往前寻找出口，便激动地转回身。我要赶快告诉羚，天已经不早，它应该抓紧时间进入这个洞穴，即使不能顺利出去，只在里面暂且藏身也很好呀。羚当然还没发现洞穴，依旧站在灌木丛中，一边悲切地往峡谷里看，一边不安地绕圈子。我多么想把洞穴的事告诉它，但我不知该怎么让它知道。这时，日头正在西落，对面悬崖的阴影越过谷底，爬上这面的崖壁，快要罩住羚的身子。过不多久，天就要黑下来，也就是说，到那时候，羚就更不可能看到这个隐蔽的地方。这可怎么办？我在它身边不住跺脚，呼喊，可由于我们身处两个不同的世界，它一点也无法感知。时间飞快地过去，天不可遏止地黑下来。我伏在羚身上，绝望地哭泣。羚又要放弃设法出去的努力，身子晃晃地朝下倒。就在这时，我听到一阵“吱吱”的叫声，似乎什么东西从我头上飞过去。我抬起头，看见几只黑色蝙蝠在空中飞翔，没错，是那些居住在洞穴里的蝙蝠，随着天黑开始出来活动。看到它们丑陋的影子，我心里愈加感伤，天都这样晚了，我的羚孩子还有什么机会？如果在这崖壁上过夜，伤痛、寒冷加之饥饿，什么危险的事情都有可能发生。我急得快要发疯，而那些蝙蝠却更多地在我们身边飞舞，仿佛也在笑话我的无能，笑话羚孩子的不幸。听着那越发响亮刺耳的叫声，我脑子里猛然一动，似乎觉悟到什么，对呀，这些蝙蝠叫声会不会引起羚的注意，让它也沿着声音来源寻到那个离它并不远的洞穴？我不觉兴奋起来，或许我的羚还有一线机会。我盼望更多的蝙蝠飞出洞穴，我的羚孩子也能真的注意到它们飞出的地方。好像迎合我的心愿，蝙蝠们果然源源不断地打洞穴里飞出，在羚的头顶一边急切地扑动翅膀，一边发出动人心魄的叫声。

吱吱吱——

羚呀，我在心里一遍遍地叫喊，你快回过头，看看你身后的石缝吧。正如我希望的那样，我看见我的羚孩子终于抬起头，顺着蝙蝠的队伍把眼睛往石壁上看去。天哪，我在心里大叫一声，一阵极度的疲倦袭来，我摇晃几下，就要朝下坠去。我强力支撑住身子，瞪大眼，痴痴地看着羚，看着羚掉过身，慢慢往那个缝隙处靠过去。天哪，我又在心里叫一声，这才把沉重的眼皮合上……

## 2

我小心地拨开枝叶，从树丛深处探出头。大约一刻钟前，我就听到一阵悲惨的叫声，没错，那是一只动物死前发出的声音，只是不知那是一只什么动物。在我居住的山里，可以说每时每刻都有死亡发生，却稀见正常死亡，几乎都与杀戮相关，与可怕凶残的食肉动物相关，也就是说，这些死亡都出现在我们食草动物身上。当然，现在我听到的惨叫声，肯定也出自一只食草动物，只有同类发出的叫声才会如此深切地打动我。在我的记忆中，我们食草动物总是不顾一切地逃跑，凶狠残暴的食肉动物疯狂在后面追逐。我不明白，造物主为什么要如此安排，为什么把动物分为食草和食肉两类，为什么要让动物们互相厮杀，为什么不幸的命运总是落在我们头上。我也知道，提出这样的疑问纯属多余，不能对残酷的现状影响丝毫。也许大家都习惯了这种生活，食草动物们面对呼啸而至的追杀，只是一味逃跑躲避，面对随时到来的死亡，只是麻木接受承担，却从来没对这种不合理局面提过反抗的呼声，做过改变的尝试。和它们差不多，当死亡事件发生在身边时，我的目光也在变得冷漠，听觉也在变得迟钝。所有听到那边传来的叫声，我没有想到去过问一下，尽管那叫声是那么凄厉，那么悲切。

但我从树丛里探出头，无意间发现，那个在死亡线上挣扎的动物是一只母羚时，才不禁大吃一惊。在很长一段时间里，我都以为这座山里，不，这个世界上，羚已经彻底灭绝了呢。不知道从什么时候起，这里就流行一种说法：羚的肉鲜嫩纯美，比世间任何动物都要好吃百倍。我以为这是可恶的食肉动物散布的流言，事情是否真是这样，我们食草动物当然无从知晓。那些日子里，倒霉的羚家族算是遭受了灭顶之灾，食肉动物们只要一照见羚，甚至仅仅嗅到一点气息，便呈围剿之势紧追上去，没过多久，原先庞大旺盛的羚家族就七零八落，偌大一座山里，再难见到几只羚的影子。由于食肉动物们过于关注羚，倒放松了对我们鹿家族的捕杀，有时从我们身边过去，都懒得看一眼。没想到，羚家族遭受灭门灾祸时，我们鹿家族却受益匪浅。没有了先前的危险，我们其乐融融地生育繁衍，很快便发展到足够规模，队伍浩浩荡荡，充满山林的每个角落。但不知为什么，在感觉快乐的同时，我却不时想到那些快要灭绝的羚，其中许多曾是我的好友，却这么快就没有了踪迹，实在令我不安。先前，我们鹿羚两家一直休戚与共，彼此相助，形同一家人，可由于那个说法的出现，局面便发生彻底改变，一个从此绝灭，一个前所未有地壮大。我百思不得其解，羚的肉怎么突然变好吃了？怀着这重疑问，我格外留意起有关此事的一些议论。没过多久，我便在同伴中听到一种说法：关于羚肉好吃的传言竟是出自我们鹿口，也就是说，为了保护自己，我们鹿制造出那种谎言，由此导致了羚的灭绝。惊诧之余，我感到无比愤怒，作为高贵的鹿家族，怎么做下这样卑鄙的事情？我不敢相信这种说法，宁可看作又一个谣言。我找到我们的头领，提出让它调查事情经过，让真相大白于天下。没想到，头领听完我的话，竟毫不隐讳地承认，那个说法是它一手炮制。头领捋着花白胡须，高高地仰起头，晃动一对树杈般的长角，神情里透出难以掩饰的得意。我惊愕地说不出话，事情怎么会是这样？我所敬重的头领怎么会干出如此伤天害理的事情，即使如它所说，目的是为我们鹿家族的繁衍和壮大，也不能这样下作呀。我转回身，愤怒地离开头领，也没再回家，只身朝远处走去。我也不知道要往哪里去，我只想尽快离开肮脏的鹿部落，到一个干净地方去。我的家人我的同类呀，它们太让我失望，居然这样丑恶无耻，我还有什么理由和它们待在一起？这时我正怀着身孕，由于连日在野外流浪，生活无序，没过多久便流产了。看着脚下已经死去的孩子，我心里没一点哀痛感受，倒有些幸灾乐祸的情绪，仿佛肩上的沉重负担被我甩脱下去。但我没有停留，依旧朝不可知的远方行走。我不知道要到哪里去，要去干什么。

顺着凄惨叫声看去，我不禁惊住，天哪，那边被一群饿豹撕吃的竟是一只羚，一只母羚。我悲喜交加，这座山里居然还有羚，原来它们还没真正灭绝呢，虽然这只母羚被豹吃掉，但说不定周围还有它的孩子。我稍稍喘息一下，随即便在四处寻找。没过多久，我就看到了那只藏卧在枝叶间的小羚……

我不知道作为一个魂灵是否还会睡眠，还会做梦，但我的确是在一种迷幻的状态下，重温了我和我的羚孩子最初相见时的情景。

……我从树丛后走出来，一步步走向因失去母亲而显得过于孤单可怜的小羚。羚睁大眼，直直地看我，眼光里透出些许迷茫。

妈妈……

羚这样叨念一句。我也一愣，莫非羚把我当成了它的母亲？也难怪它会认错我，我们鹿和羚长得实在相像，再说，兴许它也从没见过鹿呢。我刚要走过去，羚就反应过来。

你……是谁？

我是一只鹿呀……

什么？你说什么？

我是鹿，是你的邻居……

啊，鹿……

羚愣怔一霎，突然明白了我的意思，眼里即刻充满前所未有的恐惧，不由自主朝后退去。看它惊慌失措的样子，我也呆住，羚对我的反应，似乎比对一群豹还惧怕万分。羚急急地后退，腿脚绊住一根藤蔓，身子一晃，扑倒在地下。

不要……

羚举起两手，本能地在头上护一下，趁我还没跟过去，匆促爬起来，掉转过身，慌不择路地朝树林里跑去。羚这样怕我，实在出乎我的意料。但我随即便明白，正是因为我们鹿做了那件错事，羚才如此惧怕我吧？虽然这是一只还没长大的小羚，虽然它从来就没见过鹿的样子，可它已从母辈那里知道我们鹿的罪恶，从心灵深处将我们视同狼豹了。这一刻，我愧疚得无地自容，同时越发为羚担忧，它母亲刚被群豹吃掉，危险正在四周弥漫，它能逃到安全处吗？我放心不下，便也悄悄随在后面，直朝树林深处走去。我寻找多半天，才在一个石洞里看见它。石洞极浅，又无草树遮挡，即使不被我发现，也会被狼豹找到。羚屁股抵住洞底，头颅低垂，瞪大两睛，用凶狠的表情看我，一副拼死挣扎、不是鱼死就是网破的模样。我惊住，一个孩子居然就有与他人殊死搏斗的欲望和勇气，尤其还是一个原应温驯十足的羚孩子，实在出乎我的意料。

羚，不要害怕，我不会伤害你的……

别过来，你再往前一步，我就在你身上撞死。

说着，羚又耸起肩，做出随时往前冲的架势。我赶紧朝它摆手。

羚，别这样，我已经说过，我不会……

说得好听，我们羚被你们鹿害苦了，我再也不上你的当。

听它这样说，我无言以对。是的，我们在羚那里已失去信任，我纵然身上到处是嘴，也难以对羚表达清楚，况且时间也不许我对它做过多解释，那些凶恶的豹们已吃完羚的母亲，兴许正循着气味寻找过来，得让羚赶快离开这里，进到某个隐秘地方去。可是，羚还没有消除对我的敌意和戒备，让它跟随我走，又怎么可能？

羚，你听我说，这里非常危险，那些豹很快便会找到这里来，你必须离开这里，到一个安全的地方……

哪里又会安全呢？

羚仰起头，朝阔大遥远的天空望，眼里淌满极度的伤心和绝望。我心里如刀割一般疼痛。

羚，你听我说，我知道一个隐蔽的地方，如果到那儿去，你就会……

嘻，我怎么会去你说的那个地方？

为什么不去？

到那儿，你就更方便地领豹来吃我了？

什么？

你们鹿打什么主意，我心里很明白……

羚……

我使劲跺脚，天哪，我该怎么和它说清楚？这时，我似乎已觉到危险的气息在朝我们逼近，那些还处在饥饿中的豹正向我们走来。时不我待，要赶快带羚离开这里。可我才朝前迈步，羚就又挺直身子。

你别过来，我要朝前撞了。

我只好又停住脚，无可奈何地叹口气，然后坐到地上。如果我不能真正走近它，说服它，那就在这里陪伴它、守护它吧。当豹群到来时，我将和羚一起应对它们，哪怕为此丢掉性命，也不会离开羚自顾走开，如果我真的死去，就当是为我们鹿家族赎罪吧。果然，没过多久，随着凌乱杂沓的脚步声，我身后的方向弥漫起尘土和草屑，一眨眼工夫，豹群便如自天而降的风暴席卷而来，将我和羚所在的这片狭小树林紧紧围住。一看到豹群的影子，羚就惊得目瞪口呆。我趁机扑过去，将它往洞里一推，随即转过身，朝向滚滚而来的豹队伍。我张开四肢，尽力把洞口挡严，并做出坦然的样子，迎对着群豹的审视。

看到一只小羚没有？

没有……

什么？我们明明看见它跑到你这里来，你怎么会没看见？

噢，你是说一只小羚呀，它……到那边去了……

我伸出一只手，胡乱朝远处指指。

豹头领疑惑地看我。

真的？

我使劲点头。豹群信以为真，争先恐后朝我指的方向跑去。我刚松出一口气，殿后的豹头领又返回来。

你在这里干什么？

我……在拉屎……

你真看见那只羚朝那边跑了？

是……

如果你说谎，等我回来，看不吃了你……

豹头领一边说，一边做出凶狠的样子。我虽然心里害怕，可还是硬起头皮点头。豹头领没看出破绽，也撒开四蹄，朝它的队伍追去。等豹群消失后，我才放下心，身子一松，软软地倒在地下。羚从我身后出来，用不解的目光看我。

你……为什么没把我送给豹……

我为什么要把你送给豹?

可我妈妈告诉我……难道它说错了?

不，它没说错，它的话都是对的。

那你怎么……

不管它们怎么样，反正我不会伤害你。

为什么?

因为……我不想那么做，也不该那么做。

我抬起手，抖抖地朝它伸过去。羚没有躲避。我抚摸着它的头，更加觉到它的弱小，它的可怜。不知为什么，我眼里浸满了泪水。羚，我在心里说，就让我来做你的妈妈吧。但我没把这话说出来，只是让手更温柔地抚在它头上。

羚，跟我离开这里吧，豹群很快就会回来。

好。

羚没有拒绝。我站起身，带着羚朝另一个方向走去。羚身心疲惫，不久便走不动了。我伏下身，示意它骑到我背上。羚迟疑一下，还是爬上我的脊背。其实，我身上也没多少力气，可为使羚尽快脱离危险，还是紧咬牙关，脚不停息地朝远处走。羚在我背上睡着了，嘴里发出轻微的鼾声。终于来到我居住的隐秘山坳，把羚小心地放下，我也累得倒在地上。羚醒来，嘴巴不住地翕动。我知道它饿了，便取出储备的树叶和野果。羚接过去，却不知怎么吃。我这才明白，羚是个孩子，除去奶水外，还没有学会吃用它物。但它已经失去母亲，我该怎么养活它呢?但很快，我便恍悟自己也是一个母亲，才失掉孩子几天，乳房正膨胀得疼呢。意识到这一点，我激动得浑身颤抖，弥漫在身内的母性越发浩荡起来。我毫不迟疑地抱起羚，把自己的乳头放到它嘴里。羚实在饿坏了，嘴巴一含住乳头，就急不可待地吮吸。我虽然头一次哺育孩子，但依旧清晰感觉到乳液如水般汩汩流进羚嘴中。这时，我的泪水也像源源不断的乳液奔涌而出，打湿了羚的面颊。羚睁开眼，用亲切的目光看我。

妈妈——

羚脱口而出。

孩子……

我更紧地抱住羚……

## 3

东天已经浮满霞彩，过不多久，日头就要爬上山顶。羚仍然处在睡眠中，我也没有离开它的梦境。自从变成魂灵后，我便把羚的梦境当作我们聚会的场所，在那里，羚不再像现实中那样感觉不到我的存在，而是真切看见了我，还和我谈话、拥抱，与先前我活在世上并无多少差别。刚死去时，我曾为羚不能与我相见感到悲痛绝望，但一次偶然机会，我进到羚的梦中，在这里，我惊讶地发现，不仅我看见了羚，而且羚也看见了我，我和我的羚孩子真正相会了，也就是说，我终于找到与羚见面交流的一条通路。那些日子，只要羚一进入睡眠，我就进到它梦境里，为我的羚孩子提供相见的机会。

从那条峡谷逃出来后，羚由于失去我这个亲人，加之身体受到创伤，情绪从未有过的低落，除去寻找食物出来活动外，大多时间都待在居住地，卧在草丛里沉睡。是呀，在不长时间里，羚接连失去两个母亲，面对如此不幸遭遇，即使再坚强的动物也难以承受，何况羚还是一个柔弱的孩子。按说，这样年纪的孩子应跟在母亲身边，尽情享受童年乐趣，但现实把它拖进痛苦的深渊，羚怎能承受住这种残酷打击？每次梦中与我相会，羚都依偎在我怀里，一遍遍诉说失去我的伤痛和它面临的孤苦。我深深懂得羚的心情和处境，想尽一切办法安慰它、鼓励它，让它振作精神，勇敢去面对世界，面对这个世界里发生的一切。但时间短暂，我还没和羚亲密完毕，天就变亮，我只好和它告别，从它梦境中挣脱出身。羚实在不愿我离去，总是紧抱住我，苦苦哀求我不要走，并尽力不让自己醒来。羚沉浸在忧伤里难以自拔，却忘了在这个可怕世界里，还有许多凶残的动物在寻找它，追杀它，羚如果不忍痛站起来，尽快治愈创伤，就无法应对随时到来的危险。这样一想，我便果断逃出梦境，让它尽快从睡眠中醒来。日头已经升上山顶，梦也离去好久，羚不得不睁开眼睛，神思恍惚地回到并不喜欢的现实中来。

妈妈——

羚抬起头，四处张望。这一刻，羚似乎还不愿区分梦与现实的差别。过了好久，羚才清醒过来，低下头，嘴里发出不甘的悲声。

妈妈……

孩子……

我急忙扑上去，又一次把羚抱在怀里。但我知道，纵然我使尽浑身解数，离开它的梦境，羚也不会再感觉到我的存在，它看不见我的动作，也听不到我的声音，即使连我是个虚无缥缈的魂灵，它也并不知道。羚伏下头，慢慢闭上眼睛，试图再次寻找梦中的美好情景。我急得不行，羚不能一味沉浸在梦中，它还有许多事情要做，尤其是离开我后，它要赶快学会照料自己，寻找食物，避开危险，尽可能生存下去，并要变得更加强大。起来，我大声朝它说，快去做你自己的事。虽然我知道羚听不到，可还是一遍遍朝它说。羚没有让我失望，沉迷了短暂一会儿后，猛力睁开眼睛，并随即站起身子。羚的伤势还没痊愈，左后腿有些瘸，可它却咬紧牙，一步一趔趄地走出草丛，到前面树林里找寻食物。我长出一口气，飞到高空里，居高临下为它四处巡视。

日头升到一竿子高，山坳里渐渐充满生机，如羚一般的食草动物们开始活动，吃食、散步、嬉闹，神情悠闲而坦然。在这个隐蔽的地方，它们一时还不用担心豺狼虎豹们找来，便利用这难得的时光，享受生命的欢愉，享受大自然和造物主对它们的馈赠。我的羚孩子处在它们中，大概也受到影响和感染，暂时忘却伤痛和心忧，也表现出一副快乐的样子。我心里获得稍许安慰，眼睛有些湿润。我为我的羚孩子感到高兴，为这静谧的和平景观深深感动。我好像头一次打量我所熟悉的山林，这才觉到，这个我曾居住过的地方，我的家乡，竟是那么美丽，美丽得如同仙境，美丽得让我心痛。这一刻，我对这里充满一种深刻的留恋。是的，我不光挂牵我的羚孩子，还怀想这个曾经给我生命的世界。我多想即刻返回到这个世界里，重新去做一回鲜活的生命。据说，当一个魂灵在冥界度过与它在阳世相同的年岁，造物主就让它再生，重新返回到先前那个世界去。但不幸的是，它不能再成为它的前身，而要转化成与前身毫不相干的一种模样，甚至可能是另外一个种类，一样东西，它先前的亲人和敌人都无法再认出它来，这样，它不仅没有昔日的仇怨，同时也失去过去的亲情。这种局面好像与魂灵时的情状并没多少区别，但谁又能说这不是新生命的获得？谁又能保证它先前的生命就不是用这种方式得来？尽管许多动物不愿再经受这另一种分离的折磨，从而放弃了再生机会，可如果轮到我，我将格外珍惜并抓住这个时机，不顾一切地选择再生，选择返回，因为我实在不能忍受冥界的冷清和寂寞，因为我真的挂牵和怀念阳间的亲人和美景，不论成为什么，我都要回到世上，亲眼看一看我日思夜想的羚孩子，看一看我无比留恋的美好世界，那样，就是让我变成鬼怪，变成石头，我也无怨无悔，也心甘情愿。我盼望时间像鹰隼翅膀一样飞快划动，让我在无聊的冥间过得快些，更快些，以尽早返回到阳世。我知道，当那一天到来时，如果没有其他意外发生，我的羚孩子已不再是一只弱小动物，它会变得像我活在世上那般年岁，兴许也早就成为妈妈，身边跟随一只、两只，不，应是一群生气勃勃的羚孩子，啊，那番景象又该是多么动我心魄。自然，作为鬼怪或石头，我不会再去打扰我的羚和它的后代们，而是悄悄待在一个不起眼的地方，或者干脆藏在一个隐蔽处，用满怀甜蜜而忧伤的心情注视它们，祝福它们……

在我做这番遐想时，我的身子也飘升得越来越高，整个山林差不多都袒在我视野下。突然，我又看见那群该死的狼，心里不禁一惊。好在狼群处在山林边缘，与这个隐秘山坳还离得很远。我从高空降下来，在狼群上方盘旋，密切监视它们的一举一动。狼群虽说在树丛间歇息，但一张张嘴巴不时翕动，尖利的牙齿频频叩击，准备进行下一次更加猛烈的屠杀。狼头领走出狼群，独自朝山头上走去。我知道，在那个山头上，居住着食肉动物的王，一只分外巨大威猛的虎。狼头领去找虎大王么？是否商议什么要紧事？会不会与羚相关？我悄悄尾随在它后面，想把这件事探听清楚。果然不出我的所料，狼头领见到虎大王后，第一句话便说到羚，说它已发现羚的行踪，并提出建议，所有食肉动物应该一起出动，将那个山坳团团围住，决不让羚再次漏网，同时将住在那里的其他食草动物一起剿灭，那样，在虎大王领导下，食肉动物们又能打一个漂亮的胜仗了。虎大王极其高兴，当即召集食肉动物大军，以狼群为先锋，浩浩荡荡朝山坳的方向扑去。我心里急成一团，赶紧去向羚和其他食草动物们报信。

正如我的想象，对于即将到来的危险，羚和其他食草动物还一无所知，当我来到山坳时，它们正在平静地吃食、散步、嬉戏。这个山坳是山林中唯一的安全地带，是羚和食草动物们最后的家园，食肉动物的队伍到来后，这个曾经快乐的地方将变成又一个鲜血淋漓的屠场，一个被哀伤泪水浸泡透的废墟。随着这块美丽地方的失去，不光食草动物们要遭大殃，我的羚孩子也将不复存在，那样，这个山林里，不，这个世界上便没有任何一只羚了。想到就要出现的惨烈情景，我眼前一阵阵发黑，心里颤抖不停。不，说什么也不能再让这样的悲剧发生。我拼命运动身子，让自己像利箭一般从空中射下来，飞速扑向我的羚孩子。

羚，快逃。

我大声朝它叫喊。但羚无法听见，依旧专注地啃吃树叶。我又抱住它的身子，使劲晃摆，可羚还是不为所动，又低头去泉边喝水。羚好几天没这样痛快地吃过东西，按说我不该打扰它，让它安静地度过一天。可危险就在眼前，如果它不能及时避开，那就再没有生存的机会了。我几乎使尽浑身解数，也没能惊动它分毫。我再次飞上高空，回望食肉动物来的方向。我看见不远处正在腾起滚滚尘屑，山林里如刮过剧烈大风，树木和杂草如波浪翻涌，食肉动物的队伍已快要逼近山坳周边。不能再等下去，一旦它们包围山坳，我的羚孩子和食草动物们便失去任何逃生可能。但是，它们对此毫无察觉，我又无法通知它们，怎么办？忽然，我看见一只地鼠躺在草丛间，摊开四肢，沉浸在睡眠中。有了，我对自己说，有办法了。地鼠一定正在做梦，我可以进到它梦里，把食肉动物到来的消息告诉它，让它再去通知大家。我从空中落下，急快进到地鼠的梦境里。我顾不得理会它梦境的内容是什么，便化作一只狼模样，径直来到它梦境深处。我尽力把自己变得凶恶可怕，浑身都长满尖利牙齿，抖动着鲜红舌头，发出凄厉恐怖的叫声。地鼠果然被吓坏了，猛一下从梦中惊醒，爬起来，惊慌失措地朝前跑，边跑边大声喊叫。

狼来了，狼来了——

食草动物们听到它的叫声，一个个抬起头，争相朝它看。我的羚孩子也瞪大眼，警惕地盯住它。

什么？狼来了？

是……

狼在哪里？

在……我梦里……

什么？梦里？

食草动物们失声笑起来，一个个用鄙夷的眼光看它。

梦里的事你也好意思说？

你怕是被狼吓怕了吧？

胆小鬼。

食草动物们嘲笑完地鼠，便各自散去。地鼠挠挠头皮，也有些不好意思，悄悄朝一边隐去。这些自以为是的蠢货，我恨恨地在心里骂，居然这样麻痹大意，不倒大霉才怪。我更急得不行，莫非我对它们的警告就这样被当成耳旁风？我正不知如何是好，却看见羚站上一个高坡，举头朝远处望。我欣喜地瞪大眼，看来我的羚孩子不像它们那样麻痹，没把地鼠的话当作空穴来风，或许事情并没变糟呢。羚，我在心里朝它说，你可要看见那些可怕的食肉动物呀。终于，羚嘴里发出惊急的叫喊。

狼真的来了——

听到它的叫声，刚刚散去的食草动物们又聚拢来，围在羚四周。

真的是狼来了？

不光是狼，还有其他食肉动物……

是吗？

是食肉动物的大部队过来了……

啊？

大家快逃。

羚跳下高坡，率先朝一边跑去。食草动物们愣一下，也随在羚身后，争先恐后朝远处奔逃。看到它们离开了这个危险地方，我才长长地喘出口气……

## 4

夜晚最黑暗的时分，万物都处在深度睡眠中。我离开羚的梦境，怀着满腹忧伤，踏上去见山神的路途。

那个山坳失去后，羚虽说没被食肉动物们抓住，却再也找不到一个安全隐蔽的地方。一连许多天，羚都拖着伤腿，一瘸一拐地奔跑在山林里。食肉动物们在身后紧追不舍，有几回，跑在前面的狼都差点咬到它了。我在空中看着这场旷日持久的追杀，心里紧张成一团，疼痛成一团。看着羚无法摆脱危险，却不能前去帮它，心里又焦躁成一团。我为羚及食草动物们感到不公，它们与食肉动物间的差别太过悬殊，如若上天有情，决不应该安排如此一场厮杀。我愤怒地闯进天庭，质问每一个见到的神仙。那些冷漠的神仙没任何同情心，懒得去管下界的闲事，尤其还是一只无关紧要的食草动物，去找造物主吧，它们不负责任地对我说，当初造物主就是这么安排的。没有办法，我只好硬起头皮，冒险去找造物主。自从造化万物后，造物主一直处在沉睡中，由于我的打扰，它不得不睁开眼睛，用疲惫的目光看我。听完我的诉说，造物主愈加不高兴。难道是我错了？造物主冷冷地说，莫非你要我把这些改正过来？我无法再说什么，只能沉默不语，是呀，就连我自己都是造物主的产物，又有什么权利让它老人家改变呢？但我的沉默又分明是一种指责，甚至是一种抗议。造物主当然感觉到了，压抑着火气说，这么些年来，还没有谁敢对我这样，是我给了它们生命，它们感激我还来不及呢。听了它这话，我知道不该再待在这里。当我转过身时，却又听见它打着哈欠说，你去找山神吧，这件事应该由它来管。如果我没理解错，这是造物主在指给我解决问题的途径？

我辞别造物主，回到山林里，看见羚刚逃过又一轮追杀，正躺在一个洞穴内休歇。经过许多天的奔跑、逃亡，又很少吃到食物，再加之腿上有伤，我的羚孩子已到生命临界线，这样下去，就是不被狼豹吃掉，也要累死、饿死或者病死。我悲痛欲绝，急快地扑下去，紧紧抱住羚的身子。羚正沉浸在睡眠中，于是我又赶忙进到它梦里，抓紧时间和它会面。妈妈，羚吃力地睁开眼，用欣喜而忧伤的目光看我，我终于又见到您了。我把它搂在怀里，一个劲儿对它说，孩子，你要坚强。羚摇摇头说，妈妈，我再也跑不动，我不想再跑了。我使劲晃摆它的身子，羚，你不能绝望，要知道，你是山林里最后一只羚，你不能死……羚还是摇头，可我实在支撑不住……看着羚伤感沉沦的模样，我心如刀绞，泪如雨下。羚，我再一次摇晃它说，坚持住，我这就去找山神，相信我，相信山神，一定会有救你的办法。见我要走，羚抓住我的手不放，妈妈，您不要走，我怕……这时，我听见羚的梦境外，已经响起狼凄厉的叫声，食肉动物的队伍就要来了。我奋力挣脱开羚的手，羚，放开妈妈，你放心，我很快就会回来。羚依旧挥舞它的手，声嘶力竭朝我喊，妈妈，您不要走，您不能舍下我……我咬紧牙关，硬起心肠，旋风般冲出羚的梦境，来到山洞外。我看见黑暗中有许多亮光闪动，一如天上森冷的繁星。我知道那是狼的眼睛，食肉动物们已将山洞团团包围，在等天明后发起进攻，到那时，我的羚孩子就将碎尸万段，再也不复存在……时待我待，我当即飞升起来，越过野兽们的头顶，急速踏上去见山神的道路。等着吧，我在心里对羚说，天亮前，我一定赶回来，赶回来救你……

当我活在世上时，就听祖辈们多次讲过，山神是我们这座山林的保护神，我们在这个世界上的遭际，几乎都与山神有关。谁要是见到山神，谁就是山林里最强大的动物，一切好运都会落到它身上。我当然没有见过它，不光我，差不多我认识的动物都没见过它。这是不是说，山神藏在什么隐蔽地方，不轻易和我们碰面？我变成魂灵后，才知道山神其实无处不在，只不过它把自己的形象有时变成石头，有时变成树木，有时甚至变成一只丑陋的青蛙，当我们为见不到山神懊恼万分时，说不定它就在身边看着我们。我不知道山神今天变成什么样，但我本能地觉到，我能顺利找到它，因为祖辈们告诉过我，当你最需要山神时，它会不请自到。我刚刚产生这样的念头，便听见身边有声音叫我。

鹿魂灵，你在找我么？

是……

我惊喜地叫出声。没想到，我会这么轻易就找到山神。我停止飞升，落回到地面上。我瞪大眼，想仔细看一下山神的模样。我知道，即使再幸运的动物，也不可能第二次见到山神，我应该珍惜这样绝好的机会，把山神的样子永远记在心里。我找遍身边每个地方，也没有看到山神，但我强烈感觉到它的存在，是的，山神就在我身边，由于有夜幕遮挡，我无法看清它的模样，这不能不说有些遗憾。

敬爱的山神，请你救一救我的羚孩子……

我顾不得和山神客套，也来不及说别的好话，一上来就把我找它的目的说出来。山神在黑暗中看我。

鹿魂灵，这些我都知道……

什么，你都知道？

是的。

你一直看着它们追杀羚……

是的……

那你为什么……

我控制不住自己，就要将埋怨的话说出来。作为山林的保护神，它居然眼睁睁看着一幕幕悲剧发生而袖手旁观？山神知道我要说什么，长长地叹口气。

所以，我一直在等你来找我……

什么？你知道我来找你？

是的。

如果我不来，你就不管羚么？

不，我不会……

那你要到什么时候，眼看羚就要……

鹿魂灵，是这样，即使我能够随时帮助羚，可我也不能随意那么做……

为什么？

我不能违背造物主的原则……

原则？弱肉强食的原则？

也可以这么说……

你以为这个原则公平么？

当然不公平。

那你还……

鹿魂灵，我懂得你的心情，可这些在严酷的大自然面前，往往是软弱无力的……这个世界当初被它制造出来时，就有了这些不公平的原则，在这些原则下存在的世界，当然是不完满的，更离完美的标准相去甚远……

那它为什么制定这些原则呢？

我想它的意思是为了互相制衡，优胜劣汰，可这势必导致残忍事件的发生……

这一切不能改变么？

恐怕很难，一个原则一经制定，怕是就不能随便改变，这要引起一系列混乱……

那就容忍这样一个世界存在下去?

这便需要我们做出一些修正的努力，甚至是牺牲……

你指的是什么?

比如你吧，不就为了救一只羚而四处奔忙吗? 即使进入冥界还不放弃……

我是为了赎回我们鹿部落的罪过……

不管怎么说，你都是动物中的优秀分子。

听到山神这样说，我不好意思地低下头。山神向我靠近一步，口气更加温和。

鹿魂灵，放心吧，你的羚孩子不会有更大的危险……

可它就要……那样，这个山林里就不会再有羚这种动物了。

不会的，鹿魂灵，一个种类是不会轻易消亡的……

可它……

当初，造物主在创造这个世界时，还制定了另外一些原则，那就是生态平衡。羚是一个顽强的部落，这场由于鹿家族而引发的灾难过去后，它会很好地生存下去，繁衍下去……

可灾难什么时候过去呢?

马上就要过去了。

这么说，你要帮助羚了?

是的。

你怎么帮助它?

我这里有一种解药……

解约?

对，解药，只要它把这种解药拿给食肉动物，它们就对吃它没有兴趣了……

那太好了……

这对羚来说，当然是个好消息，可对食肉动物们来说，也许是一个灾难……

这个我能想得到……

这种解药一旦流落到世界上，就有可能引发更大的混乱……

所以……

所以，即使看到那个世界不公平，我也不能随意加以干涉。作为这个山林的保护神，我只能做到目前这个样子了。

可这一次……

这一次就当是一个意外吧，对于意外的事，我还是乐意做的……况且你都找过造物主了，我想，它让你来见我，怕是也容许我这么做的。

也怪我们鹿家族惹了祸……

不要再愧疚了，鹿魂灵，你为挽救羚，已经做得够多了。

敬爱的山神，请你告诉我吧，我还要怎样做才能让这瓶解药顺利到达羚的手中？

鹿魂灵，你是这样的聪明、勇敢……

我知道，我要做出更大的牺牲……

这是没有办法的事……

因为这也是它的原则？

是的。

也许这更是我应当做的。

鹿魂灵，如果有别的什么办法，我会……

敬爱的山神，如果我一个小小魂灵的牺牲能换回珍贵的羚家族的繁衍和壮大，我将万分高兴……

鹿魂灵，你能这么说，这么做，我真的很感动……放心吧，我会把你的牺牲缩减到最低程度……

不管怎样，我都乐于承受。

好。按照它的旨意，你要放弃再生的机会，而堕入万劫不复的地狱……

地狱？

对，地狱，你怕了么，鹿魂灵？

怕是有些怕，可我并不想逃避，既然它已经做出了这种决定，那就让我下地狱吧。

可是，这样一来，你就再也没有机会翻身……

没关系。

你真的要这么做？要知道，在地狱中受煎熬，是最可怕的一件事。

尽管可怕，我也必须那么做。

你不后悔？

我不后悔。

鹿魂灵，我管理这个山林这么多年，还从没见过像你这样优秀的动物……

敬爱的山神，既然我做出了这种选择，就赶快让我去做吧，你看天就快要亮了……

等一等，尊敬的鹿魂灵，我的话还没说完呢。

莫非还有什么更可怕的事？

不，鹿魂灵，还记得刚才我说过的话么，我要让你的牺牲缩减到最小的程度？

最小的程度？

是的，虽然有它的旨意，但我也想冒险违抗它一回……

什么？那样你会……

没关系，既然你能做那么大的牺牲，我为什么不能也牺牲一点呢？况且也牺牲不了我什么……

你将怎么处置我呢？

我决不会让你下地狱去，我想把你留在我身边……

什么？留在你身边？

我惊讶地叫出声。我疑心听错了它的话，能够留在山神身边，这可是我求之不得的事呀，难道我真有这样的好运？

这是……真的？

我希望是这样，只是不知你是否愿意？

愿意，我当然愿意，我为什么不愿意？

可是，尽管是在我身边，我还是无法让你得到再生的机会……

我不要那样的机会……

而且你将一直处在黑暗中……

这也没关系。

甚至你再也不能见到你一直挂牵的羚……

什么？我再也不能见到羚了？

是的。

天哪，我的羚孩子……

我霍地回过身，朝羚所在的方向看。但有沉沉的夜幕阻隔，我什么也看不见。我这才明白，刚才我不顾羚的挽留，匆促逃出它的梦境，离它飞奔而去，其实是和它最后的诀别……天哪，我怎么就没意识到，从此后，我将再也不能见到我的羚，如果我能想到这一点，我会再和它待一会儿，哪怕只是短暂的一分钟；离开它时，我会紧紧拥抱它，热烈亲吻它，而决不会像我做的那样，在羚悲切的呼喊声里，丢下它急不可待地飞去，而且再也无法回来，甚至连让它再看我一眼的机会都不再留给它，即使是梦中相会的场景也不会再真实地发生。总之，在以后的日子里，我的羚虽然没有了生存危机，可它也失去了关于母亲的所有消息，一切只能寄希望于朦胧而不可靠的记忆……想到这些，我的泪水奔涌而出。山神走近我，伸出毛茸茸热乎乎的大手，轻轻抚摸着我。

善良的鹿魂灵，我知道你放心不下你的羚孩子……

是的……

不用担心，它很快就不再是一个孩子了……不管什么动物，它迟早都会长大，都要离开它的母亲……

可我的羚孩子太悲惨了……

只有尝过苦难的动物，才能迎来它辉煌的未来。

真的？

真的，这也是造物主法则里的一个重要内容。

是这样？

我疑惑地抬起头，默默地看着山神。山神依旧处在黑暗中，我只能看到它一个模糊的影子，这么长时间过去，天还没有亮么？我突然想到山神的话，我将永远待在黑暗中，我看不到山神的样子，并不意味天就一直黑着。难道说天已经亮了？可我的羚孩子还没拿到保护它的解药……我紧张起来，不能再等待下去，我要赶紧做出选择，尽快让羚拿到药。

亲爱的山神，我已经决定了。

好吧，那我就动身去了。

让我也跟你去吧？

不，在黑暗中，你什么也看不到，还是留在这里等我吧。

那你可要快点呀……

放心吧，鹿魂灵。

随着一阵微风刮过，山神飘然而去。我静静地待在渺无际涯的黑暗中，耐心等候山神归来。我知道，对我来说，黑暗才刚刚开始。但我情愿待在这黑暗里，期待山神把我盼望的消息带给我……

附:

# 面对人性的善恶，向左还是向右

## ——王涛长篇小说《岁月之约》评析

张秀功

读完王涛的长篇小说《岁月之约》，我不由得想到丹麦人拉斯·冯·提尔编剧并执导的电影《狗镇》，影片通过格蕾丝在狗镇梦魇般的经历，揭示了人性中的自私、丑陋、伪善和贪婪。人性历来是各类艺术样式所表现的主题，即使是美术作品，也常见“人性”主题的展现，如19世纪奥地利画家克里姆特的油画《阿德勒·布罗赫·鲍尔夫人》，作品中的人物在华美的表象下面，隐匿着一种莫名的感伤，以及潜意识里最真实的人性欲望。同样，《岁月之约》运用小说特有的表现手法，通过主人公之一的长河来到乌龙镇后，伴随着社会生活的急剧变化，与大山、岫姑三人之间曲折复杂的爱情故事，向读者淋漓尽致地展示了人性的“善”与“恶”，撕开并透视出人性底色中的光明与阴暗，以及人类文明进程中理性与人性的矛盾冲突。

关于人性，《中庸》中讲“天命之谓性”，这里的“人性”，带有形而上的特质，依照王阳明的心学理解，即“无善无恶心之体”。这与西方存在主义哲学“存在先于本质”的观点相一致，人的存在“是自由的”并且“自由在先”，“存在先于本质”就等同于“人的选择造就了他自己”，其中可供选择的选项，就是“善”与“恶”。是“为善去恶”，还是“为恶去善”？这其中的选择，就考验着人性的良知。

纵观现当代文学创作，通过生活现象和社会变迁挖掘事物所蕴藏的人性道德含义的作品，在这个自从工业革命到来后更加“日新月异”的现实环境中，正在显出越来越重大的意义，也正在受到人们越来越强烈的关注。由卢梭、福克纳、艾特玛托夫、阿斯塔菲耶夫等文学大师开创的这路作品，曾经在山东作家这里得到了很好的呼应。20世纪八九十年代，王润滋、张炜、矫健等创作了一大批鞭笞丑恶现实、张扬美好人性的作品，在中国文坛掀起了一阵狂飙，为此也引发过不小的争议。王涛继承了这个优秀的文学传统，这部《岁月之约》的出现，又把这类作品的写作和探索，拓展到了一个新领域。

## 二

《岁月之约》故事的明线是大山与长河之间的矛盾纠结和冲突。小说的情节大多是两个人在面对相同的选项时，所做出来的不同选择，以此形成冲突来推进情节的发展，表现小说的主题。看得出，作家是使用对比的方法来塑造这一对人物的，是不是我们干脆把这两个人物看作一个人身上的两种属性，即美好和丑恶，更便于把握他们对这部作品的意义呢?

长河的老家是七里坉，父亲因杀人死在狱中之后，便随母亲慧娘回到了乌龙镇大山家，慧娘与大山的父亲栓回结婚，组合成一个新的家庭，大山也就与长河成为一对没有血亲的兄弟。但这时，两人却面对了同一个女人——岫姑。岫姑原本是大山的恋人，虽然没有正式明确关系，但两人至深的爱情，在乌龙镇已不是什么秘密。与大山在一口锅里吃饭的长河自然心知肚明，可他却不顾及兄弟情分，凭着“身子笔挺，风度翩翩……衣角拉得齐平，头发也梳得纹丝不乱”的外表，同时还有一张能说会道的嘴巴，很快就骗得了岫姑的芳心。而此时的大山，只好把爱埋藏在心里，知道如果与长河反目成仇，一是伤害了岫姑，这是让他最感到痛苦的；再者父亲栓回要他照顾好长河的嘱托，他始终没有忘记，因此，他只能默默地守护着对岫姑的爱。作家在塑造岫姑这个人物时，着重描写了她对大山感情的矢志不渝，如与长河在一起时照顾到大山的情绪，并不时回忆起与大山一起进山寻找阿诗玛的甜蜜经历，可以说岫姑有着一颗纯洁的心灵，是一块不容亵渎的美玉。然而，长河却借帮助岫姑修补房顶的机会，卑鄙地玷污了这块美玉。面对岫姑这块美玉，大山选择的是真爱，是呵护，是默默地守候；长河选择的却是诓骗，是凌辱，是横刀夺爱。两个人道德品性的高下立见分晓。

对长河来说，如果对岫姑还有点爱情追求的话，那么对小说的另一个女人奉靖，表现出的却是赤裸裸的“占有”。对奉靖这个人物，作家也把她安排在大山与长河的冲突之中。奉靖出场时，与大山只是轧花厂厂长与工人的关系，有关奉靖情节的真正展开，是长河从城里回到乌龙镇，去轧花厂做事时遇到她开始的。作家之所以把奉靖塑造成一个水性杨花的女人，正像是以鱼饵来钓鱼，还如同用腥鱼来饲猫。长河在管理轧花厂期间，让奉靖做了身边的秘书，自然而然，腥鱼成了馋猫的菜。长河对奉靖始乱终弃，在企业破产、债主追债，继而被奉靖敲诈时，他竟然如同商品交易一样，把奉靖推给了大山，以致最后像垃圾一样彻底丢弃。

告子说：“食色性也。”人对肉体的需要，如食物、交媾、身体保护等，是人的自然本性，但是，人不仅仅是自然人，更具有其社会性；除去遵守自然法则外，更要恪守道德法则以及社会契约。如果说长河选择腥鱼这盘菜是超越了道德底线，那么，在长河与岫姑离婚后，又一次扑向他认为可以让自己咸鱼翻身的都市时，与他遇到的第三个女人绥玥一起做起违法的勾当，一个招揽顾客，一个出卖肉体，在妄想利用告发逃犯乔木来发笔横财的美梦中，断送了自己的性命。

长河把奉靖交易给大山，大山自始至终没有接受，也不可能接受，因为他心里藏着岫姑，虽然岫姑嫁给了长河，但毕竟是自己的弟媳，还是一家人，能间接地照顾岫姑，守护着岫姑，这对大山来说就是一种满足。因此，奉靖的死缠烂打，大山无动于衷。面对奉靖，岫姑也是充满了敌意，因为她明白，奉靖配不上大山，奉靖的厚颜无耻，更是让岫姑五味杂陈；然而婆婆慧娘的授意，却让岫姑违心为大山张罗好了婚事，但这种没有爱情的错误婚姻，注定是一场荒唐的闹剧。在这一情节的发展过程之中，腥鱼虽然被盛到了大山的盘中，但大山坚决予以拒绝。

小说为了使大山这一形象更加丰富，或者为了更深入地表现人性良知，在大山的生活中，作家又安排了素安这一人物。素安的出场，是由乌龙镇的萩曳引出的。那么，小说中为什么要描写萩曳这一人物呢？一是为了衬托岫姑人性之中的善良，丰富岫姑这一人物形象。大山是萩曳的恩人，萩曳也给大山留下了美好的印象，那棵名叫“萩曳”的牵牛花就是大山种下的对萩曳的爱情种子。但与萩曳之间的所谓爱情，大山始终当作一种友情或邻里亲情来处理。萩曳对大山的追求，岫姑更是看在眼里，酸在心里，因为“爱情是自私的”。可爱一个人并不完全是占有，对岫姑来说更是此一时，彼一时，也许放手是一种更为伟大的爱。在岫姑的努力下，大山与萩曳组成了美满的家庭，这就是岫姑的良知。二是为素安的出现做铺垫，同时彰显大山人性中的善良与执着。素安是萩曳的表姐，经由萩曳进城开服装店这一情节的发展，大山和素安也就有了更多见面聊天的机会。因飞机失事而萩曳遇难，一个失去妻子，一个失去表妹，痛苦之中的大山与素安，产生了相同的情感慰藉，大山也彻底清楚了素安这个单身富婆的身世与经历，这样，小说就把一个美丽、富有、善良，并且喜爱田园生活的素安推到了大山面前。大山又会如何选择呢？这同样在考验着大山的人性。对美好爱情的拒绝看上去似乎十分残忍，但大山一定知道没有情感基础的爱是非常脆弱的，这份突如其来的幸福总是让人感觉不踏实，况且两人对生活的价值追求也有明显的差距，更为重要的是，大山的心底深处珍藏着的爱，只属于岫姑一个人。

除了女人外，对金钱财富的取舍也是人性的试金石。小说通过大山与长河在创业过程中对获取利益不同的方式与手段，来揭示两人不同的价值观和人生观。

长河与岫姑新婚不久，为了刻意与大山拉开距离，便开始了城市打工的生活。一段打工的经历，按理说应该使长河尝到了生活艰辛，也应该明白“一粥一饭，当思来处不易；半丝半缕，恒念物力维艰”的道理。但年轻力壮的长河却贪图安逸，耽于享乐，先是因倒卖建筑材料被工地开除，然后“干脆到立交桥下讨钱……”并且“手头阔绰”，“抽的是大中华，喝的是剑南春”。而大山却在乌龙镇办起了轧花厂，靠着诚实守信的执业行为，取得了相当好的经济效益。在大山准备利用赚得的钱扩大生产，更换轧花设备的当口，长河狼狈地从城里回到乌龙镇，厚着脸皮参与到轧花厂的重要工作中来。只要大山不在家，便由长河支应厂子的事务，“渐渐地……喝酒打牌，更严重的是利用出差办货的机会游山玩水，私受回扣……”收一家客户的货款，却把货发给另一家客户，非法经营，诈骗钱财，最终导致了大山吃上官司、轧花厂破产倒闭的结局。

可以看出，大山是凭着诚实的人品来赢得效益，然后再把赚得的利润进行扩大经营；长河却把弄到的钱不是用来喝酒，就是用来赌博，他挣钱的方式一是讨，二是骗，第三就是偷。轧花厂破产之后，长河因逃避追债第二次来到城市，“不久，就入了盗窃团伙”，做起了窃贼。自己酿的苦酒，应该自己去喝。可长河却不是这样，欠下了一大笔债，他选择的是逃避，而大山选择的是承担。父债子来还，但弟弟的债兄长没有归还的责任，而大山却承担起了这副重任。两两对照，孰美孰丑，昭然若揭。

## 二

《中庸》所谓“率性之谓道，修道之谓教”，《朱子章句》对此解释说，人在成长过程中，需要正确的引导和教育。一个社会人，与之成长相密切的家庭背景、社会环境以及自身所接受的教育等诸多因素，就已经为他的人性底色打上了深深的烙印。佛家唯识宗中的阿赖耶识又称为种子识，也就是说在一个人的心灵深处种下一颗什么种子，就会结出一个什么样的果实。

为了更明了地分析小说中的人物，特别是大山与长河的命运，我们必须来认真解读一下大山的父亲栓回和长河的母亲慧娘这两个角色。

《岁月之约》是王涛“乌龙镇”系列小说之一，可以说这一系列小说所反思的主题几乎涵盖了整个中国革命的历史以及中国改革开放的进程，故事大多都是在这一背景下展开的。《岁月之约》也不例外，这部分内容的出现不但为前台人物的行为找到了根据，也使作品增加了不一般的厚重感，让主题得到了进一步的深化。

慧娘的父亲是乌龙镇寨主，手上沾满普通百姓的鲜血。新中国成立后，寨主一家人被人民政府判处死刑，只有他的小女儿留下来，这便是长河的母亲慧娘。乌龙镇没有人家愿意收留慧娘，大山的奶奶把慧娘收为自己的养女。栓回这样告诉大山，“他们对她（慧娘）很好，甚至比对我还好……”栓回与慧娘一起长大，两人渐渐相爱了。“可你爷爷奶奶忘不掉她的出身，无论如何不同意我们的婚事……”这时候的慧娘已失去了清白，“更可耻的是，你奶奶又把她许给了乔木的父亲担朱”，“她当然不会同意，便一个人逃往他乡”。

这个时候慧娘的内心，已是伤痕累累，有杀父之仇，还有失去清白与爱情的痛苦。她逃到七里坉后，嫁给了长河的父亲赵纲踝，这个人原先在村里当干部，平时很威风，拨乱反正时被划为“三种人”，心理失衡，便以酒解愁，时常喝得酩酊大醉，带给慧娘的是无尽的打骂与羞辱，于是慧娘找到一个机会，逼迫赵纲踝枪杀了他的情人阿诗玛。在慧娘修持的寺庙里，长河把她内心深处的怨恨情结一览无余地揭示出来，“您一直忘不了您一家人遭到的清算，所以您始终在痛恨，痛恨乌龙镇，痛恨乌龙镇的人，就连老栓回一家人您也痛恨，他们虽然收养了您，却阻挡您的爱情，还有栓回本人，也因为辜负了您而让您爱恨交加，尽管您最后回到了他身边，可您却不能忘记对他的那份恨……”

长河在慧娘的怨恨与邻里的歧视中长大，这一点长河最后也明确地指了出来，“您不光自己恨，还教会了我也恨……您把我当作您复仇的子弹，让我在乌龙镇做出那些乱七八糟的事……”至此，长河所有偏离正常轨道的行为都找到了合理的解释。

那么栓回是一个什么样的人呢？栓回伤害了慧娘，对此他悔恨不已，明里暗里帮助慧娘，以致最后接收了孤儿寡母。栓回还是一名光荣的人民教师，在乌龙镇有着很好的名声，“栓回最痛恨没礼貌的人，不管在家里，还是在学校，都无数次地教导孩子们，要尊老爱幼，诚心待人……”大山就是在这样一个人的引导下长大的，从小就知道“不管怎么说，人是攥着拳头来到这个世界上的，人活一场，哭也好，笑也罢，对人、对事，总要有个好的交代吧?”“好的交代”就是对美好善良的一种追求，在大山心里种下的是诚实、善意的种子，将来结出怎样美好的果实便是水到渠成的事了。

在莫邪山，在乌龙镇，流传着一个有关巫女阿诗玛的神秘传说。关于“阿诗玛”，我们知道她是神话中的人物，是美丽良善的化身，作家十分巧妙地利用了这一形象，虽然这里阿诗玛的出现依然是神话传说，却具有了非同一般的意义，在很大程度上使小说的主题得到了进一步提升。作品中，阿诗玛是山神九个女儿中最小的一个，却与一个普通山民的儿子私定了终身，山神命令阿诗玛与那个人断绝关系，但阿诗玛没有屈服山神的淫威，被驱逐出了仙界。当找到心爱的人时，那个人却已经背叛了她，与一个头人的女儿结合了。那个人的背信弃义和卑鄙无耻激怒了阿诗玛，她当即使用法力杀死了那个人。“阿诗玛虽然又回到了仙界……便成为一个翻手为云、覆手为雨的巫女，身上法力无边，她既用来做好事，也用来做坏事……”

在莫邪山，在乌龙镇，人们把美好的愿望寄托在阿诗玛身上，因为阿诗玛通过牵牛花帮助人们实现愿望，开遍莫邪山的牵牛花也就承载着人们对幸福生活的期盼。由此，乌龙镇的人们都在寻找阿诗玛，却从未有人真正见到过她。到底阿诗玛在哪里？谁又是阿诗玛呢？

对此，历经生活磨砺的大山有着深刻的理解。在他看来，阿诗玛就在我们身边，或者是一棵树、一只鸟、一块石、一片云；我们生活中的每个人都是阿诗玛，因为每个人的爱情与幸福要由自己不懈的坚持与努力才能获得；人性的良知就是阿诗玛，因为种豆得豆，种瓜得瓜；如果起心动念是恶的，那么阿诗玛就会给你带来灾难；如果起心动念是善的，阿诗玛就会帮你得到幸福。

长河的毁灭与慧娘的自焚都源于内心中的恨，对人生或对生活的怨恨，就是他们心中的阿诗玛；岫姑的善良与大山的真诚，也最终让他们获得了幸福的爱情，那么善良和美好，便是他们心中的阿诗玛。

小说中出现了两个阿诗玛，一个是现实中的阿诗玛，被长河的父亲赵纲踝枪杀了，这一情节的设置其实就是一种形象的隐喻，也为真正阿诗玛命运的到来做出了警示；另一个则是神话世界里的阿诗玛，此时正在莫邪山林中穿行着，最终也死在了天风的眼前，死在了开山伐林者的手中，那么这个拖着尾巴的阿诗玛的被害，又说明了什么呢？

## 三

在深山密林的小院里，在秋风落叶之季，沉寂了整整一个夏天的牵牛花奇迹般地开放了，栓回让大山远离岫姑的魔咒终被打破，大山和岫姑的爱情梦想实现了。这个看似大团圆的结局，却给人带去一种难以言喻的凄清和悲凉，因为如果从天风这条线来看，故事其实是个悲剧的结局。

这就牵涉到了小说的另一条暗线，这条线索的主人公是长河的儿子——李天风。这时，天风已随岫姑返回莫邪山中，岫姑的祖辈原本就是莫邪山里的人，当初响应政府号召，迁出山林，来到了乌龙镇。岫姑的父母因为不适应山外生活，很早就离开了人世，只留下岫姑与兄长灵头相依为命，也就慢慢融入乌龙镇的社会中来。

岫姑和大山之所以回归山林，是由于乌龙镇自然环境的破坏与污染。在城镇化热潮的推动下，乌龙镇建起工业园区后，又是采矿锻造，又是伐林造纸，虽然满足了人性的欲望，却使乌龙镇空气中的雾霾越来越多，鱼人河水也变了颜色，死鱼烂虾不断漂上来，山上的树木也开始大面积死亡……人们这才知道，由于那些开发项目的污染，导致生态失衡，原先世外桃源般的乌龙镇已不复存在。更严重的是，很多人都得上了离奇的怪病，有的失明，有的变哑，有的甚至瘫倒在床……人性的贪婪终于迎来了对自身的惩罚。在这种生存环境下，岫姑也突然病倒了，肾脏受到重度损害，在肾源无望、灵头配型失败的情况下，为了拯救岫姑的性命，大山唯有选择“进山”，“乌龙镇已经毁了……要让岫姑的病好起来，看来只能……”

乌龙镇的开发，并未因环境的污染、地面的塌陷而停止，反而将开发范围扩大到了莫邪山里，肩扛三角架的人来了，头戴安全帽、手持电锯的人来了，轰隆隆的铲土机械也开进来了……岫姑一家的生存环境一步步被蚕食，即使天风愤怒的猎枪也无法阻挡……工业化进程确实改变了人们的生活，但工业文明的发展则付出了巨大的代价。小说从环境破坏的层面，提示了工业化进程中出现的诸多矛盾，环境的污染使人类失去了生存家园，即使生活在深山老林中也难逃开发所带来的后果。小说提出的这一典型性问题，对整个世界来说都带有普遍的意义。作者重在指出，人在科学与理性中满足了自己的物质欲望，却忘记了人自身存在的意义。德国哲学家马尔库塞在《单向度人》中警告人们，“物质的、技术的、功利的追求在社会生活中占据了压倒一切的统治地位，而精神的活动和精神的追求则被忽略，被冷漠，被挤压，被驱赶”，人“成为没有精神生活和情感生活的单纯的技术性的动物和功利性的动物”。马尔库塞是海德格尔的学生，这样很自然地从老师那里找到了解决的方向，人只有“诗意的栖居”，才能找寻到“存在”的意义和人性的良知。但这也仅仅是目标而非方法。到这里，这部小说已经超越了社会变革和人性道德层面，而上升到了文化哲学高度，对人类的生存困境、发展途径和未来走向，提出了尖锐的诘问，尤其是作品中阿诗玛的最终死亡，读来有一种震撼人心的效果，透出了作家对人类前途的深重担忧。

《岁月之约》在艺术上糅合了多种表现手法，特别突出地借用和化解了民间文学的叙事元素，通过神话、传说、寓言、梦幻、象征等手段的使用，在很大程度上丰富了作品的内涵，对于提升作品的思想寓意做出了有益的探索。作品的叙事结构十分独特，全书由正篇和外篇组成，正篇又分为过去和未来部分，用较为现实的笔调正面叙写了三位主人公在庞大历史阴影笼罩下的奋斗历程、爱情遭际、人性变化和命运困境，是全书的主体部分；而在由《精灵》《天仙》和《山神》组成的外篇中，作品又叙写了发生在非现实世界中的魔幻故事，应该是对现实主体部分的补充或映照，是对正篇隐喻内涵的形象描述，以解决正篇中尚未回答的问题。大概正篇的故事太过凄清与伤感，作家尝试着换一种陈述的方法；也许是担心正篇部分的思想性不能引起读者的警觉，作家便试图以寓言来善诱。这是不是说，解读这部结构复杂、内涵丰富的作品的钥匙，便隐含在这部分内容中？囿于文章篇幅的限制，我们无法在这里展开分析了。但需要指出的是，外篇的三个部分都被作家处理成天风的个人创作，便使这部分内容与正篇的现实故事水乳交融在一起，让这部亦真亦幻的作品具有了独具一格的艺术魅力。

《岁月之约》是王涛“乌龙镇”系列小说之一。从王涛发表和出版的五六百万文字中，我们看到，这一系列小说包括一百余篇中短篇小说，也包括十几部长篇小说，皆以作家所构建的“乌龙镇”为背景，建立起了一个规模宏大的文学世界。由这部《岁月之约》窥一斑而见全豹，王涛的“乌龙镇”系列小说思想内涵深刻而丰富，艺术技巧新颖而独特，承载着他对生命意识、宇宙意识的思考，显示着对社会历史、人类命运的关怀，值得读者慢慢走进这些作品，细细地欣赏与品鉴。十几年前，著名评论家谭好哲教授在评价王涛的作品时说：“美国现代作家福克纳不断地写‘家乡的那块邮票般大小的地方’，终于‘创造出一个自己的天地’，构筑起一个‘约克纳塔法世系’，这对于王涛应该是一个启示。他能否酝酿再酝酿，开掘再开掘，也为我们贡献出‘乌龙镇世系’呢?”十几年过去了，王涛用他一系列的作品证明，就像莫言的“高密东北乡”、阎连科的“耙耧山脉”、张炜的“芦青河”一样，一个以“乌龙镇”为标志的小说世界已经出现在文坛上，不能不引起我们足够的重视和关注，并给予公允的分析和评价。本文意在抛砖引玉，希望能看到更多对“乌龙镇”小说有所研究的文字出现。